Joanna Hines wurde in London geboren. In den letzten achtzehn Jahren lebte und arbeitete sie mit ihrem kanadischen Ehemann in Cornwall. Sie hat eine Stieftochter, eine Tochter und einen Sohn. »Das verschlossene Zimmer« ist ihr erster Roman.

Dieses Buch wurde auf chlor- und säurefreiem Papier gedruckt.

Deutsche Erstausgabe März 1995

Titel der Originalausgabe »Dora's Room«

Originalverlag Hodder and Stoughten, London
Umschlaggestaltung Agentur ZERO, München
Umschlagfoto FPG/Bavaria, Gauting
Satz DTP, im Verlag
Druck und Bindung Ebner Ulm
Printed in Germany
ISBN 3-426-60267-9

2 4 5 3 1

Joanna Hines

Das verschlossene Zimmer

Roman

Aus dem Englischen von
Sibylle Schmidt

Knaur

FÜR MEINE ELTERN

Prolog

Rasch verwischte die winterliche Dämmerung die Konturen des Hauses auf dem Hügel; ein weißer Nebelstrom kroch vom Tal herauf, die Nacht würde Frost bringen. Die kalte Abendluft war so still, daß die Bewohner des Hauses, hätten sie gelauscht, das sachte Raunen der Bäume am Rande des Obstgartens hätten hören können. Und in dem Wäldchen am anderen Ende des Gartens war der Ruf einer Eule zu vernehmen, die sich mit ihrem Gefährten zur Jagd in den Hecken aufmachte. Ein einzelner Lichtstrahl warf seinen Schein auf den Rasen vor dem Haus. Er kam aus einem Zimmer im Obergeschoß, in dem ein alter Mann, umgeben von seiner Familie, im Sterben lag.

Er ging überraschend friedlich dahin, ließ still das Leben los, das er immer so grimmig und unerbittlich im Griff gehabt hatte. Man hatte es schon lange gewußt, und es gab keinen, der sein Dahinscheiden betrauerte, aber man mußte die Form wahren.

Die Pflegerin hatte sie hereingerufen, und nun standen sie in unbehaglichem Schweigen um das Bett herum: seine zweite Frau, sein Sohn und sein Enkel, gefangen in ihren Erinnerungen, als sie das von langer Krankheit ausgezehrte und gedemütigte Gesicht betrachteten, das noch immer die Herrschsucht ausstrahlte, die sie alle so lange in Bann gehalten hatte. In jedem von ihnen flackerte nun die Hoffnung auf, jetzt, da seine Tyrannei ein Ende nahm, endlich einen Anteil an dem lange ersehnten Vermögen zu erhalten.

Archie, sein Sohn, hatte die Fesseln der Abhängigkeit ins Mannesalter mitgeschleppt. Zu schwach, um zu bleiben und dem alten Mann die Stirn zu bieten, aber auch zu gierig, um sich zu lösen, hatte er ein Leben lang kleinliche Gängelung und Erniedrigung ertragen und seine Selbstachtung dahinschwinden sehen; doch nun war ihm zu guter Letzt Zutritt zur Männlichkeit in Aussicht gestellt.

Tillie, die zweite Frau des Sterbenden, sah ihn an und harrte geduldig an seinem Bett aus, wie sie es all die Tage und Monate und die graue Ewigkeit ihrer Ehe hindurch getan hatte; ihr Gesicht war reglos, gab kein Gefühl preis. Sie hatte die Ödnis der Krankenpflege erduldet, die ruhelose Qual schlafloser Nächte, all die Jahre hindurch, die ihren fragilen Zauber mit Furchen der Bitterkeit und gepeinigten Hoffnungen zunichte gemacht hatten, doch heute war der Lohn der Freiheit endlich in greifbare Nähe gerückt.

Gerald, der Enkel, betrachtete den alten Mann mit Zuversicht; er war noch jung genug, um sich seines Anteils sicher zu sein, einfach weil er verhätschelt und verwöhnt worden war. Er war fasziniert und zugleich abgestoßen vom Wirken des Todes, der einsamen Intimität des Sterbens.

Das rauhe Atmen von Lungen, die bald für immer schweigen würden, füllte den Raum, und die Leere des Todes legte sich um den alten Mann in seinem riesigen Bett. Aber ein letzter Moment von Klarheit war ihm noch vergönnt. Ohne die Augen zu öffnen, sah er die Szenerie an seinem Bett, und er kannte die Gedanken eines jeden. Er hatte sie immer gekannt.

Seine grauen Lippen verzogen sich zu einem Lächeln. Es hatte einmal ein Kind gegeben, ein kleines dunkelhaariges Mädchen, das für kurze Zeit auf den weiten Rasenflächen am Haus gespielt und ihm Gänseblümchen zu seinem Stuhl gebracht hatte, bevor es für immer aus seinem Leben verschwunden war. Die Vision verblaßte. Er spürte das

anhaltende Drängen der drei Tölpel an seinem Bett, aber nicht einmal jetzt, da er starb, entließ er sie aus seiner Herrschaft. Er hatte sie betrogen.
Umgeben von seiner Familie und mit einem Lächeln auf den Lippen, driftete der alte Mann ins Vergessen. Die Pflegerin, eine empfindsame Person, die die Familie noch nicht lange kannte, verkündete mit Tränen in den Augen, daß es ein schöner Tod gewesen sei.

Wenige Monate zuvor hatte es einen anderen Tod gegeben – weiß, steril, unpersönlich. In einer Klinik innerhalb der Klinik sahen zwei Krankenschwestern hin und wieder nach, ob es dem Ende entgegenging, dem zweiten Ende in einem Leben, das schon viele Jahre zuvor erloschen war. Das Gesicht auf dem Kissen schien alt zu sein, obwohl die Frau noch keine fünfzig war. Jahre des Wahnsinns hatten ihre einstige Schönheit und ihre Jugend zerfressen.
»Sie wird die Nacht nicht überleben«, sagte die Oberschwester.
»Armes Ding. Es wird eine Erlösung sein.«
Es war nach Mitternacht, und es war still geworden auf der Station.
»Ich hätte nicht gedacht, daß es so schnell geht«, sagte die Oberschwester. »Ich hätte die nächsten Verwandten benachrichtigen sollen.«
»Ihre Tochter? Die kann sie doch kaum gekannt haben, die Arme.«
Die beiden Schwestern entfernten sich, um nach den anderen Patienten zu sehen. In der Stille des dunklen Zimmers rührte sich die Frau, die so lange geschwiegen hatte, und sprach. »Fern …« murmelte sie, »Fern …«
Als die Schwestern wieder hereinsahen, war die Frau tot. Und der Raum war erfüllt von Mondlicht.

1

Paula kurbelte das Wagenfenster herunter und streckte den Kopf in die eisige Kälte hinaus. »He, Mister! Sie da drüben!«

Sie ging immer sehr gepflegt mit der Sprache um, und ihr wohlklingender Illinois-Akzent wirkte in der musealen Eleganz dieses honiggelben Dörfchens überaus fehl am Platz. »Wo geht's nach Long Chatton?«

»Das hier *ist* Long Chatton.« Der alte Mann, dem sie gerade hinterhergerufen hatte, schien ziemlich verstimmt wegen dieser amerikanischen Formlosigkeit.

»Ach, Mist!« Paula zog den Kopf wieder ein und blickte mich anklagend an. »Ich dachte, du hättest gesagt ...«

»Chatton Heights. Das Dorf heißt Long Chatton«, erläuterte ich, »aber das Haus, wo wir hinwollen, ist Chatton Heights.«

»Warum, zum Teufel, hast du das nicht gleich gesagt?« Sie streckte den Kopf erneut hinaus und rief noch lauter als vorher: »He!« Der Mann hatte sich schon zum Gehen gewandt, aber ihre schwatzhafte Art brachte ihn dazu, stehenzubleiben. »Meine Freundin Mary sagt, wir wollen zu einem Haus namens Chatton Heights. Kennen Sie das?«

»Verdammte Touristen«, murmelte er. »Natürlich kenn ich es. Jeder kennt es. Aber es ist der Öffentlichkeit nicht zugänglich. Sie können da nicht rein.«

Diese Gelegenheit ließ sich Paula nicht entgehen. »O doch, können wir«, trumpfte sie auf. »Wissen Sie, meine Freundin Mary hier ist nämlich ...«

»Paula, sei *ruhig!*« Ich sagte es mit zusammengebissenen Zähnen, und ausnahmsweise tat Paula, worum ich sie bat.

Widerstrebend kam der Mann zum Wagen zurück und beugte sich herunter, so daß er uns in die Augen sehen konnte. Er hatte ein vogelartiges Gesicht mit buschigen Brauen, das vor Kälte verkniffen war. Die Temperatur mußte um den Gefrierpunkt liegen, es wehte ein strammer Wind, und es sah nach Regen aus. Ich konnte verstehen, daß er sich nicht lange aufhalten wollte.

»Sie sind zu weit gefahren«, sagte er knapp, als wäre von zwei Touristinnen nichts Schlaueres zu erwarten. »Sie müssen die Hauptstraße zurückfahren, an der Post links abbiegen – das ist das Gebäude am Ende, an dem ›Postamt‹ steht –, etwa anderthalb Kilometer bergauf, und dann sehen Sie links die Abzweigung. Es liegt direkt hinter diesen Bäumen am Berg.«

»Danke.« Paula begann das Fenster hochzukurbeln, doch der Mann hielt sie plötzlich davon ab, indem er die Hand drauflegte.

»Moment mal«, sagte er. Sein Ausdruck hatte sich verändert. Mit den buschigen Augenbrauen, dem knochigen Gesicht und der Hakennase sah er aus wie ein Vogel mit Magenbeschwerden, ein Geier etwa oder ein Adler, der von zerklüfteten Felsen herabspähte. Jetzt funkelten seine Augen, als hätte der Vogel gerade etwas Hochinteressantes und möglicherweise Eßbares gesichtet. Er sah nicht mehr Paula an, sondern an ihr vorbei zu mir, und er blickte nicht mehr irritiert, sondern triumphierend. »Natürlich!« rief er und drückte mit arthritischen Fingern das Fenster hinunter. »Das muß … es ist Fern, nicht wahr? Fern Miller.«

»Tut mir leid.« Paula verdrehte die Augen, als wollte sie mir zu verstehen geben, daß wir uns ausgerechnet den Dorftrottel von Long Chatton ausgeguckt hatten. »Sie müssen sie mit einer Cousine oder so verwechseln. Trotzdem, danke schön, wir ...«

Aber ich unterbrach sie. »Ja«, sagte ich, »ich bin Fern.«

Und das war eigentlich der Anfang.

Nicht der Anruf des Anwalts, nicht einmal der Tod meines Großvaters, sondern dieser Augenblick am Rande von Long Chatton, wo das verwilderte Dorf in den Cotswolds in die Landschaft übergeht und die Straße in der einen Richtung zum Teich mit der Roßkastanie führt und in der anderen zu den adretten Häuschen in der Siedlung nahe Chipping Campden – dieser Augenblick, als Ted Bury mich zum erstenmal in seinem Leben sah und genau wußte, wer ich war. An seiner Nase hing ein Tropfen, und ich versuchte auf etwas zu kommen, worüber ich hinterher mit Paula lachen konnte, aber mir fiel nichts ein. Er starrte mich auf eine eigenartig besitzergreifende Weise an und sagte: »Wer hätte das gedacht, Fern Miller.« Und es war unheimlich und anheimelnd und erschreckend zugleich. Wie wenn man als Kind Versteck spielt und versucht, nicht entdeckt zu werden, aber trotzdem gefunden werden möchte. Ich wußte wirklich nicht, was ich davon halten sollte. Damals nicht. Lange Zeit nicht.

Paula starrte mich an, als hätte ich gerade gestanden, die letzte der Romanows zu sein, aber der alte Mann war hocherfreut. »Ich wußte es in dem Moment, als ich Sie sah. Sie sind Ihrem Vater wie aus dem Gesicht geschnitten.«

Das gab den Ausschlag. Ich löste die Handbremse und fuhr los, ohne etwas darauf zu erwidern. Mir fiel in diesem Moment nichts Sinnvolles ein.

»Fern? *Fern!* Soll das ein Name sein? Oder was?« Paula schleuderte mir das Wort quasi ins Gesicht. »Wer, zum Teufel, ist Fern? Was ist mit meiner alten Freundin Mary passiert? Ich dachte, du wärst ...«

»Schrei nicht so, Paula. Ich sitze direkt neben dir.«
»Aber *Fern*!«
»Das ist mein erster Vorname. Da ist nichts komisch dran. Viele Leute haben ihren zweiten Vornamen als Rufnamen. Fern Mary. Meine Familie hat mich Fern genannt, doch Dring zog Mary vor, und als ich in die Schule kam, gab ich Fern auf und nannte mich Mary. Es war irgendwie einfacher.«
»Das kann man wohl sagen. Warum hat deine Familie dich mit einem Namen wie Fern gestraft, um Himmels willen?«
»Hab ich nie gefragt. Und erinnere dich, ich bin während der Hippie-Zeit auf die Welt gekommen. Mitten in Flowerpower und Peace und Love. Es gab jede Menge Eltern, die ihren Kindern komische Namen gaben.«
»Deine gehörten jedenfalls dazu. Ich meine, Flora oder Rosy oder so was könnt ich ja noch verstehen, aber *Fern*, das ist ja nicht mal eine Blume. Nur so ein Blatt, oder?«
Ich zögerte. Paula kennt sich auf vielen Gebieten bestens aus, doch Botanik gehört nicht dazu. Ich erwog, sie über das Wesen der Farne aufzuklären, schreckte aber vor diesen ganzen Sporen und der ungeschlechtlichen Fortpflanzung zurück. »Denk nur an Twiggy«, schlug ich statt dessen vor.
»Es hätte wohl noch schlimmer kommen können. Wer war der alte Knabe überhaupt?«
»Ich hab keinen Schimmer.«
»Er kannte dich aber. Was für eine undurchsichtige Gestalt bist du, Miss Mary Fern Miller?«
»Fern Mary.«
»Fern. Ich kann's einfach nicht glauben. He! Hier links abbiegen, denk dran. Bei dem Postamt mit dem Schild Postamt, hat der alte Mann gesagt. Was ist los? Wieso hältst du an?«

Ich fuhr den Renault an den Rand und stellte den Motor ab. Auf der gegenüberliegenden Straßenseite stand eine Reihe solider Tudorhäuser; sie waren mit dem Geld wohlhabender Wollhändler und Textilhersteller erbaut worden und beherbergten jetzt Antiquitätenläden und kleine Hotels. Einen Moment lang hatte ich das Gefühl, als wären ihre dunklen Fenster träge Augen, die mich beobachteten, die darauf warteten, was ich als nächstes tun würde.

Paula sagte: »Wir brauchen nicht noch mal zu fragen. Wir müssen hier links. Ich weiß es genau.«

»Das ist es nicht.«

»Was dann? Der alte Knabe hat dich durcheinandergebracht, nicht wahr? Du siehst ganz komisch aus.«

Es war nicht kalt im Wagen, aber plötzlich konnte ich kaum mehr sprechen, weil meine Zähne so klapperten. Was sich den ganzen Morgen wie nervöses Magenflattern angefühlt hatte, schien sich jetzt zu einer Welle kalter Übelkeit und Angst auszuwachsen. »Ich weiß einfach nicht, ob ich das durchhalte.«

»Natürlich tust du das, Mary. Fern. Herrje, wie soll ich dich denn nun nennen?«

»Mary ist okay.«

»Sei nicht so ein erbärmlicher Feigling, Mary. Du kannst jetzt nicht kneifen.«

Ich schwieg. Ich hatte absolut nichts dagegen zu kneifen. Mein einziger Wunsch war, den Wagen anzulassen, auf dem nächsten Weg nach Bristol zurückzufahren und nie wieder herzukommen.

»Schau«, Paula wechselte das Thema – ich nehme an, damit ich Zeit hatte, wieder Mut zu fassen –, »diese neugierige alte Kuh in der Post beobachtet uns.«

Das stimmte. Eine grauhaarige Frau mit Brille, die einen blauen Kittel trug, starrte zwischen einer Anzeige für Kaf-

feekränzchen zugunsten der Krebshilfe und einem Berg Briefpapier durchs Fenster zu uns herüber.
»Vielleicht weiß *sie*, wer du bist«, überlegte Paula laut.
»Nein«, sagte ich mit Nachdruck, »sie starrt dich an.«
Daran war ich gewöhnt. Die Leute starrten immer Paula an und warfen mir dann höchstens beiläufig einen Blick zu. Paula kann nur als eindrucksvoll beschrieben werden. Mit hohen Schuhen und aufgesteckten Haaren mißt sie einsdreiundachtzig, und sie ist zaundürr. Ihr Haar ist so dunkelrot, daß es beinahe schmerzt, und ihre Haut milchweiß. Ihre Gesichtszüge sind uneben, und außerdem hat sie eine ziemlich große Nase und ein eckiges Kinn, aber das sind Einzelheiten, die man nicht an ihr bemerkt. Sie ist zweifellos nicht hübsch und scheint auch keinen Wert darauf zu legen, es zu sein. Solange sie Aufsehen erregt, ist sie zufrieden. Heute trug sie schwarze Wollhosen und ein schwarzes Oberteil, das halb Jacke, halb Umhang war, sowie ein riesiges Schultertuch in einem tiefen Rot, das sich entsetzlich mit ihrem Haar biß, auffallende Ohrringe und einen Haufen Ketten und Armreifen, die aussahen wie bei einem Maharadscha entwendet. Der Gesamteindruck war atemberaubend.
Wenn es Paulas Bestreben ist, im Mittelpunkt des Interesses zu stehen, so war es meines stets, unauffällig im Hintergrund zu bleiben. An mich wenden sich die Leute, wenn ihnen die Augen von Paulas lebhaften Kontrasten schmerzen. Nicht, daß mit meinem Äußeren etwas nicht stimmt – ich habe ziemlich ebenmäßige Gesichtszüge und eine Menge dunkles Haar, und ab und zu haben Leute mir ermutigend gesagt, daß meine Augen schön seien, doch mehr tut sich nicht. Ich sehe ausgeglichen und verläßlich und vielleicht etwas langweilig aus. Meistens trage ich Jeans und einen alten Pulli, die Uniform der jüngeren Twens, aber an

diesem Tag hatte ich meinen besten Rock an, der marineblau ist und kurz unterm Knie endet, dazu einen beigen Pullover und einen blauen Anorak. Wie ich schon erwähnte, ich versuche, nicht aufzufallen.
»Sieh mal«, Paula, die lieber rabiat war, gab ihr Bestes, um überzeugend zu wirken, »die ganze Sache ist vorbei und wir fahren zurück, bevor du's merkst. Du brauchst deshalb nicht in Panik zu geraten.«
»Ich hab vergessen, warum ich hier bin.«
»Um den Anwalt zu treffen, Dummchen. Und das Haus anzuschauen. Du weißt doch, daß du ganz wild drauf warst, es wiederzusehen.«
»He, Paula, denk doch mal einen Moment nach.« Ich versuchte sie weich zu kriegen. »Stell dir nur vor, wie unangenehm es wird. Ich war zum letztenmal da, als ich sechs war, und jetzt plötzlich ...«
»Klar. Okay. Es wird am Anfang ein bißchen peinlich sein, aber das heißt doch nicht ...«
»Peinlich? Paula, sie werden mich verabscheuen. Und man kann's ihnen nicht verdenken.«
»Warum denn? Es ist schließlich nicht deine Schuld, daß dein Großvater dir alles vermacht hat.«
»Deshalb können sie mich trotzdem hassen.«
»Aber es sind deine Verwandten.«
»Das spielt keine Rolle. Nicht für mich. Dring ist die einzige Verwandte, die ich jemals hatte, und ich will niemanden außer ihr. Es ist zu spät für verlogene Familienvereinigungen. Ich hätte den Anwalt in seinem Büro treffen sollen. Das stimmt so alles nicht.«
»Du mußt dir das Haus doch irgendwann mal ansehen. Gut, vielleicht empfangen sie dich nicht mit offenen Armen wie den verlorengeglaubten Sohn oder die Tochter oder Nichte oder sonstwas. Aber laß ihnen Zeit. Dein Charme

und deine Persönlichkeit werden sie schließlich überzeugen. Lach nicht, Mary, ich meine es ernst. Alle Leute mögen dich, wenn du ihnen die Chance gibst, dich kennenzulernen. Und selbst wenn sie dir nicht aus der Hand fressen, was kann denn schlimmstenfalls passieren? Daß sie dich ablehnen, dich unfreundlich behandeln und es möglicherweise kein reines Zuckerschlecken wird. Aber das ist doch kein Weltuntergang, oder? Wenn sie mit deinem Glück nicht umgehen können, ist das ihr Problem, nicht deines, meine ich.«

»Vielleicht hast du recht.«

»Ich hab immer recht, und das weißt du. Irgendwann mußt du sie treffen. Am besten bringst du's hinter dich.«

Paula hatte mich überzeugt. Obwohl ein Teil von mir, und zwar ein ziemlich großer, wegrennen und nie wieder an diesen Ort zurückkehren wollte, sagte der andere Teil, daß ich keine Ruhe haben würde, solange ich mich meinen Verwandten nicht gestellt, mein seltsames Erbe nicht in Augenschein genommen hätte. Der Brief des Anwalts hatte meine Neugierde geweckt, die all die Jahre geschlummert hatte. Ich mochte sie ignorieren, aber in meinem tiefsten Innern wußte ich, daß ich nicht entkommen konnte. Also ließ ich den Wagen wieder an und fuhr den Berg Richtung Chatton Heights hinauf.

Wie Paula gesagt hatte: Es konnte nichts Schlimmeres passieren, als daß sie mich ablehnten.

Zumindest glaubte ich das damals.

Als wir das zauberhafte honigfarbene Dorf hinter uns gelassen hatten und auf die Straße nach Chatton Heights abgebogen waren, schien sich etwas von meiner Nervosität auf Paula übertragen zu haben. Vielleicht lag es an den Torpfosten an der Auffahrt. Steinerne Vögel thronten auf ihnen, die Flügel gespreizt wie zum Flug. Sie hatten Ähnlichkeit mit dem adlerartigen alten Mann aus dem Dorf. Und die Auffahrt selbst war mächtig eindrucksvoll; sie wand sich zwischen grünem Buschwerk hindurch, ohne daß vom Haus etwas zu sehen war.

Während Paulas Befürchtungen immer stärker wurden, lösten sich meine auf. Plötzlich kam mir das ganze Geschehen unwirklich vor, schien nur das letzte alberne Ereignis in einer Reihe von Tagträumereien zu sein, die mit dem Brief des Anwalts in der Woche zuvor begonnen hatten. Seit ich ihn gelesen hatte, war ich unruhig und verwirrt gewesen, aber nun hatte ich plötzlich den Eindruck, weit entfernt von alldem zu sein. Ich hatte jedoch nicht das Gefühl, daß jemand anders alles erlebe – es war vielmehr, als wäre ich, durch ein dunkelgrünes Lorbeermeer Chatton Heights entgegenfahrend, nicht mehr dieselbe Mary Miller, die ich aus dem Alltag kannte. Es war ein höchst merkwürdiges Gefühl, aber weitaus weniger unangenehm als der scheußliche Anfall von Panik, den ich im Dorf bekommen hatte.

»Deine Verwandtschaft hat offenbar was für Grün im großen Stil übrig«, sagte Paula, und mir fiel auf, daß ihr amerikanischer Umgangston nur noch sehr verhalten durchdrang.

Sie klang ebenso eingeschüchtert wie enttäuscht, und ich wußte, weshalb. So eine lange Zufahrt hätte beeindruckend oder geheimnisvoll oder an einem bedeckten Wintermorgen wie diesem sogar ein bißchen unheimlich wirken sollen. Aber die Zufahrt zu Chatton Heights war nichts von alledem. Sie war lang, doch öde und monoton und beinahe beengend.

Ich fuhr langsam, denn da waren eine Menge Schlaglöcher. Der Weg schien kein Ende nehmen zu wollen.

»Dort stehen ein paar schöne Bäume«, sagte ich.

Es hatte zu regnen begonnen, und das schien irgendwie passend – Regentropfen, die auf große glänzende Blätter prasselten. Wir versanken in ein bedrücktes Schweigen, bis ich, ebenso zu meinem eigenen Erstaunen wie zu dem Paulas, plötzlich ausrief: »Schau, siehst du den Baum da drüben?« Ich deutete auf einen einzelnstehenden mächtigen immergrünen Baum, der alle anderen überragte. »Da ist die Steineiche! Das ist der älteste Baum des Gartens. Siehst du ihn?«
Paula blickte in die Richtung, aber sie überschlug sich nicht gerade vor Begeisterung. »Was ist so Besonderes an einem blöden alten Baum?«
»Ach, ich weiß nicht. Ich ... es ist nicht so wichtig.«
Ziemlich verwirrt verfiel ich wieder in Schweigen und war froh, daß Paula mir keine weiteren Fragen stellte. Bis zu diesem Moment hatte ich nicht geahnt, daß ich wußte, wie eine Steineiche aussah, geschweige denn, daß es eine in Chatton Heights gab und daß sie der älteste Baum des Gartens war. Aber in der Sekunde, als mein Blick sie erfaßt hatte, diese massige Gestalt mit ihren grünschwarzen Blättern, war das Wissen klar und deutlich in meinem Hirn aufgetaucht. Und ich hätte mein Leben gewettet, daß ich recht hatte. Dennoch fragte Paula verständlicherweise, was denn so Besonderes an einem alten Baum sei.
»Wer sind diese Leute eigentlich?« wollte sie jetzt wissen. »Wer wohnt hier?«
»Ich glaube, mein Großvater hatte wieder geheiratet, also nehme ich an, daß seine Witwe hier lebt. Und natürlich mein Onkel.«
»Ist der verheiratet?«
»Seine Frau ist vor einiger Zeit gestorben.« Ich ließ mich nicht weiter darüber aus, denn ich wollte nicht zugeben, daß ich meine Kenntnisse über die Familie vorwiegend aus Zeitschriftenberichten über meinen Onkel bezogen hatte.

»Kinder?«
»Ein Junge in meinem Alter.«
Bevor Paula das Ausmaß meines Unwissens weiter ergründen konnte, machte der Weg eine scharfe Biegung, und wir standen vor dem Haus.
Paula sog die Luft ein. »Großer Gott«, murmelte sie.
Ich sagte nichts, ich starrte nur. Das Haus verzerrte die Größenverhältnisse, ließ den Betrachter ganz klein erscheinen. Mein Renault wirkte plötzlich winzig, ein Ruderboot im Schatten eines kilometerlangen Tankers.
Beim ersten Anblick von Chatton Heights geriet ich in Erstaunen, wie ich es immer wieder tat, wenn ich das Haus eine Weile nicht gesehen habe – Erstaunen, daß so viel Arbeit und Zeit und Mühe auf etwas verwandt wurde, das so wertlos ist. Es war riesig und scheußlich. Um sich das volle Ausmaß der Leistung des Architekten vor Augen zu führen, muß man sich vergegenwärtigen, daß Long Chatton im Herzen der Cotswolds liegt und daß Chatton Heights wie alle Häuser in der Gegend aus dem einheimischen goldenen Stein erbaut wurde. Ein wunderschöner Stein – nur hier nicht.
Hier schien das Honiggelb zu einer Art galligem Gelb vergoren zu sein. Vielleicht war all das geschmacklose Beiwerk daran schuld, der rote Ziegel an den Eingängen, die irritierenden Buntglaseinlassungen. »Je mehr, desto besser« – das Haus eines Reichen. Ich schätze, man könnte den Stil wohl gnädig als »viktorianische Gotik« bezeichnen, aber mir schien das Haus immer mehr Ähnlichkeit mit einem dieser riesenhaften viktorianischen Gefängnisse denn mit irgendeiner Kathedrale zu haben. So als hätte der Architekt geahnt, daß viele der zukünftigen Bewohner des Hauses besser in eine Strafanstalt oder ein Irrenhaus gehört hätten als in ein normales Haus.

Tatsächlich erfuhr ich später, daß mein Ururgroßvater dieses Haus unter der Maßgabe erbauen ließ, es später als Aufbewahrungsort für seine einzigartige Gemäldesammlung zu benutzen, die er sich zulegen wollte, und der Architekt hatte den Auftrag, es so einbruchsicher wie möglich zu gestalten. Daher der Festungscharakter, die hohen, schmalen Fenster und die massiven Türen. Da ich mir nie vorzustellen vermochte, daß jemand verrückt genug sein könnte, gewaltsam in das Haus *eindringen* zu wollen, schienen mir die Befestigungsanlagen nur dazu zu dienen, eine etwaige Flucht zu verhindern. Mein auf Sicherheit bedachter Vorfahr starb übrigens bei einem seiner für ihn typischen cholerischen Wutanfälle, bevor er das Geld ausgeben konnte, das er mit so viel Einsatz angehäuft hatte, weshalb die Gemäldesammlung nie Gestalt annahm. Ich glaube, ein paar Tintorettos und einige andere Sachen waren da, aber sie wurden nach dem Ersten Weltkrieg verkauft, damit die Erbschaftssteuern bezahlt werden konnten.
»Du liebe Güte«, sagte Paula. »Groß ist es jedenfalls.«
»Ja.« Das war nicht abzustreiten.
Sie sah mich von der Seite an. »Und du bist sicher, daß das dir gehört?« Wie alle Amerikaner hielt sie das britische Klassensystem für unergründlich, aber Geld fand sie einleuchtend und imposant. Und Chatton Heights sah nach Geld aus. Schau mich an, schien es zu prahlen, ich bin das größte Haus weit und breit. Ich bin der Inbegriff von Geld. Ich kann es mir leisten, scheußlich zu sein. Nur die Armen und Mittelmäßigen müssen hübsch sein.
Und nun war dieses Monument viktorianischer Geschäftstüchtigkeit in meinen Besitz übergegangen, in den Besitz einer Person, die sich nicht mal lebenstüchtig fühlte.
»Scheint so«, sagte ich zögernd.
»Was machen wir jetzt?«

Das war eine vernünftige Frage. Ich hatte den Wagen vor der größten Eingangstür geparkt, die ich je gesehen hatte (diese Art von schwerer Holztür mit Eisenriegel und -beschlägen, die im Film von sechs nubischen Sklaven geöffnet werden muß), aber sie blieb verschlossen. Ich wußte, daß ich hingehen und klopfen oder nach einer anderen Tür Ausschau halten sollte, die aussah, als wäre sie in den letzten fünfzig Jahren einmal geöffnet worden, aber ich tat nichts dergleichen.

Paula trommelte aufs Armaturenbrett; ihre orange lackierten Fingernägel hüpften auf und ab. »Los, Mary«, sagte sie, »wir können nicht einfach … oh, schau, da kommt jemand.«

In großer Entfernung eilte eine seltsame Gestalt um eine Hausecke und in unsere Richtung. Hastend, trippelnd, seitwärts hüpfend wie ein Insekt in einem Aufwind, mit flatterndem Mantel und schräg gelegtem Kopf.

»Wer, zum Teufel, ist das?« fragte Paula ungläubig.

Da ich nicht die leiseste Ahnung hatte, sagte ich nichts, stieg aber aus.

Die Insektenfrau rannte beinahe in mich hinein, und eine betäubende Geruchsmischung aus Mottenkugeln, Lavendel und muffigen Schränken stieg mir in die Nase wie bei alten Kleiderbündeln auf dem Flohmarkt. Ein Geruch, der von Zurückweisung und Ungepflegtheit kündete.

»Natürlich«, japste sie, »sicher … so leid.«

Ihr Alter war schwer zu bestimmen. Sie hatte riesige vorstehende porzellanblaue Augen, die ein Schilddrüsenleiden vermuten ließen. Ihre Gesichtshaut war glatt wie die eines Babys, unnatürlich glatt für eine Frau in den Vierzigern. Doch um den Mund herum drängten sich zahllose kleine Fältchen, die wirkten, als hätte jemand ein Haarnetz über ihr Kinn gezogen, oder als ob sie vor langer Zeit ihre untere Gesichtshälfte in Spinnweben getaucht hätte, die nicht mehr zu entfernen waren. Der Kontrast zwischen der wachspuppenartigen Glattheit der oberen Gesichtshälfte mit den aufgerissenen blauen Augen und dem winzigen, in Spinnweben verfangenen Mund war beunruhigend. Ich tröstete mich mit dem Gedanken, daß sie wahrscheinlich ein schrulliges altes Faktotum war, das die Familie aus Güte bei sich behielt.

»Guten Morgen«, sagte ich, »ich bin Mary ... ich meine Fern. Mr. Millers Enkelin.«

»Diese Tür wird nie ... Du mußt gedacht haben ... wir sind so froh, daß nun ... *Familie*!« Das letzte Wort sprach sie mit einer Betonung aus, die fast ein Stöhnen war, und dann fiel mir diese seltsame Frau um den Hals und drückte mir mit ihrem faltigen Mund einen Kuß auf die Wange. Meine spontane Reaktion war heftige körperliche Ablehnung, und ich schaffte es gerade noch, sie nicht wegzustoßen. Diese Reaktion, stellte ich später fest, rief die arme Person bei fast allen Leuten hervor.

Paula stieg auch aus und rieb sich die Hände, um ihren Kreislauf zu beleben. Die Frau übersah Paula, stürzte davon, rannte die fünf breiten Stufen zur Eingangstür hinauf und drehte heftig an dem wuchtigen Knauf. Wir dachten, sie wolle uns einlassen, und bewegten uns in ihre Richtung, aber sie wandte sich um und schüttelte lächelnd den Kopf.

»Das ist die Haupt ... aber ich kann nicht ... wenn wir außen herum ...« Nachdem sie so die Unbeweglichkeit der Tür demonstriert hatte, trippelte sie die Treppe hinunter und machte sich auf den Rückweg. Wir folgten schnellen Schrittes. Es war bitter kalt. Vereinzelte große Regentropfen klatschten auf den Kies.

Wir betraten das Haus seitlich durch etwas, das in vergangenen Zeiten offenbar als Wintergarten geplant worden

war. Der Raum hatte ein Glasdach und einen gekachelten Boden, aber nichts wies darauf hin, daß er jemals Pflanzen beherbergt hatte. Statt dessen waren da Gummistiefel, Regenmäntel, ein altes Hundelager, einige Packen vergilbter Zeitungen, ein vertrockneter Weihnachtsbaum und eine rostige Waschmaschine.
Als wir das Haus betraten, war mein erster Eindruck, daß die Temperatur sich kaum veränderte. Der endlose Korridor, den wir entlanggingen, strahlte vielmehr die muffige Kälte eines Mausoleums aus, und die feuchten Steinfliesen taten das ihrige, um eine triste Gruftatmosphäre zu erzeugen.
Die Insektenfrau hastete vor uns her und warf uns gelegentlich Satzfetzen zu, aber ihre Diktion war so zusammenhanglos und ihre Stimme so leise und scheu, den Lauten einer Libelle gleich, daß es kaum möglich war, sie zu verstehen. Ich schnappte die Worte »Anwalt« und »Apfelstreusel« und »Sommer« auf, vermochte aber keinen Zusammenhang zwischen ihnen herzustellen.
Wir kamen in eine riesige Eingangshalle, von der aus eine breite Treppe eine Etage höher führte. An der Decke über dem oberen Treppenabsatz wölbte sich ein gläsernes Oberlicht. An den Wänden hingen Gemälde, überwiegend Landschaften, die offenbar in der Dämmerung entstanden waren; der Eindruck mochte jedoch auch durch diverse Schichten Firnis und einen gewaltigen offenen Kamin aus schwarzem Marmor entstehen. Inmitten dieser Nachbildung fürstlicher Ödnis wirkte der sachliche, moderne Schreibtisch mit Telefon und Telefonbüchern lächerlich fehl am Platz, vor allem da die Wand dahinter einige bedrohlich aussehende Spieße zierten; von einem baumelte der regionale Busfahrplan. Und dort, gegenüber der Treppe, befand sich die Tür, die uns den Einlaß verweigert hatte; wir hatten im Haus denselben Weg zurückgelegt wie außen.

Nun, da wir uns in der Eingangshalle befanden, schien die Frau sich plötzlich unschlüssig zu sein, wie sie weiter vorgehen sollte. Sie drehte sich langsam im Kreis, wie von einem unsichtbaren Faden gezogen. Dann stürzte sie abrupt los, als wollte sie eine der Türen öffnen, die von der Halle abgingen, überlegte es sich jedoch anders und kehrte in die Mitte zurück, wo sie zuerst Paula und dann mich mit wachsender Beunruhigung anblickte.

»Mr. Markham ist … nicht warten lassen … vielleicht nach dem Mittagessen?«

Paula erfaßte die Bedeutung der zerhackten Sätze rascher als ich. Sie zog ihr schwarzes Cape enger um die Schultern, und ihre Wangen nahmen allmählich einen zarten Blauton an, aber sie sagte beschwichtigend: »Das macht gar nichts. Ich weiß, daß Mary … ich meine Fern … Familiensachen regeln muß. Ich setze mich ans Feuer und warte. Das macht mir nichts aus.«

In den merkwürdig ausdruckslosen blauen Augen zeigte sich Erleichterung, und der winzige Mund begann sich bebend zu bewegen, wobei tausend Fältchen nach außen liefen wie die Speichen eines Rads. »Ja, ja … ich werde … dem Anwalt zuerst …«

Kurz bevor die Frau meine Hand packte, um mich zu Mr. Markham zu führen, hörte ich Paulas Stimme, die mir ins Ohr raunte: »Ich hoffe inständig, liebe Mary, daß du genetisch rein gar nichts mit diesem weiblichen Scheusal zu tun hast.«

Genau dieser Gedanke hatte gerade begonnen, mich ernsthaft zu beunruhigen.

Mr. Markham, der Anwalt meines Großvaters, war ein robuster Mann. Er strahlte männliche Vernunft und Sicherheit aus und war ganz der Typ, von dem man glaubte, daß

er nie von Zweifeln oder Ängsten heimgesucht wurde. Für ihn schien das Leben so eindeutig wie ein juristisches Dokument – keine Grauzonen. Da in Mr. Markhams Weltsicht die Ziele der Menschen Geld und Macht hießen, stand es für ihn fest, daß ich vom Testament meines Großvaters begeistert war; man hätte über viel mehr Selbstsicherheit als ich verfügen müssen, um diese Meinung zu erschüttern.
Ich habe wenig Erinnerungen an dieses Treffen. Mr. Markham benutzte zahlreiche Wörter, welche mir neu waren, wie beispielsweise »gerichtliche Testamentsbestätigung« und »Nachlaßbegünstigter« – die mir allerdings später nur allzu vertraut werden sollten –, und obgleich ich glaube, daß er sie mir im Verlauf des Gesprächs erläuterte, war ich wohl viel zu sehr damit beschäftigt, die seltsame, unwirkliche Situation zu verarbeiten, als mich auf juristische Fachbegriffe zu konzentrieren.
Wir hatten links und rechts neben dem Kamin Platz genommen, in dem ein Feuer brannte, das den Raum jedoch kaum erwärmte. Meine Knie wurden heiß, während mir am Rücken eiskalt war, und ich war froh, daß die Frau uns nicht die Mäntel abgenommen hatte.
Mr. Markham teilte mir mit, daß dies das Studierzimmer meines Großvaters gewesen sei. Ich versuchte zu begreifen, warum ein wohlhabender Mann sich freiwillig in einem derart tristen Raum aufgehalten hatte – es gelang mir nicht. Er konnte seine Umgebung nicht wahrgenommen haben. Wie sonst hätte er diese düsteren Grau- und Brauntöne, diese grauenhaften Möbel ertragen können? Das Studierzimmer meines Großvaters hatte den Charme eines altmodischen Bahnhofswartesaals.
Ich saß auf der Stuhlkante – in diesem Raum trug nichts zur Entspannung bei. Mr. Markham sprach unbeirrt und war

von dieser Atmosphäre überladener Strenge völlig unberührt. Er hatte dunkles Haar, das über den Ohren weiß wurde. Seine Gesichtsfarbe war gesund, sein Körper kräftig. Er erinnerte mich an ein Porträt einer jener Gutsherren aus dem 18. Jahrhundert, die sich zum Frühstück ein kleines Fläschchen Sherry zu Gemüte führten und zum Mittagessen riesige Mengen Wildpastete und gekochten Hammel vertilgten. Ich merkte, daß er versuchte, einen beruhigenden Eindruck auf mich zu machen, aber je vertrauenerweckender und gelassener er sich gab, desto mehr fühlte ich mich wie ein Schulmädchen, das zum Direktor gerufen wurde. Als ich das später Paula erzählte, sagte sie, das sei lächerlich, weil ich den Mann schließlich bezahlte, und für wen er sich eigentlich halte? Aber in dieser Lage kam mir der Gedanke gar nicht, und wenn ich ehrlich bin, hätte das wohl auch nichts geändert.

Einiges kriegte ich dennoch mit, zum Beispiel, daß meine Angelegenheiten sich in einer Art Zwischenzustand befanden und dies bis zu meinem Geburtstag im August, an dem ich einundzwanzig wurde und das Erbe antreten konnte, so bleiben würde, daß die Frau, die uns empfangen hatte, die Witwe meines Großvaters war – nicht meine Großmutter, welche schon vor meiner Geburt gestorben war, sondern seine zweite Frau Tillie, die er zehn Jahre vor seinem Tod geheiratet hatte, und daß sie laut Testament berechtigt war, bis zu ihrem Tod in dem Haus zu wohnen. Ihr stand auch ein Teil des Erbes zu, eine Summe von achttausend Pfund jährlich, was mir viel erschien, als der Anwalt sie zuerst erwähnte, aber dann nicht mehr. Mir war, als reiste ich während des Gesprächs mit Mr. Markham durch unterschiedliche Geldzonen, wie man in Amerika durch unterschiedliche Zeitzonen reist. Er begann bald von Summen von Zehntausenden und Hunderttausenden Pfund zu sprechen, und ich verlor die Übersicht über all die Nullen, weshalb er meinen leeren Blick auf seine Bemerkung »Sie werden selbstverständlich eine zwischenzeitliche Zahlung erhalten, bis die gerichtliche Testamentsbestätigung abgeschlossen ist. Wären zehntausend genug?« als Enttäuschung interpretiert haben muß. Als ich vage äußerte: »Ich glaube schon«, sah er mich kurz an, sagte: »Fünfzehn wären vielleicht besser« und machte sich eine Notiz. Ich hatte Mühe, nicht mit einem Lachen herauszuplatzen.

Die ganze Sache hätte komisch sein können, wenn sie nicht so unheimlich gewesen wäre. An einem Punkt hatte ich den Eindruck, daß er sich fast entschuldigte, weil mein Großvater offenbar unklug spekuliert hatte und infolgedessen nach Begleichung der Erbschaftssteuern »nur« siebenhunderttausend Pfund übrigblieben. Da schwamm mein Kopf bereits vor Nullen, und ich fragte mich, ob ich damit Millionärin war.

Ich sagte, ich könne bestimmt irgendwie durchkommen, aber er sah ziemlich verwirrt aus.

Ich glaube, Mr. Markham war so erleichtert wie ich, als wir unser »kleines Vorgespräch«, wie er es nannte, beenden konnten. Ich war offenbar eine enttäuschende Erbin, wie ich da in einem billigen blauen Rock und einem hellblauen Anorak auf der Sesselkante hockte und vor Kälte zitterte. Ich ließ keinerlei Reaktion außer einem höflichen Interesse an Worten erkennen, denen ich nur mit halbem Ohr lauschte – aber er konnte auch nicht wissen, daß Fern Mary Miller es sich vor langer Zeit, bevor aus Fern Mary wurde, beigebracht hatte, nur die unverbindlichsten Gefühle zu zeigen.

Aber was hatte er erwartet? Im Rückblick glaube ich, so seltsam es scheinen mag, daß es Dankbarkeit war. Gemäß der Überlieferung, daß der Überbringer schlechter Nachrichten um einen Kopf kürzer gemacht wurde, so erwartete Mr. Markham meiner Meinung nach von mir, daß ich *ihm* dankbar war, weil er mir die erfreuliche Kunde vom Erbe meines Großvaters überbrachte. Es war nicht seine Schuld, daß mir Dankbarkeit zu diesem Zeitpunkt sehr fern lag.

»Nun, Miss Miller, wenn Sie keine Fragen mehr haben, wäre das, glaube ich, fürs erste alles. Sie können es sicher kaum erwarten, Ihre Verwandten zu sehen. Falls jedoch noch Fragen auftauchen sollten oder Sie irgend etwas abklären möchten, können Sie mich jederzeit im Büro oder zu Hause anrufen. Jederzeit. Das ist kein Problem. Das alles kam recht überraschend für Sie, es gibt viel zu verarbeiten, aber denken Sie bitte daran, daß ich Ihnen immer für Fragen zur Verfügung stehe.«

Ich lächelte höflich, dankte ihm für sein Angebot, glaubte jedoch nicht, daß ich jemals davon Gebrauch machen würde. Er war so geradlinig, so frei von Zweifeln und Irrungen, daß er die labyrinthischen Wege meiner Familie niemals begreifen würde. Die einzige Frage, die mich damals wirklich interessierte, würde er nie beantworten können.

Welche bösartige Anwandlung oder welch mißverstandener Anfall von Großzügigkeit hatte meinen Großvater bewogen, mich für eine derartige Zuwendung auszuersehen, mich, die ich vielleicht als einzige in der Familie nichts anderes als meine Ruhe haben wollte?

Ich fand Paula in einsamer Pracht in einem gigantischen Wohnzimmer – dem Salon, wie es in Chatton Heights hieß. Zu meinem Erstaunen war es in dem Raum fast warm. Im Kamin loderte ein Holzfeuer, und Radiatoren strahlten etwas Wärme ab.

Abgesehen von dem erfreulichen Temperaturunterschied, war dieser Raum so trübsinnig wie das Studierzimmer meines Großvaters. Drei Fenster gingen auf den Garten vor dem Haus hinaus – regennasser Kies und dahinter Rasen und eine riesige Armee von Lorbeersträuchern. Auf dem Boden lag ein sehr betagter Teppich mit einer Art rötlichbraunem Paisley-Muster, und die Wände zierte eine Velourstapete mit einem Muster aus Urnen und Schriftrollen in derselben Farbe. Paula saß auf einem ausladenden Ledersofa mit Zierknöpfen, und überall standen Möbel aus gemasertem Eichenholz herum.

Links und rechts vom Kamin – der wie sein Gegenstück in der Halle aus schwarzem Marmor gefertigt war – hingen zwei große Ölgemälde. Auf dem rechten Gemälde war in rußigen Tönen und an Turner erinnerndem Stil ein Schiff dargestellt, das in Fluten von etwas unterging, welches schwarzem Sirup glich, wohingegen auf dem linken Gemälde ein Hirsch mit zerfetztem, blutendem Schlund von drei geifernden Hunden zu Boden gerissen wurde. Die Augen des Hirschs waren zum Himmel gerichtet, und in ihnen lag ein Ausdruck, wie man ihn auch bei ehemaligen Märtyrern findet. Zufälliger und beabsichtigter Tod: Die Themen schienen angemessen morbid für Chatton Heights, und ich fragte mich, ob meine Verwandten sich heutzutage Bilder von Flugzeugabstürzen oder vom Robbenschlachten an die Wände ihrer Heime hängen würden. Wie das Studierzimmer meines Großvaters wirkte auch dieser Raum nicht im geringsten gemütlich, farbig oder elegant. Ich glaube, ich bin schon durch Unterführungen gekommen, die anheimelnder waren.

Paula, die es sich mit einem großen Glas Sherry in der Hand auf dem Sofa bequem gemacht hatte, schien zu einem anderen Urteil gelangt zu sein. »An so ein Leben könnt ich mich gewöhnen«, meinte sie. »Die Dame hat gesagt, ich soll mir von dem Sideboard einen Drink nehmen.«

Ich schenkte mir ein Tonic ein und erwiderte: »Die Dame ist übrigens die Witwe meines Großvaters. Meine Stiefgroßmutter sozusagen – keine genetische Verbindung.«

»Gott sei Dank, was? Komm, setz dich her und erzähl, wie es mit dem Anwalt gelaufen ist.«

»Ach, jede Menge Rechtskram.« Ich ließ mich neben ihr nieder, blieb mit meiner Antwort aber bewußt vage. Mein Instinkt riet mir, nicht über die Einzelheiten meiner Erbschaft zu reden.

Es ist merkwürdig, wie sich die Menschen entsprechend ihrer Umgebung verändern. Paula war mit der Wucht und Dramatik eines Spitzenmimen, der in einem Laienspielkreis landet, in mein kleines Häuschen in Briston geplatzt. Aber hier, in den schmucklosen, zeitlos scheußlichen Salon in Chatton Heights paßte sie nicht, weil sie modisch zu zeitgemäß war. Dieser Raum verlangte nach kräftigen Frauen in Tweedröcken, Frauen, deren Hände rauh waren vom Kampf mit den Ranken im Rosenbeet oder vom Festzurren des Sattels ihrer Reitpferde. Paulas orange lackierte Fingernägel und ihre hochhackigen Stiefel gehörten zu Straßen und Apartments, nicht zu diesem Raum. Aber für mich war ihre knallige Erscheinung von Vorteil, und ich war aufrichtig dankbar, daß sie mitgekommen war.

Aus der Halle unterhalb des Salons drangen die Stimmen von Männern zu uns, die sich herzlich begrüßten. Die eine gehörte zu Mr. Markham, aber die andere, die süffisant und schleppend wirkte, war mir unbekannt – unbekannt, und doch auf eine seltsame Art vertraut. Mein Körper sagte mir, daß er diese Stimme schon einmal vernommen hatte.

Paula redete immer noch – ich glaube, sie erläuterte, wie sie den Raum gestalten würde, wenn es ihrer wäre –, aber ich vermochte nicht mehr zuzuhören. Die Stimme in der Halle faszinierte und bedrohte mich zugleich. Es war eine Stim-

me, die nach Portwein und Havannas klang, die das rauchige Timbre eines Rundfunksprechers aus vergangenen Tagen hatte.
Und als die Tür aufging, wußte ich, noch bevor er hereinkam, zu wem die Stimme gehörte.
Zu meinem Onkel, dem älteren Bruder meines Vaters. Archie.
Natürlich hätte ich ihn aufgrund der Interviews und Porträts, die hin und wieder über ihn in Zeitschriften erschienen, ebenso wie Paula erkannt. Ich sah, wie ihr Kinn nach unten klappte und ihre Wangen sich verfärbten, ehe sie den Mund fest schloß und mir auf die ihr eigene unmißverständliche Weise einen Blick zuwarf, der besagte: Warum, zum Teufel, hast du das vorher mit keinem Wort erwähnt?
Aber Paulas Überraschung war nichts gegen meine eigene.
Als mein Onkel eintrat und einen Moment verharrte, freundlich und liebenswürdig lächelnd, durchfuhr mich ein panikartiges Grauen wie ein elektrischer Schlag – ein Grauen, das ebenso lebendig und echt wie völlig unsinnig war.
Stellen Sie sich vor, Sie wurden Ihr Leben lang immer wieder von einem Traum heimgesucht, der sich zwar veränderte, in dessen Mittelpunkt aber eine einzige Person stand, ein Mann. Der Mann ist stattlich und hat ein attraktives, ein bißchen zu fleischiges, leicht südländisches Gesicht mit kohlschwarzen Brauen, dunklen Augen mit etwas hängenden Lidern und einem vollen sinnlichen Mund. An sich ist nichts Ungewöhnliches an ihm, doch jedesmal, wenn er erscheint, ist die Ich-Figur in Ihrem Traum wie gelähmt vor Angst – der urtümlichen Angst der Alpträume, dem Grauen des kleinen Kindes, das in der gesichtslosen Dunkelheit um einen Beistand fleht, der längst verschwunden ist.

Und dann stellen Sie sich vor, daß diese Traumfigur eines Tages völlig unerwartet in Ihre reale Alltagswelt tritt. Ein Vorhang wird kurz beiseite gezogen, und die dunklen Ängste Ihrer Traumwelt dringen herein, ersticken, würgen, blenden Sie …
Eine Angst, so mächtig, daß sie Sie umwirft.
Dann löst sie sich auf.
Im einen Moment packten mich die eisigen Hände der Panik, umklammerten, lähmten mich … und im nächsten spürte ich, daß ich frei atmen konnte, wie ein Heliumballon, der sich von der Schnur löst, die ihn hält, und leicht und locker in die blaue Luft hinaufsteigt, wo es keine Angst gibt, wo es gar keine Gefühle gibt.
Losgelöst, über der kleinen Gruppe von Menschen schwebend, nahm ich an den artigen Ritualen des Kennenlernens teil: Paula, mein Onkel Archie, Mr. Markham, Paula Grove … Mein Onkel schloß sich an: Fern, meine Liebe, du hast dich kaum verändert … einen Drink für dich? Ah ja, ich sehe, du bist schon versorgt … noch etwas für deine Freundin? Es kommt mir vor, als wär's erst gestern gewesen …
Falls ich insgeheim befürchtet hatte, das Wiedersehen mit meinen Verwandten würde extrem peinlich ausfallen, hatte ich den weltläufigen Charme meines Onkels außer acht gelassen. Seine Stimme surrte wie der Motor eines Luxuswagens.
Wie war die Fahrt? Habt ihr das Haus gleich gefunden, nach so langer Zeit? Es hat sich einiges verändert seit damals … der Garten ist verkleinert worden, zuwenig Personal, das übliche Problem, am Küchenflügel mußte das Dach erneuert werden … dein Großvater lehnte Veränderungen immer ab.
Paula hatte ihren Schock überwunden und legte sich ins

Zeug, um meinem Onkel zu gefallen. Sie zog zwar nicht die amerikanische Naiv-Nummer mit den großen Augen ab, das war nicht ihr Stil, aber sie strapazierte ihren amerikanischen Akzent, bis er zu reißen drohte, und brachte ihr gesamtes Repertoire an witzigen Bemerkungen zur transatlantischen Sittenkomödie zum Einsatz.

Bald waren Archie und sie ins Gespräch vertieft, und ich hatte Gelegenheit, ihn genauer zu betrachten. Die Traumgestalt war in jene verschlossenen Bereiche meines Geistes zurückgekehrt, die sie bislang bewohnt hatte, und ich konnte mir nicht mehr vorstellen, was an der Erscheinung dieses attraktiven, liebenswürdigen Herrn in mittleren Jahren – dessen Gesicht mir zumindest von Fotografien hätte vertraut sein müssen – eine solche schockartige Panik auszulösen vermochte.

In seiner Jugend mußte er auf klassische Weise gutaussehend gewesen sein – stattlich, dunkel und zweifellos attraktiv –, aber in den vergangenen Jahren hatten sich mehr und mehr Linien in sein Gesicht gegraben, was ihn nicht weniger anziehend, sondern eher interessanter machte. Seine dunklen, tiefliegenden Augen schienen so viel zu verbergen, wie sie preisgaben; seine Lippen waren voll und sinnlich und zogen sich beim Lächeln nach unten. Bei der ersten Begegnung mit meinem Onkel schätzte man ihn als einen Mann ein, der Freud wie Leid in reichlichem Ausmaß erfahren hatte, ein Mann, dessen instinktive Zurückhaltung von seiner Weltläufigkeit nur zum Teil verborgen wurde. Seine Hände waren, wie ich bemerkte, rosa und sorgfältig manikürt, die ovalen Nagelspitzen strahlend weiß – die Hände eines Bestattungsunternehmers oder eines Zahnarztes. Der Archie, der sich in meine Kindheitsträume gestohlen hatte, war jünger, weniger ausgeprägt.

Tillie erschien in der Tür. »Fertig, wenn ihr jetzt …« begann

sie. »Mittagessen ist ... obwohl vielleicht Gerald noch nicht.«
Archie lächelte auf eine Art, die geduldig und amüsiert zugleich war. »Tillies Sprache ist leider nicht von Klarheit geprägt«, sagte er leise zu mir und Paula. Tillie war nicht anzumerken, ob ihr bewußt war, daß man über sie redete; lediglich ein Zucken ihrer Hände mochte darauf hinweisen. Sie starrte mit leerem Blick irgendwo in die Mitte des Raums, und ihr Mund bewegte sich, als lutschte sie ein imaginäres Bonbon.
»Im Lauf der Zeit wirst du es lernen, ihre Mitteilungen zu entschlüsseln«, fuhr er fort. »Sie hat uns soeben darüber informiert, daß zum einen das Mittagessen fertig ist und wir zum anderen schon anfangen sollen, statt auf meinen extrem unpünktlichen Sohn zu warten. Stimmt das, Tillie?«
Sie sah beinahe dankbar zu ihm auf und nickte. Noch immer lächelnd, legte ihr mein Onkel die Hand auf die Schulter, und sie gingen hinaus, dicht gefolgt von Mr. Markham.
In der Halle verabschiedete Archie den Anwalt, während wir Tillie folgten, die ihren Dunst von Mottenkugeln und muffigen Kleidern verströmte und uns einen breiten, spärlich beleuchteten Korridor entlang zum Eßzimmer führte.
Kurz bevor wir eintraten, grub Paula ihre orangefarbenen Fingernägel in meine Schulter und zischte mir ins Ohr: »Warum hast du mir verdammt noch mal nie erzählt, daß dein Onkel der Verfasser von *Doras Zimmer* ist?«

Doras Zimmer. Das Buch hatte einen kleinen Aufruhr verursacht, als es veröffentlicht wurde. Aber nur einen kleinen. Es war wunderbar geschrieben ... richtungweisend ... vereinte Lyrik und Prosa in sich … ein Mythos unserer Zeit – aber Kritiker äußern häufig derartiges, und ungeachtet der Lorbeeren geraten die von ihnen rezensierten Bücher schnell in Vergessenheit.

Nicht so *Doras Zimmer.* Innerhalb weniger Jahre wurde es zu dem, was man häufig als »Kultbuch« bezeichnet, und gewann eine leidenschaftliche Fangemeinde. Ich wußte darüber nicht mehr als alle anderen. Und was ich auch nicht gewußt hatte, jetzt aber nicht mehr übersehen konnte, war die Tatsache, daß Paula einer dieser glühenden Fans war.

Sie ließ Archie nicht aus den Augen, als er nach der Verabschiedung von Mr. Markham hereinkam und seinen Platz am Kopfende des Tisches in diesem Speisezimmer einnahm, das so riesig und trostlos war wie alle anderen Räume, die ich bisher in Chatton Heights gesehen hatte.

Vor den Fenstern stand eine immergrüne Magnolie, durch deren Blätter nur wenig dunkelgrünes Licht in den Raum drang. An dem riesigen Eßtisch fanden bequem zwölf, ja mühelos auch zwanzig Personen Platz. Die fünf Gedecke, die aufgelegt waren, wirkten wie Strandgut in einem Ozean aus schimmerndem Holz.

Als ich mich umsah, fiel mir auf, daß sich die deprimierende Stimmung dieses Raums von der des Salons und des Studierzimmers unterschied, da hier jemand (wer?) versucht hatte, die gewaltigen Dimensionen und die trüben Lichtverhältnisse zu verbessern. Der Versuch war gescheitert. Die Chintzvorhänge mit dem heiteren Iris-Lilien-Muster konnten die Tatsache nicht verhehlen, daß die Fenster zu schmal waren und das Licht ausschlossen, statt es einzulassen. Die Gemälde, fröhliche Strandszenen in Pastelltönen (ein Junge mit Sonnenhut und Reuse, ein anderes Kind, das sein Bein schlenkerte, weil sich eine Krabbe daran festgebissen hatte, Fischerboote und Möwen), waren zu

klein und zu weit voneinander entfernt und wirkten in der gigantischen Wüste der staubfarbenen Wand nur mehr läppisch. Einzig die Anrichte, ein monströses, mit Ornamenten überladenes Möbel aus dunklem Holz, konnte sich in diesem Raum behaupten. Und die Sammlung von Zinnkrügen und -tellern, die darauf stand, schien angebrachter als das Porzellangeschirr und die Gläser auf dem Eßtisch. Ich fand, daß man in diesem Raum das Fleisch mit Messer und Händen zerlegen und die Überreste den Hunden zuwerfen sollte.
Aber es gab keine Hunde, keine fröhlichen Sänger, die das Schweigen zu vertreiben vermochten, mein Schweigen, meine Unfähigkeit, mich zu äußern …
Als wir mit dem Essen begannen, überlegte ich, wie ich das Thema meines Erbes anschneiden konnte, aber es war schwer, eine geeignete Lücke in der banalen Tischkonversation zu finden. Magst du noch etwas Suppe? Ja, ich möchte euch sagen, daß die Erbschaft meines Großvaters für mich eine ebenso große Überraschung ist wie für euch. Ich finde, wir sollten darüber sprechen. Jetzt gleich? Ja, jetzt gleich. Ich bin sicher, daß Paula den Stier an den Hörnern gepackt hätte, aber mir verlangte das eine gesellschaftliche Souveränität ab, zu der ich mich außerstande fühlte. Wenn man sein ganzes Leben lang darauf geachtet hat, unsichtbar zu bleiben, verfügt man kaum über gesellschaftliche Souveränität. Ich aß die Suppe, die erstaunlich gut schmeckte – hatte Tillie etwa ungeahnte Talente? –, und sagte nichts. Ich hoffte, daß sich nach dem Essen eine geeignetere Gelegenheit bieten würde.
Es stellte sich bald heraus, daß mein Onkel für den Nachmittag andere Pläne hatte.
»Nach dem Mittagessen bekommen wir von einem Journalisten Besuch. Ich dachte, das interessiert euch vielleicht. In

diesem Sommer gibt es eine Neuauflage von *Doras Zimmer.* Nach so langer Zeit ist es ziemlich schwierig, irgend etwas Neues über das Buch zu sagen oder zu schreiben, aber ein Glücksfall wollte es, daß die Reinemachefrau beim Ausräumen des Zimmers deines Vaters ein paar alte Fotografien entdeckte. Auf einigen ist Clancy zu sehen.«

»Ah ja?«

Mein Mangel an Interesse war schmerzhaft offensichtlich. Aber was sollte ich sagen?

Clancy. Clarence. Wer war das?

Archie betrachtete mich freundlich. »Ich dachte, du wolltest sie dir vielleicht ansehen.«

Ich ballte die Hände zu Fäusten. Wollte ich? Nach einigem Erwägen stellte ich fest, daß ich nicht wollte. Nicht besonders gern. Eigentlich gar nicht. Mein Vater starb, als ich fünf war. Er war tot. Ich konnte mich nicht erinnern, jemals seinen Vornamen gehört zu haben. Clarence. Abgekürzt Clancy. Warum erwartete man von mir, daß ich alte Fotos von ihm anschauen wollte? Ich rang die ersten Regungen von Neugierde und Unbehagen nieder. Mein Vater hatte nichts mehr mit mir zu tun; er war ein Fremder, eine unwichtige Gestalt aus der Vergangenheit. Laß die Toten ruhen ... ich hatte das immer für einen vernünftigen Ratschlag gehalten.

Deshalb sagte ich nur: »Oh!« und starrte peinlich berührt in meine leere Suppenschale, während Paula ihre Begeisterung kundtat. »Ich bewundere Ihr Buch, seit ich es damals in der Schule gelesen habe, Mr. Miller. Ich hatte das Gefühl, daß es sich direkt an mich wendet. Jetzt wird mir klar, wie erstaunlich das ist, da Sie hier in diesem Haus aufwuchsen, in einer so anderen Welt. Aber irgendwie durchdringen Sie einfach die oberflächlichen Unterschiede zwischen jungen Menschen und stoßen direkt zu den universellen Wahrhei-

ten vor, die allen gemein sind – und man muß wirklich genialisch sein, um das zu schaffen.«
Ich errötete an Paulas Stelle. Das war schon sehr dick aufgetragen, sogar für ihre Verhältnisse, und einerseits hoffte, andererseits fürchtete ich, daß Archie eine spöttische Bemerkung machen und alles ins richtige Verhältnis rücken würde. Doch zu meinem Erstaunen zogen sich seine Mundwinkel in einem wahrlich katerhaften, selbstzufriedenen Grinsen nach oben, und er murmelte: »Nennen Sie mich doch Archie, liebes Kind.«
Sein Blick richtete sich auf mich. »Und wie ist es mit dir, kleine Nichte, findest du auch, daß dein kluger Onkel mit *Doras Zimmer* ein genialisches Werk geschaffen hat?«
Ich hielt seinem Blick kurz stand, dann sah ich weg. »Ich weiß nicht«, sagte ich leise, »ich habe es nie gelesen.«
Schweigen. Verblüfftes Schweigen. Jetzt war es an Paula, sich meiner zu schämen. Aber Archie überspielte rasch die peinliche Situation. »Himmel, warum solltest du auch? Es gibt viele Bücher, die deine Aufmerksamkeit mehr verdient haben.«
»Oh, aber M ... Fern, du mußt es lesen. Du weißt gar nicht, was du dir entgehen läßt«, sagte Paula.
»Ich möchte ja auch ... irgendwie bin ich nur nie ...«
»Du hast viel Zeit«, meinte Archie lachend, »und ich habe sogar noch ein paar Exemplare hier. Wenn du möchtest, wäre es mir ein Vergnügen, dir eines zu schenken.«
»Natürlich ... danke.«
»Und sei froh, daß ich nicht weitschweifig bin. Es ist kein dickes Werk, durch das man sich durchbeißen muß, bloß ein schmales Bändchen. Meine Muse ist nur ein schmalhüftiges, kümmerliches Wesen, falls sie sich nicht inzwischen ganz in Luft aufgelöst hat. Was ich allerdings glaube.«
Paula fragte eifrig: »Arbeiten Sie wieder an etwas, Archie?«

»Und Sie bekommen auch ein Exemplar, meine Liebe.«
Mir fiel auf, daß er ihrer Frage ausgewichen war. Paula zerfloß vor Dankbarkeit, und das Gespräch zwischen den beiden plätscherte munter weiter. Ich sagte mir, daß ich ungehobelt sei, aber etwas an der liebenswürdigen Art war unstimmig und erfüllte mich mit Unbehagen.
Das fünfte Gedeck auf dem Tisch blieb während des gesamten Essens unberührt.

Nach dem Essen überkam mich das seltsame Gefühl.
Oder besser gesagt, es wurde so stark, daß ich es nicht länger verleugnen konnte. Denn seit der Brief des Anwalts mit dem Stempel Randolf & Miles anstelle der Briefmarke mich erreicht und ich ihn geöffnet und die unglaubliche Mitteilung gelesen hatte, daß ich als Haupterbe des Vermögens meines Großvaters eingesetzt worden war, hatten sich merkwürdige Veränderungen eingestellt, die ich hartnäckig zu ignorieren versuchte. Nichts Äußerliches, nichts Greifbares. Mein Alltag verlief wie immer. Ich kümmerte mich um Dring, ging zum Unterricht im College, machte meinen Teilzeitjob im Maklerbüro, aber in mir, in meinen Hirnwindungen, begann sich etwas zu regen, als würden Dinge, die dort jahrelang im Tiefschlaf gelegen hätten, plötzlich erwachen, sich strecken, sich zum Handeln vorbereiten. Ich konnte fast spüren, wie sie unter meiner Kopfhaut kribbelten, als wären diese namenlosen, erwachenden »Dinge« Motten, versteckte braune Motten mit pelzigen Körpern und brüchigen Flügeln, die in den dunklen Tiefen meiner Seele aus den Puppen schlüpften und ungeduldig flatternd darauf warteten, ans Licht zu kommen.
Natürlich war das Unsinn, völliger Unsinn. Ich hatte einen Brief erhalten, das war alles. Ein Brief, der große Veränderungen ankündigte, sicher, aber dennoch einfach ein Brief

aus der realen Welt der Testamentsbestätigungen und Dividenden und Bankkonten. Ein Brief, der rein gar nichts mit Motten zu tun hatte, die unter meiner Schädeldecke aus den Puppen schlüpften. Ich erzählte niemandem von diesen Gefühlen, versuchte sogar, sie vor mir selbst zu verbergen. Ich stellte mir vor, daß Paula – wenn ich ihr davon berichten würde, was ich keinesfalls vorhatte – mir sagen würde, ich solle weniger Koffein und lieber zur Abwechslung mal ein anständiges Frühstück zu mir nehmen. Also befolgte ich ihren imaginären Rat.

Es war mir tagelang gelungen, diese seltsamen, unangenehmen Emotionen nicht zu beachten, aber nach dem Mittagessen an meinem ersten Tag in Chatton Heights konnte ich mich ihrer plötzlich nicht mehr erwehren.

Ich hatte dankend abgelehnt, als Tillie mir Kaffee anbot (weil ich immer noch versuchte, auf Koffein zu verzichten). Archie berichtete der verzückten Paula von seiner jüngsten Lesereise durch die Vereinigten Staaten und dem Motel in Milwaukee, wo man ihn bei der Gestaltung der »Doras-Zimmer«-Cocktaillounge um Beratung gebeten hatte. Paula hing an seinen Lippen, aber aus irgendeinem Grund, vielleicht weil ich das Buch nicht gelesen hatte, zerrte seine farbige Erzählweise an meinen Nerven, und ich ging zum Fenster und starrte hinaus auf den nassen Kies und die nassen Lorbeerbüsche und den wolkenschweren Himmel, der noch mehr Nässe verhieß.

Ich dachte gerade darüber nach, wie ich das Thema anschneiden konnte, das Archie und Tillie sicher ebenso beschäftigte wie mich, als draußen rechts vom Fenster ein quietschendes, knirschendes Geräusch zu vernehmen war und ein alter Mann, der bemerkenswerte Ähnlichkeit mit Peter Rabbits Mr. McGregor hatte und eine Schubkarre schob, ins Blickfeld kam. Obwohl die Schubkarre leer war, schien ihm das Schieben einige Mühe zu bereiten. Seine dünne Jacke bot wenig Schutz gegen den anhaltenden Regen, und er war mager und ging gekrümmt. Er kam ziemlich dicht am Fenster vorbei – quietsch, knirsch, quietsch –, war aber so konzentriert, daß er mich nicht bemerkte. Nach einer Weile war er außer Sichtweite. Ich beobachtete, wie sich die Reifenspur der Karre mit Regenwasser füllte.

Wer war er? Warum war er hier? Archie hätte es mir sagen können – aber darum ging es nicht. Der alte Mann mit der Schubkarre war für mich plötzlich Sinnbild all der vielfältigen Vorgänge in diesem Haus, das jetzt mir gehörte, von dem ich jedoch nichts wußte. Vielleicht schob er da *meine* Schubkarre. Wahrscheinlich war er *mein* Gärtner. Mr. Markham hatte heute morgen einen Hausverwalter, Löhne und Pacht erwähnt – und ich hatte nicht zugehört. Es stand fest, daß der starrsinnig wirkende alte Mann, der sich mit gebeugtem Kopf durch den Regen kämpfte, wußte, welche Stellung er in diesem Haushalt einnahm, wußte, wo er mit der Schubkarre hinwollte und warum, und hätte er aufgeschaut und mich bemerkt, hätte er zweifellos auch genau gewußt, wer ich war, ebenso wie der Mann im Dorf.

Ich setzte mich ans Fenster. Wie all die anderen Parterrefenster in Chatton Heights zollte auch dieses der Paranoia meines Ahnen Tribut. Es war hoch und schmal, und die Nische, in der es lag, war nach vorn ausgebeult wie der Boden eines Kanus. Wenn die Vorhänge zugezogen waren, war sie vom Rest des Raums getrennt.

Ich widerstand der Versuchung, den Vorhang zuzuziehen und mir so den Anblick der sich angeregt mit Archie unterhaltenden Paula und der leer über den Kaffeewagen starrenden Tilly zu ersparen, deren spinnwebartiger Mund sich fortwährend bewegte, als käute sie wieder. Hier am Fenster, weit weg vom Kamin, war es kalt; Kälte und Feuchtigkeit drangen durch den undichten Fensterrahmen. Hinter dem Glas fiel ohne Unterlaß der Regen, und das monotone Plätschern war beruhigend und verwischte den Klang der Stimmen.

Ich fuhr mit dem Finger die Form einer Ranke auf dem schweren Leinenstoff des Vorhangs nach. Und da wurde das seltsame Kribbeln in meinem Hirn, diese fremde Empfindung, plötzlich intensiver. Das Gefühl war so neu, verweigerte sich so jeder Erklärung, daß ich mich wahrscheinlich hätte fürchten sollen; doch ich befand mich an einem Ort, an dem es keine Furcht mehr gab. Ich fühlte mich wohlig und geborgen, schwebte auf einer Woge des Glücks.

Und mit diesem Empfinden plötzlicher Geborgenheit trat eine weitere Veränderung ein. Der Stoff unter meinen Fingern verwandelte sich langsam, die verblaßten Farben wurden leuchtender, klarer, die Formen zeichneten sich deutlicher ab wie bei einem Foto in der Entwicklerflüssigkeit – ein Blatt erschien in saftigem, frischem Grün, die Adern in tiefem Blau, und die Urwaldblüte daneben leuchtete in kräftigem, flammendem Rot, eine phantastische exotische Lilie. Meine Finger spürten dem Muster mit beinahe trunkenem Glück nach, als bürge der Stoff eine andere, magische Welt, zu der ich nur mit einem Funken Willen Zutritt erlangen könnte …

Das Trommeln des Regens verhallte, und statt dessen vernahm ich eine Stimme, die leise und sanft vor sich hin sang. Ich bemühte mich, mehr zu hören – es war lebenswichtig für mich, diese Stimme zu hören, das wußte ich, denn sie war die Quelle all meiner jüngst gewonnenen Geborgenheit.

Die Stimme war alles.

Es war eine Sommerstimme: Fliegen summten hinter son-

nendurchglühten Fenstern, eine Waldtaube rief, ein warmes, zufriedenes Murmeln. Der Duft von Geißblatt und frisch gemähtem Gras hing in der Luft. Liegestühle und Sandalen und Orangensaft statt Tee zur Teezeit. Durch alle Gefühle der Glückseligkeit wob sich diese Stimme, und jeder Nerv in meinem Körper wurde von ihr liebkost.
Ich schaute auf, erwartete fast, vor dem Fenster einen blühenden Rosenbusch und einen trägen blaßblauen Sommerhimmel zu sehen …
Nichts.
Nur das bleierne Grau des Winterregens. Kalt. Trostlos. Die Stimme verklang. Beinahe panisch blickte ich auf den Stoff, aber auch das Muster verblaßte, wurde wieder leblos, normal.
Die Stimme war verschwunden. Die goldene Kugel von Geborgenheit um mich herum zerplatzte und zersplitterte, und ich fühlte mich verletzlich und fror, und die Stimme eines Mannes, Archies Stimme, ich erkannte sie an der Angst, die mich packte, tropfte auf mein Unwohlsein wie öliger schwarzer Rauch.
»Fern, erinnerst du dich noch an deinen Cousin Gerald?«

Es war nicht seine Schuld, daß er in einem so grotesk unpassenden Moment auftrat. Als ich aufsah und in sein unbewegtes Gesicht blickte, bemühte ich mich, ihn nicht zu hassen, weil er mein Traumerlebnis zerstört hatte.
»Hallo, Gerald.«
Er lächelte nicht, und als wir uns kurz die Hände gaben, bemerkte ich, daß seine feucht war und zitterte.
»Hallo, Fern. Lange nicht gesehen.«
»Ja.«
Mir fiel nichts ein, was man zu einem Cousin sagen konnte, dem man vor fünfzehn Jahren zum letztenmal begegnet

war. (Ach, du bist aber groß geworden!) Und während ich nach einem Thema suchte, das angemessen neutral, aber nicht völlig banal war, sagte er: »Du hast vielleicht Nerven, dich jetzt hierher zu trauen«, machte auf dem Absatz kehrt, schlenderte zum Kaffeewagen hinüber und goß sich eine Tasse Kaffee ein. Seine Hände zitterten offenbar immer noch, da er ziemlich viel Kaffee auf die Untertasse schüttete.
Archie blieb neben mir stehen und sagte ohne jede Skrupel betreffs Banalität: »Sieht aus, als wollte es den ganzen Nachmittag weiterregnen. Der englische Winter ist wahrlich ein Vergnügen.«
Ich hätte ihm dankbar sein sollen, weil er zumindest versuchte, die prekäre Situation zu überspielen, aber es war zu spät. Die Zeit für Höflichkeitsfloskeln war vorbei. Geralds unvermittelte Äußerung hatte das Schweigen zerrissen, das wir alle aufrechterhalten hatten, ebenso wie sein Auftreten die magische Stimmung zerstört hatte, in die ich in der Fensternische verfallen war. Ich wußte, daß ich diese Chance nutzen mußte.
Doch ich zögerte noch immer, wollte mir nicht eingestehen, daß meine wunderbare sommerliche Glückseligkeit zerronnen war. Und während Archie völlig nichtssagende Bemerkungen über Mariä Lichtmeß und die Fastenzeit zum besten gab, nahm ich meinen Cousin Gerald genauer in Augenschein.
Er war mittelgroß – so groß wie sein Vater, was ich jetzt bemerkte, obwohl mir Archie aus der Perspektive meiner Kindheit als sehr groß, beinahe riesig in Erinnerung gewesen war. Und er hatte wie sein Vater einen ausgeprägten Mund, aber mehr Ähnlichkeiten fanden sich nicht. Archies Mund war sinnlich, wohingegen Geralds Lippen, die leicht glänzten, mehr zum beleidigten Schmollen zu neigen schienen. Archie war ein dunkler, fast mediterraner Typ, Gerald

wirkte ganz und gar englisch. Seine Haare hatten die Farbe von sonnengebleichtem Stroh und fielen lose über die Stirn, seine Wangen waren so rot wie reife Äpfel, seine Augen wäßrig blau. Ich erinnerte mich undeutlich daran, daß er zu Wutanfällen neigte, und, seiner teuren Kleidung und seinen eleganten Schuhen zum Trotz, machte Gerald eher den Eindruck eines übergroßen Kindes, das beim geringsten Anlaß mit dem Fuß aufstampfte oder sein Essen durchs Zimmer warf. Er hatte grobschlächtige Hände wie ein Arbeiter, und mir fiel auf, daß seine Fingernägel bis aufs Fleisch heruntergekaut waren.
Du hast vielleicht Nerven, dich jetzt hierher zu trauen. Mein Magen verkrampfte sich vor Angst, aber zu meinem Erstaunen empfand ich auch so etwas wie Erleichterung. Jetzt konnte ich nicht mehr ausweichen, jetzt mußte ich das Thema des Erbes anschneiden.
Ich brauchte Mut. Als ich aufstand und zum Kamin hinüberging, versuchte ich angestrengt die Stimme wieder zu hören, die in der Fensternische zu mir gesprochen hatte, mich an dieses fließende Gefühl von Geborgenheit zu erinnern, als könnte mir die Erinnerung Stärke geben, ähnlich einem Talisman. Vielleicht war es so. Vielleicht war ich mutiger, als ich glaubte, und das drückende Schweigen war unerträglich geworden.
Ich stand vor dem Kamin.
»Ich bin sicher, es fällt auch euch nicht leicht«, begann ich, »aber ich glaube, wir sollten darüber sprechen ... Ich weiß, daß wir alle denken ... Ich weiß nicht, wie es dazu kam, aber ... Ich meine das Testament meines Großvaters.«
Es war kein besonders gelungener Anfang. Genaugenommen war er sogar ziemlich mißglückt, aber zumindest war es ein Anfang. Und jemand wie ich, der vor Schüchternheit immer geradezu gelähmt gewesen war, hatte sich damit

schon fast einen Orden für Tapferkeit vor dem Feind verdient.
Es entstand ein Schweigen. Ich hatte gehofft, daß, nachdem das Thema zur Sprache gebracht war, jemand anders sich dazu äußern würde, aber niemand sagte etwas. Ich hörte nur das Zischen der Scheite im Kamin und das dumpfe Trommeln des Regens auf dem Kies.
Es war ein erwartungsvolles Schweigen. Aller Augen waren auf mich gerichtet – die dunklen von Archie mit einem amüsierten Blick, die leeren blauen von Tillie, die wie bunte Glassplitter wirkten, die von Gerald, zu wäßrigen Schlitzen zusammengekniffen, mich scharf beobachtend unter seiner Tolle. Sogar Paula sah aus, als hätte sie kurzfristig das Atmen vergessen.
Mir blieb nichts übrig, als durchzuhalten. »Für mich war Mr. Markhams Brief eine ebenso große Überraschung, wie er es wohl für euch war. Ich hätte nie gedacht ... Ich meine, ich weiß nicht, warum er sich entschloß, mir so viel zu hinterlassen, das Haus und alles. Ich wollte wirklich nicht ... Ich habe nie versucht ...«
Ich war mir nicht mehr ganz sicher, was ich eigentlich so verzweifelt zum Ausdruck bringen wollte. Ich glaube, ich beabsichtigte, alles zu klären, aber das schien keine so gute Idee zu sein. Nichts schien klarer, und was hatte ich schon zu sagen? Ich wollte nie so eine Erbschaft machen. Ich will das Haus und das Geld nicht. Es wäre mir lieber gewesen, einer von euch hätte es bekommen. Schöne Worte, jetzt, da es zu spät war, etwas daran zu ändern. Und sie sollten nicht wissen, daß es stimmte, daß ich sein elendes Geld oder sein widerwärtiges, monströses Haus tatsächlich nicht wollte.
Wieder Stille, die nur vom Klappern von Geralds Tasse auf der Untertasse unterbrochen wurde. Ein bedrohliches Geräusch.

Diesmal empfand ich Archies Stimme als willkommen. »Mein liebes Kind«, sagte er sanft, »niemand wirft dir vor, daß du dir hinterhältig Zugang zu den Gefühlen des alten Mannes erschlichen hättest – falls er überhaupt welche hatte, was ich für sehr unwahrscheinlich halte. Wir sind uns völlig der Tatsache bewußt, daß wir das vor Ort viel leichter hätten bewerkstelligen können. Es sei denn, du verfügst über bislang verborgene telepathische Kräfte.«
»Aber es ist alles so ungerecht.«
Archie zuckte die Achseln. »Gerechtigkeit ist ein Prinzip, das ich nie durchschaut habe. Das ist äußerst unenglisch, aber ich konnte auch nie etwas mit Kricket anfangen. Das Leben ist ein Spiel, ein Risiko, die Würfel fallen, und du hast gerade eine Sechs geworfen, während wir ...«
»Zum Teufel, Pa, sei still!« Gerald bebte vor Zorn. »Keiner will einen verfluchten Vortrag über Glücksspiel hören!« Und er bewegte sich so ruckartig in seiner Wut, daß die Kaffeetasse von der Untertasse rutschte und am Boden zerbrach. Das Rot auf seinen Wangen vertiefte sich, als er auf den Knien versuchte, mit seinem Taschentuch das Malheur zu beseitigen. Nur Tillies rasches Eingreifen bewahrte ihn davor, auch noch den ganzen Kaffeewagen umzustoßen.
»Gerald, ungeschickt wie immer«, kommentierte sein Vater das Ganze. »Wenn du genügend Unheil angerichtet hast, könntest du vielleicht deiner bemitleidenswerten Cousine einige kluge Worte sagen.«
»Bemitleidenswert – zum Teufel! Du weißt verdammt genau, wie ich darüber denke. Dein verfluchter Vater hatte sie nicht mehr alle, und sein Testament ist ungültig. Wir müssen einen Anwalt finden, der genug Mumm hat, das vor Gericht zu vertreten.«
»Hm. Ah ja. Ich will es, also muß ich es bekommen. Das war

schon immer dein Motto, nicht wahr, Gerald? Aber diesmal hat die Wirklichkeit dir einen Strich durch die Rechnung gemacht und dich vor vollendete Tatsachen gestellt. Kein Anwalt würde seine Zeit damit verschwenden, das Testament meines Vaters anzufechten. Seine Zeit und dein Geld.«

Gerald stand auf und stopfte das mit Kaffee durchtränkte Taschentuch in seine Tasche zurück. »Ich wüßte nicht, warum nicht.«

»Weil du, mein lieber Junge«, fuhr Archie in übertrieben geduldigem Tonfall fort, »mit angeborener Dummheit geschlagen bist. Du kanntest deinen Großvater. Glaubst du, daß ihm jemals ein solcher Fehler im Detail unterlaufen wäre? Wenn er die Milchrechnung prüfte und feststellte, daß sie um einen Penny zu hoch war, hat er da nur eine Sekunde lang gedacht, daß der Milchmann im Recht sein könnte? Natürlich nicht. Das war ausgeschlossen. Und Urkunden waren seine Stärke. Er hat seine letzten Lebensjahre der Abfassung dieser gewaltigen Urkunde, seinem Testament, gewidmet. Er hat Stunden, Monate damit zugebracht. Für das Auge eines Juristen ist es vermutlich ein Kunstwerk, ein Denkmal der …«

»Ein Denkmal seines Schwachsinns, nichts weiter. Er muß senil gewesen sein.«

Archie betrachtete seinen Sohn mit gespielter Anteilnahme. »Armer Gerald. Glaubst du wirklich, daß er dich nur aufgrund von Senilität nicht am Erbe beteiligt hat?«

»Aber«, schaltete ich mich ein, »Mr. Markham hat mir gesagt, daß ihr beide ein Erbteil erhalten habt. Ich dachte nicht, daß ihr gar nichts bekommen habt.«

Gerald fuhr herum, als hätte ich ihn mit einer Ahle gestochen. »Ein Erbteil!« Er spuckte die Worte aus wie Nägel. »Das soll ein verdammtes Erbteil sein! Miese hunderttau-

send Pfund! Und erst, wenn ich fünfundzwanzig bin. Und dann sind da noch die Erbschaftssteuern. Wenn das alles bezahlt ist, kann ich mir vom Rest nicht mal mehr eine Einzimmerwohnung in Knightsbridge leisten. Und was soll ich wohl deiner Ansicht nach tun? Eine Hypothek aufnehmen? Mir einen albernen Job suchen? Du bist nicht recht bei Trost, wenn du glaubst, ich rackere mich ab, um irgendeine blöde Hypothek abzuzahlen.«
»Die meisten Leute tun das«, sagte ich, erleichtert darüber, daß Gerald doch nicht ohne einen recht beachtlichen Batzen Geld ausgegangen war.
»Nun, ohne mich, danke schön.«
»Aber das ist auch nicht notwendig, Gerald«, fuhr ich fort, »schließlich wohnst du hier, du hast schon immer hier gewohnt, und nur weil unser Großvater gestorben ist, muß sich das doch nicht ändern. Du brauchst nicht auszuziehen oder so.«
Ich hatte Geralds vorherigen Zustand schon für Wut gehalten, aber jetzt bekam er fast einen Tobsuchtsanfall. »Oh, wie überaus großzügig von dir! Wirklich nett von dir, daß ich in deinem verfluchten Haus bleiben darf. Erwartest du nun, daß ich vor Dankbarkeit auf den Knien krieche? Wenn du glaubst, daß ich dich um Erlaubnis bitte, hier wohnen zu dürfen, nur weil mein Großvater den Verstand verloren hat und die verdammten Anwälte nicht genug Mumm in den Knochen haben, etwas dagegen zu tun, hast du dich aber geschnitten!«
Geralds Gesicht nahm die Farbe gekochter roter Bete an, und seine Lippen waren feucht von Speichel. Ich ballte die Hände zu Fäusten und zwang mich, ruhig zu bleiben. »Ich wollte damit nur sagen, daß du nicht ausziehen mußt«, erwiderte ich.
»Da hast du allerdings verdammt recht. Ich möchte mal

sehen, wie du mich hier rauswerfen willst. Versuch's, nur, du wirst ja feststellen, wie weit du damit kommst ...«
Ich zitterte so sehr, daß mir nichts einfiel, womit ich seinen Zorn besänftigen konnte. Archie betrachtete seinen Sohn mit distanziertem Amüsement. Tillie starrte wie meist über uns alle hinweg auf die Wand neben dem gemeuchelten Hirsch. Zu meiner Erleichterung ergriff nun Paula, die wir offenbar alle vergessen hatten, das Wort.
»Reißen Sie sich zusammen, Gerald«, sagte sie in einem Tonfall, mit dem sie nicht nur einem enterbten Jüngling beikommen konnte. »Hören Sie auf, sich wie ein totales Arschloch aufzuführen. Es ist nicht Marys, ich meine Ferns Schuld, daß Sie es sich mit Ihrem Großvater verscherzt haben, und wenn Sie hundert Riesen gekriegt haben, verstehe ich nicht, weshalb Sie hier rumschreien wie ein verzogenes Balg. Lassen Sie sie in Frieden.«
Gerald wandte sich langsam zu ihr um. Seine Schultern zuckten, als hätte er einen epileptischen Anfall. Einen Moment fürchtete ich, er würde ausholen und sie schlagen, aber dann fiel mir ein, daß Paula seit Jahren Tai Chi lernte und ihm vermutlich den Arm brechen würde, falls er es versuchte. In der ausgedehnten Stille, während der Gerald mit dem Gesicht eines wutentbrannten Wasserspeiers auf Paula hinunterglotzte und sie seinen Blick so ungerührt erwiderte, als hätte sie einen Zimmerkellner vor sich, bei dem sie gerade Tee bestellt hatte, war plötzlich ein entferntes Klingeln zu vernehmen. Fast unbemerkt erhob sich Tillie und verließ den Raum.
Schließlich sprach Gerald, doch seine Stimme war so gepreßt, daß er die Worte kaum hervorbrachte. »Wer ... ist ... das?«
»Das ist meine Fr ...«
»Ich bin Paula Grove«, sagte Paula leichthin, »Mary Ferns

Freundin, und ich bin heute mitgekommen, um aufzupassen, daß ihre Verwandtschaft sie auch herzlich und mit offenen Armen empfängt.«
»Hauen Sie ab«, forderte Gerald sie auf.
»Nein.«
Ich erwog gerade, ob ich Paula am Arm packen und mit ihr zum Auto rennen sollte, als die Tür des Studierzimmers aufging und ein Mann, gefolgt von Tillie, eintrat.
»Adam Bury«, stellte sie ihn vor.
»Verfluchter Mist«, sagte Gerald und stolzierte hinaus.

2

Geralds Ausbruch hatte mich so erschüttert, daß ich kaum ein »Hallo« für den Neuankömmling hervorbrachte. Sein Gesicht kam mir irgendwie bekannt vor, aber ich wußte nicht, woher.

Ich war sogar zu benommen, um Paulas Fähigkeit, mit Konflikten umzugehen, zu würdigen. Ich nehme an, weil mein Leben mit Dring so ruhig war (Paula sagte immer: »Das ist irreal, wie ihr da aufeinanderhockt, du und diese alte Frau«, aber mir war es real genug), hatte ich keinerlei Erfahrung mit Streit, keine Anhaltspunkte, wie ich mich in solch einer Situation verhalten sollte. Wie üblich verfiel ich angesichts des Geschehens in eine Art angewiderte, stumpfe Gelähmtheit. Gott weiß, was geschehen wäre, wenn Paula sich nicht eingeschaltet und Gerald nicht den Raum verlassen hätte. So war ich zumindest imstande, »hallo« zu murmeln und Paula für die angezündete Zigarette zu danken, die sie mir reichte.

Der Neuankömmling, Adam Bury, sah Paula und mich interessiert an. »Ich muß meinen Vater wirklich zu seiner akkuraten Beschreibung beglückwünschen«, sagte er.

»Ihr Vater?« fragte Paula.

»Sie haben ihn heute morgen im Dorf angesprochen, und er hat Ihnen den Weg beschrieben.«

»Ach ja, erinnerst du dich, Mary Fern? Jetzt sehe ich auch die Ähnlichkeit.«

Die war tatsächlich vorhanden. Der Mann aus dem Dorf war größer, und seine Gesichtszüge wirkten durch seine

Magerkeit und die buschigen Augenbrauen markanter und vogelartiger. Adam hatte auch etwas von der Ungeduld seines Vaters an sich, aber seine Züge waren weicher. Ich schätzte ihn etwa auf Dreißig. Er hatte dichtes braunes Haar, graue Augen und ein einnehmendes, schiefes Lächeln. Ein intelligentes Gesicht, dachte ich ... und es war durchaus möglich, daß die Lässigkeit täuschte.
Nachdem Paula Adam mitgeteilt hatte, wie sehr er seinem Vater ähnelte, Adam gesagt hatte, daß sein Vater finde, ich sehe genau aus wie mein Vater, Tillie mit dem Kaffeewagen verschwunden war und Archie Adam vorgeschlagen hatte, sich doch gemeinsam ins Arbeitszimmer zu begeben, um dort die Fotografien durchzusehen, waren Paula und ich schließlich allein, und das Gefühl von stumpfer Eisigkeit begann allmählich zu tauen.
Ich ging hinüber zur Fensternische, offenbar insgeheim hoffend, die verschwommene Erinnerung wiederzufinden, die dort über mich gekommen war, aber ich wurde enttäuscht. Es handelte sich einfach nur um eine gewöhnliche Nische und ein gewöhnliches Fenster mit verblichenen Vorhängen, und draußen hinterließ der strömende Regen Pfützen auf dem Kiesweg.
Paula kam zu mir. »Ist alles in Ordnung?«
»Auf Geralds Tobsuchtsanfall hätte ich verzichten können.«
»Mach dir darüber keine Gedanken. Es ist besser, daß es jetzt ausgesprochen ist. Und überhaupt, Mary, worüber beklagt er sich eigentlich? Hundert Riesen? Ich würde auch nicht jammern, wenn mein Großvater mir nur die Hälfte davon hinterlassen hätte. Ich wette, dein Cousin kommt nach dieser Szene wieder zur Vernunft.«
»Ich hoffe es.«
»Ganz bestimmt. Und ich bin sicher, daß er sich weniger

des Geldes wegen so aufregt als wegen der Zurückweisung.«

»Was meinst du damit?«

»Das ist doch eine klassische Situation. Indem er ihnen das Geld verweigert, verweigert dein Großvater ihnen posthum die Liebe, die Anerkennung. Und beides hat er dir zukommen lassen. Aus irgendeinem Grund wollte dein Großvater Gerald bestrafen, und deshalb will Gerald jetzt dich bestrafen.«

»Das fehlt mir gerade noch«, stöhnte ich.

»Mach dir keine Sorgen. Ich gehe davon aus, daß er sich wieder abregt, nachdem er das losgeworden ist. Und man muß ihn bewundern, weil er so offen war. Was die beiden anderen betrifft – Tillie ist so jenseits, daß sie, glaube ich, kaum versteht, was sich abspielt, und dein Onkel, nun, man sieht ja, daß er derart mit Schreiben beschäftigt ist, daß ihm materielle Dinge einerlei sind.«

»Glaubst du das wirklich?«

»Ich bin überzeugt davon.«

Ich war es nicht, aber ich hoffte inständig, daß sie recht hatte. »Komm, laß uns gehen«, schlug ich vor. »Ich hab kein Interesse an einer blöden Schachtel voll alter Fotos.«

»O nein, Mary, du wirst dich jetzt nicht davonschleichen. Du willst doch nicht, daß dein Cousin denkt, er hat dich verscheucht, oder?«

Zu diesem Zeitpunkt war es mir ziemlich egal, was Gerald dachte, aber ich war nicht in der Verfassung, irgend etwas gegen Paulas Willen durchzusetzen. Also blieben wir.

Die Schachtel erwies sich als eine Schublade voller Alben und Fotobündel. Mir wurde ganz flau. Es würde Stunden dauern, die alle anzuschauen, aber dann sagte Archie, er habe bereits einige ausgesucht, die Adam vielleicht interessieren könnten. Wir ließen uns am Kamin nieder und boten fast überzeugend den Anblick einer gemütlichen Familienrunde. Paula hatte einen Platz neben Archie auf dem Sofa ergattert, Adam und ich saßen links und rechts in Sesseln. Er lächelte mich kurz an, als wir Platz nahmen, doch ich war so angespannt, daß ich das Lächeln nicht erwidern konnte.

Archie ergriff das Wort. »Die meisten kannte ich auch nicht. Es wirft ein interessantes Licht auf den Charakter meines verehrten Papas, daß er all diese Fotos unter seinem Bett hortete. Glaubt ihr, daß er seine Sauerstoffmaske abnahm, wenn keiner guckte, und ein paar Tränen über die verlorene Unschuld seines Sohnes vergoß? Nun, wir werden es nie erfahren – Gott sei Dank. Aber glücklicherweise sind sie gerade rechtzeitig zur neuen Ausgabe aufgetaucht.«

»Eine neue Ausgabe?« fragte Paula neugierig.

»Großformatiges Paperback mit einer Einführung von einer Berühmtheit aus der Literaturwelt – *und* sechs Fotoseiten.«

»Meine Zeitung bringt zeitgleich mit Erscheinen eine Geschichte über Archie«, berichtete Adam, »und deshalb brauchen wir die Fotos.«

»Aber *Doras Zimmer* ist doch ein Roman«, entgegnete ich. »Weshalb möchten Sie da sechs Seiten mit Bildern vom Autor haben?«

Archie lächelte, wobei sich seine Mundwinkel wie bei einem Kater nach oben zogen. »Ich muß vielleicht erklären«, sagte er zu Adam, »daß meine Nichte bisher schlau genug war, sich der Verlockung von *Doras Zimmer* zu entziehen; sie hat mein kleines Werk noch nicht gelesen. Sogar der übertriebene öffentliche Rummel vermochte sie nicht in Versuchung zu führen.«

Adam sah mich erneut an. Sein Blick war so intensiv (Was lag darin? Neugierde? Amüsement? Ich wußte es nicht),

daß ich mich fühlte, als starrte ich hilflos in die blendenden Scheinwerfer eines schweren Wagens. »Sie sollten es lesen«, sagte er schlicht, »es ist gut.«
»Ich wollte ...«
»An diesem heutigen Tag«, fuhr Archie fort und wies mit ausladender Geste auf den edlen Spender, »gedenke ich, Fern mein Werk zum Geschenk zu machen, um dieser Misere Abhilfe zu schaffen.«
»Die Fotografien«, erklärte Adam, der als einziger meine ursprüngliche Frage nicht vergessen hatte, »werden einbezogen, weil *Doras Zimmer* zwar genaugenommen ein Roman ist, aber so viele Parallelen zur Kindheit und Jugend Ihres Onkels hier in Chatton Heights aufweist, daß die Grenze zur Autobiographie fließend ist. Deshalb sind die Fotos sehr wichtig.«
»Danke«, sagte ich, und weil mich seine ruhige, gelassene Art offenbar entspannte, konnte ich nun auch sein Lächeln erwidern, »jetzt verstehe ich.«
»Ah ja«, schnurrte Archies Stimme weiter, »das habe ich kürzlich gefunden, Fern, und ich dachte, du möchtest es vielleicht haben. Schau, die begeisterten Eltern mit ihrem Baby. Wie entzückend.«
Diesmal besiegte meine Neugierde das Widerstreben. Ich nahm das Bild von seiner Handfläche. Es war groß, etwa zwanzig mal dreißig Zentimeter, die Sorte Foto, die man den stolzen Großeltern zu Weihnachten schickt. Es zeigte einen jungen Mann und seine Frau, beide mit langem und zerzaustem dunklem Haar, die mit der rührseligen Süßlichkeit in die Kamera lächelten, wie sie bei Babyfotos üblich ist, und zwischen ihnen ein pummeliges Bündel mit einem offenstehenden zahnlosen Mund. Ich fand, es konnte sich genausogut um drei Marsbewohner handeln. Mit mir hatte das nichts zu tun.

»Sehr … nett«, preßte ich mühselig hervor.
»Du könntest schon mal lächeln, Mary.« Paula schien von meiner mangelnden Begeisterung peinlich berührt zu sein. »Das ist ein schönes Bild. Sie sehen beide so jung aus und … und …«
»Danke.« Ich schob das Bild in meine Tasche.
Archie strahlte Paula an. »Meine Nichte geht mit glänzendem Beispiel voran, was die prächtige britische Tugend des Verbergens von Gefühlen betrifft. Zweifellos schlägt hinter diesem frostigen Äußeren ein menschliches Herz. Nun, Adam, zurück zur Sache. Ich dachte, das hier könnte nützlich für Sie sein; in meiner Jugend sind nicht viele Bilder entstanden.«
Adam nahm das Foto und betrachtete es eingehend. »Das ist prima«, sagte er, »Sie sind gut darauf zu erkennen, Mr. Miller. Und der andere Junge, das ist wohl Ihr Bruder.«
»Richtig. Clarence.«
»Der gestorben ist?«
»Er kam bei einem Flugzeugabsturz in Südamerika ums Leben. Ferns Vater – eine furchtbare Tragödie.«
Ich zuckte zusammen. Aus irgendeinem Grund störte mich die Art, wie er »furchtbare Tragödie« sagte, obwohl ich zu diesem Zeitpunkt noch keine Ahnung hatte, warum.
Adam reichte das Foto an mich weiter. »Sie möchten es bestimmt sehen, Fern«, sagte er, und wieder bemerkte ich den prüfenden Blick seiner schiefergrauen Augen. »Jetzt verstehe ich auch, was mein Vater mit der Ähnlichkeit meinte.«
Ich nahm das Foto und schaute es an. Zwei Jungen standen auf der Treppe vor der gewaltigen Eingangstür, die Tillie heute morgen vergeblich zu öffnen versucht hatte. Beide Jungen trugen ihre besten Sachen und hatten Nelken im Knopfloch, als gingen sie zu einer Hochzeit. Archie, forsch

und fesch, schon ganz junger Mann, lächelte mit lässiger Selbstsicherheit in die Kamera. Der andere Junge, mein Vater, war noch ein Kind. Er sah aus, als wäre er zehn oder elf. Er war klein, viel kleiner als Archie, hatte ein mageres, spitzes Gesicht und riesige Augen. Trotz des teuren Anzugs und der Blume im Knopfloch strahlte er etwas Melancholisches, Verlorenes aus. Ein Regisseur hätte ihn vielleicht als Oliver Twist besetzt, der seine leere Grützeschüssel umklammerte, oder vielleicht als einen der bejammernswerten Bewohner von Dotheboys Hall – niemals jedoch als den Sohn aus »gutem Hause«. Im Gegensatz zu Archie erweckte er den Eindruck, als wäre er sich der Kamera nicht bewußt, und seine großen schwarzen Augen starrten leer auf irgendeinen Punkt hinter dem Fotografen. Er hatte das Gesicht eines Träumers, eines Jungen, der ewig zu spät kommt und nie seine Sportsachen findet, wenn man es von ihm verlangt – das Gesicht eines Jungen, dem man seine Nachlässigkeit leichter vergibt als anderen.

Paula, die mir über die Schulter gesehen hatte, war das auch aufgefallen. »Schau nur«, sagte sie, »der Extro- und der Introvertierte. Sie wirken wie Fallbeispiele aus einem Psychologiebuch – ein mächtiger Unterschied, was, Mary Fern?«

»Es schaut aus, als wollten Sie gerade zu einer Hochzeit gehen«, sagte Adam.

»Ich nehme an, so war es auch. Sie können es behalten, wenn Sie möchten, Adam. Ich brauche diese hier nicht für das Buch. Sie können sie mir später wiedergeben. Ah, sieh mal, Fern, hier ist ein gutes von deinem Vater alleine. Es muß etwa zur gleichen Zeit entstanden sein. Hier ...«

Dieses Foto war schwarzweiß, was den Eindruck der Verlorenheit noch verstärkte. Er trug solche grauenhaften weiten Shorts, in denen die Beine von Jungs immer spindeldürr wirken. Und er runzelte die Stirn.

»Der arme Kerl«, sagte Paula. »Sieht ja erbarmungswürdig aus.«
Archie warf einen Blick auf das Foto. »Das war Clancys normaler Gesichtsausdruck«, kommentierte er trocken.
»Ich bin sicher, Sie haben ihn immer rumgeschubst.«
»Nein, das stimmt nicht. So gut wie nie. Ich glaube, das tat kaum einer, nicht mal in der Schule. Er war zwar ein mageres Bürschchen, aber nicht von der Art, die man herumstößt.«
Ein Hauch von Zärtlichkeit hatte sich in seine Stimme geschlichen, eine Zärtlichkeit, die angesichts seiner zuvor an den Tag gelegten amüsierten Distanziertheit um so auffallender war. Ich war überrascht, und ich sah mir das Foto noch einmal an.
»Es muß vor dem Haus entstanden sein«, sagte ich. »Ist dies hier das Fenster vom Studierzimmer?«
»Eines von den Fenstern«, antwortete Archie.
Die Erkenntnis traf mich wie ein warmer Wasserstrahl. »Aber die Rosen sind alle weg!«
Dort auf dem Foto waren sie zu sehen, diese riesigen Rosensträucher, auf die ich insgeheim gewartet hatte, als ich in der Fensternische von den Erinnerungen eingeholt wurde. Üppig waren sie, rosa und drall, da war ich sicher. Auf dem Foto waren sie natürlich nur in unterschiedlichen Grauschattierungen abgebildet. Ich geriet in Aufregung, als mir klar wurde, daß es die Rosen, nach denen ich Ausschau gehalten, wirklich früher gegeben hatte.
»Welche Rosen? Ach ja, die ...« Es war kaum zu erwarten, daß Archie meine Begeisterung teilen würde.
»Ich habe sie nicht gesehen ...«
»Sie wurden vor etlichen Jahren ausgegraben, als die Kiesfläche bis zum Haus vergrößert wurde.«
»Wie lange ist das her?«
»Weiß der Himmel. Zehn, vielleicht fünfzehn Jahre.«

Adam betrachtete immer noch das Foto von meinem Vater mit den weiten Shorts. »Mr. Miller, hat Ihr kleiner Bruder mit Puppen gespielt?«
»Puppen? Du lieber Gott, nein. Unser Vater wäre außer sich gewesen. In unserer Familie wurden Jungen zu Jungen erzogen – Gewehre und Züge und Soldaten, diese Dinge. Sogar Haustiere galten als verweichlicht. Unsere Erziehung war sehr streng.«
»Dann frage ich mich, was er da in der Hand hält. Es sieht aus wie eine Puppe oder so etwas.«
Ich schaute genauer hin. Es war unmöglich zu erkennen, was es war, aber die Haltung seiner Hände, die schützende Armbewegung legte nahe, daß es sich um eine Puppe handelte.
»Ein Bär vielleicht?« sagte ich.
Aber Archie blieb hartnäckig. »Keine Bären, keine Puppen, keine Tiere. Aus dem unglückseligen Jungen, der so verwöhnt wurde, mußte ein Weichling werden. Und ein Weichling zu werden, galt als Katastrophe schlimmsten Ausmaßes.«
Paula machte den Mund auf. Ich fürchtete, daß sie sich zu einer Deutung hinreißen ließ, die latente Homosexualität und Freudsche Fixierungen einschloß (sie machte unentwegt irgend etwas Latentes oder eine Fixierung ausfindig), aber in diesem Fall begnügte sie sich damit zu fragen: »Und Ihre Mutter?«
»Tot. Damals jedenfalls. Wenn Clancy elf war, als dieses Foto aufgenommen wurde, war sie schon etwa ein Jahr tot.«
»Armes kleines Würmchen«, meinte Paula. »Kein Wunder, daß er so elend aussieht.«
»Sie war auch meine Mutter«, sagte Archie, was ich damals als eigenartige Bemerkung empfand.

Trotz meiner ursprünglichen Ablehnung gegenüber den Fotos begannen sie mich zunehmend zu faszinieren. Es waren so viele, man hätte einen ganzen Tag gebraucht, um sie anzuschauen. Da war meine Großmutter, die jung und hübsch aussah in ihren weit schwingenden, modischen Rücken mit ihren beiden Söhnen neben sich. Es gab sogar ein paar Bilder von meinem Großvater, wie er auf dem Rasen mit seinen Söhnen Kricket spielte – obwohl er dabei so verbissen dreinblickte, als wäre »spielen« für ihn etwas absolut Unverständliches, und er lächelte in die Kamera mit der gräßlichen Munterkeit eines pietistischen Predigers aus dem vorigen Jahrhundert, der seinen jährlichen Witz vor der Gemeinde macht.

Archie begann »seinen Ausflug ins Reich der Erinnerungen«, wie er es nannte, zu genießen. »Meine Güte, ich war ein mächtig gutaussehender Bursche, was? Wie steht's hiermit, der junge Autor, der ein Buch an die Brust drückt? Die Qual des jungen Schreiberlings im kulturlosen Hause«, gluckste er. »Was meinen Sie, Adam?«

»Lassen Sie mal sehen.« Adam schien genau zu wissen, wonach er suchte, und bald hatte er sich einen ansehnlichen Stapel Fotos zusammengestellt. »Und nun zum Interview. Es wird nicht lange dauern.«

»Sie hören sich an wie ein Detektiv«, murrte Archie, »oder ein Zahnarzt. Ihr Vater hat es so dargestellt, als wären Sie nur an den Fotos interessiert.« Er ging zum Sideboard hinüber. »Noch jemand außer mir? Niemand?« fragte er und goß sich einen großen Whisky ein.

»Auch für eine Farbbeilage braucht man etwas Text«, entgegnete Adam.

»Wenn es sein muß.« Archie setzte sich wieder. »Trotzdem, wenn Sie nicht Teds Sohn wären ...«

»Hab verstanden«, sagte Adam mit einem forschen Lächeln. »Ihre Abneigung gegenüber Interviews ist allgemein bekannt. Uns würde natürlich am meisten interessieren, woran Sie zur Zeit arbeiten, falls Sie ...«

»Danke für das ›falls‹, Adam.« Archie schenkte seinem Interviewer das Lächeln, das sich Politiker für die unbeliebteste Frage aufsparen. »Ja, ja, ich arbeite. Was sollte ich sonst tun? Schreiben liegt mir im Blut, das war schon mein ganzes Leben lang so. Aber ...«

Er brach ab, als enthielte dieses »aber« bereits sämtliche bedeutsamen Informationen.

»Aber?«

Archie machte ein nachdenkliches Gesicht. »Es hat zu viele Abers in meinem Leben gegeben. Viel zu viele ...« Er verstummte erneut und starrte in sein Glas, das nur noch wenig Whisky enthielt. »Doch hoffe ich, daß eines Tages ...« wieder brach er mitten im Reden ab.

Adam wartete ein, zwei Momente, bevor er fragte: »Arbeiten Sie denn an einem neuen Roman?«

»Man könnte es so nennen.«

»Dann darf ich schreiben ...«

»Schreiben Sie, was Sie wollen.«

Adam runzelte die Stirn, als versuchte er durchzublicken. »Ich reite nur deswegen darauf herum«, sagte er, »weil *Doras Zimmer* für mich immer ein Buch so voller Energie und Vitalität war, das Werk eines Menschen, der viel zu sagen hatte, der es kaum schaffte, sich zurückzuhalten. Und doch, in den dreizehn oder mehr Jahren seit dem Erscheinen ...«

»Da war die *Jungfernfahrt*«, unterbrach ihn Archie, »vergessen Sie um Himmels willen die arme alte *Jungfernfahrt* nicht.«

Adams Stirnfalten vertieften sich. »Sie haben selbst bei zahlreichen Gelegenheiten eingeräumt, Mr. Miller, daß das zweite Buch dem Vergleich mit dem ersten kaum standhält. Damals, erinnere ich mich, gab es viele Spekulationen darüber, daß es womöglich ein frühes, vielleicht sogar ein Jugendwerk war und daß man Sie schlecht damit beraten hatte, es zur Veröffentlichung freizugeben. Entspricht das den Tatsachen?«

»Mein guter Adam, diese lästigen, die Zeitabfolge betreffenden Fragen sind so unerheblich für den kreativen Prozeß. Da Sie ja gewissermaßen selbst Autor sind, wissen Sie bestimmt, daß jeder Künstler in jedem Moment mehr als nur ein Projekt im Kopf hat. Welches dieser Projekte dann zu welchem Zeitpunkt zur Verwirklichung heranreift, das ist, wenn nicht eine Frage des Zufalls, so doch eine Angelegenheit, die sich völlig der Kontrolle entzieht.«

»Dann gibt es also kein konkretes Datum für eine weitere Veröffentlichung?«

Archie strahlte ihn an, als hätte er sich doch noch als gelehriger Schüler erwiesen. »Und vielleicht gibt es nie mehr eines. Die Muse, wenn sie auch nicht gerade einem Blitz gleichen mag, ist eine launische Spenderin. Forster schrieb ein halbes Dutzend anerkanntermaßen geniale Romane, aber nach seinem fünfunddreißigsten Lebensjahr – nichts mehr. Rossini komponierte schon als junger Mann keine Opern mehr und …«

»Und wurde extrem fett, weil er zu viele italienische Würste aß«, beendete Adam grinsend den Satz.

»Sie interessieren sich für die Oper?«

»Diese Bemerkungen stehen auch schon in Ihren letzten drei Interviews.« Archie sah einen Moment verärgert aus, aber Adam fuhr rasch fort: »Ich nehme an, solche Schwächen haben Sie nicht?«

Archie schwenkte sein Glas. »Meine Laster sind eher flüssiger Natur.«

»Vielleicht«, sagte Adam, »wenden wir uns jetzt *Doras Zimmer* selbst zu. Der Artikel soll ja parallel zum Erscheinen der neuen Ausgabe herauskommen.«

»Obwohl ich mir beim besten Willen nicht vorstellen kann, daß es nach so langer Zeit noch etwas Neues zu sagen gibt. Natürlich will ich es gern versuchen ...«

»Ich danke Ihnen. Das zentrale Rätsel muß wie immer Dora selbst sein.« Archie machte Anstalten, ihn zu unterbrechen, doch Adam fuhr zügig fort. »Ich weiß, daß Sie wiederholt darauf hingewiesen haben, daß es diese Person nie gab ...«

»Das tue ich hiermit aufs neue. Und selbst wenn es sie gegeben hätte ... alles über Dora, was für Sie oder jemand anders bedeutungsvoll sein könnte, steht im Buch. Wer hat gleich gesagt: ›Wer etwas über mich wissen will, möge meine Bücher lesen‹? Oder so ähnlich. Die betreffende Person wußte jedenfalls, wovon sie sprach. Es steht alles drin, Adam, lesen Sie das Buch, da steht alles.«

»Aber sehr mehrdeutig, Mr. Miller. Doras Identität läßt so viel Raum für Interpretationen zu.«

»Es steht *alles* im Buch«, wiederholte Archie beinahe genüßlich. »Alles. Tutti. Und deshalb, sehen Sie, beschränke ich mich auf meinen sogenannten Lesereisen darauf, eine Auswahl von Texten zu lesen, die ich oft willkürlich zusammenstelle. Sollen doch die Akademiker und Sinnschürfer und die, ja, Adam, Zeitungsschreiberlinge herumstöbern und den Versuch machen, meine Schöpfung auf eine trockene Ansammlung von Fußnoten und Erörterungen zu reduzieren. *Doras Zimmer* steht für sich selbst. Ich werde nichts hinzufügen und nichts wegnehmen. Keinen Satz, kein Wort, nicht mal ein I-Tüpfelchen.«

Er erhob sich und goß sich noch einen Drink ein.

»Dennoch bleibt es rätselhaft«, beharrte Adam.

»Ja?«
»Wenn es keine Dora gab, wieso ist dann das Buch ihr gewidmet?«
Bildete ich es mir ein, oder zeigte sich tatsächlich eine Anwandlung von einem unangenehmen Gefühl, Zorn oder Angst vielleicht, in Archies Gesicht, als er die Hand hob, um den Knoten seiner Seidenkrawatte zurechtzurücken? Und klang seine Antwort: »Das war ein Versehen, Adam, ein simples Versehen!« nicht eine Spur zu hastig, zu abweisend?
Obwohl ich das Buch nicht gelesen hatte, keine Ahnung hatte, wer diese Dora sein mochte, fand ich die Sache plötzlich interessant. Adam erinnrte mich an einen gewieften Staatsanwalt, der die Verteidigung in die Zange nimmt. Er machte den Eindruck, als hätte er Antworten auf seine vermeintlich unverfänglichen Fragen parat, als wüßte er, daß die Wahrheit, wenn sie ans Tageslicht käme, sich von der offiziellen Version stark unterscheiden würde, als hätte er vielleicht sogar eine Ahnung, wer Dora war – und ich hätte ihn zu gerne selbst danach gefragt.
Adam erwiderte: »Einige Kritiker haben angedeutet, daß Dora ein Sinnbild für einen Vogel sein könnte oder vielleicht für eine mythische Gestalt ...«
Archie zuckte in gespielter Verzweiflung mit den Schultern. »Ist sie ein Vogel? Ein Flugzeug? Nein, sie ist Dora.«
»Ich mag besonders begriffsstutzig sein (Adam klang jedoch nicht im mindesten, als täte ihm das leid), aber ich habe die Notwendigkeit dieses Mysteriums nie einleuchtend gefunden. Sie könnte natürlich die ältere Frau sein, die den Jungen zum Mann macht, aber diese Theorie hat mich nicht überzeugt. Es sei denn, man hätte damit eine reale Person decken wollen. Ich muß sagen, die Geheimnistuerei und die Diskussion, die sich daraus ergab, kommt mir vor wie ein Werbegag, wenn auch ein sehr erfolgreicher.«

Es blieb mir nicht verborgen, daß Adam den Versuch unternahm, meinen Onkel zu provozieren, ihn zu verärgern, damit er vielleicht eine unvorsichtige Bemerkung machte. Ein Angstschauer lief mir den Rücken hinunter. Am liebsten hätte ich ihn angefleht, damit aufzuhören. Dieses instinktive Grauen, das ich beim Klang von Archies Stimme in der Halle empfunden hatte, beeinträchtigte offenbar meine Urteilsfähigkeit, denn da saß Archie, lächelnd, ungerührt und sagte: »Es war kein Werbegag.« Und jetzt meldete sich Paula zu Wort, die ihre Ungeduld nicht länger zügeln konnte.

»He, Adam, nun machen Sie mal halblang. Sie haben sich völlig verrannt. Sie übersehen die ganze Schönheit des zentralen Motivs. Dora ist ein Symbol, ein Archetyp, und damit hat sie eine viel tiefere Bedeutung, als wenn man sie auf ein reales Wesen reduziert.«

»Es bringt uns also nicht weiter, wenn wir beispielsweise annehmen, daß Dora ein Phönix ist?«

Die Frage war an Archie gerichtet, aber es war Paula, die antwortete. »Natürlich, Adam, das ist soweit eine durchaus zutreffende Interpretation. Dora kann ein Phönix sein, ein Symbol der Gesundung und Wiederauferstehung. Schließlich ist eines der zentralen Themen des Buches die Allegorie der Geburt des Männlichen oder, umgekehrt, der Tod des Jungen, des Kindes, das wir alle in uns haben. Aber für jeden bedeutet Dora etwas anderes. Archies Genie hat etwas geschaffen, das konkret und klar ist, aber uns allen die Möglichkeit läßt, es selbst auszulegen, ihm persönliche Bedeutung zu verleihen.«

Adam sah niedergeschlagen aus. »Das sagen immer alle, aber ich fand es nicht überzeugend. Deshalb dachte ich, es müßte eine einfachere Erklärung ...«

»Einfacher?« Paula kam in Fahrt. »Warum sollte die Wahrheit einfacher sein? Das steht auch in dem Buch: Die Wahrheit muß unklar sein. Man kann Dora als Anima-Figur sehen, die archetypische Mutter/Geliebte/Priesterin-Gestalt, und dann kann es Ihnen ja wohl auch kaum entgangen sein, daß Dora ein Anagramm von ›road‹ ist, dem heiligen Weg, dem Tao, der Erleuchtung ...«

Sie machte noch eine Weile so weiter, aber ich hörte nicht mehr zu. Ich hatte es auch deshalb vermieden, *Doras Zimmer* zu lesen, weil das Buch häufig katastrophale Auswirkungen auf seine Leser hat. Hier saß nun Paula, die trotz ihres Magisters in Literatur an der Illinois State University normalerweise eine vernünftige und patente Haltung gegenüber zeitgenössischer Literatur an den Tag legte, und laberte daher wie die schlimmsten abgehobenen Schwafler.

Ich an Archies Stelle hätte mich schon nach der Hälfte ihres Sermons vor Peinlichkeit gewunden, aber nein, es ging ihm runter wie Öl.

»Sehr wortgewandt, meine Liebe«, sagte er strahlend, als sie zum Schluß kam oder ihr vielleicht die Luft ausging, »es ist so wohltuend für uns bescheidene Schreiber zu wissen, daß es draußen in der Welt zumindest einige Leser gibt, die schlau genug sind zu begreifen, was ihnen so offen dargelegt wird.«

»Verstehen Sie mich nicht falsch, Mr. Miller«, Adam klang fast ermüdet, »ich habe *Doras Zimmer* immer geliebt, und das nicht nur wegen der Verbindung mit Long Chatton. Aber was ich stets am meisten an diesem Buch bewundert habe, ist seine Schlichtheit. Es ist mir zuwider, wenn man es mit Bergen von Theorie zuschüttet. Ganz am Anfang, als Sie zum erstenmal an Dora dachten, war sie bestimmt etwas ganz Schlichtes, ein schlichtes Bild, ein ...«

»Schlichte Scheiße.«

Der Kraftausdruck war um so schockierender, als er völlig unerwartet kam. Kaum waren die Worte heraus, verschwand Archies Zorn so schnell, wie er erschienen war, und er nahm wieder seine weltläufige gelassene Haltung an, doch die Botschaft war angekommen: Seine Geduld war am Ende.

Adam ließ sich nicht davon beeindrucken. »Kann ich das zitieren?«

»Schreiben Sie, wonach Ihnen der Sinn steht, Junge. Es sind sowieso alles Lügen. Was ihr da druckt«, fügte er schnell hinzu, »das sind alles Lügen. Und dieses Zeug hier«, er stieß die Schublade mit den Fotos zu Boden, und die Bündel und Umschläge und einzelnen Bilder verteilten sich auf dem Teppich, »das ist die schlimmste Lüge von allen. Tee im Sommerhaus, Kricket auf dem Rasen, die lächelnde Mummy – mir wird übel davon. Friede, Freude, Eierkuchen, Ammenmärchen … Gott ist im Himmel, und alles ist in bester Ordnung … schau mich nicht so an, Fern, du brauchst dir keine Sorgen zu machen, dein Vater war in Ordnung. Er war okay, Clancy war okay, ihm ging's gut …«

Er stand auf und holte sich noch einen Drink. Ich begann sehnlichst an meinen kleinen Renault und die Rückfahrt nach Bristol zu denken. Mein Wissen über Trunkenheit bezog ich fast ausschließlich aus Büchern und Filmen, aber ich ging davon aus, daß Archie die Wut hinter sich hatte und dabei war, in die rührselige Phase einzutreten. Er geriet in die Stimmung, in der man die Toten mit Gloriolen umgibt, und mir war nicht danach zumute, Gefasel über meinen Vater anzuhören.

Ich knipste die Stehlampe hinter dem Sofa an und begann die Fotos und Alben wieder in die Schublade zu legen. Paula half mir.

»Wir sollten uns wirklich auf den Weg machen«, sagte ich, vor falscher Höflichkeit triefend, und diesmal widersprach sie mir zum Glück nicht.
»Unsinn!« dröhnte Archie. »Ihr könnt doch jetzt noch nicht gehen. Ihr habt das Haus noch nicht gesehen. Du mußt dir doch anschauen, was jetzt alles dir gehört, meine Liebe. Und außerdem dürfen wir Gerald nicht enttäuschen, das arme Schwein kann es schon seit Tagen kaum erwarten. Gerald!«
»Vielleicht ein andermal ...«
»GERALD!«
Obwohl Archie ziemlich laut rief, hoffte ich, daß Gerald ihn nicht hören würde. Chatton Heights war so riesig, daß man eine Gegensprechanlage gebraucht hätte, um sich zu verständigen. Aber er mußte im Flur herumgelungert haben, denn er erschien sofort. Archie schwenkte sein Glas in unsere Richtung. »Die Führung durchs herrschaftliche Anwesen, bitte schön.«
»Mit Vergnügen.«
Zu meinem Erstaunen war Gerald fast gut gelaunt. Leicht gereizt und nervös vielleicht, aber immerhin lächelte er Paula freundlich an, als hätte sie ihn nicht vor einer Stunde ein Arschloch genannt und er ihr nicht befohlen, abzuhauen. Mich lächelte er zwar nicht direkt an, aber seine hellen Augen schienen etwas weicher zu werden, als er sagte: »Heute nur das Haus, es wird zu dunkel draußen«, und ich hoffte, daß Paula recht behielt und Geralds Feindseligkeit mir gegenüber zu schwinden begann.
»Macht es Ihnen was aus, wenn ich mitkomme?« fragte Adam. »Es könnte für den Artikel hilfreich sein.«
»Mein Gott, habe ich Ihnen denn nicht alles geliefert, was Sie brauchen?« Archie lachte, aber ich spürte, daß er verärgert war.

»Es ist jetzt Mary Ferns Haus«, erklärte Paula, und ich hätte sie am liebsten erwürgt, »Sie müssen sie fragen, wenn Sie mitkommen wollen.«
»Sei nicht albern«, sagte ich. »Gehen wir.«

Es wurde bald deutlich, warum Gerald so versessen darauf gewesen war, uns durch das Haus zu führen, das ich gerade geerbt hatte. Bei dieser Gelegenheit konnte er sich als der junge Herr aufspielen, der den Emporkömmlingen das Haus zeigt, in dem nur er aufgewachsen war. Bei jeder Gelegenheit betonte er seine angestammten Rechte; er war derjenige, der das Haus kannte, der hierher gehörte – wir waren bloß Touristen, Störenfriede.
Der erste nachhaltige Eindruck war geprägt von endlosen Fluchten und kriechender Kälte; Dämmerung eines Winternachmittags, lange Flure mit Schieferböden und gigantische, leere Stille. Seit diesem Nachmittag im Januar ist einige Zeit vergangen, und ich kenne das Haus viel besser, aber obwohl ich es mittlerweile an Sommertagen und sonnigen Nachmittagen erlebt habe, sehe ich es immer noch so vor mir wie damals, als wir hinter Geralds glänzenden Stiefeln hermarschierten – ein Ort, so düster und trostlos wie der Grund eines Brunnens.
Nur der vordere Mittelteil des Hauses war bewohnt. Die beiden Flügel, die auf der Rückfront einen hufeisenförmigen Hof bildeten, waren geschlossen und so eisig, daß wir so schnell wie möglich hindurcheilten und mit den Füßen stampften und den Armen schlugen, um uns warm zu halten.
Die Namen der Räume kündeten von einer verflossenen Ära: der Apfelmostkeller, die Honigkammer, die Speisekammer des Butlers, die Vorratskammer, der Raum des Stiefelknechts, der Kindertrakt (mit Zimmern für Kinder-

mädchen, ein Hausmädchen und eine Lehrerin), der Waffenraum, ein Billardzimmer, das Morgenzimmer ... eine Ära, die schon bald nach dem Bau des Hauses im letzten Jahrzehnt des 19. Jahrhunderts zu Ende gewesen sein muß.
Das Familienunternehmen hatte zwischen den Kriegen einen Einbruch erlebt, teilte Gerald uns mit, als wir im Wohnzimmer der Haushälterin standen und sahen, wie durch eine seltsame Beule an der Decke das Wasser tropfte; die Fabrik war verkauft worden, und sogar mit dem Handel war es bergab gegangen, so daß immer weniger Geld da war, um genügend Personal zur Erhaltung des Hauses beschäftigen zu können.
Geralds Ansicht nach waren für diesen bejammernswerten Zustand große Bereiche der Gesellschaft verantwortlich zu machen – fast alle, bis auf die Familie Miller selbst. »Die verfluchten sozialistischen Regierungen, die versucht haben, Leute wie uns zugrunde zu richten, die sind ja nicht glücklich, bis nicht jeder stempeln geht. Und heute versteht ja auch keiner mehr zu arbeiten. Sogar ein Gärtner erwartet ein Auto und einen Fernseher. Kein Wunder, daß das Land aus den Fugen gerät.«
Angesichts der Tatsache, daß Gerald kurz zuvor seine Weigerung, Arbeit anzunehmen, kundgetan hatte, erstaunte mich seine Schmährede. Ich stellte erleichtert fest, daß Adam ebenfalls zugehört hatte und daß sich ein Ausdruck von Ungläubigkeit auf seinem Gesicht breitmachte. »Sind Sie auch der Meinung«, fragte er sanft, »daß das Unheil mit der Abschaffung der Kinderarbeit seinen Anfang nahm?«
Gerald warf ihm einen unsicheren Blick zu. »Kinder haben gerne gearbeitet«, sagte er, »lieber als den ganzen Tag elende Videos zu glotzen«, und ohne Adams Reaktion abzu-

warten (die die Gestalt eines kaum unterdrückten schnaubenden Lachens annahm), hastete Gerald aus dem Raum, wobei er beinahe über die Türschwelle stolperte.

Mein Haus, sagte Gerald, das Unternehmen *meiner* Vorfahren. Das war das Thema der Führung, als ob er, indem er uns alles zeigte, das Haus als sein rechtmäßiges Eigentum zurückfordern würde. »Hier halten *wir* immer die Weihnachtsfeiern für die Pächter ab«, sagte er, und »das war das Zimmer *meines* Kindermädchens« und »*mein* Großvater«, und als wir zu einem kleinen Wohnzimmer kamen (das Rauchzimmer, wie Gerald es nannte), in dem zwei große Doppelporträts hingen: »Die beiden sind *meine* Eltern – und das sind *mein* Onkel und *meine* Tante.«

Ich stellte fest, daß ich in diesem Moment nicht den Wunsch verspürte, ein Bild meiner Eltern zu betrachten, und wollte gerade hinausgehen, als ich hörte, wie Adam ihn korrigierte: »Sie meinen, das sind *Ferns* Eltern.«

»Muß wohl so sein.« Gerald kaute an seinem Daumen. »Doch so habe ich sie nie gesehen.« Aber dann kam ihm ein Gedanke, und sein Gesicht hellte sich auf. »Die arme alte Tante Louise war plemplem, wissen Sie.«

Ich zuckte zusammen. Adams Arm streifte meinen Ärmel. Es konnte Zufall gewesen sein, aber ich dachte: Er ist auf meiner Seite. Paula sagte: »Schau mal, Fern, deine Mutter war richtig hübsch.«

Einen Moment lang spürte ich einen Anflug von Neugierde und zögerte, aber dann zuckte ich nur mit den Schultern. »Kommt, es ist eiskalt hier drin. Und für heute habe ich den Ahnen genug gehuldigt.«

Adam betrachtete interessiert die beiden Doppelporträts. »Haben Sie sie schon mal gesehen, Fern? Ich frage mich, wer sie gemalt hat. Sie sind wesentlich besser als der Durchschnitt der modernen Porträts.«

Gerald warf einen verstohlenen Blick auf die Signatur am unteren Rand des einen Gemäldes. »D. Brewster«, sagte er, als hätte er es gleich gewußt. »Seine Werke sind heutzutage sehr gefragt.«

»Lebt er noch?« wollte Adam wissen, aber Gerald gab vor, die Frage nicht gehört zu haben. »Ich kenne den Namen irgendwoher«, sagte Adam halb zu sich selbst, als wir hinausgingen.

Wir marschierten eine Etage höher.

In einem kleinen Schlafzimmer stießen wir auf Tillie, die in einem Armsessel vor dem Fernseher hockte. Sie sah sich einen Ringkampf an und grunzte mitfühlend, während sie die beiden schwabbligen Männer beobachtete, die sich auf dem Bildschirm wanden. Im Gegensatz zu sämtlichen anderen Räumen des Hauses hatte dieser Zimmertemperatur, aber Tillie war immer noch in die beiden selbstgestrickten formlosen Cardigans gehüllt, die sie vorher schon getragen hatte. Der ganze Raum war von diesem leicht beißenden und bedrückenden Geruch erfüllt, der auf dem Flohmarkt aus Schachteln mit alten Kleidern aufsteigt, ein Geruch, der auf Vernachlässigung und Verzweiflung hinweist. Nur in Tillies Zimmer fühlte ich mich als Eindringling.

Die meisten Schlafzimmer waren wie auch das Rauchzimmer, der Billardraum, die Bibliothek und die anderen Räume im Erdgeschoß riesig, unpersönlich und altmodisch eingerichtet – Walnußholzschränke und hochbeinige Betten, triste chinesische Teppiche und die ewig gleiche Abfolge von Gemälden mit dicken Firnisschichten, auf denen abwechselnd Landschaften und fröhliche Jäger, die sich über Weidengatter lehnten, abgebildet waren. Der Gesamteindruck von so viel Erhabenheit und so wenig Geschmack schlug auf die Stimmung.

Und das ging offenbar nicht nur mir so, denn Adam sagte:

»Fehlt Ihnen hier nicht auch manchmal die Gemütlichkeit? Mir kommt das alles so trostlos vor.«
»Tatsächlich?« Gerald mußte den Kopf zurücklegen, um auf Adam herunterblicken zu können, aber er schien den Aufwand für lohnend zu halten. »Es kommt darauf an, was man gewöhnt ist«, sagte er gedehnt, als spräche er zu einer Gruppe geistig Minderbemittelter. »Wenn man inmitten einer gewissen Größe aufgewachsen ist, empfindet man alles andere als schrecklich beengend. Man gewöhnt sich an einen bestimmten Standard.«
Adam konnte ein Grinsen nicht unterdrücken, und er sah plötzlich sehr jungenhaft aus. »Man weiß nicht so recht«, sagte er mit vorgetäuschter Milde, und zum ersten- und einzigenmal an diesem gräßlichen Tag spürte ich den Impuls zu lachen.
Gerald runzelte die Stirn, zögerte, dann murrte er etwas über Standard vor sich hin und führte uns einen weiteren kalten und öden Korridor entlang.
Seinen Trumpf hatte er bis zuletzt aufgehoben.
»Das war das Schlafzimmer meines Großvaters.« Er stieß die Tür auf und gab den Blick auf ein Schlafzimmer frei, das noch größer und noch düsterer war als alle anderen. »Ein schöner Raum, nicht wahr?«
Wir schwiegen.
Was, so fragte ich mich, hatte den Ausstatter bewogen, diese hohen Wände mit einer dunkelbraunen Tapete zu versehen, auf der lediglich graue Urnen abgebildet waren? Fand er das eindrucksvoll? Würdig? Majestätisch? Auf dem Bett lag eine Überdecke aus schwerem kastanienbraunem Brokatstoff, in einer dunklen Ecke stand eine große Mahagonikommode, daneben fand sich eine klägliche Ansammlung moderner Regale und ein Wagen, der für Arznei benutzt worden sein mochte. Am Fuße des hochbeinigen

Bettes war eine massive, vorn gewölbte schwarze Lacktruhe, die mit Vögeln, möglicherweise Reihern, verziert war. In einer anderen Umgebung wäre die Truhe ein reizvolles Möbelstück gewesen, doch im Schlafzimmer meines Großvaters trug sie nur zur allgemeinen Grabesstimmung bei.

»Er war in den letzten Monaten ans Bett gefesselt«, sagte Gerald. »Er hätte natürlich ins Krankenhaus gehört, aber Pa und ich verstanden, daß er zu Hause bleiben wollte. Wir hatten Schwestern und packten alle mit an. Man hat sich zusammengenommen, wißt ihr.« Adam gab einen erstickten Laut von sich, aber Gerald merkte es nicht und fuhr fort: »Pa und ich waren bei ihm, als er starb, und ich muß sagen, es war ein ergreifendes Erlebnis, wie sich die ganze Familie in einer solchen Stunde versammelte.«

Es war eine offensichtliche Unverschämtheit, aber ich glaube nicht, daß Gerald sich dessen bewußt war. Paula sagte: »Da scheint dir echt was entgangen zu sein, Mary Fern«, aber Gerald merkte nichts. Er kaute nur weiter an seinem malträtierten Daumen herum.

Vor den durch Steinpfeiler unterteilten Fenstern fiel der Regen. Das Oberlicht war trübe, und das ganze Zimmer wirkte dunkel und alt. Das Zimmer eines alten Mannes, ein Zimmer zum Sterben.

Ich ging zum Fenster und sah hinaus. Wir befanden uns auf der Vorderseite des Hauses, fast direkt über dem Haupteingang. Aus dem Studierzimmer fiel Licht auf den von der Nässe glänzenden Kies, und dahinter bewegten sich die Lorbeerbüsche und Bäume an der Zufahrt leicht im Wind. In weiter Ferne, vermutlich schon in Long Chatton, waren ein paar Lichter zu erkennen, doch der Rest des Dorfes war durch einen mächtigen Schatten verdeckt: die Steineiche. Ich wußte, daß man sie von diesem Fenster aus sehen konnte, genauso wie ich bei der Anfahrt gewußt hatte, um was für einen Baum es sich handelte und daß er der älteste des Gartens war. Und daß unter dem Fenster Rosensträucher gestanden hatten. Das Haus, steinern und unversöhnlich, verströmte seine eigenen Wahrheiten wie eine Sandelholzdose ihren Duft.

Ich drehte mich um, mich nach Licht und Stimmen sehnend. Dann hielt ich inne. Gerald starrte auf das riesige brokatbedeckte Bett, und seine fahlen, tiefliegenden Augen blickten scharf wie Nadeln, fixierten einen Punkt, als läge dort jemand, als wäre unser Großvater noch nicht gestorben.

Und sein Gesichtsausdruck war ganz und gar nicht der einer Person, die einem geliebten Menschen die Qual tragischer Krankheit gemildert hat. Sein Gesichtsausdruck war grauenerregend.

»Dieser Raum ist gruselig«, sagte Paula.

Wir gingen hinaus.

Die Führung war beendet, und unser Besuch in Chatton Heights ebenso. Ich fand, es war an der Zeit, aufzubrechen. Mich packte plötzlich die Angst, daß man uns irgendwie vom Wegfahren abhalten könnte und wir hier übernachten müßten, vielleicht sogar in einem dieser hallenden leeren Schlafzimmer. Ich entwarf fieberhaft Fluchtpläne für den Fall, daß mein Wagen nicht anspringen würde. Es muß doch in Long Chatton Taxis geben, dachte ich. Oder Adam könnte uns zur nächsten Bahnstation bringen. Archie oder Gerald zu bitten, zog ich nicht in Erwägung.

Mein Cousin war zerstreut, sprach kaum mit uns, als er unsere Sachen holte, Paulas schwarzen Umhang und meinen hellen Anorak. Ich stellte mit Unbehagen fest, daß Adam sich vor uns verabschiedete, und folgte ihm durch den Flur, als wollte ich ihn zur Tür begleiten.

»Vielleicht sehen wir uns ja mal wieder«, sagte er. »Ihr Cousin ist ein reizender Mensch. Wenn die Sozialisten ihn für die Wahlkampfwerbung einsetzen würden, wäre im Handumdrehen die Revolution da.«
Und dann war er verschwunden. In der Halle stand Gerald mit der Garderobe. »Sag Tillie auf Wiedersehen von uns«, bat ich ihn hastig, »und deinem Vater auch.«
Er half Paula in ihren Umhang. »Du wirst ja wohl wiederkommen, nehme ich an«, entgegnete er freudlos.
»Worauf Sie wetten können«, sagte Paula, bevor ich dazu kam zu antworten.
Ich hatte dieses nervöse Gefühl im Magen, das man hat, wenn man fürchtet, den Zug zu verpassen. Am liebsten wäre ich den ganzen Weg durch den Korridor und den Wintergarten gerannt. Noch nie habe ich kalte feuchte Luft auf meinen Wangen so begrüßt wie in dem Moment, als ich dem erstickenden Zugriff von Chatton Heights entkam.
»Wartet! Ihr könnt noch nicht abfahren! Wartet!« Archies Stimme dröhnte wie ein Lautsprecher. Einen panischen Moment lang glaubte ich, meine Angstvorstellung, in Chatton Heights festzusitzen, würde wahr und Archie würde uns daran hindern, wegzufahren. Ich hastete über die Kiesfläche weiter auf den kleinen dunklen Schatten zu, der mein Auto war.
»He, Mary Fern«, protestierte Paula, »dein Onkel will sich von uns verabschieden.«
Ich zwang mich, langsamer zu gehen. Archie polterte schwer atmend hinter uns her. »Ich wollte nur … meine Liebe … das Buch … und eines … für deine Freundin.«
»Das ist aber nett.« Paulas Reaktion war wesentlich spontaner als meine. »Ich hoffe, Sie haben mir auch was reingeschrieben, Archie.«
»Schauen Sie nach. Und ich hoffe, Sie kommen wieder mit,

wenn Fern uns das nächstemal besucht. Dann bleibst du aber länger, Fern. Am Anfang wird es dir vielleicht etwas schwerfallen, doch du wirst dich daran gewöhnen. Und außerdem ist es nur gerecht, daß du so ein Glück hast. Komisch, ich dachte immer, Gerechtigkeit sei mir einerlei, aber ich finde dieses Beispiel wirklich ...« er suchte nach dem richtigen Wort »... fesselnd.«

Er klang absolut aufrichtig – und dennoch verstärkten seine Worte aus irgendeinem Grund, den ich nicht weiter erforschen wollte, mein Unbehagen.

Ich riß die Wagentür auf. »Danke für das Buch«, sagte ich. »Ich verspreche, daß ich es lesen werde.«

»Tu das. Ich bin wirklich gespannt auf dein Urteil.«

»Gespannt« fand ich etwas übertrieben. »Und danke für die Fotos«, fügte ich höflich hinzu.

»Ach, die. Die gehören dir wahrscheinlich sowieso.«

In meiner Eile wegzukommen, zog ich den Choke zu weit und ließ beinahe den Motor absaufen. Als der Wagen endlich ansprang, brach mir vor Erleichterung der Schweiß aus. Ich fuhr eine Kurve, und einen Moment lang erfaßten die Scheinwerfer Archie, der zum Abschied die Hand hob. Hinter ihm ragte die Fassade von Chatton Heights auf, so gigantisch und furchteinflößend wie ein normannischer Bergfried.

Ich trat aufs Gaspedal, und wir donnerten die Zufahrt entlang.

»Ras doch nicht so«, sagte Paula, als wir durch die Schlaglöcher holperten. »Wieso hast du's denn so eilig?«

Für die Heimfahrt wünschte ich mir nichts so sehr, wie in Ruhe meinen Gedanken nachhängen zu können. Doch Paula war redseliger Stimmung.

»Du hast deine Leute ja gut unter Verschluß gehalten! Da

gibst du einem die ganze Zeit das Gefühl, du seist ein armes Waisenkind, und dabei hältst du einen ganzen Haufen Verwandte versteckt!«
Ich ärgerte mich über die Bemerkung mit dem Waisenkind und sagte: »Meine Eltern sind tot, das ist alles.«
»Aber du hast mir nie von deinem Onkel und den anderen erzählt. Du bist wirklich ein stilles Wasser, Mary Fern. Was hast du da auf dem Land noch so alles an Überraschungen verborgen?«
»Es wäre mir lieber, wenn du mich nicht Mary Fern nennen würdest. Entweder Mary oder Fern, aber nicht beides.«
»Warum bist du so gereizt? Du mußt entscheiden, wer du sein willst, Mary oder Fern. Zwei Namen sind der beste Weg zu einer handfesten Identitätskrise.«
»Das ist doch albern.«
»Ich kann's einfach nicht fassen, daß du mir nie von deinem Onkel erzählt hast. Ich wohne seit sechs Monaten mit dir zusammen, und du hast ihn nicht mal erwähnt. Ausgerechnet Archie Miller ... und ich wäre wieder nach Hause gefahren, ohne auch nur zu ahnen, wie nahe ich ihm war, wenn dein Großvater nicht gestorben wäre.«
»Ich wußte ja nicht, daß er dich interessiert.«
»Und hat er sich in bezug auf das Testament und alles nicht prima verhalten? Ich hab dir ja gesagt, du sollst dir keine Sorgen machen, und ich hatte recht. Warum, glaubst du, hat er diese Sache mit der Gerechtigkeit erwähnt?«
»Keine Ahnung.«
»Wahrscheinlich, weil du es als Kind so schwer hattest, als dein Vater starb und deine Mutter verrückt wurde. Er hat sich wohl gedacht, du hast mal bessere Zeiten verdient. Aber wieso haben sie dich vorher nie nach Chatton Heights eingeladen, wenn sie doch wußten, wie schlecht es dir ging? Im Sommer muß es da toll sein.«

»Das bezweifle ich.«
»Ach, du bist nur verbittert. Dein Onkel hat dich wirklich herzlich empfangen, und ich bin sicher, daß dein Cousin im Grunde ganz in Ordnung ist.«
»Gerald?«
»Wer sonst? Außerdem sieht er ziemlich gut aus. Ein bißchen wie die Hauptfigur aus *Brideshead*. Dieser Blonde.«
»Ach, Paula, die kannst du nicht miteinander vergleichen. Nur weil sie in einem großen Haus leben, sind sie noch lange keine Aristokraten. Tatsächlich beruht der Wohlstand der Familie auf der Erfindung eines neuen Ventils vor hundertfünfzig Jahren. Dann begannen sie mit dem Export nach Übersee. Export oder Ventile könnten Brideshead nicht fremder sein. Nur Handel.«
»Warum lehnst du sie alle so ab?«
»Na gut, und was sagst du zu Tillie?«
»Die? Die war doch großartig. Was ist schon ein Landsitz ohne die schrullige alte Tante, die auf dem Dachboden rumkramt. Oder in deinem Fall die schrullige alte Stiefgroßmutter. Ich wette, bei Vollmond spricht sie mit Geistern oder betreibt Levitation oder redet griechisch mit siamesischen Katzen.«
Ich gab es auf. Die Größe des Hauses, kombiniert mit der Berühmtheit meines Onkel, hatten Paulas Kritikfähigkeit zunichte gemacht. Sie erhaschte mit Chatton Heights ein Fetzchen von jenem England, über das sie als aufsässiger Teenager in einer Vorstadt in Illinois gelesen hatte und das ihr bislang in den Studentenbuden, Cafés und Pubs von Briston nicht begegnet war. Was ich auch sagte, ich würde sie nicht davon überzeugen können, daß dieses schauerliche Monstrum, das mein paranoider Vorfahr hatte errichten lassen, nicht dem waschechten Aristokratenhaushalt

samt Schlupfwinkeln und treuen Bediensteten und vermutlich ein oder zwei Geistern entsprach.
Sie sah mich von der Seite an. »Geralds Frau, wird die auch da leben?«
»Paula! Du findest ihn doch nicht etwa gut?«
»Vielleicht schon. Ich mochte es, wie er redete, wie er schrie.«
»Du willst nur deine Sammlung britischer Volkstypen ergänzen. Den proletarischen Helden und den trunksüchtigen Dichter hast du ja schon, und jetzt willst du dir den jungen Gutsherrn anlachen.«
»Manchmal, Mary, geschehen solche Dinge einfach.«
»Ich fand ihn affektiert und grob.«
»Warum? Weil er sich hat anmerken lassen, daß ihn das Testament deines Großvaters verärgert und verletzt hat? Aber er hat nur offen seine Gefühle gezeigt, Mary, und das ist immer gut. Nicht jeder läßt sie so wenig raus wie du. Und nachdem er sein Sprüchlein aufgesagt hatte, benahm er sich doch anständig – und ich fand ihn interessant, als er die Führung machte.«
Ich dachte daran, wie Geralds Gesicht sich verändert hatte, als er auf das leere Bett starrte; wie seine rosa Lippen sich zu einem bösartigen Ausdruck verzogen und seine hellen Augen haßerfüllt geglitzert hatten. Interessant? Nun ja …
Paula fuhr ungerührt fort: »Du darfst solche Leute nicht so an dich ranlassen«, sagte sie. »Du bist manchmal so steif und unflexibel, Mary, damit machst du dir nur das Leben schwer. Du mußt dich ab und zu entspannen, ein bißchen lebhafter sein.«
»Kann ich nicht.« Die Worte klangen hart und kalt wie Kiesel. »Ich spiele schon mein ganzes Leben lang Theater. Ich kann das nicht mehr.«

»Wie bitte?«
Wenn ich meinen Mund in diesem Moment hätte fest verschließen können, hätte ich es getan. Mein ganzes Leben lang Theater spielen – wie kam ich dazu, so eine wild erfundene Aussage von mir zu geben? Ich machte rasch einen Rückzieher. »Sollte bloß ein Witz sein.«
»Ach ja?« Paula sah mich seltsam an, drängte mich aber zum Glück nicht weiter. Meine Hände am Lenkrad fühlten sich glitschig an, und ich merkte, daß ich schwitzte. Ich spiele schon mein ganzes Leben lang Theater. Ich fragte mich erneut, was um alles in der Welt mich zu so einer haarsträubenden Bemerkung veranlaßt hatte. Zum einen war sie glatt erlogen; eine schlechtere Schauspielerin als mich konnte man sich kaum denken. In der Schule hatte ich immer Angst gehabt, zum Theaterspielen aufgefordert zu werden. Selbst wenn ich bloß im Hintergrund des Krippenspiels, in ein langweiliges Fellkostüm gezwängt, ein Schaf darzustellen und ab und zu ein frommes Mäh von mir zu geben hatte, war ich halb tot vor Lampenfieber. Es war also eindeutig die Unwahrheit zu behaupten, ich spielte mein Leben lang Theater. Aber schlimmer, viel schlimmer als die Flunkerei war die Tatsache, daß mir das einfach so herausgerutscht war. Mein Mund gab die Worte von sich, ohne daß mein Hirn sie geprüft hatte. Ein paar Momente fühlte ich mich wie diese Leute in Horrorfilmen, die vom Bösen besessen sind, als wäre die Stimme, die gesprochen hatte, nicht meine gewesen.
Kein Wunder, daß meine Hände so schweißnaß waren, daß ich am Lenkrad abglitt.
»Ich kann's kaum erwarten«, sagte ich munter, »Dring zu erzählen, was wir alles erlebt haben.« Das gab ich weniger der Aussage wegen von mir als um meine Stimme zu hören und mich zu vergewissern, daß sie auch wirklich meine

war, daß mein Mund Worte äußerte, die ich zu äußern beabsichtigt hatte.
»Ja«, sagte Paula, nur mäßig interessiert.
Wir waren an der Ausfahrt nach Clifton und zum Zoo von der Autobahn abgefahren. Ich hatte mich den ganzen Tag darauf gefreut, vertraute Straßen und Kreuzungen zu sehen, aber wenn ich gehofft hatte, die Stadt würde mich willkommen heißen und mir vermitteln, daß die Ereignisse dieses Tages reine Routinesache gewesen waren, so wurde ich enttäuscht.
Die Gegend, in der ich wohnte, schien während unserer Abwesenheit heruntergekommen zu sein, als wären die Häuser selbst geschrumpft. Ich wußte also genau, was Paula meinte, als sie plötzlich sagte: »Sieht alles irgendwie anders aus, nicht? Ein bißchen schmuddelig und klein und eng und ...« sie zögerte »... anders.«
»Ich finde, es sieht genauso aus wie immer«, log ich. »Ah, gut, direkt vor dem Haus ist ein Parkplatz.«
Ich merkte, daß Paula mich im orangefarbenen Licht der Straßenlaterne betrachtete, während ich den Wagen parkte.
»Vielleicht war es doch kein Witz«, sagte sie.
»Was?«
»Daß du dein ganzes Leben lang Theater gespielt hast. Vielleicht ist es wahr.«
»Um Himmels willen, Paula, erspar mir bitte die Amateurpsychologie. Der Tag war auch so anstrengend genug.«
Und sie war offenbar ebenfalls dieser Meinung, denn sie folgte mir schweigend ins Haus.

Die schäbigen Straßen rund um den Alderly Drive hatten mir nicht das Gefühl der Sicherheit geben können, was ich mir erhofft hatte. Dring gelang es.

Sowie ich die Tür zum Wohnzimmer öffnete und sie unerschütterlich wie einen Teigklumpen in demselben Sessel sitzen sah, in dem sie schon am Morgen gesessen hatte, fühlte ich mich zu Hause und glaubte, daß zu guter Letzt alles in Ordnung kommen würde. Sie starrte mißmutig auf die Gestalten im Fernsehen, und das einzige, was sie sagte, als wir eintraten, war: »Trottel! Wie die da rumhüpfen. Und erwarten noch, daß ich zuschaue!«

Ich ging hin und schaltete aus. »Das hättest du auch selbst tun können.«

»Mir war nicht nach Aufstehen«, gab sie mürrisch zurück. »Das Bein war heute nicht gut, und mir war so schwindlig ...«

»Und wofür, glaubst du, hab ich die Fernbedienung gekauft? Das ist nämlich der Sinn der Sache. Du bleibst in deinem Sessel sitzen und ...«

»Ich hab sie gesucht.« Sie blickte zu mir auf, einen halbwegs überzeugenden hilflosen Ausdruck auf dem zerknautschten Gesicht. »Sie war nirgends zu finden. Du mußt sie irgendwo versteckt haben.«

»Nein. Du hast bloß den Aschenbecher draufgestellt. Hier. Schau.«

Sie schaute nicht. »Na, jetzt brauch ich ihn ja nicht mehr, oder? Du bist ja wieder da.«

Ich klopfte die Zigarettenasche von ihrem in ein rosa Gewand gehüllten Busen, leerte den Aschenbecher, räumte den Berg von Bonbonpapieren und Streichhölzern weg und das Strickzeug, das sie angewidert fortgeschleudert hatte, und die Zeitung zu ihren Füßen, die so zerfleddert war, daß sie aussah wie ein Flugdrachen für Kinder. Das Chaos, das Dring ständig umgab, war eine Wohltat nach dem tristen Pomp von Chatton Heights.

Sie sah gelassen zu, wie ich etwas Ordnung in ihre Ecke des

Zimmers brachte. Dann zündete sie sich eine Zigarette an und setzte sich bequem zurecht. Erneut breitete sich ein feiner Ascheregen auf dem rosa Busenplateau aus.

»Nimm doch den Aschenbecher, um Himmels willen«, sagte ich.

Paula hatte von der Tür aus zugesehen. »Ihr benehmt euch wie ein altes Ehepaar. Ich verschwinde ins Pub, da geht's lebhafter zu.«

»Okay«, erwiderte ich, ohne mich weiter um sie zu kümmern. Ich vermutete, daß sie jemanden aufgabeln wollte, der bereit war, sich eine stark ausgeschmückte Version von »mein Tag mit der Gutsherrin und Erbin« anzuhören. (»Es war wie Brideshead, wirklich. Inklusive einer alten Frau, die schon ein halber Geist ist. Und mein Freund, Archie Miller, du weißt, der berühmte Schriftsteller ...« Binnen kurzem würden ihre Bekannten glauben, daß ich Chatsworth geerbt hatte.) Während sie wild darauf war, den Tag als großes Ereignis darzustellen, konnte ich es kaum erwarten, ihn als nichts abzutun – und dafür brauchte ich Dring und ihren stoischen, gesunden Menschenverstand.

Die Haustür fiel zu, und wir waren für uns. Ich kochte eine Kanne Tee, machte ein paar Scheiben Brot mit Butter zurecht, trug alles auf einem Tablett ins Wohnzimmer und saß dann eine Weile nur mit Dring am Kamin, hörte ihrem pfeifenden Atem zu und nahm den Geruch von kaltem Zigarettenrauch und Lavendelwasser wahr, der seit meinem fünften Lebensjahr um mich war, als sie wie eine gewichtige, kränkliche Mary Poppins aus dem Nichts auftauchte und sich um meine Mutter und mich kümmerte. Und ich spürte, wie die Verkrampfung sich langsam löste. Das Gefühl von Entspannung stellte sich ein, das man hat, wenn man die steifen hochhackigen Schuhe auszieht, die einen den ganzen Tag gedrückt haben, und in ein Paar alte, weiche Slipper schlüpft. Ich wackelte genüßlich mit den Zehen.

Ich erinnere mich, daß einmal jemand sagte (es mag eine der Lehrerinnen in der Schule oder eine Nachbarin gewesen sein), mein Vater hätte Madame de Rhin niemals angestellt (Dring war meine damalige Version des komplizierten Namens), wenn er gewußt hätte, daß die fürchterliche Person mit dem violetten Hut mein Vormund sein würde, und zwar nicht nur für ein paar Wochen, sondern für den Rest meiner Jugend. Sie entsprach nicht im mindesten dem Bild der gemütlichen, mütterlichen Kinderfrau mit der gestärkten Schürze und dem eisernen Ordnungssinn. Im Gegenteil, sie hatte schon immer eine Neigung zur Schlampigkeit gehabt, und nun, mit über achtzig, hatte sie einige gräßliche Angewohnheiten. Sie war mürrisch und unordentlich und hypochondrisch, der Schrecken jeder Ambulanz und Sprechstundenhilfe in ganz Bristol. Außerdem war sie häufig grob und verdrießlich und beschwerte sich unentwegt über Nichtigkeiten. Sie hatte ein Gesicht wie eine Promenadenmischung und drahtiges, terrierartiges graues Haar.

Trotz ihrer offensichtlichen Mängel verfügte sie über eine herausragende Kraft, die ich sofort gespürt hatte, eine Stärke, an die ich mich in jenen furchtbaren Wochen klammerte, die auf die Abreise meines Vaters nach Südamerika und seinen Tod beim Absturz des Flugzeugs folgten. Dring war nicht so sehr ein ungeschliffener Diamant als vielmehr unbehauener Granit. Die Unebenheit lenkte von dem unzerstörbaren Stein darunter ab. Das war jedenfalls mein Bild von ihr.

Und wenn man mal von einigen entsetzlich peinlichen Auftritten absah (zum Beispiel beim Schulkonzert, als sie in die Aula platzte, aussah wie eine Gestalt von einem Plakat der

Obdachlosenhilfe und dann, angeblich wegen ihrer – total erfundenen – Schwerhörigkeit, einen Sitzplatz in der vollbesetzten ersten Reihe verlangte), hatte ich mich mit Dring immer wohl gefühlt und es so gut wie nie als Nachteil empfunden, keine Familie im herkömmlichen Sinn zu haben. Im Gegenteil, als ich heranwuchs, kam ich zu der Ansicht, daß ich besser dran war als viele meiner Freunde. Während deren Eltern stritten, sich scheiden ließen, neue, ungeeignete Partner anschleppten und sich untereinander und mit ihren Kindern zankten, erörterten Dring und ich den Gesundheitsratgeber in den Frauenzeitschriften, zerbrachen uns die Köpfe über die Kreuzworträtsel aus der Abendzeitung, schnitten Rezepte aus und wickelten Wolle zu Knäueln für ihre Strickarbeiten.
War ich einsam? Es muß wohl so gewesen sein, aber ich kann mich nicht erinnern, daß es mich beschäftigt hätte. Und ich war nicht so allein, wie es Beobachtern erschienen sein muß, denn Tom, Lucy und Alexander waren bei mir; sie waren genaugenommen keine Spielgefährten, da ich sie nie getroffen hatte, gehörten nicht zur Familie, da wir nicht verwandt waren, aber dennoch waren sie mir nah, real und für mich sehr lebendig. Sie waren die drei Kinder der Familie Poulter, die Dring von Beginn der dreißiger Jahre, als Master Tom noch kein Jahr alt gewesen war, bis zum Ende des Kriegs betreut hatte, als Alexander lange Hosen bekam und nach Harrow geschickt wurde. Wenn ich einen dieser mir nahestehenden Mittdreißiger heute treffen würde, wären sie erstaunt, wieviel ich über sie wußte. Ob Tom sich an den Tag erinnern konnte, an dem er einen Kricketball durch das Speisezimmerfenster schlug, der dann in eine Schale Trifle plumpste, woraufhin die Gäste seiner Mutter alle bekleckert waren? Konnte Lucy sich an das Kleid erinnern, das sie an Heiligabend trug, als sie zum erstenmal ihre

Periode bekam? (Buttergelb mit Puffärmeln, und als es ihr auffiel, hatte der rote Fleck das Kleid fast ruiniert.) Aber Tom war zu sehr Musterknabe und hatte einen grausamen Zug, und Lucy, die als schön galt, ein hartes, kaltes Gesicht hatte und kurz nach ihrem neunzehnten Geburtstag einen Banker heiratete, war mir nicht ganz geheuer. Mein Liebling war Alexander. Alexander, der Kühne, das Nesthäkchen. Die Geschichten über Alexander liebte ich am meisten. Und da Dring die Familie verlassen hatte, als er noch ein Junge war, blieb er für uns immer ein Kind, ein Zwölfjähriger, stolzer Besitzer eines Hasen namens Suza mit Hängeohren und zweier Bantamhühner, die pro Woche ein einziges Ei legten.

Ich dachte oft an Tom, Lucy und Alexander und fragte mich, wie sie wohl jetzt waren, wo sie lebten, was sie taten. An meine Verwandten dachte ich kaum – bis ich den Brief von Randolf & Miles erhielt, mit dem sich alles änderte.

Dring rieb ihr schmerzendes linkes Knie und betrachtete mich eingehend. Ich begann vorsichtig: »Zumindest ist es jetzt vorbei.«

Dring wartete.

»Eigentlich waren sie gar nicht so übel. Gerald hat mir eine Szene gemacht ...«

»Der war immer ein verzogener Flegel.«

»Danach hat er sich ein bißchen beruhigt und hat uns sogar das Haus gezeigt.«

»Wie ist die Frau, die dein Großvater geheiratet hat?«

»Tillie? Die ist sehr sonderlich. Ich hab nicht rausgekriegt, ob sie schon immer so war, oder ob sie langsam so geworden ist. Oder vielleicht ist sie nur vorübergehend durcheinander, weil sie plötzlich Witwe wurde.«

Dring gab ein verächtliches Schnauben von sich.

»Mein Onkel war auch da. Archie. Es war alles ziemlich

unangenehm, aber er schien sich Mühe zu geben, das Ganze friedlich zu klären.«
»Ein fieser Bursche, dein Onkel. Du solltest dich vor ihm hüten.«
»Was meinst du damit?«
»Nur das.«
»Er war recht freundlich. Er hat mir ein Exemplar seines Buchs geschenkt, obwohl er natürlich ziemlich pikiert war, daß ich es nicht gelesen hatte.«
»Ich möchte nie etwas von ihm lesen. Er ist ein grausamer Mann, ja, grausam und unberechenbar. Und gefährlich.«
»Warum sagst du das?«
»Ich habe meine Gründe.«
Ein Schleier fiel über ihr Gesicht, und es nahm den unergründlichen sphinxartigen Ausdruck an, den ich schon kannte. Ich wußte, daß es sinnlos war, jetzt in sie zu dringen. Da sie häufig Leute nicht ausstehen konnte, die sie kaum kannte, fragte ich mich, ob ihre hartnäckige Ablehnung meines Onkels mich als Kind dazu veranlaßt haben mochte, mich vor ihm zu fürchten, ob sich damit das merkwürdige Grauen erklären ließ, das ich empfunden hatte, als ich seine Stimme hörte.
»Zumindest muß ich da nicht mehr hin.« Versuchte ich mich selbst davon zu überzeugen? »Ich habe dem Anwalt klargemacht, daß ich mit der Betreuung des Hauses sowenig wie möglich zu tun haben möchte – du weißt ja, nicht wahr, daß es erst nach Tillies Tod verkauft werden kann, aber der Anwalt scheint alles so in Ordnung zu finden, wie es ist.«
»Es wird einiges zu tun sein.«
»Per Brief und Telefon. Ich muß nicht an Ort und Stelle sein.«
Dring zuckte mit den Schultern.

»Es ist komisch«, sagte ich halb zu mir selbst, »aber obwohl ich seit damals, als ich fünf war, nicht mehr dort gewesen sein kann, hatte ich einiges genau in Erinnerung, wußte genau, wie die Dinge aussahen.«
»Doch, doch.«
»Wie?«
»Doch, du warst noch mal da. Nach dem Tod deines Vaters. Nur einmal. Als deine Tante Frances noch lebte.«
»Archies Frau?«
Dring nickte. »Sie war in Ordnung. Die einzige. Hat ihr Kind fürchterlich verzogen, aber sie hat's gut gemeint. War jedenfalls sehr lieb zu dir. Doch der Besuch hat dich verstört, hat irgendwas aufgewühlt. Alpträume und so was. Ich fand es besser, das alles ruhen zu lassen. Manche Sachen bleiben besser im dunkeln. Ist besser, sie zu vergessen ...«
»Ah ja. Das wußte ich nicht.«
Das war wie ein Motto von Dring. Vergessen. Wenn schlimme Sachen geschehen, vergiß sie. Tu so, als hätte es sie nie gegeben. Wenn du einen schlechten Traum hattest, sei ruhig, sprich nicht darüber, vergiß ihn. Er ist vorbei. Die Gegenwart ist schon schwierig genug, rühr nicht in der Vergangenheit. Vergiß die Vergangenheit. Vergiß die schlimmen Sachen.
Und das hatte ich getan. Immer. Vergessen.
Bis heute.
Heute, als ich herausfand, daß Erinnerungen wie alte Soldaten niemals sterben. Sie warten nur auf den Moment, in dem man völlig unvorbereitet und ungeschützt ist. Dann necken sie dich mit einem verschwommenen Bild, verblüffen dich mit etwas Zusammenhanglosem, verleiten dich dazu, etwas zu sagen, was dir nicht mal als Gedanke bewußt war.

Wie in diesem Moment in der Fensternische, als ich in ein warmes Meer aus Zufriedenheit einzutauchen schien, und zu diesem Meer gehörte jene Stimme, die Stimme, die ein Ende der Reise und die Sicherheit des Hafens verhieß; wie in diesem Moment, als ich aufsah und die Rosenbüsche erwartete, welche unter dem Fenster geblüht hatten, die man aber schon vor langer Zeit der Effizienz geopfert hatte. Es war eine Erinnerung, die mit mir spielte, die hinter einem Vorhang hervorschielte, ohne sich gänzlich zu zeigen.

Und dann dieser andere Moment auf der Zufahrt, als ich den großen Baum gesehen und gewußt hatte, daß es sich um die Steineiche, den ältesten Baum des Gartens, handelte.

Komisch, dachte ich, wie oft sind es die kleinen Dinge, die man nicht vergißt.

»Laß mich raten«, sagte Dring.

Und ich entgegnete: »Oh, es war nichts Wichtiges. Nur ein paar alberne Details, die mir wieder eingefallen sind. Nicht der Rede wert.«

Und keine von uns beiden ahnte in diesem Moment, wie sehr ich mich irrte.

Als ich noch klein war, blieb Dring abends immer eine Weile bei mir im Zimmer. Sie las mir nie vor oder so etwas. Manchmal plauderten wir ein bißchen, manchmal spazierte sie herum, manchmal saß sie einfach da. Es muß eine Zeit gegeben haben, als ich heranwuchs, bevor sie gebrechlich wurde, in der sich unsere Wege abends trennten, aber ich kann mich nicht daran erinnern. Seit achtzehn Monaten, seit sie die offenen Beine und andere Gebrechen hatte, die ihr das Laufen erschwerten, half ich ihr nun beim Zubettgehen, und ich blieb meist noch eine Weile in ihrem Zimmer, plauderte mit ihr und spazierte herum.

Seit Paula zu uns gestoßen war, verzichtete ich häufig auf diese Gewohnheit, aber an dem Abend meines ersten Besuchs in Chatton Heights war mir nach der flüchtigen Kostbarkeit meiner Nähe zu der alten Frau.

Es hatte aufgehört zu regnen, doch die Räder der Autos zischten weiterhin auf dem nassen Asphalt. Das machte Drings Zimmer noch gemütlicher, verstärkte den Kontrast zu dem düsteren Januarabend draußen und vor allem zu den grauenhaft tristen Schlafzimmern von Chatton Heights. Dring hatte den Raum solide eingerichtet. Sie bevorzugte Möbelstücke, die man nur zu dritt bewegen konnte und die einem in unseren winzigen Zimmern kaum Platz zum Gehen ließen. Die Feinausstattung war mein Werk. Auf dem Kaminsims über dem Gasofen waren Fotografien von Tom, Lucy und Alexander Poulter, alle drei mit einem strahlend zuversichtlichen Lächeln auf dem Gesicht, das sonst Erwachsenen, Politikern oder anderen Persönlichkeiten des öffentlichen Lebens vorbehalten ist. Einige Vasen, die ich im Töpferkurs gemacht hatte, und ein Muschelkästchen, das ich von einem Schulausflug nach Burnham-on-Sea mitgebracht hatte, standen herum. Über der Kommode hing ein Ölgemälde, auf dem ein Obstgarten mit blühenden Apfelbäumen zu sehen war. Ich liebte dieses Bild. Das frische Rosa verhieß einen endlosen Maimorgen. Sogar an einem naßkalten Abend wie diesem hörte ich beinahe die Vögel zwitschern und die Bienen summen, wenn ich es ansah.

Die anderen Stellflächen im Zimmer waren überwiegend mit Pillenfläschchen und Salbentiegeln, Watte, Mullbinden, Papiertaschentüchern und Aschenbechern bedeckt.

Am fürchterlichsten – das mußte sogar ich zugeben – sah Dring immer aus, wenn sie sich fürs Zubettgehen fertigmachte. Sie hatte eine Schwäche für Nachtwäsche, welche einer Pariser Kurtisane um die Jahrhundertwende gut zu Gesicht gestanden hätte, die aber für eine alte Frau mit grauem Haar und zerknittertem Gesicht nicht vorteilhaft war. Dennoch mochte ich sie nie lieber als an diesem Abend, als sie da lag und ihre müden Augen aus einem Gewirr violetter Rüschen hervorblinzelten – und ich schämte mich, daß ich sie in letzter Zeit vernachlässigt hatte.

»Brauchst du noch was?«

»Ein neues Bein«, erwiderte sie mechanisch.

»Das haben sie nicht beim Gesundheitsdienst.« Das entgegnete ich jedesmal. Viele unserer Gespräche waren zu Kürzeln geworden, wie die Antworten in der Kirche. Wir hatten seit Ewigkeiten nichts Neues mehr zueinander gesagt.

Es war verwirrend, daß ich das nun tun mußte.

»Ich wünschte, er hätte es nicht gemacht«, sagte ich.

»Wer?« fragte Dring. »Was?«

»Mir sein ganzes Geld und das Haus und all das hinterlassen. Mein Großvater. Everett Miller. Es wird alles verderben, und dabei ging es uns vorher bestens. Es hat uns an nichts gefehlt. Wir brauchen dieses ganze Geld nicht.«

»Geld hat noch keinem geschadet.« Dring schloß erschöpft die Augen. »Und es könnte sich als nützlich erweisen.«

»Aber wir *brauchen* es nicht. Wir haben, was wir wollen. Es wird nur alles kompliziert machen und verändern, und ich möchte nicht, daß sich was verändert.«

»Es geht nicht um das, was du möchtest«, sagte sie mit einem gewissen Genuß. »Veränderungen kommen immer, ob du's willst oder nicht. Viel länger geht es so nicht weiter.«

»Warum denn nicht, um Himmels willen? Wir sind doch bis jetzt prima zurechtgekommen.«

»Aber nun nicht mehr. Ich bin alt. Es geht nicht mehr lange

so weiter. Ich bin zu krank, das wird zu anstrengend für dich. Du wirst mich in ein Heim geben müssen.«
»Red keinen Blödsinn. Das sagst du schon, seit ich denken kann. Du bist bloß müde.«
»Ich wache müde auf. Es ist alles zu schwer für mich. Ich bin alt, überflüssig. Ich bin im Heim besser aufgehoben, und das kannst du dir jetzt leisten.«
Ich schimpfte mit ihr, aber das half kaum etwas gegen meine Panik. Ich war von Chatton Heights zurückgekehrt in die Geborgenheit, die Dring für mich immer bedeutet hatte, nur um festzustellen, daß mir diese Geborgenheit aus den Händen glitt. Als ob man versuchte, mit den Händen Rauch zu fangen. Hoffnungslos. Aussichtslos.
Ich wollte sie an diesem Abend nicht verlassen. Ich wollte so lange in diesem unerträglich vollgestopften Zimmer sitzen, bis sie wiederhergestellt und bei Kräften war. Ich brauchte sie – ich brauchte sie mehr denn je.
Wir zankten ein bißchen und verfielen dann in Schweigen. Ich legte den Kopf auf die gepolsterte Rückenlehne des Schlafzimmerstuhls, schloß die Augen und versuchte mir einzureden, daß sich nichts verändert hatte. (»Ich dachte, du seist vielleicht froh, daß du nicht mehr die Verantwortung hast«, sagte Paula später, als ich ihr davon erzählte. »Du verstehst das nicht«, entgegnete ich. Was stimmte.) Reifen flutschten über den nassen Asphalt, der Wecker tickte, die Gasflamme brannte ruhig ... alles schien wie eh und je zu sein.
Ich begann mich zu entspannen und verfiel in einen seltsamen Zustand zwischen Wachen und Schlaf, halb bewußt, halb träumend – und zu meiner Freude hörte ich die Stimme wieder, die sanfte Sommerstimme, und ein warmes Gefühl der Geborgenheit hüllte mich ein wie ein Seidentuch. Es war die Stimme, die ich in der Fensternische ver-

nommen hatte (eine Männerstimme? Ich war nicht sicher), aber diesmal war etwas anders. Da war eine Bewegung, ein Schaukeln wie in einer altmodischen Wiege oder einem Boot vor Anker oder auf dem ruhigen Ozean. Die Bewegung war zärtlich wie die Stimme. Sanft, beruhigend, wiegend … schwingend.

Die Haustür ging auf. Paula kam zurück.

Ich öffnete die Augen und blickte auf das Bild des Obstgartens mit den blühenden Apfelbäumen über der Kommode. Licht und rosa.

»Dring«, sagte ich, »weißt du, ob es eine Schaukel in Chatton Heights gab?«

»Eine Schaukel? Weiß der Himmel. Laß mich zufrieden mit deinen Fragen. Ich war fast eingeschlafen.«

»Gute Nacht dann.«

Ich knipste das Licht aus und schlich hinaus. Und bewegte mich in einem goldenen Lichtregen. Sonnenlicht und sommerliche Leichtigkeit.

3

Paula war entschieden der Überzeugung, daß ich einen weiteren Besuch in Chatton Heights machen sollte – und ich war ebenso entschieden der Überzeugung, daß ich das unterlassen sollte.

»Du hast doch gar nicht alles gesehen. Zum Beispiel die ganzen Nebengebäude und die Gärten und die Pächterhäuschen.«

»Der Verwalter wird mir alles Notwendige mitteilen.«

»Aber bist du denn nicht ein bißchen neugierig?«

»Nein. Und du willst nur wegen Gerald, daß ich noch mal hinfahre.«

»Hab ich im Schlaf geredet? Doch es ist nicht nur sein aristokratischer Charme, der mich dorthin zieht, ich denke auch an dein Wohlergehen.«

»Danke.«

»Du kannst nicht ewig davonlaufen. Irgendwann mußt du dich stellen.«

»Herrje, ich laufe nicht davon. Ich war doch einmal da, oder? Reicht das nicht?«

Offensichtlich fand Paula, daß es nicht reichte. Ich konnte ihr ihre Ungeduld, ihre Neugierde nicht verdenken, aber ich vermochte nicht daran teilzuhaben. Für sie war das alles ein Spiel, ein aufregendes Spiel, über das man in Briefen nach Hause berichten konnte, aber für mich war es bedrängend ernst. Aufregung und Verwicklungen hatte ich immer aus dem Weg zu gehen versucht. Paula konnte nicht wissen, wieviel Energie ich darauf verwendet hatte, mein Le-

ben ruhig und zurückgezogen zu gestalten, und wie sehr ich es so liebte, allen Ereignissen zum Trotz.
Nur weil ich eine mir immer noch irreal hoch scheinende Geldsumme geerbt hatte, sah ich keine Veranlassung, deshalb mein Leben zu ändern. Ich machte immer noch meinen Teilzeitjob im Maklerbüro und ging dreimal die Woche zu meinen Wirtschaftsseminaren. Paulas Vorschlag, jemanden als Hilfe für Dring einzustellen, schenkte ich keine Beachtung.
Trotz meines Bemühens, mich zu verhalten, als wäre nichts geschehen, empfand ich manchmal alles als schwierige Gratwanderung, und da Chatton Heights der Grund meines Unbehagens war, sah ich keinerlei Notwendigkeit, einen zweiten Aufenthalt dort zu wagen.
Meine Entschlossenheit war stark genug, um Paulas Drängen zu widerstehen, aber ich hatte nicht mit Adam Bury gerechnet.
Zuerst erkannte ich ihn gar nicht. Ich trat eines Abends aus der Wärme und dem Neonlicht des Colleges in die dunkle kalte Nacht hinaus, als eine Männerstimme rief: »Fern! So eine Überraschung!«
Ich drehte mich verblüfft um. Alle im College nannten mich Mary, und als ich Adam sah, stellte sich dieses unklare Gefühl ein, das man hat, wenn ein vertrautes Gesicht in unbekannter Umgebung auftaucht – dieses breite, schiefe Lächeln und diese forschenden schiefergrauen Augen gehörten in das Studierzimmer von Chatton Heights, nicht hier auf die Treppe vor dem College.
»Adam, was machen Sie denn hier?«
Er grinste. »Ich könnte ja sagen, Sie suchen, aber das wäre gelogen. Ich habe in einer Stunde oder so einen Termin im Krankenhaus, aber ich dachte, ich schau vorher mal bei ein paar alten Freunden vorbei.«

»Sie sind doch nicht krank, oder?«

»Meine Verbindung zum Krankenhaus ist professioneller, nicht persönlicher Natur. Ich recherchiere für einen Bericht über zunehmende Gewalt und die mangelnden Mittel auf einer Unfallstation in der City.«

»Ach so.«

»Ich erhoffe mir was Einprägsames. Ihnen ist nicht gerade danach zumute, eine Schwesternschülerin zu attackieren, wie? Mit einer Bettpfanne Amok zu laufen?«

Ich lachte. »Tut mir leid. Ich hätte ja gerne ausgeholfen, aber ich habe schon was vor. Außerdem klingt das eher nach Drings Umgangsformen als nach meinen.«

»Dring? Ach ja, die exzentrische treue Seele, die Sie aufgezogen hat.«

Ich fragte mich gerade, woher er von Dring wußte, als er erklärend hinzufügte: »Mein Vater hat mir von ihr erzählt.«

»Oh.«

Was hatte ihm sein redseliger Vater noch alles erzählt?

Adam setzte sein Können als Gedankenleser erneut ein, indem er fortfuhr:

»Er hat mir überhaupt einiges über Ihre Familie berichtet.«

»Oh«, sagte ich wieder. Noch tonloser.

Der neue Besitzer des größten Hauses am Ort ist natürlich Gesprächsstoff, das war mir klar, aber dennoch empfand ich Adams Informiertheit als irritierend. Ich kam mir vor wie ein aufgespießter Schmetterling in einem Kasten, den alle betrachten dürfen. Allgemeingut, der Öffentlichkeit preisgegeben.

»Ich sollte jetzt gehen. Dring macht sich ...«

»He, rennen Sie doch nicht so weg. Wollen wir nicht irgendwo was zusammen trinken? Ein Stück die Straße runter gibt es ein Café, in dem ich früher oft war. Wir können ja mal schauen, ob es sich verändert hat.«

»Und was ist mit Ihren Krankenschwestern?«

»Die polieren um die Tageszeit ihre Skalpelle. Vor sieben gibt's keine Gewalttaten, haben sie mir versprochen.«

Ich zögerte. »Ich weiß nicht. Ich sollte …«

Es war schwer zu sagen, ob er entschieden hatte, meine Unentschlossenheit zu ignorieren, oder ob er tatsächlich meinen gemurmelten Einwand als Zustimmung gedeutet hatte. Später, als ich mehr über ihn wußte, hätte ich auf das erste getippt, aber zu diesem Zeitpunkt war ich noch milder gesonnen.

In Pierre's Patisserie and Coffee Lounge war es warm und miefig; es roch nach nassen Regenmänteln und starkem Tee. Adam entschied sich für einen Tisch am Fenster und sah in die Speisekarte. »Wie wär's mit einer Kleinigkeit zu essen?« fragte er. »Schokoladenkuchen? Ein Sandwich? Gefüllte Backkartoffeln? Steak und Pommes mit …«

»Nur einen Tee, bitte.«

Er blickte mich über den Rand der Karte hinweg kritisch an. Manche Leute sehen einen nur, und andere versuchen, die Gedanken des Gegenübers zu lesen; Adam versuchte in diesem Moment eindeutig letzteres.

»Ich habe wirklich nicht viel Zeit«, erklärte ich.

»Das erwähnten Sie schon. Aber warum sollten Sie sich nicht das sündige Vergnügen eines Häppchens gönnen? Warten Sie, widersprechen Sie nicht. Als Reporter sagt mir mein scharfer Blick, daß Sie, da Ihre alte Dame mit dem komischen Namen krank ist, keine Zeit hatten, für sich selbst zu sorgen. Sie haben wahrscheinlich seit Wochen nichts Vernünftiges mehr gegessen. Sie sehen fürchterlich unterernährt aus.«

»Danke für die Blumen. Ich hoffe bloß, daß die Kostprobe

nicht typisch ist für Ihre Fähigkeiten als Reporter. Ich kann nämlich hervorragend kochen, viel besser als Dring. Und außerdem kümmere ich mich schon seit Jahren um sie, nicht umgekehrt.«

»Tja, soviel zum scharfen Blick. Ich nehme jedenfalls Sandwiches. Man sollte sich die Todesqualen des Gesundheitssystems nicht auf nüchternen Magen zu Gemüte führen.«

»Für mich keine Sandwiches, danke.« Als die Bedienung die Bestellung aufgenommen hatte, fügte ich hinzu: »Schwestern prügeln klingt sehr nach Sensationspresse. Ich hatte gedacht, Sie seien mehr an Literatur interessiert.«

»Meine Interessen spielen da keine Rolle. Am Fuße der Leiter tut man, was einem aufgetragen wird. Als ich noch in der Provinz saß, habe ich monatelang höchst geistreiche Buchrezensionen verfaßt ohne daß sich jemand darum geschert hätte. Meinen Durchbruch hatte ich erst, als ich einen Sexskandal im Ferienlager der Christlichen Jungengruppe aufgedeckt habe. Vielleicht erinnern Sie sich?« fügte er hoffnungsvoll hinzu.

Ich schüttelte den Kopf.

»Schade. Ich hatte ein tolles Interview mit dem Bauern, auf dessen Wiese die Orgie stattgefunden hatte. Er behauptete, seine Kühe seien so außer sich gewesen, daß ihre Milchproduktion um ein Drittel gesunken sei.«

»Ich hatte Kühe nie für besonders prüde gehalten.«

»Deshalb sollte man ausführlich Zeitung lesen; wenn Sie's getan hätten, wären Sie jetzt genauestens über die Moral der Rinder im Bilde. Aber nach diesem ersten Artikel wurde es ziemlich unappetitlich – Horden von wütenden Eltern, die angaben, sie hätten ja keine Ahnung gehabt etc. etc. Drei der Lagerführer landeten hinter Gittern. Die überregionalen Zeitungen griffen die Sache auf ...«

»Ruhm und Erfolg für den Lokalreporter.«
»So ist es.« Er sah geknickt aus.
»Finden Sie es nicht unbefriedigend, solche Sensationsgeschichten schreiben zu müssen?«
»Nicht im mindesten. Ich meine, ich mache es nicht auf die extreme Art. Ich halte nicht jemandem ein Mikro unter die Nase und sage: ›Wie fühlen Sie sich, nachdem Ihr Mann gerade gestorben ist und Sie beide Beine verloren haben?‹ oder so.«
»Das beruhigt mich.«
»Aber ich rede gerne mit Menschen, höre mir ihre Geschichten an. Ah, hier kommen die Sandwiches ... und unser Tee. Greifen Sie zu, falls Sie sich's anders überlegt haben. Und was haben Sie eigentlich am College gemacht?«
»Ich besuche ein Wirtschaftsseminar.«
»Damit Sie ihr Erbe gut verwalten können?«
»Sie kennen das Testament meines Großvaters?«
Er nickte.
»Ich hätte mir wohl klarmachen sollen, daß sich an einem Ort wie Long Chatton Neuigkeiten schnell verbreiten.«
»Generell kann man davon ausgehen, daß ein Viertel der Dorfbewohner vierundzwanzig Stunden vor einem Ereignis genauestens darüber Bescheid weiß.«
»Woher kennen Sie das Dorf so gut? Hat Ihr Vater schon immer da gewohnt?«
»Wußten Sie das nicht? Ted war Pfarrer von Long Chatton, als ich klein war, und noch lange danach. Darum hat der Ort für mich so eine Bedeutung, die allerersten Erinnerungen und solche Dinge. Und deshalb verehre ich auch das Buch Ihres Onkels so sehr – es trägt den Ort in sich. Wenn er irgendwo anders aufgewachsen wäre, hätte er ein anderes Buch schreiben müssen. Finden Sie nicht?«

»Ich habe es immer noch nicht gelesen. Archie hat mir ein Exemplar gegeben, aber ... ich hab es irgendwie noch nicht geschafft.«

»Sie sollten es unbedingt lesen. Es wird Ihnen gefallen.«

»Vielleicht ... Ihre Familie hat also seit Menschengedenken in Long Chatton gewohnt?«

»Nein, mein Vater wurde versetzt oder befördert oder wie sie das bei der Kirche nennen. Wir zogen nach Portsmouth, aber ich konnte mich monatelang nicht eingewöhnen, fühlte mich unwohl dort. Den anderen ging es ähnlich. Long Chatton hat einen gewissen Zauber, trotz der gräßlichen Trödelläden und altmodischen Tearooms, einen Zauber, dem man sich nicht entziehen kann. Sie müssen das doch auch gespürt haben.«

Ich wagte ein undeutliches »Mm« und fragte: »Und was macht Ihr Vater jetzt dort?«

»Er ist im Ruhestand. Und dann wurde gleichzeitig das Pfarrhaus zum Verkauf angeboten, im Zuge der Manie der Kirche, die alten Besitztümer zu veräußern und ihre armen Geistlichen in modernen Wohnungen unterzubringen – eine Politik, von der mein Vater gar nichts hält. Jedenfalls hat er es bei dieser Gelegenheit geschafft, seine Prinzipien außer acht zu lassen, und hat zugegriffen. Ich glaube, die ganze Sache hat seine etwas erlahmende Begeisterung für den Allmächtigen wieder beflügelt.«

»Ich dachte, Geistliche können sich keine großen Häuser leisten.«

»Nein, das Geld kam von meiner Mutter, zumindest die Summe, mit der das Pfarrhaus gekauft wurde. Aber sie starb achtzehn Monate später. Sie konnte den Ruhestand nicht mehr genießen.«

»Das tut mir leid.«

»Ja.« Er schwieg einige Momente, in die Betrachtung seines

Daumennagels versunken. »Doch sie hatte ein ausgefülltes Leben und hat fast alles bekommen, was ... ich meine, für Sie muß es schlimmer sein.«

»Für mich?«

»Die Tatsache, daß Ihre Mutter, wie ich gehört habe, offenbar starb, ohne je das Leben wirklich gekannt zu haben. Das muß so ... aber sagen Sie mir, wenn es Ihnen was ausmacht, darüber zu sprechen.«

Ich saß reglos da. Draußen ertönte ein Martinshorn. Am Tisch hinter mir sprachen zwei Frauen in fasziniertem und schockiertem Tonfall über ihre pubertierenden Sprößlinge. Ich starrte auf die orangefarbene Oberfläche des Tees. »Warum sollte es mir etwas ausmachen? Ich erinnere mich kaum an sie. Es ist, als spräche ich über eine Fremde, ganz unpersönlich.«

»Sind Sie sicher? Ted meint, Sie müssen fünf oder sechs gewesen sein, als Ihr Vater starb und sie in die Klinik eingewiesen wurde. Ich dachte, Sie würden sich an beide erinnern.«

»Nein«, erwiderte ich fest. Zu fest. Ich zögerte, und dann sagte ich, vorsichtig wie jemand, der sich in unerforschte Gewässer vorwagt: »Zumindest bis vor kurzem nicht. Ich habe überhaupt nicht an sie gedacht, es schien mir sinnlos zu sein. Ich habe vor Jahren aufgehört, meine Mutter zu besuchen. Es war zu schmerzhaft. Aber jetzt ... seit das alles passiert ist ... ist es nicht mehr so einfach.«

»Die Erinnerungen kommen wieder?«

»Woher wissen Sie das?« Ich sah abrupt auf, begegnete seinem Blick und wandte den Kopf ab. »Nein, keine präzisen. Eher ... es läßt sich schwer erklären.«

»Vielleicht ist der Zeitpunkt gekommen, an dem Sie Bescheid wissen müssen.«

»Warum? Weshalb?«

»Ich glaube, das passiert instinktiv. Es ist nur natürlich, daß Sie erfahren wollen, wer Ihre Eltern waren. Die meisten Menschen sehen es als gegeben an, aber wenn man nichts über sie weiß, will man es irgendwann herauskriegen.«

Ich fand es beeindruckend, wie es Adam gelang, mein Gefühlswirrwarr als etwas Vernünftiges und Normales darzustellen. »Sie scheinen sich ja gut mit so etwas auszukennen.«

»Das muß ich auch. Ich habe letztes Jahr eine Reportage über Leute gemacht, die als Kleinkinder oder Babys adoptiert wurden und ihre leiblichen Eltern erst als Erwachsene kennenlernten. Es war verblüffend, wie stark die Bindung zwischen diesen Unbekannten war. Fast unheimlich.«

»Ich finde es erstaunlich, daß die Leute nichts dagegen haben, daß so persönliche Dinge über sie veröffentlicht werden.«

»An diesen Aspekt der Arbeit mußte ich mich auch erst gewöhnen. Die Mehrheit glaubte, daß ihre Geschichte anderen helfen könnte, die denselben Kampf durchmachten. Und der Prozeß des Erklärens, des Sprechens über ihre Gefühle, tat ihnen gut, war erleichternd. Die meisten Menschen sind überaus froh, wenn sie jemanden finden, der ihnen zuhört.«

Er strahlte mich an. Und gerade als ich feststellte, daß in seinen schiefergrauen Augen goldene Sprenkel tanzten und daß winzige Fältchen um seine Augen auftauchten, wenn er wie jetzt lächelte und das Lächeln sich auf seinem ganzen Gesicht ausbreitete, gerade da krampfte sich mein Magen angstvoll zusammen. Es lag an seinem Tonfall. »Die meisten Menschen sind überaus froh, wenn sie jemanden finden, der ihnen zuhört«, und dann das ermutigende Lächeln, als wollte er sagen: Und nun bist du dran, Fern Miller. Trete ins Scheinwerferlicht, und erzähl deine Geschichte. Und ich dachte: Natürlich, er sammelt noch immer Material für seinen Artikel über Archie. Bei seinem Besuch in Chatton Heights am Sonntag ist nicht viel rausgekommen, also versucht er's jetzt bei mir. Plötzlich schien alles so offensichtlich, daß er »gerade« am College vorbeiging, als ich heraustrat, seine »spontane« Entscheidung, ins Café zu gehen. Zweifellos würde er ebenso zufällig auf Tillie und Gerald und andere stoßen, damit er seinen miesen Artikel zu Ende schreiben konnte. Oder, schlimmer noch, vielleicht wollte er etwas über das Trauma einer Erbschaft machen: Enthüllungen von Fern, der widerwilligen Erbin der Miller-Millionen.

In diesem Moment wirkten die schiefergrauen Augen mit den Goldsprenkeln gar nicht mehr anziehend, sondern kalt und berechnend, wie die eines hungrigen Wolfes, der den Speiseplan des Tages unter die Lupe nimmt. Und dieses breite, vermeintlich gewinnende Lächeln war nur der Trick, dem die Arglosen auf den Leim gingen. »Damit ich dich besser fressen kann.«

Ich schob meine Tasse weg.

»Ist etwas nicht in Ordnung?« fragte Adam besorgt.

»Ich tauge wahrscheinlich nicht als Informantin, das ist alles.«

Er zeigte keine Anzeichen von Enttäuschung. »Ich hatte Sie sowieso nicht als redselig eingeschätzt. Ihr Vater war offenbar auch so ein Mensch, der alles sieht, aber wenig spricht.«

Ich war hoffnungslos verwirrt. Ein Teil von mir sehnte sich danach, ihm zu vertrauen, ein anderer fürchtete das Risiko. Ich beschloß, daß Adam Bury rätselhafter war, als ich ertragen konnte, und sagte: »Du liebe Güte, es ist ja schon so spät. Ich muß jetzt wirklich nach Hause. Dring fragt sich bestimmt, wo ich stecke.«

»Ach ja, ich hatte die geheimnisvolle alte Haushälterin vergessen.«
»Sie ist keine Haushälterin.«
»Was dann? Eine Kinderschwester?«
»Nein, sie ist ... ach, es spielt keine Rolle. Ich muß jetzt gehen.«
»Dann zahle ich. Kann ich Sie irgendwohin mitnehmen?«
»Mein Wagen steht direkt um die Ecke.«
Es war erbärmlich kalt draußen, viel zu kalt für lange Abschiede. »Danke für den Tee«, sagte ich und zog meinen Anorak zu.
»Laufen Sie nicht weg. Ich finde es toll, daß wir uns begegnet sind. (Zufall? Du wirst paranoid, sagte ich mir, natürlich durch Zufall.) Ich fahre bald wieder nach Long Chatton. Wollen Sie nicht mitkommen? Ich weiß, daß Ted Sie gerne näher kennenlernen würde. Und für Sie wäre es unter Umständen auch interessant – Sie könnten mehr über Ihren Vater erfahren.«
Wieso waren alle so sicher, daß ich etwas über meinen Vater wissen wollte? Er war doch tot, oder nicht? Was gab es da noch Wissenswertes? »Ich glaube nicht. Ich muß jetzt los.«
Aber Adam verfügte über die Sturheit eines Bullterriers, wenn er eine gute Idee hatte. »Ich sage Ihnen Bescheid, wenn ich fahre. Ich habe ja Ihre Nummer.«
Das glaube ich gerne, dachte ich, als ich davoneilte. Name, Telefonnummer, Adresse ... Alter, Blutgruppe, Hobbys, Lieblingsfernsehsendung, Sternzeichen ... Sein Vater hatte mich sofort erkannt. Kein Wunder, wenn der Sohn über alle Informationen verfügte. Eine Erbin war schließlich ein guter Stoff, vor allem, wenn es sich um die Nichte von Archie Miller handelte. Vor ein paar Tagen war auch ein Reporter von der Lokalzeitung aufgetaucht. »Wie fühlt man sich,

wenn man plötzlich reich ist, Miss Miller?« – »Kaum anders als vorher.« – »Wissen Sie schon, was Sie mit dem Geld machen werden?« – »Nicht genau.« Ich dachte mir, wenn meine Antworten langweilig genug waren, würden sie die Geschichte vielleicht nicht bringen.
Ich wußte nicht, was ich von Adam halten sollte. Warum wollte er, daß ich mit ihm nach Long Chatton fuhr? Machte er sich Hoffnungen auf ein weiteres, spontanes Treffen mit Archie? »Ich dachte, wir schauen einfach mal in Chatton Heights rein. Ich hatte Ihrem Onkel gegenüber erwähnt, daß wir hier sind, und er meinte, wir sollten unbedingt zum Mittagessen kommen.« Material für seinen Artikel? Aber vielleicht war der Artikel ja schon fertig, möglicherweise war ich paranoid, und er fand nur, daß ein Pflichtbesuch bei seinem Vater unterhaltsamer ausfiel, wenn ich mitkäme. Vielleicht war er auch in Liebe zu mir entbrannt, als ich die Fotos einsammelte, und er konnte es nicht erwarten, mich wiederzusehen. Ich muß zugeben, daß dieses Szenario kurzzeitig meine Stimmung hob, aber ich kam bald wieder zur Vernunft. Sogar in meinem besten blauen Rock und meinem rasend verführerischen hellblauen Anorak hatte ich meines Wissens noch niemandem den Kopf verdreht – zumindest niemandem, der mir etwas bedeutet hätte.

Ich hatte gerade die letzte Seite zu Ende gelesen, als das Telefon klingelte.
Für ein paar Momente nahm ich das Geräusch gar nicht richtig wahr, so gefesselt war ich von der Magie der Geschichte, so versunken in die dichte Sprache, wie ein Träumer, der die magische Welt nicht verlassen will, wenn der Wecker klingelt.
Ein Gefühl von Zufriedenheit, Vollständigkeit, etwas Voll-

kommenes und Ganzes, das langsam betrachtet und verinnerlicht wurde.
Das war also *Doras Zimmer.* Nur das … Kein Wunder. Kurz, nicht einmal ein Roman, aber viel, viel mehr als eine Erzählung. Es las sich mühelos. Eine Stimmung blieb. Üppigkeit, luftige Leichtigkeit. Starke, lebendige Figuren – beruhten sie auf wirklichen Menschen? Der Neumond zwischen Kindheit und Heranwachsen, die Zeitlosigkeit der Jugend, die Spannung und der Schmerz.
Und immer, ein verborgener Begleiter, gestaltlos, Dora. Die geheimnisvolle Dora, Verbündete und Freundin und … was noch?
Als ich das Buch hinlegte und aufstand, um zum Telefon zu gehen, war ich in dieser leicht atemlosen Stimmung, die man erlebt, wenn man etwas Neues, Unberührtes, Wunderbares entdeckt. Wörtlich atemlos.
»Hallo?«
»Fern? Hier ist Adam.« Mein Hirn bemühte sich, in die reale Welt zurückzukehren.
»Ich habe gerade eben *Doras Zimmer* zu Ende gelesen«, sagte ich.
»Und wie hat es Ihnen gefallen?«
»Sehr gut.« Ich wollte mich nicht weiter dazu äußern, um die Schlichtheit des Buches nicht unter einer Lawine von Deutungen zu begraben, wie Paula es getan hatte.
»Also verstehen Sie jetzt, wieso alle so begeistert sind. Hören Sie, ich bin am Wochenende in Bristol, und ich wollte am Sonntag zu Ted fahren. Möchten Sie nicht mitkommen?«
Ich hätte fast gelacht. Blöde Frage. Es gab kaum etwas, was ich an einem freien Tag weniger gern täte. Schon allein die Vorstellung war unmöglich.
»Ja, gerne«, hörte ich mich antworten.

Er klang erleichtert, als er sagte: »Sehr schön. Ich werde Sie so um elf abholen, und wir essen bei Ted zu Mittag. Ich hatte gar nicht gedacht, daß Sie so schnell zustimmen würden.«

Als ich auflegte, lag ein Lächeln auf meinen Lippen; er hatte zugegeben, daß er darauf vorbereitet gewesen war, jeden Widerstand meinerseits gegen den Vorschlag niederzuringen.

Aber seine Überraschung war gar nichts im Vergleich zu meiner. Ich hätte nein sagen können. Ich dachte, ich hatte vorgehabt, nein zu sagen, aber dennoch hatte ich eingewilligt.

Mit zittrigen Fingern zündete ich mir eine Zigarette an. Vielleicht wollte ich ja in Wirklichkeit mitfahren und bildete mir bloß ein, es nicht zu wollen. Vielleicht sehnte ich mich in Wirklichkeit danach, nach Long Chatton zu fahren und Fremden zuzuhören, wie sie über meine Familie sprachen, mehr über mein neugewonnenes Reich zu erfahren. Aber warum sollte ich etwas wollen und glauben, es nicht zu wollen? Es ergab keinen Sinn. Zumindest keinen Sinn, den ich verständlich fand.

Ich schob die Schuld auf das Buch, *Doras Zimmer.* Da lag es, auf dem Beistelltisch, wo ich es hingelegt hatte, und sang verführerisch von grünen Blättern, weiten Flächen und einem gewaltigen, grimmigen Haus auf einem Hügel – einem Ort, der bedrohlich war, aber einen dennoch nach und nach in seinen Bann zog. Chatton Heights gab dem Buch sein Gepräge wie Sonnenstrahlen, die durch bunte Glasfenster fallen. Kein Wunder, daß sie Fotos in der neuen Ausgabe wollten. Kaum ein anderes Buch war so mit einem Ort verbunden.

Einem Ort, der mir gehörte und von dem ich geglaubt hatte, ihn nicht wiedersehen zu wollen. Warum also hatte ich

gerade eben zugestimmt, dorthin zurückzukehren, und zwar ohne mich zu sträuben?
Vielleicht ging es um Adam und nicht um das Haus. Ich wußte es nicht. Ich wußte nur, daß mir die Ereignisse entglitten und daß ich mich fürchtete.
Laßt mich doch hierbleiben, dachte ich, in diesen vier Wänden, in der immerwährenden Gleichheit meiner Tage.
Draußen hing der Himmel, wie mir jetzt auffiel, voll dunkler Wolken. Vielleicht würde es Schnee geben, dachte ich, auf die Unterstützung des Wetters hoffend.
Gesperrte Straßen, Schneewehen, Glatteis. Von Autoreisen wird abgeraten. Autofahrern wird empfohlen, zu Hause ...
Ach, Adam, wie schade. Und ich hatte mich so darauf gefreut. Vielleicht ein andermal ...
Das war eine tröstliche Vision. Ich war mir ziemlich sicher, daß ich nicht fahren wollte.

Pünktlich um fünf vor elf an einem absolut schneefreien Morgen hielt Adam mit seinem betagten Kombi vor unserem Tor.
Paula spähte durch die Tüllgardine am Wohnzimmerfenster (bestimmt eine englische Angewohnheit, aber eine, die sie erstaunlich schnell übernommen hatte).
»Dein Schatz ist da.«
»Nenn ihn bitte nicht so.«
»Warum denn nicht? Er sieht ziemlich gut aus, und vielleicht brauchst du ja einen älteren Mann, eher eine Vaterfigur. Aber ich glaube immer noch, daß du es besser treffen kannst, jetzt, mit dem vielen Geld. Sein Wagen ist eine Schande.«
»Ich wäre froh, wenn du nicht so daherreden würdest.«
»Die Motten fliegen zum Licht.«
Ich war so verärgert über Paula, daß ich in den nächsten

zehn Minuten ganz vergaß, mich über Adam zu ärgern. In einer Sache hatte sie jedoch recht: Sein Wagen war eine alte Schüssel, und die Heizung drohte den Geist aufzugeben. Entweder spuckte sie glühendheiße Luft aus oder gar nichts.

»Tut mir leid wegen der Temperatur«, sagte Adam grinsend, »die Heizung ist nicht ganz in Ordnung. (Die Untertreibung des Jahres!) Diese Macke hat sie erst seit gestern, und ich konnte es noch nicht reparieren lassen. Auf dem Rücksitz ist eine Decke, falls du sie brauchst.« Wir hatten beschlossen, zu einem lockereren Umgangston überzugehen.

Ich brauchte sie. Dann brauchte ich sie wieder nicht. Wir froren und brieten abwechselnd. »Vielleicht tut es dir ja gut«, meinte Adam hoffnungsvoll, aber etwas zweifelnd. »Wie diese schwedischen Badehäuser, bei denen man im Dampf sitzt und sich dann in den Schnee werfen muß. Vielleicht brauchen wir nur noch ein paar Birkenreiser.«

Ich fühlte mich nicht besonders gesund, während wir über die Autobahn fuhren, schwitzten und bibberten und uns dann auf Landstraßen weiter Richtung Long Chatton vorarbeiteten.

Als ich die Strecke mit Paula gefahren war, hatten mich die Straßen und meine Nervosität so in Anspruch genommen, daß ich die Landschaft kaum beachtet hatte. Aber Adam kannte den Weg und plauderte, und ich stellte fest, daß mir die Fahrt Spaß machte. Wir kamen an Gärtnereien, Obstgärten und riesigen Gewächshäusern vorbei; am Straßenrand standen Schilder, die auf offenen Verkauf hinwiesen. Und dann schienen wir eine unsichtbare Grenze zu überqueren, denn plötzlich waren alle Häuser aus dem gelben Cotswold-Gestein gebaut, und die Landschaft wurde strenger – karge, von Schafen abgefressene Hügel und nur wenige Bäume.

Die Straße wurde eng und kurvig, und wir mußten langsamer fahren. Adam sagte, früher habe man hier die Schafe entlanggetrieben. Hinter einer scharfen Kurve hatte man einen schönen Blick auf Long Chatton; sogar mitten im Winter wirkte das Dorf so idyllisch wie auf einer Postkarte, schmiegte sich malerisch in eine Bergmulde. Doch aus dieser Entfernung wurde der Eindruck von dem wuchtigen Klotz von Chatton Heights gestört, dessen Fensterschlitze über die schützenden Baumwipfel auf das Dorf herabspähten.

»Als ich klein war, glaubte ich immer, daß das Märchen von Jack und dem Bohnenstengel hier spielen würde«, erzählte Adam. »Ich konnte mir gut vorstellen, wie eine Bohnenpflanze von unserem Garten aus bis nach Chatton Heights wuchern würde, und ich fand es ganz naheliegend, daß dort ein Riese lebte; das Haus war irgendwie zu groß für normale Menschen.«

Im stillen gab ich ihm recht.

Das »alte Pfarrhaus«, wie man es nannte, damit es nicht mit dem Haus des jetzigen Pfarrers verwechselt wurde, entsprach genau meinen Vorstellungen eines alten Pfarrhauses. Es war solide und gemütlich, und überall stolperte man über Bücher und Papierstapel und noch nicht aufgehängte Bilder. Die Zimmer wirkten nicht, als hätte sich seit dem Erwerb des Hauses jemand bemüht, sie einzurichten, aber die Möbel und die willkürliche Ansammlung von Gegenständen, die ihrer Unterbringung harrten, waren offenbar in langen Jahren liebevoll und häufig benutzt worden.

Ted Bury begrüßte uns auf seine etwas scharfe, einem Raubvogel ähnelnde Art. »Kommen Sie rein, Fern. Schön, Sie richtig kennenzulernen.« Seine hochgezogenen Augenbrauen konnten auch eine bedrohliche Bedeutung haben, aber ich sah sofort, daß es sich um seine Art eines Be-

grüßungslächelns handelte. Er mußte ein eindrucksvoller Vikar gewesen sein, dachte ich. Ich konnte mir gut vorstellen, wie er in seinem dunklen Talar über der Gemeinde aufragte wie eine prophetische Fledermaus und von Höllenfeuer und dem Jüngsten Gericht kündete.
»Hallo, Ted.«
Adam schüttelte seinem Vater die Hand, und sie beäugten sich einen Moment mißtrauisch, dann gab Ted ein vieldeutiges Murren von sich und führte uns ins Wohnzimmer, wobei er unterwegs Bücher und Papierstapel von den Stühlen fegte, um Platz für uns zu machen.
Während er uns Sherry einschenkte, streckte eine etwas beschränkt wirkende Frau in einer geblümten Kittelschürze den Kopf durch die Tür und starrte mich wie ein Kind mit großen neugierigen Augen an.
Ted warf ihr einen ärgerlichen Blick zu. »Kommen Sie schon rein, und sagen Sie guten Tag, wenn es denn sein muß, Elsa. Ich hätte ja gedacht, es hat noch Zeit. Elsas Schwester ist Hausmädchen in Chatton Heights und macht dort zwei-, dreimal in der Woche sauber«, erklärte er mir, während ich die Frau begrüßte. »Sie kann es schon seit Tagen kaum erwarten, Sie kennenzulernen. Jetzt aber in die Küche, Elsa, sonst verbrennt das Mittagessen. Tut mir leid«, sagte er, als sie weg war, »aber in einem kleinen Ort wie diesem interessiert man sich natürlich für Sie. Sie können sich genausogut gleich dran gewöhnen.«
»Ich merke es schon.«
»Adam hat mir erzählt, daß Sie Ihre Erbschaft nicht als reinen Segen betrachten – obwohl die meisten Dinge kein reiner Segen sind und ich mich deshalb immer wundere, warum das die Leute so überrascht. Apropos, wie geht es Ben, Adam?«
»Prima.« Die Antwort kam etwas zu schwungvoll.

Ted gab wieder ein Murren von sich.
Obwohl sie viel Zeit damit zugebracht hatte, mich anzustarren, war Elsa das Mittagessen durchaus gut geraten. Das Gespräch blieb unverbindlich, sogar bruchstückhaft, bis Elsa eine dampfende Apfel-Charlotte hereintrug und wieder verschwand. Nachdem die Eßzimmertür geschlossen war, sagte Ted plötzlich unerwartet: »Es tat mir leid, als ich vom Tod Ihrer Mutter letztes Jahr hörte.«
»Sie ist schon vor langer Zeit gestorben.«
Er nickte. »In gewisser Weise, ja. Aber dennoch hofft man doch immer. Und es schien so gut auszusehen.«
Ich wollte nichts davon hören. »Kannten Sie sie gut?« Ich ratterte weiter wie ein Uhrwerk.
»Ich glaube kaum, daß es jemanden gibt, der sie gut gekannt hat«, antwortete er nachdenklich. »Ich habe versucht, sie kennenzulernen, und ich denke, daß sie mir bis zu einem gewissen Grad vertraut hat, obwohl ich als Vikar in mittleren Jahren eher als Repräsentant einer fremdartigen Lebensform angesehen wurde.«
»Hielten Sie sie für labil?« (Natürlich war sie das! Warum fragte ich?)
Wieder dachte er nach, bevor er antwortete: »Sie war sehr angespannt, ja, auch häufig unglücklich. Und schwierig. Aber ich hatte nie erwartet ... Ich glaubte, daß die Medikamente schuld waren. Diese ganzen Experimente mochten für die meisten Menschen von Vorteil sein, für Ihren Vater zum Beispiel, wir sprachen ein-, zweimal darüber, aber es gab auch Menschen wie Ihre Mutter, die ganz bestimmt überlebt hätten, wenn sie nicht diesen Druck, diese Verzerrungen der Wirklichkeit hätten ertragen müssen. Sie brauchte das alles nicht, wie behauptet wurde. Wenn man sie anders behandelt hätte, oder früher ... Ich frage mich oft, ob ich ihr nicht hätte helfen können, wenn ich rechtzei-

tig von den Dämonen in ihr gewußt hätte, gegen die sie kämpfte.«
»Hattest du mir nicht erzählt, daß sie erst zusammenbrach, als Ferns Vater starb?« fragte Adam.
Es war seltsam, daß meine Familie Gesprächsgegenstand für den ganzen Ort war. Zum erstenmal spürte ich, wie es war, aus dem »großen Haus« zu stammen. Nun, wenn die Einheimischen Schnulzen wollten, die Millers hatten schon immer welche zu bieten gehabt.
»Später«, antwortete Ted, »nicht gleich. Ich habe sie nach seinem Tod zweimal besucht. Sie, Fern, habe ich nie gesehen, Sie waren immer in der Schule oder mit dieser alten Dame unterwegs, die sich um Sie kümmerte. Beide Male war ich erstaunt, wie gut Ihre Mutter damit zurechtkam. Als ich dann wieder von ihr hörte … war es zu spät. Ich habe sie in der Klinik besucht, aber ich konnte nichts tun … Ich frage mich manchmal, ob die Drogen, die sie ihr verabreicht haben, nicht ebensoviel Schaden anrichteten wie die, die sie zum Vergnügen genommen hatte – oder um Erfahrungen zu machen oder so. Ich ging nicht mehr hin.«
»Nein. Die Besuche schienen ziemlich sinnlos.«
Ich bemerkte, daß Adam auf meine Hände starrte, und sah auf sie hinunter. Ich hatte die Stoffserviette völlig zerknüllt und strich sie nun sorgfältig glatt.
»Fern«, sagte Adam behutsam, »wenn du nicht darüber sprechen möchtest …«
Beide Männer beobachteten mich aufmerksam.
»Es macht mir nichts aus«, erwiderte ich. »Ich kann mich kaum an meine Eltern erinnern.«
»Was für ein Jammer.« Aus Teds Mitleid hörte man wie auch aus seinen anderen Gefühlen die Ungeduld heraus. »So eine verdammte Verschwendung. Vielleicht ist es deshalb jetzt so wichtig, etwas über sie herauszufinden.«

Ich schwieg. Nicht unbedingt wichtig, dachte ich, eher unvermeidlich.
»Wußten Sie, daß ich sie getraut habe?« fragte Ted unvermittelt.
»Nein, das wußte ich nicht.«
»Hier in Long Chatton. Ich kann nicht behaupten, daß es eine besonders fröhliche Hochzeit war. Ihr Großvater lehnte die Heirat ab und drohte, fernzubleiben. Es gab Gäste mit Blumen im Haar und Gäste mit Blumen im Knopfloch, die nicht zusammenpaßten. Keine gelungene Mischung. Ich war bloß froh, daß zwischen den verfeindeten Lagern kein Streit ausbrach.«
»Zu welchem Lager gehörte Archie?« fragte Adam.
»Einwandfrei zu den Knopflöchern. Nicht daß er den Langhaarigen feindlich gesonnen war. Im Gegenteil, er war einer der Hauptverfechter des harmonischen Beisammenseins, bis er hinter dem Festzelt zusammenbrach.«
»Betrunken?«
»Blau wie ein Veilchen. Er konnte nie maßhalten. Aber damals war er wenigstens noch anständig.«
»Heute nicht mehr?«
»Ich kenne den Mann kaum wieder. Ich glaubte, ich hätte einen Draht zu ihm, aber heute – nein, heute nicht mehr.«
Ich dachte an *Doras Zimmer,* dieses federleichte Werk, frisch wie ein Frühlingsmorgen, und dann dachte ich an meinen Onkel mit seinem lässigen Charme und seiner Stimme, die so gewichtig und üppig war wie schwerer Brokatstoff.
»Hat er sich so sehr verändert?« fragte Adam. Material für seinen Artikel, ging es mir durch den Kopf, aber es machte mir nichts mehr aus. Sollte er doch Archie zu einer guten Geschichte verarbeiten.
»Sehr? Vollkommen. Viel mehr, als man sich mit dem Alter

normalerweise verändert. Oder aber der Mann, den ich für Archie hielt, war ein Kunstprodukt, nicht der wahre Mensch. Der Tod von Clancy, Ihrem Vater, muß ihn am Boden zerstört haben. Es schien, als wären sich die beiden Brüder nie sehr nah gewesen, aber der Eindruck muß getäuscht haben. Ihr Großvater hat jede Gefühlsäußerung so verabscheut, daß Archie es vielleicht nie gelernt hat, Emotionen zu zeigen. Und als dann so kurz darauf seine Frau starb …«

»Tante Frances«, unterbrach ich ihn eifrig, »an die kann ich mich gut erinnern. Sie las uns vor dem Schlafengehen immer vor. Langweilige Geschichten über Züge mit Gesichtern, weil das die einzigen waren, die Gerald mochte. (War das vielleicht ihre Stimme gewesen, fragte ich mich, die ich in der Fensternische gehört hatte, diese Stimme, die aus der blütenschweren Sommerluft kam?) Stundenlang hat sie uns vorgelesen. War sie lange krank, bevor sie starb?«

»Krank?« Ted sah überrascht aus. »Natürlich nicht. Wissen Sie denn nichts davon?«

Mein verständnisloser Gesichtsausdruck muß Antwort genug gewesen sein.

»Ach je … nun … sie hat sich umgebracht.«

»Es war nicht ganz eindeutig, das weißt du genau«, korrigierte Adam seinen Vater. »Die gerichtliche Untersuchung der Todesursache ergab Tod durch Zufall. Es konnte auch ein Unfall gewesen sein.«

»Ach, Unsinn, Adam. Es war eindeutig Selbstmord. Das Untersuchungsergebnis kam nur aus Rücksicht auf die Gefühle der Familie zustande und weil man keinen Beweis für Selbstmord fand. Wußten Sie das wirklich nicht, Fern? Es stand in der Zeitung. Archie und Frances waren in Cornwall in Ferien. Gerald war, glaube ich, hiergeblieben, aber ich war damals in Portsmouth und bekam alles nur aus zweiter Hand mit. Sie ging mit einem dieser kleinen Boote segeln. Das Boot wurde bald gefunden, aber die Leiche erst einen Monat später. Vielleicht war es das Warten, die Ungewißheit, die Archie so zugesetzt haben. Als ich ihn nach ein paar Jahren wiedersah, war er ... völlig verändert.«

»Aber warum sollte man bei einem Segelunfall von Selbstmord ausgehen?«

Ted wischte den Einwurf seines Sohnes mit einer ungeduldigen Handbewegung beiseite. »Weil sie ihrer Schwester einen Brief hinterließ, mit der Nachricht: ›Wenn Du dies liest, bin ich tot.‹ Der Brief wurde bei der Untersuchung nicht erwähnt.«

»Warum nicht?«

»Weil die Familie zusammenhielt, wie üblich. Für Gerald sei es besser. Es sei eine unerträgliche Belastung für ein Kind, mit dem Wissen aufzuwachsen, daß es von der Mutter auf solch brutale Weise verlassen wurde. Ich fand das nicht richtig. Man kann Kinder nicht so anlügen, sie wissen immer etwas, sie vermuten es. Nicht genug der Tragödie, man schafft auch noch Geheimnisse, und die sind immer beängstigend, so gut gemeint sie sein mögen. Aber der Brief war verschwunden, also – Unfall.«

Ich dachte an Tante Frances und an ihr braunes Haar, das ihr immer in die Stirn fiel, wenn sie uns vorlas. »Warum, glauben Sie, hat sie es getan? Wie war sie?«

»Sehr angenehm. Offen, freundlich, nicht überdurchschnittlich intelligent oder schön, aber sie war ein sehr warmer Mensch. In vielerlei Hinsicht ein einfaches Mädchen, fand ich. Vielleicht ist sie mit der Feindseligkeit von Chatton Heights nicht zurechtgekommen.«

»Deshalb nimmt man sich aber nicht das Leben«, wandte ich ein.

»Nein, da haben Sie recht. Jedesmal, wenn ich Archie und

sie am Ende zusammen sah – zum Beispiel beim Begräbnis Ihres Vaters –, hatte ich das Gefühl, daß sie ertrank, lange bevor der Unfall sich ereignete.«

Ich schloß die Augen, und vor mir war das liebe Gesicht von Tante Frances, ihr braunes Haar, das über ihre Wange strich, als sie da saß, das Buch mit den Zuggeschichten in der Hand. Und dann kaltes grünes Meerwasser, das über ihrem Kopf zusammenschlug.

Adam stand auf, und sein Stuhl kratzte über den Klinkerboden. »Gehen wir ein bißchen Luft schnappen, Fern«, sagte er. »Nach diesem Essen könnte ein Spaziergang nicht schaden. Laß ruhig alles stehen, Elsa macht das schon. Und Ted hat gern am Sonntagnachmittag ein paar ruhige Minuten, um in sich zu gehen.«

Als ich mich bei Ted für das Mittagessen bedankte, berührte Adams Hand mich kurz am Ellbogen, eine wortlose Geste der Unterstützung. Ted sah unter seinen gerunzelten weißen Brauen zu uns auf und wünschte uns streng einen schönen Spaziergang.

Es tat gut, draußen zu sein im milden Wintersonnenlicht. Nach dem morgendlichen Regen war der Himmel klar, und das ganze Dorf glänzte. Wir gingen über den alten Kirchplatz, an dem man nicht nur malerische Antiquitätenläden und Cafés zu sehen bekam wie an der Hauptstraße, sondern auch noch den Charakter des ursprünglichen alten Cotswold-Dorfes spürte. Die meisten Cottages waren in schicke Altenwohnheime umgewandelt worden, aber einige schienen noch an der Vergangenheit festzuhalten. In ihren Hinterhöfen reckten sich die mit Flechten bedeckten Äste alter Pflaumenbäume über die hohen Mauern, auf den Wäscheleinen hingen lange Unterhosen, und da waren Abstellschuppen und gepflegte Beete mit Kohl und Lauch.

»Diese Straße führt direkt nach Chatton Heights hinauf«,

erklärte Adam. »Das war einer meiner Lieblingspfade. Hohe Zäune und ›Privat‹-Schilder hatten immer eine unwiderstehliche Anziehungskraft auf mich.«
»Sogar für den Pfarrerssohn?«
Er grinste. »*Gerade* für den Pfarrerssohn, vor allem, wenn er zwei artige ältere Schwestern hat und der betreffende Pfarrer sowieso nichts von dem gut findet, was sein Sohn tut.« Er ging eine Weile schweigend neben ihr her, dann sagte er, wieder ernst: »Ich hoffe, das eben war nicht zu schwer für dich. Mein Vater spielt gerne den Dorfältesten und schwafelt dann über seine Zeit hier und die Leute, die er kannte. Ich glaube, für ihn war dies die beste Zeit, vielleicht für uns alle. Ich wußte, daß du etwas über deine Familie erfahren willst, und ... na ja, ich dachte, wenn du dabei wärst, würden er und ich uns vielleicht nicht in die Haare kriegen. Ich versuche ihn öfter zu besuchen, seit er allein ist ... aber er war nie einfach.«
Ich entgegnete, er solle, was mich betreffe, ganz unbesorgt sein, ich sei viel zäher, als ich aussähe. Er lächelte wieder, meinte: »Das hatte ich mir beinahe gedacht«, und wir marschierten weiter den Hügel hinauf.
Der Weg wurde so schmal, daß er gerade noch breit genug für zwei Menschen war. Die winterlichen braunen Hecken rochen modrig. Wir gingen noch etwa einen halben Kilometer bergauf und blieben dann vor einem kleinen Tor stehen.
»Da wären wir«, meinte Adam.
Hinter dem Tor erstreckte sich ein Feld hügelan, kahle Bäume, fahles, winterliches Gras. »Hattest du nicht gesagt, wir kämen hier zum Haus?« fragte ich. Chatton Heights war nirgendwo zu sehen.
»Erkennst du es nicht wieder? Das ist dein Obstgarten. Schau, dort drüben beginnen die Büsche, und dahinter liegt das Haus.«

»O ja!« Plötzlich war ich ganz aufgeregt. »Die alte Steineiche versperrt den Blick aufs Haus!«
Die dunkelgrünen Blätter überschatteten den Obstgarten – wie eine Wolke, ein Vorhang, der das Haus abschirmte. Adam beobachtete mich halb neugierig, halb amüsiert. Ich wollte ihn an meiner Aufregung teilhaben lassen.
»Ich war hier schon einmal, Adam, ich weiß es genau, an dieser Stelle. Aber es war anders, irgendwie ... ich weiß nicht mehr. Ich muß kleiner gewesen sein ...« Meine Stimme verlor sich, meine Begeisterung kam mir plötzlich albern vor. »Was angesichts der Umstände nicht weiter überraschend ist.«
»An was genau erinnerst du dich?«
»An kaum etwas.« Ich verstummte, nahm dann aber noch einen Anlauf. »Es stimmt, daß ich nur wenige Erinnerungen an diese Zeit habe, und sogar die sind bruchstückhaft, alltäglich, und trotzdem ... manchmal habe ich das Gefühl, als könnte ich mich an vieles erinnern. Es ist da, ganz dicht unter der Oberfläche, ich komme nur nicht dran.«
»Und willst du nun drankommen?«
»Ich weiß nicht, ob das soviel mit Wollen zu tun hat.«
Er lachte freundlich. »Arme Fern, sieh doch nicht alles so düster. Willst du nicht weitergehen und dein Haus mal richtig anschauen? Von außen hast du es bestimmt noch nicht genau betrachtet.«
»Ja ... nein ... ich möchte schon, aber nicht so.«
»Warum nicht?«
»Ich kann nicht einfach unangekündigt auftauchen.«
»Natürlich kannst du das, es ist dein Haus.«
»Nein. Wenn es *nicht* mein Haus wäre, könnte ich jederzeit auftauchen. Aber da es jetzt mir gehört, ist alles viel schwieriger. Sie würden glauben, ich spioniere herum oder beobachte sie oder so.«

»Bist du sicher, daß du das nicht komplizierter siehst, als es ist?«
»Geld macht die Dinge komplizierter. Und wenn es um Besitz geht, sowieso. Mir wird erst allmählich klar, wie sehr.« Ich dachte an Paulas Bemerkung: »Die Motten fliegen zum Licht.« Würde Adam mit mir seinen Sonntagnachmittag verbringen, mit mir, Fern Miller, wenn ich keinen berühmten Onkel, kein Herrenhaus oder kein beachtliches Vermögen zu bieten hätte? Ich glaubte nicht, daß er Hintergedanken hatte, aber was er an mir interessant fand, hatte nichts mit mir zu tun, nichts mit meiner Person, meinem Inneren.
»Kehren wir um«, sagte ich. Auf dem Rückweg zum Dorf fühlte ich mich niedergeschlagen, leer und einsam. Wäre das auch so, fragte ich mich, wenn er seinen Arm um mich legen würde?
Aber er ging schweigend neben mir her, in seine eigenen Gedanken versunken.
Als wir wieder im Pfarrhaus waren, verstärkte sich das Gefühl von Unbehagen. Und von Einsamkeit. Wenn ich Adam besser gekannt hätte, hätte ich vielleicht zu ihm durchdringen können, aber er war völlig gedankenverloren und wirkte abwesend, so daß ich mir verlassener denn je vorkam.
Jetzt bereute ich, daß ich mitgekommen war. Der Besuch hatte mich verstört. Ich war beim Haus meines Großvaters gewesen – das nun mein Haus war –, ohne es zu sehen oder zu betreten, ich hatte Gleichgültigkeit heucheln müssen, während zwei Männer, die ich kaum kannte, die Tragödien meiner Familie erörterten, ich hatte erfahren, daß meine Tante ertrunken war – all das führte dazu, daß ich mich unsicher und verletzlich fühlte. Mir war zumute, als wäre ich mein ganzes Leben lang, bis zu diesem Zeitpunkt, Seil-

tänzer gewesen, hätte auf einem Seil einen Fuß vor den anderen gesetzt, und nun kam ein Orkan, und ich mußte mich mit ganzer Kraft darauf konzentrieren, nicht das Gleichgewicht zu verlieren und ins Verderben zu stürzen. Ich mußte die Kontrolle bewahren.

Ich versuchte, meine Gedanken auf ganz normale Dinge zu richten: Ted die Hand geben, »Danke, es war ein schöner Tag. Ja, ich hoffe, wir sehen uns bald wieder«; ein Winterabend; Menschen auf der Straße; Adams Profil neben mir im Wagen. Würde er seinem Vater irgendwann ähnlicher sehen? Wenn die Wangen eingefallener wären, die Augenbrauen buschiger und weiß – ja, die Gesichtsform war vorhanden, weniger scharf, ein milderer Adler. Obst- und Blumenstände an der Straße, Hinweisschilder zur Autobahn, die Auffahrt, Autos in der Dämmerung.

Adam sprach, sein Mund bewegte sich, Worte kamen heraus. Was sagte er? Chatton Heights, der Ort, starke Atmosphäre. *Doras Zimmer.* »Als er *Doras Zimmer* schrieb …«

Doras Zimmer.

Seine Stimme wurde zu einem Murmeln und vermischte sich mit dem Brummen des Motors. Und dann war er verschwunden, und auch das Auto und der graue Sonntagabend, und ich stand in einem weißen Korridor. Am anderen Ende des Korridors flog plötzlich eine Tür auf und gab den Blick auf einen langen Raum frei.

Ein riesiges Zimmer – hell, sonnig, hohe Fenster an beiden Wänden. Etwas war nicht in Ordnung mit den Fenstern. Gitter? Stühle standen herum, ein paar um ein Fernsehgerät, ein paar verstreut. Menschen saßen darauf, einige sprachen, aber niemand hörte zu.

Und dann der Geruch. Ich erkannte ihn sofort wieder, würde ihn nie vergessen können. Urin, Desinfektionsmittel und zerfetzte Hoffnungen. Er drang in meine Nase, meine

Lungen. Da war keine Luft mehr in meinen Lungen, nur dieser Gestank.
Schlurfende Schritte auf den gebohnerten Böden. Schritte ohne Ziel. Vor und zurück. Zurück und ins Nichts, ins Nichts und zurück.
Eine Gestalt löst sich von den anderen, wird hergeführt. Das Gesicht einer Frau schwebt wie ein bleicher Ballon vor meinen Augen. Ich erkenne es, doch es ist auch ganz fremd. Ich habe diese Nase schon einmal gesehen, diesen Mund, diese Wangen, ich kenne sie seit langem – aber nicht diese aufgedunsene Bleiche, diese grünen Augen, die so leblos sind wie Kiesel, dumpf und leer, ohne jeden Ausdruck, leergewaschen von der schonungslosen Pflege Fremder.
Meine Mutter.
Eine schlaffe Marionette, an der keiner mehr die Fäden zieht. Die Hülle meiner Mutter. Meine wirkliche Mutter war schon lange fort, weggeflogen, weggeblasen. Hatte mich verlassen.
Ich hatte Schneeglöckchen in den Händen. Ein Blumenstrauß, den ich für Mami gepflückt hatte. Ich hielt sie ihr hin.
»Wir haben dir Blumen mitgebracht.« »Wir« ist sicherer. Dring ist auch hier, sieht dich, strickt, verlier Dring nicht aus den Augen.
Der grausige Ballon zeigt keine Regung, will nicht sehen. Diese stumpfen grünen Augen starren durch mich hindurch. Angst tost zu meinen Füßen, steigt in mir auf wie die Flut. Die Schneeglöckchen zittern in meinen Händen. Meine Arme schmerzen von der Anstrengung, sie hinzuhalten. Nimm sie, bitte, nimm sie. Erkenn mich, Mami. Bin ich unsichtbar? Ich bin hier. Vor dir, schau mich an. Jetzt richten sich die Augen auf mich, sehen mich. Und erschrecken mich, so machtvoll wirken sie.

Der formlose Mund bildet Worte. Doras Zimmer.
»Blumen, Mami, bitte.«
»Doras Zimmer. Der Teufel … Luzifer und Satan …«
Ihr Schweigen war schrecklich gewesen, aber diese bleiernen Worte sind noch schlimmer. Ich will zurückweichen, doch meine Beine sind steif vor Angst und lassen sich nicht mehr bewegen.
»Ich hab dir Blumen mitgebracht …«
»Denk an den Teufel, vergiß ihn nicht … er hat es geschrieben, er hat …«
Die Schneeglöckchen fallen zu Boden – zarte Gewächse, weiß und hellgrün, die ich ihrer sicheren Ecke im Garten entrissen habe, und nun würden sie auf diesem Boden von groben Füßen zertrampelt werden. Und ich war daran schuld.
Die Lippen meiner Ballonmutter sind so weiß, daß man kaum sehen kann, wo die Haut anfängt. Etwas Feuchtes läuft ihr am Kinn hinunter, während sie leiernd ihre Anklage ausstößt.
»Der Teufel hat *Doras Zimmer* geschrieben – Luzifer, der Fürst der Finsternis, Herrscher des Bösen, er hat es geschrieben, vergiß es nicht …«
In meiner Brust ist ein brennender Schmerz, und ich will, daß sie aufhört. Bitte, sie soll aufhören, sie soll weggehen. Drings Schuhe, braune Schnürstiefel mit Schlammspritzern. Andere Füße, die rennen, Hände, die mich wegführen.
Atemlose Stimmen: »Komm, Mami, sag schön auf Wiedersehen. Sei eine liebe Mami, vielleicht ein andermal wieder …«
Dring kurzatmig und böse. Der stöhnende Gestank folgt mir. Er klebt an meinen Kleidern. Das Stöhnen und der Gestank werden nie mehr weggehen. Schnell, schnell fort. Ich will mich waschen, den Gestank und die Angst weg-

waschen. Drings Stimme. »Es ist vorbei. Denk nicht mehr dran. Es hat keinen Sinn, an etwas zu denken, was man nicht ändern kann. Denk lieber an was Schönes. Wir kaufen ein Eis, wie wär das? Schokoladensplit? Denk nicht mehr dran, denk nicht mehr dran ...«

Dann nur die eine Stimme, die nicht paßte. »Fern, ist alles in Ordnung? Fern?«

Eine Stimme, die mich dem Strom der Erinnerung entriß. Adams Stimme. Es mußte Adams Stimme sein. Und seine Hand, die mir die Haare aus der Stirn strich.

Das Grauen der Klinik wich langsam zurück, wie Nebelschwaden, die sich entfernen. Ich sah nicht mehr die zu Boden gefallenen Schneeglöckchen, nicht die eiligen Füße der Schwestern, sondern das Innere eines Autos. Im Handschuhfach lagen zerlesene Taschenbücher, und die Fenster waren beschlagen. Nach und nach bemerkte ich, daß wir nicht mehr fuhren und daß wir wohl auf dem Seitenstreifen standen. Und mir fiel auf, daß mir heiß war, ich aber zitterte, als wäre mir kalt.

Adams Gesicht war sehr dicht vor mir und sah irgendwie eingefallen aus vor Schreck. Die schiefergrauen Augen blickten mich forschend an. Scham erfaßte mich und vertrieb die letzten Spuren der Angst.

»Fern, was hast du? Was ist los?«

Laß mich in Ruhe, wollte ich rufen, ich möchte mich verstecken, weglaufen ... Aber, mein Gott, warum war er so besorgt? Was hatte ich gesagt oder getan oder ...? Was war äußerlich mit mir geschehen, als mich die Erinnerung erfaßt hatte? Er mußte ja denken, ich sei ... Nein, das nicht. Niemals.

»Nichts, Adam, wirklich.« Meine Stimme klang Gott sei Dank normal. »Ich muß einen Moment weggedöst sein, eine Art Alptraum, aber es ist vorbei.«

»Bist du sicher? Du schienst Halluzinationen zu haben, hast von deiner Mutter gesprochen.«
»Ja? Es war ... mir ist nur etwas eingefallen, das passiert ist, als ich klein war. Zumindest glaube ich, daß es passiert ist. Vielleicht habe ich es auch geträumt. Tut mir leid. Es ist jedenfalls nicht wichtig.«
»Nein? Du sahst völlig verängstigt aus, Fern. Es könnte dir guttun, darüber zu sprechen.«
»Wirklich nicht.« Ich lachte leichthin. »Du klingst ja wie eine Paniktante.«
»Das seh ich etwas anders.« Er hatte seinen Arm noch immer um mich gelegt und strich mir behutsam eine Strähne aus der Stirn. Sein Gesicht kam meinem immer näher, und ich dachte: Er will mich küssen. Und dann dachte ich, wie dumm es war, so etwas zu vermuten, denn er lehnte sich zurück und fragte: »An was hast du ... dich erinnert? In bezug auf deine Mutter?«
»Ich ... sie ...« Ich zögerte. Die Versuchung war groß, jemandem von dem Grauen zu erzählen, wie es war, in die liebsten Augen der Welt zu blicken und dort nur grünes Nichts zu sehen, eine schaurig verunstaltete Fremde, das ganze Gewebe der Sicherheit, das zerriß und davontrieb.
»Sie sagte nur ...« Ich hielt inne. Was hatte sie gesagt? Daß Archie Miller der Satan sei, der Fürst der Finsternis. O ja, sehr interessant. Adam wartete, während seine grauen Augen mich intensiv ansahen. Er wartete. Worauf? Warum interessierte er sich so für meinen Wach-Alptraum? Was hatte es mit ihm zu tun? Höchstens daß ...
»Verrückte Erbin hat Anfall auf Autobahn. Archie Miller des Satanismus angeklagt. Exklusivbericht.« Es war nur ein Gedanke, eine Vermutung wahrscheinlich paranoider Natur, aber sie reichte aus. Sogar ein Anflug von Paranoia kann Eröffnungen im Keim ersticken.

»Nein, es gibt wirklich nichts zu erzählen. Ich sage dir doch, es war eine Art Traum, aber es ist vorbei. Es ist unwichtig.«
Er runzelte die Stirn. »Du traust mir nicht.«
»Vielleicht. Hör mal, wäre es nicht besser, vom Seitenstreifen runterzufahren? Es ist bestimmt verboten, hier zu halten, und auf der Autobahn wimmelt es von Polizeistreifen.«
»Laß das mal meine Sorge sein. Möglicherweise ist dein Traum, deine Halluzination, was auch immer es war, durch das Gerede über deine Eltern beim Mittagessen ausgelöst worden. Hast du …« er zögerte, suchte nach dem passenden Wort »… so ein Erlebnis schon mal gehabt?«
»Jeder hat Träume, Adam.«
»Ja, aber nicht …«
»Ich würde lieber nicht mehr darüber sprechen, wenn du nichts dagegen hast. Und ich möchte gern nach Hause. Dieses Auto ist nicht gerade komfortabel.«
»Okay.« Er startete, und das Auto brummte zufrieden und blies mir eiskalte Luft an die Knie. »Ich habe nur das Gefühl, daß ich an deiner Verstörung schuld bin, daß ich vorsichtiger hätte sein sollen.«
»Aber ich sage dir doch, ich bin nicht verstört.«
Adam murrte ebenso mißbilligend, wie das sein Vater zu tun pflegte.
Es war eine Tortur, auf dem ganzen Heimweg locker und heiter zu plaudern. Adam schien abgelenkt, doch das mochte auch daran liegen, daß am Sonntagabend starker Verkehr herrscht. Ich dachte unentwegt daran, wie schön es wäre, allein zu sein und endlich mit dem Lächeln aufhören zu können, das ausdrücken sollte: Wie kommst du nur darauf, daß etwas nicht stimmt? Aber als wir vor dem kleinen Haus am Alderly Drive hielten, wollte ich ihn plötzlich nicht weglassen.

»Möchtest du noch auf einen Sprung mit reinkommen?«
Er zögerte. »Ist das ehrlich gemeint oder nur Höflichkeit?«
»Ehrlich.«
Also kam er mit, aber er blieb nicht lange. Es war ein idiotischer Einfall von mir gewesen. Dring war denkbar ungehobelt und störrisch und verlangte, daß ich herumrannte und Sachen für sie holte. (»Sie ist eifersüchtig«, sagte Paula später. »Unsinn«, erwiderte ich. »Doch, Mary, es stimmt. Sie braucht dich immer nötiger und fürchtet sich vor jedem, der dich ihr wegnehmen könnte. Deshalb spielt sie vor deinen Freunden die sture Alte.«)
Und so war es eine Erleichterung, als er ging.
»Wiedersehen. War nett, deinen Vater kennenzulernen.« (Höflich bis zuletzt.)
»Ich hatte das Gefühl, es war alles ein bißchen …«
»O nein, gar nicht.«
»Ich bin häufig am Wochenende in Bristol. Unter dieser Nummer hier kann man mich fast immer erreichen.« Er schrieb etwas auf einen Zettel. Von drinnen hörte ich, wie Dring die Tiere in einem Tierfilm wegen ihrer unappetitlichen Tischmanieren beschimpfte. Ich nahm den Zettel, hatte allerdings vor, ihn wegzuwerfen.
Er stand immer noch auf der Türschwelle. Wie ein Vertreter, dachte ich verzweifelt.
»Ich muß jetzt rein. Dring braucht mich.«
Seine grauen Augen blickten mich wieder intensiv an. »Ah ja«, sagte er mit dem Anflug eines Lächelns, aber mehr noch mit dem von Ärger. »Dring, der Burggraben in Menschengestalt. Ich melde mich, Fern.« Und damit verschwand er, und ich dachte nur kurz darüber nach, was für ein seltsames Bild es doch war, die schwere, kränkliche, unbewegliche Dring mit einem Burggraben zu vergleichen.

Dann ging ich in die Küche, um ihr Suppe zum Abendessen zu kochen.

Ich befragte Dring wegen der Erinnerung.

»Scheint Blödsinn zu sein«, sagte sie. Sie saß aufrecht im Bett, und ihr uraltes Gesicht war von pastellfarbenem Nylongekräusel umgeben. »Sie hatten Besucherzimmer, und ich erinnere mich nicht, daß du jemals in der Klinik warst. Es wäre sinnlos gewesen.«

»Vielleicht dachten sie, es würde ihr helfen.«

»Diese saudummen Ärzte. Zuzutrauen wär's ihnen. Aber ich kann mich nicht an einen solchen Aufruhr erinnern.«

»Vielleicht hast du's vergessen. Mir hast du immer aufgetragen, Sachen zu vergessen. Bei fast allem.«

»Ach ja? Hat auch keinen Sinn, an etwas festzuhalten, was sich doch nicht ändern läßt. Am besten, man macht einfach weiter im Leben.«

»Ja. Aber …« Etwas beunruhigte mich, seit ich in ihr Zimmer gekommen war, und jetzt wußte ich plötzlich, was es war. Das Bild hatte an meinem Gedächtnis gezerrt. »Schau, hier bin ich. Da oben, über der Kommode. Siehst du mich nicht?«

Jetzt sah ich es.

Das Gemälde von dem Obstgarten, welches ich schon so lange kannte, daß ich es nicht mehr wahrgenommen hatte. Sonnenlicht, das auf den cremefarbenen Blüten spielte, ein kurzer, farbiger, leichter Moment im Mai. Jetzt war es anders. Jetzt wußte ich, wie der Garten im Winter aussah, wenn die Äste der Bäume kahl waren und das Gras trocken und gelb. Heute hatte ich diesen Obstgarten in winterlicher Kargheit erlebt.

»Das Bild ist in Chatton Heights gemalt worden«, sagte ich. »Dort war ich heute mit Adam.«

Der Maler mußte seine Staffelei genau hinter dem Tor aufgestellt haben, wo wir heute gestanden hatten und dann umgekehrt waren.
»Ja und?« sagte Dring.
Ich ging hinüber, sah es mir genauer an und schaute nach der Signatur. Warum war mir das vorher nie aufgefallen? D. Brewster. Ein Name, den ich kannte.
Natürlich. D. Brewster war der Mann, der die beiden Doppelporträts in Chatton Heights gemalt hatte. Nun, da ich mich erinnerte, woher ich den Namen kannte, war der Zusammenhang eindeutig.
Mir war, als wäre ich mein Leben lang auf einem Mosaikboden gegangen und hätte nur die einzelnen Stücke, ihre Farbe und ihre Form, wahrgenommen, jedoch nie das Muster gesehen, das dem Bild zugrunde lag, es erst entstehen ließ.
Und das Bild hatte eine Geschichte, die erzählt werden wollte.
Jetzt wurde mir ganz allmählich klar, daß es tatsächlich ein Bild gab, das ich erkennen würde, wenn ich den Staub und die Verwirrung entfernen und es genau betrachten konnte.
Dring lächelte – ein wahrhaft seltenes Vorkommnis.
»Dieses Bild gibt mir immer so ein wohliges Gefühl«, sagte sie. »Wie, als ich jung war.«

Erschöpft von den Ereignissen des Tages und den Wirrnissen, die sie hervorgerufen hatten, ging ich früh zu Bett. Ich glaubte, ich sei müde, aber meine Augen weigerten sich, zuzufallen, und starrten hartnäckig auf den orangefarbenen Lichtfleck an der Decke. Heute weiß ich, daß ich damals den Kontrollverlust fürchtete, der mit dem Schlaf einhergeht, daß ich Angst hatte vor den Träumen, die dort

meiner harrten, Angst vor unerwünschten Bildern wie dieser Erinnerung an meine Mutter. Erinnerung? Doch wenn dies nie geschehen war, wenn es keine Erinnerung war, woher kam diese Szene dann plötzlich?
Ich ordnete mein Gefühl als Angst vor Kontrollverlust ein, aber sogar damals, als ich in dem einzigen Schlafzimmer, was mir vertraut war, im Dunkeln lag, muß mir bewußt gewesen sein, wovor ich mich wirklich fürchtete. Meine Mutter war verrückt gewesen, schizophren, hinter Schloß und Riegel in einer psychiatrischen Klinik. Und Geisteskrankheiten blieben in der Familie, sie waren erblich, das wußte jeder, keiner hat eine Ahnung, warum, aber es ist so. Irgendein Fetzchen Irrsinn geht von der Gebärmutter in das werdende Kind über und verharrt dort. Wartet. Jahrelang. An diesem Nachmittag war ich in dem Auto ausgeflippt, hatte Halluzinationen gehabt, den Kontakt mit der Wirklichkeit verloren. War das nicht typisch für Geisteskranke?
Ich flehte mein Schicksal an. Ich habe nichts gegen körperliche Krankheit. Damit komme ich irgendwie zurecht. Aber laß meinen Geist in Frieden, laß ihn kräftig sein. Laß ihn meinem Willen gehorchen. Bitte, bitte.
Irgendwann vor dem Morgengrauen konnte ich mich nicht länger wehren und sank in Schlaf.
Und dort begegnete ich nicht den Dämonen, vor denen ich mich so gefürchtet hatte, sondern betrat einen Hort der Ruhe und Zufriedenheit, eine warme Sommerwelt, in der Vögel zwitscherten. Etwas Kostbares, viel kostbarer als alles, was ich lange Zeit erlebt hatte, lag dort, in Reichweite, und wartete nur darauf, daß ich es an mich nahm.
Als ich aufwachte, spürte ich es ganz deutlich: Ich war nicht nur das Kind einer verrückten Mutter, ich hatte auch einen Vater. Clancy. Der junge Mann auf dem Foto, der

nach Südamerika wollte und vom Himmel in den Tod gestürzt war. Er war »in Ordnung« gewesen, hatte Archie gesagt. Und »in Ordnung« zu sein, normal und nicht verrückt, war mein inständigster Wunsch. Mein ganzes Leben lang hatte ich unter der Bürde gelitten, Tochter meiner Mutter zu sein, doch ich war ebenfalls Clancys Tochter. Ich konnte auch seine Normalität geerbt haben, nicht ihre Verrücktheit, aber ich hatte keine Erinnerung an ihn, an der ich mich zu orientieren vermochte. Ich mußte sie entdecken und festhalten, seine Weisheit, seine Normalität. Ich mußte nach Chatton Heights zurückkehren. Wenn ich ihn irgendwo finden würde, diesen Mann, von dem mein Vertrauen in meine geistige Gesundheit abzuhängen schien, dann war es dort.

Diese Überzeugung war so wohltuend, so plausibel, daß ich in einen ruhigen, traumlosen Schlaf fiel.

Kurz nach neun erwachte ich wieder, und im nüchternen Morgenlicht tat ich das sichere Gefühl der Nacht als Unsinn ab. Ich sagte mir, daß ich wegen des Ausflugs nach Long Chatton überreizt war und daß es blödsinnig wäre, mir mehr von derselben gefährlichen Medizin zu verordnen.

Und so zögerte ich meine Rückkehr in das Haus, in dem mein Vater gelebt hatte, hinaus. Ich widmete mich ganz dem »normalen Leben« und verschloß mich gegenüber allen Veränderungen, die um mich herum stattfanden.

4

Paula sagte es mir seit Tagen, aber ich weigerte mich, zuzuhören.

»Du mußt einen Arzt rufen, Mary. Das ist nicht gut. Ihr Bein bereitet ihr jede Menge Schmerzen, und sie braucht vernünftige Behandlung.«

»Mach dir keine Sorgen um Dring, Paula. Ich kenne sie besser als du.« Ich war mit einem Berg Bügelwäsche beschäftigt. Ich mochte es, wie das glatte Metall über den Stoff glitt, mochte die ordentlich zusammengelegten Kissenbezüge und den frischen, reinen Geruch normaler Dinge. »Sie hat nur im Schlaf geredet«, fuhr ich fort, »das tut sie oft. Und sie hat schon immer Probleme mit dem Bein gehabt, das ist nichts Neues. Dr. Phelps hat erst vor einem Monat nach ihr gesehen. Mal wird es schlimmer und dann wieder besser. Es ist ihre eiserne Ausrede für alles, worauf sie keine Lust hat – ein in vielerlei Hinsicht sehr nützliches Bein.«

»Diesmal markiert sie nicht, Mary. Sie muß ins Krankenhaus.«

Ich bügelte mit extremer Sorgfalt die Manschetten meiner weißen Bluse. »Du meinst es bestimmt gut, Paula, aber du hast wirklich keine Ahnung. Dring haßt Krankenhäuser mehr als alles auf der Welt. Die Schwestern sagen ›meine Liebe‹ zu ihr und sind herablassend und verbieten ihr das Rauchen. Sie würde alles tun, nur um nicht ins Krankenhaus zu müssen.«

»Auch ein Bein verlieren? Du könntest der mangelnden

Sorgfaltspflicht angeklagt werden, wenn du jetzt nicht einen Arzt rufst.«
»Sie haßt Krankenhäuser.«
»Wer? Sie oder du? Okay, tut mir leid, du brauchst mich nicht so giftig anzuschauen. Ich weiß, daß diese komische Person da oben dir viel bedeutet, und auch, daß du eine schwierige Zeit durchmachst, aber ist dir schon mal aufgefallen, daß sie seit über einer Woche nicht mehr unten im Wohnzimmer war?«
»Paula, bitte. Halt dich da raus. Ich kümmere mich seit Jahren um Dring und bin auch ohne deine Hilfe gut zurechtgekommen. Möchtest du, daß ich dir diese Blusen bügle?«
»Nein, laß sie liegen. Ich fühle mich nur schuldig, wenn du das machst.«
Und sie hielt sich raus, zumindest solange es ihr gelang. Ich mache ihr wirklich keine Vorwürfe für das, was sie dann unternahm. Ich kann ihr wohl gar keine Vorwürfe machen, weil sie nur tat, was sie für richtig hielt und alle für gut befanden. Und dennoch konnte ich ihr nicht verzeihen. Es erinnerte zu sehr an Verrat. Paulas erster Verrat.
Vielleicht war ich überempfindlich, aber ich hatte früher nie eine Freundin gehabt, keine richtige Freundin wie Paula. Freundinnen für kurze Zeit, ja, Mädchen, die ich in der Schule kennengelernt hatte und die mich nach Hause und in die Ferien einluden, mit denen ich ausgegangen war und geplaudert hatte, aber niemanden, dem ich so vertraut hätte wie Paula. Ich glaube, als ich die Anzeige im Schaufenster des Zeitungsladens hängen sah, in der ein Zimmer für eine Studentin gesucht wurde, habe ich unbewußt nach jemandem Ausschau gehalten, der eine leere Stelle in meinem Leben besetzen konnte. Ich hatte oft gedacht, wie schön es sein müßte, Schwestern zu haben, und für eine

Weile wurde Paula die ältere Schwester, die ich nie gehabt hatte.
Aber nur für eine Weile. In den ersten Monaten kamen wir uns wegen unserer Unterschiedlichkeit nah – Paula rief einmal aus, daß sie immer geglaubt habe, Menschen wie mich gebe es nur in Romanen, die im letzten Jahrhundert spielten, ich müsse in Barchester, nicht in Bristol geboren sein; und für mich war es, als sähe ich unentwegt einen amerikanischen Film –, aber in letzter Zeit hatte es öfter Mißverständnisse gegeben. Es begann mit meiner Reaktion auf die Erbschaft. Paula begriff nicht, daß ich nicht außer mir war vor Freude über das Vermögen, das mein Großvater mir hinterlassen hatte. Nicht, daß sie nicht versucht hätte, mich zu verstehen. »Ich sehe wohl, daß es seltsam für dich ist, schwierig. Ein Schock. Na ja, man muß sich wahrscheinlich dran gewöhnen. Denke ich mir.« Aber schließlich verstummte sie, und ich konnte förmlich hören, wie sie im Geiste das Geld für mich ausgab, und dann hielt sie es nicht mehr aus und platzte heraus: »Ich hab gehört, in Portugal soll das Wetter um diese Jahreszeit toll sein. Man kann sich da für 'nen Appel und 'n Ei eine alte Villa kaufen!« Oder: »Hast du diese neuen Cabrios bei dem Autohändler an der Ecke gesehen?« Oder sogar einmal: »Hast du dir schon mal überlegt, wie lustig es wäre, ein Rennpferd zu haben?«
Nein. Hatte ich nicht. Und jetzt, da ich es tat, konnte ich nicht behaupten, daß ich die Vorstellung besonders verlockend fand.
Ich nahm es Paula nicht übel, daß sie mein Geld für mich ausgeben wollte. Von mir aus hätte sie auch alles für sich haben können. Ich nahm ihr nicht mal ihre gelegentlichen Seitenhiebe auf meinen angeblichen Geiz übel (»Kommst du heute abend mit ins Kino, oder willst du zu Hause

bleiben und Goldtaler zählen?«), aber was ich unerträglich fand, war ihre unterschwellige Ansicht, daß mein Mangel an Begeisterung merkwürdig war, daß jeder normale Mensch an meiner Stelle ganz aus dem Häuschen wäre vor Glück.

Also war ich nicht normal.

Es war schon seltsam, wenn man bedenkt, daß ich nichts so sehr wollte als die Zeit zum Anfang des Jahres zurückzudrehen, als ich noch ein normales Mädchen, keine Erbin war. Jetzt brachte mich mein Wunsch, wie alle anderen zu sein, in den Ruch der Geistesgestörtheit.

Und es bauten sich noch andere, schwerer faßbare Barrieren zwischen uns auf. Ich nahm sie, glaube ich, deutlicher wahr als Paula.

Es gab eine merkwürdige Situation, als sie mir den Scheck über die monatliche Miete überreichte. In dem Moment, da ich zögerte und gerade sagen wollte: Behalt ihn, Paula!, meinte sie schroff: »Los, nimm ihn schon. Ich bin kein verdammter Sozialfall.«

»Aber ich brauche das Geld nicht, und du kannst mehr damit anfangen. Es ist idiotisch.«

»Dann spende es für eine gute Sache. Nimm es jetzt.«

Ich glaube, es war zu dieser Zeit, als sie plötzlich anfing, Sachen wie Walnußöl und kochfertiges Huhn Kiev zu kaufen, das sie sich, wie ich aus den glücklichen Tagen unserer gemeinsamen Geldnöte wußte, nicht leisten konnte. Ich versuchte weiterhin so einzukaufen, wie wir es bisher getan hatten, aber ich fürchtete, daß sie das für schäbig halten würde.

An einem Samstag Ende Februar, als der Himmel verhangen war und diese hellgraue Farbe angenommen hatte, die wildfremde Leute dazu bewog, beim Einkaufen den drohenden Schneefall zu erörtern, fuhr ich mit dem Wagen zum Supermarkt und erstand genug, um eine einmonatige Belagerung auszuhalten. Ich hatte vor, Paula zu sagen, daß wir wegen des Schnees eine volle Speisekammer haben mußten, und hoffte, daß ich damit ihrem Einkaufswahn Einhalt gebieten konnte.

Ich war gegen alle möglichen Einwände gerüstet (»Mary, direkt an der Ecke ist ein Laden.« – »Panikeinkauf beim Anblick der ersten Schneeflocken. Ein typisch englischer Brauch.«), aber keine meiner sorgfältig präparierten Reden war mir bei dem von Nutzen, was mich zu Hause erwartete.

Paula lungerte im Flur herum und zeigte nicht das geringste Interesse an meinem Mammuteinkauf. Statt dessen benahm sie sich ängstlich, halb entschuldigend, sogar verteidigend.

»Mary, versprich mir, daß du nicht böse bist. Ich habe nur getan ... ich meine, zum Teufel, Mary, ich mußte einfach. Man kann doch nicht danebenstehen und sie wie einen Hund leiden lassen und nichts machen. Ich wollte es dir vorher sagen, aber du bist so früh losgefahren, daß ich keine Gelegenheit dazu hatte.«

Ich starrte sie stumm an, wußte Bescheid, weigerte mich aber, es zu akzeptieren. »Ich war beim Frühstück da«, erwiderte ich schließlich.

»Dr. Phelps sagte, er komme gleich vorbei, und es sei ganz richtig, daß ich ihn angerufen habe, und daß es wahrscheinlich keinen Anlaß zur Sorge gebe und er nur sicherheitshalber mal nachsehe. Schau mich nicht an, als wäre ich ein ekliges Insekt, Mary. Ich denke, er wird ihr nur was gegen die Schmerzen geben, damit sie nachts besser schlafen kann. Das ist alles. Keine große Sache.«

Ich war so perplex darüber, daß Paula es gewagt hatte, zwischen mich und Dring zu treten, daß ich in diesem

Moment nichts herausbrachte. Ich muß sie nur angestarrt haben. Ich kann mich erinnern, daß ich dachte, wie unattraktiv sie doch war, was ich nie zuvor bemerkt hatte. Dieses Haar, so rot wie ein Kunstfuchs, und die Augen, die ziemlich klein waren, fast Schweinsaugen. Die blasse, teigige Nase, wie bei einem Boxer aus einem alten Film. Das trotzig vorgeschobene Kinn.

»Es war verrückt von dir, nicht früher den Arzt zu rufen«, sagte sie.

Ich versteifte mich. Nenn mich nicht verrückt. Großer Gott, nenn mich nicht verrückt. Alles, bloß das nicht.

»Ist schon in Ordnung, Paula. Natürlich nehme ich es dir nicht übel.«

Es klingelte.

Steifbeinig ging ich zur Tür. Ließ Dr. Phelps ein. Lächelte. Führte ihn hinauf in Drings Zimmer. Ging wieder hinunter. Wartete.

Dr. Phelps hatte immer gewollt, daß ich ihn mochte; das hatte ich schon als Kind gespürt. Er war freundlich und verläßlich und ein guter Arzt. Er lächelte viel. Sein Gesicht wirkte wächsern und glänzte, und mit zunehmendem Alter schien sein Kinn zu schmelzen und sich in Falten und Wülste zu legen. Ich hatte ihn schon immer verabscheut.

Sowie er eingetroffen war, verschwand Paula in ihrem Zimmer. Dr. Phelps blieb eine Weile oben bei Dring, und als er wieder herunterkam, war sein Lächeln ausnahmsweise verschwunden und das Wachsgesicht zornig.

»Mary«, sagte er, »warum um Himmels willen hast du mich nicht früher gerufen?«

Etwas tief in mir erstarrte. »Es ist doch nur dieselbe alte Sache«, erwiderte ich leichthin. »Ich hatte nicht gedacht …«

»Bloß zehnmal schlimmer, das ist alles. Das Bein sieht so übel aus, daß wir froh sein können, wenn … Himmel noch mal, Mädchen, niemand, der bei Sinnen ist, würde es so weit kommen lassen. Du solltest dankbar sein, daß deine amerikanische Freundin so vernünftig war und mich angerufen hat. Wirklich, wenn ich dich nicht besser kennen würde …«

»Aber Dring hat nie gebeten, Sie zu rufen.«

»Sie hat große Mengen Schmerzmittel geschluckt, ohne dir was zu sagen. Hast du nicht mal daran gedacht, die Flaschen zu überprüfen? Die Mittel haben ihr Hirn vernebelt.«

Ich setzte mich hin. Es kam mir vor, als hätte sich der Stuhl erhoben, um mich aufzufangen.

»Kann ich mal telefonieren?« hörte ich ihn fragen. »Ich muß einen Krankenwagen rufen. Sie muß sofort ins Krankenhaus.«

Das erstarrte Gefühl in meinem Innern griff um sich, eine Art eisige Taubheit, die mit dem Blut überallhin kroch, in die Arme, die Hände, ins Gesicht. Vor allem ins Gesicht. Ich nahm meine ganze Kraft zusammen, um normale Worte zu bilden. »Sie brauchen nicht den Krankenwagen zu rufen, Dr. Phelps, ich kann sie auch hinfahren. Ich bin sicher, sie möchte …«

»Liebes Kind, du könntest sie in ihrem gegenwärtigen Zustand nicht einmal die Treppe herunterbringen. Die Sanitäter machen das täglich.« Er wählte schon.

»Dann geh ich wohl besser und packe ihre Sachen.« Dem Himmel sei Dank, zumindest klingt meine Stimme normal. Ich muß mich an praktische Einzelheiten halten. »Sie wird sicher so bald wie möglich wieder nach Hause wollen. Ich kann sämtliche nötigen Vorbereitungen treffen. Am Ende des Flurs könnte man ein kleines Badezimmer einrichten, und wenn sie eine professionelle Pflegekraft braucht, wäre ich jederzeit in der Lage, jemanden anzustellen …«

»Mary.« Dr. Phelps legte auf, kam herüber, setzte sich mir gegenüber und beugte sich vor. Das Wachsgesicht nahm einen angemessen mitfühlenden Ausdruck an. »Mach dir keine Hoffnungen, Mädchen, sie ist alt und sehr krank. Sie wird lange Zeit im Krankenhaus bleiben müssen, und danach sollte sie in ein Pflegeheim.«
»Nein! Ich werde nicht zulassen, daß sie von Fremden versorgt wird! Das kann sie nicht leiden!«
»Sie wird keine andere Wahl haben.«
»Nach allem, was sie für mich getan hat, ist es wohl das mindeste, daß ich mich jetzt um sie kümmere.«
»Mary, hör zu.« Seine Hände zuckten, und einen furchtbaren Moment lang dachte ich, er würde nach meiner Hand greifen. Doch er legte sie auf seine Knie. Sein Lächeln triefte vor Verständnis. »Du hast schon so viel für sie getan. Mehr, viel mehr, als die meisten Enkelinnen für ihre Großmütter tun – oder sogar die Töchter. Du hast dir nichts vorzuwerfen. Ich meine, du kannst das auch als eine Art Segen für dich betrachten, weil es tatsächlich in vielerlei Hinsicht ein Segen ist. Du bist jung. Du hast das Leben noch vor dir. Du möchtest doch nicht mit einer alten pflegebedürftigen Person belastet sein.«
»Sie ist keine Belastung, Dr. Phelps.«
»Jetzt vielleicht nicht, aber in Zukunft. Du brauchst dir keine Sorgen um sie zu machen. Man kümmert sich um sie. Du kannst dich ein bißchen entspannen, das Leben genießen.«
Ich rührte mich nicht. Sicher sprach er über andere Leute, nicht über Dring und mich.
Er lehnte sich kaum merklich weiter vor, und ich roch förmlich das widerlich klebrige Mitleid in seinem Atem. »Du machst eine schwierige Zeit durch, Mary, das ist mir klar. Deine Mutter starb, und jetzt muß Madame de Rhin ins

Krankenhaus ... und in der Zeitung stand etwas über das Testament deines Großvaters. Viele Veränderungen. Viele Umstellungen.«

»Ich komme zurecht, Dr. Phelps. Sie brauchen sich nicht um mich zu sorgen.«

»Wirklich nicht?«

»Ich bin immer sehr gut zurechtgekommen.«

»Hm. Ich frage mich manchmal ... Natürlich warst du immer sehr unabhängig, sehr zurückhaltend. Vielleicht zu sehr. Es ist nicht gut, Emotionen zurückzuhalten, nicht so heftige wie Kummer und Zorn. Man muß sich nicht schämen, wenn man diese normalen menschlichen Gefühle zeigt, die wir alle haben. Ich kann das nicht sehr gut ausdrücken, ich weiß, aber ...«

Ich saß ganz still, rührte mich nicht, sprach nicht. Ich weiß, was du willst, Dr. Phelps, gut oder schlecht ausgedrückt. Du willst, daß ich zusammenbreche. Du möchtest, daß ich dir meine Tränen schenke. Das würde dir gefallen, nicht wahr? Du könntest deine Arme um mich legen und mich trösten, und dann würdest *du* dich besser fühlen, nicht ich. Das wolltest du doch schon immer. »Fehlt dir die Mummy?« – »Hast du böse Träume?« – »Dein Daddy kommt nicht wieder, Mary. Wie fühlst du dich?« Wie ein Stein, Dr. Phelps, wie Eis. Und du wirst davon nichts erfahren. Nie, niemals, solange ich noch die Kraft habe zu schweigen.

»Kannst du leicht weinen, Mary?«

Du neugieriger Idiot, dachte ich. Meine Tränen sind an dem Tag eingetrocknet, als ich erfuhr, daß ich keinen Vater mehr habe. Keine Tränen für mich. Und ganz bestimmt keine Tränen für dich mit deinem fetten, honigsüßen Lächeln.

Laut sagte ich: »Danke für Ihre Hilfe, Dr. Phelps. Ich muß jetzt Drings Sachen packen.«

Ich schob mich auf dem Stuhl vor und erhob mich. Zum

Glück stützten mich meine Beine, ohne auch nur im geringsten zu schwanken, und trugen mich ordentlich zur Tür.
»Besten Dank noch mal.« Meine übertriebene Höflichkeit war die Erwiderung auf sein falsches Mitgefühl. Er entfernte sich, ging zum Tor. Ein letztes »Du weißt, ich bin immer da, wenn du mich brauchst«-Lächeln.
Der leere Flur. Stille.
Und in der Stille ein einziger Gedanke: Sie werden mir Dring wegnehmen.
Die Katastrophe, vor der ich mich gefürchtet habe, seit ich denken kann, mehr als vor allem anderen.
Dring geht weg.
Jegliche Geborgenheit, die ich jemals gekannt hatte, mit einem harten Schlag entrissen.
Bleib ruhig.
Kein Grund zur Panik. Kein normales Mädchen würde in Panik geraten. Nein? Was würde es denn tun? Ein normales Mädchen würde raufgehen, Drings Tasche packen, sie für den Krankenwagen vorbereiten. Bleib ruhig. Sei ein normales Mädchen.
Es war schließlich machbar. Die Taubheit in meinen Gliedern hatte sich überallhin ausgebreitet. Ich fühlte mich seltsam losgelöst von meinem Körper, während ich die Treppe hinaufstieg, als gehörte er zu jemand anderem und mein wirkliches Selbst schwebte dort irgendwo vor mir her. Als gehorchte das Fleisch dieses anderen Menschen einfach den Befehlen, die ich ihm gab, automatisch, wie ein Roboter. Es war ein ganz ruhiger Vorgang ohne Emotionen, nur ein unheimliches, stilles Gleiten.
Aber als ich die Tür zum Schlafzimmer öffnete und Dring sah, bebte die Stille, zersplitterte beinahe. Sie schaute so alt und verängstigt und scheußlich aus in ihrem lila Nacht-

hemd. Sie lächelte halb entschuldigend zu mir hoch und zwinkerte.
»O Dring, warum hast du mir nicht gesagt, wie schlimm es ist.«
»Ich wollte dich nicht beunruhigen, Schätzchen. Ich hab gedacht, es würde von alleine besser.«
»Aber wegen der Bagatellen hast du einen solchen Aufruhr veranstaltet, und wenn dann so etwas ist, sagst du nichts.«
Unten in meinem Hals zerrte ein scharfer Schmerz. Sie war alles, was ich auf der Welt hatte, und ich hatte nicht einmal gemerkt, daß sie Hilfe brauchte. Die Kluft zwischen uns war riesig, nicht mehr zu überbrücken.
Sie wandte sich ab. »Das war was anderes.«
Ich begann zu verstehen. Für Dring war das Leben ein steter Kampf gegen Krankheit. Sie konnte sich mit den kleineren Gefechten vergnügen, sich an den kurzen Triumphen über die Schwäche ihres Leibes freuen, aber sie wußte, daß sie den letzten Kampf verlieren würde. Von den wirklichen Schlachten hatte sie sich abgewandt. Denk nicht dran, vergiß die unerfreulichen Sachen. Das war schließlich immer unsere Parole gewesen.
»Wir sollten packen und dich vorbereiten. Und wenn wir was vergessen, bringe ich es später vorbei.«
Meine Stimme klang fest, sachlich. Keine Spur von dem seltsamen körperlosen Selbst, das irgendwo um uns herum schwebte.
Ich sah mich im Zimmer um. »Was brauchst du?«
»Die nehm ich mit.« Sie nickte in Richtung der drei Fotografien auf dem Kaminsims: Tom, Lucy und Alexander. Ich legte sie auf ihr Angorabettjäckchen in den Koffer. Ihre Gesichter lächelten mit dümmlicher Zuversicht zu mir herauf, und einen Moment lang hatte ich das Gefühl, nie eine Kindheit gehabt zu haben.

Die Sanitäter wirkten wie ein gut eingespieltes Komödianten-Duo, einer groß und dünn, der andere klein und dick, beide gleich munter und tatkräftig.
Sie gingen an mir vorbei, ohne meine Hilfsangebote zu beachten.
»Da sind Sie aber froh, daß Sie so eine nette junge Hilfe haben!« schrie Mr. Klein-und-dick Dring ins Ohr. Man behandelte sie schon, als wäre sie nicht nur krank, sondern auch taub und senil. Wenn nicht die segensreiche Taubheit im Körper gewesen wäre, die alle Gefühle fernhielt, wäre es geradezu unerträglich gewesen, mit anzusehen, wie Dring keuchte und würdevoll zu wirken versuchte, als sie wie eine Schweinehälfte die schmale Treppe runtergewuchtet wurde.
Ich holte ihren Koffer und wartete oben auf dem Treppenabsatz.
Die beiden Männer waren einen Moment lang stehengeblieben, »um Luft zu schnappen«. Und als ich dort am Treppenabsatz stand, spannte sich meine Haut vor Grauen, und die Erinnerungen durchfluteten mein Hirn wie Sonnenlicht einen lange Zeit unberührten Dachboden.
Ich hatte hier schon einmal gestanden, vor vielen Jahren, ein kleines barfüßiges Mädchen in einem Nachthemd, das mir bis zu den Knöcheln ging. Der Teppich fühlte sich kratzig unter meinen Füßen an, und ich spürte den Baumwollstoff des Nachthemds (weiß, mit kleinen Blüten) an den Beinen.
Vor langer Zeit hatte ich da gestanden und hinuntergeschaut. Lärm und Durcheinander im Flur, Männer in Uniformen mit freundlichen Gesichtern und grausamen Händen, aber damals war es nicht Dring gewesen, die sie forttrugen.
Es war meine Mutter, die kämpfte wie ein gefangenes Tier,

sich das Telefonkabel um die Hand schlang, sich am Spiegel festhielt. Ihre Haare waren zerrauft, und sie sah ungewaschen aus und versuchte sich nach vorn zu werfen, um freizukommen. Und dann verdrehte sie den Kopf und blickte mich an, und plötzlich starrte ich in riesige grüne Augen, tiefe grüne Höhlen, die überquollen vor Tränen und Angst und Elend. Meine Mutter versuchte mir etwas zuzurufen, aber ihre Worte waren zusammenhanglos, und ich erfuhr nicht, was sie mir sagen wollte. Die Männer schauten auf, sahen mich und wurden wütend. »Wer, zum Teufel«, hat das Kind hiergelassen?« fragte der eine, und der andere fluchte. Dr. Phelps war da, und eine Frau in einem Kostüm, und ein anderer Mann, der keine Uniform trug und alles zu organisieren schien, und er löste sich von der Gruppe und kam die Treppe herauf.

Und die Kälte fuhr in meine Knochen, als ich das Gesicht des Mannes sah, der auf mich zukam und mich zurück in mein Zimmer zerrte. Ich sah ein attraktives Gesicht mit dunklen Augen und einem vollen, sinnlichen Mund.

Archie.

»Miss! Ich trage jetzt ihre Tasche raus. Sie will sie sicher mitnehmen.«

»Ja. Natürlich. Ich ...«

Mit einer gewaltigen Anstrengung richtete ich meinen Blick auf das Gesicht von Mr. Groß-und-dünn, dirigierte meine Beine langsam die Treppe hinunter und folgte dem Mann zum Krankenwagen hinaus.

Dring lag auf der Trage wie ein Ritter im Mittelalter auf seiner Grabstätte. Sie fing schon an, den Rummel um ihre Person zu genießen.

»Ich komme dich heute abend besuchen«, erklärte meine normale Stimme. »Dann sehen wir auch, ob du was vergessen hast.«

Ich nehme an, daß sie mich gehört hat. »Und fahren Sie bloß vorsichtig«, sagte sie zu Mr. Klein-und-dick, »ich bin kein Notfall. Daß Sie mir nicht die Sirene einschalten und wie ein Wilder durch die Stadt rasen, nur damit sie rechtzeitig zum Abendessen zu Hause sind.«
Klein-und-dick zwinkerte mir zu. Ich verzog meine erstarrten Lippen zu einem entschuldigenden Lächeln.
Dann waren sie weg.
Ich kehrte ins Haus zurück, und die Leere hallte um mich her wie das Dröhnen eines Nebelhorns in einer Schleuse. Die gesamte Einsamkeit der Welt schien sich in diesen vier Wänden zu verdichten.
Langsam ging ich durch das Wohnzimmer, die Küche, den Flur. Leer wie vertrocknete Bucheckern. Ich wußte, daß Paula noch oben war, aber das änderte nichts. Sie war eine Mieterin, ein Neuzugang, ein Zugvogel. Dring war das Blut des Hauses, sein Puls, sein Herzschlag. Da sie weg war, war es kein Zuhause mehr.
Was sollte ich jetzt tun?
Ich fand ein Päckchen Zigaretten von Dring auf dem Kaminsims und schüttelte eine heraus. Ich brauchte lange, bis ich sie angezündet hatte, weil das Streichholz zu schwanken, die Spitze zu verfehlen schien. Meine Hände zitterten. Schließlich hatte ich sie angesteckt und sog den Rauch tief ein.
Bin ich noch vorhanden, fragte ich mich, bin ich noch hier, wenn es niemanden gibt, der mich sieht?
Der Gedanke tauchte aus dem Nichts auf, einer dieser umherziehenden Gedanken, die unabhängig von meinem Hirn existierten und die sich, unangekündigt und voll ausformuliert, in meinem Kopf einfanden.
»Alles in Ordnung mit dir?« Paula, das rote Haar aufgetürmt wie ein Flammenmeer, stand plötzlich in der Tür.

»Ja, ich glaube schon. Nur etwas durcheinander.«
»Ich mach dir was zu essen.«
»Ich hab keinen Hunger.«
»Gott, es tut mir leid, Mary. Ich wußte nicht, daß es dich so treffen würde.«
»Du hast das Richtige getan. Ich wünschte nur, ich hätte gewußt, wie schlecht ...« Meine Stimme verlor sich. Was hatte Dr. Phelps gesagt? Niemand, der bei Sinnen ist, würde es so weit kommen lassen. Was bedeutete das? War ich nicht bei Sinnen? Und was hieß das überhaupt?
»Mary, du zitterst.«
»Ich bin okay.« Und dann, da irgendeine Erklärung vonnöten schien: »Es hat mich erinnert ... sie haben meine Mutter auch abgeholt, weißt du. Genauso. Mit einem Krankenwagen ...«
Und Archie, wieso war er hier? Und wo war Dring gewesen? Sie hatte sich um uns beide gekümmert, um meine Mutter und mich. Warum war sie nicht dagewesen, als wir sie beide so dringend brauchten?
»Du Armes.« Paula kam zu mir und legte den Arm um mich. »Das war echt hart für dich, was?«
Der Schmerz in meinem Hals war beinahe unerträglich geworden. »Paula, was soll ich denn jetzt tun?«
»Entspann dich einfach, und laß die Untermieterin nur machen.«
»Ich weiß nicht ... Dr. Phelps sagte, ich solle ausgehen und das Leben genießen, ich hätte das Leben noch vor mir. Vielleicht hat er recht. Aber wie soll ich das anfangen? Ich konnte wegen Dring nie viel ausgehen, und jetzt, da sie nicht mehr hier ist, weiß ich nicht ...«
»Hör mal, ich war eigentlich heute mittag mit Prof verabredet, aber ich werd anrufen und absagen, und dann machen wir was zusammen. Was hältst du davon? Wir können

ins Kino gehen oder Geld ausgeben. Einkaufen bis zum Umfallen – das ist gut gegen Trübsinn.«
Ich hatte das Geld ganz vergessen. »Ich könnte Dring ein paar Sachen fürs Krankenhaus besorgen.«
Paula schnitt eine Grimasse. »Sei nicht so selbstlos, Mary.«
»Nein. Ruf Prof nicht an. Du brauchst nicht dein Liebesleben durcheinanderzubringen, nur weil Dring im Krankenhaus ist.« Da aus Paulas Brideshead-Vision mit Gerald nichts geworden war, hatte sie sich mit ihrem Tutor von der Uni eingelassen. Verheiratet – aber seine Frau verstand ihn nicht.
Sie konnte ihre Erleichterung kaum verbergen. »Mrs. Prof besucht dieses Wochenende ihre Schwester.« Seine Frau war weg? Die Dimension des dargebotenen Opfers wurde mir jetzt erst klar.
»Ich muß Dring besuchen. Und vielleicht rufe ich Adam mal an.« Das hatte ich eigentlich nicht vor, doch es schien mir nach einer dieser normalen Handlungen zu klingen, die man von mir erwartete.
»Prima Idee. Aber wohnt der nicht in London?«
»Er ist am Wochenende oft in Bristol und hat mir die Nummer von den Leuten gegeben, bei denen er wohnt.«
»Mann oder Frau?«
»Weiß ich nicht.«
»Gut. Du rufst ihn an, und ich mach uns was zu essen. Thunfisch-Sandwiches? Und schüttel jetzt bloß nicht den Kopf. Es nützt Dring gar nichts, wenn du magersüchtig wirst.«
Als ich Adams Nummer suchte, merkte ich, wie das seltsame Empfinden zu schweben zu weichen begann. Das Geländer fühlte sich in meinen Händen fest an, meine Beine schienen noch etwas wacklig, wie nach einer langen Grip-

pe, aber es waren eindeutig *meine* Beine, mit dem Körper verbunden, verläßlich.

Als Adam sich meldete, klang er abgehetzt, und im Hintergrund lief der Fernseher.

»Fern, ja, ich würde dich gern sehen. Komm doch einfach her. Ich muß im Moment hierbleiben, babysitten, aber …«

»Tut mir leid. Ich wußte nicht, daß es ungelegen ist.«

»Zum Teufel, Fern, jetzt verkriech dich nicht schon wieder. Ich möchte dich wirklich gern sehen. Ich wollte dich anrufen …« er legte die Hand auf den Hörer und sprach mit jemandem, offenbar einem Kind »… es ist bloß einfacher, wenn du herkommst. Ich sage dir die Adresse. Ist nicht schwer zu finden.«

»Erfolgreich?« fragte Paula, als ich in die Küche zurückkam.

»Scheint so. Ich fahre zu ihm. Zu der Wohnung von seinen Freunden, wenn ich bei Dring gewesen bin. Er muß babysitten.«

Paula lachte plötzlich los. »Wahrscheinlich paßt er auf die Kinder von den Profs auf. Das wär doch der absolute Witz!« Und sie lachte so sehr, daß sie sich an einem Stück Thunfisch verschluckte und ich ihr wie wild auf den Rücken klopfen mußte. Danach fühlten wir uns beide besser.

Als ich endlich das Haus gefunden hatte, wo Adam war, flatterten meine Nerven. Es hatte eine enorme Willenskraft erfordert, zu Dring zu gehen. Mir wurde klar, daß meine Angst vor Krankenhäusern von den grauenhaften Besuchen (wie viele waren es gewesen?) bei meiner Mutter herrührte. Aber das hier ist was anderes, sagte ich mir. Es geht um Dring, und es ist körperlich, und sie wird gesund werden. Doch nichts konnte die panische Angst dämpfen, im Gegenteil, alles verstärkte sie – die gespenstische Munter-

keit des Personals, die Kranken mit ihren fahlen Gesichtern, die Angst der Verwandten, die sie besuchten. Und Dring, die so krank, so zerbrechlich, so hilflos aussah in ihrem Krankenbett, so furchtbar weit weg war.
Als ich ging, fragte mich eine Krankenschwester mit rosigen Wangen: »Ist das Ihre Großmutter?«
»Nicht direkt, aber … sie steht mir sehr nah.«
»Es wird ihr bessergehen, machen Sie sich keine Sorgen, jetzt, da sie *richtige Pflege* bekommt.«
Ich konnte ihren Vorwurf kaum ertragen, aber er war berechtigt. Das wußte ich nun. Ich floh.
Floh durch die eisigen Straßen zu der Adresse, die Adam mir gegeben hatte … und dann, als ich dort am Türrahmen lehnte und drinnen Schritte hörte, fragte ich mich, was ich hier eigentlich suchte.
»Fern, komm rein. Ich wollte dich gerade anrufen. Was ist los? Du siehst ja schrecklich aus.«
»Nichts, alles in Ordnung.« Ich versuchte ein Lächeln hinzukriegen, aber es geriet bedenklich zittrig.
»Das klingt schwer nach Tapferkeit. Komm rein. Das hier ist Ben.«
Ein kleiner Junge tauchte am Treppenabsatz auf und spähte mißtrauisch zu mir herunter.
»Du hat doch gesagt, du würdest babysitten.«
»Im weitesten Sinne.« Adam schloß die Tür hinter mir.
Ben war ein ganz und gar nicht engelsgleicher Dreijähriger mit einem braunen Lockenkopf. Er konnte sehr heftig die Stirn runzeln und böse gucken, was er auch tat, bevor er davonstapfte, um sich mit der Katze zu trösten. Es war nicht das Kind der Profs, wie sich herausstellte, sondern Adams Kind.
Ich wünschte, ich wäre nicht gekommen. Adam mußte verheiratet sein. Wo war Bens Mutter? Eine Zeitlang war

Adam zu sehr mit Ben beschäftigt, um sich um mich zu kümmern, und ich sah mir Kinderbücher an und versuchte diese anderen, drängenderen Bilder wegzuschieben: Dring im Krankenwagen, die Angst in den Augen meiner Mutter, Archie, der auf mich zukam ... Ich wollte gehen. Ich mußte gehen, das war alles hoffnungslos peinlich – aber wo sollte ich hin?

Ich merkte, daß Adam mich beobachtete. »Du siehst nie besonders robust aus, Fern«, sagte er nachdenklich, »aber heute hast du wirklich Ähnlichkeit mit einem Geist.«

Ich zuckte mit den Schultern. »Es sind bloß leichte Kopfschmerzen«, log ich.

»Ich werd dir einen Tee machen. Oder möchtest du lieber was Stärkeres? Jane hat irgendwo eine Flasche Brandy für Notfälle.«

»Tee wäre prima.«

Während Ben mit einem riesigen Alphabet-Puzzle beschäftigt war, zogen Adam und ich uns in die Küche zurück. Wie der Rest der Wohnung war auch sie eher karg, aber stilvoll eingerichtet. Die abwesende Jane lehrte, wie sich herausstellte, Stoffdesign.

»Sie ist heute bei der Hochzeit von einer Sandkastenfreundin in Frome«, erklärte er, »und will bis vier zurück sein. Wir könnten also später essen gehen. Offenbar ist plötzlich der Richtige in ihrem Leben aufgetaucht, und sie fand, diese Hochzeit sei die ideale Gelegenheit, ihn ihren Freunden vorzuführen.«

Eine gewisse Schärfe hatte sich in seinen Tonfall geschlichen, als er von Bens Mutter sprach, aber ich war mir über die Ursache nicht im klaren. Bitterkeit? Bedauern? Eifersucht?

»Ich wußte gar nicht, daß du verheiratest warst«, sagte ich, und noch während ich sprach, tauchte vor meinem geistigen Auge das Foto auf, das Archie mir gegeben hatte, das Foto von meinen Eltern mit ihrem Baby – und plötzlich verwandelte sich das Gesicht meiner Mutter, und ich sah nicht mehr das glückliche Lachen, sondern jenes vom Grauen gepackte, gequälte Wesen, das in unserem schmalen Flur um sich schlug … Ich runzelte die Stirn und schüttelte den Kopf, als wollte ich ein lästiges Insekt verscheuchen.

»Hier, trink das.« Adam drückte mir einen Becher Tee in die Hand. »Wir waren nie verheiratet. Wir haben nicht mal lange zusammengelebt. Es war eine von diesen Beziehungen, die gern als ›stürmisch‹ bezeichnet werden, obwohl sie sich weiß Gott lange genug hinschleppte. Als Ben auftauchte, war die ganze Geschichte schon längst vorbei, aber Jane war gerade dreißig geworden und hatte beschlossen, ein Kind haben zu wollen. Und wenn es darum geht, ihren Willen durchzusetzen, ist sie wirklich erstklassig.«

Da war Bitterkeit, unterschwelliger Zorn. Während Adam Ben zur Toilette begleitete, trank ich meinen Tee und versuchte mich auf ihre Stimmen zu konzentrieren, um jene anderen Stimmen, die sich in meinen Kopf drängten, zu verscheuchen: niemand, der bei Sinnen ist … es war verrückt von dir … jetzt, da sie *richtige Pflege* bekommt …

Als Adam zurückkehrte, sagte er: »Ben hat mein Leben viel komplizierter gemacht, aber er ist ein toller kleiner Bursche.« Er grinste. »Ich kann mir mein Leben ohne ihn gar nicht mehr vorstellen.«

Man hörte den tollen kleinen Burschen im Klo nebenan laut und falsch singen.

»Deshalb schreibst du also Artikel übers West Country, sooft du kannst«, sagte ich, und er nickte. »Wie waren die Schwestern?«

»Eine einzige Pleite. In der ganzen Nacht nicht ein anständiger Fall von Gewalt. Ich mußte mich mit Engeln in Schwesterntracht zufriedengeben.«

Ich ballte die Hände zu Fäusten. Nicht an Schwestern denken. Nicht an Sanitäter, Pfleger, Wärter, bewaffnete Aufseher … »Und der Artikel über Archie?«

»Ist fertig und wird veröffentlicht, wenn die neue Ausgabe erscheint. Nur … ich bin irgendwie nicht zufrieden damit. Ich hab das Gefühl, er ist doch noch nicht fertig.«

»Er hat dir nicht gerade viel Stoff geliefert.«

»Das hatte ich erwartet. Er ist extrem schwierig. Seit fünf Jahren hat er keine Interviews gegeben, seit die Kritiker *Jungfernfahrt* zerrissen haben. Mein Vater hat ihn überredet, mich zu empfangen, indem er versprochen hat, ich würde zahm sein wie ein Lämmchen. Er sträubte sich. Aber da ist irgendwo eine Geschichte, eine echte Geschichte, ich komme nur nicht dran …«

»Das klingt ja geheimnisvoll.«

»Dabei ist das Buch selbst so einfach. Obwohl die Identität von Dora so uneindeutig ist, habe ich das Gefühl, daß die Erklärung ganz simpel wäre, wenn man den richtigen Zugang finden würde.«

Ich stimmte ihm zu. »Ich kann dieses aufgeblasene Gerede über Archetypen und Anagramme auch nicht leiden. Aber als Paula damit anfing, hing er förmlich an ihren Lippen.«

»Das ganze Gespräch hat mich geärgert. Als ob er Worte benutzen würde, um eine Mauer um sich aufzubauen. Irgend etwas, das mit seiner Frau zu tun hat – oder mit Dora –, war ihm unangenehm, und er wollte nicht, daß wir es erfahren.«

»Vielleicht hat dein Vater recht, und er versucht die ganze Geschichte von Tante Frances' Tod zu vertuschen.«

»Wenn er es damals nicht getan hat, verstehe ich nicht,

warum ...« Er unterbrach sich. »Herr im Himmel, Ben, du siehst aus wie ein Muselman!«
Ben blickte trotzig zu uns hoch. »Warum nicht!« sagte er, eher verteidigend denn schuldbewußt. Er hatte sich eine Rolle Klopapier turbanartig um den Kopf gewickelt.
»Wahrhaftig, warum nicht.« Adam legte eine stoische Haltung an den Tag, was den Geschmack seines Sohns in Sachen Kopfbedeckung betraf. Er neigte den Kopf zur Seite und betrachtete den Jungen kritisch, wie eine zur Versteigerung angebotene Skulptur. »Wie willst du das festmachen? Du bist dir doch darüber im klaren, daß der eigentliche Trick darin besteht, es wieder so auf die Rolle zu wickeln, daß keiner den Unterschied zu vorher merkt?«
»Warum nicht!« verkündete Ben wieder, wenngleich etwas unsicherer. Er blinzelte angestrengt und versuchte das Gebilde auf seinem Kopf zu erspähen.
»Na komm«, sagte ich, »ich helf dir.«
»Warum nicht?« Diesmal klangen die beiden Wörter schon fast freundlich.

»Macht es dir wirklich nichts aus?« fragte Adam kurz darauf, als Ben und ich damit beschäftigt waren, in dem großen Puzzle auf dem Boden die »n«s und »u«s zu sortieren.
»Im Gegenteil, es macht mir Spaß«, sagte ich. Und das stimmte. Irgendwo zwischen dem Aufwickeln des Turbans und dem Alphabet-Puzzle hatte ich Dring und das Krankenhaus und die Panik, die mich zu verschlingen drohte, vergessen.
Wenn Sie jemals eine Therapie gegen das traumatische Erlebnis brauchen, daß der Mensch, der Ihrem Leben Halt gegeben hat, in einem Krankenwagen abtransportiert wird, kann ich Ihnen nur wärmstens empfehlen, ein paar Stunden mit einem lebhaften Dreijährigen zuzubringen. Seltsa-

merweise war es gerade Bens gesunder Egoismus, der mir so wohltat. Den ganzen Tag war ich wie eine besonders schutzbedürftige Person behandelt worden – Dr. Phelps, der sagte: »Du machst eine schwierige Zeit durch«, und Paula, die bereit war, mir ihr ganzes Wochenende mit Prof zu opfern, sogar Adam, der meinte, ich sehe wie ein Gespenst aus –, und allmählich hatte ich mich gefühlt, als würde ich jeden Moment zusammenbrechen. Ben, der beim Spielen hemmungslos mogelte und bei jeder Gelegenheit entschlossen versuchte, meinen kleinen Zug mit seinem großen niederzubügeln, während wir auf dem abgetretenen Teppich herumrutschten, gab mir zum erstenmal seit Wochen wieder das Gefühl, robust und widerstandsfähig zu sein.

Als Adam sich überzeugt hatte, daß ich unter Bens Ansturm nicht in die Knie gehen würde, verschwand er in dem hinteren Schlafzimmer, um dort den Fensterrahmen zu reparieren, aber seine guten Vorsätze reichten nicht weit, und als ich nach einer halben Stunde nachschaute, fand ich ihn beim Lesen alter Zeitschriften vor.

»Es ist schon sechs«, murrte er und schaute auf seine Armbanduhr. »Ich weiß nicht, wo Jane bleibt. Ben muß gebadet werden.«

Als Jane schließlich eintraf, irgendwann nach acht, las ich Ben aus denselben fürchterlichen Büchern über Züge mit Gesichtern vor, die mein Cousin Gerald als Kind so gern gehabt hatte. Ich registrierte allerdings erfreut, daß Ben so eigenwillig war, die Gesichter zu verändern. Einige hatten Schnurrbärte oder trugen eine Brille, andere waren sogar mit etwas verunglückten Genitalien ausgestattet.

»Wo, zum Teufel, warst du so lange? Du hast gesagt, du bist um vier wieder da«, ertönte Adams Stimme im Flur.

»Es war eine *Hochzeit*, Adam.« Die Frau klang herablassend.

»Du hättest zumindest anrufen können.«
Ben hörte nicht mehr zu und schaute mit leerem Blick zur Tür, als seine Mutter eine Litanei von Vorwürfen vom Stapel ließ: Adam beklage sich ständig, daß er seinen Sohn nicht genug sehe, und nun sei ihm ein Tag plötzlich zuviel. Müsse sie ihm etwa über jeden Moment Rechenschaft ablegen? Er mißgönne es ihr, wenn sie sich vergnüge, sei selbstgerecht und gebe immer allen anderen die Schuld.
Ich hörte, wie Adam sagte: »Jane, sei ruhig. Ich gehe.« Er kam herein. »Komm, Fern, ich habe deinen Mantel.«
Jane betrachtete mich neugierig, als ich Ben von meinem Schoß hob und das Buch zuklappte. Sie war dunkelhaarig, attraktiv und hatte ein ausdrucksstarkes, lebendiges Gesicht. »Ich hoffe, Ben war nicht zu anstrengend für Sie.« Ihrer Miene nach zu schließen, hätte sie das allerdings kaum bekümmert.
»Es hat Spaß gemacht, mit ihm zu spielen«, erwiderte ich.
Sie blickte skeptisch drein. »Chacun à son goût.« Ich verstand wohl, daß die Bemerkung für Adam bestimmt war, der sich von Ben verabschiedete und versprach, am nächsten Tag wiederzukommen.
Als wir in den Flur gingen, sagte Jane mit gedämpfter Stimme zu Adam: »Und nächstesmal bist du bitte so freundlich und fragst mich, bevor du deine Freundinnen in meine Wohnung einlädst.«
Adam hatte meinen Arm genommen, und ich spürte den Druck seiner Finger. Er schwieg kurz, erwog wohl eine scharfe Erwiderung, preßte dann aber die Lippen zusammen, und ein Muskel in seiner Wange zuckte ärgerlich. »Gehen wir«, sagte er.
»Viel Spaß«, wünschte Jane spöttisch. In seiner Wut ging Adam so schnell die Straße entlang, daß ich kaum Schritt halten konnte.

»Zum Teufel mit ihr«, schimpfte er. »Sie weiß genau, daß ich vor Ben nicht streite.« Und dann, nach einem kurzen Schweigen: »Tut mir leid, die ganze Szene. Wir sehen uns einen Film an, oder?« Ohne meine Reaktion abzuwarten, legte er mir den Arm um die Taille und marschierte mit großen, wütenden Schritten Richtung Kino.

Adam kannte den Film, eine Komödie, schon, aber er sagte, er sei so gut, daß man ihn ein zweites Mal sehen könne. Ich hatte den Eindruck, daß er ihn nicht sonderlich amüsant fand, aber als ich einen Blick auf ihn warf, merkte ich, daß er eingeschlafen war.

Ich kann mich kaum an den Film erinnern. Das Publikum lachte häufig. Von Zeit zu Zeit sah ich Adam an. Er hatte leicht die Stirn gerunzelt, und manchmal flatterten seine Augenlider, als träumte er. Er hatte mir erzählt, daß er letzte Nacht erst spät aus London gekommen sei und daß Ben ihn frühmorgens geweckt habe. Ich versuchte mich auf den Film zu konzentrieren, aber nachdem ich von Bens erfreulicher Diktatur erlöst war, drängten sich die Bilder des Tages wieder in meinen Kopf. Ich war erleichtert, als Adam aufwachte, seinen Ärger offenbar vergessen hatte und mit einem Grinsen meinte: »Hab ich dir nicht gesagt, daß es sich lohnt, den Film zweimal zu sehen?«

»Woher weißt du das? Du hast die ganze Zeit geschlafen.«

Das stritt er energisch ab. Wir drängten uns in der Menge hinaus in die kalte Nacht. Er legte mir locker den Arm um die Schulter und erläuterte die Feinheiten der komischen Szenen, die man erst beim zweiten Sehen kapieren konnte.

»Dann mußt du gläserne Augenlider haben«, beharrte ich.

Er führte aus, daß gläserne Augenlider zur Grundausstattung von Reportern gehörten, da sie es einem ermöglichten, alles wahrzunehmen, während man vermeintlich schlief. Ich lachte, aber nicht mehr so unbeschwert wie mit Ben. Der Abend war fast vorüber, und plötzlich fürchtete ich mich, fürchtete mich vor dem leeren Haus und der Stille und dem Augenblick, wenn Adam sich verabschieden würde und ich der Angst und den wirren Erinnerungen aus der Vergangenheit alleine gegenüberstehen würde.

»Und jetzt?« fragte er. »Ich könnte was zu essen vertragen.«

Ich versuchte seine Worte zu deuten. War er nur höflich?

»Ich weiß nicht«, erwiderte ich zögernd, »es ist schon ziemlich spät.«

»Italienisch, würde ich sagen. Nach einem Nachmittag mit Ben braucht man was Herzhaftes, findest du nicht?«

Klang er gelangweilt? »Ich sollte lieber nach Hause.«

Wir gingen den Hügel vor dem Kino hinunter, aber jetzt blieb er abrupt stehen und sah mich an. »Du liebe Güte, Fern, jedesmal, wenn ich was vorschlage, sagst du, du mußt nach Hause. Ich komme mir vor, als ginge ich mit einer Brieftaube aus. Dein alter Hausdrachen liegt doch jetzt bestimmt schon in den Federn, oder?«

»Sie ist nicht da.«

»Was?«

»Sie ist im Krankenhaus.«

»Warum hast du mir das nicht vorher gesagt?«

»Hab ich das nicht? Muß es vergessen haben. Ist nicht wichtig, nichts Schlimmes, nur eine Routinesache.« Ich konnte seinen kritischen Blick nicht ertragen.

»Wann ist sie eingeliefert worden?«

»Heute morgen. Sie ist mit dem Krankenwagen abgeholt worden.« Die Bilder wegdrängen.

Er sah nachdenklich aus. »Aha«, sagte er. Ich hoffte, daß er nichts von meinen Gefühlen mitbekam.

Hastig redete ich weiter. »Es geht ihr ganz gut, nichts Ernstes. Ich wußte es schon eine Weile. Es ist fast eine Erleichterung für mich … Es war in letzter Zeit ziemlich anstrengend, für sie zu sorgen.« Warum log ich ihn an? Warum wollte ich meine Angst vor ihm verbergen? Nur weil ich unter keinen Umständen von ihm bemitleidet werden wollte – oder gab es noch andere Gründe?

»Ist deine Freundin Paula zu Hause?«

»Sie … hat dieses Wochenende was vor.«

»Kann ich mir denken. Arme Fern. Das muß ganz schön übel für dich gewesen sein.«

»Hör mal, warum gehen wir nicht zu mir? Ich könnte uns was zu essen machen.«

»Möchtest du das gerne?«

»Würde ich es sonst vorschlagen?«

»Ich weiß nicht. Manchmal frage ich mich, ob man nicht ein versierter Code-Knacker sein muß, um mitzukriegen, was du möchtest. Okay, gehen wir zu dir.«

Wie ich erwartet hatte, war von Paula nichts zu sehen. Ihr Wochenende mit Prof verlief offenbar nach Wunsch. Ich machte überall Licht an, schaltete den Gasofen im Wohnzimmer ein und ignorierte den leeren Sessel, in dem Dring immer gesessen hatte.

Als ich in die Küche ging, wunderte ich mich, in Kühlschrank und Schränken die Lebensmittel vorzufinden, die ich bei meinem morgendlichen Einkaufstrip erstanden hatte, um Paula von überflüssigen Ausgaben abzuhalten. Der Tag kam mir so endlos vor; daß solche normalen Vorgänge erst vor ein paar Stunden stattgefunden hatten, fand ich fast unglaublich.

Ich spähte in den vollen Kühlschrank. »Du kommt jedenfalls gerade zur richtigen Zeit. Es ist sogar Wein da.«

»Ich bin beeindruckt. Du hast mich nicht zufällig erwartet, wie? Oder vielleicht ein komplettes Football-Team?«

Adam sah mir zu, wie ich die Flasche entkorkte, Wein eingoß und ihm das Glas reichte.
»Danke. Erzähl mir von Dring. Hat sie immer hier gewohnt?«
»Warum interessiert dich das?«
»Weil es was mit dir zu tun hat, natürlich.«
Ich versuchte das zu überhören. »Oh, ich weiß nicht, wo ich da anfangen soll. Sie hat hier seit fünfzehn Jahren gewohnt, aber mir kommt es viel länger vor. Sie sollte eigentlich nur ein, zwei Monate bleiben, während mein Vater weg war, aber dann … starb er, und meine Mutter wurde krank … und da blieb sie. Es ist ganz gut gelaufen, wirklich.«
Er lächelte. »Ich finde es wunderbar, wie du über dein früheres Leben sprichst. Tod und Verhängnis und Katastrophen, und du sagst einfach: ›Es ist ganz gut gelaufen, wirklich.‹ Als ob das alles völlig normal wäre. Deine Kinderjahre waren etwa so normal wie der letzte Akt von *Hamlet*.«
»Vielleicht war ich einfach zu spät dran, um mich davon erschüttern zu lassen. Wie Fortinbras.«
»Er ist nicht die Figur, die einem dabei einfällt. Aber sag mal, diese Dring muß dir ja recht wichtig sein.«
Ich starrte ihn an. Recht wichtig? Das war, als beschriebe man den Felsen, auf den man sein Leben begründet hat, als netten Nippes.
»Ich hab mich daran gewöhnt, sie um mich zu haben.«
»War sie früher schon mal weg?«
»Ich glaube nicht … nein, nie.« Obwohl ich meinem Finger dabei zusah, wie er den Rand des Weinglases umkreiste, war ich mir Adams Hartnäckigkeit wohl bewußt. »Aber es macht mir nichts aus«, fügte ich rasch hinzu. »Ich bin eigentlich gern allein. Da komme ich mal dazu, in Ruhe nachzudenken.«
»Heißt das, du möchtest, daß ich gehe?«

»O nein, nicht wenn du …«
»Nicht wenn ich was?«
Ich sagte nichts. Ich wußte nichts zu sagen. Ich wollte, daß er mich für stark und energisch und unabhängig hielt, für einen Menschen, den er bewundern konnte, aber alles, was ich von mir gab, ließ mich noch schlechter dastehen. Er mußte mich unreif und jämmerlich finden – und vielleicht hatte er recht. Ich schloß die Augen, versuchte nachzudenken, aber sofort erschien das verzerrte Gesicht meiner Mutter – weiß und aufgedunsen und unheimlich wie ein Halloween-Kürbis.
Panik. Schnell die Augen öffnen. Was Praktisches tun.
»Möchtest du was essen? Ich könnte Spaghetti kochen oder …« Ich ging zum Kühlschrank, machte ihn auf und fing an, Sachen rauszunehmen.
»Noch nicht.«
»Vielleicht Käse und Cracker. Ich könnte einen Salat machen.«
»Fern, sag es mir. Was willst du? Weißt du es?«
Ich hielt inne. Seine Stimme klang verzweifelt, er verlor die Geduld. Wenn er jetzt ging … dann wäre ich wieder alleine in dem verlassenen Haus. Würde ertrinken in der Leere. Von ihr verschlungen werden.
Ich starrte auf eine Packung geräucherten Schinken, als hielte sie die Lösung für meine mißliche Lage bereit. »Ich möchte, daß du mich festhältst«, sagte ich leise. »Ich möchte, daß du heute nacht hierbleibst.«
Ich hörte, wie er zu mir kam, stand auf und machte den Kühlschrank zu.
»Das möchte ich auch«, sagte er und nahm mich in die Arme. Lange standen wir so da, küßten uns nicht, sprachen nicht, hielten uns nur fest.
Wenn ich ein Allheilmittel gegen meine Ängste erwartet

hatte, wurde ich jedoch enttäuscht. Ich hatte immer noch Angst, die Augen zu schließen, weil ich mich vor dem Gesicht meiner Mutter fürchtete. Ich mußte mich immer noch vor Anflügen von Panik hüten. Und dennoch waren die Panik und die Angst in Adams Armen unendlich viel leichter auszuhalten.

Ich nahm plötzlich jede Einzelheit wahr – meine Hände an seinem Rücken, wie ich mich zu ihm beugte, die Stimmen auf der Straße. Doch ich fühlte mich immer noch verschlossen, einsam, verletzlich ... und sehnte mich nach einer Nähe, die mich aus der starren Angstkapsel, welche mich umschloß, zu befreien vermochte.

Ich hob das Gesicht, und Adam beugte sich zu mir herunter und küßte mich behutsam; und erst dann wagte ich es, die Augen zu schließen, weil ich wußte, daß ich mich an einen Ort begab, wo die alten Ängste machtlos waren, einen Ort, an dem ich stark und heil war, weil es in diesem Moment einen Menschen gab, für den ich wirklicher war als alle anderen auf der Welt.

Adam löste sich nach Sekunden oder Stunden von mir ... die Zeit narrte mich schon den ganzen Tag. »Du bist voller Überraschungen«, sagte er und lächelte.

Was bedeutete das? »Hör nicht auf«, bat ich ihn, »ich fing gerade an, es zu genießen.«

Er lächelte ein wenig verwirrt, als er sich herabbeugte, um mich wieder zu küssen. Dann löste er sich sanft von mir. »Hm ... aus irgendeinem Grund habe ich das Gefühl, daß ich altmodischer um dich werben sollte. Mit Sonetten oder der Laute ... oder einem Arm voll Blumen.«

»Warum? Hältst du mich für anders als die anderen?«

»Du bist es, dumme kleine Fern, das ist es ja gerade.«

»Oh.« Ich konnte meine Enttäuschung nicht verbergen. Ich wandte mich ab und legte ein Stück Käse auf einen Teller, nicht weil ich hungrig war, sondern weil ich mich beschäftigen mußte.

Adam goß uns beiden Wein nach. »Außerdem«, sagte er, »muß ich dir etwas gestehen.«

Ich wollte es nicht hören. Er hatte eine Frau und Drillinge in London, er war schwul, er würde morgen für vier Jahre in die Wüste Gobi fahren, er und Jane würden doch heiraten, weil es für Ben besser war.

»Und was?«

»Als ich dich neulich vor dem College getroffen habe, das war kein Zufall. Ich hatte rausgefunden, wo du Unterricht nimmst, und beschlossen, dich dort zu suchen.«

»Weshalb? Brauchtest du noch mehr Material für deinen Artikel über Archie?«

Er war verdutzt. »Was um Himmels willen hat Archie damit zu tun? Du weißt doch noch weniger über ihn als ich. Du hast ja nicht mal sein Buch gelesen; damals jedenfalls noch nicht.«

»Also weshalb dann?«

»Offenbar weil ich dich sehen wollte.«

»Und was war mit der Gewalt auf der Unfallstation?«

»Das stimmte. Ich mußte ein paar Stunden rumbringen, und Ben war auf einer Geburtstagsfeier, also dachte ich, ich schau mal, ob ich dich im College finde. Macht dir das was aus?«

»Nein, gar nicht.«

»Komm her. Du verschwindest schneller als 'ne Sternschnuppe.« Er legte die Arme um mich und küßte mich wieder.

Es war jetzt einfacher, nichts zu sagen, nur die Wärme seiner Umarmung zu spüren, seinen Mund auf meinem. Worte waren oft so gefährlich, sie konnten so leicht Abstand wie Nähe schaffen. Es war viel sicherer, auf die stille Sprache unserer Haut zu vertrauen.

Ich fürchtete mich nicht mehr vor den Bildern, die mich den ganzen Tag verfolgt hatten, begann mich zu entspannen, gönnte mir den Genuß, seine Berührung anzunehmen. Und ich spürte, daß ich genau das gewollt hatte, als ich morgens seine Stimme am Telefon hörte, als ich ihm zusah, wie er erfolglos versuchte, die Achse an Bens Kipplaster zu reparieren, als ich sein Gesicht im flackernden Licht der Kinobilder betrachtete. Die Kraft zwischen uns schien alles in sich zu tragen, was ich mir je gewünscht hatte, die ganze Welt und noch mehr.

Er löste sich. »Ist es das, was du wolltest, Fern?«

Ich lächelte. Es schien mir unglaublich, daß unsere kleine Küche mit dem Landschaftskalender an der Wand und der Schranktür, die seit Wochen klemmte, der Hintergrund für Gefühle sein sollte, die mich ganz atemlos machten, doch ich sagte: »Ja. Ich bin absolut sicher.«

»Dann würde ich vorschlagen, daß wir nach oben gehen. Mit Küchentischen kann ich nicht viel anfangen.«

Ich stieg vor ihm die schmale Treppe hinauf. Meine Gedanken, die eine Weile reglos gewesen waren, begannen zu rasen. Ich fragte mich, ob ich dabei war, mich zu verlieben. Was hieß, dabei sein, ich hatte mich schon mitten reingestürzt. Kam sie daher, diese Trunkenheit, die nichts mit dem Wein zu tun hatte? Plötzlich hatte ich diese ganzen Klischees im Kopf, mit denen wir pausenlos überschüttet werden – Herzklopfen, heißes Blut, schmelzende Küsse. Verlieben. Du bist mein Augenstern. Verliebt in die Liebe ... und jetzt passierte es mir, und ich wußte, worum es ging in all den Teenager-Träumen, Paulas lasziven Anspielungen, den unbeholfenen Filmszenen: dieser Hunger, diese Gier, lebendiger, bewußter zu sein als je zuvor im Leben.

Auf dem Absatz blieb ich stehen. Die Tür zu Drings Zimmer war offen, und das Bett mit seiner violetten Tages-

decke, auf dem ausnahmsweise keine Aschenbecher und sonstiges Gerümpel standen, starrte mich an. Adam warf einen Blick auf mein Gesicht und zog die Tür zu.
In meinem Schlafzimmer mit seiner geblümten Tapete und den Postern von impressionistischen Gemälden und meinem Morgenmantel an dem Haken hinter der Tür war es bitterkalt. Ich ging in die Hocke und zündete den Gasofen an. Als ich hochkam, umfaßte mich Adam und küßte mich zärtlich.
Dann hielt er inne. »Fern, du zitterst ja.«
»Es ist kalt hier drin, nur deshalb.«
Er hielt mich fest und strich mir übers Haar. »Ist es dein erstes Mal?« fragte er mich.
»O nein«, antwortete ich hastig. Und genaugenommen stimmte das auch. Während meiner Schulzeit hatten meine Freundinnen nach und nach ihre Jungfräulichkeit verloren – oder hatten es zumindest behauptet; es gehörte zum Erwachsenwerden, war der Zutritt zur Welt der Großen, und ich stand als Teenager extrem unter Anpassungsdruck. Der ältere Bruder eines Freundes erbot sich an einem Sonntag nachmittag, als die anderen zu einem Wettschwimmen gingen. Hinterher war er ganz scharf darauf, die Übung zu wiederholen, aber mir war nur daran gelegen, dieses Erlebnis aus meinem Gedächtnis zu löschen, das deprimierend und ernüchternd für mich war. Von da an zog ich es vor, über Sex und Liebe in Büchern zu lesen oder es mir im Fernsehen anzuschauen oder mir Paulas endlose Erörterungen über Psychoprobleme und sexuelle Anziehung anzuhören, statt ein derart schnödes Experiment zu wiederholen. Aber jetzt, mit Adam, hatte ich wieder Zutrauen gefaßt. Er war anders – was wohl für mich bedeutete, daß ich glaubte, ich sei dabei, mich in ihn zu verlieben. Und das, so wußte schließlich jeder, war Garantie dafür, daß nichts

schiefgehen konnte. Deshalb küßte ich ihn wieder und sagte: »Mir ist nur kalt, mach dir keine Gedanken.«
»Ich halte dich fest. Gleich wird dir warm.«
Und diese Worte verhießen so viel mehr in dem Moment. Ein stechender Schmerz war in meinem Hals, und ich wünschte mir nichts so sehr, wie in alle Ewigkeit so zu verharren.
Er zögerte und runzelte die Stirn. »Fern, nimmst du die Pille? Nein?« Er fluchte leise. »Und ich hab auch nichts dabei. Mist.«
»Paula könnte was haben. Normalerweise ... es sei denn, sie hat alle mitgenommen.«
»Sieh doch mal nach.«
Paulas Zimmer war ein einziges Chaos. Ich hatte mir noch nie etwas von ihr geliehen, doch ich wußte, daß sie diesen Anlaß von ganzem Herzen befürworten würde. Aber sich durch Socken und Cremetiegel und benutzte Kleenex wühlen zu müssen, wirkt sehr dämpfend auf die Liebesglut oder Liebeslust oder wie man dieses wundersame Gefühl auch nennt, das ich erlebte. Schließlich stieß ich auf eine Packung Kondome, die aus ihrem Reisepaß ragte wie ein Lesezeichen.
»Ich hab was gefunden«, sagte ich und gab Adam die Packung.
Er grinste. »Eins wird wohl reichen. Fürs erste.« Und er legte rasch etwas auf die Kommode zurück, als wollte er nicht, daß ich ihn dabei ertappte. Es war das Foto von meinen Eltern mit ihrem Baby, das ich in einen schönen Holzrahmen gesteckt hatte.
»Das ist das Bild, das Archie mir an diesem Tag in Chatton Heights gegeben hat.«
»Dachte ich mir. Deine Mutter sieht so glücklich aus, nicht?«

»Ja.«
Paula hatte auch so etwas gesagt. »Sie schaut wirklich nett aus, Mary, gar nicht wie jemand, der verrückt wird. …«
Was war also geschehen, was hatte diese lachenden, funkelnden Augen in die bodenlosen grünen Höhlen verwandelt, die an jenem Tag im Flur zu mir aufgeblickt hatten, als sie sie abholten, in diese leeren stumpfen Kiesel, die an mir vorbei ins Nichts geschaut hatten, an jenem Tag in der Klinik, als sie vom Teufel sprach? Hatte eine äußere Macht sie verändert? Oder war sie vielleicht schon immer wahnsinnig gewesen, und als das Foto entstand, spielte sie nur überzeugend die Rolle einer jungen Frau und Mutter und in ihr tickte schon die Bombe des Irrsinns, die irgendwann explodieren und die Katastrophe auslösen würde?
Verhielt ich mich vielleicht auch so?
Adam beugte sich herab und küßte mich, aber etwas war anders. Die Stimmung war verändert. Die zauberhafte Leichtigkeit war verflogen. Ich spürte meinen Rücken, starr vor Anspannung, bebend unter seinen Händen.
Er ließ mich los. »Fern, wo bist du jetzt?«
»Ich bin hier. Es ist alles in Ordnung. Ich habe nur … küß mich, Adam.«
Aber es war zu spät. Meine Haut, meine Lippen, Wangen, Hände empfingen die Kraft nicht mehr, die zwischen uns gewesen war; mein Körper hatte sich verfestigt und hielt ihn fern. Und als er mich diesmal küßte, war es, als preßte sein Mund den Atem aus meinen Lungen, meinem Hals, und ich bekam keine Luft mehr.
»Bitte, Adam … warte.«
Er strich mir übers Haar. »Ganz ruhig«, sagte er, »entspann dich. Mach es dir nicht so schwer.« Und er streichelte mein Gesicht und wollte mich wieder küssen.
Seine Hand kam mir riesig vor, die vernichtende Pranke

eines Bären. Ich drehte den Kopf weg. »Nein. Es geht nicht. Ich kann es nicht erklären. Es ist nicht wie vorher.«
Sein Arm fiel herab, und ich trat einen Schritt zurück.
»Meinst du das ernst?«
Ich nickte. »Tut mir leid. Ich verstehe nicht, wie … aber ich weiß, daß ich nicht …«
»Mach dich doch deshalb keine Sorgen, Fern. Wir haben viel Zeit. Komm …« Seine Stimme ertönte aus weiter Ferne, riesige Weiten hatten sich zwischen uns aufgetan. Sein Gesicht, die grauen Augen, der breite Mund, der so leicht lächelte, wirkten irreal, wie auf einem Foto an der Wand.
»Nein, Adam, versuch es bitte nicht mehr. Es ist sinnlos, nicht jetzt.«
»Vielleicht wenn wir uns mehr Zeit lassen.«
»Das ist es nicht. Ich kann es nicht erklären. Wenn du einfach gehen würdest …«
»Herrgott, Fern, was für ein Spiel spielst du hier? Willst du nun was erklären oder dich wieder in dein verdammtes Schweigen vergraben?«
»Es tut mir leid, Adam, ich wollte nicht …«
»Versuch mich nicht mit Entschuldigungen abzuspeisen!« Er starrte mich einen Moment an, dann wandte er sich ab, verächtlich oder verzweifelt, und setzte sich auf den Bettrand. »Ach, zum Teufel, Fern, ich wollte dich nicht anfahren, aber deine Stimmung wechselt so schnell. Ich verstehe einfach nicht, wie du im einen Moment so stürmisch sein kannst und im nächsten … behandelst du mich wie etwas, was unter einem Stein hervorgekrochen ist.«
»Ich weiß nicht.« Mehr konnte ich nicht sagen. Es kostete mich sogar enorme Mühe, mit ihm zu sprechen. Er war zu einem ungeschlachten, unwillkommenen Fremden geworden. »Es ist nicht so wichtig. Laß uns doch nach unten gehen und …«

»Nein!« Plötzlich war er wieder wütend. »Es *ist* wichtig. Für mich, und das sollte es verdammt noch mal auch für dich sein. Du kannst Gefühle nicht an- und abschalten wie eine verfluchte Maschine. Warum bist du nicht in der Lage, einmal zu sagen, was du denkst? Wovor hast du solche Angst?«

Stille. Ich schwieg, wollte, daß er aufstand, die Treppe hinunter und aus dem Haus ging und für immer aus meinem Leben verschwand.

Er betrachtete mich stirnrunzelnd, als wäre ich eine schwierige Mathematikaufgabe an der Tafel. »Vielleicht hast du eine Phobie gegen Sex oder gegen Männer im allgemeinen. Vielleicht kannst du auch bloß einunddreißigjährige Männer mit dreijährigen Söhnen nicht leiden. Es muß einen Grund geben, warum du ständig diese Verkriechgeschichte bei mir abziehst.«

Stille. Mir fiel nichts ein.

»Es geht nicht um Sex, Fern, das ist nicht so wichtig – das kann jedenfalls warten. Es geht um die Art, wie du mich ausschließt.«

»Es tut mir leid«, sagte ich. »Ich kann nicht ...«

»Wenn du nur mal versuchen würdest, es zu erklären, das wäre schon was.«

Ich schwieg wieder. Er wartete auf eine Äußerung, aber die Worte waren abgestorben, waren zu kleinen Staubbällen geschrumpft und davongeflogen.

»Himmel noch mal«, sagte er, »angeblich sind es doch die Männer, die ihre Gefühle nicht ausdrücken können.« Er schaute kurz auf und sah so untröstlich aus, daß ich für einen Moment erwog, so zu tun, als wäre alles wie vor zehn Minuten. Aber ich wußte, daß das schlimmer sein würde, schlimmer als nichts. »Ich bitte nur um Worte, Fern, um nichts anderes.«

Er beobachtete mich, wartete darauf, daß ich sprach, aber ich hätte genausogut stumm sein können. Wo sollte ich anfangen? Mit welchen Worten sollte ich ihm von der Panik berichten, die mich verschlang, dem Grauen des Wahnsinns, dem Geist meiner Mutter, der zweigesichtig war wie Janus, normal und verrückt? Und es ist kein fairer Kampf, der verrückte Mensch siegt immer. Geistige Gesundheit war eine Gratwanderung, das erkannte ich jetzt. Ein falscher Schritt, und man stürzt ins schwarze Nichts. Wie sie. Und er saß so ruhig und selbstsicher da und fragte mich, wie ich mich fühlte.

Ich wandte mich ab. »Ich gehe runter«, sagte ich, »komm doch ...«

»Warte!« Er sprang auf, drückte mit dem Rücken die Tür zu und stellte sich davor. »Willst du, daß ich für dich entscheide? Warum tust du dir selbst so weh? Wenn ich dich nicht so gut kennen würde ... Du solltest vorsichtig sein, Fern, jetzt, da dein Hausdrachen sich nicht mehr um dich kümmern kann.«

»Adam, es ist sinnlos.« In meinen Ohren rauschte es, als stünde ich unter einem Wasserfall.

»Woher weißt du das so genau?«

Das Dröhnen wurde lauter. »Adam, bitte, ich halte das nicht aus.«

Er trat zur Seite und ließ mich durch. Ich ging hinunter in die Küche.

Adam blieb über Nacht, aber er schlief auf der Couch im Wohnzimmer. Vielleicht schlief er auch nicht. Ich tat es kaum, aber da mir klar war, daß ich dieses ganze Chaos verursacht hatte, gönnte ich mir kein Mitleid.

Eine weitere schlaflose Nacht. Dieselben Ängste, dieselben flehentlichen Bitten an mein Schicksal. Bilder von Archie, meiner Mutter, dasselbe Grauen jedesmal, wenn ich die

Augen schloß. Ich erinnerte mich jener anderen Nacht, als die Alpträume den Schlaf vertrieben hatten, die Nacht nach meiner Fahrt nach Long Chatton mit Adam. Ich dachte an die Stille, die mich umfaßt hatte, als ich den Schlaf nicht mehr fernhalten konnte, die Stille, die irgendwie mit dem Haus meines Großvaters und dieser Stimme zusammenhing, die ich in der Fensternische gehört hatte. Vielleicht auch diesmal … aber der kurze Schlaf, der über mich kam, war gezeichnet von zerrissenen Angstbildern, dem Wolfsgeheul kindlichen Grauens.

Paula tauchte am nächsten Morgen früher als erwartet auf. »Das ging ja schnell«, murmelte sie, als sie Adam, schwarzen Kaffee trinkend, in der Küche sitzend sah.

»Nicht, was du denkst«, zischte ich.

Adam sprach kaum mit Paula und verabschiedete sich kurz, nachdem sie gekommen war. Er küßte mich leicht auf die Wange und sagte: »Vergiß den gestrigen Abend. Der war nicht wichtig.«

Ich wollte etwas erwidern, das die Kluft zwischen uns schließen konnte, aber die Worte blieben aus. Jetzt, als er ging, bemerkte ich zum erstenmal mit einem schmerzlichen Verlustgefühl, daß ich Adam sehr attraktiv fand.

»Mach's gut, Fern. Und ruf mich an, wenn du möchtest … wenn du mich brauchst. Wiedersehen.«

Als ich die Tür schloß und mich umdrehte, stachen mir die Gummistiefel ins Auge, die ich vor einer Woche gekauft hatte. Die werde ich in Chatton Heights brauchen, dachte ich.

Und da wußte ich, daß ich zurückgehen mußte. Ich traf keine richtige Entscheidung, nahm eher das Unvermeidliche hin. In Bristol hielt mich nichts mehr. Paula konnte sich um das Haus kümmern, eine Erbin hatte einen Teilzeitjob im Maklerbüro nicht mehr nötig – und wenn ich nicht hier

war, konnte ich auch nicht so häufig zu Dring. Mein Besuch im Krankenhaus hatte all die tief verwurzelten Ängste von Anstalten, in denen Fremde in weißen Kitteln über geliebte Menschen verfügten, wieder zum Leben erweckt.
Ich wanderte ziellos durchs Wohnzimmer. Im Krankenhaus wie auch in diesem kleinen Haus, das nicht mehr mein Heim war, erinnerte mich zuviel an den Wahnsinn meiner Mutter. Seit Tagen bemühte ich mich, diese Bilder im Zaum zu halten, aber sie waren zu mächtig. Und jetzt war mein Versuch, Adam nahezukommen, einen Verbündeten im Kampf gegen die einsamen Ängste zu finden, kläglich gescheitert.
Wenn ein Mensch mir schon nicht helfen konnte, dann möglicherweise ein Ort. Vielleicht würde ich in Chatton Heights innere Geborgenheit und Sicherheit entdecken, das Wunder, das ich mit der Stimme in der Fensternische erlebt hatte. Vielleicht würde ich etwas über meinen Vater erfahren, meinen segensreich normalen Vater, etwas, das mich davon abhalten würde, durch die Tage zu geistern wie ein Schlafwandler und selbst vor der kleinsten Aufgabe zu kapitulieren. Es war eine Möglichkeit. Es schien meine einzige Hoffnung zu sein.
Ich wollte gerade auf mein Zimmer gehen, um zu packen, als Paula mit einem triumphierenden Lächeln auf dem Gesicht die Treppe herunterkam. »Wenn das alles so wahnsinnig platonisch war mit dir und Adam, warum hast du dann meine Kondome genommen?«

5

In Chatton Heights, im Rauchzimmer, das wir bei der ersten Tour mit Gerald durch das Haus kurz besichtigt hatten, im Rauchzimmer mit seinen kalten grauen Wänden und der eleganten, nicht zum Raum passenden Chaiselongue, erwarteten mich die Porträts. Sie starrten von den hohen Wänden herunter und schienen zu sagen: Da bist du ja. Endlich.

In jedem Rahmen ein Paar: Archie und Frances, Clancy und Louise. Zwei Paare, vier Gesichter, acht Augen blickten mich an, als ich auf der Chaiselongue hockte und die Knie umschlang, um die Kälte zu vertreiben.

Der Stil der beiden Gemälde war bemerkenswert unterschiedlich. Das Bild von Archie und seiner Frau wirkte statisch und verschlossen, wie man es häufig bei Ölgemälden findet. Jeder Knopf, jede Wimper, jeder Fingernagel detailgetreu und vollkommen. Das Bild von meinen Eltern glich dagegen eher einer Skizze. Es machte den Eindruck, als wäre es in Eile gemalt worden oder als hätte sich der Künstler weniger Mühe gegeben. Vielleicht strahlte es deshalb eine Lebendigkeit, einen Schwung aus, die dem anderen Bild fehlte.

Lange betrachtete ich die Gesichter, versuchte sie kennenzulernen.

Archie hatte als junger Mann ausgesprochen gut ausgesehen, groß und dunkel wie die Männer in Teenie-Zeitschriften, und er wirkte, als wäre er sich dessen sehr wohl bewußt. Sein Kinn war erhoben, und er hatte den Kopf etwas zur Seite gewandt, damit sein gutgeschnittenes Gesicht zur Geltung kam. Es war wohl Sommer gewesen. Hinter seiner Schulter waren Rittersporn und Rosen zu erkennen, und er trug einen leichten Anzug und ein weißes Hemd mit offenem Kragen. Seine Hand ruhte auf der Lehne des Stuhls, auf dem seine Frau saß. Er lächelte nicht, aber er sah ungeheuer selbstzufrieden aus.

Seine Frau dagegen machte keinen selbstsicheren Eindruck. Ihr glattes braunes Haar umgab ein Gesicht, das man immer nur als »nett« bezeichnen würde. Sie trug ein geblümtes Baumwollkleid und erinnerte ein wenig an ein englisches Schulmädchen. In der Schule war sie bestimmt beliebt gewesen, meine Tante Frances, ein echter Kumpel. Ich war sicher, daß sie stets aufrichtig gewesen war und daß sie gemeine Tricks immer eher verblüfften als zornig machten. Sie saß dem Maler frontal gegenüber, die Hände im Schoß, blaßblaue, etwas engstehende Augen (das erinnerte mich am stärksten an Gerald), die freundlich und ein wenig bittend dreinblickten.

Jedem Betrachter mußte klar sein, daß es sich hier um ein Paar handelte, das Geld im Hintergrund hatte und einen sicheren Platz in der Gesellschaft. Wäre Tante Frances noch am Leben gewesen, wäre sie sicher eine Stütze des kleinen Ortes geworden – Essen auf Rädern, Kirchenfeste, Bücher für die Blinden. Nicht auf eine laute Art, nicht weil sie aus gutem Hause kam, sondern weil sie helfen wollte und nicht nein sagen konnte. Weil sie dachte, jeder sollte etwas beitragen.

Ein Beobachter, dem die Unterschiedlichkeit der Ehegatten nicht entging, mochte sich vielleicht fragen, warum ein so gutaussehender Mann wie Archie eine so unscheinbare junge Frau geheiratet hatte. War sie klug? Erkannte und brauchte er die Sicherheit, die eine solche Frau zu geben vermochte? Vielleicht war sie auch schwanger gewesen, als sie geheiratet hatten. Man konnte auf den Gedanken kommen, daß er nicht treu war – und daß sie ihm ganz sicher vergab. Eine Frau, die dazu bestimmt war, ihrem Gatten den Weg zu ebnen. Dann der Unfall auf dem Meer, das Wasser, das über ihrem Kopf zusammenschlug, Salzwasser, das in ihre Lungen drang …

Das zweite Porträt. Meine Eltern. Und dieses Bild war trotz seiner Lebendigkeit schwerer zu deuten. Da war mein Vater, der mit einer seltsamen Intensität aus dem Rahmen blickte, als ob ihm gerade eine Bemerkung von großer Wichtigkeit eingefallen wäre. Obwohl er nicht die Attraktivität seines Bruders besaß, war das Gesicht meines Vaters dennoch anziehend; er sah intelligent und lebhaft aus. Sein Haar war lang und wild. Er hatte sich für den Anlaß nicht umgezogen, oder aber er mochte dieses geblümte Hemd besonders, und dazu trug er Jeans.

Wie Frances hatte auch meine Mutter auf einem Stuhl Platz genommen, aber sie machte nicht den Eindruck, als wollte sie lange dort sitzen bleiben. Ihre Augen waren stark geschminkt und halb verdeckt durch die herabfallenden dichten schwarzen Haare. Sie trug viel Schmuck und diverse Tücher, ihr Rock war kurz, die Ärmel der Bluse weit – Insignien einer vergangenen Zeit. Aber ihr Gesicht war undeutlich, fast verschwommen, als hätte der Künstler versucht, ihren Gesichtsausdruck einzufangen, und es wäre ihm nicht geglückt, auch beim zweiten- und drittenmal nicht, bis er schließlich verzweifelt aufgab und sich statt dessen auf das Paisley-Muster eines Schals und die indischen Glöckchen an ihrem Hals konzentrierte.

Sprecht mit mir, flehte ich die Porträts an, sagt mir, wer ich bin.

Doch sie schwiegen.

Mein Entschluß, nach Chatton Heights zurückzukehren, sorgte dort kurzfristig für große Aufregung. Nicht, daß sie mich nicht erwartet hätten, o nein, es war schließlich mein Haus und deshalb ganz normal, daß ich es mir noch mal »richtig« ansehen wollte. Nein, der Grund der Aufregung war meine Bitte, im Zimmer meines Vaters wohnen zu können.

Das Zimmer meines Vaters. Warum, um alles in der Welt, wollte ich dort schlafen? Tillie und Elsa, so wurde mir berichtet, hatten dem Hausmädchen beim Saubermachen geholfen und Tage damit zugebracht, das beste Schlafzimmer für meine Ankunft vorzubereiten. Sie hatten geschrubbt und gekehrt und abgestaubt und poliert, bis der riesige Raum in düsterer Pracht erglänzte. Und damit nicht genug. Das alte Schlafzimmer meines Vaters (oder »Gracies Zimmer«, wie man es nach einem längst vergessenen Kindermädchen genannt hatte, das einst dort untergebracht war) lag in einem Seitenflügel des Hauses, der seit Jahren nicht bewohnt und nicht beheizt worden war. Es war kalt und feucht dort. Im Kamin waren Dohlen, in der Täfelung Mäuse und überall Spinnen.

Ich blieb hartnäckig. Nachdem ich meinen ganzen Mut zusammengenommen hatte, um mich meinen Verwandten zu stellen, ließ ich mich wegen eines Schlafzimmers nicht aus dem Konzept bringen. Wenn es kalt war, konnte ich es heizen; wenn es schmutzig war, würde ich es saubermachen. Ich setzte mich durch.

Tillie und Elsa rückten mit ihren Bürsten und Staubwedeln und ihrem seltsam zerrissenen Gesprächsstil an. (Tillie: »... man muß immer so vorsichtig sein wegen Fremden ...« Elsa: »Haben Sie gestern abend ferngesehen?« Tillie: »Hat immer das Haus abgeschlossen, mein Mann, hat keinem getraut ...« Elsa: »Es gab reizende Gewinne.« Tillie: »... können Gewalt anwenden, sogar töten ...« Elsa: »Das Paar, das gewonnen hat, hat eine Reise auf die Bananas gekriegt.«)

Gracies Zimmer war viel kleiner als das beste Schlafzimmer, und nach ein paar Stunden war es bezugsfertig. Es lag im Küchenflügel, einem Teil des Hauses, der vom Hauptflügel durch eine grüne Friestür getrennt war. Nur ein Junge, der sich dem Zugriff seiner Familie entziehen wollte, hätte es sich ausgesucht – und ich mochte es aus denselben Gründen, obwohl es einige Nachteile hatte. Es war nicht bei der Neuverkabelung in den Fünfzigern und der Einrichtung der Zentralheizung in den Sechzigern berücksichtigt worden und verfügte deshalb weder über Heizkörper noch über moderne Steckdosen. Archie, der sich als einziger aufrichtig über meinen Besuch zu freuen schien, erinnerte sich jedoch, in der Remise einen Gasofen gesehen zu haben, und schickte den murrenden Gerald los, ihn aufzutreiben und herzubringen.

Das Zimmer war also sauber und warm.

Es war auch enttäuschend.

Einfach ein normales Zimmer. Klein, beinahe winzig. Der Blick ging auf die Rückseite der Ställe und der Nebengebäude hinaus, in denen sich heute nichts Schickeres mehr befand als die Autos der Familie. Dahinter kamen die Wäscheleine, wo Mrs. Viney ihre Geschirrtücher aufhängte, und die Reste des alten Küchengartens, in dem nur noch ein paar Reihen Wirsing und etwas Rosenkohl gediehen. Nichts an dem Zimmer wies auf meinen Vater hin, nicht einmal darauf, daß ein Junge, ein Teenager, ein junger Mann dahin gewohnt hatte. Waren Bilder an den Wänden gewesen, Bücher in dem Bücherregal unter dem Fenster? Hatte er an diesem Tisch seine Schularbeiten gemacht? Gebastelt? Heimlich seine erste Zigarette geraucht? Ich würde es wohl nie erfahren.

Alles in allem war das Zimmer ganz und gar unpersönlich. Es war mit einer Rauhfasertapete in einem langweiligen Cremeton tapeziert, die Vorhänge waren blaßblau, der Teppich mochte vor langer Zeit einmal beige gewesen sein. Die Möbel waren willkürlich zusammengestellt: ein dunkler Windsor-Stuhl an einem modernen Kiefernholztisch, ein altes Diwanbett und ein schwerer Eichenholzschrank. Der Raum schien eilig für eine Person von geringer Bedeutung ausgestattet worden zu sein – einen Dienstboten vielleicht. Oder einen ungeliebten Sohn.
Ich versuchte nicht, das Zimmer zu gestalten. Ich hatte nicht viel mitgebracht. Obwohl ich meinen Teilzeitjob bei dem Makler aufgegeben hatte, beabsichtigte ich nicht, lange hierzubleiben.
Der einzige persönliche Einrichtungsgegenstand, den ich dabeihatte, war das Foto von meinen Eltern, das Archie mir gegeben hatte. Immer wenn ich das Zimmer betrat, strahlten sie mir mit völlig unpassender Zuversicht aus ihrem Holzrahmen entgegen.

Ich fürchtete mich nicht mehr vor dem Haus wie bei meinem ersten Besuch, aber ich mochte es noch immer nicht.
Manchmal, wenn ich durch die leeren Räume wanderte, fühlte ich mich wie ein Kind, das man vor Ferienende ins Internat zurückgeschickt hat. Die hallenden Räume strahlten diese Anonymität aus, die man in öffentlichen Gebäuden findet. Sie warteten darauf, belebt zu werden. Mir war, als könnte jeden Moment eine Limousine auf dem Kiesplatz am Eingang vorfahren, und eine Horde Kinder mit Sportsachen würde lachend herausspringen und ins Haus stürmen, die Treppen hinaufrennen, alle Türen aufstoßen, herumlärmen. Die Leere verschlucken.

Aber es gab keine Limousine und keine Kinder. Die Stille und Leere dauerten an.
Meine Verwandten, so stellte ich bald fest, sorgten dafür, daß sich ihre Wege selten kreuzten. Archie hielt sich überwiegend in seinem Studierzimmer, einem großen Raum im Erdgeschoß, auf, wo er nicht gestört werden wollte. Gerald zeigte sich kaum im Haus. Sein Reich war bei den Autos – in den Ställen und der Remise, wo er auch eine Hütte für zwei kürzlich erstandene junge Labradors gebaut hatte. Tillie flatterte zwischen der Küche und ihrem Zimmer an der Rückfront des Hauses hin und her, wo der Fernseher selten ruhig war. Ich unternahm diverse Versuche, mich mit ihr über meinen Großvater und sie zu unterhalten, aber obwohl ich die Fragen so taktvoll wie möglich formulierte, geriet sie jedesmal aus der Fassung; ihr winziger Mund schob das imaginäre Bonbon hin und her, während sie mit den Worten kämpfte. »Manchmal denkt man … aber natürlich nicht immer … und sogar damals, weißt du, nicht einfach … war man viel jünger …« Ihre Satzfetzen flogen mir um die Ohren wie Konfetti, und ich konnte ihnen beim besten Willen keinen Sinn entnehmen. Nach einer Weile gab ich es auf, half ihr aber weiterhin möglichst viel bei ihren täglichen Pflichten. Vielleicht würde sie gelassener sein, wenn ich ihr Vertrauen gewonnen hatte – doch ihre glänzenden blauen Augen starrten mich ausdruckslos an und machten mir wenig Hoffnung auf Annäherung. Manchmal fragte ich mich, ob mein Großvater etwas getan hatte, das sie dazu veranlaßt hatte, sich so in sich zurückzuziehen – und allein bei diesem Gedanken lief es mir kalt den Rücken hinunter.
Alles in allem schienen meine Verwandten meine Anwesenheit im Haus ohne großes Interesse zur Kenntnis zu nehmen. Man verhielt sich nicht feindselig mir gegenüber,

zumindest nicht spürbar, aber auch nicht freundlich. Es war, als hätte ich durch meine Rückkehr nach Chatton Heights, auch wenn ich nicht lange bleiben wollte, mein Recht auf eine eigene Existenz aufgegeben.

Manchmal, wenngleich nicht häufig, hörte ich die Stimme – dieses leise Murmeln des Sommers vergangener Leichtigkeit, wie in einer Muschel, die man ans Ohr hält, diese Stimme, die erstmals zu mir gekommen war, als der Gärtner mit der Schubkarre über den Kies ging. Ich hatte natürlich keinem von der Stimme erzählt, niemand würde mich verstehen. Sie würden glauben, daß ich die Stimme auf dieselbe Art hörte wie den Wind, der in einer stürmischen Nacht aus den Cotswolds herunterfegte, um die kalten Steinwände des Hauses toste und an den Fensterrahmen rüttelte. Aber die Stimme hörte ich anders. Eher wie eine Melodie, die sich im Kopf festsetzt, eines dieser lästigen kleinen Liedchen, die man nicht mehr los wird. Hartnäckig – und doch so flüchtig wie ein Windhauch. Ich wußte nicht, wie ich die Stimme heraufbeschwören konnte. Sie kam und ging wie ein Irrlicht im einsamen Moor. Wenn ich die normale Stille im Kopf hatte, flößte mir der Gedanke an die Sommerstimme Unbehagen ein. Hatte meine Mutter auch Stimmen gehört? Aber dann vernahm ich sie wieder – und sehnte mich nur danach, ihr näherzukommen.

Eines Nachmittags, als Regenwolken drohend am Himmel hingen, zog ich mich wieder ins Rauchzimmer zurück, um die Gemälde zu betrachten. Dieser gesichtslose rauchgraue Raum wurde zunehmend zu meinem Lieblingsschlupfwinkel im Erdgeschoß, nicht zuletzt weil niemand außer mir sich je dort aufzuhalten schien. Verglichen mit den anderen Räumen in Chatton Heights, war dieses Zimmer klein, fast behaglich mit seinen ledergebundenen Almanachen und alten Zeitschriften in den Regalen. Irgendwann mußte es seinem Namen alle Ehre gemacht haben, da der Teppich mit Brandflecken übersät war und die Rückseite der Chaiselongue eine verbrannte Stelle aufwies. Während ich frierend dasaß und die Doppelporträts betrachtete, fragte ich mich, ob wohl ein früherer Besucher verzweifelt versucht hatte, für Wärme zu sorgen, indem er die Möbel anzündete.

»Hier hockst du also den ganzen Tag.« Gerald stand in der Tür und betrachtete mich verächtlich aus seinen wäßrigen Augen. »Wenn du ständig hier rumlungerst, solltest du dafür sorgen, daß Elsa das Feuer anmacht. Dazu ist sie schließlich da.«

»Ich wollte mir nur die Bilder ansehen.«

»Hübsch, nicht wahr?« Er ließ sich auf der Armlehne meines Sessels nieder und nahm die Gemälde in Augenschein. Ich hatte erwartet, daß er sich bei meinem Anblick sofort verziehen würde. Auf der unzureichenden Höflichkeitsskala von Chatton Heights rangierte diese Begegnung bis jetzt als überschwenglicher Ausbruch von Umgänglichkeit, und Geralds feuchte Lippen waren zu einem Lächeln verzogen, das man als versöhnlich deuten konnte. »Ein Jammer, daß der Maler deine Eltern so verpfuscht hat«, sagte er, obwohl ihn diese Panne durchaus zu freuen schien. »Bei dem Bild von Pa und meiner Mutter sieht man, was er konnte, wenn er bei der Sache war. Man merkt, daß er bei dem ersten inspiriert war – und daß er dann das von deinen Eltern in fürchterlicher Eile gemalt und es verhunzt hat. Ein Jammer, findest du nicht?«

»Woher willst du wissen, daß sie in dieser Reihenfolge entstanden sind?«

»Natürlich sind sie das, der ältere Sohn und so weiter.«

»Findest du nicht, daß das zweite Bild eine Energie und Lebendigkeit hat, die in dem ersten ...«
Er fiel mir ins Wort. »Der gute Onkel Clancy tut mir immer ein bißchen leid«, fuhr er fröhlich fort, »ein echter Verlierertyp, das arme Schwein. Ich meine, es war bestimmt nicht leicht für ihn mit einem großen Bruder wie Archie.«
»War dein Vater nicht nett zu ihm?«
»Das weiß ich nicht. Ich wollte damit sagen, daß er immer in Pas Schatten stand. Schau sie dir nur an. Du siehst doch sofort, daß Pa der Erfolgreiche war, der Macher, der gut in der Schule und an der Uni war und einen Haufen Freunde hatte und dem die Mädchen nachliefen ...« hier unterbrach sich Gerald, um an der Haut an seinem Daumen zu kauen »... während dein armer Vater ... na ja, man sieht ja, daß er nicht gerade ein toller Hecht war, bloß ein schlapper Hippie. Und dann, um dem Ganzen die Krone aufzusetzen, verguckt der arme Hund sich auch noch in eine Irre. Kann ihm nicht verdenken, daß er so elend dreinschaut. Typisches Kleiner-Bruder-Syndrom, hab ich auch in der Schule erlebt. Ich denke oft, daß er nur nach Südamerika abgehauen ist, weil er nicht mehr in Pas Schatten stehen wollte.«
»Vielleicht hatte er geschäftlich dort zu tun.«
»Geschäftlich?« Gerald blickte mich an. Irgendwie gelang es ihm, gleichzeitig peinlich berührt und höhnisch auszusehen. »Ich versichere dir, Geschäftliches war die Ausrede, aber es muß noch mehr dran gewesen sein. Ich meine, dein Dad war als Geschäftsmann sowieso eine Pleite. Und außerdem wußten da schon alle, daß es mit deiner Ma bergab ging. Das sieht man auch auf dem Bild, nicht wahr? Vielleicht wollte Onkel Clancy einfach weg von ihr, und Südamerika war das Büro, das am weitesten entfernt war. Wär doch ein Gedanke, oder?«

»Wir deuten diese Bilder sehr unterschiedlich.«
Er zog das in Erwägung. »Hm. Der Blickwinkel und so. Aber du kannst jeden fragen, sie werden dir alle dasselbe erzählen. Dein Pa verehrte noch den Boden, den sein großer Bruder betrat. Der arme Kerl hat sein Leben lang versucht, ihm nachzueifern. Und zwar bevor mein Pa berühmt wurde. Es war vermutlich ein Segen, daß Onkel Clancy starb, als das passierte.«
»Meinst du das ernst, Gerald?«
Er kaute wieder an der Haut, dann sagte er: »Na ja, nicht aus deiner Warte natürlich. Aber ich bin sicher, wenn er noch da wäre, würde er es ziemlich scheußlich finden, mit dem Ruhm und Erfolg seines großen Bruders zurechtzukommen. Es ist nicht leicht, so etwas ebenfalls hinzukriegen, das mußt du zugeben.«
»Archie hatte auch kein besonderes Glück mit dem Folgeroman zu *Doras Zimmer,* oder?« Ich brach ab. Mein Vater ist stärker als deiner! Aber meiner ist Polizist! Einen solchen Wortwechsel hatte ich seit dem Kindergarten nicht mehr gehabt, und ich ließ mich auch jetzt nicht darauf ein. »Es hat keinen Zweck, darüber zu streiten, Gerald.«
Er stand auf. »Wer streitet denn?« Und dann, als er zur Tür ging, meinte er: »Ich dachte, du hättest Interesse an ein paar Informationen, das war alles. Ich wollte nur hilfreich sein. Schließlich weißt du nicht gerade viel über sie, oder?«
»Deshalb versuche ich jetzt etwas über sie zu erfahren«, sagte ich, mehr zu den grauen Wänden und den vier Augenpaaren auf den Bildern als zu Gerald, der schon gegangen war.
Als ich wieder allein war, fand ich den Raum trostloser, leerer und kälter als zuvor. Geralds Worte hatten meine beschauliche Stimmung zerstört und mir ein tiefes Unbehagen eingeflößt.

Es gab nur zwei Orte in Chatton Heights, an denen ich mich nicht wie ein Eindringling fühlte – auch bei der ersten Führung mit Gerald nicht.
Der eine war die Küche, ein großer hoher Raum mit einem Herd und einem riesigen Holztisch und Gerätschaften, die so alt waren, daß sie schon als Antiquitäten gelten konnten. Das war die Domäne von Mrs. Viney, einer Frau aus Long Chatton, die jeden Morgen kam, für die Familie Mittagessen kochte und häufig bis nachmittags blieb, um zu backen oder Marmelade einzumachen (oder, wie jetzt, mit mir zu plaudern).
Sie war eine große, stämmige Frau mit dünnen Locken und einem ewigen Ausdruck der Mißbilligung auf dem Gesicht. Ihr Vater war Tom Page, der alte Mann, den ich damals mit seiner leeren Schubkarre vor dem Haus gesehen hatte. Er arbeitete seit seiner Jugend in Chatton Heights, und obwohl er nun offiziell im Ruhestand war, kam er fast täglich vorbei. Außer einem Jungen, der überall den Rasen mähte und im Sommer die Büsche am Wegrand beschnitt, kümmerte sich keiner mehr um den einstmals prachtvollen Garten, und nur Tom Pages Einsatz war es zu verdanken, daß nicht alles verwilderte.
Obwohl sie oft verdrießlich wirkte, war Mrs. Viney im Grunde eine freundliche und offene Frau. Nachdem wir die »Mein Gott, Sie sind ja ganz der Vater, ist es nicht eine Tragödie, daß er tot ist«-Phase hinter uns hatten, die sich bei allen sozialen Kontakten in Long Chatton als unvermeidliches Präludium erwies, betrachtete ich sie als potentielle Verbündete. Sie war der einzige Mensch im Haus, in dessen Nähe ich mich gerne aufhielt. (»Das kommt davon, wenn man vom Personal großgezogen wird«, hörte ich Gerald zu Archie sagen. »Das Mädchen fühlt sich nur in der Küche zu Hause.«) Aber was meinen Vater betraf, war sie wenig ergiebig – ein schüchternes Kind, ein stiller junger

Mann, jemand, der aufgrund seines frühen Todes eine Art Märtyrerstellung einnahm. Das war alles.

Doch damit gab ich mich nicht zufrieden.

Meine Entschlossenheit, etwas über meinen Vater zu erfahren, führte mich zu jenem anderen Ort des Hauses, an dem ich mich wohl fühlte – dem Dachboden. Es gab diverse Dachböden, die sich über dem Hauptflügel befanden und mit Bergen von Gerümpel vollgestellt waren – eine ganz andere Welt, welche ich auf Anhieb mochte. Dort, unter dem Dachvorsprung, war ich für mich, weit weg vom Rest des Haushalts. Ich hörte, wie die Spatzen unter den Dachsparren herumscharrten und wie in der Ferne die Kirchturmuhr schlug, aber die normalen Geräusche des Hauses – das Telefon, Elsas Staubsauger, Lieferanten, die an die Küchentür klopften – hatten keinen Zugang zu meinem staubigen Hort. Dünne blasse Sonnenstrahlen stahlen sich durch die Fensterluken weit oben, die nur den Ausblick auf Wolken und Himmel freigaben. Sogar an milden Tagen war es bitter kalt hier oben, aber ein oder zwei Stunden konnte ich so vertieft sein in meine Suche, daß ich meine steifen Glieder und eisigen Finger vergaß.

Ich stellte bald fest, daß es ziemlich schwierig ist, etwas zu suchen, wenn man nicht weiß, wonach man eigentlich sucht. Oder ob es das, wonach man sucht, jemals gegeben hat. Am liebsten hätte ich so etwas wie ein Tagebuch meines Vaters entdeckt, um ihn sprechen zu hören, zu erfahren, wie er als Mann oder Junge gewesen war. Briefe wären auch nicht schlecht gewesen; ich hätte mich sogar mit steifen Briefen, wie sie ein Kind aus der Schule an seine Eltern schreibt, zufriedengegeben.

Nachdem ich diverse Vormittage mit Kälte, Spinnweben und Staub gefochten hatte, mußte ich mir widerstrebend eingestehen, daß meine Familie (wenn man von Archie und

Doras Zimmer absah) sehr schreibfaul gewesen war. An Gegenständen jedoch hatten sie sehr gehangen. Da waren unter anderem ein voluminöser Schrankkoffer voll verschimmelter Regenmäntel, ein Berg alter Ausgaben von *Country Life,* den Mäuse zu einer Art Konfetti zerkrümelt hatten, und genügend einzelne Schuhe, um eine Armee von Einbeinigen auszustatten. Offenbar hatte man so gut wie nichts weggeworfen. Jede Rechnung und sämtliche Ausgaben der Gemeindezeitung, jeder Samenkatalog und jedes Theaterprogramm, jeder Spendenaufruf und alle Urlaubsprospekte waren auf dem Dachboden gelandet, um sie der nachfolgenden Generation zu hinterlassen. Ein Historiker würde vielleicht eines Tages außer sich sein vor Glück angesichts solcher Schätze aus dem Alltagsleben – aber ich fand kein Tagebuch, keinen Brief, nicht einmal ein altes Schulbuch oder einen Zeichenblock. Nichts, was für mich von Bedeutung war.

Bis ich auf die Postkarten stieß.

Ein kleines Bündel, etwa zwanzig Stück in einem braunen Umschlag, der zwischen einem kaputten Grammophon und einer Keksdose voller Muscheln klemmte. Bei jeder Karte war fein säuberlich die Briefmarke weggeschnitten worden. Sie waren alle an Archie adressiert und mit einem schwungvollen »C« unterzeichnet. Clancy. Mein Vater.

Mir wurde bewußt, daß ich noch nie seine Handschrift gesehen hatte, daß ich nicht einmal seine Unterschrift erkannt hätte, und dennoch stand für mich sofort fest, daß es sich um ihn handelte, nicht um einen anderen »C«. Ein ausladender halbrunder Schnörkel und ein Punkt. Das war alles. Die Unterschrift meines Vaters. Ein bißchen wie ein umgekehrter Baßschlüssel.

Ich wartete auf Gefühle.

Nichts.

Ich las die Karten.
(Keine Sekunde kam mir der Gedanke, daß ich Archies Privatpost las. Auf Postkarten teilt man keine Geheimnisse mit, und außerdem waren diese Karten im Laufe der Jahre in den Besitz von Mäusen und Spinnen übergegangen; sie gehörten nicht mehr Archie.)
Exotische Orte und banale Mitteilungen. »Schulfranzösisch reicht nicht mehr weit« (Arles). »Phantastische Architektur und noch besserer Wein« (Venedig). »Habe fast eine Woche warten müssen, bis der Landrover repariert war« (Südgriechenland). »Dachte, ich müßte sterben, aber es war nur eine Lebensmittelvergiftung« (eine eindrucksvolle Schlucht im Osten der Türkei). »Zumindest die Möglichkeit, meine Unterhosen zu waschen« (Nepal). Ich ordnete die Karten aus Europa nach dem Datum – wobei ich bei den verwischten ein wenig schummelte – und kam zu dem Schluß, daß er die Indienreise fünf Jahre vor meiner Geburt gemacht hatte.
Na ja, das war immerhin etwas.
Die beiden letzten waren viel später geschrieben und in einem anderen Erdteil abgeschickt worden. Südamerika, in seinem Todesjahr.

Lieber Archie,
Gott, wie ich diese Ecke hier hasse. Ich kann immer noch nicht glauben, daß das alles geschehen ist, aber mach Dir keine Sorgen, ich komme erst zurück, wenn sich alles beruhigt hat. Gib bitte auf Lou und die Ratte acht. »Entschuldigung« das ist das nutzloseste Wort, das je ersonnen wurde. C.

Lieber Archie,
sei froh, daß Du nicht hier sein mußt. Die reine Hölle, habe nur die Hitze und mein schlechtes Gewissen als

Begleiter. Ich werde noch enden wie eine der gequälten Figuren von Graham Greene. Hast Du Glück gehabt mit *Doras Zimmer?* Ich frage mich, was aus ihr geworden ist. Paul Sobey könnte vielleicht hilfreich sein. C.

Ich las sie einige Male schnell, dann langsam, genau, versuchte Informationen herauszufiltern, aber ich erntete lediglich Fragen, unbeantwortete Fragen, die daraus hervorsprossen wie Drachenköpfe.
Erst zurückkommen, wenn *was* sich beruhigt hatte? Warum bat er um Entschuldigung? Was war aus *wem* geworden? Dora? Und wenn sogar mein Vater wußte, wer Dora war, warum hatte Archie dann so ein Geheimnis um ihre Identität gemacht?
Ich sah die restlichen Postkarten durch, stieß aber nur auf weitere Exemplare im Stil von »das Wetter ist gut und das Essen auch«. Irgendeine Krise hatte meinen Vater zu diesem untypischen Ausbruch von Schreibwut veranlaßt, dieselbe Krise, die ihn dazu getrieben hatte, seine Frau und sein Kind zu verlassen und sich der Qual des selbst auferlegten Exils in Südamerika auszusetzen. Was war damals geschehen?
Ich bemerkte die Kälte nicht mehr.
»Gib bitte auf Lou und die Ratte acht« – die Ratte, das war ich. Nicht gerade ein zärtlicher Spitzname. Hatte er mich so genannt? Mein Gedächtnis schwieg sich dazu aus.
»Ich kann immer noch nicht glauben, daß das alles geschehen ist« …
»›Entschuldigung‹ ist das nutzloseste Wort, das je ersonnen wurde.« Bei wem entschuldigte er sich? Bei Archie? Vielleicht, aber er konnte ebensogut meine Mutter, sogar meinen Großvater gemeint haben. Oder jemand anderen, den

ich nicht kannte. (Oder Dora? Vor meinem geistigen Auge entstand eine Geschichte, in der sich die beiden Brüder in dieselbe Frau verliebten, die rätselhafte und unergründliche Dora, die sie beide zurückwies. Archie verarbeitete den Verlust in einem magischen Werk; mein Vater entfloh mit seinem Schmerz in einen anderen Erdteil.)
Ich sah noch einmal nach, wann er die letzte Karte geschrieben hatte – am 5. April, einen Monat vor seinem Tod.
»Gott, wie ich diese Ecke hasse.« – »Die reine Hölle ...« – »eine der gequälten Figuren ...« Wie höllisch war es gewesen in seinem Exil? Wie unerträglich? Ich wußte über den Tod meines Vaters nur, daß er bei einem Flugzeugabsturz umgekommen war. Ich hatte immer gedacht, daß es bei einem Linienflug passiert war, mit vielen anderen Passagieren. Doch nun kam mir eine andere Möglichkeit in den Sinn: Da war ein junger Mann, einsam, weit weg von zu Hause, getrennt von all seinen Lieben und gepeinigt von Schuldgefühlen. Hatte er vielleicht diese Hölle nicht mehr ertragen können?
Ich sah ein Bild vor mir, ein winziges Flugzeug über dem Regenwald, an Bord nur der Pilot. Und der Pilot, geplagt von Heimweh und Reue, hält es nicht mehr aus ... das Flugzeug taumelt vom Himmel, stürzt auf die Bäume, geht in Flammen auf. Ja, vielleicht war mein Vater so zu Tode gekommen.
Ich mochte nicht mehr alleine auf dem Dachboden herumsitzen. Ich nahm mein Bündel Postkarten, stieg die schmale Treppe hinunter und trat durch die Tür auf den Treppenabsatz hinaus. Das Telefon klingelte, und Elsa war im Flur mit dem Staubsauger zugange.

Ich war froh, daß Paula beabsichtigte, am Wochenende zu Besuch zu kommen, obwohl ich sicher bin, daß sie auch gekommen wäre, wenn ich es nicht gewollt hätte. Nun, da ich bezüglich meiner Erbschaft »Vernunft angenommen« hatte und nach Chatton Heights zurückgekehrt war, würde sie sich durch nichts fernhalten lassen. Ein Herrenhaus, ein berühmter Schriftsteller und ein verfügbarer Junggeselle – mehr konnte ein Wochenende auf dem Land nicht zu bieten haben.

Ich versuchte ihr von den Postkarten zu erzählen, als ich sie an diesem naßkalten Freitag abend vom Bahnhof abholte, aber sie war zu wild darauf, mich über Gerald und Archie auszufragen.

»Warum vertrödelst du deine Zeit auf dem Dachboden? Menschen sind doch viel interessanter. Hast du mitgekriegt, ob Gerald eine feste Freundin hat?«

Zu meiner Erleichterung wurde sie von meinen Verwandten durchaus freundlich empfangen, aber nach meinem fast einwöchigen Aufenthalt in Chatton Heights wußte ich, daß hier so wenig passierte, daß vermutlich jede Abwechslung willkommen war. Gerald ließ sich sogar dazu herab, am Abendessen teilzunehmen, was er seit meiner Ankunft nicht einmal für nötig gehalten hatte. Tillie hatte ein kuttenähnliches Kleid angezogen und Lippenstift aufgetragen, der ihrem Mund das Aussehen einer Wunde verlieh.

Archie, der am Kopfende des Tisches saß und großzügig den Bordeaux meines Großvaters ausschenkte, lächelte uns alle wohlwollend an. »Was für ein schönes Familientreffen. Sogar Gerald, sieh an, was für eine Ehre … und Tillie schaut so zauberhaft aus wie eine Fee am Weihnachtsbaum. Schade, daß wir dich nicht in einem Karton bis Heiligabend aufbewahren können. Wahrlich ein Jammer.«

Paula lachte ausgiebig. Sie trug einen lila Pullover mit einem riesigen Kragen und tellergroße Ohrringe und sah toll aus. Sie schaffte es sogar, interessiert zu wirken, als Gerald ihr von seinen Autos erzählte, hauptsächlich von einem alten Daimler, an dem er gegenwärtig arbeitete.

Archie säuselte weiter. »Ich möchte bloß eine kleine Warnung aussprechen, liebe Paula. Aus Gründen, die nur ihm einsichtig sind, setzt mein Sohn Worte wie Nockenwelle und Vergaser als Form des Vorspiels ein. Statt herkömmlicher Werbungsmethoden wie Blumen und Musik benutzt er Zahnräder und Pleuelfüße. Nicht wahr, Gerald?«

Als er von Musik und Blumen sprach, dachte ich einen kurzen schmerzlichen Moment an Adam und sein Verlangen nach Sonetten und einer Laute, aber Gerald war, wie es in der Absicht seines Vaters gelegen hatte, irritiert. Er lachte und schaute dann verärgert. »Na ja«, brachte er hervor und nagte an seinem Daumen.

Archie murmelte so leise, als ob es nur für ihn bestimmt wäre, aber laut genug, daß alles es hören konnten: »Ein überragender Fabulierer ...« Und daraufhin sagte Gerald eine Zeitlang gar nichts mehr, bis Paula seinen gekränkten Jungenstolz wieder aufrichtete, indem sie ihm gestand, daß sie als Teenager immer davon geträumt hatte, in einem Daimler mit allen Schikanen herumchauffiert zu werden.

Was am nächsten Morgen auch geschah. Deshalb gelang es mir erst nachmittags, sie zu einem Spaziergang ins Dorf zu überreden und ihr auf dem Weg von den Postkarten zu erzählen.

»Warum fragst du Archie nicht danach?« sagte sie. »Er ist der einzige, der dir weiterhelfen kann.«

»Ich weiß nicht, ob das viel Sinn hat.«

»Du fürchtest dich doch nicht mehr vor ihm, oder? Du hast doch selbst erzählt, daß er sich, seit du hier bist, gut benimmt.«

»Aber er legt keinen Wert darauf, über meinen Vater zu

sprechen, rückt keine Details raus, nichts. Nur ausweichende Bemerkungen wie: ›Mit Clancy gab's keine Probleme‹ oder so. Nichts Genaues.«

»Hm«, machte Paula nachdenklich. »Glaubst du, daß er irgendwas vertuscht?«

»Wie meinst du das?«

»Hört sich für mich nach einer Art Überkompensation an. Du sagst, Archie behauptet ständig, dein Vater sei ›in Ordnung‹ gewesen, weil vor seinem Tod irgend etwas Ungutes passiert ist. Ich meine, diese Sache mit dem schlechten Gewissen klingt nicht toll, oder? Vielleicht haben sie deinen Dad dabei erwischt, wie er Gelder von seinem alten Herrn unterschlagen hat oder es mit kleinen Jungs trieb oder ...«

»Ich denke eher, daß es was mit Dora zu tun hat. Schließlich schreibt er auf der Karte: ›Ich frage mich, was aus ihr geworden ist.‹ Das klingt doch, als ob es sie wirklich geben würde, oder? So was sagt man nicht über einen mythischen Vogel oder ein geheimnisvolles Symbol.«

Da Paula sich eindeutig auf die Seite der Anhänger der »geheimnisvollen Symbolschule« der Dora-Interpreten geschlagen hatte, beschloß sie, diese Äußerung zu überhören. »Ich bin sicher, er wollte was vertuschen«, sagte sie fest. »Der kleine Bruder wurde erwischt, wie er Geld unterschlagen wollte oder so, und der große Bruder hat ihn nach Südamerika verfrachtet, damit sich die Wogen glätten konnten.«

»Du hörst dich an wie Gerald. Er hat mir weismachen wollen, mein Vater wäre nur nach Südamerika gegangen, um dem Schatten des übermächtigen Bruders zu entfliehen.«

»Klingt gar nicht so verkehrt.«

»Aber das kann nicht alles sein. Die Postkarten sind der Beweis dafür, daß es einen bestimmten Grund gab, eine Krise, die der Anlaß für die Reise war.«

»Du wirst Archie fragen müssen. Niemand anders kann dir weiterhelfen.«
»Ja, vielleicht ...«
Wir gingen wieder vom Dorf in Richtung Chatton Heights, und zwar auf dem Weg, den Adam mir an jenem Sonntag gezeigt hatte. Auch heute war es kalt und trübe, die Zeit des Jahres, die ewig anzudauern scheint, als gäbe es nie mehr etwas anderes als Winter.
Als wir am Ende des Weges ankamen, blieben wir vor dem Tor zum Obstgarten stehen.
»Erkennst du das wieder?«
»Sollte ich?«
»Hier ist das Bild aus Drings Zimmer entstanden, das mit den blühenden Bäumen.«
»Kleine Welt, was? Und wie gerufen erscheint auch der Herr des Anwesens. Hallo, Gerald, wie läuft's heute in der Hundeschule?«
»Recht gut, recht gut soweit.«
Er hatte die beiden jungen schwarzen Labradore bei sich, die er vor zehn Tagen gekauft hatte, zwei außerordentlich lebhafte Tiere. Ich war sicher, daß sie genug Energie hatten, um, richtig angeschirrt, unentwegt die Fernseher und Trockner von Long Chatton in Gang zu halten. So jedoch konnten sie nur die völlige Erschöpfung ihres Herrn bewirken, die, nach Geralds knallroten Backen und seinem Keuchen zu schließen, in Kürze erreicht sein würde.
»Es geht nur darum, ihnen zu zeigen, wer der Herr ist«, schnaufte Gerald, während die Hunde ihre langen Leinen um seine Beine wickelten. Er schwankte bedenklich und wurde ganz nervös. »Hierher, Tara. Philo, hör mit dem Quatsch auf, verdammt ... ah, Mist ...«
»Wie ich sehe, ist das Rennen noch unentschieden«, sagte Paula. Sie hockte sich hin und streichelte einen der Hunde

und wurde sofort mit begeistertem Schwanzwedeln empfangen und mit Hundeküssen übersät.
»He, he, ihr Lüstlinge«, rief sie lachend, »wer hat euch beigebracht, so zu küssen?«
Gerald versuchte sie wegzuzerren. »Das sind keine Schoßhunde!«
Paula ließ sich von den Hunden ins Gras werfen, und ihr rotes Haar fiel ihr ins Gesicht. »Nein? Dieser hier glaubt das aber.«
Mir machte die Szene Spaß. Paulas plötzliches Faible für Hunde war einzig und allein für Gerald bestimmt. Mit ihrem proletarischen Kämpfer war sie zu Gewerkschaftstreffen und mit ihrem trunksüchtigen Dichter zu Veranstaltungen der Anonymen Alkoholiker gegangen, etwas Jagen, Schießen und Angeln mit Gerald stellte für sie also kein Problem dar.
Was dann geschah, machte mir keinen Spaß mehr. Gerald trat einen der Hunde in den Bauch. Er winselte und versuchte wegzuspringen, wurde aber von der Leine zurückgerissen und fiel würgend auf den Rücken. Gerald schlug ihm zweimal mit der Faust auf die Schnauze.
»Gerald, hör auf!« schrie ich.
Er hatte den anderen Hund am Halsband gepackt, riß ihn aus meiner Reichweite, schlug ihn mehrere Male auf den Kopf, und der Hund jaulte laut vor Schmerz.
»Laß ihn los!« Ich versuchte Gerald am Arm zu packen, aber sein Ellbogen versetzte mir einen Schlag ans Kinn, der mich fast umwarf.
Paula rappelte sich auf. »Sind Sie verrückt!« schrie sie. »Hören Sie sofort auf!«
»Kümmern ...« (keuch) »Sie sich um« (schlag) »Ihren eigenen Mist!«
»Das können Sie nicht machen!«

»Gerald, hören Sie um Gottes willen damit auf!« Paula und ich schrien gleichzeitig.
»Wer nicht gehorchen will, muß fühlen.« Die beiden Hunde kauerten jetzt winselnd zu seinen Füßen, und das schien ihn zu befriedigen. »Sie sind selbst dran schuld. Los, bei Fuß, verdammt.«
Wir starrten ihm beide schweigend und schockiert hinterher, als er über das Gelände ging. Einen Moment lang glaubte ich, mir würde übel; mein Kinn pochte vor Schmerz. Er hielt beide Hunde so kurz an der Leine, daß sie würgten und nach Atem rangen.
»Sadistischer Dreckskerl«, schimpfte Paula. »Sie haben doch gar nichts getan.«
Ich hatte eine kurze Vision von einem kleinen blonden Jungen, der seinen Zug lieber an der Wand des Kinderzimmers zerschmetterte, als ihn mit seiner Cousine zu teilen.
»Sie haben ihn schlecht aussehen lassen«, sagte ich.
»Was für ein Idiot.« Ihre Stimme war voller Abscheu.
Schweigend gingen wir den Hügel zum Haus hinauf. Es begann zu regnen.

»Fern möchte, daß Sie ein Geheimnis aufklären«, sagte Paula an diesem Abend beim Essen.
»Wie faszinierend.« Archie zog eine seiner dunklen Augenbrauen hoch und lächelte ermunternd, als handelte es sich dabei um sein Lieblingsgesellschaftsspiel. »Worum geht es denn?«
Ich stand an der fürstlich wirkenden riesigen Anrichte und nahm mir kaltes Fleisch und Salat. Zum Abendessen gab es meist kalte Küche, etwas Einfaches, das Mrs. Viney zurechtmachte, bevor sie nachmittags nach Hause ging. Wie üblich war Gerald abwesend; vermutlich tröstete er sich im White Hart über den Ungehorsam seiner Hunde hinweg. Tillie

war da, still, in sich gekehrt. Oftmals fiel mir gar nicht mehr auf, daß sie im Raum war.

Aus irgendeinem Grund war ich peinlich berührt, als ich mich wieder setzte. »Ach, es ist wahrscheinlich ganz simpel, kein richtiges Geheimnis ... Ich dachte, du könntest mir weiterhelfen.«

»Zu Ihren Diensten, Gnädigste. Du mußt nur fragen.«

Archie war an diesem Abend der Inbegriff des perfekten Gastgebers. Er trug ein legeres Sakko aus verblichenem burgunderrotem Samt und eines dieser extravaganten Seidenhalstücher, die er als den Inbegriff der Eleganz zu erachten schien; es war in kräftigem Blau und Rotbraun gehalten.

Ich zögerte. Paula warf mir einen Blick zu, der bedeutete: Siehst du, ich hab dir doch gesagt, daß er dir helfen wird.

»Nun«, fing ich an, »du weißt, daß ich versucht habe, mehr über meinen Vater zu erfahren, herauszufinden, was für ein Mensch er war ...«

»Ah ja. A là recherche du papa perdu.« Das war sein Lieblingsscherz; er brachte ihn jedesmal an, wenn ich Interesse an meinem Vater bekundete. »Und du weißt sicher, wie gerne ich dir dabei helfen möchte. Deine Hartnäckigkeit ist recht rührend. Ich muß mich doch fragen, ob der gute Gerald sich meinem Geist ebenso hingebungsvoll widmen würde.«

»Aber er kennt dich ja, das ist etwas anderes.«

»Ich gehe davon aus, daß die Beleidigung rein zufälliger Natur ist.«

Ich gab nicht auf. »Ich war vor ein paar Tagen auf dem Dachboden und habe einige Postkarten gefunden, die Clancy dir geschrieben hat. Die meisten sind ziemlich gewöhnlich und langweilig, aber es waren ein paar aus Südamerika dabei, aus denen ich nicht schlau wurde.«

Archies wohlwollendes Lächeln war schlagartig verschwunden. Seine dunklen Augen fixierten mich. »Sag mir, liebste Nichte, müssen wir uns neben anderen netten Eigenarten deinerseits nun auch daran gewöhnen, daß du anderer Leute Post liest?«

»Aber es waren nur ...«

»Mein Gott, Archie, Postkarten liest doch jeder«, sagte Paula, »sogar der Postbote. Das liegt doch nahe.«

»Ach ja? Ich nehme an, Fern, daß du diese Postkarten immer noch bei dir hast?«

»In meinem Zimmer.«

»Dürfte ich dann darum bitten, daß du sie holst?«

Seine plötzliche Kühle war so überraschend, daß ich gar nicht auf den Gedanken kam, mich zu weigern. Als ich mit den Karten ins Speisezimmer zurückkehrte, hatte Archie seine Fassung wiedererlangt. Er streckte die Hand aus, und ich gab sie ihm, ohne eine Sekunde zu zögern. Er lächelte, als er sie durchsah, und schenkte dem Text auf der Rückseite kaum Beachtung.

»Ah ja, die berühmte Indienreise. Das war alles recht schlicht. Da hat er deine Mutter kennengelernt, weißt du, in irgendeinem verlausten indischen Tempel.«

»Aber die beiden letzten, Archie, die er aus Südamerika schrieb« – ich bereute bereits, daß ich ihm meinen wertvollen Schatz überlassen hatte – »die muß er etwa einen Monat vor seinem Tod geschrieben haben.«

Archie fand die beiden, von denen ich sprach, runzelte die Stirn und hielt sie dann ein Stück von sich weg, als hätte er Probleme, sie zu entziffern.

»Er schreibt, daß irgend etwas geschehen ist. Etwas, das ihn damals dazu bewogen hat, nach Übersee zu gehen. Was war das?« fragte ich.

»Gütiger Himmel, Fern, du erwartest doch wohl nicht, daß

ich mich an etwas erinnere, was so lange zurückliegt, oder? Das ist zwanzig Jahre her.«
»Fünfzehn. Aber es muß etwas Ernstes gewesen sein, Archie. Er schreibt, daß er ein schlechtes Gewissen habe, und entschuldigt sich aus irgendeinem Grund. Offenbar bei dir. Du wirst doch sicher noch wissen, weshalb.«
»Ich muß dich enttäuschen.« Er steckte die Postkarten in den Umschlag zurück. »Dein Vater sah ständig Tragödien, wo es keine gab, und hierbei muß es sich um so was handeln. Er war weit weg von England, hatte Heimweh, vielleicht sogar irgendein Fieber, und dann hat er sich wahrscheinlich über irgendwelche Banalitäten den Kopf zerbrochen, die wir hier drüben längst vergessen hatten.«
»Aber wenn es so banal war, warum kam er dann nicht nach Hause? Wenn du sie aufmerksam liest, hörst du raus, daß er in Südamerika bleiben mußte, bis sich hier alles beruhigt hatte. Lies sie noch mal.«
»Ach ja?« Archie machte keinerlei Anstalten, die Karten ein weiteres Mal aus dem Umschlag zu nehmen, auf dem nun seine sorgfältig manikürte Hand ruhte. Ich wußte instinktiv, daß er sich jedem Versuch meinerseits, den Packen wieder an mich zu nehmen, widersetzen würde. Er wandte sich zu Paula. »Paula, meine Liebe, möchten Sie noch etwas Bordeaux?«
Für mich war die Angelegenheit jedoch noch nicht beendet. »Er erwähnt auch *Doras Zimmer.*«
»Ah.« Seine Hand stockte kaum merklich, als er den Wein einschenkte. »Wirklich?«
»Er fragt, wie du vorankommst, und erwähnt einen möglichen Verleger.«
»Wie fürsorglich von ihm.«
»Und er fragt sich, was aus Dora geworden ist.«
Archie warf zuerst mir, dann Paula einen raschen Blick zu.

»Haben Sie diese Postkarten gesehen, meine Liebe, diese faszinierenden Relikte meines Bruders?«

»Nein, aber Fern hat mir von ihnen erzählt.«

Archie strich über den Rand seines Glases. »Ich kann nicht behaupten, daß ich mich an irgendeinen direkten Hinweis auf Dora erinnere.«

»Er ist da. Ich kann ihn dir zeigen.«

Mit einer raschen, katzengleichen Bewegung ließ Archie die Postkarten in seiner Brusttasche verschwinden, nahm wieder seine vorherige Haltung an und lächelte mir gönnerhaft zu. »Es muß irgendein Scherz gewesen sein«, sagte er, »wir haben immer solche Scherze gemacht, mit Namen herumgespielt. Nach so langer Zeit erinnert man sich nicht mehr an Einzelheiten.«

»Aber ich bin sicher, er hat damit etwas anderes ...«

Archie fiel mir ins Wort. »Fern, meine Liebe, ich habe den Eindruck, daß du die Beschäftigung mit meinem Bruder etwas zu weit treibst. Natürlich ist deine Neugierde normal, aber du scheinst allmählich besessen von diesem Thema. Herumstöbern auf dem Dachboden, Post anderer Leute lesen, der Versuch, aus irgendeiner längst vergessenen Alltäglichkeit, die auf einer Postkarte erwähnt wird, eine große Sache zu machen – das ist nicht normal, weißt du. Nicht gesund. Ich bin sicher, du kannst deine Zeit besser nutzen.«

»Es ist mir wichtig geworden.«

»Und glaube mir, wenn ich dir helfen könnte, würde ich es tun. Nun, meine Damen, muß ich Sie leider verlassen.«

»Behältst du die Postkarten?«

»Sie sind an mich adressiert.«

»Aber ich dachte ... ich habe nichts mit seiner Handschrift.«

»Wenn das so ist«, er zog den Packen aus seiner Brusttasche, und einen Moment hegte ich wieder Hoffnung, »was würdest du vorziehen, die Ruhr oder einen Maschinenschaden? Warum nicht beides, und ich steuere noch schmutzige Unterwäsche aus Nepal bei. Man soll mir nicht vorwerfen können, daß ich knauserig bin – aber ich möchte auch noch etwas haben, was mich an ihn erinnert. Er hat weiß Gott wenig genug hinterlassen.«

»Archie, warte. Ich möchte dich noch etwas anderes fragen, bevor du gehst.«

»Wenn du darauf bestehst.« Die hochgezogene Augenbraue war nicht länger ein Zeichen von Amüsement über das Aufdecken von Geheimnissen, sondern von Ungeduld und kaum gezügeltem Zorn.

»Wegen des Flugzeugabsturzes, bei dem er umkam. War er … ich meine, waren noch andere Leute betroffen?«

»Es war kein anderes Flugzeug daran beteiligt, falls du das meinst. Ein Motorschaden, glaube ich, das Flugzeug war nicht mehr steuerbar.«

»Aber waren noch andere Passagiere dabei …« Wieder sah ich das Flugzeug, winzig wie ein Insekt, über dem grünen Dach des Regenwalds und einen einsamen Mann im Cockpit, der die Grenzen seiner Leidensfähigkeit erreicht hatte …

»Nun verstehe ich. Es war ein Linienflug, Fern. Keine große Maschine, fünfzehn, vielleicht zwanzig Leute an Bord. Es gab nur drei Überlebende, darunter der Pilot. Irgendwo habe ich noch den Bericht, der damals in England in der Zeitung erschien. Ich gebe ihn dir, falls ich ihn finde. Vielleicht stößt du ja auch darauf, wenn du weiterhin auf dem Dachboden herumkramst. Obwohl ich es doch für ratsam hielte, dort nicht mehr so viel Zeit zu verbringen. Gute Nacht, meine Lieben, und bedient euch bitte mit dem Bordeaux.«

Er ging langsam hinaus, etwas steif, wie jemand, der, und das traf bei ihm zu, seit vormittags getrunken hatte, aber Wert darauf legt, nüchtern zu erscheinen. Tillie, die während des Essens kein Wort gesprochen hatte, erhob sich und folgte ihm.

»Es hat ihm nicht gepaßt, daß ich ihn nach *Doras Zimmer* und nach meinem Vater gefragt habe«, sagte ich.

Paula nahm sich ein paar Trauben und steckte sich eine in den Mund. »Er hat so viel Leid ertragen müssen. Du kannst es ihm nicht verdenken, daß er nicht daran erinnert werden möchte.«

»Es ist nicht nur das, Paula. Ich weiß, daß er sich daran erinnert, warum mein Vater diese Karten schrieb, aber er will es mir nicht sagen.«

»Dann muß er ihn decken. Dein Dad hat irgendwas verpfuscht, und die Familie hat zusammengehalten und ihn nach Südamerika geschickt. Du kannst Archie nicht vorwerfen, daß er das jetzt nicht enthüllen will.«

»Ich würde lieber etwas Unangenehmes über ihn erfahren als gar nichts.«

»Warum? Wozu soll das gut sein? Archie könnte durchaus recht haben, du übertreibst das Ganze. Vielleicht solltest du's einfach vergessen. Ich meine, du willst unbedingt in seinem alten Zimmer schlafen, obwohl man quasi einen Schneepflug braucht, um da hinzukommen. Findest du nicht, daß das ein bißchen zu sehr in Richtung Ödipus geht? Er wird dadurch nicht wieder lebendig.«

»Das weiß ich auch, Paula, ich bin ja nicht blöd. Aber du verstehst einfach nicht, wie das ist. Du hast Eltern, auch wenn du sie manchmal nicht ausstehen kannst, aber sie sind da, du kennst sie, weißt, wie sie sind. Und was weiß ich über meine? Nur, daß meine Mutter verrückt war und mein Vater aus irgendeinem mysteriösen Grund nach Südamerika gehen mußte, den Archie mir nicht verraten will, und daß er bei einem Flugzeugabsturz umkam.«

»Zumindest kannst du jetzt sicher sein, daß es nicht Selbstmord war.«

»Und was ist mit Dora? Auf der Karte stand …«

»Das hat sehr wahrscheinlich nichts zu bedeuten. Archie hat sicher recht, daß es irgendein Scherz zwischen den beiden war. Du kannst nicht erwarten, daß er sich nach so langer Zeit daran erinnert. Es ist wirklich keine große Sache, Mary. Du witterst schon überall Verrat und Selbstmord. Das sieht dir gar nicht ähnlich. Du bist doch sonst immer die Gelassene, Ruhige, Gefaßte. Komm morgen mit mir nach Bristol zurück. Es muß ziemlich deprimierend sein, so alleine hier.«

»Im Gegenteil«, sagte ich entschlossen, »es fängt gerade an, mir Spaß zu machen.«

Am nächsten Morgen ging ich ins Rauchzimmer, um ein Buch zu holen, das ich dort vergessen hatte. Elsa räumte die Asche vom Vortag aus dem Kamin. Etwas Weißes ragte aus dem grauen Häufchen heraus. Ich stürzte mich darauf, wobei ich die arme Elsa erschreckte, und zog es aus der Asche hervor – ein Rest der zweiten Postkarte meines Vaters, die rechte untere Ecke, bunte Blumen und auf der Rückseite:

… ire,

… gland.

Elsa fragte besorgt: »War das etwas Wichtiges?«

»Ja. Nein. Nicht so schlimm«, antwortete ich und legte den Fetzen auf den noch warmen Aschehaufen zurück. Ich möchte auch noch etwas haben, was mich an ihn erinnert, hatte Archie gesagt. Lügner.

Diesmal erzählte ich Paula nichts.

Als ich Paula am Nachmittag des nächsten Tages zum Bahnhof fuhr, bekräftigte sie ihre Überzeugung, daß ich mit nach Bristol zurückkommen sollte.

»Sag jetzt nicht, daß du von meinen Verwandten nicht angetan bist«, witzelte ich. »Du hast doch immer erklärt, sie seien so toll.«

»Na ja, Archie finde ich immer noch gut, aber was deinen grausamen Cousin betrifft … Weißt du, daß er mich gestern abend angemacht hat?«

»Gerald?«

»Nachdem du in deinem Iglu verschwunden warst. Er kam von seiner Sauftour zurück und marschierte in mein Zimmer. Und er hielt sich ganz und gar nicht lange mit Nockenwellen und Vergasern auf. Ich hab ihm gesagt, daß ich ihm, wenn er nicht sofort verschwinde, mit dem silbernen Kerzenhalter den Schädel einschlage.«

»Wolltest du nicht ein aristokratisches Techtelmechtel?«

»Das soll wohl ein Witz sein. Nachdem ich gesehen hab, wie der diese armen Hunde behandelt, hätte ich es nicht ertragen, mich von ihm anfassen zu lassen, und wenn er der Kaiser von China wäre. Und ich dachte immer, ihr Briten seid so nett zu Tieren. Jedenfalls hab ich noch keinen erlebt, der so schwer kapiert hat. Er wollte einfach nicht abhauen. Also hab ich ihm gesagt, daß ich ihm Bescheid gebe, wenn mir das nächstemal danach zumute sei, mit einem erstrangigen Sadisten zu vögeln, der auf Hundemißhandlung spezialisiert ist. Er wollte es immer noch nicht schlucken.«

»Und wie hast du ihn überzeugt?«

»Ich hab ihm ans Schienbein getreten. Kann froh sein, daß ich nicht höher gezielt hab. Und weißt du, was der reizende Mensch mir dann ins Gesicht gebrüllt hat? Er habe ja gleich gewußt, daß wir beide Lesben seien, und solches perverse

Gesindel wie wir soll anständige Menschen wie ihn gefälligst in Ruhe lassen. Das war jedenfalls die Essenz seiner Aussage, und mir war nicht danach, zu widersprechen, zumal er sowieso Anstalten machte zu gehen. Ich dachte nur, ich sollte es dir erzählen, falls es noch mal vorkommt.«

»Danke, Paula.«

»Ein echtes Ekel. Und Tillie gruselt mich auch. Meinst du nicht, daß sie in irgendeinem Heim besser aufgehoben wäre? Hör mal, Mary, du kannst es dir jederzeit anders überlegen und zurückkommen. Vielleicht hast du recht wegen des Hauses. Irgendwie ist es seltsam. Ich hatte fürchterliche Träume, und du weißt, daß ich sonst nicht zu Alpträumen neige.«

»Ich komm schon zurecht.«

»Mir wird ganz mulmig, wenn du das sagst. Warum mußt du denn überhaupt hierbleiben? Du wirst nicht mehr über deinen Vater erfahren, es ist alles zu lange her.«

»Ja, vielleicht, aber ...« Ich unterbrach mich. Wir waren am Bahnhof, und ich war froh, daß ich Paula nicht etwas erklären mußte, was ich selbst kaum verstand.

Ich wußte nur, daß ich an jenem Morgen, als Dring in den Krankenwagen geschoben wurde, eine Ahnung davon gehabt hatte, wie es ist, wenn man dem Wahnsinn anheimfällt.

Das trostlose Haus meines Großvaters hielt zumindest eine Rettungsleine für mich bereit – jene goldene Stimme, die ich in der Fensternische gehört hatte. Und die Geheimnisse im Leben meines Vaters ließen mir wenigstens die Hoffnung, daß ich hier eines Tages Zugang zu seiner Kraft finden und so dem grausamen Vermächtnis meiner Mutter entkommen konnte.

6

Ich war enttäuscht und sogar verärgert über Paulas mangelndes Interesse an den Postkarten. Und ich war auf mich selbst böse, weil ich zugelassen hatte, daß sie in Archies Hände gerieten. Und dennoch ... dennoch ... Daß Archie sie erst an sich nahm und sie dann verbrannte, bevor jemand lesen konnte, was mein Vater ihm geschrieben hatte, bewies, daß er sich an wesentlich mehr erinnerte, als er zugab. Die Erwähnung von Dora war es gewesen, die ihn beunruhigt hatte. Trug sein Verhalten nicht zur Unterstützung der These bei, daß es einen Menschen gab, der die Vorlage für die Figur gewesen war?

Plötzlich fiel mir Adams bedauernde Bemerkung ein, daß da eine Geschichte sei, eine echte Geschichte, er nur nicht drankomme, und eine heftige Sehnsucht nach ihm ergriff mich. Nach Paulas Abreise ging ich mehrmals morgens zum Telefon in der Halle und begann seine Nummer zu wählen, doch jedesmal verließ mich der Mut. Nach dem Debakel des Abends am Alderly Drive durfte ich kaum erwarten, daß er so erfreut wie früher sein würde, und mir graute vor der Vorstellung, daß seine Stimme gelangweilt oder kalt klingen könnte. Schließlich brachte ich einen ganzen Nachmittag damit zu, ihm einen Brief zu schreiben, in dem ich ihm von den Postkarten und Archies Reaktion darauf berichtete. Ich bemühte mich um einen lockeren Ton, aber sogar mir war klar, daß sich das Endresultat gräßlich unaufrichtig anhörte, wie ein gewollt munterer Beitrag in der Schülerzeitung, doch ich beschloß, ihn trotzdem wegzuschicken.

Du hast kaum etwas zu verlieren, sagte ich mir, als ich ihn zur Post brachte. Das Dorf, dessen Häuser im späten Nachmittagslicht glänzten, war schöner, als ich es je gesehen hatte. Die Kinder kamen von der Schule nach Hause, ein alter Mann schnitt seine Rosen, eine kräftige Frau reckte sich und holte die Wäsche von der Leine. Ich sehnte mich danach, Teil eines solchen geordneten Lebens zu sein. Als ich den Brief in den Kasten steckte, fragte ich mich, ob Adam wohl zurückschreiben würde. Ich fühlte mich ein bißchen wie ein Schiffbrüchiger, der eine Flaschenpost den Wellen überantwortet. Von der Außenwelt abgeschnitten, im ungewissen, ob ich eine Antwort erhalten würde.

In den folgenden Tagen setzte ich meine Suche auf dem Dachboden fort, aber ich war mir von Mal zu Mal unsicherer, ob ich etwas finden würde. Die Suche war zu einer Art Gewohnheit geworden, einer Möglichkeit, mich zu beschäftigen.

Es regnete sintflutartig an diesem Morgen, und es war so düster, daß ich das Oberlicht einschalten mußte. Das übliche Rascheln der Vögel wurde vom Klacken der Tropfen übertönt, die durchs Dach in einen geblümten Nachttopf fielen. Ich wollte gerade aufgeben, als ich etwas bemerkte, das zwischen einer Kleiderpuppe und einigen klapprigen Feldbetten hervorragte, ein sperriger Gegenstand, der größtenteils unter einer Paisley-Decke verborgen war.

Ich zog es hervor – ein Puppentheater. Es war etwa einen Meter hoch, das Proszenium bestand aus einem einzigen Stück Sperrholz, und die leuchtend roten und goldenen Vorhänge waren aufgemalt. Die Bühne war zerbrochen, aber in den Kulissen konnte man noch die Fugen erkennen, wo die Prospekte eingesetzt worden waren.

Nicht besonders ergiebig, was meinen Vater betraf, aber ein schöner Fund für einen regnerischen Morgen.
Kurz darauf hatte ich den Rest der Ausstattung hervorgekramt: diverse auf dickem Karton aufgemalte Kulissen – eine normannische Burg, ein Indianerlager, eine Mondlandschaft, eine einsame Insel – und die Marionetten selbst. Die Kulissen waren ungeschickt von Kinderhand gefertigt, mit groben Pinselstrichen und unbeholfen aufgetragener Farbe, aber bei den Marionetten war ein Profi am Werk gewesen. Sie waren völlig ineinander verheddert. Die Jungfrau/Prinzessin/Heldin war um die Hexe/böse Stiefmutter/grausame Königin herumgewickelt, und der jugendliche Held befand sich in grotesker Umarmung mit einem merkwürdigen alten Mann mit weißem Haar und einem hageren, bitteren Gesicht.
Doch inzwischen waren mir Kälte und Nässe wirklich in die Knochen gekrochen, und ich trug meinen Schatz hinunter in die Küche, wo der Ofen immer warm war und Mrs. Viney um diese Tageszeit frischen Kaffee zu machen pflegte.
Sie war am Backen. Auf dem sauberen Kiefernholztisch stand die kunstvolle alte Waage mit der abblätternden roten Farbe und den Gewichtsangaben, daneben Mehl-, Zucker- und Rosinenpackungen. Bei meinem Anblick warf Mrs. Viney in gespieltem Entsetzen die mehligen Hände hoch.
»Du lieber Himmel, was haben Sie denn da?« rief sie. »Sie waren wieder auf dem Dachboden, so wie Sie aussehen. Sie werden sich da noch den Tod holen. Vorsicht, nicht dorthin stellen, das ist voller Schmutz.«
»Ja, aber schauen Sie mal, Mrs. Viney, ein Puppentheater – und ich bin sicher, heißer Kaffee könnte eine Lungenentzündung verhindern.«

»Ich habe gerade welchen aufgesetzt. Ein Puppentheater, wie? Tatsächlich, ein richtiges kleines Theater. Es sieht aus wie ... ah, ich glaube, das ist es wahrhaftig!«
Sie hatte Tassen aus dem Schrank genommen, aber jetzt kam sie herüber, um es sich genauer anzusehen, und vor Aufregung stieg ihr die Röte in die Wangen. »Ja, tatsächlich, und sogar die Marionetten! Ich hatte gedacht, es sei schon vor langer Zeit kaputtgegangen, und jetzt schau sich das einer an ... meine Güte, da wird er sich aber freuen!«
»Wer?«
»Mein Vater natürlich. Das war sein Theater.«
»Toms?« Meine Überraschung war nur zu verständlich. Was ich bisher über den alten Gärtner gehört hatte, ließ nicht auf eine heimliche Liebe zu Puppentheatern schließen. »Aber wenn es Ihrem Vater gehört, warum steht es dann hier auf dem Dachboden?«
»Er hat es für die Jungs gemacht, für Ihren Vater und Mr. Archie.«
»Er hat es *gemacht*? Die Puppen auch? Aber die sind perfekt, ich dachte, sie seien gekauft.«
»Dad hat sie gemacht. Er war sehr geschickt mit den Händen, bis er Arthritis bekam. Heute kann er nicht mal mehr ein Stöckchen heben. Manchmal hat er auch Sachen für die Wohlfahrt gebastelt. Ich erinnere mich dran, wie er das hier gebaut hat.« Sie hatte sich auf alle viere niedergelassen und betrachtete mit kindlicher Freude das Puppentheater. »Das war in dem Sommer, als ich hier anfing, muß das Jahr gewesen sein, als Ihre Großmutter starb. Ich schätze, Dad dachte, das würde die Jungs ein bißchen aufmuntern, da doch auch ihre Mutter so krank war und so. Hat sich ziemlich was drauf eingebildet, ›sein Meisterstück‹ hat er's genannt.«
»Da hat er auch recht. Aber ich erinnere mich, daß Archie sagte, sie hätten keine Spielsachen haben dürfen.«

»Das war ja das Problem. Ich glaube, Ihr Großvater wußte nichts von dem Theater, nicht solang Ihre Großmutter noch krank war und so. Es waren jede Menge Schwestern und Verwandte und andere Leute im Haus, und die Jungs gerieten ziemlich in Vergessenheit. Aber später gab's dann Ärger. Er war außer sich, ich kann mich erinnern, tagelang ging das so. Und natürlich mußten die Marionetten weg. Es hat Mr. Clancy fast das Herz gebrochen, dem armen kleinen Kerlchen.«

»Und wie hat Archie reagiert?«

»Ach, er hat nie viel damit gespielt. Er war zu alt für so was, und er war auch die meiste Zeit im Internat. Es war mehr Clancys Spielzeug ... Ich werde Dad holen und es ihm zeigen. Er wird sich riesig drüber freuen. Er ist hier irgendwo, wahrscheinlich im Schuppen.«

Sie eilte hinaus. Der Regen trommelte aufs Küchendach, und ich hörte, wie sie draußen nach ihrem Vater rief. Ich goß mir Kaffee ein, hielt die Tasse mit beiden Händen, um mich zu wärmen, und schaute auf das rot-goldene Theater und das Knäuel von Marionetten.

Das Puppentheater meines Vaters. Lebte der Geist des kleinen Jungen noch in den Kulissen? Ich lächelte. Das war der Moment, in dem ich hinter der Bühne ein Geheimfach entdecken sollte, in welchem kleine Tagebücher lagen, die mir alles verraten würden, was ich wissen wollte.

Aber es gab kein Geheimfach, ich hatte schon nachgesehen.

Tom Page eilte in die Küche. Er war bis auf die Haut durchnäßt. Trotz des Regens trug er nur eine dünne Jacke; man hätte glauben können, er sei unempfindlich gegen die Kälte, doch er litt unter einem chronischen Husten. Sein Gesicht wurde mit dem Alter wieder jungenhaft – leuchtend blaue Augen, abstehende Ohren und ein einnehmendes, spitzbübisches Grinsen.

»Hab' ich dir nicht gesagt, daß es hier irgendwo ist? Auf dem Dachboden, wie? Hattest du nicht gesagt, du hast da nachgesehen? Keine Sekunde wahrscheinlich. Schau es dir an! Ich hatte ganz vergessen, wie ... ziemlich gute Arbeit für einen Amateur, was?«

»Es ist wunderschön.« Das war ehrlich gemeint.

»Hab' ich alles selbst gemacht. Hab' mir einfach ein Stück Holz genommen und dran gearbeitet, bis es mir gefiel. Natürliche Begabung, was? Heutzutage kann das kaum mehr einer. Handwerkskunst. Braucht man Geduld für. Kann man nicht auf die schnelle machen. Und die Jungs, die haben ja keine Geduld mehr heute, sie wollen's alle lernen, aber das wird nichts. O nein. Schau dir diese Gesichter an, da ist nichts geschlampt. Sehen alle lebensnah aus, nicht? Die gucken einen richtig an.«

»Sie sind wunderbar lebendig.«

»Man muß Talent haben fürs Schnitzen. Ein Jammer um die Bühne. Aber die muß man nur ein bißchen ausbessern. Ich könnte das machen, die Werkzeuge hab' ich noch irgendwo. Ein Tropfen Leim und 'n bißchen Farbe. Die kann wieder wie neu aussehen.«

»Dad, du kannst nicht ...«

Er beachtete sie nicht. »Die Marionetten werd' ich auch wieder in Ordnung bringen. Wär' ein Jammer, die verkommen zu lassen.«

»Können Sie das wirklich reparieren? Es wäre wunderbar zu sehen, wie es früher war.«

Tom hatte sich hingehockt und, mühsam auf ein Knie gestützt, das Theater betrachtet, doch nun erhob er sich und schaute mich sehr direkt an. »Interessieren Sie sich denn für Marionetten?«

»Sie haben mich immer fasziniert.«

»Dann sind Sie wie Ihr Vater. Er war begeistert von ihnen, sag-

te, ein schöneres Geschenk gebe es gar nicht. Sie hätten sein Gesicht sehen sollen, wenn er damit spielte. Ganz verzaubert. Hatte auch geschickte Hände. Sie hätten ihn sehen sollen.«
»Hat er die Kulissen gemalt?«
Er nickte. »Hat Stunden damit zugebracht.«
»Es muß furchtbar für ihn gewesen sein, als man es ihm wegnahm.«
»Das war ganz schlimm. Das war das einzigemal, daß ich dem alten Mr. Miller widersprochen hab', das erste- und das letztemal, so wütend war ich. Das ist nicht recht, hab' ich ihm gesagt, was soll denn schlecht sein an einem Puppentheater, das soll er mir mal erklären. Aber es nützte nichts, und er hat mir obendrein noch eine Woche Lohn abgezogen.«
Ich war schockiert. »Warum hat er das getan?«
»Er sagte, ich habe *seine* Zeit dafür vergeudet, es zu bauen. Und dabei hab' ich es fast nur in meinen freien Stunden gemacht. Man sollte doch meinen, jeder normale Vater würde sich freuen, wenn sein Junge in einer so schweren Zeit ein bißchen fröhlich wäre. Aber nein. Er ließ nicht mehr mit sich reden, nachdem seine Frau gestorben war, und vorher war es mit ihm auch kein Zuckerschlecken. Des dunklen Kerkers Schatten schließen den Knaben ein. Das ist die Wahrheit.«
»Ich wußte gar nicht, daß Sie auch Gedichte mögen.« Tom schien zahlreiche Interessen zu haben.
»Ihr Vater hat das zu mir gesagt. Muß etwa um die Zeit gewesen sein. Er hockte auf 'nem Eimer und sah mir zu, wie ich die Chrysanthemen setzte. ›Mach dir nichts draus, Tom‹, meinte er, ›des dunklen Kerkers Schatten schließen den Knaben ein.‹ Ein kleiner Philosoph, dachte ich damals. Ich weiß noch, wie er aussah, als er das sagte. Ziemlich reif für ein Kind.«

»War er viel mit Ihnen zusammen?«
»Recht häufig. Aber nur bevor er zur Schule ging, aufs Internat, meine ich. Muß im September gewesen sein, weil seine Mutter im August starb, und danach schickten sie ihn weg. Natürlich war dann alles anders, wenn er wiederkam. Wirklich traurig, aber bei Mr. Archie war's dasselbe. Also, Susan«, er wandte sich zu seiner Tochter, »ich nehme das Theater jetzt mit, und du kannst ja den Rest bringen, wenn du heute mittag heimkommst. Es wird mir Spaß machen, das alles wieder aufzupolieren.«
Mrs. Viney schnüffelte mißbilligend. »Das geht doch gar nicht, mit deinen schlimmen Händen.«
»Du machst deine Arbeit und ich meine.«
Es gelang mir, ihn dazu zu überreden, sich einen Regenmantel auszuleihen. Ich war jedoch bald eines Besseren belehrt, als ich sah, daß er ihn für das Theater statt für sich selbst benutzte. Wir hörten ihn husten, als er in den Regen hinausstapfte.
»Haben Sie keine Angst, daß er derjenige ist, der sich bei diesem Wetter eine Lungenentzündung holt?«
Mrs. Viney ging zur Spüle hinüber; es war eine altmodische Spüle aus Keramik, annähernd so groß wie eine Badewanne. Sie nahm sich einen Berg Kartoffeln vor, und die Schalen fielen in langen Spiralen hinab. »Er ist von Natur aus widerspenstig«, sagte sie, »dadurch hält er sich auf Trab.«
Nachmittags ging ich in die Bibliothek. Wie erwartet, fand ich keine Gedichtbände dort, aber immerhin ein Zitatenbuch.

Des dunklen Kerkers Schatten
schließen den Knaben ein.
Doch sieht er's Licht und sieht, wohin es fließt,
Sieht's in der Freude an.

Dieses Licht, dachte ich, konnte nicht sehr strahlend gewesen sein für einen Jungen, den man aufs Internat schickte, kaum daß seine Mutter gestorben war, und dessen Puppentheater und kostbare Marionetten auf den Dachboden verbannt waren.

Einige Tage darauf war ich mit Archie alleine beim Mittagessen. Tillie hatte sich mit Kopfschmerzen und einem höchst blutrünstig wirkenden Video aufs Zimmer zurückgezogen. Gerald war einfach »nicht da«. Er sagte nie jemandem, wohin er ging, und reagierte schon auf die alltäglichsten Fragen ärgerlich und abweisend. (»Wie war dein Tag?« – »Das geht dich gar nichts an.« Man gewöhnte es sich bald ab, sich zu erkundigen.)

Wir saßen schweigend da, während Mrs. Viney den Wagen hereinrollte und gebackenen Fisch und Karotten in Butter auftrug. Der endlose Tisch mit den beiden verlorenen Gedecken an jedem Ende der spiegelnden Fläche und den kleinen Radiatoren hinter unseren Stühlen gegen die Kälte schien mir Sinnbild für die aufwendige Beschwerlichkeit des Lebens in Chatton Heights.

Mrs. Viney kehrte nicht sofort in die Küche zurück. Sie schniefte laut. Ich wußte, daß sie ein Schnupfen plagte, aber das Schniefen hatte mehr zu bedeuten. »Soll ich *ihr* auch etwas bringen?« wollte sie von Archie wissen.

»Das könnten Sie tun.«

Sie rollte den Wagen wieder hinaus, wobei sie weiterhin mißbilligend schnüffelte. Ich hatte bald bemerkt, daß die Beziehung zwischen Tillie und Mrs. Viney wenig dem Verhältnis glich, das man sich von der Köchin zur Witwe des Hausherrn erwartet hätte. Mrs. Viney machte keinen Hehl aus ihrer Verachtung für Tillie, wohingegen Tillie Mrs. Viney soweit wie möglich aus dem Weg ging. Niemand sagte

zu Tillie »Mrs. Miller«, und niemand außer ihrem Vater sprach Mrs. Viney mit ihrem Vornamen an. Es war alles ziemlich verwirrend.
Archie begann wortlos zu essen, als ob er meine Anwesenheit vergessen hätte. Wenn er nicht gerade übertrieben gute Laune verbreitete, spann er sich häufig in Schweigen ein wie in einen Kokon. Ich begann das Gespräch nur, weil mich diese unerwartete Zweisamkeit nervös machte. »Was hat Mrs. Viney eigentlich gegen die arme Tillie?« fragte ich.
Archie starrte schweigend auf seinen Teller. Dann begann er zu sprechen, und es war, als lösten sich die Schichten des Kokons langsam ab. »Tillie?« fragte er und sah plötzlich auf, als wäre er überrascht, mich in seiner Nähe vorzufinden. »Ach so, ja, ich weiß, was du meinst. Nun, Mrs. Viney ist schon sehr lange bei uns, fast ihr ganzes Leben lang. Tillie dagegen gehört erst relativ kurz zur Familie. Zu Anfang war sie eine Art Mädchen für alles, und niemand kümmerte sich recht um sie. Damals war Mrs. Viney der einzige Mensch, der sie freundlich behandelte. Dann fiel Tillie sozusagen die Treppe hinauf, beging den unverzeihlichen Frevel, zuerst die Geliebte, dann die Gattin des Herrn und Meisters zu werden – oder wie immer man meinen Vater bezeichnen möchte. Ich würde meinen, daß in Mrs. Vineys eher schlichter Weltsicht das entscheidende ist, daß Tillie nun über ihr steht, und seither bemüht sie sich nach Kräften, sie daran zu erinnern, wo ihr Platz im Leben ist. So behandelt die arbeitende Bevölkerung jedes unglückselige Mitglied ihrer Klasse, das sich über den niedrigen Stand erhebt, der ihm per Geburt zugedacht war.«
»Ach so.«
Als Archie zu sprechen begann, waren seine Sätze schlicht und sein Verhalten natürlich, doch als er endete, gab er sich

wieder als der Meister der Redekunst, den alle Außenstehenden zu sehen bekamen. Ich fühlte mich, als sollte ich applaudieren und eine Zugabe verlangen.
Statt dessen sagte ich: »Die arme Tillie. Sie muß sehr einsam sein.«
Archie zuckte mit den Schultern. »Tillie ist schon so lange einsam, daß sie nicht mehr weiß, was das ist.« Und er setzte gemächlich seine Mahlzeit fort. Seine Worte hatten etwas Kaltes, Trostloses. Ich bereute es, ihn aus seinen Gedanken aufgestört zu haben, denn jetzt wurde er gesprächig.
»Und wie geht es der werten Madame de Rhin? Was gibt es Neues aus ihrem Rastplatz am Busen des Staatlichen Gesundheitsdienstes?«
Ich war überrascht. Er hatte noch nie über Dring gesprochen, und ich hatte nicht geahnt, daß er überhaupt von ihrer Existenz wußte. »Nicht viel«, antwortete ich. »Ich habe gestern nachmittag die Stationsschwester angerufen, und sie meinte, es sei noch nicht absehbar, wann sie wieder nach Hause könne. (Oder ob das je der Fall sein würde, doch das sagte ich ihm nicht.) Aber ich werde sie in ein paar Tagen besuchen. Sie scheint wohlauf zu sein. Die Ruhe und die konstante Pflege tun ihr sehr gut.«
»Fein, fein. Das ist schön. Und ich muß sagen, ich finde deine Anhänglichkeit an die alte Dame sehr erfreulich.«
Auch damit verblüffte er mich. »Ach ja?«
»Selbstverständlich. Das beweist, daß meine ursprüngliche Einschätzung der Situation korrekt war. Es war, das mußt du zugeben, ein Risiko damit verbunden, dich in ihrer Obhut zu lassen. Man kann sie ja wohl kaum als typischen Vormund betrachten. Aber damals war ich der Ansicht, daß weitere Veränderungen in deiner Umgebung tunlichst vermieden werden sollten. Und die Kosten waren natürlich beträchtlich.«

Ich legte Messer und Gabel hin. Der Appetit war mir vergangen. »Ich wußte nicht, daß du etwas damit zu tun hattest.«
»Wer denn sonst? Ich war dein nächster Verwandter.«
»Aber ...«
»Als ich sah, daß es deiner Mutter zunehmend schlechter ging, habe ich ihr nahegelegt, mich im Falle ihres Todes – oder anderer Umstände – zu deinem Vormund zu machen. Das ersparte uns, wie sich dann zeigte, ein schreckliches Durcheinander.«
»Und mein Großvater?«
»Zeigte nicht das mindeste Interesse. Er war mit seinen Geschäften befaßt. Damals hatte sogar er akzeptiert, daß meine Karriere vorging, und als dein Vater starb, hatte er keinen Nachfolger. Er war äußerst dankbar, als ich anbot, mich um dein Wohlergehen zu kümmern, vor allem angesichts des Zustandes deiner Mutter. Madame de Rhin war nicht allzu erpicht darauf, auch noch für sie zu sorgen.«
Die Angst packte mich wieder, jene Angst, die ich verspürt hatte, als ich zum erstenmal seine Stimme hörte, die Angst des kleinen Kindes, das am Treppenabsatz steht und von einem Mann weggezogen wird, damit es nicht sieht, was mit seiner Mutter geschieht.
»Du warst dabei, nicht wahr, als sie meine Mutter abholten?«
Archie fuhr sich mit der Hand über die Augen. »Es muß wohl so gewesen sein. Die Ereignisse dieses Sommers rufe ich mir nicht sehr gern in Erinnerung. Ich glaube, deine Mutter wurde kurz vor dem Tod meiner Frau in die Klinik eingeliefert.«
Diesmal verspürte ich nicht den Drang zu applaudieren; er war ohne Zweifel sehr berührt. Unter seinem linken Auge zuckte ein einziger Muskel. Er goß sich etwas zu trinken ein.

»Dring sagte immer, man solle am besten alles vergessen.«
»Offenbar eine sehr vernünftige Frau.«
»Ja.«
Wir verfielen wieder in Schweigen, doch diesmal war es beinahe ein freundliches Schweigen. Ein kurzer Ausblick auf eine echte Empfindung, aber das genügte, um mein ursprüngliches Mißtrauen in Frage zu stellen.
Er leerte sein Glas, goß sich noch mal ein und ergriff dann erneut das Wort: »Also bist du der Ansicht, daß ich das Richtige getan habe, wie? Diese arme alte Madame D. R. mit ihren komischen Hüten und ihrem Damenschnurrbart war das kleinste Übel? Ich muß sagen, du machst ihr nun alle Ehre, meine Liebe.« Er lächelte mich an, aber das Lächeln war nicht nur onkelhaft, und ich schaute schnell weg.
»Sie hat gut für mich gesorgt, ja.«
»Das kann man wohl auch erwarten bei der Summe, die sie dafür erhalten hat.«
»*Du* hast sie bezahlt?«
»Wo soll denn das Geld sonst hergekommen sein? Vom Weihnachtsmann?«
»Ich wußte, daß wir jeden Monat vom Anwalt Geld erhielten, aber ich hätte nie gedacht ... Ich dachte immer, mein Vater hätte irgendwie für uns gesorgt, bevor er wegging.«
»Dein armer guter Papa war viel zu verträumt, um für irgend jemanden zu sorgen. Er schaffte es kaum, sich selbst eine Zugfahrkarte zu kaufen. Nach seinem Tod mußte ich seine finanziellen Angelegenheiten ordnen – die in chaotischem Zustand waren – und alles regeln, damit ihr ein Auskommen hattet, du und die alte Dame.«
»Also hast du das mit den Anwälten arrangiert – und mit Dring.«

»Ursprünglich ja.«
»Ich wußte nicht, daß du jemals mit ihr zu tun hattest.«
»Hat sie dir das nicht erzählt? Ich würde meinen, dafür hatte sie ihre Gründe. Nachdem ich sie überredet hatte, sich um dich zu kümmern – genaugenommen eher gedrängt und bestochen –, wollte ich sowenig wie möglich mit der ganzen Sache zu tun haben. Sie war nun wahrhaftig nicht die Sorte Frau, für die ich mich gern ins Zeug lege. Und du wirst verstehen, daß ich damals genug mit meinen eigenen Problemen zu tun hatte. Wir waren gezwungen, uns jedes Jahr zu treffen, um die Situation zu beurteilen. Der Anwalt und ich bemühten uns, einzuschätzen, wie es dir ging, und sie versuchte nach Kräften, uns mehr Geld aus der Tasche zu ziehen. Die schlaue alte Hexe muß ein rechtes Vermögen angehäuft haben. Als du etwa zwölf warst, fand ich, du solltest aufs Internat gehen, aber deine Madame de Rhin wollte nichts davon wissen. Sie sagte, du brauchtest die Stabilität, die nur sie dir geben könne. Und angesichts der Krankheit deiner Mutter beharrte ich nicht auf meiner Meinung. Wärst du gerne aufs Internat gegangen?«
»Ich hätte es schrecklich gefunden.«
»Gut. Ich bin froh, daß wir es offenbar doch richtig gemacht haben. Es wäre ja immerhin möglich gewesen, daß sie sich bereicherte und nicht richtig um dich kümmerte. Doch wenn du, wie du sagst, glücklich warst, wurde das Geld ja sinnvoll eingesetzt.«
»Oh, mach dir da keine Sorgen.«
»Und hier bist du nun und … aber Fern, ist alles in Ordnung?« Seine dunklen Augen sahen mich forschend an. Irgend etwas bewog mich, keine Schwäche zu zeigen.
»Ja, natürlich.« Ich zwang mich, einen Bissen zu essen, aber es schmeckte wie Pappe. Das Kauen schien Ewigkeiten zu

dauern. Dann sagte ich: »Eine Sache hat mich immer beschäftigt.«
»Ja?«
»Warum wollten du und Großvater nie, daß ich euch hier besuche? Es war ja keine Entfernung.«
»Mit der Entfernung hatte das nichts zu tun. Nein, das hast du wiederum deinem Wachhund zu verdanken. Ich war der Ansicht, daß du mit deinen Verwandten, dem Rest deiner Familie, in Kontakt bleiben solltest, aber sie wußte es zu verhindern. Wir schickten immer wieder den Wagen vorbei, doch der Fahrer kam stets alleine zurück. Entweder warst du erkältet, oder du hattest dich im Tag geirrt und warst weggegangen, oder irgend etwas anderes paßte nicht. Als ich sie schließlich darauf ansprach, sagte sie, du wolltest uns nicht sehen, der Kontakt mit der Familie bringe dich aus dem Gleichgewicht. Wir mußten das hinnehmen.«
»Das hat sie mir nie erzählt.«
»Nein? Hinterhältiges altes Weib! Vielleicht fürchtete sie, du würdest hierherziehen, und sie wäre ihrer Pfründe verlustig gegangen.«
Schweigen. Den Gedanken an Dring vertreiben, die nur wegen des Geldes blieb. Zu furchtbar, um daran zu denken.
Archie setzte seine Mahlzeit fort. Seine kräftigen Wangen bewegten sich rhythmisch, als er kaute. Ein Stückchen Fisch blieb in einem Mundwinkel hängen. Ein Mann, den ich für einen Fremden gehalten hatte. Und doch hatte er von Anfang an in meinem Leben eine Rolle gespielt, unsichtbar. Er hatte meine Kindheit gesteuert.
Ich durfte ihm die Verletztheit nicht zeigen.
Ich legte Messer und Gabel hin, schob den Teller weg, locker, beiläufig, sah auf und fragte: »Warum also hat mein Großvater mir so viel hinterlassen?«

Archie machte die gleichen Bewegungen wie ich gerade, legte Messer und Gabel hin, schob den Teller vor und lehnte sich zurück. Er leerte genüßlich sein Glas und lächelte, als er sich nachgoß. Aber dieses Lächeln war nach innen gerichtet, als hätten er und die Flasche ein gemeinsames Geheimnis.

»Wer weiß?« sagte er, und jetzt war er nicht mehr der joviale Gesellschaftsmensch, sondern der Privatmann, allein, sich kaum meiner Anwesenheit bewußt. »Entschädigung vielleicht, Buße für sein Desinteresse in der Vergangenheit. Eine Ahnung davon, wie es hätte sein können. Oder das Gefühl, daß du dich irgendwie aus den Familienbanden gelöst hattest und zurückgeholt werden mußtest, wo du hingehörtest. Warum solltest du ungebunden sein dürfen. Oder vielleicht gab es ganz einfach niemand anderen.«

Er sah mich an und lächelte.

»Oder vielleicht war er übergeschnappt.«

Ich hatte vorgehabt, den Nachmittag auf dem Dachboden zu verbringen, doch im Moment hatte ich nicht den Schwung, meine Suche fortzusetzen.

Ich ging in den Garten.

Es war ein kalter Tag. Heute scheint es mir, als wäre es in diesem Winter in Chatton Heights immer kalt gewesen, doch vielleicht kam die Kälte auch von innen. Die Sonne hing tief am blaßblauen Himmel. Die kahlen Äste schwankten im Wind.

Man kann sich vermutlich noch einsamer und verlassener fühlen als ich damals, aber das scheint mir kaum vorstellbar.

Ich streifte ziellos umher, wußte nicht, wohin. Wege, bedeckt mit glitschigem Herbstlaub. Wege, die ich sah wie

eine Fremde, obwohl sie verklärt sein sollten von Erinnerungen an Ferien und ausgelassene Kinderspiele.
Ich nahm den Weg zum Sommerhaus, der zwischen den Lorbeerbüschen hindurchführte. Früher, hatte man mir gesagt, hatte man es vom Haus aus sehen können. Jetzt war es von Dornenranken und Sprößlingen zugewuchert wie Dornröschens Schloß, dämmerte vor sich hin im Schatten der Steineiche.
Zu kalt – in Bewegung bleiben. Der Weg teilt sich; hier geht es zum Obstgarten, dort zu dem verschwundenen Rosengarten. Dort entlang. Nach Kriegsende hatte man Sträucher gesetzt, deren Stämme heute so dick waren wie mein Handgelenk. Moos hing von den Ästen herab.
O Dring, war es denn nicht genug, daß ich dich brauchte? Hättest du nicht einfach bleiben können, weil du mich gern hattest? Gedrängt und bestochen … Wie lange hatte es gedauert, was war nötig, um sie zum Bleiben zu überreden? Wieviel Geld? Gedrängt und bestochen – eine groteske Basis für die einzige Liebe, an die ich mich in meinem Leben erinnern konnte. Aber was hatte ich erwartet? Ich hatte ihre Stellung im Haus nie hinterfragt; sie war einfach da, und nur das zählte. Ebenso wie der Scheck, der jeden Monat vom Anwalt kam – eine Tatsache, unveränderlich wie Frühlingsregen und der Milchmann. Ein Faktum. Ich glaube, wenn ich mir über sie Gedanken gemacht hätte, wäre ich zu dem Schluß gekommen, daß sie ebenso verlassen und einsam war wie ich, daß sie ein Kind, für das sie sorgen und das sie lieben konnte, ebenso brauchte, wie ich sie brauchte.
Doch so war es nicht. Bis zum heutigen Tag weiß ich nicht, ob es Bösartigkeit oder Gedankenlosigkeit war, die Archie dazu veranlaßte, die Wurzeln unserer Beziehung so offenzulegen – aber was immer auch sein Motiv war, die Folgen waren jedenfalls verheerend.

Hinausgehen aus dem verwunschenen Rosengarten. Breite Treppe, die zu einem Kiesweg führt, der Wegrand dicht mit Unkraut überwuchert. Fragen wie Unkraut in meinem Kopf.
Warum ich? Warum hatte er mir alles hinterlassen? In all diesen Jahren hatte er mich nicht einmal sehen wollen. Warum nicht? Schämte er sich noch immer des Skandals, der meinen Vater nach Südamerika vertrieben hatte? Warum hatte Clancy uns verlassen, obwohl er gewußt haben muß, daß wir ihn brauchten, meine Mutter und ich, mehr denn je? Ließ uns zurück bei einer alten Frau, der wir so egal waren, daß man sie »drängen und bestechen« mußte, dort zu bleiben, wo die Tragödie zugeschlagen hatte. Und dann diese anderen Fragen, die auch nicht weichen wollten: Warum gab es dieses Geheimnis um Dora, jene Dora, die auch mein Vater gekannt hatte? Und warum hatte sich Frances das Leben genommen? War da vielleicht ein Zusammenhang zwischen der mysteriösen Dora und dem Selbstmord meiner armen Tante?
Nirgendwo Antworten. Ich hätte aus einer Familie von Sizilianern stammen können, so strikt hielten sie sich an das Prinzip der Omertà. Ich hatte es bei Tillie versucht, aber ihre Antworten waren konfuser als meine Fragen. »Hat es immer gut gemeint, glaube ich ... aber manchmal mißverstanden ... konnte nicht schwimmen, na ja, konnte schwimmen, aber war nicht stark genug, konnte keiner sein ... dein Großvater manchmal zu stark, aber ...« Ich wußte, daß Gerald glaubte, sein Großvater sei nicht mehr zurechnungsfähig gewesen, und daß er sich mit Anwälten traf, um den Versuch zu machen, das Testament ändern zu lassen. Sogar Mrs. Viney sagte: »Ich bin sicher, daß er wußte, was er tat, aber diese Alten können so eigensinnig sein wie

Kinder.« Und nun Archie: Entschädigung, Buße, eine Ahnung davon, wie es hätte sein können.
Geld. Er warf mir nach seinem Tod Geld hinterher, um nach Jahren der Mißachtung sein Gewissen zu beruhigen. Um *sie* brauche ich mir keine Sorgen zu machen, sie wird es gut haben. Sie bekommt das ganze Geld. Das ist geregelt. Und das Geld für Dring.
Das schmerzte am meisten.
Ich ging zwischen den leeren Gemüsebeeten entlang; ein paar Stengel Rhabarber zwischen Sauerampfer und Löwenzahn.
Armes reiches Mädchen.
Wenn Sie können, stellen Sie sich einmal vor, Sie merken plötzlich, daß der Mann, den Sie lieben, dem Sie Ihr Leben und Ihre Hoffnungen anvertraut haben, von Anfang an von Ihren überängstlichen Eltern bezahlt wurde. Jede zärtliche Berührung, jedes Liebesgeflüster in Geld aufgewogen.
Krähen am Himmel. Zerfleddert. Sie geben schwarze kahle Laute von sich.
Sie fühlen sich dann wie ein Nichts, das kann ich Ihnen sagen. Schlimmer als ein Nichts.

Ich störte Tillie bei ihrem Video und lieferte ihr eine wirre Geschichte über einen Anruf vom Krankenhaus, wo ich wegen Dring hinkommen sollte. Als Meisterin der wirren Geschichten nahm sie sie kommentarlos hin.
Aber als ich über den Hof zu der Remise ging, die heute als Garage benutzt wurde, sah ich Gerald, der mit den beiden schwarzen Hunden von den Feldern zurückkehrte. Normalerweise schlug er sofort eine andere Richtung ein, wenn er mich sah, damit wir uns nicht über den Weg liefen, doch ausgerechnet an diesem Tag, an dem ich möglichst unauffällig verschwinden wollte, steuerte er auf mich zu und

warf mir den für seine Verhältnisse freundlichen Satz hin: »Klammheimlich davonschleichen, wie?«
»Jemand vom Krankenhaus hat angerufen, ich soll sofort nach Dring sehen.«
»Das heißt wohl, sie kratzt demnächst ab, was?«
Er stand vor mir in der für Landbewohner typischen gewachsten Regenjacke und Gummistiefeln. Die beiden Hunde tollten nicht mehr um seine Beine herum, sondern krochen mit eingezogenem Schwanz auf mich zu. Gerald hatte einen dicken Holzstock in der Hand, und sein Gesicht war gerötet.
»Was hast du mit den armen Hunden gemacht?«
»Das ist nichts für empfindliche kleine Mädchen«, antwortete er grinsend. »Bleibst du länger weg?«
»Kommt drauf an.«
»Du wirst zurückkehren.«
»Wie meinst du das?«
»Es hat dich schon gepackt, ich sehe das. Das Haus, der Ort, alles hier.« Er betonte das genüßlich, wie ein bösartiger Arzt, der Spaß daran hat, einem Patienten mitzuteilen, daß er unheilbar krank ist. »Und wenn es mal soweit ist, kommst du nicht mehr los, nie wieder.«
»Das ist völliger Blödsinn, Gerald.«
»Meinst du? Wart's ab. Du kommst bald wieder, wie alle anderen auch. Glaubst du vielleicht, uns gefällt es hier? Glaubst du nicht, ich wäre lieber woanders als in diesem ollen Kasten, wo Tillie herumgeistert wie eine böse Fee und mein Vater unentwegt davon quatscht, daß er ein Genie ist und immer noch jedes Mädchen flachlegen kann, das er haben will?«
»Warum gehst du dann nicht? Niemand hält dich auf.«
Gerald starrte mich einen Moment lang an, und in seinen kleinen fahlen Augen lag ein seltsamer Ausdruck, eine Mi-

schung aus Dummheit und Gerissenheit. »Du möchtest wissen, warum der Alte alles dir hinterlassen hat, nicht wahr? Du brauchst es nicht abzuleugnen, ich hab' gehört, wie du jeden damit belämmert hast. Nun, ich könnte es dir sagen ...«

Er war wirklich kindisch. Wenn ich auch nur das geringste Interesse an der Information zeigte, würde er nie damit herausrücken. »Ich muß los.« Ich versuchte an ihm vorbeizukommen, doch Gerald packte mich am Arm.

»Er war nicht wirklich verrückt, weißt du, nicht aus juristischer Sicht, obwohl ich beweisen werde, daß er es war, wenn das nötig ist, um zu bekommen, was mir von Rechts wegen zusteht.«

»Was du tust, ist mir ...«

»Macht. Er wollte Macht. Du warst der Falle als einzige entronnen, und das erfüllte ihn mit Wut. Er wollte, daß du hier bist bei uns und leiden mußt wie alle anderen. Dieses verfluchte Testament war ein riesiges, teures Netz, in dem er dich zu fangen gedachte, und es hat funktioniert. Da bist du nun, windest dich und zappelst und glaubst, du kannst gehen, wann du willst, aber das stimmt nicht. Du wirst es nie mehr schaffen, von hier wegzugehen.«

Ich riß mich los. »Wenn er so scharf darauf war, mich hierzuhaben, wieso hat er mich dann nie eingeladen? Wieso hat er mich nie besucht, nicht mal eine Karte geschrieben?«

»Vielleicht hat er es versucht, das weiß ich nicht. Pa und Tillie waren immer dagegen. Sie wollten dich unter keinen Umständen hier haben.«

»Aber dein Vater sagte ...«

»Ja?« Belustigter Tonfall.

»Er sagte, er wollte, daß ich herkomme, aber Dring habe es verhindert.«

»Ach, was weiß denn ich. Es kümmert mich auch nicht.

Mein Vater ist der schlimmste Lügner, den du dir vorstellen kannst. Fast so schlimm wie ich.«
Und er brach in Gelächter aus.
Ich hörte sein Lachen immer noch, als ich den Wagen aus der Remise lenkte und so schnell davonfuhr, wie es mir trotz Schlaglöchern und zitternden Händen möglich war.

Als ich auf der Station ankam, war Dring gerade in ein einseitiges Gespräch mit ihrer Zimmergenossin vertieft, einer weißhaarigen, gebrechlichen Dame, die aussah, als ob sie nur einen Wunsch hätte: in Ruhe zu schlafen – oder gar zu sterben. Dring begrüßte mich auf ihre übliche ruppige Art: »Du hast dir ja wirklich Zeit gelassen mit dem Besuch. Ich bin schon seit Wochen hier.«
»Zehn Tage, Dring. Und ich war schon mal da.«
»Kommt mir vor, als seien's Monate.«
Ich legte Obst und Zeitschriften auf den Tisch. »Du siehst gut aus.« Die Stationsschwester hatte mir mitgeteilt, daß Madame de Rhin unseligerweise eine wirklich schwierige Patientin sei – worüber ich mich freute. Wäre Dring lammfromm gewesen, hätte ich angesichts ihres Charakters wenig Hoffnung auf Besserung gehabt.
»Fühl' mich aber nicht so. Man sollte doch meinen, daß sie, wenn sie in der Lage sind, Männer auf den Mond zu schießen, auch mit diesem Bein fertig werden müßten.«
»Ist es nicht besser geworden?«
»Schlimmer, viel schlimmer, und diese Halunken sind zu verlogen, um es zuzugeben. Also, wo sind sie? Du hast doch welche mitgebracht, oder?«
»Zwei Päckchen, aber ich finde, du solltest nicht ...«
Sie zog ein Gesicht. »Besser als nichts jedenfalls. Schnell, her damit, bevor die Gestapo sie sichtet.«
Zwei Päckchen Zigaretten wanderten unter die Bettdecke

und in Drings mächtige Handtasche. Dann lächelte sie, hocherfreut sowohl über das Manöver als auch über die Aussicht auf eine Zigarette. »Schon besser«, sagte sie und lehnte sich zufrieden zurück. Sie trug das kirschrote Nachthemd, das ich ihr gekauft hatte, und sah darin wie eine groteske Karikatur des Alters aus: das Schaf, mit rosa Bändern als Lämmchen zurechtgemacht.
»Dring, ich möchte ... ich habe mit Archie geredet. Ich wußte gar nicht, daß du dich jedes Jahr mit ihm getroffen hast.«
»Du hast nie danach gefragt.« Sie zupfte irritiert am gerüschten Ärmel des Nachthemds. »Weißt du«, zischte sie verschwörerisch, »die Frau im Bett nebenan, sie ist bald hinüber. Nach einer Woche hier weißt du das, hat man's im Blut.«
Ich reagierte nicht darauf und hoffte nur, daß die alte Dame, von der die Rede war, Drings Diagnose nicht mitbekommen hatte. Ich erwiderte: »Aber ich frage dich jetzt. Wie oft habt ihr euch getroffen?«
»Jedes Jahr im November, mit schöner Regelmäßigkeit. Im Büro vom Anwalt.«
»Worüber habt ihr gesprochen?«
»Geld. Nie über was anderes. Nur über Geld.«
»Geld?«
»Na ja, er fragte, ob es dir gutginge, nur so aus Höflichkeit. Interessierte ihn nicht im mindesten. Ja, antwortete ich, aber wir brauchen mehr Geld. Ach ja? sagte er. Da verhandelten wir ein Weilchen, und der Anwalt setzte eine Summe fürs kommende Jahr fest, und ich ging wieder. Ein bißchen wie bei diesen Gewerkschaftsleuten, bloß daß wir nie streikten.«
»Aber bei der Summe, die du ausgehandelt hast, ging es da um deinen Lohn oder um das Geld, das wir zum Leben brauchten?«

»Das war doch alles eins, oder? Dein Geld, mein Geld – wir mußten beide für das Haus bezahlen und fürs Essen und die Rechnungen. Und dein Onkel hatte so viel Ahnung wie ein Kind, was das alles kostet. Er hat ja sein Leben lang im Haus von jemand anderem gelebt. Das war sein Problem.«

»Hast du denn nichts zurückgelegt?«

»Natürlich, jeden Monat. Na ja, ich wußte ja nicht, ob er immer zahlen würde. Und was hätten wir machen sollen, wenn nicht? Ich hatte ja keine Ahnung, daß dein Großvater dir alles vererben würde. Und man weiß ja nie, wann man ein bißchen was von dem brauchen kann, was man auf die hohe Kante gelegt hat. Da kam zum Beispiel das Geld für dein Auto her.«

»Hätte ich dich nur früher schon mal danach gefragt.« Ich schauderte beim Gedanken an das Böse, das in den Schatten von Chatton Heights lauerte, das Böse, das mich sogar dazu brachte, Dring zu mißtrauen. Ich nahm ihre Hand; die Haut, die mit dem Alter ledrig geworden war, fühlte sich so glatt an wie die Haut eines Reptils. Dring hatte nicht viel für Gefühlsausbrüche übrig und rutschte unbehaglich hin und her. »Jetzt wird alles klarer«, sagte ich. »Aber warum hast du mich nicht nach Chatton Heights fahren lassen, wenn mein Großvater mich holen wollte?«

»Ich hab' dir doch schon mal erzählt, daß du einmal dort warst, und das reichte. Kurz bevor deine Mutter in die Klinik kam und deine Tante starb. Das reichte vollauf.«

»Wieso?«

»Aus verschiedenen Gründen. Es hat dich verstört. Die Alpträume fingen erneut an, und du hast wieder nicht gegessen. Ich weiß nicht genau, warum. Einmal war da dein Cousin – der hätte wirklich nach der Geburt erwürgt gehört. Dein Großvater hat sich sowieso nicht um dich gekümmert, nur um seine Geschäfte. Und dein Onkel – das ist der fieseste Kerl, der mir je begegnet ist. Er war derjenige, der deine Mutter in den Irrsinn getrieben hat.«

»Was? Wie? Wie meinst du das?«

»Nur so. Frag mich nicht. Aber es war so.«

»Wie?«

»Ich sag' dir doch, frag mich nicht.«

Ich zügelte meine Ungeduld. Wenn Drings Gesicht diesen verschlossenen Ausdruck annahm, wußte ich, daß ich sie mit keiner Verlockung oder Drohung zum Sprechen bringen konnte. Zutritt verboten. Keine weiteren Fragen.

»Ich weiß, daß sie ihn haßte«, erklärte ich. (»Der Teufel schrieb *Doras Zimmer*.«) »Sie hielt ihn für einen Teufel.«

Dring kicherte. »Da hatte sie bestimmt ihre Gründe dafür. Und wenn du meinen Rat hören willst: Halt dich nicht zu lange dort auf, auch wenn dir jetzt alles gehört. Es ist ein ungesunder Ort. Ich hab' das damals schon gedacht, und ich seh' jetzt an deinen Augen, daß er dir nicht guttut. Komm zurück nach Bristol, und dann bringst du mir jeden Tag Glimmstengel, und die Schwestern können mich mal.«

»Nur noch eine Frage, Dring. Weißt du, warum mein Vater nach Südamerika gehen mußte?«

»Geschäfte. Waren doch Geschäfte, oder? Mußte dort irgendein Büro schließen.«

»Aber es gab auch persönliche Gründe. Er hat Archie etwas darüber geschrieben, schrieb, er ›mußte weg‹. Als ich Archie fragte, sagte er, er wisse es nicht mehr, aber ich bin mir sicher, daß das nicht stimmt. Hat mein Vater etwas falsch gemacht?«

»Woher soll ich das wissen? Du mit deinen Fragen. Ich bin doch kein verdammtes Lexikon.«

»Hat er jemals jemanden namens Dora erwähnt?«

Dring schloß die Augen und preßte die Lippen zusammen wie ein Kind, das nicht essen will. Sie sah sehr müde aus. Ein altes Hundegesicht über Wogen von grellem Nylon.
»Tut mir leid, Dring. Ich wollte dich nicht ermüden. Ich muß nur so viel herausfinden und so viele Rätsel lösen.«
»Laß sie ruhen, Mary.« Ihre Augen blieben geschlossen, und sie sprach so leise, daß ich mich vorbeugen mußte, um sie zu verstehen. »Deine Eltern sind tot, Schätzchen, sie sind nicht mehr da. Leb dein eigenes Leben. Du kannst nicht zurück.«
»Ich muß es verstehen.«
»Warum?«
Das einzelne Wort war kaum mehr ein Flüstern. Es gab keine klare Antwort darauf. Die gebrechliche Dame, deren baldigen Tod Dring vorausgesagt hatte, sang im Schlaf. Ihre Worte kamen mir irgendwie vertraut vor, wie ein Kinderlied.
»Ich besuche dich sobald wie möglich wieder.«
Sie war schon halb eingeschlafen und murmelte: »Vergiß die Glimmstengel nicht.«

Wie klein das Haus am Alderly Drive jetzt wirkte. In Chatton Heights gab es Schränke, die größer waren als die Zimmer hier. Obwohl ich keinen Drang verspürte, etwas aus Geralds Blickwinkel zu betrachten, begriff ich nun doch, wie schwer es ihm fallen würde, sich an ein normales Haus zu gewöhnen. Ich hatte das Gefühl, gewachsen zu sein in den zehn Tagen seit meiner Abreise, wie Alice, oder vielleicht war auch das Haus geschrumpft. Winzig und schmuddelig war es, das arme alte Häuschen.
Es war ein Haus für Jungverheiratete, das fiel mir jetzt zum erstenmal auf. Wenn mein Vater am Leben geblieben wäre, wenn meine Mutter nicht wahnsinnig geworden wäre,

würden wir heute sicher in einem schickeren, größeren Haus wohnen. Möglicherweise auf dem Land. Ich hätte vielleicht ein Pferd und würde an Reitwettbewerben teilnehmen. Ich lächelte in mich hinein. Irgendwie konnte ich mir das schlecht vorstellen.

Paula kam aus der Bibliothek zurück und freute sich, mich zu sehen. »Toll, daß du wieder da bist. Es war einsam hier ohne dich. Und ich fing allmählich an, mir Sorgen zu machen.« Sie trug einen gelben Trainingsanzug, und ihr flammendrotes Haar wurde von einem orangefarbenen Schal zusammengehalten. Ab und zu, vor allem, wenn ihr Liebesleben darniederlag, entdeckte Paula den Sport und joggte zur Universität, statt mit dem Bus zu fahren.

»Dann solltest du dich ranhalten, weil ich nicht lange bleiben werde. Wie geht's Prof?«

Sie schnitt eine Grimasse. »Frag nicht. Er ist auf einem größeren Schuld-Trip. Sogar wenn ich über meine Diss rede, jammert er mir vor, wie sehr er doch seine Frau liebe. Dabei ist mir das völlig schnurz. Ach übrigens, dein Freund Adam hat ein paarmal angerufen. Ich hab' ihm die Nummer von Chatton Heights gegeben, aber er erklärte, da habe er es schon versucht.«

»Ich wußte nicht, daß er angerufen hat.«

»Nein? Er sagte, er habe Neuigkeiten für dich, die dich interessieren würden. Irgendwas mit einem Maler. Und, wie lebt sich's im Schloß von Griseldis?«

»Alles beim alten. Archie trinkt, Tillie schleicht herum wie ein irrer Geist, und Gerald macht auf Mechaniker und mißhandelt seine Hunde.«

»Klingt entzückend. Ich kann die Sache mit Gerald immer noch nicht glauben. Er sollte ein Schild umhängen haben, auf dem steht: ›Empfindsame Menschen bitte fernbleiben; hinter dem aristokratischen Äußeren verbirgt sich ein

waschechter Psychopath.‹ Wie konnte ich mich nur so in dem täuschen?«
»Ich hab' dich gewarnt.«
»Bei mir zu Hause hab' ich mich nie so geirrt. Aber wenn Männer mit diesem eleganten britischen Akzent sprechen, geht mein Urteilsvermögen flöten. Na ja, vergessen wir Gerald. Dein Onkel ist sowieso eher mein Typ.«
»Ist der nicht ein bißchen alt für dich?«
»Nun, zumindest hat er keine blöde Ehefrau im Hintergrund.«
»Doch, Tante Frances«, zog ich sie auf. »Versuch nie, mit Toten zu konkurrieren. Du hast gesagt, du glaubst, daß sie seine Muse war und daß er wegen ihres Todes nicht mehr schreibt. Das Genie mit dem gebrochenen Herzen.«
»Gebrochene Herzen kann man heilen. Vielleicht ist es an der Zeit für eine neue Muse.«
Es war ein flapsiges Gespräch, dem ich damals keine sonderliche Beachtung schenkte. Und was dann passierte, nahm meine ganze Aufmerksamkeit in Anspruch.
»Ich wollte dich im übrigen sowieso heute abend anrufen«, sagte Paula. »Als ich gestern versucht hab', in meinem Schrank mehr Platz zu schaffen, habe ich eine alte Handtasche gefunden. Ich glaube, sie hat deiner Mutter gehört. Es sind ein paar Sachen drin. Willst du sie dir mal ansehen?«
»Ich dachte, der Schrank sei leer gewesen, als du eingezogen bist.« Dring und ich hatten das Zimmer vor Paulas Eintreffen gründlich saubergemacht. Vorher war es lange Zeit unbewohnt gewesen. Fünfzehn Jahre. Hatte sauber und leer gewartet. »Wir halten es hübsch sauber für Mummy, wenn sie wiederkommt« war zur Gewohnheit geworden, die schwer aufzugeben war.
»Sie war in einer Schachtel ganz hinten. Ein Paar alte Schuhe waren auch drin, aber ich dachte, die würden dich nicht

interessieren, und hab' sie weggeworfen. Ich hol' dir die Tasche.«

Es war eine von diesen geflochtenen Umhängetaschen mit Fransen. Indisch. Ich schüttete den Inhalt auf den Küchentisch: ein kleines Buch, eine Brieftasche, ein Kosmetiktäschchen und ein paar Papiertaschentücher.

»Wenn wir bei der Kripo wären, würden wir jedes Stück einzeln in ein Plastiksäckchen stecken und sie beschriften«, sagte ich.

»Das Tagebuch ist am interessantesten.«

»Hast du schon reingeschaut?«

»Klar. Woher sollte ich sonst wissen, daß es deiner Mutter gehört hat?«

Da ich in den vergangenen zehn Tagen ziemlich viel Zeit damit verbracht hatte, Sachen von anderen zu durchwühlen, sagte ich mir, daß ich jetzt wohl kaum das Recht hatte, Paula böse zu sein.

Das Tagebuch stammte aus dem Jahr, in dem mein Vater gestorben war, dem Jahr, in dem meine Mutter in die Klinik eingewiesen wurde. In den kleinen Sparten für die Eintragungen fanden sich keine Hinweise auf die traumatischen Ereignisse jener Monate. »14.00 Fern Zahnarzt. 10.30 Hair.« Es war wohl immerhin wissenswert, daß meine Mutter an dem Tag, als mein Vater ums Leben kam, einen Termin in der Klinik für Familienplanung gehabt hatte. Ich wies Paula auf die Ironie des Schicksals hin.

Er starb Ende Mai. Die Eintragungen waren bis zum 18. Juli fortgeführt. »Lunch Deb« war die letzte, und danach kam nichts mehr. Leere Seiten. Ein leeres Leben. Hatte sie die letzte Verabredung zum Lunch mit Deb, wer immer das war, eingehalten? Ich würde es wohl nie erfahren. Irgendwie waren diese weißen Tage vielsagender als jedes andere Detail. Von da an waren ihre Tage endlos weiß gewesen.

Ich suchte hinten nach Adressen, Notizen, fand aber nichts. Es war ein Tagebuch, das nicht viel verriet. »Schade, daß sie kein Filofax hatte«, sagte ich leichthin. »Ich bin sicher, da hätten wir mehr mit anfangen können.«
Das Kosmetiktäschchen enthielt einen kurzen schwarzen Eyeliner-Stift, Wimperntusche, einen sehr hellen Lippenstift und ein fast leeres Rougedöschen. Und eine kleine Flasche Patschuli. Ich öffnete das Fläschchen, roch daran – und sank plötzlich atemlos auf meinem Stuhl zurück.
»Was ist, Mary, was ist los?«
»Dieser Duft ... er hat mich plötzlich erinnert ...«
»An was?«
»Ich weiß es nicht. So vieles, Gefühle. Ich kann sie nicht beschreiben.«
»Angenehm oder unangenehm?«
»Weder noch. Beides. Ich weiß nicht.«
Paula griff nach dem Stöpsel und verschloß die Flasche hastig. »Mein Gott, Mary, erschreck mich doch nicht so. Ich dachte, ein verfluchter Flaschengeist sei rausgestiegen. Vielleicht hätte ich dir das Zeug nicht zeigen, sondern in den Müll werfen sollen wie die Schuhe.«
»Ich bin wirklich froh, daß du es mir gezeigt hast, ehrlich. Aber du weißt doch, was Düfte alles auslösen können. Was ist in der Brieftasche?«
Sie breitete sorgfältig den Inhalt aus. Es war eine enttäuschende Ausbeute. Eine Büchereikarte, ein paar Münzen, eine Bankkarte, ein paar entwertete Zugfahrkarten (Bristol und London), ein paar Quittungen – und ein Foto.
»Ist das dein Dad?«
»Das ist er wohl, ja.«
»Ziemlich unheimlich, findest du nicht?«
Es war eine Studioaufnahme. Der Stempel auf der Rückseite verriet, daß es in den Las Vegas Photographic Studios in

Buenos Aires entstanden war. Die billigen Farben waren zu einem silbrigen Blau verblaßt. Vor einem Hintergrund mit aufgemalten Palmen und schneebedeckten Bergen stand ein nachdenklich blickender junger Mann mit einem Lächeln, wie man in Gegenwart von Fremden lächelt, für die Familie zu Hause.

Alles in allem ein ganz normales Foto, das ein junger Ehemann seiner Frau schickt.

Abgesehen davon, daß jemand es entstellt hatte. Wutentbrannt. Dicke krakelige rote Kugelschreiberstriche, zwei gebogene Linien auf dem Kopf, wie bei einem Wikingerhelm, eine riesige Mistgabel in der Hand, Kringel im Hintergrund.

»Warum, glaubst du, hat sie das getan?« fragte Paula.

»Wer?«

»Deine Mutter natürlich. Das muß von ihr sein. Ich nehme an, sie war wütend auf ihn. Warum hat sie ihm diese Hörner aufgemalt?«

»Ich weiß nicht. Einem betrogenen Ehemann setzt man Hörner auf, vielleicht war sie ihm untreu gewesen.«

Paula schien nicht überzeugt. Sie hatte sich offenbar seit ihrem Fund eine Menge Gedanken darüber gemacht. »Ich meine, es sieht eher nach Teufel aus.«

»Teufel?«

»Ja. Hörner, die Mistgabel … und diese Krakel im Hintergrund stellen das Höllenfeuer dar. Ziemlich abgedrehtes Outfit für einen toten Ehemann.«

»Ach Paula, warum sollte sie ihn in einen Teufel verwandeln? Und außerdem wissen wir nicht, ob es nicht jemand anders war. Vielleicht war ich es. Du weißt doch, was Kinder mit einem roten Kugelschreiber alles anrichten können.«

»Das habe ich auch überlegt. Aber du warst fünf, oder? Eine

Fünfjährige hätte ihm einen Schnurrbart und eine Brille aufgemalt, aber nicht Hörner und eine Mistgabel.«
»Ich hab' dir doch gesagt, daß ich frühreif war. Und ich finde, es sieht ziemlich kindisch aus.«
»Wer das auch gemacht hat, er kochte vor Wut. Da ist echter Haß zu spüren.«
»Ich habe immer gedacht, daß sie ihn geliebt hat. So hat Dring es mir erzählt ...«
»Liebe und Haß können sehr dicht beisammen liegen. Und auf Verlust reagieren Menschen oft mit Zorn. Das ist Teil der Trauerarbeit. (Paula hatte einen Schein in Psychologie gemacht, was ich schon öfter zu spüren bekommen hatte.) Ich wette, daß sie wütend auf ihn war, weil er sie verlassen hat.«
»Weil er nach Südamerika ging?«
»Weil er starb.«
»Aber er ist bei einem Unfall ums Leben gekommen«, protestierte ich. »Bei einem Flugzeugabsturz mit anderen Passagieren. Dafür kann man ihn ja wohl kaum verantwortlich machen, oder? Es ist doch unsinnig, auf jemanden wütend zu sein, der bei einem Unfall gestorben ist.«
»Sag das mal dem Menschen, der den Verlust erleidet. Sieh dich doch nur mal selbst an. Warst du denn nie wütend auf sie, weil sie dich verlassen hatten, dich im Stich ließen?«
»Warum sollte ich? Himmel, Paula, manchmal hörst du dich an wie Dr. Phelps. Das ist doch Zeitvergeudung. Sie haben es ja nicht mit Absicht getan. Ich lag schließlich nicht in Zeitungspapier eingewickelt auf der Kirchentreppe oder so.«
»Aber ich geh' jede Wette ein, daß du dich manchmal so gefühlt hast.«
Ich hatte es nie leiden können, wenn Paula sich als Amateurpsychologin betätigte. Es störte mich nicht, wenn sie

gemeinsame Bekannte oder ihre Unikollegen zerpflückte, aber wenn sie bei meiner Familie – oder gar bei mir selbst – damit anfing, verstand ich keinen Spaß mehr.
»Es ist idiotisch«, sagte ich, »jetzt hier auszutüfteln, warum meine Mutter etwas Bestimmtes getan hat, und dabei ... nun, es ist ziemlich unsinnig, nach logischen Kriterien zu suchen, wenn sie kurz davor war, in eine Nervenheilanstalt eingewiesen zu werden.« Und ich fing an, die Sachen wieder in die Umhängetasche zu packen.
»Na ja, du hast wahrscheinlich recht. Wer hört schon auf eine Verrückte? Laß uns was essen. Ich kann was vertragen, und du siehst auch halb verhungert aus. Im Kühlschrank sind Eier.«
Während Paula Essen machte, ging ich mit der Tasche auf mein Zimmer. Irgend etwas ließ mir keine Ruhe, malträtierte mein Hirn, seit ich das entstellte Foto meines Vaters gesehen hatte.
Und dann fiel es mir ein ...
Ich ließ mich auf den Rand des Bettes sinken.
Meine Mutter hatte Wahnvorstellungen von Teufeln. Sie hielt meinen Onkel für einen Teufel. »Der Teufel hat *Doras Zimmer* geschrieben.« Und hier hatte sie nun meinen Vater als Teufel dargestellt.
Sie hielt alle für Teufel. Beide Brüder.
Es sei denn ...
Ich stöhnte laut. Meine arme Mutter. Es gab nur einen Teufel in ihrem Leben – meinen Vater. Und der Teufel hatte *Doras Zimmer* geschrieben. Das hatte sie mir an jenem Tag in der Klinik sagen wollen, als sie mich mit ihren stumpfen Augen anstarrte und sich vorbeugte, um mir das Geheimnis mitzuteilen, das auf ihr lastete. Sie wollte mir mitteilen, daß mein Vater *Doras Zimmer* geschrieben hatte.
Es war erschreckend, wie ein verwirrter Geist die Wirklich-

keit verzerren kann. Kein Wunder, daß sie mit all den hoffnungslosen Fällen, die sich für Jeanne d'Arc oder die Jungfrau Maria oder die Königinmutter hielten, in die Anstalt gesteckt wurde. Und mit der Frau, die sich für ein Elektrogerät hielt und sich morgens erst bewegen wollte, wenn man den Stecker reinsteckte. Hahaha, guter Witz.

Mit zitternden Händen nahm ich das Foto aus der Brieftasche und starrte darauf. In diesen groben roten Strichen, in den Hörnern, der roten Gabel, den roten Flammen auf dem faden Hintergrund mit den aufgemalten Palmen und den Bergen Südamerikas lag ein solcher Zorn. Ich hörte ihren Atem zischen, als sie mit dem roten Kugelschreiber das Bild verunstaltete, sah, wie ihre grünen Augen glitzerten vor Haß.

Aber warum haßte sie ihn so? Weil er uns verlassen hatte? Weil er gestorben war?

Nein, es mußte der wilde wahnsinnige Haß einer Verrückten gewesen sein.

Ich glaube, ich hatte unterschwellig, heimlich gehofft, daß meine Mutter in Wirklichkeit normal gewesen war wie alle anderen Mütter, daß sie Opfer einer ärztlichen Fehleinschätzung geworden war. Nervös, vielleicht auch instabil oder neurotisch – aber wenn man alle neurotischen Mütter einsperren würde, wären die Kliniken voll und es würde massenhaft Kinder geben, die ohne Mütter aufwuchsen.

Doch ich hielt den Beweis dafür in Händen, daß ihr der Zugriff zur Realität entglitten war, daß sie über eine verborgene Grenze geschritten und jenes Reich des Zwielichts betreten hatte, in das ihr niemand folgen konnte, das Reich der Psychotiker.

All diese Worte kamen wieder, das Geflüster von Kindern, die in der Ecke eines winterlichen Spielplatzes zusammenhockten, das Murmeln im Klassenzimmer, die Rufe der Mutigeren auf dem Heimweg:

Mary, Mary, trotziges Mädchen, wie ging deine Mutter dahin?
Mit Kreischen und Klingeln und schrecklichem Schrei'n
Und Schwestern sah man sie zieh'n.

Ihre Mum ist verrückt, jeder weiß es, ist in der Klapsmühle, hat nicht mehr alle Tassen im Schrank, ist plemplem, nicht mehr bei Trost, wahnsinnig, irre. Kein Wunder, daß sie …
Und immer hatte ich gedacht: Sie täuschen sich. Sie haben keine Ahnung. Sie ist nur eine Zeitlang in der Klinik. Manchmal log ich und erzählte Leuten, daß sie auch bei dem Flugzeugabsturz ums Leben gekommen sei. Mein Gott, ich wünschte, es wäre so gewesen. Eine saubere Tragödie, vorbei, nicht die dauernde Belastung, die Konfusion, in der ich jetzt lebte. Wenn sie nur mit meinem Vater gestorben wäre, dann säße ich jetzt nicht hier, den Beweis ihres Wahnsinns in Händen, diese roten Kulistriche, die ihre verdrehte Vision darstellten, nach der Archie nicht der Autor von *Doras Zimmer* war.
In welchem Delirium hatte sie diese verrückte Version der Geschehnisse ersonnen? Was hatte sie dazu getrieben, ihrem toten Mann das Produkt des Bruders zuzuschreiben? Nur eine Verrückte würde erwarten, daß man ihr glaubte. Alle Welt wußte doch, daß Archie *Doras Zimmer* geschrieben hatte. Irgendwo mußte es Beweise dafür geben. »A. Miller, Autor von *Doras Zimmer*« und sein attraktives Gesicht, das einem von der Rückseite jedes Exemplars des Buches entgegenlächelte. Es mußte ein Manuskript existieren, wahrscheinlich hatte man ihn gesehen, wie er daran schrieb, es konnte keinen Zweifel daran geben.
Und selbst wenn man einmal einen Moment von dem Unglaublichen ausging, wenn man annahm, daß mein Vater und nicht Archie *Doras Zimmer* geschrieben hatte, selbst

wenn sie recht gehabt hätte – wie groß war die Chance, daß jemand dem Brabbeln einer Verrückten Glauben schenkte?

Die Keime des Zweifels schlugen Wurzeln in meinem Kopf und wollten nicht mehr weichen.

Ich tat alles mögliche, um mich von den verrückten Gedanken abzulenken, die sich in mein Hirn drängten. Ich wurde zur eifrigsten Besucherin von Dring, was die Schwestern erst mit Wohlwollen wegen meines Einsatzes, dann mit Entnervung wegen meiner ständigen Präsenz quittierten. Ich stöberte in den Läden Nachthemden in den schrillsten Farben mit den exaltiertesten Rüschen auf, und da nur zwei oder drei davon im Krankenhaus aufbewahrt werden konnten, stapelte ich die restlichen zu Hause. Ich ersann zusehends raffiniertere Methoden, ihre heißgeliebten Zigaretten einzuschmuggeln (die sie alle nicht rauchen konnte, aber es machte ihr Freude, sie zu horten). Ich entwickelte mich zur verantwortungsvollen Erbin. Nachdem ich zuvor nur schriftlich in Erscheinung getreten war, fuhr ich nun nach London, führte lange Gespräche mit Börsenmaklern und ließ mir von ihnen im Detail die Investitionen meines Großvaters darlegen. Ich traf mich mit dem Verwalter, den Anwälten, eigentlich mit jedem, der mich von dem keimenden Verdacht ablenken konnte, der sich wie ein bösartiger Pilz in meinem Hirn ausbreitete.

Angenommen, meine Mutter hatte recht gehabt, und mein Vater, nicht Archie, hatte *Doras Zimmer* geschrieben?

Nach allem, was ich bislang wußte, war es möglich. Nicht wahrscheinlich, aber möglich. Obwohl das Buch erst im Jahr nach dem Tode meines Vaters veröffentlicht wurde, mußte es zu seinen Lebzeiten geschrieben worden sein, das ließ sich aus den Postkarten meines Vaters schließen.

Und wenn mein Vater der Autor war, klärten sich plötzlich auch andere Dinge auf. Archies langes Schweigen beispielsweise. Man hatte es gemeinhin dem Tod seiner Frau zugeschrieben (wie Paula meinte: dem Tod der Muse), aber der Tod des wirklichen Autors mochte ebensogut der Grund dafür sein. Archie hatte keine Chance gehabt, dem Buch, das er an sich gerissen hatte, ein zweites folgen zu lassen. (Natürlich, da war *Jungfernfahrt*, aber dieses Werk wurde im Vergleich mit *Doras Zimmer* allgemein als so kläglich betrachtet, daß es bald in der Versenkung verschwunden war. Ich hatte sogar Gerüchte gehört, daß Archie versucht hatte, die restlichen Exemplare aus dem Verkehr zu ziehen. Handelte es sich bei diesem Buch um seinen einzigen Versuch, einen jämmerlichen Ansatz, es seinem toten Bruder gleichtun zu wollen?) Und äußerten sich die Leute nicht ständig über den Widerspruch zwischen *Doras Zimmer,* diesem Roman, der mit so viel Einfühlungsvermögen geschrieben war, daß die Lektüre einiger Passagen regelrecht schmerzhaft war, und dem Menschen Archie, der umgänglich und maßlos war, aber etwas Kaltes, fast Grausames an sich hatte? Es lag nahe, diese Veränderungen in seinem Charakter den Tragödien seines Lebens zuzuschreiben; doch es konnte auch sein, daß der Roman von dem nachdenklichen jungen Mann mit dem verträumten Blick verfaßt worden war und nicht von dem extrovertierten Archie.

Immer wieder sagte ich mir, daß meine Gedanken müßig waren, zu nichts führten. Oder, schlimmer noch, daß sie mich auf jenen gefährlichen Weg brachten, den meine Mutter vor all diesen Jahren beschritten hatte. War ihr Wahnsinn nicht abschreckend genug? Wenn sie behauptet hätte, mein Vater hätte die Decke der Sixtinischen Kapelle gemalt, hätte ich das für wahr gehalten? Vielleicht schmeichelte es

nur meiner Eitelkeit zu glauben, daß es *mein* Vater, nicht der von Gerald gewesen war, welcher die Aufregung und Sehnsucht der Jugend in einem Roman festgehalten hatte, der bis heute eine stetige Leserschaft fand. (Mein Daddy ist schlauer als deiner – Nein, ist er nicht, und ich kann's beweisen.) Und meine Mutter war so neidisch auf Archies Erfolg gewesen, daß sie ihn in ihrer Phantasie ihrem Mann zugeordnet hatte. Natürlich hatte Archie das Buch geschrieben. Das wußte doch jeder. Er hatte auf Lesungen darüber gesprochen. Mit dem ganzen Stolz des Autors.
Nein, so stimmte das nicht. Er redete äußerst ungern darüber. Nun, das war verständlich, viele Schriftsteller lassen lieber ihr Werk für sich sprechen. Aber Moment, was hatte ich noch zu Paula gesagt? Wenn du Archie loswerden willst, brauchst du nur über *Doras Zimmer* zu reden. Frag ihn nach der Figur der Dora, dem niemals gelösten Rätsel, dem mythischen Vogel, der Anima, der Botin der Athene, Weggefährtin, frag ihn nach Dora, deren Name das Anagramm »road« ergibt.
Dora hatte existiert, sie war eine reale Person, dessen war ich mir sicher. Mein Vater und Archie hatten sie gekannt. Was genau hatte mein Vater auf der Karte geschrieben, die Archie schnellstens vernichtet hatte? Er hatte sich gefragt, was aus Dora geworden war. Nicht gerade die Art, wie man von einem mythischen Vogel oder der Anima oder Weggefährtin spricht. So äußert man sich eher über jemanden, den man kennt, einen realen Menschen.
Warum also hatte Archie ihre Identität nie preisgegeben? Mußte Dora auch noch geschützt werden, nachdem mein Vater tot war? (Ich dachte für eine Sekunde, ob sie meine Mutter war, verwarf den Gedanken aber wieder. Da er uns beide in der Obhut der kurz zuvor angestellten Madame de Rhin am Alderly Drive wußte, würde er sich kaum ge-

fragt haben, was aus seiner Frau geworden war.) Vielleicht war der Kontakt zwischen Dora und den Brüdern abgebrochen. Vielleicht war sie für Clancy immer wichtiger gewesen. Vielleicht konnte Archie nach dem Tod seines Bruders nicht rekonstruieren, um wen es sich dabei gehandelt hatte.

Diese Erklärung war so einfach, daß sie mir den Atem nahm. Der Grund, weshalb Archie Doras Identität nie verraten hatte, lag offen zutage: Er wußte nicht, wer sie war. Warum hatte er seit *Doras Zimmer* nichts mehr geschrieben? Ganz einfach: Weil er noch nie zuvor etwas geschrieben hatte.

Und dann, kaum hatte sich alles zusammengefügt, schrak ich angstvoll zurück. Die Idee war so irrsinnig, daß es mir kalt den Rücken herunterlief. Selbstverständlich hatte Archie das Buch geschrieben. Archie Miller, der bekannte Autor von *Doras Zimmer*. Man läuft nicht durch die Gegend, stiehlt seinem Bruder das Meisterwerk und gibt es dann als sein eigenes aus. Wie hätte er damit so lange durchkommen können? Nur eine Verrückte konnte sich so etwas ausdenken.

Meine Mutter hatte es sich ausgedacht, und sie war eine Verrückte. Hinter Schloß und Riegel. Mit Medikamenten vollgepumpt, zugedröhnt und so lange mit Elektroschocks traktiert, bis nichts mehr von ihr übrig war, nicht ein Funken mehr von der Frau mit dem irren Blick, die an jenem Tag auf der Station mit mir gesprochen und mich so verängstigt hatte, daß die Schneeglöckchen, die ich ihr mitgebracht hatte, zu Boden gefallen waren.

Meine arme Mutter. Sie war verrückt.

Und ich war es nicht. Ich würde es auch nicht werden. Vergiß die Verrücktheit, die Phantasien, das wirre Gespinst aus Teufeln und Genies. Bleib auf dem Boden der Tatsachen.

Ein Mann starb bei einem Flugzeugabsturz. Sein Bruder schrieb einen Bestseller. Eine Irre malte ihrem Gatten auf einem Foto Hörner auf den Kopf, gab ihm eine Mistgabel in die Hand, machte ihn zum Teufel.

Das waren die Tatsachen. Aber warum hatte sie das getan? War ihr Kummer so rasend, ihr Zorn so grenzenlos, daß sie wirklich glaubte, er habe sie durch seinen Tod betrogen? Ich versuchte Dring zu fragen, aber sie reagierte unwirsch und sagte mir nur wieder, daß ich die Vergangenheit ruhen lassen sollte.

Aber die Vergangenheit, ihre Vergangenheit, war zu meiner einzigen Gegenwart geworden, und ich hatte keine andere Wahl, als die Suche fortzusetzen. Jetzt war ich nicht mehr nur hinter Informationen über meinen Vater her, sondern ich suchte auch nach Dora. Nach einem Beweis dafür, daß mein Vater nicht der Autor von *Doras Zimmer* gewesen sein konnte. Niemand in Bristol vermochte mir dabei zu helfen.

Diesmal, das wußte ich, konnte ich nicht mit Adam darüber sprechen.

Nur das Haus war mein Begleiter auf dieser Suche, dieses gigantische, scheußliche gelbe Haus auf dem Hügel mit all seinen Geheimnissen und verwischten Erinnerungen, das mich zwang, zu ihm zurückzukehren. Wie die Schwalben, die sich im Herbst versammeln, um sich auf die lange und beschwerliche Reise zu begeben, von der viele nicht mehr wiederkommen, begann ich mich auf die unvermeidliche Rückkehr nach Chatton Heights vorzubereiten.

7

Es hatte sich nicht viel verändert. Zwischen den Büschen zeigten sich ein paar grüne Spitzen, aber der Frühling schien in weiter Ferne. Das Haus war trostlos, dunkel und leer wie zuvor. Tom Page sagte, er sei dabei, die Marionetten und das Theater wiederherzustellen, und Mrs. Viney meinte, daß er wegen seiner Arthritis nie damit fertig würde. Tillie flatterte wie eine gehetzte, alternde Puppe von Raum zu Raum, und ihre Sätze waren so unentwirrbar wie eh und je. Ich zwang mich noch immer dazu, jeden Tag eine Weile in ihrer Nähe zu bleiben, um vielleicht ihr Vertrauen gewinnen und die Geheimnisse hinter diesen leeren blauen Augen enthüllen zu können, doch nach und nach mied ich sie. Sie strahlte etwas Merkwürdiges, fast Verrücktes aus, und das machte mir angst. Geralds Hunde tollten nicht mehr herum, sondern wanden sich zu seinen Füßen und schielten ängstlich nach seinen Stiefeln und dem schweren Stock, den er immer bei sich hatte. Archie vergrub sich Tag für Tag in seinem Studierzimmer und tauchte nur zu den Mahlzeiten auf.

Am Wochenende kam Paula zu Besuch, und Archie trank weniger und war lebhafter. Am ersten Abend lenkte Paula selbst das Gespräch auf die Literatur, und ich konnte relativ leicht die Fragen anbringen, die mich interessierten. Gab es noch ein Manuskript von *Doras Zimmer?* Nein, er schrieb immer gleich in die Schreibmaschine, und es gab nur die druckfertige Version. Hatte jemand das Manuskript gesehen, bevor es an den Verlag geschickt worden war? Nein, höchstens seine Frau. Er hatte das Projekt geheimgehalten, bis es zu seinem Erstaunen vom Verlag angenommen worden war. Man konnte nun über seine Dummheit lachen, aber damals hatte er ernsthaft an der Qualität des Buches gezweifelt (warmes Lächeln für seine Bescheidenheit von Paula). Aber mein Vater, beharrte ich, mußte es doch wohl gelesen haben, da er auf seiner Postkarte aus Südamerika auf einen möglichen Verleger verwies.

Es war nach dem Abendessen, und wir saßen im Salon. Tillie hockte beim Kaffeewagen; aus irgendeinem Grund mochte sie sich offenbar nicht wie üblich in ihr vollgestopftes kleines Wohnzimmer zu ihrem lärmenden Fernseher zurückziehen. Sie zappelte um Archies Sessel herum und füllte seine Kaffeetasse nach (er trank keinen Alkohol mehr), sobald er einen Schluck zu sich genommen hatte. Als ich die Postkarte erwähnte, verlor sich Archies wohlwollendes Lächeln.

»Großer Gott, Fern, sei doch nicht so entsetzlich langweilig.«

Tillie sprintete mit der Kaffeekanne vor und schüttete wieder von der dunklen Flüssigkeit in seine noch volle Tasse.

»Du liebe Güte, Frau«, knurrte er, »kannst du nicht was Vernünftiges tun wie zum Nachbarn fliegen und dessen Milch grün färben oder was du sonst so an langen Winterabenden treibst?«

Tillie riß die Kaffeekanne zurück und drückte sie an ihren in Wolle gehüllten Busen. »Aber Kaffee ist ... und vor allem um diese Tageszeit ... obwohl natürlich auch Schokolade ...« Und sie setzte sich wieder, noch immer die Kanne umklammernd, als könnte man sich daran wärmen.

Seine Verstimmung spornte mich nur an, und ich gab dem Drang nach und sagte: »Aus dem, was auf der Postkarte steht, läßt sich entnehmen, daß mein Vater *Doras*

Zimmer gelesen hatte. Da er ja starb, bevor es erschien, muß er ...«

Archie unterbrach mich. Er wandte sich nicht an mich, sondern an Paula, die allem, was er von sich gab, mit ergebenem Respekt lauschte. »Es verblüfft mich immer wieder aufs neue, wie nichtige Geister sich an Banalem zu ergötzen vermögen. Unfähig, das Ausmaß wahrer künstlerischer Größe zu ermessen, gründeln sie in den Tiefen, in der verzweifelten Hoffnung, etwas aufzuspüren, das sie mit ihren geringen Fähigkeiten begreifen können. Mögen Sie Marmelade oder Konfitüre zum Frühstück, Mr. Miller? Bevorzugen Sie die glänzende Glattheit eines Kugelschreibers oder die weiche Nachgiebigkeit eines Faserstifts? Als Ihr Bruder Ihnen in dem Monat vor seinem Tode schrieb, hatte er *Doras Zimmer* tatsächlich gelesen, oder hatten Sie ihm nur von der Existenz des Buches berichtet? Nun, Hohes Gericht, Euer Ehren, die Wahrheit ist, daß ich mich nicht erinnern kann. Im Gegensatz zu dem, was einige kleinliche Geister sich zurechtspinnen, habe ich die Vergangenheit nicht wie ein kleines Video in meinem Hirn gespeichert, das ich nach Belieben bei jeder saudummen Frage hin- und herspulen kann, die mir von saudummen Frauenzimmern gestellt wird«, und hier sah er mich direkt an, und seine dunklen Augen glühten vor Zorn, »welche nichts Besseres zu tun haben, als im ausrangierten Müll von anderen Leuten herumzuwühlen.«

Ich erwiderte seinen Blick, ohne mit der Wimper zu zucken. »Wen versuchst **du** zu schützen, Archie? Meinen Vater ... oder Dora?«

»Mach dich nicht lächerlich.« Nur dieser kaum wahrnehmbare zuckende Muskel unter seinem Auge verriet sein Unbehagen. »Der eine ist tot, die andere gab es nie. Warum sollte ich sie vor etwas schützen wollen?«

»Aber mein Vater sagte, daß Dora …«
»Nein, hat er nicht. Er hat niemals eine Person namens Dora erwähnt, nur das Buch. Du hast aus dem Text auf dieser Postkarte deine eigene Meinung herausgelesen. Du solltest dich besser im Griff haben, Mädchen. Dieses zwanghafte Interesse an der Identität einer erfundenen Figur bekommt dir nicht, im Gegenteil, ich meine, daß es dir ernsthaft zu schaden beginnt. Wenn es diese Person jemals gegeben hätte, glaubst du nicht, daß ich längst enthüllt hätte, wer sie ist? Glaubst du nicht, ihr wäre selbst daran gelegen gewesen, auf ihre Rolle bei der Entstehung des Buches hinzuweisen?«
»Aber die erste Ausgabe war Dora gewidmet. Deshalb fragen die Leute immer, wer …«
»Und, glaube mir, wenn ich geahnt hätte, was für eine Pein ich ihnen bereite, hätte ich die Widmung sofort verändert. Aber du mußt dir die Umstände vergegenwärtigen. Meine Frau war gerade gestorben, ich war völlig aufgewühlt. Ich konnte mich nicht mit so etwas Trivialem wie der Widmung in dem Buch abgeben. Wem möchten Sie es widmen? haben sie mich gefragt. Keine Ahnung, sagte ich ihnen, jedem, suchen Sie's selbst aus, von mir aus der ollen Dora … Und das haben sie dann getan. Du siehst also, es gibt für alles eine einfache Erklärung. Das Problem ist nur, daß deine rege Phantasie Dramen schafft, wo keine sind. Ich möchte dich wirklich warnen, Fern, deine Mutter hatte dieselbe fatale Schwäche. Bei ihr wußten wir nicht, wie hoffnungslos verletzlich sie war, bis es zu spät gewesen ist. Und diesen Fehler, Fern, möchte ich nicht noch einmal machen.«
Es war schlau von ihm, die Drohung als Fürsorge seitens des Onkels zu tarnen. Und er erreichte sein Ziel. Während ich ihn noch angewidert schweigend anstarrte, nutzte Ar-

chie die Gelegenheit zu einem würdevollen Abgang. Tillie, sich an die Kaffeekanne klammernd, folgte ihm auf dem Fuß.

Paula, die nur die Fürsorge, nicht die Drohung wahrgenommen hatte, machte mir sofort Vorwürfe. »Warum belämmerst du ihn nur ewig mit diesen blöden Postkarten? Du weißt doch, daß es ihn aufregt, wenn er an diese furchtbare Zeit denkt.«

Ich erwiderte nichts, war außerstande zu erläutern, daß seine scharfe Reaktion mich erst recht anspornte. Sie stand auf, legte noch ein Holzscheit aufs Feuer und stupste es gedankenverloren mit der Fußspitze an. »Aber eins muß ich sagen. Er ist verdammt sexy, wenn er so wütend wird. Schade, daß ich ihn nicht getroffen hab', als er noch jünger war.«

Paula hielt zwar nichts davon, daß ich probierte, Archie ins Kreuzverhör zu nehmen, aber der Suche nach Doras Zimmer zeigte sie sich durchaus aufgeschlossen. An dem Nachmittag vor ihrer Abfahrt meinte sie: »Ich hab' drüber nachgedacht, Fern, und ich bin zu dem Schluß gekommen, daß Doras Zimmer irgendwo in diesem Haus ist. Es muß so sein.«

»Hast du Archie danach gefragt?«

»Andeutungsweise ... er sagt, es sei überall – und nirgendwo.«

»Und du glaubst ihm nicht?«

»Nicht ganz, aber ...« Sie war ungeduldig. »Du willst immer, daß alles schwarz und weiß ist, nimmst es so wörtlich. Im literarischen und künstlerischen Sinn hat er recht. Doras Zimmer ist ein Raum, der jedermann zugänglich ist, also nicht auf einen bestimmten Punkt festgelegt werden kann. Aber Doras Zimmer, der Raum, den Archie als Vorbild nahm, als er den Roman schrieb, den muß es irgendwo geben.«

Mit diesem Rätsel hatten sich schon andere erfolglos herumgeschlagen, aber nicht einmal das hielt uns davon ab, es selbst zu probieren. Das Buch war durchzogen von Hinweisen auf das Zimmer. Von diesem Zimmer aus, das überall und nirgendwo war, konnte man den eckigen Kirchturm, die Roßkastanie, die sich über den Dorfweiher neigte, und in der Ferne den Berg sehen, der einem Kamel glich. Das stellte zunächst kein Problem dar, da diese Aussicht in den vorderen Schlafzimmern in Chatton Heights gegeben war. Aber wenn man in Doras Zimmer war, sah man auch noch den Dorfteich und die weißen Enten, die dort umherschwammen. Doch sogar vom Dachboden aus hatte man nur Ausblick auf die Baumkrone der Roßkastanie, der Teich selbst war verdeckt. Paula wollte dennoch nicht aufgeben, und so stiegen wir die gewundene Treppe zum Dachboden hinauf, schoben Truhen und Schrankkoffer unter die kleinen Fenster und stießen sie auf. Abwechselnd spähten wir hinaus wie Ziesel, die die Gegend auskundschaften. Die Aussicht war überwältigend: die karge, von Schafen abgeweidete Hügellandschaft der Cotswolds, Winterhecken und kleine Wäldchen, die als schwarze Striche und Kleckse zutage traten, hier und da gelbe Gebäude und Farmhäuser, dicht zusammengedrängt – eine Aussicht, die sich wohl in den vergangenen Jahrhunderten kaum verändert hatte, aber trotz ihrer Schönheit für uns enttäuschend war, was ich geahnt hatte. Die Baumreihe, die den Obstgarten gegen Winde aus Norden und Osten schützte, versperrte den Blick auf den unteren Teil der Kastanie und den Teich mit seinen Enten.

Paula weigerte sich, so leicht aufzugeben. »Als Archie jung war, konnte er möglicherweise weiter sehen, weil die Bäume noch nicht so hoch waren.«

»Ich glaube, sogar wenn die Bäume gar nicht da wären,

könnte man nicht über die Hügelkuppe schauen. Und außerdem sind ein paar von diesen Bäumen über hundert Jahre alt – dieser immergrüne Baum zum Beispiel, die Steineiche, stand schon dort, bevor das Haus gebaut wurde.« Ich half ihr von dem Schrankkoffer herunter. »Ich verstehe auch nicht, wie dieses Zimmer im Haus selbst sein kann, denn im Buch steht, daß das Haus vom Zimmer aus zu sehen ist.«

»Wie kommst du darauf?«

»Die Beschreibung von der Gruft mit den Nadelöhrschlitzen, dem steinernen Grab der Kindheit – das muß das Haus sein. Die Fenster sind außergewöhnlich hoch und schmal; Nadelöhr ist natürlich ein bißchen übertrieben.«

Also durchstreiften wir die Nebengebäude. Seit langem stand kein Pferd mehr in den Ställen und keine Kutsche mehr in der Remise.

»O Gott, schau dir all diese Autos an«, sagte Paula erstaunt. Für eine vierköpfige Familie war das tatsächlich ein ganzer Wagenpark. Außer meinem kleinen Renault standen dort ein Mini, mit dem Archie und Tillie ins Dorf fuhren, und ein Rover, den Archie für Überlandfahrten benutzte (Tillie wagte sich meines Wissens nach nie über die Grenzen des Dorfes hinaus). Ferner fanden sich ein Riley, ein Morgan, ein alter Daimler und diverse Prefects in unterschiedlichen Restaurierungsstadien.

»Die meisten gehören Gerald«, erklärte ich, »er repariert am liebsten alte Autos.«

»Macht er das noch lieber als Hunde mißhandeln?«

»Hm. Schauen wir mal, was man vom Boden aus sehen kann. Ich glaube, der Chauffeur wohnte da.«

Wir stiegen eine wacklige Leiter hinauf und spähten durch die Risse in der Holztür, mußten uns jedoch sofort den Mißerfolg eingestehen. Von hier aus sah man lediglich die

Rückseite des Hauses – kein Kirchturm, keine Kastanie, nicht einmal eine Andeutung von dem kamelförmigen Hügel in der Ferne.

Paula wandte sich zu mir. »Gibt es nicht noch was anderes?«

»Nein. Ich hab' überall nachgeschaut.«

»Vielleicht existierte noch ein Gebäude, das zerstört worden ist.«

»Ich habe Tom, den Gärtner, der bereits vor Archies Geburt hier war, schon gefragt, und er sagt, es gab nie andere Gebäude. Ich hatte gedacht, vielleicht etwas in der Nähe des Sommerhauses ...«

»Sommerhaus?«

»Mach dir keine Hoffnungen, Paula. Von dort aus sieht man gar nichts.«

»Versuchen wir's trotzdem noch mal.«

Und das taten wir. Das Sommerhaus war etwa acht Quadratmeter groß, hatte eine Tür und zwei Fenster auf der Vorderseite, und sein weißer Anstrich war im Laufe der Jahre verwittert. Die Tür war abgeschlossen, aber sogar Paula mußte zugeben, daß es wenig Sinn hatte, sich gewaltsam Zugang zu verschaffen: Durch diese spinnwebverhangenen Fenster sah man höchstens von Unkraut überwuchertes Unterholz.

»Es ist ein seltsamer Ort.« Meine Stimme durchschnitt die Stille. »Ich habe hier immer das Gefühl ... ganz in der Nähe von etwas zu sein.«

»Jedenfalls nicht von Doras Zimmer«, sagte Paula entschieden. »Auch wenn das ganze Unterholz weg wäre, würden wir höchstens das Haus zu Gesicht kriegen, aber wir wären nicht hoch genug, um den Kirchturm, geschweige denn den Teich zu sehen. Es ist unmöglich. Archie muß wohl doch recht haben. Doras Zimmer gibt es nur in uns.«

Mit dieser abschließenden Äußerung huldigte Paula zweifelsfrei der Genialität von Archie – und ich stellte plötzlich fest, daß ich mich nach Adams erfrischend skeptischem Murren sehnte. Paula fuhr an diesem Abend nach Bristol zurück. Und ich war sogar froh darüber, denn da ich sie an meinen eigenen Vermutungen über Dora und ihr geheimnisvolles Zimmer nicht teilhaben lassen konnte, fand ich es einfacher, allein zu sein.

Es war eine Sackgasse. Ich hatte den Dachboden so gründlich durchsucht, daß ich schon die einzelnen Spinnen erkannte, wenn sie flüchteten, nachdem ich wieder eines ihrer kostbaren Netze ruiniert hatte. Ich hatte die Schubladen und Aktenschränke im Studierzimmer meines Großvaters durchforstet, als ich eines Morgens allein im Haus gewesen war. Ich hatte ausführlich mit sämtlichen Leuten im Dorf geredet, die meinen Vater noch gekannt hatten, aber von allen bekam ich nur die Standardaussage zu hören: »So ein netter junger Mann. Was für eine Tragödie, daß er gestorben ist.« Niemand schien ihn näher gekannt zu haben – aber er und Archie waren auch die Jungs aus dem Herrenhaus, die im täglichen Leben des Dorfes keine große Rolle spielten. Nach dem Tod ihrer Mutter gab es keine Feste mehr in Chatton Heights. Es war, als wäre mein Vater ein flüchtiger Schatten gewesen, dessen dreißigjähriges Leben keine Spuren in der Welt hinterlassen hatte.
Das alles war sehr entmutigend. Ich spürte, wie sich das Gefühl von Aussichtslosigkeit auf mich senkte, als wäre ich dabei, ebenso schattenhaft und unkörperlich zu werden wie mein Vater. Ich würde nie mehr über ihn erfahren, und es gab keinen Grund, länger in Chatton Heights zu bleiben. Aber es war auch sinnlos, nach Bristol zurückzukehren. Dring brauchte mich höchstens, um ihr Zigaretten zuzu-

stecken, die sie niemals würde rauchen können. Niemand brauchte mich. Was sollte ich jetzt tun? Ich hatte das Geld, die Freiheit und die Zeit, alles zu machen, wonach mir zumute war, alles, wonach andere Leute ein Leben lang strebten. Ich konnte Geige spielen lernen, eine Weltreise unternehmen, mich für wohltätige Projekte einsetzen oder mir die Nächte um die Ohren schlagen, denn ich mußte am nächsten Morgen nicht zur Arbeit. Doch meine Freiheit war eine Illusion. Ich wußte, daß ich all das nicht tun konnte. Nicht jetzt, noch nicht. Nicht bevor es mir nicht gelungen war, diesen Schatten, meinen Vater, plastisch zu machen, diesen Schatten, in den ich mich selbst zu verwandeln begann.

So blieb ich in Chatton Heights und dachte an das, was Gerald zu mir gesagt hatte, nämlich daß man gefangen sei, nicht mehr weggehen könne. Ich kann jederzeit morgen abreisen, sagte ich mir – und glaubte es nicht wirklich.

Eines Morgens, nachdem ich gerade im Dorf ein weiteres Treffen mit Mr. Markham absolviert hatte, hörte ich eine Männerstimme, die meinen Namen rief.

Es war Adam. Sein langer Mantel flatterte im Wind, ein warmes Lächeln strahlte aus seinen Augen, und bei seinem Anblick hob sich sofort meine Stimmung.

»Adam, so eine Überraschung! Warum hast du mir nicht Bescheid gesagt, daß du hier bist?«

»Ich wollte heute nachmittag in Chatton Heights vorbeikommen. Ich habe ein paarmal angerufen, aber man sagte mir immer, du seist nicht da.«

»Wer?«

»Gerald, Tillie.«

»Diese Mistbande. Sie sind zu faul, mich zu suchen, das ist alles. Nicht mal ausgerichtet haben sie es mir.«

»Und Paula?«

»Ja, doch, sie hat mir gesagt, daß du versucht hast, mich zu erreichen …« Aber ich hatte es vergessen. Über der grauenvollen Entdeckung, daß meine arme verwirrte Mutter ihren Mann für den Autor von *Doras Zimmer* hielt, hatte ich sogar Adam vergessen.

»Hast du meinen Brief bekommen?« fragte ich.

»Ja. Noch mehr Beweise für die Theorie, daß Dora eine reale Person war – obwohl uns das auch nicht dabei hilft, rauszufinden, wer sie war und warum Archie sich weigert, ihre Identität preiszugeben, oder?«

Es sei denn, er weiß es nicht, dachte ich; es sei denn, er hat das Buch nicht geschrieben.

Laut fragte ich rasch: »Wie geht's Ben?«

»Gut. Er ist auch hier. Er und Elsa sind dabei, Kuchen zu backen und meinen Vater zur Weißglut zu treiben. Komm doch mit, wir besuchen ihn. Oder hast du heute vormittag was anderes vor?«

»Ich habe nicht viel Zeit …« begann ich, aber dann fiel mir ein, daß ich ja ein ganzes Leben ohne Ziele vor mir hatte, und ich beschloß, daß diese Lüge sogar für mich zu gewaltig war. Also sagte ich: »Bist du sicher, daß dein Vater nichts dagegen hätte?«

»Er würde sich riesig freuen.«

Als wir das alte Pfarrhaus betraten, war Freude allerdings nicht die Emotion, die sich auf Ted Burys Gesicht abzeichnete. Elsas und Bens Singen und vergnügtes Quietschen waren im ganzen Haus zu hören, und Ted hatte sich in die relative Ruhe seines Studierzimmers zurückgezogen.

»Wie kann ein so kleiner Mensch nur so einen Lärm machen?« klagte er. »Elsa geht schon unter normalen Umständen kaum als Erwachsener durch, aber wenn sie mit deinem Sohn zusammen ist, Adam, führt sie sich regelrecht wie ein Kind auf. Es ist unmöglich zu arbeiten. Wir können froh sein, wenn es überhaupt irgendwann mal Mittagessen gibt. Chaos, totales Chaos.«

Adam war verärgert. »Ich dachte, du wolltest ihn bei dir haben? Soll ich mit ihm rausgehen?«

»Sei nicht albern. Doch müssen sie so einen Krach machen?«

»Ich werd' ihnen sagen, sie sollen leiser sein, aber das hättest du auch selbst tun können. Wo hast du übrigens dieses Fensterbild hingetan, das du mir gezeigt hast? Ich dachte, Fern würde es sich gerne mal ansehen.«

»Es hängt in meinem Schlafzimmer.«

»Was für ein Bild?« fragte ich, nachdem Adam Elsas und Bens Überschwang gedämpft hatte und vor mir die Treppe hinaufstieg.

»Bin neugierig, ob du es erkennst«, war Adams Antwort, als er die Tür öffnete.

Ich hatte das Bild noch nie gesehen – eine Vase mit aufgeblühten Tulpen, dahinter Bäume und Himmel. Die warmen Farben der Blumen hoben sich leuchtend von dem winterlichen Hintergrund ab – und ich wußte, auch ohne auf die Signatur zu schauen, wer das Bild gemalt hatte.

»D. Brewster«, sagte ich sofort. »Ich hatte keine Ahnung, daß dein Vater ihn auch kannte.«

»Nicht ihn. Sie.«

»Sie?«

»Ja. Das wollte ich dir erzählen. Kannst du dich erinnern, daß Gerald erst auf die Signatur des Bildes schauen mußte, als wir ihn nach dem Maler fragten? Und das ist seltsam, denn D. Brewster ist Geralds Tante, die ältere Schwester von Frances Miller.«

Mir kam ein Gedanke, ein Gedanke, der so wunderbar war, daß ich das Gefühl hatte, mich vom Boden zu lösen und eine Handbreit über dem grauen Teppich in Ted Burys Schlafzimmer zu schweben.

»Das Wichtigste hast du nicht erzählt, Adam. Für welchen Namen steht das D.?«
»Für welchen ...? Doch, ja, er hat es mir gesagt. Deborah, glaube ich, aber wir können meinen Vater noch mal fragen.«
»Oh.« Mein Traum zerplatzte wie eine Seifenblase. »Bist du sicher?«
Adam sah mich prüfend an. »Ja. Was hattest du erwartet?«
»Ich dachte ... aber das spielt keine Rolle. Ob ich sie wohl mal treffen könnte. Lebt sie noch?«
»Ich glaube schon. Du mußt Ted fragen. Bleib doch zum Mittagessen, dann kannst du ihn nach der Vergangenheit aushorchen und mir gleichzeitig einen Gefallen tun. Es wird ihn aufmuntern und von den Großvatersorgen ablenken.«
»Ich bin sicher, er vergöttert Ben.«
Adam gab lediglich ein Murren von sich.
Wir gingen mit Ben am Teich unter der alten Roßkastanie spazieren, während Elsa sich um die Fertigstellung des Mittagsmahls kümmerte. Das prompte Essen und meine Neugier, die Vergangenheit betreffend, versöhnten Ted etwas mit der Tatsache, daß er mit einem Familienmitglied speisen mußte, das seinen Apfelauflauf bevorzugt mit den Fingern aß.
Ted erzählte mir, was er wußte, und das war nicht viel. Als er von Long Chatton nach Portsmouth gezogen war, war Frances Brewster noch eines von vielen Mädchen gewesen, das die Brüder besucht hatte. Ein Jahr später hatten sie und Archie geheiratet.
»Ich war zur Hochzeit eingeladen. Deborah war, nehme ich an, auch dort, aber ich muß zu meiner Schande gestehen, daß ich mich so gefreut habe, meine alten Freunde wieder-

zusehen, daß ich mich um ihre Familie gar nicht gekümmert habe.«

»Die Hochzeit fand also auch in Long Chatton statt?«

»Ja. Ich glaube nicht, daß von den Brewsters viele kamen. Wenn ich mich recht entsinne, war ihre Seite der Kirche ziemlich mager besetzt; in einem kleinen Dorf fällt so etwas auf. Ihr Vater war offenbar Berufssoldat, aber irgend etwas lief schief, ich weiß nicht mehr, was, und Deborah zog Frances quasi alleine auf.«

»Gab es noch andere Geschwister?« fragte Adam.

Ted schüttelte den Kopf.

»Aber warum weiß Gerald nichts von ihr?« Ich sah ihn etwas verwundert an. »Sie ist die einzige Tante, und ihm war nicht mal bekannt, daß sie die Porträts gemalt hatte. Glauben Sie, daß Archie die beiden voneinander fernhielt?«

»Da werden Sie ihn fragen müssen. Oder sie selbst.«

Adam erkundigte sich, ob man sie treffen könne.

»Kein Problem«, sagte Ted, »sie wohnt mit einer Frau namens Molly Dyer zusammen, deren Vater sich im Ruhestand hier niedergelassen hat. Einer dieser Miniskandale, von denen die Gerüchteküche des Dorfes lebt.«

Nachdem Teds Kenntnisse über Deborah Brewster erschöpft waren, lenkte ich das Gespräch unauffällig auf die Entstehung von *Doras Zimmer.* Fielen Ted beispielsweise noch andere, private Gründe ein, warum mein Vater nach Südamerika gereist war? Nein, aber er hatte es immer seltsam gefunden, daß er ausgerechnet zu dem Zeitpunkt verschwand, als die Krankheit meiner Mutter sich abzuzeichnen begann. Hatte es irgendeinen Zwist zwischen ihm und Archie gegeben? Hier fiel mir auf, daß Ted einen winzigen Moment zögerte, bevor er sagte, nein, er wisse von nichts dergleichen. Hatte mein Vater jemals Interesse an musischen Dingen gezeigt? Nein, aber Archie auch nicht. *Doras Zimmer* war völlig überraschend gekommen. Archie hatte nichts verlauten lassen, was aber kein Wunder war angesichts der Tatsache, daß sein Vater alles außer dem Anhäufen von materiellen Gütern radikal ablehnte.

»Mein Großvater hatte enorme Macht über seine Söhne, nicht wahr? Archie war damals schließlich Mitte Dreißig, da hätte er doch die Meinung seines Vaters nicht mehr so wichtig nehmen müssen.«

»Geld.« Ted sagte das Wort mit solchem Nachdruck, als erübrigten sich damit alle weiteren Erklärungen. »Der alte Everett hatte das Geld. Er zog seine Söhne so auf, daß sie hohe Ansprüche stellten, aber nicht annahmen, daß sie jemals für ihren Lebensunterhalt arbeiten müßten. Und er gab ihnen nur Geld, wenn ihm danach zumute war. Damit blieb er in seiner Machtposition. Clancy entkam ihm schließlich, aber Archie schaffte es nie richtig – er war immer zu versessen auf den Status und die Annehmlichkeiten, die man sich mit Geld erkaufen kann.«

»Klingt ganz nach dem guten alten Gerald«, meinte Adam.

»In diesem Haus dreht sich alles bloß um Geld«, sagte ich bedauernd. »Ich hielt Geld immer für etwas, womit man sich kaufen kann, was man braucht, aber da zählt nur Geld, dort führt es ein Eigenleben.«

»Allerdings. Ich sprach in meinen Predigten immer von den Fallstricken des auf Erden angehäuften Reichtums, doch ich bilde mir nicht ein, daß Ihr Großvater auch nur einmal richtig zugehört hat. Ich glaube, ich hätte seine Besessenheit eher verstehen können, wenn er das Geld für irgend etwas ausgegeben hätte – Gemälde, Rennpferde, Reisen – oder sich damit ein paar Geliebte gehalten hätte. Aber das entsprach ihm nicht. Er saß einfach in Chatton

Heights und spann an dem Geldnetz, mit dem er alle in seiner Nähe gefangenhielt.«

»Im Volksmund heißt es, Geld sei die Wurzel allen Übels«, sagte ich.

»Stimmt und stimmt auch wieder nicht. Geld ist eine neutrale Substanz, wie Energie oder Kraft. Nur was man damit tut, ist gut oder schlecht. Der heilige Paulus verdammte die *Liebe* zum Geld – obwohl im Falle Ihres Großvaters beides untrennbar ist.«

»Vielleicht ist es jetzt an Fern, sich verderben zu lassen«, meinte Adam.

»Schon möglich.«

»Unter Umständen war genau das Everett Millers Absicht.«

»Gerald behauptet tatsächlich, daß mein Großvater mir all das Geld nur vererbt hat, weil er wütend darüber war, daß ich mich seinem Zugriff entzogen hatte. Er sagt, das Testament ist das Netz, mit dem er mich fangen will. Macht noch nach dem Tode.«

Ted zog amüsiert seine buschigen Augenbrauen hoch. »Und hat er recht?«

»Irgendwie ... ich weiß nicht genau ... ich weiß es noch nicht. Warum nur ist er nach all den Jahren ausgerechnet auf mich verfallen, frage ich mich, obwohl er sich nicht mal die Mühe gemacht hat, mich zu besuchen. Archie sagt, er halte es für eine Art Entschädigung, einen Versuch der Wiedergutmachung.«

»Vielleicht.« Ted wirkte nicht überzeugt. »Ich kann mir durchaus vorstellen, daß der alte Mann von Bosheit getrieben war. Ich habe es oft erlebt, daß Testamente dazu eingesetzt wurden, die Familienangehörigen zu bestrafen. Und wenn Ihr Großvater Everett Archie und die anderen für ihre Fehler, ob nun real oder eingebildet, bestrafen wollte, konnte er sich nichts Besseres einfallen lassen.«

Mich schauderte bei dem Gedanken. »Es ist furchtbar, sich als jemand zu fühlen, der benutzt wird, um anderen Leid zuzufügen. Vor allem von einem Toten, an den ich mich nicht mal erinnern kann.«

»Warum bleiben Sie dann in Chatton Heights?«

Das war die Frage, die ich mir selbst schon den ganzen Morgen stellte. Weil ich nicht weiß, wo ich hingehen soll ... Aber nein, das war nicht die Antwort, nicht mehr. Denn es gibt die Möglichkeit, daß meine Mutter recht hatte, daß der Teufel *Doras Zimmer* schrieb, nicht der Teufel, der das Lob dafür einstrich, sondern der Teufel in Gestalt meines Vaters. Ich hatte nach einem Bild von Clancy gesucht, dem Bild von einem normalen, klugen Vater als Gegengewicht zu meiner verrückten Mutter, und statt der Unwissenheit von früher quälte mich nun eine gewaltige Frage, die ich mit niemandem teilen konnte. Denn solange ich die Wahrheit nicht kannte, würde ich nie erfahren, wer ich war, würde ich nie mehr frei sein und ein eigenständiges Leben führen können.

»Ich muß die Wahrheit wissen«, murmelte ich und hoffte fast, niemand würde es hören.

Ted lächelte beinahe freundlich. »Ja, ja, die Wahrheit. Kein bescheidenes Vorhaben, Fern. Eine Aufgabe fürs Leben, Sie werden sehen. Aber müssen Sie wirklich in Chatton Heights wohnen, um sie zu finden? Ich habe in diesem Haus so viel Leid gesehen.«

Adam hatte mich besorgt angeblickt. Jetzt sagte er leichthin: »Das klingt ja, als läge ein Fluch auf Chatton Heights.«

»Na, na, Adam. Du weißt doch, daß ich mit Flüchen nichts zu schaffen habe. Aber ich habe festgestellt, daß manche Menschen andere zerstören, die in ihre Nähe kommen. Everett war so ein Mensch. Ich meine, Archie könnte es ebenfalls sein.«

»Also glauben Sie, ich sollte nicht mehr in Chatton Heights bleiben?«
»Das müssen Sie selbst entscheiden. ›Die Wahrheit wird euch frei machen.‹ Evangelium des Johannes, Kapitel acht, Vers zweiunddreißig.« Ich mußte über seinen Drang, Bibelstellen zu zitieren, lächeln und machte mich beinahe auf eine ausgewachsene Predigt gefaßt, aber er schloß mit den simplen Worten: »Ein wunderbarer Satz. Ein Jammer, daß die Leute nicht öfter darüber nachdenken.«
Ben ließ uns an diesem Nachmittag nicht viel Zeit zum Nachdenken. Seine Munterkeit war ein derart wohltuender Kontrast zum Trübsinn und der Verschlossenheit meiner Verwandten, daß ich kurz erwog, ob ich ihn entführen und als redseligen Talisman bei mir behalten sollte. Er ließ uns keine Zeit zum Denken oder Grübeln, und Adam und ich kamen nicht einmal dazu, miteinander zu reden, bis die beiden wieder nach Bristol fahren mußten.
»Wenn du möchtest, versuche ich Deborah Brewster zu erreichen«, sagte er. »Dann könnten wir sie nächstes Wochenende besuchen.«
Ich war sofort einverstanden. Die Aussicht, Adam so bald wiederzusehen, war ebenso erfreulich wie die, jene Malerin kennenzulernen, von der die Porträts stammten.

Es wurde schon dunkel, als ich nach Chatton Heights zurückkam. Vielleicht bildete ich es mir ein, vielleicht beeinflußte mich auch meine wachsende Kenntnis vom Geschehen, jedenfalls schien mir das Haus ungewöhnlich still, als ich durch den Wintergarten hineinging. Kein Geräusch war zu hören. Draußen schwankten die Äste der Bäume vor dem Abendhimmel. Innen … nichts.
Ich hatte schon eine Art Vorahnung, als ich die breite Haupttreppe emporstieg, die Verbindungstür öffnete und

den eisigen Flur entlanglief, der zu Gracies Zimmer führte. Und ich wußte schon beim Eintreten, daß es nicht so war, wie ich es morgens verlassen hatte.
Das Zimmer mit dem schlichten Kiefernholztisch und dem dunklen Windsor-Stuhl, dem Eichenschrank, dem schmalen Bett und dem sperrigen Gasofen, den Archie mir aus der Remise hatte holen lassen, war so übersichtlich, daß sogar die kleinste Veränderung sofort aufgefallen wäre.
Und die Veränderung war alles andere als klein.
Mein Bett, das ich ordentlich gemacht hatte, war zerwühlt. Meine Kleider waren auf dem Boden verstreut. Im leeren Kamin lagen Glassplitter und bunte Papierfetzen.
Ich ging in die Hocke, um sie aufzuheben, und es lief mir kalt den Rücken hinunter. Ein zerstörtes Lächeln – ein Stückchen dunkles Haar – eine Babyfaust, am Handgelenk abgerissen. Das Foto von meinen Eltern und ihrem Baby.
Ich legte die Arme um mich und wippte auf und ab. Wer …?
Mein erster Gedanke war, daß es Einbrecher gewesen sein mußten. Ich hoffte es beinahe. Aber ich glaube, im Grunde wußte ich, daß es keine waren. Und als ich das Zimmer durchsuchte, stellte ich fest, daß nichts fehlte.
Ich setzte mich auf die Bettkante und versuchte zu denken.
So etwas Geistloses. Dumm. Unsinnig. Warum sollte jemand ein Foto zerreißen. Wer …?
Und dann entstand eine Szene vor meinem geistigen Auge. Ich sah Gerald, wie er die Tür aufstieß. Er verzog beleidigt den Mund, und sein Gesicht war rot vor Wut. Und mit derselben Gewalttätigkeit, die ich an ihm im Umgang mit seinen Hunden im Obstgarten beobachtet hatte, trat er gegen meinen Koffer. Er lachte, als meine Sachen herausfielen. Dann nahm er das Foto und schleuderte es gegen den

Kamin. Anschließend … aber hinter ihm tauchte Tillie auf. Ihre Augen waren glasig, sie blickte ins Leere und begann, zufriedene Seufzer und Grunzlaute ausstoßend, meine Sachen durchs Zimmer zu werfen. In dem Moment kam Archie.
Ich konnte die Bilder, die über mich hereinbrachen, nicht aufhalten, ebensowenig wie das heftige Zittern, das mich erfaßte. Archie ging langsam durchs Zimmer, hob das Foto auf und nahm es aus dem Rahmen. Das Glas warf er in den Kamin, wo es in tausend Stücke zerbrach. Er betrachtete das Bild von seinem Bruder, der Frau seines Bruders, dem Kind seines Bruders – und lächelte. Er riß das Foto mittendurch. Langsam, betont, eine Warnung. Dann zerfetzte er es in lauter kleine Schnipsel.
Ich stand auf und wanderte durchs Zimmer. Meine Wangen brannten, aber mein Körper war leblos und kalt.
Ist doch nur ein Foto, sagte ich mir. Ist doch nichts Schlimmes passiert. Warum regte ich mich so auf? Doch was mich so ängstigte, war die Bösartigkeit der Handlung. Und daß ich nicht wußte, wer es getan hatte.
Instinktiv hielt ich Archie für den Täter. Er wollte mich warnen, mich erschrecken, damit ich nicht weitersuchte und auf das stieß, was er so verzweifelt zu verbergen sich bemühte.
Aber ich wußte, daß es ebensogut Gerald gewesen sein konnte. Er machte keinen Hehl aus seiner Abneigung gegen mich. Diese Verwüstung sah ganz nach einem kindlichen Tobsuchtsanfall aus, und Gerald konnte seine unterdrückte Wut kaum im Zaum halten.
Oder Tillie. Die Rätselhafteste. Oh, sie war, wie mir schien, durchaus freundlich, aber was ging in ihrem Kopf vor? Was empfand sie wirklich? Ich wußte nicht mehr über sie als am Tag meiner Ankunft.

Am schlimmsten war, daß jeder von ihnen für die Tat in Frage kam. Es gab nicht einen Menschen in diesem Haus, dem ich trauen konnte. Ich war ganz auf mich gestellt.

Beim Essen an diesem Abend wartete ich, bis Tillie, Gerald und Archie da waren. Mrs. Viney hatte kaltes Huhn und Kartoffelsalat vorbereitet, und Tillie hatte ein paar ziemlich klägliche Salatblätter in eine Schüssel geworfen. Zwischen den Zinntellern und -krügen auf der Anrichte stand eine Glasschale mit Brombeer-Apfel-Kompott.
Ich hatte sämtliche Schnipsel des Fotos aufgesammelt, in einen braunen Umschlag gesteckt und mitgebracht. Als alle saßen und mit dem Essen begannen, stand ich langsam auf, streckte den Arm aus und hielt den Umschlag über die Tischmitte. Dann, als sie hersahen, schüttete ich ihn aus. Ich beobachtete ihre Gesichter, als die Schnipsel wie Aschefunken eines Lagerfeuers auf das schimmernde Holz fielen. Sogar die munteren Kinder auf dem Strandbild schienen kurz innezuhalten, um herzuschauen.
Tillie starrte einfach nur hin. Archie zog eine Augenbraue hoch und schenkte sich Wein nach. Gerald blickte angewidert drein.
»So eine Schweinerei«, schimpfte er.
»Wißt ihr, was das ist?«
»Oh, gut«, sagte Archie mit schwerer Zunge, »Ratespiele, das ist fein. Sonntage sind *chez nous* immer schrecklich eintönig. Wir danken dir, liebe Fern, daß du Abwechslung in unser ödes Leben bringst.«
Tillie haspelte nervös: »Nie sehr gut ... Spiele sind nicht besonders ... aber immer versucht ...«
»Herrgott«, rief Gerald, »das Zeug ist auf meine Kartoffeln gefallen.«
»Es ist ein Foto von meinen Eltern.« Meine Stimme zitterte,

aber es gelang mir, weiterzusprechen. »Das Foto, das ich von dir bekommen habe, Archie. Ich hatte es in meinem Zimmer.«

»Mach dir deswegen keine Sorgen, meine Liebe, ich bin sicher, ich finde noch ein anderes für dich«, meinte Archie.

»Aber *wer* hat das getan?«

»Was, zum Teufel, ist hier eigentlich los?« fragte Gerald und biß auf seinem Daumen herum.

»So ein nettes junges Paar«, sagte Tillie, ihr einziger zusammenhängender Satz an diesem Abend.

»Jemand war in meinem Zimmer, während ich heute weg war. Man hat meine Sachen durchwühlt und dieses Foto zerrissen.«

»Haben sie fein gemacht«, sagte Gerald.

»Jemand?« hakte Archie nach. »Soll ich die Polizei anrufen?«

»Es waren keine Einbrecher, nichts fehlt. Es gibt kein greifbares Motiv …«

»Ah, Licht durchdringt das Dunkel.« Archies pompöse Sätze wirkten nicht mehr freundlich; bildete ich es mir ein, oder war aus dem trägen Sarkasmus eine Drohung herauszuhören? »Du leidest offenbar unter der Vorstellung, daß jemand aus diesem Haus der Verantwortliche ist. Habe ich recht? Ja, offensichtlich. Du glaubst, daß jemand von uns in einem Anfall rasender Eifersucht in dein Reich eindrang und – was war es noch gleich? – deine Habseligkeiten durchwühlte. Dürfte ich anmerken, daß dies eine wahrhaft feige Form der Rache ist? Wohl kaum das Werk eines mordlustigen Triebtäters.«

Gerald kicherte. »Mir fallen da bessere Möglichkeiten ein.«

»Davon bin ich überzeugt, mein Junge. Du verfügst über viel Gespür für niedrige Grausamkeiten. Aber lach nicht, dies hier ist Ernst. Siehst du denn nicht, daß deine arme Cousine ganz aufgebracht ist? Sie glaubt, jemand war böse zu ihr, und wenn ich mich nicht irre, glaubt sie, daß es jemand von *uns* war. Ist es nicht so, Fern? Ich dachte es mir. Bleibt nur noch die Frage des Schuldigen zu klären. Ich bin überzeugt, daß Fern im Augenblick unsere Gesichter studiert, um herauszufinden, wer sich verrät. Gerald, warst du in Ferns Zimmer und hast ihre Sache in Unordnung gebracht? Nein? Tillie, du? Nein, offenbar auch nicht Tillie. Kann es denn ich gewesen sein? Nun, was habe ich heute getan? Nach dem Mittagessen Foto zerrissen … nein, über Kreuzworträtsel gedöst, ist wahrscheinlicher. Bleibt also wer? Mrs. Viney? Elsa? Ein dümmlicher Poltergeist etwa? Der Geist deines armen Vaters, der dich anfleht, ihn in Frieden zu lassen?«

Ich bebte, zwang mich dazu, allen ins Gesicht zu blicken. Gerald unterdrückte immer noch sein Kichern wie ein unartiger Schuljunge. Tillie schien sich nicht entscheiden zu können, ob sie sich seiner Heiterkeit anschließen oder mich bemitleiden sollte, aber ich hatte den Eindruck, daß sie beides nicht verstand. Archie goß sich in aller Ruhe sein Glas voll.

Als ich sprach, klang meine Stimme ruhig, man hörte die Angst nicht heraus. »Jemand hier versucht mich aus dem Haus zu vertreiben«, sagte ich. »Wer und warum, weiß ich nicht genau, aber der Versuch wird erfolglos bleiben. Niemand kann mich zwingen, von hier wegzugehen, bevor ich nicht dazu bereit bin. Niemand.«

Archie nahm sich eine Hühnerkeule. »Ich bin außer mir vor Freude über diese wunderbare Neuigkeit. Wärst du jetzt bitte so freundlich, diese eigenartige Tischdekoration zu entfernen?«

Wir beendeten unser Mahl in drückendem Schweigen.

8

Adam rief Mitte der Woche an und sagte, er habe Deborah Brewster überreden können, uns zu empfangen, und am nächsten Sonntag um die Mittagszeit hielt sein alter Kombi vor dem Eingang.

Nachdem ich ihn begrüßt hatte, führte ich ihn sofort in den Salon, den ich zuvor etwas freundlicher gestaltet hatte. In einer Kammer hinter der Küche hatte ich diverse Vasen entdeckt, in die ich Osterglocken aus Long Chatton und Zweige aus dem Garten getan hatte. Im Kamin brannte ein Feuer. Und, die Krönung, auf einem niedrigen Tischchen neben dem Kamin stand das Puppentheater. Tom Page hatte es am Vortag keuchend und siegesgewiß aus seinem Haus hergeschleppt – und er konnte wirklich stolz sein auf seine Arbeit. Der Holzrahmen und das Proszenium leuchteten in neuen strahlenden Farben. Den vier Puppen hatte er die Kleider geflickt, die Haare gerichtet, die Gesichter aufgefrischt, und sie hingen mit gelösten Fäden an einem Ständer dahinter.

»Ich dachte, Archie würde es vielleicht gerne sehen«, sagte ich. »Ursprünglich gehörte es auch ihm.«

»Und, wollte er?«

»Er war nicht besonders begeistert.« (»Die theatralische Ära des guten Clancy. Was für ein entzückendes Stück für deine Sammlung von väterlichen Reliquien, Fern. Du kannst diese Glieder tanzen lassen, die auch seine Kinderhände berührt haben. Interessiert dich Theater? Das dachte ich mir. Bedauerlicherweise kann ich deine Begeisterung nicht teilen. Ich fand immer, daß das Theater dem Kunstwerk des Lebens zu nahe ist, was mir nicht recht zusagen will.«)

Ich hatte den Eindruck, daß Archie erwartete, ich würde seine Bemerkungen zum Theater sofort notieren, damit sie der Nachwelt erhalten blieben. Ich offerierte sie nun Adam, für den Fall, daß er einen weiteren Artikel über Archie schreiben wollte, aber er schüttelte den Kopf. »Einer reicht. Außerdem klingt mir das verdächtig nach einem abgewandelten Zitat von jemand anderem.«

Adam beugte sich über das Theater und sah sich alles genau an. »Die Gesichter sind so lebendig, als wären sie gar nicht aus Holz.«

Die Figur des alten Mannes, des Tyrannen/Zauberers blickte zu ihm auf, als wäre sogar diese Bemerkung eine Beleidigung. Adam nahm eine der Marionetten vom Ständer, und der jugendliche Held, der nun in ein elegantes grünes Filzwams und Kniehosen gekleidet war, tat ein paar zögernde Schritte über die Bühne.

»Ein junger Prinz«, begann Adam, »zog eines Morgens in die weite Welt hinaus, um sein Glück zu suchen ...« Er ging in die Hocke und fuhr sich verwirrt durchs Haar. »Wie tröstlich einfach diese Geschichten immer waren. Als ob du nur mit den Ameisen und anderen hilfreichen Wesen Freundschaft schließen und ein paar schwierige Aufgaben lösen müßtest, um den Rest deines Lebens glücklich zu sein.«

»Würdest du glücklich sein wollen bis an dein Lebensende?«

»Du nicht?«

»Im Moment wäre ich schon zufrieden, wenn ich Antworten auf ein paar simple Fragen hätte.«

Adam grinste. »Du bist der geborene Schnüffler. Hoffen

wir, daß die mysteriöse Mrs. Brewster uns einige davon beantworten kann.«
»Oh …« Ich legte den Finger an die Lippen. »Wir sollten gehen«, sagte ich rasch, »nicht, daß wir zu spät kommen.«
Die Heizung in Adams Wagen war zwar teilweise repariert, so daß sie nicht mehr zwischen extremer Kälte und Hitze schwankte, sondern nur noch einen stetigen lauwarmen Luftstrom von sich gab, doch der alte Kombi hatte ein paar neue Tücken ersonnen. Beim ersten Regenguß schabten die Scheibenwischer geräuschvoll, aber ohne sichtbare Wirkung heftig über die Windschutzscheibe. Adam schien das nicht zu stören.
Sobald wir die Schlaglöcher und Lorbeerhecken von Chatton Heights hinter uns gelassen hatten, sagte er: »Warum die Heimlichtuerei um Deborah Brewster? Glaubst du, daß dort jemand lauscht?«
»Es wäre möglich. Kennst du den Satz: ›Die Wände haben Ohren‹? Wer den erfunden hat, muß in Chatton Heights gewohnt haben. Die meiste Zeit triffst du keine Menschenseele, und dann plötzlich, gerade wenn du allein sein willst, steht jemand vor dir wie aus dem Boden geschossen. In der Regel Tillie, manchmal aber auch Gerald oder Archie. Und Archie hat etwas dagegen, daß ich mich mit meinem Vater beschäftige, auch wenn er etwas anderes vorgibt. Und ich weiß, daß ihm unsere Pläne heute nicht gefallen würden.«
»Warum? Glaubst du, er fürchtet immer noch, daß die Selbstmordsache aufgedeckt wird?«
»Zum Teil, obwohl ich nicht wüßte, warum sie es jetzt auf einmal ausplaudern sollte, nachdem sie die ganze Zeit geschwiegen hat. Ich glaube, es hat etwas mit Dora zu tun.«
»Dora? Ach ja, du hast in deinem Brief geschrieben, du seist sicherer denn je, daß es sie wirklich gegeben hat.«

Glaubte er mir? Während wir durch die winterliche Landschaft fuhren, die sanften Hügel und honiggelben Steinhäuser der Cotswolds hinter uns ließen und uns den weiten Flächen und roten Ziegeldörfern des Vale of Evesham näherten, erzählte ich Adam bis in jede Einzelheit, was seit meinem Fund der Postkarten auf dem Dachboden zwischen Archie und mir vorgefallen war. »Wenn du den Ausdruck in seinen Augen gesehen hättest, Adam, als er die Stelle mit Dora auf der Postkarte las, hättest du genau gewußt, daß er etwas zu verbergen hat.«

Adam war einen Moment still. Dann sagte er nachdenklich: »Ein Jammer, daß er sie verbrannt hat. Ich hätte sie gern gelesen.«

»Er hat versucht, es so darzustellen, als würde ich mir was einbilden, aber ich weiß, daß das nicht stimmt.«

»Jetzt wird mir klar, warum du wissen wolltest, was das ›D‹ bedeutet. Du hast gedacht, daß sie vielleicht Dora ist.«

Hieß das, er glaubte mir? »Es könnte immer noch passen«, sagte ich. »Wenn du von Deborah ein paar Buchstaben wegläßt, hast du Dora.«

»Aber warum sollte Archie der Schwester seiner Frau ein Buch widmen? Es sei denn … Fern, denkst du etwa, Archie und die Brewster hätten ein Verhältnis gehabt? Möglich wäre es natürlich, wenn man sich's recht überlegt. Sie fliegen aufeinander, kurze Affäre, die Ehefrau erfährt davon, bringt sich um, die Liebenden trennen sich reuevoll und versprechen, sich nie wiederzusehen … aber Archie hatte ihr schon das Buch gewidmet und schrieb dazu ›wo sie auch sein mag‹.«

»Daran hatte ich noch gar nicht gedacht.« (*Wenn* Archie der Autor des Buches war. Oder war es »der Teufel«? Mein Geheimnis belastete mich und hinderte mich daran, offen zu sprechen.)

»Das klingt doch sehr plausibel, das mußt du zugeben.«

Adam, den nichts so begeisterte wie neue Ideen, war ganz in seinem Element. »Er ist untröstlich über die Trennung und seinen Betrug und so von Schuld geplagt wegen des tragischen Todes seiner Frau, daß er nie wieder schreibt. Das würde auch erklären, warum er nie wollte, daß die Wahrheit über Dora ans Tageslicht kommt. Wenn bekannt würde, daß er eine Affäre mit seiner Schwägerin hatte, würden sich die Leute vielleicht genauer mit den Umständen von Frances' Tod befassen, und der Selbstmord wäre schwerer zu vertuschen.«

»Falls es wirklich Selbstmord war. Man weiß es nicht genau.«

»Du wirst D. Brewster fragen müssen.«

»Ich? Ich dachte, du stellst die Fragen. Du bist doch der Journalist. Du weißt, wie man das macht.«

»Und aus diesem Grunde mußt du es tun. Ich übernehme bei dem ganzen Unterfangen lediglich die Rolle des Chauffeurs der eleganten Limousine ...« Lautes empörtes Kreischen seitens der Scheibenwischer. »Na ja, der mäßig eleganten Limousine. Aber all die Fragen sollten von deiner Seite kommen. Du bist die Verwandte. Es ist dein gutes Recht.«

»Tatsächlich?« Den Gedanken, daß mit meiner Stellung in der Familie irgendwelche Rechte verbunden waren, empfand ich als so verblüffend, daß ich einen Augenblick darüber nachdachte. Ich zögerte, dann faßte ich mir ein Herz. »Ich glaube, daß mich jemand aus Chatton Heights vertreiben will.«

»Was?«

Ich berichtete ihm von dem verwüsteten Zimmer, dem zerfetzten Foto und der Gleichgültigkeit meiner Verwandten. Er zeigte sich gebührend entsetzt.

»O Gott, Fern, wie furchtbar. Und so verdammt sinnlos. Wen hast du in Verdacht?«

»Das ist das schlimmste, sie könnten es alle gewesen sein. Auch Gerald und Tillie, aber ich glaube, daß es Archie war, der mir damit mitteilen will, daß ich meine Finger von der Vergangenheit lassen soll.«

»Ich würde eher auf Gerald tippen. Hört sich ganz nach einem seiner kindischen Wutanfälle an.«

»Mag sein ...« Ich hatte erst am Tag zuvor mit Gerald gesprochen. Er hatte die Attacke auf mein Zimmer munter von sich gewiesen und, wie um seine Unschuld zu unterstreichen, hinzugefügt, daß er über eine beachtliche Sammlung alter Schwerter und Messer verfüge, die er einsetzen könne, um mich zu erschrecken. Er brauche also keine Fotos zu zerreißen.

»Das ist doch ganz der gute alte Gerald«, sagte Adam, als ich ihm von dem Gespräch berichtete, »der seine eigene Widerwärtigkeit ins Feld führt, um sich freizusprechen.«

»Das war noch nicht alles. Als ich ihn fragte, ob seine Mutter eine Schwester habe, die noch am Leben sei, sagte er, er habe gehört, sie sei irgendeine Boheme-Lesbe, und er habe keine Zeit, um sich mit Spinnern abzugeben. Er nimmt an, daß sie Männeranzüge trägt und Pfeife raucht, und hält Malerei sowieso für eine Beschäftigung für Vollidioten.«

Ich hatte Adam noch nie schockiert gesehen, aber ihm sackte regelrecht die Kinnlade weg. »Das hat er wirklich gesagt?«

Ich nickte. Manchmal fragte ich mich nach einem dieser Gespräche mit meinem Cousin, ob er ein Einzelfall war, oder ob es viele Menschen seinesgleichen gab, denen ich glücklicherweise bislang nicht begegnet war. Ich hoffte zum Segen der Menschheit, daß er ein Einzelfall war.

Nach einem Lunch in einem Pub, der aus schlappem Bier und noch schlapperen Sandwiches bestand, waren wir um halb drei an unserem Ziel. Es handelte sich um ein kleines rotes Ziegelhaus inmitten von weiten, leeren Feldern. Adam parkte am Straßenrand.

»Nervös?« fragte er beim Aussteigen. Als ich nicht antwortete, grinste er. »Denk einfach dran, daß der liebste Gesprächsgegenstand aller Menschen sie selbst sind.«

Er öffnete das Gartentor, und wir gingen einen schmalen Pfad zur Haustür entlang, die uns kurz darauf von einer untersetzten Frau um die Fünfzig geöffnet wurde. Sie hatte graues Haar, und ihr Gesicht war nie hübsch gewesen, würde aber immer anziehend wirken. Sie begrüßte uns etwas nervös.

»Kommen Sie doch herein«, sagte sie mit einem leichten Warwickshire-Akzent, »wir haben Ihren Wagen schon gehört.«

»Miss Brewster?«

»Nein, Deb ist im Wohnzimmer. Ich bin Molly, eigentlich Mildred, aber aus augenscheinlichen Gründen nennt man mich Molly. Gehen wir gleich hinein. Wir haben Sie schon erwartet.«

Wir folgten ihr, und ich empfand leichte Enttäuschung. Das Haus einer Malerin hatte ich mir ganz anders vorgestellt. Ich hatte eine Vision von etwas Ungewöhnlichem gehabt – ein weißgetünchtes Atelier vielleicht, mit einem schlichten Bretter- oder Klinkerboden, etwas Exzentrisches, Kahles, Spartanisches. Statt dessen empfing uns im Wohnzimmer ein Ambiente, das Dring behagt hätte, der Inbegriff von Gemütlichkeit – dicke Teppiche, ein loderndes Feuer im Kamin, Sofa und Sessel mit Chintzbezügen und schimmerndes Messing an den Wänden. Über dem Kaminsims hing ein Ölgemälde, Sommerblumen, das ich sofort als eine Arbeit von Deborah erkannte. Durchs Fenster blickte man auf kahle Felder und den Himmel, der seit jeher grau zu sein schien. Hinter einem Streifen winterkahlem Rasen wehten die schwarzen Arme eines einsamen Weißdorns im Winde.

»Deb, das ist Fern. Und Adam ... Bury, richtig? Machen Sie sich's bequem. Ich bringe dann gleich Tee.« Sie hatte etwas von einer munteren Gastgeberin an sich, die ängstlich darauf bedacht ist, daß die Kinder in ihrer Obhut sich der allgemeinen Stimmung anpassen.

Deborah Brewster saß in einem Sessel mit gerader Lehne beim Fenster und bewegte bei unserem Eintreten kaum die Lippen. Auf den ersten Blick wies sie wenig Ähnlichkeit mit ihrer Schwester auf. Sie hatte helles Haar – eine undefinierbare Farbe zwischen Blond und Grau –, das so fein wie Rauch schien. Tante Frances war weich und rund gewesen, sie dagegen wirkte kantig und knochig. Das Mädchen auf dem Porträt hatte das Gesicht einer Klassensprecherin – einfach, vernünftig, aber verläßlich und gütig, wohingegen Deborah, soweit man das sehen konnte, einen verbitterten Eindruck machte. Sie hatte dünne Lippen, und ihre Mundwinkel waren mißbilligend nach unten gezogen. Doch ihr wahrer Gesichtsausdruck ließ sich kaum erraten, da die Augen hinter einer dunklen Brille verborgen waren.

Adam und ich setzten uns aufs Sofa. Er wirkte plötzlich sehr groß und maskulin in diesem mit gerüschten rosa Lampen, Nippes und Patchworkkissen vollgestopften Zimmer. Seine Beine mußte er vorsichtig einziehen, um nicht an ein winziges Tischchen mit einem kunstvollen Arrangement von Trockenblumen zu stoßen.

»Die arme Deb wird immer wieder von Migräne heimgesucht«, sagte Molly, wobei sie bei dem Wort »Migräne« ein wenig passendes Lachen von sich gab. »Wir gehen in zehn Tagen auf eine Kreuzfahrt. Um diese Jahreszeit sehnt man sich nach ein bißchen Sonnenschein.«

»Oh, das tut mir leid«, entgegnete ich. »Ich hoffe, wir kommen nicht ungelegen.«
Die Augen hinter der dunklen Brille starrten mich an, aber Deborah gab keinen Ton von sich. Mein Schwung, ohnehin eher kläglich, begann zu schwinden. Ich beschloß, den Sprung nach vorn zu wagen.
»Ich weiß nicht, wo ich anfangen soll«, sagte ich lahm. »Ich hatte gehofft ... ich weiß nicht viel über meine Familie. Mein Vater starb, als ich etwa fünf war.« Ich hatte mich unwillkürlich an Molly Dyer gewandt, die wenigstens höflich zuhörte. »Meine Mutter hat seinen Tod nie verwunden und den Rest ihrer Tage in einer Nervenklinik verbracht. Sie hatte keine Verwandten, und die Familie meines Vaters habe ich erst vor einem Monat kennengelernt.«
Molly gab ein mitfühlendes Geräusch von sich. »Wie schrecklich für Sie, meine Liebe«, erwiderte sie.
»O nein!« Ich hatte noch keine Form für die Schilderung meiner Kindheit gefunden, die nicht mitleiderregend klang. »Ich wurde von einer wunderbaren Frau großgezogen, mir fehlte es wirklich an nichts.«
»Sissy de Rhin.« Die dünnen Lippen bewegten sich, Deborah Brewster sprach zum erstenmal. Ihre Stimme war völlig ausdruckslos.
»Sie kannten sie?«
Sie nickte kurz. Mir fiel auf, daß ich noch niemandem begegnet war, der von Dring mit ihrem Vornamen sprach. Ich wartete, aber Deborah verfiel erneut in Schweigen. Der scharfe dünne Mund verschloß sich wieder.
»Ich bin vor ein paar Wochen zum erstenmal in Chatton Heights gewesen. Mein Großvater starb kurz nach Weihnachten, und aus irgendeinem Grund, den ich noch nicht kenne, vermachte er mir sein ganzes Vermögen. Auch das Haus.«

»Gratuliere«, sagte Deborah trocken. »Heißt das, Archie ist tot?«
»Nein. Er …«
»Jammerschade.« Sie wandte sich ab, scheinbar angewidert, und starrte aus dem Fenster. Regentropfen trommelten an das Glas.
»Er und Gerald haben ein eigenes Erbe.«
»Ah ja, Gerald. Sagen Sie mir, Fern Miller, hat Ihr Onkel Sie hergeschickt?«
»Ganz bestimmt nicht. Ich glaube, es wäre ihm überhaupt nicht recht, daß ich hier bin.«
»Beabsichtigen Sie, ihn zu reizen?«
Sie versuchte mich mit ihren Fragen zu löchern, aber ich war entschlossen, mich nicht einschüchtern zu lassen. Adams kluger Blick, der auf mir ruhte und unser seltsames Gespräch verfolgte, spornte mich an und vermittelte mir ein Gefühl von Sicherheit. »Es gibt Dinge, die ich über meinen Vater wissen muß«, sagte ich. »Ich hatte gehofft, Sie könnten mir dabei helfen.«
»Warum sollte ich das tun?«
Die Frage war so direkt, daß ich keine Antwort wußte, sie nur hilflos anstarrte. Sie merkte offenbar, daß sie zu weit gegangen war, und begann mit ihren dünnen Fingern nervös an der Armlehne zu zupfen.
»Ich verabscheue und verachte jedes einzelne Mitglied Ihrer Familie«, fügte sie hinzu.
Adam schaltete sich ein. »Fern hatte bis jetzt nicht die Möglichkeit, sie kennenzulernen«, sagte er kalt.
Sie zupfte immer noch an der Armlehne. »Dafür kann ich nichts.«
Ich entschloß mich für eine andere Taktik. »Seit ich in Chatton Heights bin, habe ich mich intensiv mit dem Porträt beschäftigt, das Sie von meinen Eltern gemalt haben. Ge-

rald behauptete, es sei in Eile entstanden, Sie hätten sich keine Mühe damit gegeben, aber ich mag es. Obwohl es nicht fertig ist, nicht so vollendet wie das andere, wirkt es sehr lebendig.«

»Es ist eines der besten, die ich je gemalt habe.« Sie verstummte, dachte einen Moment nach und fuhr dann fort: »Meistens mußte ich diese offiziellen Sachen malen, wie das Bild von Archie und meiner Schwester, aber ich wußte, daß ich bei Lou und Clancy gewagter vorgehen konnte. Es war sogar notwendig. Sonst hätte es ihnen nicht entsprochen. Es hat mir Freude gemacht, dieses Bild zu malen, obwohl Ihre Mutter, weiß Gott, schwierig war.«

»Inwiefern?«

»In jeder Hinsicht.« Sie klang pikiert, als wäre ich für das Verhalten meiner Mutter verantwortlich. »Sie war unmöglich, gab keine Ruhe. Erst war es zu warm, also öffneten wir alle Fenster. Kurz darauf beklagte sie sich, weil es zog. Dann war ihr langweilig, also holte Clancy ein Radio, aber wir fanden kein Programm, das ihr recht war. Und der ganze Ärger mit ihrer Aufmachung, ihren Kleidern, ihrer Frisur, ihrem Make-up – sie hatte an allem etwas auszusetzen. Natürlich konnte sie nicht stillsitzen. Nie war ich so nahe dran, eines meiner Modelle zu schlagen.«

»Also hat es Sie nicht überrascht, als Sie hörten, daß sie … in die Klinik mußte?«

Sie zuckte mit den Schultern. »Damit hatte ich nicht gerechnet … aber in diesem Haus war alles möglich.«

»Und mein Vater? Er sieht auf dem Porträt irgendwie … ängstlich aus. Wirkte er immer so?«

»Bin ich hier bei der Inquisition?« Sie wandte sich Adam zu. »Sollten Sie nicht Notizen machen? Oder haben Sie ein Tonbandgerät in der Tasche? Sie sagten Molly, Sie seien Journalist.«

»Das hier ist inoffiziell. Es interessiert mich persönlich – und Fern.« Wie schaffte Adam es nur, gleichzeitig beruhigend und entschieden zu klingen?
Ich kämpfte mich weiter voran und versuchte ihre herabgezogenen Mundwinkel zu übersehen. »Ich dachte, er hat sich womöglich Sorgen um meine Mutter gemacht, oder vielleicht war er von Natur aus ängstlich, hatte kein Selbstbewußtsein, weil er im Schatten seines älteren Bruders stand.«
»Im Schatten? Wie kommen Sie auf die Idee?«
»Jemand meinte ...«
»Das war ein Idiot. Wenn überhaupt ... und abgesehen davon, hätte Ihr Vater es nicht gemerkt, selbst wenn Archie einen gewaltigen Schatten geworfen hätte, was er nicht tat. Clancy war viel zu verträumt, um sich mit so etwas abzugeben.«
Molly warf fröhlich ein: »Ich hatte gedacht, es sei andersherum gewesen. Du hast mir doch erzählt, Deb, daß Archie immer neidisch war, vor allem ...«
»Molly!« Deborahs Zischen war warnend.
»Entschuldige, Liebe, ich hatte nicht daran gedacht.«
»Archie gab sich große Mühe«, sprach Deborah umgehend weiter, also wollte sie dafür sorgen, daß ihre Freundin den Mund hielt. »Damals tat es mir leid, obwohl das, weiß Gott, Zeitverschwendung war. Der kann hervorragend für sich selbst sorgen.«
»Warum tat er Ihnen leid?«
Sie seufzte, als wäre meine Frage besonders dumm gewesen. »Die Leute fühlten sich immer zu Ihrem Vater hingezogen. Er gab sich nie wie Archie Mühe, charmant zu sein, aber die Leute mochten ihn trotzdem.« Sie klang entnervt, als spräche sie über seine Fehler, nicht über seine Vorzüge. »Wie ein groß gewordener hilfloser Junge war er. Vor allem

Frauen fanden ihn unwiderstehlich. Meistens war er derart in seiner Traumwelt verfangen, daß er nicht einmal merkte, was er bewirkte, aber ... deshalb verliefen seine Beziehungen alle so chaotisch. Vor attraktiven hilflosen Träumern muß man sich in acht nehmen. Ihr Vater war auf seine reizende, unschuldige Art ebenso gefährlich wie Archie.«

»Ah ja. (Ich verstand überhaupt nichts.) Gab es einen bestimmten Grund, warum er nach Amerika ging? Ich glaube, da war einer, aber als ich Archie danach fragte, verneinte er das.«

Sie lachte verächtlich. »Wenn er sich nicht erinnern will, wüßte ich nicht, warum ich es tun sollte.«

Es war, als schwebte die Belohnung direkt vor mir, und wenn ich sie fassen wollte, zog man sie weg. »Also gab es diesen Grund«, sagte ich, »irgend etwas, dessen sich mein Vater schämte. Archie versucht offenbar, mich vor der Wahrheit zu schützen, aber ...«

»Archie versucht nur, sich selbst zu schützen.«

»Wie meinen Sie das?«

»Nur so.«

Stille. Deborah Brewster wußte die Antworten, aber sie weigerte sich zu sprechen.

Molly legte die Hände auf ihre stämmigen Knie und blickte strahlend in die Runde. »Nun, wie wäre es mit einer Tasse Tee? Nein, nein, Fern, ich brauche Sie nicht. Ich komme gut zurecht.«

Adam erhob sich. »Ich helfe Ihnen«, sagte er, und es klang mehr nach einem Beschluß denn nach einem freundlichen Angebot. Er folgte Molly und warf mir ein kurzes Lächeln zu, als er hinausging.

Die Stille, die blieb, war unbehaglich, unangenehm. Ich zwang mich zum Sprechen, bevor sie mich verschlang. »Als ich auf dem Dachboden war, fand ich einige Postkarten von meinem Vater an Archie. Er schien sich für etwas zu entschuldigen, aber als ich Archie danach fragte, wollte er nicht darüber sprechen.«

»Er mag es wahrscheinlich nicht, wenn Fremde seine Post lesen.«

Wieder Schweigen, eisig und undurchdringlich. Deborah Brewsters dünne Finger zupften erneut an der Armlehne; es war erstaunlich, daß dort noch Stoff war. Nach einer Weile sagte sie: »Wissen Sie, Fern, Tochter von Clancy und Louise, mit Ihrer Zeit nichts Besseres anzufangen als im Schutt der zerstörten Leben von anderen herumzukramen?«

»Was ist falsch daran?« Die Frage wurmte mich. »Warum soll ich der einzige Mensch sein, der nichts über seine Eltern weiß? Es ist doch wohl normal, wenn man erfahren möchte, wo man herkommt, oder? Mein Großvater hat mir sein Haus und den größten Teil seines Geldes vermacht, aber er hat nie Wert darauf gelegt, mich zu treffen, als er am Leben war, ich war nie in Chatton Heights, habe fünfzehn Jahre lang niemanden von der Familie zu Gesicht bekommen. Und jetzt, da ich etwas wissen will ...«

Ich hielt inne. Als meine Entrüstung wich, gab ich es auf, dieses feindselige Gesicht hinter der undurchdringlichen Brille von etwas überzeugen zu wollen, aber zu meiner Überraschung hatte sich der dünne kalte Mund zu einer Art Lächeln verzogen.

Nach einer Weile sagte sie: »Nun, Fern, es sieht so aus, als hätte ich Sie falsch eingeschätzt. Ich habe Sie für eine von denen gehalten, aber Sie leiden ebensosehr unter der Miller-Behandlung wie alle anderen.«

»Ich weiß nicht ...«

»Sie sollten das alles hinter sich lassen. Denken Sie an Ihre eigene Zukunft, nicht an die Vergangenheit von anderen.«

»Es ist schwer zu erklären, aber ... es ist fast, als ob ich nicht erfahren würde, wer *ich* bin, solange ich nicht weiß, wer *sie* waren.«

»Vielleicht ...« Sie nahm ihre Brille ab und rieb sich die geschlossenen Augen mit den Fingerspitzen. Unter ihren Augen lagen schwarze Schatten wie Male, und ihre dünnen Augenbrauen waren wie in einem dauernden Stirnrunzeln zusammengezogen. »Als Fran starb, bin ich fast verrückt geworden«, sagte sie leise, kaum hörbar, »ich haßte Ihre Familie so sehr für das, was sie ihr angetan hatten. Nur mein Haß hielt mich am Leben, und mein Beschluß, daß Archie mich nicht auch zerstören würde.«

»Also war es Selbstmord?«

Ein winziges Zögern, dann: »O ja, es war Selbstmord.«

»Und der Brief?«

»Der Dreckskerl zwang mich dazu, ihn ihm zu geben, möge er dafür in der Hölle schmoren.«

»Aber wie konnte er Sie dazu zwingen?«

»Er hatte Gerald, die Geisel.«

»Hat er gedroht ...?«

»Nicht direkt. Das war nicht nötig. Der alte Everett und sein Sohn waren ein starkes Team, wenn sie sich etwas in den Kopf gesetzt hatten, und ... Fran hätte es so gewollt, das war ihre Trumpfkarte, und sie wußten sie einzusetzen.«

»Sie haben also der Einschätzung, daß es ein Unfall war, zugestimmt?«

»Ich hielt den Mund, was ihnen gut in den Kram paßte. Es würde natürlich Gerüchte geben, aber ... Archie hatte immer noch seinen kostbaren Schutzschild der Ehrwürdigkeit.«

»Warum war sie derart unglücklich, daß sie sich das Leben nahm? Sie war doch so gütig und sanft. Sie hing an Gerald.

Ich erinnere mich noch ein wenig an sie, und ich kann mir einfach nicht vorstellen, wie …«
»Seelische Grausamkeit. Archie hat sie dazu getrieben.« Erstaunlich, daß eine leise Stimme so haßerfüllt sein kann. »Er hat ihr das Leben zur Hölle gemacht. Das klingt melodramatisch, nicht wahr, aber glauben Sie mir, es war so. Er hat ihr eingeredet, daß sie, wenn sie ihn verließe, Gerald nie wiedersehen würde. Sie konnte nicht bleiben und nicht weggehen – sie saß in der Falle. Sie hatte keine Chance gegen ihn. Und sie wußte, daß er sie für den Rest ihres Lebens bestrafen würde.«
»Warum? Jeder sagt, sie liebten sich.«
»Wer sagt das? Archie?« Sie lachte bitter. »Er hat sie dazu getrieben, sich umzubringen, und wenn das wahre Liebe sein soll, kann man getrost darauf verzichten.«
Sie zupfte noch immer an der Armlehne. Ihr Gesicht wirkte müde. Ich fragte mich, ob ihre Erschöpfung durch Reue entstand. Hatte ihre unbedachte Affäre ihre Schwester zum Selbstmord getrieben? War diese Frau mit der Migräne und dem verbitterten Mund einst Archies mysteriöse Dora gewesen?
Sie setzte die dunkle Brille wieder auf, langsam, als wäre sie unerträglich schwer. Ich spürte, daß sie mir ins Gesicht blickte. »Sie wollen es wirklich wissen, nicht wahr, Fern? Ich sehe es an Ihren Augen … aber Wissen kann gefährlich sein. Ich kann Ihnen erzählen, was geschehen ist, doch wird Sie das näher zur Wahrheit bringen, der wirklichen Wahrheit, die wüst und schmerzhaft ist?«
»Ich glaube, Archie sagte einmal etwas Ähnliches.«
»Er weiß Bescheid, zumindest was das Wüste und den Schmerz betrifft.«
Nach einem kurzen Moment des Überlegens sagte ich: »Ich muß es erfahren. Erst dann bin ich frei.«

»Nun … die ganze Sache hat eine Generation gekostet. Es gibt keinen Grund, warum … Sehen Sie, wenn man Archie die Schuld zuschieben könnte … wäre es vielleicht erträglich. Sie konnte nicht mehr mit ihm leben, aber … sie hätte sich vielleicht sogar daran gewöhnt, ohne Gerald zu sein. Was sie nicht ertragen konnte, war die Schuld. Sie gab sich selbst an allem die Schuld, und Sie können sich darauf verlassen, daß Archie alles in seiner Macht Stehende tat, um das auszunützen. Er konnte ihr einfach nicht vergeben, daß sie ihn nicht mehr liebte.«

»Aber ich verstehe immer noch nicht.«

Sie wandte sich mir zu. Röte stieg ihr ins Gesicht. »Natürlich nicht. Woher auch? Sehen Sie, es war … Fran und Ihr Vater liebten sich.« Sie hielt inne, saß ganz still, auch die nervösen Finger rührten sich nicht mehr. Dann sprach sie rasch weiter. »Im Rückblick denke ich, es war vorhersehbar. Louise war unmöglich – eifersüchtig und übellaunig und hysterisch den einen Tag, und am nächsten lag sie im Bett, weigerte sich zu essen oder zu sprechen oder irgend etwas zu tun. Manchmal blieb sie tagelang im Bett. Clancy wollte ihr helfen. Er tat sein Bestes, aber er war überfordert. Er verstand einfach nicht, was geschah. Und stets war da Frances, die gute alte verläßliche Frances, warm und einfühlsam und – ach, alles, was die arme Lou nie sein würde. Wahrscheinlich brauchte er anfänglich einfach ihre Zuwendung. Wenn sie beide in Chatton Heights waren, unternahmen sie lange gemeinsame Spaziergänge und führten endlose Gespräche. Archie war immer untreu gewesen, und Frances war häufig allein – und jemandem, der in Not war, vermochte sie sich nie zu verweigern. Sie sagte mir einmal, daß sie mit Ihrem Vater viel offener sprechen konnte als mit Archie. Vielleicht hätte ich die Anzeichen der Gefahr damals schon erkennen sollen, aber ich tat es nicht. Auch sie und Clancy nicht. Sie waren so oft wie möglich zusammen, freuten sich über die Nähe des anderen, dachten nie daran, was passieren ... und dann war es zu spät. Sie hatten sich ineinander verliebt. Ganz und gar. Das klingt kitschig, nicht wahr, aber so war es. Wirklich ein Jammer. Ein verfluchter Jammer.«

»Aber warum konnten sie nicht einfach nur zusammen sein?«

»Mehr wollten sie gar nicht. Sie besuchten mich einmal. Ich wohnte damals in London, hatte eine Wohnung in Belsize Park, und wir sprachen miteinander. Die ganze Nacht, immer im Kreis, und immer landeten wir bei denselben Hindernissen. Clancy fürchtete sich vor Louises Reaktion. Er wußte, daß er Sie nicht mit ihr alleine lassen konnte. Und Archie hatte Fran gesagt, daß sie, wenn sie ihn verließe, Gerald nie wiedersehen würde. Sie waren ganz benebelt vor Liebe, und beide verstanden nicht, wie ihre wunderbaren Gefühle füreinander nur Schmerz und Mißverständnisse verursachen konnten.«

»Archie wußte schon davon?«

»Zum damaligen Zeitpunkt, ja. Sie hielten es so lange wie möglich geheim, aber meine arme Schwester war keine gute Lügnerin. Als er es herausfand, raste er vor Wut und Eifersucht. Auf seine egoistische Art, wissen Sie, liebte er Fran. Er brauchte es jedenfalls unbedingt, daß sie ihn liebte. Und ich glaube, daß ihm auch an Ihrem Vater lag, weshalb es für ihn ein doppelter Verrat gewesen sein muß.«

»Ging mein Vater deshalb nach Südamerika?«

»Man traf die Entscheidung für ihn. Der alte Everett wurde informiert, und man setzte Clancy ein Ultimatum. Entweder sah er Fran nie wieder, oder Archie erzählte Ihrer Mutter alles.«

»Sie wußte nichts?«

»Nichts. Clancy wollte sie unbedingt schützen. Es war ihm natürlich klar, daß sie es irgendwann erfahren mußte, wenn er und Fran zusammen leben wollten, aber ... damals noch nicht. Also willigten er und Fran in einen Trennungsversuch ein – um sowohl sich als auch den anderen zu beweisen, daß sie nicht voneinander getrennt sein konnten, was auch der Preis dafür sein mochte. Clancy war bereit, für ein Jahr mit seiner Familie nach Südamerika zu gehen.«
»Aber meine Mutter und ich blieben hier.«
»Das war nicht so geplant. Ihre Mutter weigerte sich im letzten Moment zu gehen. Als sie von dem Plan erfuhr, war sie zuerst wild begeistert, schwungvoller als seit Jahren, und sie begann Portugiesisch zu lernen – heimlich. Die Arme malte sich aus, wie sehr sie Clancy damit beeindrucken würde, wenn sie dort aus dem Flugzeug stiegen. Dann erfuhr sie, daß sie die falsche Sprache gelernt hatte, daß in Argentinien spanisch, nicht portugiesisch gesprochen wird. Das reichte aus. Sie empfand das als persönliche Beleidigung seitens Südamerikas. Aber da war es zu spät für Clancy, um alles rückgängig zu machen. Er stellte Sissy de Rhin ein, damit sie sich um Sie beide kümmerte, und reiste ab. Ich brachte ihn mit Fran zum Flugzeug, und das war das Traurigste, was ich je getan habe. Fünf Wochen später war er tot.«
Ich saß stumm und unbeweglich da. Was sollte ich sagen? Die arme Fran. Wie schrecklich! Es tut mir leid. Kränkende Worte.
Nach einer Weile sprach Deborah weiter; ihre Stimme war kaum lauter als ein Flüstern. »Sie war fest davon überzeugt, er würde zu ihr zurückkehren. Zuerst weigerte sie sich zu glauben, daß er tot war, daß sie als Erinnerung nur ein paar gestohlene Stunden hatte. Doch sogar dann hätte sie wohl

durchgehalten, wenn ihre Mutter nicht zusammengebrochen wäre.«
»Warum?«
»Fran gab sich natürlich selbst die Schuld daran. Nicht, daß Ihre Mutter jemals von ihr und Clancy erfahren hätte, aber wenn Clancy Fran nicht geliebt hätte, wäre er nie nach Südamerika gegangen und nicht bei dem Flugzeugabsturz ums Leben gekommen. Vielleicht war das ein Teil jenes unermeßlich hohen Preises, den sie für ihre Liebe hatten zahlen müssen. Die arme Fran war der rechtschaffenste Mensch der Welt. In ihrem ganzen Leben hatte sie nie jemanden im Stich gelassen. Sie war schon völlig zerknirscht, wenn sie zu einer Verabredung fünf Minuten zu spät kam, und nun hatte sie, wie sie glaubte, zwei Menschen zerstört, die sie geliebt hatte. Damit konnte sie nicht mehr leben.«
»Deshalb brachte sie sich um?«
»In ihrem Brief an mich schrieb sie, daß Gerald ohne sie besser dran wäre. Daß sie denen, die sie liebte, immer nur Unglück gebracht habe. Sie glaubte das wirklich.« Ihre Stimme verlor sich.
Die Regentropfen, die ans Fenster schlugen, das Zischen des Feuers, das geschürt werden mußte, waren die einzigen Geräusche im Raum. Als Adam und Molly mit Kuchen und Tee zurückkehrten, saßen wir stumm da. Adam warf mir einen ängstlichen Blick zu, als dachte er, wir hätten die ganze Zeit nicht gesprochen. Die Teetassen wurden verteilt und die Tischchen zurechtgerückt. Molly goß Tee ein und lief geschäftig hin und her und legte Kuchenstücke auf Teller mit Blumenmuster und Goldrand. »Sie haben Sissy de Rhin erwähnt. Woher kannten Sie sie?« fragte ich.
»Fran kannte sie. Fran bot verirrten Seelen stets Zuflucht.«
»Warum ...?«
»Keine Fragen mehr, Fern Miller.« Sie zerkrümelte ein

Stück Teekuchen zwischen den dünnen Fingern. Ich wußte, daß sie es nie essen würde. »Für einen Tag haben Sie genug Antworten bekommen. Ein andermal vielleicht mehr. Die Vergangenheit ist nur in kleinen Dosen erträglich. Reden wir übers Wetter.«

Doch als wir aufbrachen, sagte ich: »Danke. Es muß schmerzhaft für Sie gewesen sein, aber es war mir sehr wichtig.«

Sie blickte durch die dunklen Brillengläser zu mir auf. »Wirklich? Und Sie sind erschüttert?«

»Nein. Na ja … vielleicht. Ein bißchen.«

»Es schadet nichts, wenn man ab und zu erschüttert ist. Kommen Sie wieder, und erzählen Sie mir von sich. Sie ähneln im Wesen Ihrem Vater, Fern, obwohl ich glaube, daß Sie wie er nichts davon wissen. Dieselben Augen. Der Träumer, der seinen Willen bekommt. Zum Glück sind Sie mehr nach ihm geraten, nicht nach Ihrer Mutter.«

»Sehen Sie gar keine Ähnlichkeit zu ihr?«

»Nein. Sie sind Ihrem Vater wie aus dem Gesicht geschnitten.«

Ich spürte, wie sich ein entspanntes Lächeln meiner bemächtigte. »Ich glaube«, sagte ich, »das ist schon fast alles, was ich wissen wollte.«

9

Auf unserer Rückfahrt war die Umgebung von krassen Gegensätzen geprägt: Das endlose Grau des Himmels löste sich auf, und ab und zu brachen stürmische, grelle gelbe Sonnenstrahlen durch die Wolken. Als es kälter wurde, traten bald die Mängel der Heizung allzu deutlich hervor, und ich kuschelte mich unter die karierte Decke, die Adam hinten im Wagen liegen hatte.

Nachdem wir schon eine Weile Deborah Brewsters Haus hinter uns gelassen hatten, fragte Adam lakonisch: »Hat sie was erzählt?«

Und ich antwortete: »Ja, sie hat.«

Adam stellte mir keine weiteren Fragen, und wir saßen schweigend nebeneinander. Ich brauchte dieses Schweigen, verkroch mich darin wie ein verwundetes Tier. Die Vorstellungswelt meiner Kindheit war zwar trostlos, aber zumindest vertraut gewesen. Jetzt zerfiel sie zu Staub, löste sich auf, und auf die wenigen Tatsachen, an die ich mich geklammert hatte, Meilensteine, die mir eine triste Sicherheit verschafft hatten, war kein Verlaß mehr.

Tief in mir bohrte ein Schmerz. Ich sehnte mich schrecklich nach Dring, wünschte mir, sie sagen zu hören: »Hat doch keinen Sinn, sich über etwas aufzuregen, was man nicht ändern kann.« Oder: »Hör auf, wegen nichts und wieder nichts Trübsal zu blasen, und mach zur Abwechslung mal was Nützliches. Ich könnte eine Tasse Tee vertragen.« Wünschte mir … aber ich wußte, daß ich mich nicht nur nach Dring sehnte, sondern nach jemandem, der nie da-

gewesen war und von dem ich nun wußte, daß ich ihn nie finden würde.
»Auf den weisen Schwingen von Dora fand ich Freiheit.« Worte meines Vaters? Seine Stimme, die die verlorenen öden Jahre durchdrang, um mich zu trösten? Zu spät, dachte ich, du warst mit deiner eigenen Tragödie beschäftigt, und mir hast du nur die Trümmer hinterlassen, den Schmerz und das Chaos.
Nach einer halben Stunde sagte Adam sanft: »Jetzt ist es gut mit der Ruhe, Fern. Was hat Deborah dir erzählt?« Und ich berichtete ihm von meinem Vater und Tante Frances, dem Ultimatum, das ihn nach Südamerika vertrieben hatte, von ihrem Kummer und ihren Selbstanklagen, als er umkam. Nachdem ich fertig war, sah er mich von der Seite an, als erwartete er mehr. »Das war alles?«
»Ist das nicht genug?«
»Kommt drauf an. Es erklärt einiges, das ich bislang nicht verstanden habe, aber ich habe trotzdem das Gefühl, daß du mir etwas verheimlichst. Und zwar etwas Wichtiges.«
Die Versuchung war beinahe übermächtig, mein gewaltiges Geheimnis loszuwerden, ihn anzusehen und zu sagen: Ja, Adam, da ist noch etwas. Es kann sein, daß Archie gar nicht der Autor von *Doras Zimmer* ist. Würde er es für möglich halten, oder würde er mich anschauen und denken: Armes Mädchen, die Last der Vergangenheit hat ihr zu sehr zugesetzt. Zuerst die Halluzinationen auf der Autobahn, und heute diese hanebüchene Idee. Ein Jammer, wir hätten uns gut verstehen können. Ich schreckte vor seinem Hohn zurück, vor seinem furchtbaren Mitleid.
»Das war alles«, entgegnete ich.
Wir schwiegen eine Weile, dann wandte er sich mir zu. »Weißt du, wenn ich mit dir zusammen bin, beneide ich meinen Sohn. Das ist eine total neue Erfahrung für mich.

Ihm gegenüber bist du ganz anders, spontaner, natürlicher.«
Ich lachte unbehaglich. »Aber er ist doch noch ein Kind«, sagte ich.
»Es muß daran liegen, daß ich Herausforderungen liebe«, murmelte er vor sich hin.
Und nun wurde das Schweigen unangenehm, fast feindselig. Ich stellte mir vor, wie es anders sein könnte, wie er zögerte und dann sagte: Du wirst das wahrscheinlich lächerlich finden, Fern, aber ich hatte immer das komische Gefühl, daß dein Vater *Doras Zimmer* geschrieben hat ... Und wir könnten uns gemeinsam auf die Suche machen. Ich wußte, daß ich seine Zuneigung und seine Geduld strapazierte, aber ich konnte es nicht ändern. Ich wünschte mir sehnlich, ihn zum Freund zu haben, wollte die Hoffnung bewahren, daß er vielleicht eines Tages sogar mehr als ein Freund sein würde, aber mir fiel nichts ein, wie ich ihn halten konnte.
Als wir in Chatton Heights ankamen, war es dunkel geworden und es regnete in Strömen. Adam hielt vor dem festungsgleichen Haus.
»Mir ist, als ließe ich dich in deinem Gruselinternat zurück«, sagte er und blickte zu den dunklen Fenstern hinauf. »Möchtest du wirklich hierbleiben?«
»Kein Problem.«
»Hm. Ich frage mich, warum ich jedesmal Beklemmungen kriege, wenn du in diesem Tonfall sprichst.« Ich sah die Umrisse seines Gesichts im Dunkeln; er schaute sehr ernst aus. »Du hast so eine seltsame Mischung aus Stärke und Verletzlichkeit in dir, Fern, daß ich nie weiß, was gerade die Oberhand hat. Aber ... ich muß dir wohl Glauben schenken.«
»Möchtest du mit reinkommen?«

»Ich würde gern, doch ... ich muß auf dem Rückweg nach London noch bei Ben vorbeischauen.«
»Na dann ...« Ich war überrascht, wie sehr ich die Enttäuschung spürte.
Er zögerte. »Es war ein ergiebiger Nachmittag.«
»Ja. Danke, daß du alles arrangiert hast.«
»Oh, kein Problem. Und halt mich auf dem laufenden, wenn du noch mehr herausfindest.«
»Ja. Du auch.«
»Na klar.«
Die Erinnerung an die Nacht am Alderly Drive lag zwischen uns, die Warnung vor weiteren Katastrophen. Es schien keinen Weg über den riesigen Abgrund der Höflichkeit zu geben. Ein so großer Teil von mir war von der Angst blockiert, ich könnte meine verrückten Spekulationen über meinen Vater und *Doras Zimmer* ausplaudern, daß für Adam kaum mehr etwas übrig zu sein schien.
Er nahm mein Gesicht in beide Hände und küßte mich sachte auf den Mund. »Gute Nacht, Fern«, sagte er, und als ich gerade aussteigen wollte, fügte er bedauernd hinzu: »Und vergiß den armen Prinzen nicht ganz, der sich durch all das Dornengestrüpp schlägt, nur um dann festzustellen, daß seine Herzensdame lieber schlafen möchte.«
Da hätte ich mich fast umgedreht und ihm alles erzählt – aber Scham und Verstocktheit sind hartnäckig.
Als ich über den regennassen Kies auf den schwach beleuchteten Seiteneingang zu rannte, hörte ich, wie sich das Motorengeräusch seines Wagens in der Nacht verlor.

Ich ging sofort zu den Porträts und betrachtete sie aufs neue. Archie und Frances, Clancy und Louise. Frances und Clancy. Ein Hauch von Verletzlichkeit war hinzugekommen; sie wirkten irgendwie jünger, zarter. Oder vielleicht veränderte ich mich selbst. Sie verharrten in ihrer ewigen Jugend, während ich älter wurde.

Als ich den Flur zum Salon entlangging, hörte ich Frauenstimmen. Es geschah so selten, daß Tillie Besuch bekam – ich hatte sie während meiner ganzen Zeit in Chatton Heights nicht einmal mit Freunden gesehen –, daß ich mich fragte, ob Archie nicht eine neue Schar von Verehrerinnen zu Gast hatte. Doch als ich näher kam, fiel mir auf, daß die Stimmen seltsam klangen – da war auch eine merkwürdig knurrende Männerstimme, die sich anhörte wie ein großes Tier im Kindertheater. Ein Bär vielleicht. Irgendwie unecht.

Ich öffnete die Tür. Das Zimmer war leer. Das Licht einer einzigen Tischlampe warf Schatten auf die dunkle Tapete, die dunklen Vorhänge. Das Sideboard und die Kommoden aus Eichenholz, die Ledersofas und -sessel wirkten größer als sonst in dem schummrigen Zwielicht. Dann bewegte sich etwas, und ich sah eine Marionette, die zum Leben erwachte und staksig über die Bühne des kleinen Puppentheaters schritt.

Es war ein grauenerregender Moment, ein, zwei Sekunden, die mich in einen bodenlosen Abgrund stürzten. So passiert es also, gellte es in meinem Kopf, Marionetten tanzen. Und du taumelst in den Wahnsinn.

»Schon besser«, sagte eine Stimme – und Tillie richtete sich hinter dem niedrigen Tisch auf. Ihre Hände zupften ungelenk an den Fäden, »jetzt tanzt du nach meiner Pfeife ...«

»O Tillie!« sprudelte ich erleichtert heraus. »Du hast das Theater entdeckt. Tom Page hat es heute morgen hergebracht. Ist es nicht wunderschön?«

Sie bemerkte mich nicht. Ihre ganze Aufmerksamkeit war auf die Marionette gerichtet, deren Fäden sie in Händen

hielt. Da fiel mir auf, daß ich Tillie noch nie konzentriert erlebt hatte; normalerweise blickten ihre blauen Kinderaugen irgendwo in die Ferne, doch jetzt fixierten sie mit erschreckender Kraft die Marionette.
Es war der alte Mann, den sie über die Bühne tanzen ließ. Der Zauberer.
Und sie ließ ihn sprechen. Da war wieder die knurrende Bärenstimme: »Ich bin müde. Ich muß mich ausruhen. Ich bin zu müde zum Tanzen.«
Nun ihre eigene Stimme, doch ganz anders, als ich sie kannte. Schmeichelnd, aber auch unerbittlich. »Nein, nein, du bist nicht müde. Noch nicht, niemals. Du kannst nicht müde sein. Die Treppe hoch und runter. So ist es recht. In die Kammer der Herrin. Tanz, sag ich. Du bist nicht müde. Jetzt bist du dran.«
»Tillie ...« Sie hörte mich nicht. Sie konnte mich nicht hören. Ich war ein Eindringling, beobachtete eine intime Szene; es war, als wäre ich in der Lage, ihre geheimsten Gedanken zu lesen. Ich wollte mich davonschleichen, in der Hoffnung, daß sie mich nicht bemerkt hatte, doch ich war unfähig, mich zu bewegen, war wie gebannt.
Also blieb ich stehen, wurde Zeuge der Szene.
Die knurrende Stimme sagte: »So müde, bitte nicht mehr. Du bringst mich um. Muß jetzt aufhören.«
Tillie wieder mit ihrer gebieterischen Stimme: »O nein, noch nicht. Niemals. Jetzt tanzt du nach meiner Pfeife, ich ziehe an den Fäden. Mal sehen, wie dir das gefällt. Da bitte. Tanze, tanze. O schau, wer ist das, Fräulein Wunderhübsch. Was wollen wir mit ihr machen?«
Schon bevor sie aus der Kulisse trat, wußte ich, daß diese Marionette das junge Mädchen, die jugendliche Heldin, die Prinzessin sein würde. Und ich wußte, daß für Tillie der alte Mann mein Großvater war und die zweite Marionette ich.

Sie sprach mit der zweiten Marionette. »Und wo warst du die ganze Zeit, hübsches kleines Mädchen? Kannst du auch tanzen? Nein? Dann werd ich es dir beibringen. Du mußt das lernen, weißt du. Hier muß jeder tanzen.«

Die beiden Marionetten hüpften auf der Bühne auf und ab. Tillies Hände vollführten seltsame zuckende Bewegungen, und die Spinnwebfalten an ihrem Mund verzerrten sich in einem schadenfrohen Grinsen. Sie stand unter dem Gemälde von dem Hirsch, der von den blutgierigen Hunden zerfetzt wurde.

»Rundherum, das ist nicht schwer. Nun tanz mal schön, laß mal sehen, ob du's kannst.« Ihre Stimme wurde schriller, erhob sich wie ein Sturm in einer Winternacht, ein langer dünner haßerfüllter Ton. »Auf und ab, rein und raus, rundherum. Wie gefällt dir das, hä? Jetzt bin ich dran, und du entkommst mir nicht und ...«

Eine Männerstimme ertönte hinter mir, eine echte.

»O Gott! Jetzt ist sie wirklich hinüber.«

Es war Archie. Wie Tillie selbst, war ich so in die Szene auf der Bühne vertieft gewesen, daß ich seine Schritte nicht gehört hatte.

Ich wandte mich erleichtert um. »O Archie, ich ...«

Aber er rauschte an mir vorbei. »Schluß jetzt, Tillie«, sagte er laut, »das Spiel ist zu Ende. Pack die Sachen ein, und sei wieder normal. Tillie, sag ich, Tillie! Hör mir zu!«

Doch obwohl Archie dicht neben ihr stand, erwachte Tillie nicht aus ihrer Trance. Sie beugte sich immer noch über das Theater und ließ die Marionetten mit eckigen kleinen Schritten hüpfen, wobei ihre Arme hin und her schwangen, als wollten sie fliegen.

»Tillie! Ach zum Teufel!«

Archie schlug ihr ziemlich fest ins Gesicht. Sie zuckte nicht einmal zusammen, drehte sich nur langsam zu ihm, während sich auf ihrer Wange ein roter Fleck abzeichnete. Sie sah ihn kurz an, dann wandte sie sich wieder ab und schaute mit ihrem üblichen Blick ins Leere.

»Ich wußte nicht ...« sagte sie. »Ich habe nicht ...«

»Schon in Ordnung, Tillie.« Archies Stimme war forsch, nüchtern. Wie auch der Schlag. Gewalt ohne jede Emotion, fast routiniert. »Niemand nimmt dir das übel. Du warst nur zu sehr in dein Spiel vertieft, das ist alles. Du brauchst dich jetzt nicht aufzuregen.«

»Ja«, murmelte sie, »nein ...«

»Nun leg diese albernen Marionetten beiseite, und mach dich nützlich. Der Abendbrottisch müßte doch gedeckt werden, nicht wahr?« Seine Stimme war jetzt beinahe zärtlich. Ich hatte ihn noch nie in einem solchen Tonfall mit ihr sprechen hören.

Sie zitterte. Ich merkte es, weil die Marionetten leicht klapperten. Dann schaute sie nach unten, und ein überraschter Ausdruck trat auf ihr Gesicht, ein Ausdruck, der eindeutig besagte: Wie kommen die in meine Hände?

Der alte Mann tat einen vorsichtigen Schritt.

»Tillie, leg sie sofort weg.«

Sie ließ sie plötzlich los, und die beiden Marionetten fielen zu einem Häufchen zusammen. Langsam richtete sie sich auf.

»So ist es gut. Und jetzt ab mit dir.«

Sie rannte zwar nicht los wie ein Kind, aber sie ging hinaus. Dabei streifte sie mich – der vertraute Geruch von Verwahrlosung. Der Ärmel ihrer grünen Strickjacke streifte meine Hände, doch ich hätte schwören können, daß sie mich gar nicht wahrgenommen hatte.

Als sie verschwunden war, stieß ich einen langen Seufzer aus.

»Wie wär's mit einem Drink?« fragte Archie. »Ich hol dir einen, obwohl du ihn weiß Gott nicht verdient hast. Wenn du dieses idiotische Theater nicht hättest hier rumstehen lassen, wäre das alles nicht passiert. Hier, trink das. Tillie kann einem manchmal wirklich das Gruseln lehren.«

»Hat sie öfter …? Ich meine, war sie jemals …?«

»Ganz ruhig.« Er grinste gemein. »Du ahmst ja schon ihren unheimlichen Satzbau nach. Wenn du damit fragen wolltest, ob sie diese seltsamen Anfälle öfter hat, so lautet die Antwort ja. Obwohl ich sagen muß, daß ich sie noch nie bei so einer schlimmen – oder guten – Vorführung wie eben erlebt habe. Da ist ein kleines Gespräch mit Bob Collins über ihre Medikamente fällig.«

»Ich wußte nicht …« fing ich an.

Archie unterbrach mich grob: »Es gibt verdammt viel, was du nicht weißt.« Und das war so unbestritten die Wahrheit, daß ich verstummte.

»Trink aus«, sagte er. »Tillie in voller Fahrt ist schon schlimm, wenn man es gewöhnt ist, aber beim erstenmal … und es wird wirklich schlechter.«

»Seit Großvater gestorben ist?«

Er starrte mich unvermittelt an. »Nein. Sein Tod war für uns alle, sie inbegriffen, eine uneingeschränkte Erleichterung. Seit das Testament eröffnet worden ist.«

Ich ließ mich auf die Kante des Sofas sinken. »Dann bin ich daran schuld.«

»Schluchz, schluchz. Mein Herz leidet mit dir. Verzeih bitte, wenn ich davon absehe, in aller Öffentlichkeit zusammenzubrechen.«

Ich schaute auf. Er betrachtete mich mit triumphierendem Gesicht, und diesmal unternahm er keinen Versuch, seine Bösartigkeit hinter der üblichen Freundlichkeit zu verstecken.

»Aber das verstehe ich nicht. Warum hat er sie so schlecht behandelt?« sagte ich.

»Was für eine törichte Frage. Er hat jeden schlecht behandelt. Ist dir das noch nicht klargeworden? Er war so. Manche Leute sind Glücksspieler oder sammeln Briefmarken – mein werter Papa quälte gern Menschen. Eine Art Hobby sozusagen. Es amüsierte ihn.«

Er beugte sich vor und hob die Figur des Alten auf.

»Die hielt sie für ihn«, sagte ich, »und die andere ...«

»Für dich natürlich. Nun, was erwartest du? Du warst diejenige, die unbedingt Daddys kleines Puppentheater repariert haben wollte. Ich hätte dir sagen können, daß du die Finger davon lassen sollst.«

»Ich habe nicht gedacht, daß ein altes Spielzeugtheater Unheil anrichten könnte.«

»Dann leidest du unter Phantasiemangel.«

Ich schwieg eine Weile und nippte an meinem Sherry. Vor meinem geistigen Auge entstand eine Szene: Tillie kam in mein Schlafzimmer, Gracies Zimmer, das ehemalige Zimmer meines Vaters. Sie hatte jenen entschlossenen, konzentrierten Ausdruck auf dem Gesicht, den ich während ihres Spiels mit den Marionetten gesehen hatte, eine Art heitere Bösartigkeit, und langsam und genüßlich begann sie meine Sachen durchs Zimmer zu werfen. Und wandte sich dann dem Foto im Holzrahmen zu.

»Archie«, sagte ich, »erzähl mir bitte von Tillie.«

»Ich dachte, du erfährst den Tratsch von den Bediensteten.«

Er goß sich einen weiteren Drink ein. »Hm, was gibt es da noch hinzuzufügen? Merkwürdigerweise war sie recht reizend, als sie herkam. Große blaue Augen, sehr schüchtern und auf eine blutarme, altjüngferliche Art durchaus einnehmend. Sie wurde eingestellt, um sich um meinen Vater zu kümmern, als er sich, vor vielen Jahren schon, eine Lungenentzündung zuzog. Vor Clancys Tod.«

»Ich wußte nicht, daß sie Krankenschwester war.«

»Keine ausgebildete wohlgemerkt. Sie kümmerte sich jahrelang um ihren völlig verkalkten Vater, bis er starb, und das wurde als eine Art Referenz angesehen. Sie sollte wieder gehen, nachdem Everett gesundet war, aber sie blieb. Ich glaube, sie hatte keine anderen Pläne. Und mein Vater hatte sich an sie gewöhnt.«
»Hat er sie deshalb geheiratet?«
»Um Himmels willen nein, erst als er mußte.« Archie ließ sich in einem Sessel nieder, legte den Kopf zurück und starrte an die Decke. »Eines bemerkenswerten Tages trat die Liebe in Tillies klägliches Leben. Der Traumprinz auf dem weißen Roß in Gestalt eines kahlköpfigen, übergewichtigen Beamten, der es anstrebte, in den Ruhestand zu gehen und einen Zeitungsladen zu eröffnen. Er eroberte die arme Heldin im Sturm, indem er ihr eine Siebentagewoche und eine Karriere als Zeitungsausträgerin verhieß. Als Everett sich bewußt wurde, daß er dabei war, seine Zofe zu verlieren, heiratete er sie. Der kahlköpfige Zeitungshändler hatte keine Chance. Und seit diesem Tag war mein Vater der Ansicht, daß man ihn zu dieser unbesonnenen Handlung gezwungen hatte, weshalb er seinen Lebensabend damit zubrachte, sie wegen grober Belästigung zu bestrafen.«
»Und durch mich tut er es weiterhin.«
Archie beachtete mich nicht. »Ihre Hochzeit war die widerlichste Farce, die ich je erlebt habe, und ich habe einigen beigewohnt. Tillie bestand auf einer richtigen Hochzeit. Ich glaube, es gelang ihr sogar, irgendeine moribunde Verwandte auszugraben, die währenddessen pflichtschuldig in ihr Taschentuch schluchzte. Und Tillie in so viel weißer Spitze und Rüschen, wie sie in ihre gierigen Finger kriegen konnte. Sie sah aus wie eine Erscheinung aus Transsilvanien, eine der Untoten, die sich über das ruhige Völkchen von Long Chatton hermachen will.«

Ich schauderte. »Die arme Tillie.«
»Ein Opferlamm.« Er war aufgestanden, um sich nachzugießen, hielt aber inne und betrachtete mich eingehend. »Ein bißchen wie du, Fern, in gewisser Hinsicht. Sag mir, wie schreitet deine Suche nach dem lieben Daddy voran?«
Ich sah zu ihm auf. Hatte er von meinem Besuch bei Deborah Brewster erfahren? Doch das war unmöglich. »Ich habe es aufgegeben«, antwortete ich. »Es wurde allmählich Zeitvergeudung.«
»Braves Mädchen.« Er nickte wohlwollend. »Ich begann mir schon Sorgen um dein Wohlbefinden zu machen. Du kommst mir oft so ...« und er ließ seine Hand leicht auf meinem Kopf ruhen »... so verletzlich vor, meine Liebe.« Und seine Hand glitt auf meine Schulter hinunter. Wie Schneckenschleim, und seine Verkommenheit haftete an mir. Ich rutschte außer Reichweite.
An der Tür entstand eine Bewegung. Tillie war gekommen, um uns zum Abendessen zu holen, und starrte uns aus ihren großen leeren Augen an – Augen so groß wie Untertassen, dachte ich, als ich ihr folgte.

In dieser Nacht träumte ich, daß ich mit meinem Wagen eine unbekannte Straße entlangfuhr – oder es vielmehr versuchte. Jedesmal, wenn ich in eine bestimmte Richtung lenken oder schalten wollte, zupfte mich etwas Unsichtbares am Handgelenk und veranlaßte mich dazu, genau das Gegenteil zu tun. Zuerst ärgerte ich mich, dann bekam ich Angst. Ein Laster näherte sich, und ich wußte, daß diese fremde Kraft mich dazu bringen würde, darauf zuzusteuern ... und ich verlor die Kontrolle über den Wagen. Anschließend merkte ich, daß meine Arme und Beine an den Gelenken mit kaum sichtbaren Fäden verbunden waren,

die über große Kraft verfügten, und daß über mir etwas an den Fäden zog und so all meine Bewegungen steuerte.
Ich wachte schweißgebadet auf, knipste das Licht an und wartete, daß die Angst sich legte. Während ich allmählich zu mir kam, wurde mir bewußt, was die Ursache des Alptraums war. Das Erlebnis mit Tillie und den Marionetten und die Informationen über meinen Großvater waren Erklärung genug. Doch sogar als die Angst langsam wich und ich wieder klar denken konnte, spürte ich, daß etwas daran stimmte. Es war idiotisch, anzunehmen, daß mein Großvater noch aus dem Grabe die Kontrolle über uns hatte. Er war tot, und seine Macht war mit ihm gestorben. Dennoch verhielten wir uns, als wären wir ihm noch immer unterworfen. Tillie, Gerald und Archie mochten nach Jahren der Tyrannei zu entkräftet sein, um etwas daran zu ändern, aber für mich galt das nicht. Ich hatte die besten Chancen, den Bann zu durchbrechen, den er über die Familie verhängt hatte.
Kaum hatte ich diesen Gedanken gefaßt, als sich auch schon die Lösung abzuzeichnen begann. Warum war ich darauf nicht früher gekommen? Ich konnte es kaum mehr erwarten, daß die Nacht vorüberging und ich endlich anfangen konnte, meinen glänzenden Plan in die Tat umzusetzen.
Der Anwalt, Mr. Markham, hatte mir bei unserem Treffen versichert, er sei immer für mich da, wenn ich ihn brauche, und das erwies sich nun als die Wahrheit. Um elf Uhr saß ich in seinem gepflegten Büro über einem der zahllosen Antiquitätenläden in Long Chatton und führte meine Idee aus.
Er war nicht der Meinung, daß es sich um einen guten Plan handelte. Ganz im Gegenteil. Seine Weltsicht, in der alles geordnet und geregelt verlief, war bedroht. Er schaute zu-

nehmend nicht mehr wie der wohlgenährte Gutsherr aus dem 18. Jahrhundert aus, sondern wie ein Herr, der die Jagd liebt und nun feststellen muß, daß sein Sohn und Erbe Vegetarier und Tierschützer ist. Er sagte mir, ich solle mir alles genau überlegen und nichts Voreiliges tun. Dann gab er etliche altväterliche Bemerkungen zum Thema jugendlicher Idealismus, Pragmatismus und Realismus von sich, mußte aber schließlich eingestehen, daß mein Vorschlag rein technisch durchaus umsetzbar war. Natürlich nicht vor dem kommenden August, an dem ich einundzwanzig würde ... und er hoffe doch, daß ich zwischenzeitlich ... Aber ich hörte schon nicht mehr zu. Ich hatte alles erfahren, was ich wissen wollte.

Ich fuhr nach Chatton Heights zurück und parkte den Wagen in der Remise hinter dem Haus, wo wie immer Geralds große Füße unter dem Daimler hervorragten.

»Ich hoffe, du kommst zum Mittagessen«, sagte ich zu den Stiefeln, die erschrocken zuckten, »ich habe euch etwas mitzuteilen, was du sicherlich sehr interessant finden wirst.«

Fahles Winterlicht fiel durch die Magnolienzweige vor dem Fenster des Speisezimmers und schimmerte auf dem riesigen Eßtisch, der morgens von Elsa poliert worden war und glänzte wie ein Spiegel. In einer der Speisekammern hatte ich eine ausladende Porzellanschüssel mit einem Muster aus zahllosen winzigen Blümchen gefunden und sie, mit Wintergrün gefüllt, in die Mitte des Tisches gestellt. Meine Bemühungen, das Haus meines Großvaters freundlicher zu gestalten, kamen mir manchmal so nutzlos vor wie der Versuch, einen Strand mit dem Besen von Sand befreien zu wollen, aber ich war dennoch entschlossen, nicht aufzugeben.

Mrs. Viney hatte dampfenden Apfelkuchen aufgetragen, aber da die Verkündigung meiner Entscheidung bevorstand, war mir der Appetit vergangen.
»Ich war heute morgen bei Mr. Markham«, sagte ich, »und darüber wollte ich mit euch sprechen.«
Ich war auf einen sarkastischen Kommentar von Archie oder eine grobe Bemerkung von Gerald gefaßt, aber sie warteten schweigend. Archie berührte kurz seine besonders farbenprächtige, lila, grün und pink gemusterte Krawatte. Tillie sah noch puppenhafter aus als sonst. Sie hatte Rouge auf ihren Wangen verrieben, vielleicht um das Mal von Archies Schlag zu verdecken. Gerald wirkte, als könnte nichts, was ich zu sagen hatte, für ihn von Interesse sein.
Ich fuhr fort: »Da das Testament meines Großvaters so unzulänglich ausgefallen ist – juristisch, wie ihr wißt, ist es absolut unantastbar, nicht aber was die Verteilung seines Besitzes betrifft –, sollten wir selbst aktiv werden und eigene Vereinbarungen treffen. Das ist die einzige Möglichkeit, wie wir uns aus diesem Schlamassel befreien können, in das wir alle verstrickt sind.«
Gerald kniff leicht die Augen zusammen, wie immer, wenn er besonders konzentriert war. »Was willst du damit sagen?« fragte er.
»Das ist doch ganz einfach. Wir müssen uns lediglich zusammensetzen und etwas ausarbeiten, was Übertragungsurkunde oder so ähnlich heißt. Wir können uns darauf einigen, das Erbe genau in vier Viertel zu teilen. Vier absolut gleiche Teile.«
Archie meldete sich zu Wort. »Du willst das Haus verkaufen?«
»Wenn wir uns darauf einigen, ja. Aber das Geld und das Haus werden getrennt verhandelt. Wir können das Geld gerecht aufteilen, und das Haus mag weiterhin mit Zinsen

von den Erbteilen, den Pachteinkünften und so weiter unterhalten werden. Mir geht es bei meinem Vorschlag darum, selbst zu entscheiden, was geschieht. Wir können uns von dieser ominösen Macht, die mein Großvater immer noch über uns alle zu haben scheint, befreien.«

»Hm. Ominös, wie?« Das war Archie mit einer Frage, auf die er keine Antwort erwartete. Er befingerte weiterhin seine Krawatte.

Tillie schaltete sich plötzlich ein. »Immer ein Tyrann ... aber natürlich hatten wir nie ...« Ich hatte keine Ahnung, ob sie die Bedeutung meiner Worte verstanden hatte.

Und Gerald sagte: »Also willst du uns Unterstützung zukommen lassen.« Doch sogar diese Bemerkung war ohne Schärfe. Ich hätte damit gerechnet, daß mein Plan zunächst Hohn, Freude, Ungläubigkeit, irgendeine starke Gefühlsreaktion hervorrufen würde. Diese erstaunte Duldsamkeit verblüffte mich. Erst als ich ihre ausdruckslosen Gesichter betrachtete, wurde mir klar, wie gewaltig die Macht meines Großvaters tatsächlich gewesen war. Sogar Archie, der mich in Angst und Schrecken versetzen konnte, war in gewisser Weise so kindisch wie Gerald. Beide waren passiv, betrachteten sich als Opfer, die von den Launen anderer abhängig waren. Als ich ihr mißtrauisches Schweigen auf mich wirken ließ, kam ich mir vor, als hätte ich einer Gruppe lange eingesperrter Tiere die Käfigtür geöffnet. Und statt die Chance zu nutzen und mit einem freudigen Satz ins Freie zu springen, schnüffelten sie innen an der Tür herum und sahen sich verstört um. Mißtrauisch. Fürchteten Betrug. Und vor allem fürchteten sie die Freiheit.

»Wenn ihr es überdenkt, werdet ihr merken, wie gut der Plan ist.«

»Ja, es ist wirklich ein guter Plan, doch«, sagte Archie unbeteiligt.

»Das Ganze kann erst nach meinem Geburtstag im Sommer in Kraft treten, aber ...«

»Aha!« Geralds höhnischer Einwurf klang beinahe erleichtert. »Da hat die spendable Dame ja genug Zeit, es sich anders zu überlegen.«

»Das werde ich nicht tun«, erwiderte ich ruhig.« Aber vorerst müßt ihr mir vertrauen.«

Gerald schnaubte. Ich hätte wahrscheinlich wissen sollen, daß seine Erziehung ihn nicht dafür prädestinierte, jemandem zu vertrauen.

»Nun, ich meine ...« Tillie runzelte leicht die Stirn, und die mannigfachen Fältchen um ihren Mund zuckten heftig, als sie an ihrem imaginären Bonbon lutschte. »Ein sehr guter ... natürlich, wenn es geht ... so häufig Enttäuschung ...«

Ich sah sie neugierig an, als sie versuchte, den störrischen Gedanken zu fassen zu kriegen. Am Abend zuvor, als sie mit den Marionetten spielte, war sie eine Schreckensgestalt gewesen; heute sah ich sie, wie sie war, eine erbarmungswürdige, einsame Frau, deren Leben durch Egoismus und Grausamkeit anderer zerstört worden war. Was würde sie mit ihrem Geld anfangen? Eine kleine Wohnung in London kaufen? Einen Bungalow am Meer? Vielleicht läutete die Freiheit einen neuen Lebensabschnitt ein, vielleicht würde sie einen Teil des Erlittenen vergessen können. Oder sie würde es nicht schaffen, wegzugehen. Es könnte auch sein, daß sie sich so an ihr trostloses Leben in Chatton Heights gewöhnt hatte, daß sie sich nicht davon zu lösen vermochte.

Vielleicht kam für Tillie alle Freiheit zu spät.

An diesem Abend rief ich Adam an und berichtete ihm von meiner Entscheidung. Er war begeistert und sagte, ich müsse ihm unbedingt bei unserem nächsten Treffen die Einzelheiten erzählen. Ich hörte Stimmen im Hintergrund, Stimmen aus seinem Leben in London, zu denen ich nicht gehörte. Als ich auflegte, fragte ich mich wehmütig, ob er meinen Plan nur gelobt hatte, um das Gespräch kurz zu halten.

10

Drei Tage später war ich unterwegs nach London – um mich mit Archies Verleger zu treffen.

Ich war immer noch ganz berauscht von meiner neugewonnenen Kühnheit. War dies wirklich die schüchterne Mary Miller, die Tarnkünstlerin, deren Lebenszweck darin bestanden hatte, im Hintergrund zu bleiben, die hier ruhig einen Termin mit einem Fremden vereinbart hatte? (»Sie erinnern sich bestimmt an Clancy, den Bruder, der bei einem Flugzeugabsturz umkam. Ich bin seine Tochter.« Woraufhin Paul Sobeys Stimme nicht mehr gelangweilt, sondern herzlich geklungen hatte. »Ach ja, Fern, nicht wahr? Wollen wir uns nicht diese Woche zum Mittagessen treffen?«)

Ich war sicher, daß Paula nichts davon gehalten hätte. Sie hatte zu mir gesagt, ich würde mich in etwas hineinsteigern, und vielleicht war da was dran. Im Gegensatz zu Adam hatte sie auf mein Vorhaben, das Testament zu ändern, verächtlich reagiert.

»Mary Fern«, ihr blieb vor Ungläubigkeit am Telefon fast die Stimme weg, »ich meine, das ist das Dümmste, was du je getan hast. Wenn du das Geld nicht selbst willst, kannst du trotzdem etwas Sinnvolles damit tun.«

»Du verstehst das nicht. Selbst wenn ich das Geld dem Tierheim spende, helfe ich meinem Großvater dabei, die anderen zu strafen. Die einzige Möglichkeit, von ihm freizukommen, ist, das zu tun, was eigentlich seine Aufgabe gewesen wäre, nämlich das Geld gerecht aufzuteilen.«

»Du bist so naiv, daß es einem wirklich das Herz brechen kann. Woher weißt du, daß sie das nicht von vornherein geplant haben, und du bist ihnen nur in die Falle gegangen? Wer sagt denn, daß dein Großvater dich benutzt, um sie zu bestrafen? Sie natürlich. Und vielleicht kann man ihm nur dazu gratulieren. Vielleicht haben sie es nicht anders verdient. Wenn du meine Meinung hören willst, ich glaube, Tillie ist nicht halb so verrückt, wie sie tut. Und ich glaube auch, daß in diesem Haus eiskalt kalkuliert wird und sie sich jetzt alle freudig die Hände reiben, weil es so gut hingehauen hat.«

»Du willst doch wohl nicht behaupten, daß sie das Ganze so geplant haben, oder?« erhob ich Einspruch. »Aber Paula, die reden nie miteinander!«

»In deiner Gegenwart vielleicht nicht. Doch du hast keine Ahnung, was hinter deinem Rücken vorgeht. Sie leben immerhin alle zusammen, oder? Wenn sie sich so sehr hassen, wie du behauptest, wäre ja wohl einer schon mal ausgezogen.«

Damals lachte ich über ihr Mißtrauen, sagte ihr, es sei albern. Und das war es auch. Dennoch ging mir folgende Szene nicht mehr aus dem Kopf: Tillie, Archie und Gerald sitzen am Kamin im Salon, Feuerschein flackert auf ihren Gesichtern, und sie wirken wie Verschwörer in einem alten Film. Gerald beginnt: »Sie hat beschlossen, eine Weile hierzubleiben. Das kommt uns zugute.« Dann sagt Archie: »Das arme Mäuschen ist so leichtgläubig, die schluckt alles. Wir müssen ihr nur weismachen, daß sie im Sinne von Everett handelt, wenn sie das Geld behält.« Tillie fügt hinzu: »Und ich kann so tun, als wäre ich verrückt, als hätte mich die Enttäuschung in den Wahnsinn getrieben.« Nun wieder Gerald: »Ja, das kannst du sicher gut.« Und alle lachen in schönem Einvernehmen.

Die ganze Idee war grotesk. Ach ja? Und was war mit diesem jetzigen Unternehmen, der Vorstellung, daß mein Vater das Buch seines Bruders geschrieben haben könnte? Es war mindestens so schwachsinnig, wegen des Geredes einer Verrückten durch die Gegend zu fahren. Wenn meine Mutter behauptet hätte, sie sei die Thronfolgerin, würde ich dann jetzt wie wild nach Beweisen für die Vertauschung von Babys suchen? Wäre mir keine Idee zu irre, solange sie meinen Glauben an meine geistesgestörte Mutter wiederherstellen konnte? Erwartete ich ernsthaft, daß Mr. Sobey plötzlich sagte: Übrigens hat Ihr Vater mir das Manuskript von *Doras Zimmer* zugeschickt. Erst nachdem er bei dem Flugzeugabsturz ums Leben kam, behauptete Archie, es sei von ihm selbst.

Ich war mehrmals während dieser Fahrt kurz davor, umzukehren und die Suche aufzugeben. Sie wurde zu gefährlich. Und dennoch trieb mich etwas dazu, weiterzumachen. Meine Besessenheit. Die anderen hatten recht, ich war besessen von dieser Suche, und ich konnte nichts dagegen tun.

Als ich den Wagen auf einem irrsinnig teuren Parkplatz in der City von London abstellte, sah ich mich zufällig im Rückspiegel. Ich hatte einen Gesichtsausdruck, den ich nie zuvor bei mir bemerkt hatte. Eine Art Entschlossenheit, denke ich, zunehmende Kraft und die Weigerung, sich nicht unterkriegen zu lassen. Oder vielleicht … Ich schaute noch mal hin. War der trotzige Mund nicht etwas zu entschlossen, dieser kalte undurchdringliche Ausdruck in den Augen, nicht etwas *zu* unnachgiebig? Irgendwie fern der Realität, ein Ausdruck, den ich kannte?

O Gott, betete ich, als ich meinen Schein vom Platzwächter entgegennahm, bitte mach, daß Paul Sobey mir beweist, daß Archie *Doras Zimmer* geschrieben hat, daß mein Vater nicht der Autor gewesen sein kann. Sorg dafür, daß er mich aus diesem Irrgarten von Visionen erlöst. Bitte, bitte.

»Ihr Vater war ein recht verschlossener Mann. Ich könnte nicht behaupten, daß ich ihn gut gekannt habe.« Paul Sobey lächelte plötzlich, als wollte er sich im voraus für seine mangelnde Eignung als Informant entschuldigen.
Mir war er sofort sympathisch gewesen. Er war groß und schlank, hatte dünnes, helles Haar und ein schmales, durchgeistigtes Gesicht. Er strahlte eine ruhige Freundlichkeit aus, die sich sehr von dem Routinemitgefühl von Leuten wie Dr. Phelps unterschied. Als wir uns trafen, hatte ich den Eindruck, daß er sich fragte, wieso er sich bloß auf eine Verabredung zum Mittagessen mit der Nichte einer seiner Autoren eingelassen hatte; aber er war viel zu höflich, um etwas Derartiges zu äußern oder sich mir deshalb weniger intensiv zu widmen.
Wir hatten uns in einem italienischen Restaurant in der Nähe seines Büros verabredet. Da mir die meisten Dinge auf der Karte unbekannt waren, bestellte ich Avocado als Vorspeise, danach Seezunge. »Eine gute Entscheidung«, sagte er und nahm das gleiche.
Während wir auf die Vorspeise warteten, fragte ich: »Haben Sie meinen Vater durch Archie kennengelernt?«
»Nein, es war genau umgekehrt. Ihr Vater und ich waren zusammen in Merton. Zu Anfang hatten wir wenig Kontakt; er studierte Jura, was er übrigens verabscheute, und ich Geschichte. Erst gegen Ende unseres zweiten Studienjahres freundeten wir uns an.«
»Warum hat er Jura studiert, wenn er es nicht mochte?«
»Weil es die Familie so wollte. Viele Leute werden aus allen möglichen Gründen zu falschen Entscheidungen gedrängt. Aber er gab sich auch keine Mühe und schaffte mit Ach und

Krach den Abschluß. Die meiste Zeit brachte er damit zu, Theater zu spielen und irgendeine neue Zeitschrift ins Leben zu rufen.«

»Haben Sie ihn dabei kennengelernt?«

»Beim Theaterspielen. Wir traten zusammen in einer dieser Sommertheater-Inszenierungen auf. Clancy war zwar jemand, der sich nie in den Vordergrund stellte – von ihm hätte man eher erwartet, daß er jede öffentliche Veranstaltung mied –, aber sobald er vor ein Publikum trat, war er wie verwandelt. Sie kennen das, es gibt Schauspieler, die keine sehr markanten Persönlichkeiten sind, bis sie eine Rolle spielen, und dann ist es, als wäre die Rolle für sie geschaffen, sie verändert sie völlig, von innen heraus. Ich habe das seither nur ein-, zweimal erlebt, aber ich dachte jedesmal an Clancy.«

»Ich weiß, daß er sich immer zum Theater hingezogen fühlte. Er hatte als Kind ein Marionettentheater bekommen.«

»Ich will damit nicht sagen, daß er keine herausragende Persönlichkeit war, im Gegenteil. Es war nur so, daß mir erst an diesem Abend, als ich ihn zum erstenmal auf der Bühne erlebte, klar wurde, wieviel er von sich verbarg. Ach je, ich drücke mich irgendwie dumm aus.«

»Was meinen Sie mit ›verbergen‹?«

»Das frage ich mich auch gerade. Ich habe das noch nie so formuliert.« Er betrachtete nachdenklich seine Avocado und nahm dann einen Bissen davon. »Ich weiß natürlich, daß sein Vater ein ziemlicher Tyrann war, diese Art Vater, die ihre Söhne dazu zwingt, in ihre Fußstapfen zu treten. Heutzutage gibt es sie nicht mehr zu häufig, aber das war damals anders. Sie haben Ihren Großvater sicher selbst gut gekannt.«

»Ich erinnere mich überhaupt nicht an ihn. Nach dem Tod meines Vaters hatte ich keinen Kontakt mit meiner Verwandtschaft, bis vor einem Monat oder so.«

»Hm. Das ist seltsam.« Er wartete, daß ich weitersprach, doch als ich das nicht tat, fuhr er fort: »Ich bin dem alten Everett nur ein paarmal begegnet. Unter anderem bei Clancys Hochzeit, gegen die er eindeutig war – aber da hatte sich Clancy schon abgenabelt.«

»Abgenabelt?«

»In Oxford hatte er das nie richtig geschafft. Er brachte es zum Beispiel nicht fertig, auf ein anderes, ihm angenehmeres Studienfach umzusatteln, Englisch beispielsweise. Er rebellierte nur auf eine passive Art, indem er nichts tat, damit er einen schlechten Abschluß hatte. Nach Oxford arbeitete er dann zwangsläufig für den familieneigenen Betrieb – und es war ihm von Herzen zuwider.«

»Warum ging er dann nicht weg?«

»Das läßt sich schwer sagen. Es war nicht aus Schwäche, denn Clancy war kein schwacher Mann, ganz und gar nicht. Jemand, der schwach ist, hätte früher aufgehört.«

»Ich verstehe nicht ganz ...«

»Sehen Sie, er glaubte, daß er sich dazu zwingen könnte, alles zu tun und zu sein, glaubte, daß alles nur eine Frage des Willens sei. Und ich nehme auch an, daß ein Teil von ihm immer noch der Sohn sein wollte, den sein Vater zu formen versucht hatte. Er wäre wahrscheinlich für immer bei der Firma geblieben, wenn seine schlechte Gesundheit nicht dazwischengekommen wäre und die Ärzte ihm nicht gesagt hätten, daß er Urlaub benötige und eine völlige Veränderung seiner Lebensumstände erforderlich sei. Daraufhin reiste er durch Nepal und lernte Ihre Mutter kennen. Und danach gab es keinen Weg zurück zur Familie.«

»Sie akzeptierten sie nicht?«

»Ich schätze, nein, aber das war nicht das Entscheidende. Louise hatte etwas Wildes, Unbändiges an sich, das ihn von Anfang an fasziniert haben muß. Sie setzte sich nicht über die Konventionen hinweg, sie hatte gar keine Ahnung, daß es sie gab. Sie ›verwirklichte sich selbst‹, lange bevor das Mode wurde. Später bekam sie damit dann alle möglichen Probleme … aber das wissen Sie alles.«

»Ja.«

»Nun, jedenfalls war, nachdem er sich mit Louise zusammengetan hatte, klar, daß er nie mehr Daddys artiger Sohn werden würde. Sie ließen sich eine Weile durch die Weltgeschichte treiben, und ich verlor allmählich den Kontakt zu ihnen. Damals war Ihre Mutter schon ziemlich schwierig.«

»Mein Vater hat noch einmal für die Familie gearbeitet. Er fuhr nach Südamerika, um dort eine Niederlassung zu schließen.«

»Davon habe ich gehört. Ich habe nie verstanden, warum er diese Reise unternahm.«

Ich schwieg. Die leeren Avocados wurden weggenommen, und die Kellner brachten das Hauptgericht und den Salat. Paul Sobey lächelte mich ermutigend an. Einen Moment lang war ich versucht, ihm von meinem wirklichen Anliegen zu berichten.

»Mein Vater hat auch vorgeschlagen, daß Archie das Manuskript *Doras Zimmer* Ihnen bringen sollte.«

»Tatsächlich?« Er zeigte lediglich höfliches Interesse.

»Ja. Kurz bevor mein Vater umkam, schrieb er Archie aus Südamerika und teilte ihm Ihren Namen mit. Das muß etwa im Mai gewesen sein. Können Sie sich erinnern, ob Archie Ihnen *Doras Zimmer* schon vorher geschickt hatte oder erst danach? Das Buch erschien im Jahr darauf.«

»Hm. Das ist ziemlich lange her. Ich könnte mal in die Akte schauen, aber …« er runzelte die Stirn »… ich erinnere mich, daß es sehr heiß war, also nehme ich an, es war im Juli oder August; doch ich müßte wirklich die Unterlagen prüfen, um es genau zu sagen.«

»Aber es war im Sommer?«
»Als ich zum erstenmal mit Archie darüber sprach, ja. Ich gehe also davon aus, daß er mir das Manuskript schon geschickt hatte – auf Clancys Anregung hin, wie Sie sagen –, und ich hatte es bereits gelesen. Ich wünschte, ich könnte behaupten, daß ich das Potential sofort erkannt hätte, aber so war es nicht. Ich fand es aufregend originell, doch es ließ sich so schwer irgendwo einordnen, und ich fürchtete, das könnte zum Problem werden.«
»Hat er Änderungen am Manuskript vorgenommen?«
Er lachte.
»Sie sind nicht in Wirklichkeit Literaturstudentin, oder? Und Sie versuchen, mir Informationen zu entlocken, die Archie verweigert? Nein, natürlich nicht, obwohl ich es mir schon überlegen würde, wenn Sie Ihrem Vater nicht so ähnlich sähen. Er hat tatsächlich überhaupt nichts geändert, was sehr ungewöhnlich ist. Er meinte, wenn wir damit zufrieden seien, sei er es auch.«
»Das ist faszinierend.« Die Worte, die ich nicht sagen konnte, begannen in meinem Hals zu brennen.
»Ihr Onkel ist in vielerlei Hinsicht bemerkenswert. Sie würden doch eher nicht annehmen, daß er ein bescheidener Mensch ist, oder?«
Ich dachte an Archie. »Nein, eigentlich nicht.«
»Und dennoch ist er es.«
»In welcher Hinsicht?«
»Nun, zum einen veränderte er nichts am Manuskript. Außerdem hört er immer auf Ratschläge und beherzigt sie auch meistens. Und ich nehme an, das hat er Ihnen nicht erzählt, aber als er uns das Manuskript zuschickte, sagte er zunächst, es sei von einem Freund von ihm. Ist alles in Ordnung mit Ihnen, Fern?«
Ich riß mich zusammen. »O ja, natürlich, es ist nur so stickig

hier drin, mir war etwas ... aber erzählen Sie mir noch mehr von dem Freund.«

»Ich kann den Kellner bitten, ein Fenster zu öffnen.«

»Nein danke, das ist nicht nötig. Mir geht es gut. Fahren Sie nur fort.«

»Ist auch wirklich alles in Ordnung? Nun, das ist ein ziemlich geläufiger Trick. Man testet das Terrain. Sie wissen schon – ›meine Freundin glaubt, sie ist schwanger, was soll sie tun?‹ Archie muß so unsicher gewesen sein, ob *Doras Zimmer* wirklich etwas taugt, daß er sich hinter dem altbekannten ›Freund‹ versteckt hat.«

»Sie sind sicher, daß er sagte, es sei ein Freund? Nicht ...?«

»Ziemlich sicher. Wer sonst?«

»War nur so eine Idee.«

»Ich habe gleich gemerkt, was dahintersteckt. Wissen Sie, ich war ja ein-, zweimal in Chatton Heights, kannte also den Ort, an dem das Buch angesiedelt war. Aber ich spielte trotzdem mit. Ich lud ihn – und seinen Freund – ein, mit mir zu Mittag zu essen und darüber zu reden. Damals trafen wir uns in einem Restaurant ganz in der Nähe von hier. Es war ein sehr heißer Tag. Natürlich tauchte kein Freund auf. Erst als ich ihn davon überzeugt hatte, daß das Buch tatsächlich von hohem künstlerischem Wert sei, gab er zu, es geschrieben zu haben. Ich kenne niemanden sonst, der so wenig Vertrauen in die eigenen Fähigkeiten besitzt.«

»Und doch scheint er immer so selbstsicher.«

»Nur nach außen hin. Er arbeitete damals noch bei seinem Vater. Im Gegensatz zu Clancy schien er sich gern in die Familie einzufügen, doch das Doppelspiel muß sehr anstrengend gewesen sein.«

»Aber warum hat er es geheimgehalten?«

»Da müssen Sie ihn fragen. Angst zu versagen oder den alten Everett vor den Kopf zu stoßen ... es muß ein wirklicher Konflikt gewesen sein.«
»Ja.« Wieder diese Enge im Hals, als ich sprach. Die Enge, die durch Lügen entstand. »Eine der faszinierendsten Fragen ist die Widmung in der Erstausgabe.«
»Ja, die mysteriöse Dora.«
»Wann haben Sie die Widmung vorgeschlagen? Während Ihres ersten Treffens?«
Er sah verwirrt aus. »Wieso vorgeschlagen? Ich erinnere mich recht genau, daß die Widmung bereits im Manuskript vorhanden war. Ich weiß noch, daß ich sie ein bißchen seltsam fand.«
»Sind Sie sicher, daß nicht Sie sie angeregt haben? Oder jemand in Ihrem Büro?«
»Absolut sicher. Meiner Ansicht nach war Dora ein Kosename für seine Frau, und nach ihrem Tod beschloß er, ihren offiziellen Namen zu benutzen. Es war verheerend für ihn, als sie starb. Sie hingen sehr aneinander.«
»Glauben Sie, daß sie seine Muse war?«
Er lächelte. »Ich war mir nie ganz sicher, wie eine reale Muse auszusehen hat. Wissen Sie es? Eine barocke Gestalt in durchscheinenden Gewändern, die durch ein dunstverhangenes Arkadien wandelt. Ein Wesen auf einer schattigen Lichtung. Ich habe Frances nie kennengelernt, aber nach dem, was ich über sie gehört habe, schien sie nicht diesem Frauentyp zu entsprechen. Dennoch ist etwas mit Archie geschehen, als er sie verlor. Ich frage ihn immer, ob er wieder schreibt, aber nur pro forma. Ich fürchte, er ist einer der Autoren, bei denen nach einem Buch Schluß ist.« Er hielt inne. »Aber nach was für einem Buch.« Die erwartete Lobpreisung.
Das Gespräch wandte sich noch mal meinem Vater zu, doch

ich erfuhr nichts Neues, nichts, was mir diese rätselhafte, flüchtige Person faßbarer gemacht hätte.
»Vielen Dank für Ihre Hilfe«, sagte ich beim Abschied.
»Es war mir ein Vergnügen.« Ein warmes Lächeln breitete sich auf seinem schmalen, feinen Gesicht aus. »Ihr Vater war mir ein wertvoller Freund, und ich ... und er ... nun, viele Grüße an Archie.«
»Ich richte es aus«, sagte ich. Doch ich wußte genau, daß ich das nicht tun würde.

Eine Weile lief ich ziellos durch die Gegend. Ich war mir nicht darüber im klaren, ob ich erfreut oder beunruhigt sein sollte über mein neues Wissen. Wenn ich auf Beweise dafür gehofft hatte, daß mein Vater *Doras Zimmer* nicht geschrieben haben konnte, war das Gespräch ein Schlag ins Wasser gewesen. Alles, was ich von Paul Sobey erfahren hatte, paßte zu einer Abfolge von Ereignissen, die ihren Anfang darin nahmen, daß Clancy sich mit seinem Stift an den Schreibtisch setzte, um ein Buch mit dem Titel *Doras Zimmer* zu verfassen. Aber es gab keinerlei Hinweise darauf, daß Archie nicht der Autor war. Nur die Worte einer Wahnsinnigen und sein langes Schweigen als Autor.
Ein leichter Schneeregen setzte ein, doch ich merkte es nicht, ging einfach so dahin.
Ich erinnere mich, daß Dring und ich einmal ans Meer fuhren, als ich acht oder neun war. Neben dem Gästehaus gab es einen ungepflegten kleinen Kieselstrand, und eines Tages, als das Meer zu stürmisch zum Schwimmen war, stand ich in der Brandung und schaute hinaus. Es war faszinierend; die Wellen des Atlantiks brachen gewaltig über den Strand herein, und der Sog riß die Kiesel unter meinen Füßen fort. Beide Kräfte existierten nebeneinander, der Drang zum Strand und zurück in den Ozean. Und

genauso war mir jetzt zumute. Ein Teil von mir bedauerte es, daß ich nicht auf das feste, trockene Land zurückgedrängt worden war, wo alle, die wußten, daß Archie *Doras Zimmer* verfaßt hatte, ihren alltäglichen Verrichtungen nachgingen. Paul Sobey hätte auch sagen können: »O ja, ich erinnere mich, wie Archie mit der Idee für *Doras Zimmer* an mich herantrat, und ich hoffe, daß ich einige konstruktive Ideen dazu beitragen konnte. Ich habe sämtliche Fassungen gelesen.« Keine weiteren Fragen. Rätsel gelöst. Ich hatte wieder festen Boden unter den Füßen. Doch ein anderer, nicht minder vehementer Teil freute sich, daß die Suche nicht in einer Sackgasse geendet hatte. Noch nicht. Die starke Strömung, der Sog, der mich zurück ins tiefe dunkle Wasser draußen im Meer riß, wo nichts so war, wie es an der Oberfläche erschien, dieser Sog war furchterregend. Doch sogar Angst kann mit einem Hochgefühl verknüpft sein.

Denk ganz ruhig nach, befahl ich mir. Überleg dir, wie es gewesen sein könnte. Mein Vater ging nach Südamerika, um den Versuch zu unternehmen, sich von der Frau seines Bruders zu lösen. Es war nicht sehr wahrscheinlich, daß er sein kostbares Manuskript dem Bruder überließ, den er gerade betrogen hatte. Und dennoch, wenn er *Doras Zimmer* wirklich geschrieben hatte, mußte es sich genau so abgespielt haben.

Nach allem, was ich bisher über den Charakter meines Vaters erfahren hatte – verträumt, naiv in puncto Beziehungen –, war das durchaus vorstellbar. Schließlich konnte er das Manuskript weder seiner Frau oder seiner Schwägerin noch seinem Vater übergeben. Und er war überstürzt abgereist.

Also flog er nach Südamerika, und das Manuskript war in Archies Händen. Warum behauptete Archie dann zuerst, ein »Freund« sei der Verfasser? Warum nicht sein Bruder – oder er selbst? Hatte Clancy ihn gebeten, so vorzugehen? Oder wollte er nur das Terrain sondieren, weil er sich über die Qualität des Buches, das er oder sein Bruder geschrieben hatte, im unklaren war? Als Archie und Paul Sobey sich zum erstenmal trafen, war Clancy bereits tot. Die Eröffnung, daß das Buch hervorragend war, kam überraschend für Archie – die berühmte Bescheidenheit? Oder hatte er es vielleicht gar nicht gelesen? Und was noch viel überraschender gewesen sein muß, war Paul Sobeys Bemerkung: »Und nun hat es auch nicht mehr viel Sinn, es abzuleugnen, Archie. Sie haben es geschrieben, nicht wahr?« Setzte Archie zum Widerspruch an? »Nein, es war tatsächlich ...«

Und vielleicht unterbrach Paul Sobey ihn: »Mit diesem Buch werden Sie berühmt werden. Vielleicht sogar reich.« Und da war die Versuchung zu groß gewesen. Er mußte es schließlich nur bestätigen. Clancy war tot, und ob das Buch ein Erfolg wurde, war ihm nun einerlei.

Und dann? Dann wuchs sich der Betrug aus. Vielleicht begann Archie sogar an die Rolle zu glauben, die man zu spielen von ihm verlangte. Und es bestand kaum Gefahr, daß jemand die Wahrheit erfuhr. Schließlich war die einzige Person, die sie kannte, für unzurechnungsfähig erklärt worden. Wer hörte schon auf die?

Mein Kopf platzte fast vor Vermutungen und Möglichkeiten. Ich ging zu einer Telefonzelle und wählte Adams Nummer. Ich mußte mit ihm sprechen. Ich nahm es sogar in Kauf, daß er mir nicht glaubte, nur damit ich das Chaos aus Fragen und Zweifeln los wurde, das mich bedrängte.

Bei ihm zu Hause nahm keiner ab. In seinem Büro sagte man mir, er sei unterwegs und werde erst nachmittags zurückerwartet. Meine Stimme klang blechern und irreal.

Ich versuchte es für alle Fälle noch einmal bei ihm zu Hause. Dann trat ich aus der Telefonzelle und blickte um mich, aber ich war so weit gelaufen, daß ich mich nicht mehr auskannte. Ich hielt ein Taxi an und ließ mich zu meinem Wagen fahren.

Als ich in dem grauen Schneeregen in London losfuhr, hatte ich das dringende Bedürfnis nach Vertrautem. Ich sehnte mich nach etwas Unerschütterlichem, Sicherem. Statt in Richtung Long Chatton abzubiegen, fuhr ich weiter nach Bristol, ins Krankenhaus.
Das Bett am Ende der Station, in dem Dring seit ihrer Einweisung gelegen hatte, war von einer alten Dame mit grotesk blondiertem Haar besetzt.
»Dring?« murmelte ich dumpf und starrte, die Arme voller Blumen und sorgfältig versteckter Zigaretten, in das fremde Gesicht.
Die blondierte Frau schenkte mir ein zahnloses Lächeln. »Suchen Sie jemanden, Schätzchen?« fragte sie mich.
Dring ist tot, dachte ich als erstes. Sie ist heute nacht gestorben, und sie haben mir nichts gesagt, und nun ist es zu spät. Ich geriet in Panik, dann hörte ich: »Suchen Sie Mrs. de Rhin?« Eine Schwesternschülerin stand vor mir. »Es ging ihr in letzter Zeit nicht so gut, deshalb haben wir sie auf eine andere Station verlegt. Nur vorübergehend.«
Ich war so erleichtert, als ich Dring sah, daß ich zunächst nicht bemerkte, wie elend sie ausschaute. Ihre Haut war merkwürdig graugelb und wirkte schlaff. Als ich sie ansprach, dauerte es lange, bis sie die Augen aufschlug und mich erkannte.
»Mary?« sagte sie und lächelte.
»Hallo, Dring.« Die Kraft verließ mich, und ich sank auf die Bettkante. »Ich habe dir Blumen mitgebracht. Und eine

Schachtel Pralinen. Unter der obersten Schicht sind zwei Päckchen Zigaretten versteckt.«

»Das ist nett«, sagte sie, damit ich mich freute. Sie wußte, daß sie sie nicht mehr rauchen würde.

»Geht es dir schlecht?«

»Nur ein bißchen. Aber die Schwestern sind sehr nett.«

»O Dring!«

Ich konnte mich nur mit Mühe davon abhalten, aufzustehen und aus dem Krankenhaus zu rennen. So schwach, so ergeben, diese liebe, willige Dring. Was war mit dem Murren und dem Fluchen und dem Starrsinn geschehen? Zum zweitenmal zerstörten diese weiß gekleideten Unbekannten mit ihrem strahlenden Lächeln und ihrem antiseptischen Geruch den Menschen, der mir am meisten bedeutete.

»In ein paar Tagen bist du wieder wohlauf«, sagte ich hilflos, »ganz sicher. Und dann überlegen wir uns, wie wir dich hier rauskriegen. Ich habe mich nach Pflegeheimen erkundigt.«

Sie verzog ängstlich das Gesicht. »Ich will nicht umziehen, Liebes. Es ist bequem hier. Nur das Bein tut so weh.«

»War es so schlimm?«

Sie schloß die Augen. »Erzähl mir, was du so machst.«

»Ich rede mit Leuten, versuche etwas über meine Eltern zu erfahren. Ich weiß, daß du das nicht gut findest, aber ich muß es tun. Ich war bei der Schwester von Tante Frances, Deborah Brewster, der Malerin.«

»Ah ja.«

»Erinnerst du dich an sie? Sie kannte dich. Oder sie wußte zumindest, daß es dich gibt.«

»Nein.« Ihre Augen blieben geschlossen. »Kann mich nicht an sie erinnern.«

»Dring, hör zu, du hast mir einmal erzählt, daß Archie

meiner Mutter irgendwie Schaden zugefügt hat. Ich glaube, du hast etwas in der Richtung von dir gegeben, daß er sie endgültig in den Irrsinn getrieben hat oder so. Warum hast du das gesagt? Was hat er ihr angetan? Ich weiß, daß du nicht gern über die Vergangenheit sprichst, aber bitte versuch es um meinetwillen. Es ist wichtig.«
Sie war zu schwach, um sich meinen Fragen zu verweigern.
»Er kam zu uns ins Haus. Deine Mutter war noch da. Sie redeten. Ich weiß nicht, worüber. Wir sind im Park spazieren gewesen, glaub ich. Als wir zurückkehrten, war sie … anders.«
»Hast du irgendwie von ihr erfahren, was er gesagt oder getan hat?«
»Und er hat Sachen mitgenommen.«
»Was?«
»Woher sollte ich das wissen?« kam es jetzt kläglich. »Schachteln mit Papier, so 'n Zeug. Nichts Wertvolles, ich hätte es sowieso weggeworfen. Aber sie war außer sich.«
»Was für Papier?«
»Ich sage dir doch, ich weiß es nicht. Ich hab es nicht gesehen.«
»Hatte es etwas mit meinem Vater zu tun?«
»Ich weiß nicht. Kann sein.«
»Hat sie versucht, Archie aufzuhalten?«
»Ich weiß nicht. Als wir wiederkamen, war er weg.«
»Aber du sagst, sie war anders. Wie?«
»Hab ich doch schon erklärt. Sie hat irgendwie … aufgegeben. Hat nicht mehr gekämpft. Ich kann's nicht anders ausdrücken.«
»Und Archie war derjenige, der dafür gesorgt hat, daß sie in die Klinik kam, nicht wahr? Wieviel Zeit verging zwischen dem Besuch und …«
»Entschuldigen Sie.« Es war wieder die Schwesternschüle-

rin, die jetzt nicht mehr fröhlich und hilfreich aussah, sondern nur mit Mühe ihren Zorn zügelte. »Mrs. de Rhin ermüdet sehr rasch. Es ist wichtig, daß sie sich nicht anstrengt. Sie muß sich jetzt ausruhen.«
»O ja, natürlich, tut mir leid. Ich wollte nicht …« Ich erschrak über meine Instinktlosigkeit. Unter Drings geschlossenen Augenlidern quollen Tränen hervor, Tränen der Erschöpfung und Hilflosigkeit. »Ich komme morgen wieder. An einem anderen Tag. Ich hab es nicht gemerkt. Tut mir leid.«
»Mary, warte.« Dring schlug die Augen auf und sah mich plötzlich drängend an. »Sei vorsichtig, Mary. Nimm dich vor deinem Onkel in acht. Es lohnt sich nicht. Glaub mir …«
Ich beugte mich hinunter und küßte sie auf die Stirn. »Ich bin vorsichtig. Und du mußt auf dich achtgeben und bald gesund werden.«
So etwas Idiotisches, dachte ich, als ich ging. Als ob sie noch Einfluß hätte auf das, was ablief. Als ob sie nicht komplett auf die Bereitwilligkeit ihres Klumpens von einem Körper und der Ärzte und Schwestern angewiesen wäre. Als ob sie sich dafür entscheiden könnte, gesund zu werden.
Um meinetwillen.

Noch immer auf der Suche nach etwas Geborgenheit und Vertrautheit, fuhr ich vom Krankenhaus zum Alderly Drive, und fühlte mich nur um so fremder und unwirklicher, als ich durch die kleinen und vertrauten Räume ging – nicht wie ein Gast in meinem eigenen Heim, obwohl auch das ein bißchen der Fall war. Paula war nicht da, aber ihre Bücher und Zettel und Kleider lagen überall im Wohnzimmer herum, das nicht mehr nach Drings Lavendelwasser und ihren Silk Cuts roch. Nein, ich fühlte mich eher wie eine Schlange, die zu einer alten Haut zurückkehrt, welche sie vor Wochen abgestreift hat, und sich vielleicht fragt: Habe ich jemals hierher gehört? War dies jemals mein Zuhause, diese Räume und Möbel, die plötzlich nichts mehr mit mir zu tun hatten? Eine Schlange würde natürlich niemals so denken. Aber ich tat es.

Die folgende Stunde brachte ich mit Telefongesprächen zu, bei denen ich allein sein mußte, weshalb ich sie nicht von dem altmodischen schwarzen Telefon in der Halle in Chatton Heights aus erledigen konnte.

Ich versuchte es noch einmal bei Adam, und diesmal war er zu Hause.

»O Fern ... du bist es ...« Ich glaube, wenn ich auch nur eine Spur von Freude in seiner Stimme gehört hätte, wäre ich auf dem schnellsten Weg zurück nach London gefahren, so stark war mein Bedürfnis, mit ihm zu sprechen, aber er sagte: »Hör mal, ich bin gerade beim Rausgehen und schon spät dran. Kann ich dich morgen anrufen?« Ich fühlte mich idiotisch. Wie war ich nur auf den Gedanken gekommen, mich ihm anvertrauen zu wollen.

Als ich auflegte, fragte ich mich, ob es immer so schwierig war, sich einem anderen Menschen zu nähern. Hatte meine Mutter es deshalb aufgegeben, und sich in Schweigen und Einsamkeit zurückgezogen?

Ich verdrängte meine Enttäuschung und führte einige ermüdende und frustrierende Gespräche mit Angestellten der Klinik, in der meine Mutter untergebracht gewesen war. Schließlich fand ich heraus, daß der Psychiater, der ihre Einweisung organisiert hatte, vor drei Jahren gestorben und ihre Akte vertraulich und Eigentum der Klinik war. Um an dieses bißchen Information zu kommen, mußte ich bereits zu einer Notlüge greifen und behaupten, daß »mein eigener Psychiater es für meine Behandlung für erforderlich hält, über die Einzelheiten der Psychose meiner Mutter Bescheid zu wissen«. Bei der Erwähnung des »eigenen Psychiaters« war der

Stimme am anderen Ende eine deutliche Veränderung anzumerken. Sie wurde hilfreicher, aber auch vorsichtiger, als müßte genau darauf geachtet werden, wieviel Information man freigab. »Ich werde sehen, was ich für Sie tun kann, Miss Miller«, sagte die Stimme (die geschlechtlich nicht zuzuordnen war) freundlich. »Ich muß mit Mr. Jeevons darüber sprechen. Ihre Mutter war am Ende in seiner Obhut. Aber ich erwarte mir nicht allzu viel.«
»Trotzdem besten Dank.« Ich gab ihm/ihr meine Telefonnummer am Alderly Drive. »Vielleicht könnte ich ihn kurz treffen.«
»Es wird eher so sein, daß er die Informationen an Ihren Arzt weiterreicht«, sagte die androgyne Stimme.
»Ich danke Ihnen.«
Ich machte mir eine Tasse Tee und goß die Pflanzen, doch dann fiel mir nichts mehr ein, was ich am Alderly Drive noch tun konnte. Ich schrieb Paula eine Nachricht, daß es mir leid tat, sie verpaßt zu haben, und fuhr anschließend in der Dämmerung zurück nach Chatton Heights.
Mein Kopf schwirrte vor Fragen und Ideen, die herumlärmten wie eine Schar Stare. Wenn ich jetzt, nachdem ich so viel erfahren hatte, aber noch so viel erfahren mußte, die Suche aufgab, würde ich mich für den Rest meines Lebens einen Feigling schimpfen. Beweise, ich brauchte Beweise.
Im alten Pfarrhaus brannte Licht, als ich vorbeikam, und ich dachte an Ted Burys Worte: Die Wahrheit wird euch frei machen.
Wird sie das? fragte ich mich, als ich durch das Tor mit den Adlern fuhr. Meiner Mutter hatte die Wahrheit nicht gutgetan. Und als ich jetzt zurückkehrte in die seltsame und dunkle Welt von Chatton Heights, schien auch mir die Suche nach der Wahrheit eine Falle zu sein, die zuschnappte und mich nicht mehr losließ.

11

Am nächsten Morgen bekam ich einen Brief, der in einer markanten schrägen Handschrift verfaßt war.

Liebe Fern,
daß Ihr Besuch mir ein Vergnügen war, wäre unzutreffend formuliert, aber er war auch nicht so unerfreulich, wie ich befürchtet hatte. Ich war darauf eingestellt, Sie abzulehnen – hatte mir das regelrecht vorgenommen –, merkte jedoch, daß es mir nicht möglich war. Und deshalb konnte ich Ihre Familie nicht mehr für alles verantwortlich machen, was geschehen ist. Frances war kein willenloses Objekt. Sie traf Entscheidungen und mußte mit ihnen leben … und ich muß mit dem Wissen um ihre letzte Entscheidung leben, so schmerzhaft es auch sein mag.
Aber das ist meine Rolle in dieser Geschichte – die Ihre ist eine andere. Sie sagen, Sie versuchen soviel wie möglich über Ihre Eltern zu erfahren. Ich glaube, daß ich Ihnen die wichtigsten Fakten mitgeteilt habe und daß Sie Ihre Tragödie jetzt hinter sich lassen können. Wenn Sie das nicht tun – nun, das liegt bei Ihnen.
Sie haben mich nach Sissy de Rhin gefragt. Ich kann mich nicht genau an ihre Geschichte erinnern. Sie gehörte zu den vielen Waisen und Streunern, die Frances auflas. (Tillie war auch eine von ihnen – verarmte Dame aus gutem Haus. Ich habe gehört, daß

sie Ihren Großvater geheiratet hat, aber das scheint mir unmöglich. Kann das wahr sein?) Im Dorf witzelte man gern darüber, daß man nur Alkoholiker oder ehemaliger Verbrecher oder schwachsinnig sein mußte, und Fran beschaffte einem Arbeit bei ihren Freunden und Verwandten. Doch Sissy hatte einfach eine traurige Geschichte – irgend etwas mit Kindern und Mann, die im Krieg umgekommen waren, aber ich kann mich nicht an die Einzelheiten erinnern. Und vor ihrer Heirat war sie, glaube ich, irgendwo Haushälterin oder Zofe, doch ich nehme an, daß Sie Ihnen das alles erzählt hat. Ich erinnere mich noch an Clancys Entsetzen, als er die »Perle« traf, die Frances für ihn aufgetrieben hatte, und er wollte unbedingt zu einer richtigen Agentur gehen, aber Fran versprach, nach dem Rechten zu sehen. Was sie bestimmt auch vorhatte.

Ich habe Ihnen vielleicht eine etwas einseitige Beschreibung von Louise gegeben, die ich nun korrigieren möchte. Sicher, sie war neurotisch und unmöglich, aber sie hatte auch andere Seiten. Wenn sie in guter Verfassung war – was in den letzten Jahren immer seltener vorkam –, strahlte sie eine Vitalität, eine Energie aus, die einen geradezu elektrisierte. Sie war im wahrsten Sinne des Wortes blendend. Aber sie hatte eine klassisch kaputte Kindheit. Ihre Mutter war nie da, und ich kann mich nicht erinnern, daß sie je einen Vater erwähnt hätte. Sie wurde ständig zu irgendwelchen offenbar furchtbaren Verwandten geschickt. Sie hinterließ permanent den Eindruck, am Rande von etwas zu stehen – einer Katastrophe oder gewaltigen Entdeckung oder des totalen Zusammenbruchs. Nachdem Sie gegangen waren, er-

innerte ich mich plötzlich daran, wie wir einmal zusammen zu Mittag gegessen haben. Es muß eine Woche vor ihrer Einweisung in die Klinik gewesen sein. Ich bin ganz sicher, weil ich mich erinnere, wie überrascht ich war, als ich davon hörte. Sie schien Clancys Tod recht gut verarbeitet zu haben. In vielerlei Hinsicht wirkte sie stärker und gesünder als vor seiner Abreise. Aber ein Freund von mir, ein Psychiater, sagte mir, daß diese Abfolge häufiger auftrete. Jemand, der von Geisteskrankheit bedroht ist, kann durch ein Unglück seine Neurosen vergessen und vorübergehend ganz normal wirken – Nervenheilanstalten leeren sich häufig bei Ausbruch von Kriegen, berichtete er –, aber ebenso häufig ist diese Besserung von kurzer Dauer. So muß es auch bei Louise gewesen sein. Derselbe Psychiater sagte mir, es könne sein, daß ihre Probleme von einer nicht behandelten postnatalen Depression herrührten, obwohl ich sicher bin, daß Frances mir erzählte, sie habe seit ihrer Pubertät massive Schwierigkeiten. Es wird uns für immer verborgen bleiben.
Morgen fahren Molly und ich auf die Kanaren. Ich schreibe Ihnen jetzt, weil ich das Ganze vergessen möchte, während ich weg bin. Die Millers haben schon zu viel von meinem Leben verschlungen. Melden Sie sich nicht mehr bei mir. Ich habe Ihnen alles gesagt, was ich weiß.

Deborah Brewster

Während ich las, war eine Veränderung mit mir vorgegangen, doch ich bemerkte sie erst, als ich den Brief zusammenfaltete und in meine Jackentasche steckte. Die Stimme war zurückgekehrt. Die Stimme, die ich zum erstenmal gehört hatte, als ich in der Fensternische im Salon saß und draußen auf dem Kies Tom Page mit seinem Schubkarren sah, diese Stimme, die so verheißungsvoll war, mir aber immer entwich, wenn ich sie fassen wollte. Doch jetzt war es anders. Jetzt schien sie aus den Wänden, dem Boden, der Decke, den Teppichen, Bildern und Möbeln zu kommen. Als spräche das gesamte Haus zu mir, flüsterte, murmelte, ein ganzer Bienenkorb von summenden Stimmen, die dringlich auf mich einredeten. Es war wahnsinnig wichtig, sie zu verstehen, aber sie waren so übereifrig, daß sie sich verhaspelten und Worte verschluckten, und obwohl ich mich verzweifelt bemühte, der Kakophonie etwas zu entnehmen, blieben die einzelnen Worte quälend unverständlich.

Ich hätte mich fürchten sollen. Ich glaube, der rationale, vernunftbetonte Teil von mir sagte: Sieh dich vor, diese Stimmen sind nicht normal. Sie führen dich dorthin, wo deine Mutter war. Und dieser Teil von mir wollte weglaufen und sich verstecken und einen Ort suchen, an dem es keine Stimmen gab, an dem alles so war wie zu der Zeit, als ich mit Dring am Alderly Drive lebte und ein normales Mädchen war, das nur hörte, was alle anderen auch wahrnahmen. Aber dieser vernünftige Teil von mir wurde der Sehnsucht, die die Stimme auslöste, nicht Herr, diese Sehnsucht, die so mächtig war, daß ich alles getan hätte, um die Stimme festzuhalten und zu verstehen.

Es lag sommerliche Heiterkeit in ihrem Murmeln, Geborgenheit, die zu lockend war, um der Angst Raum zu lassen – Wärme und Zufriedenheit, das Gold am Fuße des Regenbogens und das Erwachen am Weihnachtsmorgen und alles, was ich immer herbeigesehnt hatte, in einem. Ich spürte, wie ich in das leuchtende Herz dieses Mysteriums gezogen wurde, und ich gab mich willig hin.

Folge mir, schien die Stimme zu sagen, folge mir, und die Wahrheit wird dich frei machen.
Ja, antwortete mein Herz, das weiß ich nun.

»Was, zum Teufel, hattest du vor?«
Archies Tonfall und seine Worte standen in so schrecklichem Gegensatz zu der geheimen Welt, in die ich an diesem Morgen abgetaucht war, daß es einige Momente dauerte, bis ich begriff, daß er wirklich real war. Und als das geschah, wünschte ich mir, er wäre es nicht.
Er lehnte gleich hinter der Tür an einer Vitrine im Salon und wirkte wie ein schwerfälliger Mann, der zu hastig einen Hügel emporgestiegen ist. Sein Gesicht war bleich, und auf den Wangen sah man die Äderchen. Er hatte schon etwas getrunken, doch es war erst Vormittag, und er war noch relativ nüchtern.
»Wie bitte?« fragte ich.
»Du … hinterhältiges … Biest!«
Ich dachte, er wisse irgendwie um den Brief von Deborah Brewster, hatte den Poststempel, die Handschrift erkannt. Hatte er ihn über Dampf geöffnet? Ich hätte auf den Umschlag achten sollen. Ich strich schuldbewußt über das zusammengefaltete Stück Papier in meiner Tasche.
»Wie bitte?« fragte ich noch einmal. Mein Mund war trocken geworden.
»Paul Sobey.«
»Oh! Ach so.«
»Er hat mich eben angerufen. Er sagte, du seist gestern bei ihm gewesen, und ihr habt zusammen zu Mittag gegessen.«
»Ja.«
Archies grober Auftritt hatte meine innere Stimme zu einem schwachen Murmeln werden lassen. Sie klang wie das entfernte Rauschen von Wellen am Strand, war aber nicht

ganz verstummt. Ich fühlte mich wie eine Seiltänzerin bei einem gefährlichen Balanceakt, mußte zwischen dieser groben Wut und meinem inneren Geheimnis, meinem Glücksbringer hindurchbalancieren.

»Ich hätte dir vielleicht davon erzählen sollen«, erwiderte ich.

»Er rief wegen irgendwelcher Informationen an, die du haben wolltest. Irgendwelche Daten.« Archies Atem ging immer noch schnell. Er legte die Hand auf die Brust, wie um sich zu beruhigen.

»Hat er sie dir genannt?«

»Kann sein, aber ich habe sie wieder vergessen. Ich sagte ihm, daß ich, wenn er weiterhin Kontakt zu dir pflege, die Beziehung zu ihm beenden würde. Für immer.«

»Fand er nicht, daß du etwas überreagierst?«

»Uns Kreativen läßt man Exaltiertheit durchgehen. Man erwartet nichts anderes. Was, zum Teufel, wolltest du dort ausspionieren?«

»Ich wollte mehr über meinen Vater erfahren. Sie waren zusammen in Oxford, weißt du.«

»Natürlich weiß ich das. Und das war alles?«

»Ja. Er hat mir sehr geholfen.«

»Nur wegen Clancy. Na ja, das ... ist ja nicht weiter schlimm.« Er sprach eher mit sich selbst als mit mir, während er zum Vertiko ging, um sich einen Drink einzuschenken. Ich atmete erleichtert aus. Ich glaube, ich hatte bis zu diesem Moment meine Anspannung gar nicht gespürt. Und dann, als ich ihm zusah, wie er das Glas an die Lippen hob und trank, dachte ich: Er ist genauso erleichtert. Er hatte auch Angst, panische Angst ... und er hatte wahrlich mehr Grund dazu.

Ohne nachzudenken, denn ich wußte, wenn ich es täte, würde meine Vorsicht mich davon abhalten, sagte ich: »Natürlich kamen wir auch häufig auf dich zu sprechen.«

»Ach ja?«
»Er war sehr informativ.« Ich verzog die Lippen zu etwas, das ein süßes Lächeln sein sollte, was jedoch wahrscheinlich eher zu einer Grimasse geriet. »Ich dachte nicht, daß du etwas dagegen hättest.«
Seine Augen verengten sich. Er musterte mich prüfend, versuchte einzuschätzen, wie nett und unschuldig mein Lächeln tatsächlich war. »Was, zum Teufel, hattet ihr über mich zu reden?« knurrte er.
»Er fand es interessant, daß du ursprünglich aufgrund der Empfehlung meines Vaters mit ihm Kontakt aufgenommen hast.«
»Wie kommst du darauf, daß …«
»Erinnerst du dich nicht, Archie?« Angesichts der Heftigkeit, mit der mein Herz gegen meine Rippen hämmerte, blieb meine Stimme erstaunlich ruhig. »Er hat es auf der Postkarte erwähnt, die er dir aus Südamerika schickte. Er schrieb: ›Hast du Glück gehabt mit *Doras Zimmer*? … Paul Sobey könnte vielleicht hilfreich sein.‹«
»Daran erinnere ich mich nicht.«
»Ach nein? Wir könnten noch mal auf die Postkarte schauen, nur hast du sie leider verbrannt. Das war die, auf der Clancy Dora erwähnte. ›Ich frage mich, was aus ihr geworden ist‹, schrieb er. Oder so. Du entsinnst dich doch sicher?«
Alle Farbe war aus seinem Gesicht gewichen. Er trat einen Schritt auf mich zu, und der Ausdruck in seinen Augen war mörderisch, als wollte er mich auf der Stelle umbringen. Er stierte mich heftig atmend an, und ich hielt wartend die Luft an, während ich seinen inneren Kampf beobachtete … und dann war der Drang, den Anschein von Normalität aufrechtzuerhalten, offenbar stärker. Er verzog das Gesicht zu einer Art Lächeln, wandte sich um, ging zum Bar-

schrank, goß sich einen kräftigen Schluck ein, stellte das Glas wieder zurück, als hätte er sich entschlossen, so nüchtern wie möglich zu bleiben, und sagte betont ruhig: »Meine liebe Fern, ich äußerte mich schon einmal dahingehend, daß ich nicht verstehen kann, wieso du dich derart in diese alten Geschichten hineinsteigerst. Lieber Himmel, Kind, das ist alles so lange her. Glaubst du wirklich, daß jemand, der so viel um die Ohren hat wie Paul Sobey, dir irgendwie helfen wird? Diese ganzen Daten und Trivialitäten – du hast den Geist eines Buchhalters. Das kommt davon, wenn man mit einer verkalkten alten Tante in miesen Vorstadtvierteln aufwächst. Ich kann dir alles über deinen Vater erzählen, was du wissen möchtest, und zwar so lebendig, daß du ihn vor dir siehst.«

»Aber du machst es nicht. Du erzählst mir nichts über ihn. Du tust so, als hätte es ihn nie gegeben.«

»Deine Neigung zum Melodramatischen ist wirklich bedauerlich. Was willst du wissen? Laß mal sehen ... er rauchte Haschisch, mochte schlechte Musik, kam nicht mit seinem Vater zurecht – aber das schaffte niemand. Er war ein erbärmlicher Sportler. Er liebte Mandelmakronen und Mrs. Vineys Reisauflauf, bezeichnete sich selbst als Journalisten, weigerte sich, zu seiner Hochzeit einen Stresemann zu tragen. Siehst du, du tust mir unrecht, ich bin ein Quell der Information. Du liebe Güte, Mädchen, er war mein Bruder! Warum mußt du hinter meinem Rücken andere Leute nach ihm ausfragen?«

»Aber ich hätte nie gedacht, daß du etwas dagegen hast, daß ich mich mit Paul Sobey unterhalte.« Ich war nicht sicher, ob ich die süße Unschuld übertrieb, aber an dem zuckenden Muskel unter seinem linken Auge merkte ich, daß es wirkungsvoll war. »Ich wollte nur ein bißchen mit ihm plaudern. Er war so freundlich, mich zum Mittagessen einzuladen. Er war ein enger Freund meines Vaters und kannte ihn gut.«

»Das hat er dir erzählt, oder? Man muß bei Pauls Aussagen immer ein paar Abstriche machen, denn er tut gern so, als wären alle seine Busenfreunde. Er ist ein höchst geselliger Typ, doch ich bevorzuge mein Einsiedlerleben. Aber warum hast du den armen Kerl wegen irgendwelcher Daten gelöchert?«

Versuchen wir's mit Ehrlichkeit, dachte ich und sagte: »Weil ich wissen wollte, ob er das Manuskript von *Doras Zimmer* vor oder nach dem Tod meines Vaters bekommen hat. Um eine Hypothese zu testen.«

Ich bedauerte meine Aufrichtigkeit sofort. Ich hatte Archie noch nie bei einer schnellen Bewegung gesehen. Er bewegte sich immer langsam und gemessen, wie ein Mann es tut, der sich lieber verwöhnt statt Sport zu treiben. Aber jetzt wirkte er wie eine große Katze, die im einen Moment noch reglos daliegt und nur mit dem Schwanz zuckt und im nächsten Moment aufspringt und sich in ein wildes, angriffslustiges und sehr gefährliches Wesen verwandelt. So war Archie nun. Bevor ich auch nur einen Gedanken fassen konnte, hatte er sein Glas auf das Vertiko geknallt und war mit wenigen Schritten bei mir.

Sein Gesicht war wutverzerrt, dunkelrot angelaufen, und seine rechte Hand packte mich am Hals.

»Archie ... nein!« Und dann war ich nicht mehr in der Lage zu sprechen, weil sein Daumen, sein runder, sorgfältig manikürter Daumen sich in meinen Hals preßte, und ich konnte nur seine Hand packen und versuchen, sie wegzuziehen, aber er war viel stärker als ich.

»Du ...!« stieß er aus. »Du ...!« Und da empfand ich trotz meiner Angst einen plötzlichen Anflug von Freude, von Triumph. Ihm fiel nichts mehr ein, diesem Mann, der sonst über ein ganzes Arsenal an sarkastischen und grausamen Bemerkungen verfügte. Er war machtlos, weil alles, was er sagte, ihn verraten würde. Und als ich das begriff, fiel mir der Satz ein: »Jede Aussage kann vor Gericht gegen Sie verwendet werden.« Und ich mußte das heftige Bedürfnis zu kichern niederkämpfen, das mich angesichts der Absurdität der Lage überkam. Diese hysterische Anwandlung war weniger der Angst vor seiner mörderischen Hand an meinem Hals als vielmehr der Tatsache zu verdanken, daß sich Archie in diesem Moment unkontrollierter Wut verraten hatte.

Er starrte mich ungläubig an. »Du ... du lachst!« sagte er. »Du mußt verrückt sein.« Und er lockerte seinen Griff so weit, daß ich wieder atmen konnte.

Ich keuchte und entgegnete: »Nein, nicht verrückt, nur ...«

Aber er hatte mich nicht losgelassen. Als ich mich wand und seinem Griff zu entkommen suchte, packte er mich an den Haaren und riß meinen Kopf zurück, so daß ich gezwungen war, ihm ins Gesicht zu schauen, das immer näher kam. »Du *bist* verrückt«, sagte er, und einen grauenhaften Moment lang, den ich als noch schlimmer empfand als seine Attacke, dachte ich, er würde mich küssen.

In der Tür regte sich etwas.

Ich sah über Archies Schulter und rief: » O Tillie, wolltest du ...«

Aber Archie ließ mich nicht los. Ohne hinzuschauen, sagte er: »Verschwinde, du lästige Harpyie.«

»Aber hier ... eine Bekannte ... erwartet ... sowieso ... sagte Ella ...« Ihre Sätze waren noch bruchstückhafter als sonst, aber noch nie war mir ihr insektenartiges Gewisper willkommener gewesen als jetzt.

»Du hast Besuch, Archie«, keuchte ich und versuchte meinen Kopf freizubekommen, aber sein Griff lockerte sich nicht.

Sein Gesicht war dicht vor meinem. Ich sah die feinen roten Äderchen auf seinen Wangen, die bläulichen Bartstoppeln, einen Tropfen Speichel in seinem Mundwinkel. Und ich sah seine Angst. Unsere beiderseitige Angst, die keiner in Worte zu fassen vermochte, verband uns in ungewollter Intimität.

Die Muskeln in meinem Nacken waren so angespannt vor Abscheu, daß ich kaum atmen konnte.

»Archie … dein Besuch …«

Wie um seine größere Kraft zu beweisen, riß er noch einmal heftig an meinen Haaren, bevor er mich losließ. Als seine Hände herabfielen, streiften sie wie versehentlich meinen Hals, meine Brüste.

»Sieh dich vor, Fern.« Seine Warnung war gemurmelt, niemand außer uns beiden konnte sie hören. »Deine Mutter hat es auch versucht …«

Und dann wandte er sich um, kehrte mit einem Lachen in seine öffentliche Rolle zurück, glättete seine Krawatte, strich sich übers Haar und schlenderte zum Vertiko, wo er in einem Zug sein Glas leerte.

»Ella besaß schon immer ein reizendes Gespür für Timing«, sagte er und ging rasch hinaus, ohne Tillie oder mich eines weiteren Blickes zu würdigen.

Ich blieb ein paar Momente reglos stehen. In der Halle empfing Archie seinen Gast: Ella, meine Liebe, wie lange ist es her, daß du nicht mehr hier warst? Unser Leben war freudlos und öde ohne dich. Hier, häng deinen Mantel an Tillie auf, sie macht sich hervorragend als Kleiderständer … Ich hörte nur mit halbem Ohr hin. The show must go on, dachte ich. Archie, der glänzende Entertainer.

Ich zitterte immer noch, doch ich zwang mich, zum Fenster hinübergehen, wo ich mit dem Finger über den Vorhang strich, dessen verblichener Stoff mit seinem Muster aus

Blättern und verwobenen Blüten zum erstenmal die murmelnde Sommerstimme herbeigerufen hatte, die sogar jetzt eine stetige Melodie in mir sang.

Archie kam herein und ging zum Vertiko, wo er für sich und seine Besucherin Drinks eingoß. Sie war eine große Frau mit kurzgeschnittenem schwarzem Haar, das eng an ihrem kleinen Kopf anlag wie eine Badekappe. Sie hatte einen ängstlichen, mißtrauischen Gesichtsausdruck. Als er uns bekannt machte, säuselte er wie eine zufriedene Katze und war wieder ganz der gewandte, liebenswürdige Gastgeber, wie ich ihn auch an meinem ersten Tag hier erlebt hatte. Ich sah ihm ins Gesicht, und zum erstenmal fiel mir auf, daß es nur eine Maske war, eine grobe und verfärbte Maske, die alle außer mir zu täuschen vermochte. Ich war froh, als sie sich zum warmen Feuer zurückzogen und mich in Ruhe am Fenster sitzen ließen.

Ich kenne die Wahrheit, dachte ich. Das Raten ist vorbei, ich weiß alles. Die Wahrheit.

Eine Blaumeise suchte auf dem Fensterbrett nach Futter. Ich lächelte ihr zu. Die Wahrheit, wollte ich ihr sagen, ich weiß die Wahrheit. Mein Vater hat *Doras Zimmer* geschrieben. Ich habe es an dem Entsetzen in Archies Augen gesehen, als er nur noch »Du! ... Du!« ausstoßen konnte, weil er Angst hatte, sich zu verraten. Wahrscheinlich fragte er sich jetzt, was ich noch an Schriftstücken auf dem Dachboden gefunden hatte.

Ich beobachtete ihn verstohlen dabei, wie er die Fassade aufrechterhielt, was ihn heute sicher noch mehr Kraft kostete als sonst. Man stelle sich nur vor, wie bedrängt er sich fragen mußte, wieviel ich wußte und welche Beweisstücke ich zur Hand hatte, während er der schwarzhaarigen Ella die Hand aufs Knie legte und ihr beteuerte, daß er sich sehr gerne ihr neues Manuskript ansehen und sie beraten würde.

Ich mußte beinahe lachen. Der arme Archie, er würde mich niemals fragen können, wieviel ich wußte, weil das bedeutet hätte, das Geheimnis preiszugeben, das er bewahren wollte. Die Falle war schon vor langem zugeschnappt – er würde ihr nie mehr entkommen.
Nun, er mußte sich keine allzu großen Sorgen machen. Noch nicht. Vorerst war sein widerwärtiges Geheimnis bei mir sicher. Meine Beweise reichten aus, um mich zu überzeugen, aber noch niemand anderen. Bis jetzt. Es war nur eine Frage der Zeit. Entweder würde ich Beweise finden (Dora, wenn ich sie aufspüren konnte), oder Archie, der nun verunsichert war, würde sich selbst verraten.
Ich sah die Szene vor mir wie im Film. Ich mußte ihn nur davon überzeugen, daß ich Beweise hatte, und er würde sich selbst verraten. »Zeig sie mir«, würde er sagen. »Gut, du hast recht, ich habe das Buch nicht geschrieben, aber kannst du es beweisen?« Und mein verstecktes Tonband nahm alles auf. Oh! Wenn es nur so einfach wäre.
Während die anderen zum Mittagessen gingen, las ich ein weiteres Mal *Doras Zimmer* und gab mich dem warmen Fluß der Worte hin. Clancys Worte. Die Worte meines Vaters. Doras Präsenz im Buch war stark und doch nicht greifbar. Jedesmal, wenn ich versuchte, der Figur habhaft zu werden, entwich sie mir wie die Stimme.
Ich werde sie finden, sagte ich mir, während ich das Buch verschlang. Ich muß sie finden.
Und ich werde ihr Zimmer finden. Es war hier in Chatton Heights. Es war so eindeutig beschrieben: Licht, das durch Blätter am Fenster fiel, der Duft nach Holz und Alter, irgendwo hoch oben, geheim und sicher, von wo ein Junge auf seine kleine Welt herabblicken konnte. Vielleicht gab es noch einen weiteren Dachboden, den ich nicht entdeckt hatte. Ich hatte schon so oft gesucht, aber jetzt mußte ich

weitermachen, so lange suchen, bis ich die Antwort gefunden hatte.

Gegen vier Uhr, als ich das Buch zu Ende gelesen hatte, trieb mich meine Rastlosigkeit in den Garten hinaus. Es war ein schöner, klarer Tag. Große weiße Wolken zogen am blauen Himmel dahin. Zwischen den Sträuchern begannen ein paar Schneeglöckchen zu blühen. Ich hockte mich hin und betrachtete sie und bewunderte das zarte helle Grün an ihren Blütenblättern. Als ich klein gewesen war, hatte der Anblick von Schneeglöckchen mir immer einen eisigen Schauer über den Rücken gejagt, und ich hatte mich stets gefragt, weshalb. Nun wußte ich es. Die Erinnerung – weiße Blümchen, verstreut auf dem von schlurfenden Füßen glatt gelaufenen Boden, und die Stimme meiner Mutter, deren Schrei mich verfolgte: »Der Teufel …« Sogar jetzt packte mich ein Schauer, als ich daran dachte. Dann zwang ich mich dazu, ein paar zu pflücken, und ich atmete ihren Duft ein. Die Blume meiner Mutter. Sie hatte nicht nur zerstörerische Kraft besessen, sie war unausgeglichen gewesen, ja. Und wild. Aber sie hatte ihren Mann von der Tyrannei seines Vaters befreit, und darauf konnte man stolz sein.

Ich streifte ziellos umher und fand mich plötzlich beim Sommerhaus wieder. Ein Gefühl der Irritation beschlich mich, das einen überkommt, wenn vertraute Plätze sich verändert haben, ohne daß man sofort sagen könnte, wie. Das kleine Holzhaus hatte im Dunkeln gelegen, war vom grünen Dach der Steineiche abgeschirmt gewesen, doch jetzt war irgendwo Licht und Luft …

Ein sorgfältig aufgeschichteter Holzstapel lieferte mir die Antwort. Ich sah hinauf in das Gewirr der Äste und bemerkte die weiße Stelle, an der ein Ast fehlte. Er mußte in dem Sturm vor einer Woche abgebrochen sein, und jemand hatte ihn bereits zu Feuerholz verarbeitet; Tom Page wahrscheinlich. Ich lächelte. Er erinnerte mich an einen dieser Waldkäfer, deren Bestimmung es ist, die herabgefallenen Äste und Blätter zu beseitigen.

Dann fiel mein Blick auf etwas Graues, das auch herabgestürzt zu sein schien und ein paar Schneeglöckchen unter sich begraben hatte, ein rechteckiges Stück Metall, auf dem ein Halbkreis blank gewetzt war, als ob – ja, es war der Sitz einer Schaukel.

Die kindische Freude darüber, auf etwas Neues gestoßen zu sein, wurde von einer Aufregung überdeckt, die so mächtig war, daß mir einen Moment lang schwindlig wurde und das Grün um mich herum zu hüpfen und schwanken begann.

Nicht irgendeine Schaukel. *Die* Schaukel.

Als sich bei meinem ersten Besuch in Chatton Heights die Erinnerung zu regen begonnen hatte, als ich zum erstenmal die Sommerstimme gehört hatte, die so viel Wärme und Liebe verhieß, war da auch eine Erinnerung an Bewegung gewesen. Ein sachtes, behutsames Wiegen wie auf einem vor Anker liegenden Schiff. Oder wie auf einer Schaukel.

Es war wichtig, daran gab es keinen Zweifel. Ich spürte es an dem freudigen Ziehen, das meinen Körper erfaßte. Ein weiteres Stück des Puzzles hatte seinen Platz gefunden, dessen war ich sicher. Noch war das Bild als Ganzes nicht zu erkennen, aber es nahm Gestalt an.

Wenn ich nur Dora finden könnte, die Dora, die mein Vater gekannt hatte. Vielleicht war ich vor all diesen Jahren eines Sommernachmittags mit ihr hier gesessen, während Insekten in den Blumenbeeten summten und eine Waldtaube ihren Gefährten im Obstgarten rief – Duft von Geißblatt und Rosen und frisch gemähtem Gras, die Stimme des Hochsommers.

Vielleicht war es Doras Stimme.

Die schwarzhaarige Ella blieb zum Abendessen. Und aus Geralds bösen Blicken und der Tatsache, daß er am Daumen kaute und zu laut sprach, schloß ich, daß diese Frau mit dem scharfen, müden Gesicht, die einstmals schön gewesen sein mochte, entweder früher Archies Geliebte gewesen war oder es gegenwärtig war oder hoffte, es zu werden.

»Ihr Onkel ist ein so brillanter Kopf«, sagte sie zu mir, als wir vor dem Essen kurz alleine im Salon waren. »*Doras Zimmer* hat mich sehr inspiriert. Archie sieht jetzt einen Rohentwurf meines neuen Buches durch. Seine Meinung ist mir von allen am wichtigsten.«

»Ich bin sicher, er macht das gut«, entgegnete ich steif.

Sie blickte mich über den Rand ihrer Nickelbrille an, und ich merkte, daß sie meinen Mangel an Begeisterung meinem Unwissen zuschrieb. Die ungebildete Nichte des einsamen Genies. Sie mußte zu dem Schluß gekommen sein, daß ich zu dumm war, um die wahre Größe seiner Leistung zu erfassen. Ein riesiger Abgrund tat sich zwischen ihrer Überzeugung und meiner Gewißheit auf. Ein riesiger Abgrund, in den ich sehr leicht kopfüber hineinstürzen konnte.

An diesem Abend spürte ich zum erstenmal, wie es ist, die einsame Last der Wahrheit zu tragen, die niemand sonst kennt. Ihr Bild der Wirklichkeit war falsch, und ich wußte das, mußte mich aber der allgemeinen Sichtweise anschließen.

Während dieses langen, quälenden Abends verlor ich zunehmend das Gefühl für die Realität. Ella gelang es, das Gespräch ausschließlich um Archies und ihre eigenen literarischen Leistungen kreisen zu lassen. Und jedesmal, wenn Archie murmelte: »Einige der beschreibenden Passagen sind mir etwas zu ausführlich«, legte sie den Kopf zur Seite und sagte mit einem besorgten Stirnrunzeln: »Ja, ja,

Sie haben natürlich recht. Ich sehe das ein.« Und ich hätte am liebsten geschrien: Hör nicht auf ihn! Merkst du nicht, daß er ein Betrüger ist? Aber ich schwieg und erstickte fast an diesem Schweigen, dieser schweren Last aus Lügen.
Und da gefiel es mir plötzlich nicht mehr so gut, die Wahrheit zu kennen, nicht in einer Welt voller Lügen. Es war einsam und hart, und ich sehnte mich mehr denn je danach, mein Geheimnis jemandem mitzuteilen.
Ich mußte plötzlich an die Geschichte denken, in der eine Frau Soldaten vorbeimarschieren sieht und stolz sagt: »Schau, sie sind alle im Takt, nur mein Johnny nicht!« Bloß war ich jetzt Johnny und die Welt aus dem Takt, und ich fand die Geschichte auf einmal gar nicht mehr witzig.

Als ich an diesem Abend zu Bett ging, hörte ich, wie sich Ella und Archie in der Halle unterhielten.
»Bleib heute nacht hier«, sagte Archie mit seiner rauchigsten Havanna-Stimme, »du mußt doch wissen, daß ich dich vermißt habe.«
Und sie erwiderte traurig: »Wenn ich nur eine Sekunde glauben könnte, daß das wahr ist. Aber es war schön, dich zu sehen, Archie.«
»Wie schön?« Und es folgte Stille. Ich bekam nichts weiter mit, weil ich vorsichtig die Tür zu meinem einsamen Flur schloß.
Ich lag lange wach und lauschte dem Wind in den Bäumen und dem Rascheln des Efeus unter meinem Fenster. Ich hörte Reifen auf dem Kies knirschen und das Geräusch eines Wagens, der sich auf der langen Auffahrt entfernte. Archies Verehrerin hatte sich doch verabschiedet. In der Ferne bellte rauh eine Füchsin, und ganz in der Nähe des Hauses war der unheimliche Ruf einer Eule zu vernehmen. Durch den Spalt in meinem Vorhang drang fahles Licht.

Als die Kirchturmuhr zwölf schlug, stand ich auf und zog meinen Morgenmantel über. Wenn ich schon nicht schlafen konnte, sollte ich wenigstens etwas Nützliches tun.
Das ganze Haus war von Mondlicht durchflutet. Als ich kurz auf dem Treppenabsatz über der Halle stehenblieb, sah ich den Mond durch das Oberlicht. Es dauerte noch ein paar Tage, bis er voll war, aber schon jetzt waren Bilder und Möbel, die glänzenden Geländer und die wie Teiche schimmernden Teppiche in dem wäßrigen Licht deutlich zu erkennen.
Ich war barfuß und ging geräuschlos an Archies und Geralds Zimmer vorbei und die Treppe hinunter. Als ich wie ein Dieb heimlich durchs Haus schlich, hatte ich zum erstenmal das Gefühl, daß all das mir gehörte – ein Hochgefühl, nicht Angst. Ich hatte mir kein bestimmtes Ziel vorgenommen, doch meine Füße trugen mich den mondbeschienenen Korridor entlang zu Archies Studierzimmer.
Der runde Türknauf fühlte sich glatt an. Ich drehte ihn leicht. Die Tür schwang auf.
Ich blickte direkt in zwei dunkle Augen, die mich aus einem mondbleichen Gesicht anstarrten. Ich erschrak. Dann sah ich, daß ich mich von einem Gemälde hatte beeindrucken lassen – Archies Porträt, das lächelnd und stolz von seinem Platz über dem Kamin auf mich herabblickte.
Schweißtropfen rannen mir den Rücken hinunter, und ich atmete tief durch, trat in den Raum und schloß die Tür hinter mir. Auf dem großen Schreibtisch stand eine Messinglampe. Ich schaltete sie ein und nahm mir jede Schublade, jeden Aktenordner und jeden Umschlag im Zimmer vor.
Ich wußte jetzt, wonach ich suchte, und ich wußte bereits nach kurzer Zeit, daß ich nicht fündig werden würde. Das Zimmer war steril – keine Briefe, keine Unterlagen, keine Manuskripte, nichts. Es fanden sich jede Menge Exemplare

von *Doras Zimmer* als Hardcover und Taschenbuch und in vielen Übersetzungen. Es gab eine Akte mit Korrespondenz mit Paul Sobey, aber keiner der Briefe war älter als fünf Jahre, ferner einige Dokumente, die nur für Archies Steuerberater von Belang waren, eine Mappe mit Rezensionen, doch keinerlei Hinweis auf meinen Vater.

Ich vergaß meine Angst. Meine Hochstimmung wandelte sich in Müdigkeit. Natürlich hatte ich gehofft, hier Beweise für Archies Betrug zu finden, aber es war aussichtslos. Dring hatte gesagt, daß Archie nach dem Tode meines Vaters am Alderly Drive gewesen war und Papiere mitgenommen hatte. Er mußte alles vernichtet haben.

Es ist ungerecht, dachte ich, so nah dran zu sein, so viel zu wissen – und dann um den notwendigen Beweis gebracht zu werden.

Die Dielen über meinem Kopf quietschten, und ich hörte Stimmen. Ich stürzte zu der Lampe, schaltete sie aus und verfluchte meine Nachlässigkeit, die mich hatte vergessen lassen, die Vorhänge zuzuziehen, obwohl Archie direkt über diesem Raum schlief.

Ich schlich hinaus und rannte den Flur entlang und durch die Halle, aber dort hielt ich am Fuße der Treppe inne, schockiert und fasziniert von den Stimmen, die ich oben hörte.

Archie schrie grob und zornig: »Raus mit dir, alte Hexe. Ich bin nicht betrunken genug, um mich mit dir einzulassen, nicht heute nacht.«

Dann war eine Frauenstimme zu vernehmen, qualvoll und flehend: »Laß mich bleiben, Archie, es tut mir leid, ich verspreche es, aber laß mich hierbleiben …«

Nun wieder Archie: »Öde mich nicht an. Ich hab genug, merkst du's denn nicht?«

Die Frau: »Schick mich nicht weg, o bitte, ich werde nicht …«

Zuerst dachte ich, ich hätte mich verhört und der Wagen sei nicht weggefahren. Seine ihm treu ergebene Schriftstellerin hatte beschlossen zu bleiben. Doch nach einigen Worten wurde klar, daß die Stimme zu Tillie gehörte.
Ich wußte ja schon, daß Archie bei ihren Anfällen nicht lange fackelte, aber ich erschrak entsetzlich, als ich den Schlag hörte. Sie schrie auf, und dann sagte Archie brutal: »Reicht dir das? Und jetzt hau ab!« Und im nächsten Moment erschien Tillie auf dem Treppenabsatz.
Ihr Haar wogte um ihren Kopf, und sie trug nur ein dünnes Nachthemd. Als sie mit ihren seltsamen, ruckartigen Bewegungen auf die Treppe zuhüpfte, konnte man sie für einen Geist halten. Sie war jedenfalls überzeugt, daß ich einer war, denn als sie mich sah, schlug sie in einer dramatischen Geste die Hand vor den Mund und stieß einen grellen, hohen Schrei aus, wie cin Kind beim Spielen.
»Weshalb plärrst du denn jetzt schon wieder?« rief Archie.
»Ich bin es nur«, sagte ich. »Ich konnte nicht schlafen und bin in die Küche gegangen.«
Ich erinnere mich, daß ich dachte, wie riesig ihre Augen waren, als ich die Treppe hinaufstieg und sie mich wie gelähmt ungläubig anstarrte. Sie blieb völlig reglos, bis ich auf der letzten Stufe angelangt war, dann drehte sie sich plötzlich um und huschte in Richtung ihres Zimmers davon.
Archie stand in der Tür zu seinem Schlafzimmer. Das Licht einer Nachttischlampe drang heraus. Er trug ein locker sitzendes Nachthemd, und sein Gesicht lag im Schatten, doch seine Stimme war glatt und ölig.
»Schauerlich, was? Und hier kommt das schlimme Mädchen in seinem entzückenden Nachthemdchen. Schau nicht so bedrückt, Fern. Wenn du Gesellschaft brauchst – mein Bett ist noch warm.«

»Sei nicht so ekelhaft!« Ich trat einen Schritt zurück.
»Dann hau ab«, sagte er erstickt und lehnte sich gegen die Tür, als wäre er plötzlich erschöpft. »O Gott, ich muß was trinken. Und du brauchst gar nicht mit so einem überlegenen Gesichtsausdruck hier herumzustehen.«
Um die grüne Tür zu erreichen, die zu meinem Korridor führte, hätte ich an Archie vorbeigehen müssen, und in diesem Moment war mir jede Bewegung in seine Richtung unmöglich.
Er legte die Hand auf die Augen und ließ dann den Arm sinken. »Verdammt, Mädchen, du hast die Augen deines Vaters. Was in Gottes Namen hast du erwartet? Du hättest wissen sollen, daß deine Familie immer eine Neigung zur Nekrophilie hatte, und Tillie war stets eine sehr willige Leiche. Ach, zum Teufel, verschwinde von hier, Fern. Es war nicht immer so. Nicht, daß es dich kümmert, du selbstgefälliges kleines Biest ... geh zurück nach Bristol, bevor du so hoffnungslos in der Falle sitzt wie ... Ach, was soll's, du hörst ja doch nicht auf mich. Du kannst es auch auf die harte Tour lernen, stürz dich ruhig ins Verderben.«
Und damit drehte er sich um, ging in sein Zimmer und schlug die Tür hinter sich zu.

Dring war immer der festen Überzeugung gewesen, daß man Aufregung vermeiden sollte. »Hat keinen Sinn, sich zu sehr anzustrengen«, hatte sie geknurrt, »du wirst nur zapplig, und dann kannst du nicht schlafen, und als nächstes ißt du nicht mehr richtig.«
Zapplig. Ich lobte ihre Klugheit, obwohl »zapplig« eindeutig eine Untertreibung für den Zustand war, in dem ich in mein Zimmer zurückkehrte. Ich wußte, daß ich diese Nacht kein Auge mehr zutun würde.
Die letzte Gewißheit von Archies Betrug, dieser plötzliche

Ausblick auf die verborgenen Verbindungen in meiner Familie und danach dieser Selbsthaß und -ekel ergaben einen wirksamen Cocktail, den Dring sicher auf ganzer Linie verdammt hätte. Ich empfand kein Mitleid mit meinem Onkel. Er war mein Feind. Ich wandte mich ab von seiner Qual und seinem Selbstmitleid und verachtete ihn dafür.

Er war mein Feind. Und er wußte das nun auch.

Als ich in dieser Nacht schlaflos im Bett lag, steigerten sich all die Geräusche eines einsamen alten Hauses in der Stille der Landschaft plötzlich zu beängstigender Lautstärke. Der Wind, der durch die Kamine strich, wirkte bedrohlich, das Rascheln der Vögel und Mäuse gefährlich, jedes Quietschen und Ächzen der alten Balken jagte mir Schauer über den Rücken.

So viele Möglichkeiten … Archie lebte in einem Elfenbeinturm aus Lügen. Eine gewaltige, furchtbare Lüge. Und nun, da ich die falsche Seele seines Lebens entlarvt hatte – wie weit würde er da gehen, um sich zu schützen?

Wie weit war er in der Vergangenheit gegangen? Meine Mutter hatte sein Geheimnis gekannt, und er hatte sie zerstört. Über den Rand gestoßen, wie Dring es so anschaulich ausgedrückt hatte. Wer hatte es noch gekannt? Tante Frances? Clancy hatte die Frau, die er liebte, sicher an seinem Schaffen teilhaben lassen. Mein Körper lag in seinem Schweiß wie in einem eisigen Totenhemd. Vielleicht war es kein Selbstmord gewesen. Vielleicht fürchtete Archie, daß eine gründliche Untersuchung ihres »Unfalls« nicht nur seelische Grausamkeit oder Mißachtung zum Vorschein bringen würde. Es war nicht schwer, auf See einen Unfall herbeizuführen, wenn ein Segler weniger kräftig ist als der andere.

Vor langer Zeit hatte Archie die Wahrheit ertränkt, für verrückt erklärt und in eine Klinik einweisen lassen. Er hatte bis zu diesem Moment, als das Testament meines Großvaters mich nach Chatton Heights zurückgeholt hatte, sicher gelebt in seinem Lügengespinst. Er hatte früher schon Menschen zerstört. Er würde wahrscheinlich zu allen Mitteln greifen, um seinen scheußlichen Betrug nicht ans Licht kommen zu lassen.

Als die Spatzen in dem Efeu vor dem Fenster ihr unmusikalisches Konzert begannen, wußte ich, daß ich mein Geheimnis mit jemandem teilen mußte. Wenn mir irgend etwas zustoßen sollte ... zumindest eine andere Person mußte die Wahrheit kennen.

Ich dachte sofort an Adam. Ich sah sein ernstes Gesicht vor meinem geistigen Auge, hörte, wie er sagte: »Fern, ich glaube dir«, spürte, wie sich seine Arme um mich legten, wie die Mauer des Schweigens zwischen uns verschwand. Doch wenn er mir nicht glaubte? Wenn er dachte ... Aber er würde mir glauben. Es mußte einfach so sein.

Ich rief bei ihm zu Hause an. Niemand nahm ab. Ich versuchte es im Büro; er war heute nicht da. Er hätte mich am Tag zuvor zurückrufen sollen, was er nicht getan hatte. Oder hatte er es versucht, und Tillie oder Archie oder Gerald hatten ihm mitgeteilt, ich sei nicht da? Verzweifelt rief ich bei Jane in Bristol an. Sie wußte nicht, wo er sein könnte. Ich sprach mit Ted Bury; nein, er hatte nichts von ihm gehört. »Wenn er sich bei Ihnen meldet, sagen Sie ihm bitte, daß ich ihn ganz dringend sprechen muß. Er weiß Bescheid.«

Ich legte auf. Würde Adam meine Nachricht bekommen? Würde es ihn überhaupt interessieren? Ich hatte meine Rettungsleine an ein unsicheres Ufer geworfen. Den ganzen Tag streifte ich durchs Haus, und mein Kopf quoll über vor Gedanken. Mehrmals dachte ich daran, Paula anzurufen, aber jedesmal, wenn ich aufs Telefon zusteuerte, suchten mich zahllose Zweifel heim. Ich hatte bei ihrem ersten Aufenthalt in Chatton Heights erlebt, wie die Aura des Hauses und Archies Ruhm ihre Kritikfähigkeit vernebelt hatten. Sie hatte die entnervende Angewohnheit, nie etwas einfach hinzunehmen, und fügte noch der klarsten Aussage eine komplizierte psychologische Interpretation bei. Ich war erschöpft und brauchte Schlaf. Adam würde sich bestimmt melden. Die Wahrheit war zu grauenhaft, zu unglaublich, um ausgesprochen zu werden. Nur die Ruhe, sagte ich mir, nur nichts überstürzen.

Als dann nachmittags das Telefon klingelte und Paulas muntere Stimme am anderen Ende sagte: »Hallo, Mary, wie geht's? Ich dachte, ich schau mal vorbei«, kam es mir vor, als wäre ein Gebet erhört worden.

»Ich hab letzte Nacht von dir geträumt«, gestand sie mir, »und du warst irgendwie in Schwierigkeiten. Außerdem könnten meine armen Lungen ein bißchen Landluft vertragen.«

Ich grinste vor Erleichterung. Es schien alles wunderbar klar. Das Schicksal hatte sie veranlaßt, mich anzurufen. Ich schaute auf meine Armbanduhr und sagte nur: »Bis wann kannst du da sein?«

12

Der Anblick von Paulas rotem Kakadu-Haarschopf und ihren dunkelroten Fingernägeln und ihre Ausstrahlung von modischer Flüchtigkeit, die so gar nicht zur zeitlosen Scheußlichkeit von Chatton Heights paßte, wirkten auf mich so erleichternd wie die Heimkehr nach einer langen Auslandsreise. Sogar ihre Komplimente waren denen von Dring wohltuend ähnlich.

»Du siehst grauenhaft aus«, sagte sie fröhlich, als ich sie am Bahnhof begrüßte. »Was um Himmels willen tust du dir an?«

»Ist nur Schlafmangel«, versicherte ich ihr.

»Hat dich dein lüsterner Cousin belästigt?«

»Gerald? Nein. Es … aber nicht jetzt. Ich erzähl dir später alles.«

Paula hörte nur mit halbem Ohr zu. Ihre Ankunft blieb auf diesem friedlichen Bahnhof mit seinen üblichen Freitagabend-Pendlern nicht unbemerkt. Mir war früher schon aufgefallen, daß sie die Eigenschaft besaß, Bewunderung von Fremden gleichsam durch die Poren aufzusaugen, ohne die Betreffenden überhaupt anzusehen.

»Wir haben das ganze Wochenende«, sagte sie mit etwas höherer Stimme als notwendig, »du kannst mir in Chatton Heights alles berichten.«

Aber ich erzählte ihr weder an diesem Abend etwas noch am nächsten Tag. Schon ihre Anwesenheit reichte aus, um die Spannung in mir zu lösen. Sie war wie ein frischer Wind im Haus und machte meine Verwandten leichter erträglich.

Sie ahmte Tillies leeren Blick und ihre sinnlosen Sätze so treffend und übersteigert nach, daß ich die Witwe meines Großvaters als komplett lächerlich empfand. Gerald behandelte sie mit solch krasser Verachtung, daß er mir beinahe leid tat, aber nur beinahe; ich war auf jeden Fall froh, daß er uns mied. Archie wurde von ihr abwechselnd mit Komplimenten überhäuft und geneckt. Er sog ihre Zuwendung auf und gab den freundlichen, gutherzigen viktorianischen Onkel mit Neigung zur Flasche und attraktivem Gesicht, der aber jenseits von Gut und Böse ist. Als ich mich am Samstag abend zum Essen an den Tisch setzte, staunte ich, wie es Paula gelungen war, meine Verwandten so rasch in Pappmachéfiguren zu verwandeln, die an jedes Jahr für die Weihnachtssketche aus der Kiste holt. Von diesem netten gebildeten Herrn mit dem ergrauenden Haar und dem Bäuchlein und seinen Seidenkrawatten war doch bestimmt nichts Böses zu erwarten. In der taghellen Welt, in der Menschen wie Paula sich aufhielten, ertränkten Männer mittleren Alters nicht ihre Frauen und trieben ihre Schwägerinnen nicht in den Irrsinn – und dennoch würde mich nichts mehr von meiner Überzeugung abbringen, daß er das Meisterwerk seines toten Bruders gestohlen und als sein eigenes ausgegeben hatte.

Die Zähmung meiner ungebärdigen Verwandten gelang ihr so vollendet, daß meine geheime innere Stimme am Sonntag morgen zu einem kaum wahrnehmbaren Flüstern geworden war. Und diesen Verlust nahm ich Paula übel, weshalb es mir fast willkommen war, als sie nach dem Mittagessen verkündete, sie müssen abends nach Bristol zurückkehren.

»Ich werde Sie hinfahren«, sagte Archie. »Ich habe dort geschäftlich einiges zu erledigen, und zu zweit vergeht die Zeit schneller.«

Wir saßen im Salon, und der Kaffeewagen stand bereit, wie bei meinem ersten Besuch im Haus. Gerald war nicht da, wir hatten ihn den ganzen Tag nicht zu sehen bekommen. Tillie war nur körperlich anwesend. Sie schenkte Kaffee ein, reichte die Tassen herum, beteiligte sich aber nicht am Gespräch. Wäre da nicht der leicht staubige ungepflegte Geruch gewesen, hätte man sie glatt übersehen können.
Ich vergaß, auf der Hut zu sein, und betrachtete Archies Gesicht – die hängenden Mundwinkel, die, wie mir jetzt auffiel, denen von Gerald glichen, die schweren Lider, die seine Eigenart waren. Als Paula kurz den Raum verließ, um Zigaretten aus ihrem Zimmer zu holen, sah Archie auf, und da ich ihn angestarrt hatte, trafen sich unsere Blicke. Er zog ironisch fragend eine Augenbraue hoch.
Eine Kinderstimme nachahmend, sagte er: »O Großmama, warum hast du so große Augen?« Dann, schärfer: »Was starrst du mich so an?«
Ich schwieg. Ich will in deine Seele schauen, dachte ich, ich will deine Gedanken lesen.
Er verlagerte sein Gewicht, und der liebe Onkel, diese Rolle, die er nur für Paula gespielt hatte, war spurlos verschwunden. »Verdammt, glotz mich nicht so an mit deinen großen Augen.«
Ich zwang mich, seinem Blick standzuhalten. »Die Augen meines Vaters, wie du mal festgestellt hast«, sagte ich.
Er lachte. »Der arme Clancy. Seine schönen braunen Augen haben ihm nicht viel genützt, nicht wahr?« Und dann, als er Paulas Absätze auf der Treppe klappern hörte, murmelte er so leise, daß ich mich später fragte, ob er es wirklich gesagt hatte oder ob ich das Flüstern des Windes in den Bäumen draußen gehört hatte: »Die einzige, die noch übrig ist.« Und er versank einen Moment in Nachdenken und

säuselte dann, als Paula hereinkam: »Ich bin zäh, Fern, eine Siegernatur. Du auch?«

Nachdem sie anfangs einige Fragen gestellt hatte, hörte Paula mich zu meinem Erstaunen bis zum Ende an. Wir saßen, in Mäntel und Schals gepackt, oben im Obstgarten. Unter uns lag, in sonntäglicher Stille, das winterliche Long Chatton. Aus einem Laubfeuer stieg eine dünne Rauchsäule auf, vom Teich mit der großen Roßkastanie her waren Kinderstimmen zu hören und im kahlen Geäst eines Apfelbaums saß ein Rotkehlchen und zwitscherte. Ich wußte, daß ich nur außerhalb des Hauses ungehemmt sprechen konnte, doch ich fürchtete, daß meine Geschichte vor einer solch friedlichen Kulisse gänzlich unglaubwürdig erscheinen würde. Aber Archies Warnung hattc ihre Wirkung getan, und ich zwang mich zum Reden.

Von den Postkarten wußte sie schon. Ich erzählte ihr von Paul Sobey, von Archies mörderischer Wut, als er erfuhr, daß wir bei unserem Treffen über ihn geredet hatten, von dem Besuch bei Deborah Brewster und der Liebesaffäre zwischen meinem Vater und Tante Frances. »War Adam dabei, als sie darüber gesprochen hat?« fragte sie mich, und als ich es verneinte und berichtete, er sei mit Molly in der Küche gewesen, nickte sie bloß und sagte, ich solle fortfahren. Ich erzählte nicht von meiner inneren Stimme und der Schaukel, auch nicht von der Szene zwischen Archie und Tillie, deren Zeuge ich geworden war. Und ich behielt meine Vermutungen über den Tod von Tante Frances und den endgültigen Zusammenbruch meiner Mutter für mich. Ich sagte ihr aber, daß Archie *Doras Zimmer* nicht geschrieben, daß er das Buch seines Bruders gestohlen und als sein eigenes ausgegeben habe.

Mir war beinahe schwindlig, als ich mein Geheimnis der klaren Luft des Obstgartens preisgab. So mußte einem Schwimmer zumute sein, bevor er vom höchsten Brett in die Tiefe springt. Dann setzte die Erleichterung ein, endlose, herrliche Erleichterung. Das Wissen, das ich so lange in mir verschlossen hatte, das nur in meinem Kopf existiert hatte, wurde nun stark und fest und erhärtete sich irgendwo in der kalten, stillen Luft zur Gewißheit. Und ich wußte, daß ich die Wahrheit kannte.

Als ich am Ende war, trat Stille ein. Nur das Motorengeräusch eines Wagens, der den Berg hinabfuhr, und das Zwitschern des Rotkehlchens auf dem Ast waren zu hören. Paula zerknackte mit ihren langen, bleichen Fingern trockene Grashalme.

»Hört es sich ...« Jetzt, da ich die Last abgeladen hatte, fehlte mir fast der Mut, nachzufragen. »Hört es sich sehr unglaubwürdig an?«

Sie wandte sich mir zu, und ihr warmes Lächeln war Antwort genug. »Deine Verwandten sind so seltsam«, sagte sie, »ich glaube, was sie betrifft, kann mich nichts überraschen.«

»Wenn man begriffen hat, daß Archie *Doras Zimmer* nicht geschrieben hat, paßt plötzlich alles andere zusammen – sein Schweigen als Autor danach und seine Weigerung, über Dora zu sprechen.«

»Ja, das sehe ich auch so.«

(Warum war sie dann so zurückhaltend?)

Ich stützte mich auf die Ellbogen. Die Landschaft erstreckte sich vor uns – das Städtchen Long Chatton, erbaut aus dem Stein der Cotswolds, dahinter die Wäldchen und sanften Hügel, dic jedem Leser von *Doras Zimmer* vertraut waren, diese Aussicht, die sich meinem Vater aus seinem versteckten Zimmer geboten hatte. Und dennoch war sie irreführ-

rend, denn nicht wenige wichtige Bestandteile fehlten in diesem Bild.
»Wenn ich nur Dora finden könnte«, sagte ich heftig, »dann würde ich alles verstehen.«
»Ja«, Paula kaute nachdenklich auf einem Grashalm, »das wäre gut.«
Dann spuckte sie den Halm aus und rappelte sich auf. »Warum kauen die im Film bloß immer Grashalme? Das schmeckt ja ekelhaft!«

Vor ihrer Abfahrt nahm ich Paula das Versprechen ab, daß sie mein Geheimnis für sich behalten würde. Sie versicherte mir, daß mein Wissen bei ihr gut aufgehoben sei, und betonte nochmals, daß keine Information über meine Verwandten sie verblüffen könne; für sie seien sie so fremd wie Wesen von einem anderen Stern. Ich hätte ihr wohl auch meine Vermutungen über Archie und den »Selbstmord« seiner Frau mitteilen können, ohne daß sie Zweifel daran gehabt hätte.
»Komm mit mir nach Bristol zurück«, sagte sie. »Diese Leute haben etwas Krankes.«
Ich murmelte einige unverbindliche Worte (Würde ich in Bristol die innere Stimme hören können?), und sie umarmte mich ungestüm. »Gib auf dich acht, Mary Fern. Ich kann übermorgen oder so wieder herkommen, aber vorher muß ich ein paar Sachen erledigen.«
Als sie und Archie in der Dämmerung des Winterabends losgefahren waren, ging ich in das leere Haus zurück. (Tillie war vermutlich da, aber ihre Anwesenheit zählte nicht.) Ich summte friedlich vor mich hin, während ich das Feuer im Salon schürte. Daß Paula Bescheid wußte, hatte mich um einen großen Teil der Last meines Geheimnisses erleichtert. Und Archie würde den Rest des Abends, vielleicht sogar länger, außer Haus sein.

Ich ging an diesem Abend früh zu Bett und schlief tief und fest wie jemand, der eine schmerzhafte Anspannung losgeworden ist. Mein Schlaf muß so fest gewesen sein, daß ich die Schritte vor meiner Tür und das leise Quietschen der Türangeln nicht hörte. Ich träumte friedlich und furchtlos.

In meinem Traum spazierte ich einen Kiesstrand entlang. Das Meer lag still und schimmernd da, verströmte aber einen entsetzlichen Geruch. Widerstrebend suchte ich Zuflucht in einer Höhle, doch hier wurde der Geruch nur stärker. Ich wußte, daß ich den beißenden Dämpfen, die mich einhüllten, entkommen mußte. Ich entdeckte eine schmale Gasse, doch das erstickende Gas, das immer dichter wurde, wollte nicht weichen. Jetzt brannte es in meinem Hals und stach in meinen Augen. Übelkeit überkam mich. Ich streckte die Hände aus und betastete die Wände der Gasse, und sie kamen immer näher. Die Wände schlossen mich ein, berührten meine Schultern. Ich ließ mich auf alle viere fallen und kroch weiter, doch ich war bald gezwungen, auf dem Bauch zu rutschen wie ein Wurm, und die kalten Wände erdrückten mich, preßten meinen Schädel zusammen, und dann ging es nicht mehr weiter.

»Laßt mich raus«, stöhnte ich, »laßt mich raus ...«

Ich erwachte durch meine eigene Stimme.

Sie war real.

Ich dreht mich um und tastete nach dem Lichtschalter, aber mein Kopf schmerzte mörderisch, und es stank widerwärtig, und dann noch das zischende Geräusch ... Gas.

Grauen packte mich, ein Grauen, das so gellend und scharf war wie der Schmerz in meinen Lungen.

Ich versuchte mich aufzusetzen, aber das Zimmer schwankte, und als ich die Füße auf den Boden stellte, krümmte es sich und schlug mir ins Gesicht.

Eine Weile lag ich so da, mit dem Gesicht auf dem rauhen Teppich, außerstande, mich zu rühren. Meine Lungen brannten. Ich mußte zur Tür kommen.
Die kurze Strecke zwischen Bett und Tür erschien mir wie eine endlose Wüste. Nur meine Angst vor dem grauenhaften Ding, das mir Gas ins Gesicht blies, verlieh mir die Kraft, mich weiter voranzukämpfen. Der Himmel weiß, wie lange ich gebraucht habe, um den Türknauf zu erreichen – vielleicht nur Sekunden, sicher nicht länger als ein paar Minuten –, aber Zeit war bedeutungslos geworden. Sie hatte sich zurückgezogen und sah meinem Kampf zu.
Ich erreichte die Tür, packte den Türknauf, drehte ihn und zog die Tür auf. Würgend und keuchend stürzte ich im Flur zu Boden. Ich wollte um Hilfe rufen, aber meine Stimme war nur ein ersticktes Flüstern. Als ich versuchte aufzustehen, explodierte der Schmerz in meinem Kopf wie ein Blitz, und ich sank auf alle viere. Gepeinigt und in Panik wie ein Tier, das nicht aufgeben will, kroch ich auf Händen und Knien den Flur entlang, und erst nach einer qualvollen, schmerzhaften Ewigkeit spürte ich den grünen Stoff der Tür an den Fingerspitzen.
Ich drückte sie auf und kämpfte mich die letzten Zentimeter zum Hauptteil des Hauses voran. Die Tür schwang hinter mir zu, und das mörderische Zischen des Gases verstummte. Mein Kopf schien in zwei Teile zerspringen zu wollen.
»Hilfe!« versuchte ich zu schreien, aber es kam nur ein Krächzen heraus. Jemand muß mich finden, bitte laßt mich hier nicht liegen, jemand muß mich finden.
Die Stille des Hauses war beängstigend. Stille, vom bleichen Mondlicht umspült.
In einer Nische stand eine große Vase. Ich bekam das Tisch-

bein zu fassen, zog daran ... und das Krachen und Splittern, das daraufhin folgte, schien mir wie das Geräusch meines zerbrechlichen Schädels, der in tausend Teile zersprang.
Mit dem Gesicht lag ich auf dem Teppich, meine Lungen loderten. Eine Tür ging auf, dann eine andere. Stimmen erhoben sich und flatterten herum wie Fledermäuse in einer Sommernacht.
Habt ihr gehört ... Einbrecher, da liegt ein Stock ... etwas ist zerbrochen ... nein, schau mal hier, jemand ... mein Gott, es ist Fern ... was, zum Teufel, wollte sie ... Himmel, sturzbetrunken ... komische Art, sich ... Moment mal, riechst du auch Gas?
Die Übelkeit war so mächtig, daß sie mir den Mund verschloß und ich nicht mehr sprechen konnte. Schwere Schritte, die von Archie, und ich hörte ihn sagen: »Was ist denn hier los? Wißt ihr, wie spät es ist?« Und dann, als Fragen und Erklärungen folgten, ergriff er das Kommando. »Hör auf zu plappern, Tillie. Gerald, lauf hinüber und dreh das Gas ab. Tillie, ist im hinteren Zimmer ein Bett bezogen? Gut, gut, kannst du gehen? Ich helfe dir.«
Ich war zu schwach, um mich zu wehren, und versuchte auf den Beinen zu bleiben, als sich sein Arm um meine Taille schloß. Mein ganzer Körper wehrte die Berührung ab, zuckte vor Angst und Ekel.
Während er mich zu einem Schlafzimmer in der Nähe schleppte, sagte er: »Wenn du dich schon räuchern und pökeln willst, Fern, dann mach es beim nächstenmal bitte richtig. Und nicht mitten in der Nacht.«

In einem unbekannten Zimmer aufzuwachen, alles fremd, Licht, das durch andere Vorhänge dringt, die Tür an der falschen Stelle, ein Bett, daß sich ungewohnt anfühlt.
Das alles mußte ein Traum, ein Alptraum gewesen sein –

als ich den Flur entlanggekrochen war, die zersplitternde Vase, die besorgten Stimmen um mich herum.
Ich mußte die Augen noch mal aufmachen, und dann würde ich bestimmt … aber nein. Mein ausgetrockneter Mund, der dumpfe Schmerz in meinem Kopf, das alles war sehr real.
Was war passiert? Es gab nur eine Antwort – aber vor ihr schreckte ich zurück, sagte mir, daß es nicht so sein konnte. Jemand hatte mein Zimmer betreten und das Gas aufgedreht. Jemand, der mich umbringen wollte. Wer …? Wer hatte mir damals den alten Gasofen bringen lassen? Wer wollte …? Archie, immer Archie. Er mußte es gewesen sein.
Ich versuchte einen klaren Gedanken zu fassen, Kräfte zu sammeln – aber alles wehte davon wie ein Windhauch. Ich schlief ein.

Ich zwang mich, die Lider zu bewegen. Sie waren so schwer wie Samtvorhänge im Theater. Verschwommen sah ich einen unbekannten Mann an meinem Bett sitzen und mich anstarren. Er hatte Ähnlichkeit mit einem melancholischen Walroß. Ich schoß die Augen – es mußte ein Irrtum sein – und öffnete sie wieder. Er war immer noch da.
»Ich bin Dr. Collins.« Er lächelte freundlich. (War ich krank? Ich mußte es wohl sein, denn mein ganzer Körper schmerzte.) »Wie geht es Ihnen jetzt?«
Ich dachte einen Moment nach, dann sagte ich: »Grauenhaft.« Mein Hals fühlte sich rostig an, als wäre er seit zehn Jahren nicht mehr benutzt worden. Er saß ruhig da und lächelte dieses etwas wehmütige, hängebackige Lächeln. Ich dachte, er müsse wohl ein sehr engagierter Arzt sein, wenn er da einfach so bei einem neuen Patienten saß. Gute Manieren. Er gab mir ein Gefühl von Sicherheit.

»Sie sind knapp davongekommen«, sagte er.
Ich runzelte die Stirn. Davongekommen? Von was? Und dann kehrte die Erinnerung wie eine erstickende Wolke zurück. Archie ... das Gas ... und als mir klar wurde, daß jemand wirklich versucht hatte mich umzubringen, packte mich ein solches Grauen, daß ich das Gefühl hatte, über den Rand einer Klippe zu treten und endlos in die Tiefe zu stürzen ...
»Nun, nun, bloß nicht aufregen.« Er beugte sich vor und nahm meine Hand.
»Ich könnte ...« Aber ich schaffte es nicht, das Wort »tot« auszusprechen.
»Ich weiß.« Seine Erwiderung kam rasch, und seine Hand fühlte sich fest an, vermittelte mir seine Kraft. »Aber in einer Hinsicht haben Sie wirklich Glück gehabt: Es wird nichts zurückbleiben.«
Ich starrte ihn an. Woher wußte er, was passiert war? Hatte Archie ihm vielleicht alles gestanden? (Berufsgeheimnis: Betraf das auch Mord?) Oh, wenn er wirklich alles wußte und ich ihm nichts zu erklären brauchte ... die Vorstellung war unendlich erleichternd.
»Hat er es Ihnen erzählt?« forschte ich nach.
»Ihr Onkel hat mich sofort angerufen. Heute morgen hat er mir, soweit es ihm möglich war, berichtet, was geschehen ist. Sie haben ihm einen mächtigen Schrecken eingejagt. Ihr Onkel macht sich mehr Sorgen um Sie, als Sie glauben.«
Ich hatte *ihm* einen Schrecken eingejagt? Ich schloß die Augen und versuchte nachzudenken. Etwas stimmte hier nicht, paßte nicht zusammen. Ich schlug die Augen wieder auf, und diesmal wirkte sein Lächeln weniger gütig als beim erstenmal. Es schien etwas Verschlagenes zu haben.
»Was hat er Ihnen erzählt?« fragte ich ihn.

»Ich würde es lieber von Ihnen hören.«
Das Bild des allwissenden gütigen Doktors verschwand, und ich stöhnte laut. »O mein Gott, Sie glauben, ich habe das mit Absicht getan!«
»Wäre es Ihnen lieber, wenn wir uns darauf einigen, es als Unfall zu bezeichnen?«
Ich wandte den Kopf ab, konnte das überfreundliche Lächeln, den traurig-mitfühlenden Blick nicht mehr ertragen.
»Es war kein Unfall«, erklärte ich halblaut.
»Nein, das glaube ich auch. Ich dachte nur, daß ...«
»Wenn ich Ihnen erzähle, was wirklich passiert ist, werden Sie mir nicht glauben. Wir brauchen uns also nicht weiter zu unterhalten.« Ich zog meine Hand weg.
Er ließ das Schweigen eine Weile im Raum stehen und sagte dann sanft: »Ich hoffe sehr, daß Sie in ein, zwei Tagen zu der Erkenntnis gelangen, daß Sie unbedingt darüber sprechen sollten. Inzwischen rate ich Ihnen, sich soviel wie möglich auszuruhen. Mrs. Miller (es dauerte einen Moment, bis mir klar wurde, daß er von Tillie sprach) und Ihr Onkel werden sich um Sie kümmern. Ich werde morgen anrufen und mich erkundigen, wie es Ihnen geht. Und versuchen Sie, nicht an unangenehme Dinge zu denken.«
Wie einen Mordanschlag auf mein Leben? hätte ich ihn gerne gefragt. Aber ich sagte nur: »Können Sie mir was gegen die Kopfschmerzen geben? Mein Kopf fühlt sich an, als würde er platzen.«
Aber Dr. Collins wollte die Geheimnisse meiner Seele ergründen und zeigte deshalb wenig Interesse an Beschwerden rein körperlicher Natur. Mit der Gleichgültigkeit, die zum Ausdruck brachte, daß die Hämmer, die an meine Schädelwände schlugen, kaum von Interesse für die moderne Medizin waren, meinte er, daß Tillie mir Aspirin oder

Paracetamol bringen könne. Und dann warf er mir ein letztes trauriges, beinahe vorwurfsvolles Lächeln zu und polterte mit schweren Schritten aus dem Raum.
Im Flur mußte jemand auf ihn gewartet haben, denn ich hörte verschwörerisches Gemurmel. Sie sprachen über mich. Ich bemühte mich, etwas mitzukriegen, aber die Worte blieben unverständlich, und ich erkannte auch die zweite Stimme nicht. Und wenn ich fragte, dachte ich, würde mir niemand etwas sagen. Ich war krank. Man würde mich fortan wie einen pflegebedürftigen Patienten zweiter Klasse behandeln. Die offizielle Version der Geschichte war, daß ich versucht hatte, mich umzubringen; damit hatte ich den Anspruch, wie ein vollwertiger Erwachsener behandelt zu werden, verwirkt.
Auf der Haupttreppe entfernten sich Schritte. Stille. Nur das Zirpen und Zanken der Spatzen vor dem Fenster.
Mein ganzer Körper schmerzte, und der bittere Geschmack der Übelkeit in meinem Mund hielt an. Nie zuvor hatte ich mich so schmutzig gefühlt. Meine Haare und Kleider und meine Haut schienen verklebt und verkrustet. Bis in meine Knochen schien der Schmutz zu dringen. Wie eine Vision, die Sicherheit und Trost verhieß, tauchte das Badezimmer am Alderly Drive vor meinem geistigen Auge auf. Liebevoll dachte ich an die weißen Kacheln und bunten Seifen und den braunen Fleck unter dem Wasserhahn und die Grünlilie auf dem Fensterbrett. Könnte ich nur in dieser Badewanne liegen, im heißen Wasser, und wissen, daß ich weit weg war von Chatton Heights und meinem Onkel, weit weg in Sicherheit, dann könnte ich mir auch den Schmutzgestank von der Haut schrubben.
Ich richtete mich langsam auf und setzte die Füße auf den Boden. Auf dem Tisch neben dem Bett stand eine Tasse mit kaltem Tee, den Tillie mir vermutlich vorher angeboten

hatte, und ich zwang mich dazu, ihn zu trinken. Ein Moment Übelkeit, dann begann sich zu meiner Erleichterung mein Kopf zu klären. Er schmerzte noch immer, als schlüge jemand einen Nagel hinein, aber ich erkannte Gegenstände klar und deutlich. Ich stand auf.

Nachdem ich es bis zu meinem Schlafzimmer geschafft hatte und mich ankleidete, zitterte ich vor Erschöpfung, als hätte ich gerade einen neuen Rekord im Bergsteigen gebrochen. Ich ruhte mich ein Weilchen – oder vielleicht auch ziemlich lange – aus, dann begab ich mich in die Küche hinunter, um mir eine Tasse Kaffee zu machen. Für diesen simplen Vorgang war übermenschliche Anstrengung vonnöten; all meine Nerven konzentrierten sich auf die Aufgabe, mich so zu stärken, daß ich diesem tödlichen Haus entrinnen konnte.

Ich war derart verbissen damit beschäftigt, den Kaffee in einen Becher zu gießen, daß ich nicht merkte, wie Gerald in die Küche kam. Ich schaute auf; er trug eine grüne Jacke und blickte mich mit leicht zusammengekniffenen Augen an, was bedeutete, daß er über etwas nachdachte.

»Brauchst du Hilfe?« fragte er unbeholfen. »Du siehst ziemlich zittrig aus, Fern. Bist du sicher, daß du nicht noch im Bett bleiben solltest?«

»Wenn ich das hier getrunken habe, wird's mir besser gehen. Möchtest du auch eine Tasse?«

»Nein danke, aber … nun, wegen letzter Nacht …«

»Ja?«

Er versuchte offenbar, seiner Verlegenheit Herr zu werden, und ich hatte in diesem Moment weder die Kraft noch die Bereitschaft, ihm dabei zu helfen. Er zögerte noch einen Moment, und seine Wangen nahmen einen kräftigeren Farbton als gewöhnlich an, dann sagte er: »Als ich den Krach hörte und dich da so auf dem Treppenabsatz liegen sah, dachte ich zuerst, du seist weggewesen und hättest dir die Birne vollgeknallt, aber dann habe ich das Gas gerochen, na ja ... Ich meine, ich weiß, daß es hier manchmal nicht einfach für dich ist, Fern, und ich schätze, ich war nicht immer gerade ... ach zum Teufel, ich wollte dir bloß sagen, daß ich froh bin, daß du's letzte Nacht nicht geschafft hast, ich meine, ich bin froh, daß du wohlauf bist und nicht ... du weißt schon ...«

Als er sich bis zum Ende seiner erstaunlichen Ansprache durchgekämpft hatte, starrte er wütend auf seine Fußspitzen, und seine Wangen hatten einen besorgniserregenden dunkelroten Farbton angenommen.

»Ich habe letzte Nacht nicht versucht, mich umzubringen, Gerald«, entgegnete ich fest.

Aber das war zuviel für ihn. »Na ja«, sagte er, »wie auch immer ...« und fuhr dann, enorm erleichtert, daß er sich wieder praktischen Belangen zuwenden konnte, fort: »Übrigens waren vorhin ein paar Anrufe für dich. Ein Adam Soundso. Und das Krankenhaus.«

»Das Krankenhaus? Weshalb?«

»Das sagten sie nicht. Sie haben schon seit ein paar Tagen versucht, dich anzurufen. Hat Tillie dir das nicht ausgerichtet?«

Verfluchte Tillie und ihre Vergeßlichkeit, dachte ich, als ich in die Halle eilte und zum Telefon griff. Der warme Kaffee und Geralds unerwartete, offenbar ehrliche Teilnahme sorgten dafür, daß ich mich weniger wie ein Zombie und mehr wie ein normales menschliches Wesen fühlte.

Zu allem Überfluß herrschte in der Zentrale des Krankenhauses auch noch völliges Chaos. Zuerst stellten sie mich in die Gynäkologie durch, dann zum Röntgen, dann war die Leitung tot. Ich versuchte meine Sorge um Dring so gut wie möglich unter Kontrolle zu halten und wählte Adams Büronummer – und Wunder über Wunder, da war seine Stimme, beruhigend und forsch.

»Fern«, sagte er sofort, »Gott sei Dank rufst du an. Ich habe mir solche Sorgen um dich gemacht.«

In meinem Kopf drehte sich alles. »Sorgen? Um mich? Aber warum?«

»Wo bist du jetzt?«

»Ich bin in Chatton Heights, doch …«

»Ich komme heute nachmittag. Hast du meine Nachricht erhalten?«

»Was für eine Nachricht?«

»Herrgott, ich hatte mit Tillie geredet, und sie hat mir versprochen …«

»Ich habe sie heute noch nicht gesehen.«

Am anderen Ende der Leitung war es still.

»Adam, es hat wenig Sinn, wenn du dich auf den Weg hierher machst. Ich bin gerade dabei, nach Bristol zu fahren.«

»Dann treffen wir uns dort. Ich komme so bald wie möglich zum Alderly Drive. Es gibt so vieles, worüber wir reden müssen.«

»Aber warum? Hat Archie dir erzählt …«

»Archie? Lieber Himmel, nein. Ich habe nicht mit ihm gesprochen. Bist du ganz sicher, daß du fahren kannst?«

Ich runzelte die Stirn, warum sollte ich nicht fahren können? Mit wem hatte er gesprochen? Mein Hirn beschäftigte sich immer noch mit dieser Frage, während ich ein weiteres Mal versuchte, Drings Station zu erreichen. Diesmal stellte man mich zur Abwechslung zur Physiotherapie durch. Von dort aus versuchte man wieder, mich mit der Zentrale zu verbinden, aber statt dessen hing ich inmitten zweier Leitungen fest und mußte ein Gespräch zwischen zwei erbosten Teilnehmern mit anhören, die sich über den Mangel an künstlichen Gliedmaßen beklagten. Ich probierte es erneut. Diesmal klingelte das Telefon auf Drings Station (doch woher wußte ich, daß es wirklich dort war?), aber niemand ging ran.

»Wollen Sie es später noch mal probieren?« fragte das Mädchen in der Zentrale. »Oder möchten Sie dranbleiben?«

Doch dazu war keine Zeit.

Das Telefonieren hatte mich erschöpft. Ich versuchte nicht an die lange Fahrt zu denken, die vor mir lag, und konzentrierte mich statt dessen auf die beruhigende Wirkung von Drings schwerem Leib, ihrem müden, zerknitterten Gesicht und ihrem rauhen Lachen. »Scher dich nicht um deinen Onkel«, würde sie mir raten. »Hab ich dir nicht gesagt, daß er ein gefährlicher Halunke ist? Laß das alles hinter dir, Mary. Vergiß es.«

Und wenn ich zu Dring und Adam und in den Alderly Drive kam, würde ich auch vergessen können.

Der Himmel war bewölkt, es sah aus, als wollte es regnen. Als ich zum Wagen hinausging, prüfte ich meinen Zustand. Ich war noch ein bißchen schwach auf den Beinen, mein Kopf hämmerte schmerzhaft, und ab und zu lief mir der Schweiß über den Rücken, aber sonst fühlte ich mich ganz in Ordnung. Ich konzentrierte mich darauf, in mein kleines Auto zu steigen und es sicher über die schmalen Landstraßen zu steuern. Auf der Autobahn blieb ich auf der Spur für die langsamen Fahrzeuge und merkte kaum, daß ich ständig von schweren Lastern überholt wurde. Ich fuhr von einer Angst zur nächsten – hier die Angst vor Archie und dem Gas, die ich in Chatton Heights zurückließ, und vor mir die namenlose Furcht vor dem, was ich im Krankenhaus vorfinden mochte …

Und doch blieb mir von dieser verzweifelten Fahrt nach

Bristol nicht nur Angst oder das Empfinden von Verlassenheit in Erinnerung, denn ich fühlte mich nicht einsam. Meine Sommerstimme war bei mir, jene singende innere Stimme, die von Geborgenheit und Liebe kündete, mich in einen magischen Umhang hüllte und vor Gefahren beschützte.

Erst als ich die breite Treppe zu Drings Station emporstieg, fiel dieser Schutzmantel von mir ab, und ich war der eisigen Furcht ausgesetzt. Jemand vom Krankenhaus hatte mehrmals angerufen, hatte mich dringend sprechen wollen. Es konnte nur eine Erklärung dafür geben: Dring war tot.
Ich stöhnte: »O Gott, nein!«
Ein bärtiger Mann, der hinter mir ging, sah mich neugierig an. »Ist etwas nicht in Ordnung?«
Ich schüttelte nur den Kopf, brachte den Rest des Weges hinter mich und versuchte mich auf den grauenhaften Moment vorzubereiten, in dem eine Schwester (oder ein Arzt?) auf mich zugehen und sagen würde: Miss Miller, wir haben gestern abend ein paarmal bei Ihnen angerufen. Ich fürchte, wir müssen Ihnen eine traurige Mitteilung machen …
Ich schleppte mich zu der Station, auf der ich Dring zuletzt gesehen hatte. Sie schien mir grell erleuchtet, und mein Kopf schmerzte so, daß ich kaum etwas sehen konnte. Es dauerte eine Weile, bis ich wirklich glaubte, daß die sehr reale Gestalt in dem Bett am Fenster meine geliebte Dring war.
»O Dring, du bist da … du …« Mein Hals brannte, und ich war unfähig zu sprechen.
Das alte Gesicht über den rotbraunen Rüschen sah unendlich müde aus. Langsam, ganz langsam vertieften sich die Fältchen um ihre Augen, und sie schlug die Augen auf und starrte mich an.

Der Schmerz in meinem Hals wurde fast unerträglich. »Fühlst du dich sehr schlecht?« fragte ich sanft.
Sie runzelte die Stirn. Ihre Hände tasteten auf der Bettdecke herum. »Wo ist Tom?« murmelte sie ärgerlich. »Er wollte kommen.«
Ich stammelte: »Sei nicht böse, Dring. Ich wußte nicht, daß jemand vom Krankenhaus angerufen hat. Ich bin so schnell wie möglich hergekommen …«
Ihr Blick glitt unstetig hin und her, ohne daß sie mich ansah. »Mr. Tom sollte hier sein. Wer hat Sie geschickt? Ich will keine Fremden hier.«
»Aber …«
»Mein Bein tut weh, kann jemand was gegen den Schmerz machen?«
»Ja, sicher, ich versuche …«
»Nicht Sie. Sie kenne ich nicht.«
Der Boden unter meinen Füßen schien wegzugleiten. »Dring, liebe Dring, was ist mit dir? Erkennst du mich denn nicht mehr? Ich bin Mary, du mußt mich doch erkennen.«
»Sie haben mir gesagt, Mr. Tom würde kommen. Wo ist er? Was haben Sie mit ihm gemacht? Spielt er noch Kricket?«
»Aber Dring!«
Eine große Frau, die ich vorher am Rand wahrgenommen und für den Besuch der Patientin im Bett daneben gehalten hatte, tauchte bei uns auf. »Na, na, Sissy, du brauchst dich nicht aufzuregen. Niemand versucht dich zu täuschen. Das ist Mary Miller, du erinnerst dich doch bestimmt an sie. Du hast sie großgezogen, weißt du nicht mehr?«
Die Frau sprach fest und bestimmt. Sie war mittleren Alters mit einer strengen Kurzhaarfrisur, trug ein Tweedkostüm, hatte helle Haut und wirkte offen. Sie lächelte nicht.
»Wer sind Sie?« fragte ich, obwohl ich es schon wußte. Seit

ich denken konnte, hatte sie von Drings Kaminsims heruntergelächelt – als Kind. Und auch jetzt war das selbstbewußte kleine Gesicht bei Dring, auf ihrem Nachttisch.
»Lucy Price«, stellte sie sich energisch vor, »Sissy war jahrelang mein Kindermädchen.« Sie beugte sich über Dring und sagte laut: »Das ist Mary. Sie kommt dich besuchen. Ist das nicht schön? Sag ihr guten Tag, sei lieb, Sissy.«
Dring starrte sie an, noch immer die Stirn runzelnd, und warf mir dann einen unterkühlten Blick zu. Daraufhin sagte sie anklagend zu der großen Frau: »Wo ist Mr. Tom? Du hast mir erzählt, daß Mr. Tom kommen würde.«
»Daß er es versuchen wollte, Sissy. Es war noch nicht sicher!« Warum schrie sie so? Dring war nicht taub. »Eine Menge Leute bei ihm haben sich krank gemeldet, und er kann schlecht weg. Aber ich bin ja da, und jetzt auch deine Freundin Mary.«
»Lucy, mein Bein tut zu weh. Ich will nach Hause.«
Dring würdigte mich keines Blickes mehr. Ich schrumpfte, wurde zu Luft, während diese Frau, diese Fremde, immer größer zu werden schien und mich meiner Kindheit beraubte.
»Alles zu seiner Zeit, Sissy. Zuerst mußt du wieder gesund werden.«
Sie richtete sich auf und machte mir mit dem Kopf ein Zeichen, ihr zu folgen. Ich war zu benommen, um mich zu widersetzen, und ging mit ihr auf den Flur hinaus. An der Wand standen Bänke mit dunkelgrünen Plastikpolstern, und sie deutete darauf.
Ich bewegte mich langsam, wie in einem milchigen Traum, und nahm dann Platz. Ich war zu betäubt, um zu protestiere, zu betäubt, um einen klaren Gedanken zu fassen.
Sie sprach mit mir, als wären wir in einer Sitzung. »Es war ein Schock für das arme alte Mädchen, aber das ist nur allzu

verständlich. Amputation in ihrem Alter und ihrer Verfassung ist sehr riskant, obwohl die Ärzte glauben, daß sie eine fünfzigprozentige Chance hat, ihr Gedächtnis wiederzuerlangen.«
Ihre Worte drangen zu mir wie aus weiter Ferne, verwischt, als wären wir unter Wasser.
»Amputation?«
»Um Himmels willen, man hat Sie doch informiert? Sie mußten das Bein vor ein paar Tagen abnehmen. Der Chirurg hat mir das Fachwort gesagt, aber ich glaube, es handelte sich einfach um den guten alten Brand. Sie scheint die Operation bislang ganz gut überstanden zu haben.«
»Ich wußte es nicht. Niemand hat mir etwas mitgeteilt.«
»Ich habe gehört, daß man versucht hat, Sie zu erreichen. Ich muß allerdings sagen, daß ich es schon etwas merkwürdig fand, daß Sie nicht früher herkamen.«
»Niemand hat mir etwas gesagt.« Niemand hat mir etwas gesagt. Niemand hat mir jemals etwas gesagt.
»Tja, das ist nicht mehr zu ändern. Hauptsache, sie erholt sich wieder.«
»Sie hat mich nicht mal erkannt.« Erneut hatte ich das Gefühl, über den Rand in den Abgrund zu stürzen, immer kleiner zu werden, ein winziger Punkt. In Kürze würde ich ganz verschwunden sein ... Ich zwang mich, auf die Worte dieser energischen Frau zu hören.
»Ihr Kurzzeitgedächtnis ist weg«, erklärte sie, »die letzten dreißig Jahre. Ich habe versucht herauszufinden, bis wann. Sie erinnert sich nicht einmal an ihren Mann.«
»An wen?«
»Sie wissen doch, daß sie verheiratet war?« Ich schüttelte den Kopf. »Na, sie war ja wirklich verschwiegen. Wir fanden es damals alle ziemlich komisch. Sie brannte mit diesem ulkigen kleinen Franzosen durch. Er trug einen

Schnurrbart und ging, wie man so sagt, über den großen Onkel. Meine Eltern fanden es nicht sehr witzig, das kann ich Ihnen versichern, weil sie ohne Kindermädchen dasaßen, aber wir lachten darüber. Die arme alte Sissy, da hat Amor sie zu guter Letzt doch noch erwischt!«

Die arme alte Sissy. Wo war Dring? Ich fragte so beiläufig wie möglich: »Was ist mit ihm passiert?«

»Ach, es war fürchterlich traurig. Er starb nach etwa sechs Monaten bei einem Autounfall. Sie wollte ihre Stelle wiederhaben, aber mein Vater sagte, daß man, wenn man einmal im Stich gelassen worden sei, kein Vertrauen mehr habe. Danach brach sie richtig zusammen. Ich blieb in Kontakt mit ihr, aber sie war ziemlich verstört, bis es mir gelang, ihr diese Stelle bei Ihnen zu beschaffen.«

»Das waren *Sie*?«

»Indirekt. Eine alte Freundin von mir, Deb Brewster, hat mich mit ihrer Schwester bekannt gemacht, sagte, sie sei sehr weichherzig und fände immer eine Nische für verlorene Schäfchen. Was sich als zutreffend erwies.«

»Dann wußten Sie schon immer von mir?« Meine Kindheit war zum Kaleidoskop geworden, das sich jeder Fremde wie diese resolute Frau zurechtschütteln oder mit einem beiläufigen Satz zerstören konnte, einem Satz, den sie kaum wahrnahm, der aber das Muster verwarf, mit dem ich mein Leben lang gelebt hatte, und die Einzelteile nach ihrem Belieben wieder zusammenfügte. Warum sollte sie merken, wie mir das zusetzte? Ein Kaleidoskop ist schließlich bloß ein Spielzeug.

»O ja. Ich bin mindestens einmal im Jahr am Alderly Drive gewesen, aber Sie waren da immer in der Schule. Sissy hielt die Dinge gern auseinander. Sie mochte sie wahnsinnig, kein Zweifel. Hören Sie, Sie sehen gar nicht gut aus. Soll ich die Schwester bitten, daß sie Ihnen was bringt?«

»Nein, nein, danke.«
»Nun, wenn Sie meinen ...« Sie blickte zweifelnd drein, sagte aber dann: »Am besten gehe ich zurück und schaue, ob ich was für sie tun kann. Die Schwestern sind wunderbar, aber sie haben einfach nicht genug Zeit. Ich werde sie so bald wie möglich in ein privates Heim verlegen lassen. In unserem Ort gibt es ein ganz hervorragendes.«
»Aber ... ich ...«
»Warum kommen Sie nicht morgen wieder? Vielleicht erkennt sie Sie dann. Und machen Sie sich keine Sorgen um mich; ich mag solche Projekte, die halten mich davon ab, zu Hause rumzuhocken, und ich bin sicher, Sie haben selbst viel zu tun.«
Mit schlenkernden Armen spazierte sie munter zur Station. Die Tür fiel hinter ihr zu, und ich blieb alleine zurück auf meiner grünen Plastikbank und starrte auf die breite Treppe und den endlosen grauen Himmel vor dem Fenster.
Es wäre leichter zu ertragen gewesen, dachte ich bitter, wenn Dring tot gewesen wäre.
Und irgendwie war sie das auch. Diese vergreiste Witwe, diese Sissy, hatte mit meinem Leben nichts zu tun. Sie war nicht meine alte Dring.
Als ich die Treppe hinunterging, schienen sich die Wände zu biegen und aufzublähen wie Fallschirmseide, und meine Beine fühlten sich an, als wären die Knochen aus Gummi. Ein paar Leute schauten mich an, als ich vorüberging, und ich fragte mich, ob ich seltsam wirkte. Ich wollte mich vor diesen aufmerksamen Blicken verstecken. War es möglich, daß ich mich schon äußerlich verändert hatte?

Die kalte Luft auf dem Parkplatz erfrischte mich kurz. Mir wurde klar, daß ich nicht mehr imstande war, mich durch den Stadtverkehr zu kämpfen. Dann fiel mir zu meiner

Erleichterung ein, daß es einen Bus direkt von hier zu unserem Haus gab.

Als ich in der Schlange an der Bushaltestelle anstand, wunderte ich mich, wie grotesk die Leute um mich aussahen. Die Frau direkt vor mir hatte drahtige schwarze Haare wie ein Hund und ein bleiches teigiges Gesicht, das an den falschen Stellen Wellen warf. Die Züge einer anderen Frau waren so spitz, daß sie mich an ein Taschenmesser erinnerte, dessen sämtliche Klingen draußen waren. Der Mann vor ihr war dünn und klapprig, als wäre sein Inneres geschrumpft und hätte nur mehr einen Haufen schlaffes Fleisch zurückgelassen. Ganz vorn in der Schlange stand ein Mädchen mit einer dicken Make-up-Schicht im Gesicht, und in seinen Armen lag ein riesiges Baby mit aufgeblähten Backen, das ständig mit der Stirn an die Schulter des Mädchens hämmerte. Das Baby würde zu einem weiteren grotesken Wesen heranwachsen, wie all die anderen, da war ich ganz sicher.

Als der Bus kam, machte er einen derart grauenhaften Lärm, daß ich mich einen Moment lang scheute, einzusteigen, aber die Frau hinter mir stieß mir ihre Einkaufstasche in den Rücken, also stolperte ich die Stufen hinauf.

Der Fahrer blickte mich erwartungsvoll an, doch ich mußte zu meiner Bestürzung feststellen, daß ich die Bushaltestelle vergessen hatte, obwohl ich tausendmal dort ausgestiegen war. Ich starrte ihn verzweifelt an. Seine Zähne waren schief und gelb, und auch das Weiße in seinen Augen war gelb. Er fragte mich etwas, und ich verstand ihn zwar nicht, nickte aber, woraufhin er etwas Geld aus meiner ausgestreckten Hand nahm. Ich ließ mich neben einer fetten schwarzen Frau nieder, die fast den ganzen Sitz einnahm, und schaute zum Fenster hinaus. Die Straßen und die Häuser sahen alle gleich aus. Ein endloses Labyrinth ohne Anhaltspunkte. Ich war versucht, mich zurückzulehnen, die

Augen zu schließen, für immer in diesem Zauberbus sitzen zu bleiben.
»Hier müssen Sie aussteigen.«
Es konnte sein, daß die schwarze Frau neben mir gesprochen hatte, aber ich war nicht sicher. Ich stand auf und wankte den Gang entlang, der plötzlich den Eindruck machte, als würde er nie mehr enden. »Lassen Sie sich Zeit«, sagte eine Stimme – bösartig, wie mir schien. Ich stieg in dem Moment aus, als der Bus weiterfuhr, und stürzte fast zu Boden.
Eine Weile blieb ich stehen, während die Gebäude wankten und kippten und dann wieder zur Ruhe kamen. Es schien, als hätten sie sich anders gruppiert, als ich es gewohnt war, aber ich war nicht sicher. Gar nichts war mehr sicher.
Ich ging in die Richtung, in der ich den Alderly Drive vermutete. Die Fenster glotzten mich an.
Wo war mein Haus? Ich stand auf der Straße und hielt danach Ausschau. War es weg, verschwunden wie Dring? Weitervermietet und neu gestrichen und von einem neuen Besitzer umbenannt, so daß ich keinen Ort auf der Welt mehr hatte, wo ich mich verstecken konnte? Vielleicht lebte die Lucy von dem Foto jetzt dort, und wenn ich genau hinschaute, konnte ich hinter den Tüllgardinen im Erdgeschoß ihr widerwärtig fröhliches Gesicht sehen, das mich anstrahlte.
Der Wind war kühler geworden. Ich stand allein auf der Straße und hatte das Gefühl, der Wind würde nie mehr aufhören.
»Mary, komm rein, du erfrierst ja.«
Ein blasses Gesicht blickte auf mich herunter, ein blasses, von rotem Haar umgebenes Gesicht. Paula hakte mich unter und führte mich die Stufen zu unserer blauen Haustür hinauf (die schon die ganze Zeit dagewesen sein mußte).

Der enge Flur empfing mich wie ein alter Freund. Da war die vertraute Tapete, der ovale Spiegel über dem kleinen Tisch, der abgetretene Treppenläufer mit dem Fleck auf der dritten Stufe, wo ich vor Jahren ein Tintenfäßchen hatte fallen lassen.

»Komm, setz dich.« Paula schob mich behutsam ins Wohnzimmer. »Du siehst völlig erledigt aus. Kein Wunder.«

Ich sank in meinen alten Lieblingssessel, und es kam mir vor, als sänke ich in bergende Arme, die das Grauen der Straße verjagten.

»O Paula«, keuchte ich, »du weißt gar nicht, wie gut es ist, wieder zu Hause zu sein.«

Sie lächelte. »Kann ich mir denken. Was möchtest du zum Wiederbeleben trinken?«

»Eine Tasse Tee wäre nicht schlecht. Aber du mußt mich nicht bedienen, ich kann selbst sehr gut ...«

Doch davon wollte sie nichts hören. »Ich bin bloß froh, daß du heil wieder aufgetaucht bist – Himmel, jetzt höre ich mich schon an wie meine Mutter. Ich habe mich halb zu Tode geängstigt, seit ich weiß, daß du einfach so losgefahren bist.«

»Woher weißt du das?«

»Ich habe heute morgen angerufen und mit Archie geredet ...«

Ich runzelte die Stirn. Warum sprach sie von Archie, wenn er doch derjenige war, vor dem ich davonlief? Und da war noch etwas. Etwas stimmte nicht, obwohl ich es nicht benennen konnte. Ich spürte dieses nagende Unbehagen, das man hat, wenn man aus dem Haus geht und weiß, man hat etwas Wichtiges vergessen, kann sich aber nicht erinnern, was.

»Archie hat dich gestern abend nach Hause gefahren, nicht wahr?«

Paula wollte gerade in die Küche gehen, blieb aber in der Tür stehen. »Das war mir nicht vergönnt«, sagte sie sauer. »Auf meine naive amerikanische Art hatte ich geglaubt, daß das Angebot, mich nach Bristol mitzunehmen, bis vor meine Haustür galt, aber ich hatte das Kleingedruckte nicht gelesen. Er fuhr zur Park Street, und siehe da, dort wurde ich auch abgesetzt. Ich hätte genausogut mit dem Zug fahren können.«

»Dieses miese Schwein. Aber hat dich sein geistreiches Geplauder auf der Fahrt nicht dafür entschädigt?«

»Nichts kann einen dafür entschädigen, wenn man mit einem Koffer in der Hand und hohen Schuhen drei Kilometer latschen muß.«

Ich konnte mir ein Lachen nicht verkneifen. Die arme Paula. Die Männer in meiner neuentdeckten Familie hatten es jeder auf seine Art geschafft, sie zu frustrieren.

Mit dem Lachen wich ein Teil meiner Anspannung. Ich lehnte mich zurück und schloß die Augen – und konnte mich trotzdem nicht entspannen. Ich war zu Hause, in Sicherheit, Paula sang in der Küche falsch vor sich hin, während sie den Wasserkessel aufsetzte, und ich war dennoch auf der Hut, witterte Gefahr.

Laß den Quatsch, sagte ich mir. Es ist vorbei, du bist zu Hause. Du kannst aufhören, dich zu fürchten, aufhören, so angestrengt … was? Durchzuhalten, das war es, durchzuhalten.

Doch ich fand keine Ruhe. Irgend etwas war aus dem Lot, stimmte nicht. Dieser Geruch – ich öffnete die Augen und schnüffelte vorsichtig – dieser Geruch gehörte woanders hin, nicht an den Alderly Drive. Aber vielleicht war es mein eigener Geruch. Mein Haar und meine Kleider, meine Haut rochen nach Angst und Erschöpfung.

Paula brachte mir ein Tablett, auf dem eine Tasse und ein

Teller mit Keksen standen. »Du bist plötzlich so häuslich«, sagte ich lächelnd. »O Gott, ich muß dringend ein Bad nehmen.«
»Und ausruhen.«
Ausruhen, ja. Aber was war anders in diesen Räumen? »Paula, findest du, daß es hier komisch riecht?«
Sie zog die Nase kraus. »Nee, das mußt du dir einbilden. Du hat einiges hinter dir.«
Ich beschloß, ihr zu berichten, was ich alles hinter mir hatte. »Als du heute morgen mit Archie geredet hast, hat er dir da auch erzählt, daß er letzte Nacht versucht hat, mich umzubringen? Er kam in mein Zimmer und stellte das Gas an, und jetzt versucht er den Leuten einzureden, daß ich es selbst getan habe. Sogar der Arzt glaubt, daß es ein Selbstmordversuch war.«
Sie schüttelte mitfühlend den Kopf. Paula als Muttertier war ein neues Phänomen für mich. »Du mußt dich gräßlich fühlen«, sagte sie.
»Und es ist nicht das erstemal. Irgendwie hat er meine Mutter in den Irrsinn getrieben, und ich halte es für möglich, daß er auch Tante Frances umgebracht und es dann als Unfall dargestellt hat – oder Selbstmord. Und das alles, um sein Geheimnis zu bewahren. Und nun bin ich dran.«
»Versuch jetzt nicht daran zu denken. Vergiß es, bis es dir wieder bessergeht.«
»Ja«, erwiderte ich. »Vergessen ...« Das hätte auch Dring sagen können. Vergiß die schlechten Dinge, tu, als hätte es sie nie gegeben. Und jetzt hatte Dring ihren eigenen Ratschlag so lückenlos befolgt, daß sie ihr ganzes Leben mitsamt meiner Person aus ihrer Erinnerung gelöscht, mich ausgewischt hatte wie Kreide auf einer Schiefertafel. In ihrem Kopf gab es mich nicht mehr.
Vergessen ...

Plötzlich fürchtete ich mich und wollte mich nicht mehr in diesem einstmals vertrauten Raum aufhalten, der sich auf eine so schwer faßbare Art verändert hatte. »Ich lasse mir ein Bad ein«, sagte ich.

In dem kleinen vollgestopften Badezimmer fand ich zumindest die beruhigend vertrauten Dinge vor: die Grünlilie, die zuwenig Wasser hatte, die weißen Kacheln, den braunen Fleck unter dem Wasserhahn und die Art, wie das Wasser in die Wanne platschte, als wäre es furchtbar in Eile.

Ich schüttete großzügig duftende Zusätze in das dampfende Wasser und gönnte mir ein ausgedehntes Bad. Paula hatte mir einmal erklärt, daß Bäder deshalb so entspannend wirken, weil sie einen an den Aufenthalt in der Fruchtblase erinnern, und ich sann müßig darüber nach, ob ich die ersten Monate meines Lebens wohl in Fruchtwasser mit Rosenduft zugebracht hatte. Das war eine Frage, die mich nicht überforderte; und all die anderen, unerklärlichen Dinge, mit denen ich mich herumgeplagt hatte, konnten auch morgen, später geklärt werden, wenn mein Kopf nicht mehr hämmerte, wenn ich gegessen und in meinem gemütlichen alten Bett hier am Alderly Drive eine Nacht geschlafen hatte.

Ich blieb so lange in der Badewanne, bis meine Finger und Zehen zu schrumpeln begannen, und kletterte erst raus, als das Wasser lauwarm geworden war und Paula hereinschaute, um nachzusehen, ob ich nicht eingeschlafen und ertrunken war.

»Es gibt Pasta«, rief sie, als sie die Treppe hinunterlief. »Kohlehydrate sind das beste Mittel gegen Streß oder Schock.«

Noch nie hatte ich es als so wunderbar empfunden, daß sich jemand um mich kümmerte. Ich nahm mein altes Handtuch mit dem Rosenmuster von der Stange – Dring hatte

zwei davon im Ausverkauf für mich erstanden, als ich noch zur Schule ging –, und dabei fiel etwas Schimmerndes, Buntes zu Boden.
Ich drehte mich um, wollte es nicht sehen, trocknete mich sorgfältig ab, legte mir frische Kleider zurecht und zog sie an.
Dann blieb mir nichts anderes übrig, als ins Badezimmer zurückzugehen und das leuchtende Ding aufzuheben, das mich mit der Bösartigkeit einer Schlange neben der Badewanne erwartete.
Mein Magen schwamm vor Übelkeit, als ich das tödliche Etwas die Treppe hinuntertrug – aber diesmal war nicht Gas der Verursacher der Übelkeit, sondern schlagartige Einsicht.
Nun wußte ich, warum das Haus nicht mehr nach Zuhause roch, nun wußte ich, von wo das Unbehagen herrührte, das mich erfaßt hatte, als Paula mich am Arm nahm und ins Wohnzimmer führte.
Mit zitternden Knien, das Stück schimmernden Seidenstoff in Händen, ging ich in die Küche, wo Paula in einem Topf mit Tomatensoße rührte.
Sie schaute auf. »Fühlst du dich besser?« Und dann, als sie mein Gesicht sah: »Mary, um Himmels willen, was ist los?«
Die Worte kamen klar und hart heraus. »Warum hast du mich angelogen?«
Ihr Blick fiel auf die Seidenkrawatte in meiner Hand, und sie fluchte leise.
Ich sagte: »Er war letzte Nacht hier. Dieser Geruch, den ich nicht genau bestimmen konnte, kam von einer von Archies Zigarren. Du hast mir erzählt, er habe dich in der Stadt abgesetzt, weil ... du mich schon die ganze Zeit angelogen hast. Warst du mit ihm im Bett?«

Sie legte den Kochlöffel hin und tat einen Schritt auf mich zu, blieb dann aber doch stehen und sagte: »Hör zu, Mary, du bist jetzt aufgebracht, und ich verstehe schon, was du meinst, aber du mußt dich beruhigen und das alles mal vernünftig betrachten ...«

»Warst du mit ihm im Bett?«

»Was, zum Teufel, geht dich das überhaupt an? Und ich hab diese verfluchte englische Prüderei satt. Nein, ich war nicht mit ihm im Bett, aber ich habe mit ihm gebumst, auf der Couch dort drüben, und dann ...«

»Du hast mich angelogen.« (Wußte sie nicht, daß die Wahrheit das einzige war, das mir noch Halt gab?)

»Es war keine Lüge, Mary, keine wirkliche. Ich meine, ich wollte es dir irgendwann sagen, aber ich wußte, daß du es jetzt mißverstehen und dich aufregen würdest. Du warst in letzter Zeit überanstrengt, und ich habe versucht dich zu schützen, das war alles. Beruhige dich doch bloß.«

Beruhigen? Was war das? Der Schmerz in meinem Kopf, der Boden, der mir unter den Füßen wegrutschte, der kalte Wind, der jetzt sogar hier drinnen war und niemals aufhören würde ... »Du hast mir von Anfang an etwas vorgemacht. Du hast mir nie geglaubt.«

»Wir wollen dir helfen, Mary.«

»Hast du Archie alles erzählt?«

»Er macht sich auch Sorgen um dich. Ich habe ihm nur gesagt, daß du in letzter Zeit sehr angespannt warst und daß es zuviel für dich wird.«

»Aber hast du ihm alles erzählt?«

»Und als er erfuhr, daß du bei einem Psychiater warst, ohne jemandem davon zu erzählen ...«

»Was?«

»Du mußt dich dessen nicht schämen. Der Mann hat letzte Woche hier angerufen und wollte dich sprechen. Ich fand das sehr gut. Zu wissen, wann man Unterstützung braucht, und dann den Richtigen zu finden, ist völlig ...« Sie muß weitergeredet haben, weil ihr Mund auf und zu ging, aber ihre Worte wurden eins mit dem Schmerz und dem endlosen, lärmenden Pochen in meinen Ohren. Ich versuchte zu sprechen, aber mein Mund war ein riesiger Schlund geworden, und die Worte kamen mißgestaltet heraus, wie monströse Kinder.

»Hast ... du ... ihm ... alles ... erzählt?«

Ich konnte nicht weitersprechen. Das Dröhnen in meinem Kopf schien aus ihrem Mund zu kommen, diesem breiten, ekelhaft roten Mund mit den weißen und grauen Zähnen, und die Zunge hüpfte auf und ab, um idiotische Töne zu bilden, und der Speichel glänzte wie Schaum ...

Ich hielt mir die Ohren zu. Das Getöse und der Schmerz in meinem Kopf hatten sich vereint. Die Stimme war auch da, meine geheime Stimme, aber das Dröhnen des Hurrikans erstickte sie fast.

Ich wandte mich um und ging durch den Flur zur Haustür. Paula war die Ursache des entsetzlichen Lärms, und ich mußte ihr entkommen. Sie lief mir nach, versuchte mich aufzuhalten. Ich glaube, sie sagte: »Du kannst nicht fort, Mary, ich hab ihnen versprochen, dich hier zu behalten.« Aber ich war stärker als sie. In der Tür öffnete sie noch einmal den Mund, und das Geräusch, das herauskam, klang wie das einsame Jaulen des Windes in kahlem Geäst.

Ich stürzte hinaus. Ihre Stimme verfolgte mich wie ein verhallender Schrei. Die Kälte stach mir ins Gesicht, in die Hände.

Ich lief los.

Kein Platz für Gedanken, Fragen, Ängste. Kein Platz für Bilder von Archie, Paula oder Dring. Kein Platz für irgend etwas außer der gewaltigen Bemühung, einen Fuß vor den

anderen zu setzen und mich die Straße entlang zu bewegen, immer einen Fuß vor den anderen, und mich so weit wie möglich von diesem bösen Haus zu entfernen, diesem bösen Lärm, all das für immer hinter mir zu lassen.
Über alle Berge. (Aber wer war der Sohn des Rattenfängers?) Einige Straßen kamen mir irgendwie bekannt vor, andere gar nicht. Doch das spielte sowieso keine Rolle. Die Straßenlampen gingen allmählich an – bonbonrote Sonnen, die sich zunehmend orange verfärbten. Ein Himmel voller Sonnen, die die Farbe wechselten. Rote Sonnen, orange Sonnen. Ich betrachtete sie fasziniert. Warum waren die mir früher nicht aufgefallen? Pelz berührte meine Haut, und darüber tauchte das wütende Gesicht einer Frau auf, ihr Mund spuckte zornige Worte aus, aber ich verstand nicht, was sie sagte. Ich dachte, daß der Pelz vielleicht ein Haustier war, das sie besonders mochte, und ich bedauerte, daß ich ihm weh getan hatte ... aber es war auch grausam, es sich so um die Schultern zu legen.
Ich lief weiter.

Der Schmerz pochte noch in meinem Kopf, aber er berührte die Augen nicht mehr, und ich konnte klar sehen. Ich war Teil der Straße und betrachtete sie doch von oben. Die Menschen wuselten umher wie Ameisen. Die Straße mit ihren Häusern war eine riesige Termitenkolonie, in der sich emsige Punkte tummelten, und jeder hatte seinen eigenen Geruch, seine eigenen Sorgen, seine eigene Eile, war in seinen eigenen Kokon gehüllt. Und dennoch schauten sie alle gleich aus. Bleiche Gesichter in der winterlichen Abenddämmerung. Und dann sah ich ganz deutlich, daß sie keine Menschen waren, sondern Maden, und die ganze Stadt war ein schwärender Leichnam, und sie eilten auf dem verfaulenden Fleisch umher und saugten den Saft heraus.

Mir war kalt. Aber diese Kälte kam nicht von außen. Sie war in meine Knochen, mein Blut, meine Seele eingedrungen. Kalt und tot und ruhiggestellt. Doch es gab keine Ruhe mehr, nicht jetzt und nie wieder. Nur diese uferlose Kälte und das Pochen in meinem Kopf und der Wind der Angst, der sich nie mehr legen würde.
Etwas Glattes, Metallisches rammte mein Bein. Ein Auto hielt. Der Fahrer beugte sich aus dem Fenster, und seine Augen blickten zornig, aber aus seinem sich rasch bewegenden Mund kam nur das leise Rauschen, das man in einer Muschel hört, wenn man sie ans Ohr hält.
Madengesichter, die mich anstarrten. Dunkle Augen in kreidebleichen Gesichtern. Jemand versuchte meinen Arm zu packen. Umdrehen und wegrennen.
Geländer. Gras unter meinen Füßen, aufschauen und das hohe, weite Gewölbe des Himmels sehen, das durchzogen ist von den schwarzen Spuren der Bäume, ihren Ästen, wirren Adern. Hinaufschauen, hochspringen und befreit über der Erde schweben. Solch verletzliche Schönheit, dieses feine schwarze Muster vor dem dunklen Blau eines abendlichen Winterhimmels. Warum war mir nie zuvor aufgefallen, wie vollkommen, wie schmerzlich schön diese winterlichen Bäume waren? Langsam umschauen und alles in sich aufnehmen. Sich daran erinnern.
An etwas anderes erinnern ... Äste über mir und ein sanftes Wiegen. Die warme Sommerstimme hält mich unendlich behutsam fest. Ich bin geborgen. Mir ist nicht mehr kalt. Sonne scheint mir warm ins Gesicht. Es duftet nach Geißblatt und Jasmin. Doch dann schweigt die Stimme, verstummt und läßt mich los, läßt mich fallen. Ich stürze, stürze in die Unendlichkeit, die schwarzen Äste drehen sich und schwanken. Sie sind ausgestreckte Finger, die mich zerfetzen wollen.

Gras und Erde an meiner Wange. Feuchter Erdgeruch.
Worte, Hände.
Nein, laßt mich.
Fern, kannst du mich hören?
Nein, nein. Laßt mich in Ruhe.
Und dann die Worte, die durch die harte Kruste meiner Angst dringen: »Fern, hab keine Angst. Ich bin es, Adam, und ich glaube dir. Ich weiß, daß du die Wahrheit sagst.«

13

Erinnerungen verschwimmen und lösen sich auf, entstehen aufs neue, bilden sich heraus und zerfließen wieder im endlosen Traum dieser Nacht. Ich nahm kalte blaue Wände wahr, einen unpersönlichen Raum wie ein Hotelzimmer, aber ich erfuhr später, daß es sich um das Gästezimmer von Adam in Bristol handelte. Er muß gewußt haben, daß ich nicht zum Alderly Drive zurück, mich nicht Paulas falscher Fürsorge aussetzen konnte. »Ich habe ihnen versprochen, dich hierzubehalten.« Wem hatte sie das versprochen? Archie … Paula und das Haus gehörten nicht mehr zu mir. Archie hatte von beidem Besitz ergriffen.
Ich erinnere mich, daß das Zittern lange anhielt, daß der Schmerz immer noch mit harten Schlägen meinen Schädel traktierte. Und ich erinnere mich, daß Adam mich in den Armen hielt, meine Hände, Arme, meinen Rücken rieb, als wollte er mich wärmen, die Wärme in meinen Körper zurückrufen. Ich glaube, er fütterte mich, gab mir irgendwas Weiches, wie einem kranken Kind. Und immer war da seine Stimme, die mir versicherte, daß er mir glaubte, daß ich nicht verrückt war und es auch nie werden würde. Mein Kopf fühlte sich an, als würde er zerspringen, und er wollte einen Arzt rufen, aber ich hielt ihn davon ab. Keine Ärzte mehr. Nie wieder. Er gab mir Aspirin und streichelte mir übers Haar und geleitete mich behutsam zurück an die Ufer der Wirklichkeit.
Ich klammerte mich die ganze Nacht an ihn wie ein Ertrinkender, der im aufgewühlten Meer eine Planke zu fassen

bekommt. Seine Haut war warm und beruhigend und nährte mich. Irgendwann in der Stille dieser Nacht liebten wir uns. Er war überall um mich und in mir, und die sanften Berührungen seines Körpers waren wie die Liebkosungen einer Welle und befreiten mich von der Angst. Und danach schlief ich, ganz anders als vorher.

Als ich morgens aufwachte, spürte ich, noch ehe ich die Augen öffnete, daß Adams Arme mich umfaßten, daß seine Haut an meiner lag. Instinktiv erstarrte ich. Wieso hatte ich ihn die Festung meiner Einsamkeit erobern lassen?

Er schlug die Augen auf, war ganz nah bei mir, und sie lächelten mich an. »Fern?« murmelte er. »Guten Morgen, Fern.«

Ich drehte mich um, zu verwirrt, um seinen Gruß zu erwidern. Ich fühlte, wie er sich halb aufrichtete und den Kopf aufstützte.

»Wende dich jetzt nicht von mir ab«, hörte ich ihn leise sagen, und er strich mir zart mit dem Finger über die nackte Schulter, »es hat so lange dauert, bis ich dich gefunden habe.« Aber ich brachte immer noch keine Worte heraus.

»Vergiß nicht, Fern, ich glaube dir, jedes einzelne Wort. Ich glaube, daß Archie ein Betrüger ist, und ich glaube, daß er Schreckliches getan hat, um sein Geheimnis zu wahren. Ich glaube dir, Fern.«

»Aber wie kannst du das?«

Sein Mund berührte zärtlich meine Wange. »Das ist ganz leicht«, sagte er, und dann küßte er meine Stirn, meine Augen, meine Nasenspitze, all die Wegmarken meines Gesichts, und seine Küsse waren leicht und magisch wie Leuchtkäfer, und die Stellen, die von seinen Lippen berührt wurden, erglühten, als wären sie von der Sonne erwärmt. Ich drehte mich wieder zu ihm, und als ich in diese grauen

Augen mit den goldenen Sprenkeln blickte, spürte ich das Bedürfnis, mich von dem Grauen zu befreien, das mich so lange verfolgt hatte.

»Adam, du hast keine Ahnung ... ich dachte, ich werde ... wie meine Mutter. Ich dachte, ich sei verrückt.«

»Still, Fern«, sagte er ruhig. »Ich weiß. Quäl dich nicht mehr, du bist in Sicherheit.«

»In Sicherheit, ja.« Er konnte es nicht wissen, und wie sollte ich es je erklären, daß ich die Ereignisse des vergangenen Tages niemals völlig vergessen würde. Als ich aus dem Haus am Alderly Drive gestürzt war und mich in den feindseligen Straßen verloren hatte, hatte ich einen Moment lang in den schauerlichen schwarzen Abgrund geblickt, der den verletzlichen Kontakt meiner Mutter zur Wirklichkeit zerfetzt und verschlungen – und damit meine Welt für immer verändert hattc.

Wenn Adam mir nicht geglaubt hätte ... doch Adam glaubte mir.

Und nachdem ich zu guter Letzt überzeugt davon war, umschlang ich ihn und zog ihn an mich und erwiderte seine Liebe, und plötzlich spürte ich all die Einzelheiten unserer Körper. Ich fühlte mich wie ein Kind, das immer in einer kalten, menschenleeren Straße gelebt und manchmal von draußen in ein Haus geblickt hat, in dem die Leute gemeinsam lachten und es gut hatten. Seit jenem Morgen in dem fremden Bett in dem blauen Schlafzimmer habe ich die unterschiedlichsten Räume im Haus der Liebe betreten, habe gelernt, ihre zahlreichen Freuden zu empfangen, aber ich werde mein ganzes Leben lang nie diese ersten tastenden und wundersamen Schritte unter seinem Dach vergessen.

Später lagen wir eine Weile still da. Adam mag eingeschlafen sein, doch ich war hellwach und völlig entspannt. Ich dachte an das Vergangene und an das, was noch vor mir lag.

Nach einer Weile sagte Adam: »Ich wußte immer, daß wir gut füreinander sind, Fern. Warum hast du mir nicht früher vertraut? Wenn du mir nur früher alles berichtet hättest.«

»Ich wollte, Adam. Ich habe ein paarmal versucht, dich anzurufen. Ich hatte vor, dir alles zu erzählen, aber ich konnte dich nicht erreichen, und als Paula dann kam, habe ich mich ihr anvertraut.«

»Die allwissende Freud-Anhängerin.«

»Du mochtest sie nie, oder?«

»Nicht besonders. Sie ist nicht mein Typ. Ich glaube, sie erinnert mich unangenehm an Jane.«

In einem gemächlichen und gelassenen Gespräch, das typisch war für zwei Menschen, die sich träge und zufrieden in den Armen liegen, setzten wir die Ereignisse der letzten vierundzwanzig Stunden zusammen. Es stellte sich heraus, daß Paula Adam am Abend vorher angerufen hatte. Sie und Archie mußten etwa um sechs Uhr am Alderly Drive gewesen sein, und Archie ging ungefähr um zehn, und zu diesem Zeitpunkt rief sie Adam an. Zuerst verstand er den Grund ihres Anrufs gar nicht. »Sie kann einen verrückt machen mit ihrer Wirrheit, deine Freundin. Es dauerte eine Ewigkeit, bis ich kapierte, daß sie glaubte, du seist aufgrund der Anspannung endgültig übergeschnappt und hättest dir eine unglaubliche Geschichte über deinen Vater und *Doras Zimmer* zusammengereimt.«

»Aber die Geschichte *ist* unglaublich, Adam. Wieso hast du mir geglaubt?«

Er grinste. »Instinkt, nehme ich mal an, wahre Liebe, der siebte Sinn … Und Paulas pseudopsychologisches Gefasel von wegen Trauma und Projektion und solchem Zeug klang einfach nicht nach dir.«

»Was hat sie dir denn erzählt?«

Ich wünschte fast, ich hätte nicht gefragt. Paula zufolge sah die Geschichte so aus: Aufgrund meiner Kindheitstraumata hatte ich immer Schwierigkeiten mit meinen Ich-Grenzen gehabt (oder so was Ähnlichem), und dem Tod meiner Mutter, der alle Hoffnungen zunichte machte, daß sie sich erholen und mir eines Tages doch noch Mutter sein könnte, folgte so schnell die Konfrontation mit dem Erfolg meines Onkels und dem Mißerfolg meines Vaters, daß ich mir eine Variante der Ereignisse zurechtgelegt hatte, die meinen Vater besser dastehen ließ – und damit sich selbst. In meiner verzerrten Sichtweise des Geschehens wurde meinem Vater nicht nur das Meisterwerk seines Bruders, sondern auch die Liebe von dessen Frau zuteil. So hatte ich Archie zum Sündenbock für alles Negative in meinem Leben gemacht und projizierte schließlich sogar meine selbstzerstörerischen Impulse auf ihn, indem ich den Selbstmordversuch mit Gas in einen Mordversuch umwandelte.

»Hör auf!« Wenn ich noch mehr davon hören mußte, würde ich am Ende schließlich doch verrückt werden. »Das alles hat sie Archie erzählt?«

»Sie schwört, daß sie's nicht getan hat. Sie behauptet, sie hätte ihm nur gesagt, daß du unter großer Anspannung stehst und sie sich Sorgen macht, was deine psychische Verfassung betrifft. Und ich glaube eigentlich, daß das stimmt. Ein bißchen Sorge um dich war für ihre Belange völlig ausreichend.«

»Welche Belange?«

»An Archie ranzukommen natürlich. ›Ich glaube, wir müssen uns über Fern unterhalten‹ ist mal was Neues beim Anbaggern.«

Ich stöhnte. »O Adam, und ich habe ihr vertraut!« Mein Hals schmerzte dumpf.

»Ich weiß.« Er küßte mich zärtlich. »Wenn es dich tröstet, ich bin sicher, daß Paula nur das Beste für dich wollte. Daß dabei noch Archie für sie abfiel, war eine nette Beigabe.«
Grauen packte mich, und ich schauderte, doch Adam zog mich an sich und sagte mir wieder, ich sei in Sicherheit. Aber der kalte Wind der Außenwelt begann schon um unser verstecktes Lager zu pfeifen, die gewohnte Dringlichkeit, das Bestreben, die Wahrheit aufzudecken, verfolgte mich erneut.
»Ich frage mich, ob ich Dora jemals finden werde«, murmelte ich.
Adam runzelte die Stirn. Durch die Nähe war ich sensibilisiert, und ich spürte, wie er sich wappnete, vorsichtig wurde. »Du mußt damit leben, daß das sehr unwahrscheinlich ist, Fern. Selbst wenn sie wirklich eine real existierende Person war, kann sie längst tot sein oder ausgewandert oder unter anderem Namen leben. Du mußt aufhören, dich zu quälen, und die Vergangenheit hinter dir lassen.«
Aber die Suche war so lange Rettungsleine und Lebensinhalt für mich gewesen, daß ich sie nun nicht so einfach aufzugeben vermochte. »Ich hätte meine Mutter fragen können«, fuhr ich hartnäckig fort, »ich glaube, sie wußte es, und deshalb ... Dring sagte, es sei Archie gewesen, der sie in den Wahnsinn getrieben habe ...«
Meine Stimme verklang. Seit gestern konnte ich ermessen, was diese mörderischen Worte »in den Wahnsinn« bedeuteten.
Aber wie hatte er das getan?
Beiläufige Satzfetzen, verschüttete Erinnerungen, Stücke des Puzzles ... und als die Wahrheit wie eine eisige grüne Welle mein Hirn durchflutete, stöhnte ich laut und klammerte mich an Adam. »O nein!«
»Was ist los, Fern? Weinst du?«

»Ich weine nie.«
»Nie?«
Ich zitterte heftig. »So war es! So hat er es gemacht! Verstehst du nicht? Oh! Wie kann man so grausam sein!« Ich bemühte mich, ruhig zu bleiben. »Meine Mutter kam zurecht, das haben mir alle erzählt. Sie war offenbar erschüttert über den Tod meines Vaters, schaffte es aber irgendwie, damit zu leben. Ihre Welt brach nicht zusammen, bis zu dem Tag, als Archie vorbeikam, um die Dokumente meines Vaters zu ordnen – und zu diesem Zeitpunkt mußte er schon sämtliche Beweise für *Doras Zimmer* aus dem Weg schaffen. Und dann, als Dring und ich weg waren, erzählte er ihr alles.«
»Aber was denn?«
»Über die Affäre meines Vaters mit Tante Frances. Bis dahin wußte sie nichts davon. Damit nahm er ihr nun auch die Erinnerung, alles, woran sie geglaubt hatte. Ein stabilerer, flexiblerer Mensch hätte es vielleicht geschafft, das zu verarbeiten, aber für meine Mutter war das einfach zuviel.«
»Glaubst du wirklich, daß Archie das absichtlich getan hat?«
Ich nickte. »O ja! Hast du's nicht im Ohr, wie er es verteidigen würde? ›Warum sollte Louise davon verschont bleiben, mußte doch auch ich so viel Leid ertragen?‹ Ich bin sicher, daß er es ihr gesagt hat.«
Adam hielt mich ganz fest, aber das Zittern wollte nicht aufhören. »Er hat sie zerstört, Adam, er hat sie zerstört. Und dann hat er seine eigene Frau umgebracht.«
Adams Zuspruch war wenig tröstlich. »Vielleicht war das nicht nötig«, sagte er. »Wenn er Frances erzählt hat, was ihre Schwägerin schließlich in den Irrsinn getrieben hat, ist es kein Wunder, daß sich die arme Frau an allem die Schuld

gab. Wie dein Vater hat sie immer versucht, Louise zu schützen ...«
Wir umklammerten uns wortlos, doch die Wärme, das Gefühl, zusammenzugehören, war zerfallen. Nicht einmal hier konnte ich mich Archies Macht entziehen.
»Komm mit mir nach London«, sagte Adam, als er sich ankleidete.
Ja. Nein. Es war unerläßlich, Chatton Heights den Rücken zu kehren, das war mir nun klar, aber ich wollte es mit Würde tun, nicht einfach so davonlaufen. Ich mußte heute zurückkehren und meine Sachen holen – das Foto von meinem Vater als kleinem Jungen, auf dem er vor dem Fenster mit dem blühenden Rosenstrauch stand. Es durfte nicht in Archies Hände fallen. Ich mußte mich verabschieden, nicht von den Menschen, die nur Parasiten waren, sondern von dem monströsen, sonderlichen Haus, ihm wollte ich Lebewohl sagen. Ich versuchte es zu erklären, scheiterte aber kläglich.
Adam lächelte nur. »Dieser Ort zieht dich an wie ein Magnet. Woran liegt das?«
Ich zögerte. In seinen eindringlichen grauen Augen lag ein seltsamer Blick, als er zu mir heruntersah, halb lachend, halb liebevoll. Ich wagte es. »Ich höre eine Stimme.« Und dann, als seine Augenbrauen ungläubig zuckten, fügte ich rasch hinzu: »Es ist eine Stimme aus der Erinnerung, Adam, keine Stimme des Wahnsinns wie bei Jeanne d'Arc. Ich habe sie an jenem Nachmittag in Chatton Heights, als du Archie interviewt hast, zum erstenmal gehört. Ich glaube, daß sie etwas mit meinem Vater zu tun hat – und mit Dora. Hältst du das für möglich? Manchmal denke ich, ich habe sie als Kind gehört, und dann war sie quasi verschüttet in der Zeit, in der ich keinen Kontakt mit meiner Familie hatte. Verschüttet, aber nie ganz vergessen. Und jetzt ist sie wieder stärker geworden.«

»Was sagt sie?«
»Das ist das Problem, ich kann sie nicht verstehen. Adam, als ich sie zum erstenmal gehört habe, hab ich sie für ein Symptom des Wahnsinns gehalten, dachte, ich sei verrückt, wie meine Mutter. Aber nun bin ich sicher, daß es eine Erinnerung ist, etwas Kostbares, das sich aber noch entzieht.«
»Und hörst du sie jetzt?«
»Ganz schwach. In Chatton Heights ist sie immer am lautesten.«
Er hatte gespannt gelauscht; nun lächelte er, zog mich an sich und nahm mein Gesicht in seine warmen Hände. »Ich hätte nie gedacht«, sagte er, »daß so ein scheußliches Haus einen Sirenengesang von sich geben kann. Komm mit mir nach London. Ich habe heute nachmittag ein Interview mit einem amerikanischen Autor, das seit Wochen feststeht. Aber morgen könnten wir zusammen deine Sachen abholen.«
»Ich kann das auch alleine, Adam. Wenn ich heute hinfahre, habe ich's hinter mir.«
Er seufzte. »Du hast wieder diesen stählernen Blick. Ich versuch's gar nicht erst, dich umzustimmen. Möchtest du, daß ich mein Interview absage und dich begleite?«
Das wollte ich natürlich nicht. Aber als wir uns verabschiedeten und er mich zum letztenmal in die Arme nahm, hätte ich mich am liebsten an ihn geklammert und gesagt: Bleib bei mir, komm mit, laß mich nie wieder los.
Er schob mich fast grob von sich weg. »Und du willst es dir bestimmt nicht anders überlegen?«
Ich schüttelte den Kopf.
»Dann geh, in Gottes Namen. Wie du dich von einer Sekunde zur nächsten aus einer wild entschlossenen Person in eine schutzbedürftige verwandelst, macht mich einfach fertig. Da werd ich mich nie dran gewöhnen.«
»Heute abend bin ich in London.«

»Das will ich hoffen«, sagte er grimmig. »Und wenn du deine Meinung ändern solltest, komme ich morgen nach Chatton Heights und zerre dich dort weg, und auch tausend mysteriöse Stimmen werden mich nicht davon abhalten können.«

Auf dem Weg nach Long Chatton dachte ich daran, wie Adam die Stimme genannt hatte: Sirenengesang. Und die Klänge dieses Sirenengesangs wurden lauter und schmeichelnder, als ich die Landstraßen entlangfuhr, auf denen man von der Autobahn zum Dorf gelangte. Trotz meiner Erinnerung an die Gefahren empfand ich so etwas wie Vorfreude, als die Landschaft darauf hinwies, daß ich mich dem Haus meines Großvaters näherte. Zuerst tauchte der kamelförmige Hügel auf, dann der Kirchturm, der über den rotbraunen Dächern und Schornsteinen von Long Chatton aufragte, und erneut überkam mich diese Ahnung von einem bevorstehenden Ereignis, daß etwas geschehen würde. Die Stimme erhob sich jetzt wie ein warmer Sommerwind, manchmal schwächer, manchmal so nah, daß ich fast die einzelnen Worte greifen konnte.
Zuerst glaubte ich, ich hätte Visionen von den bevorstehenden Veränderungen, als ich am Fuße des Hügels ankam und nach Long Chatton hineinfuhr. Der Himmel war zinngrau, doch von einem merkwürdigen Leuchten. Bäume und Tiere rührten sich nicht, es regte sich kein Windhauch. Und dann, als ich zwischen den beiden Steinadlern hindurchkam und die von Lorbeer umrankte Auffahrt entlangfuhr, taumelten spielerisch die ersten zarten Schneeflocken auf meine Windschutzscheibe zu.

In der Halle stieß ich fast mit Mrs. Viney zusammen, die einen Wagen mit Käse und Kekse und einem köstlich duftenden Apfelauflauf zum Speisezimmer rollte. Ich sagte, ich habe schon gegessen, schaue aber später auf eine Tasse Kaffee bei ihr in der Küche herein, um mich zu verabschieden.

Mein Koffer war schnell gepackt. Selbst wenn ich hätte herumtrödeln wollen, hätte mich der Gasgestank, der noch im Raum hing, angetrieben. Ich sah mich zum letztenmal in dem spartanischen Zimmer um – Gracies Zimmer, das Zimmer meines Vaters, so unpersönlich und fern, wie es immer gewesen war. Es hatte mir nichts über sich erzählt.

Bedauern ist eine sinnlose Regung, und ich wußte, daß Dring sie gar nicht schätzte. Dennoch war es mir nicht möglich, mich gegen das überwältigende Gefühl von Scheitern und Versagen zur Wehr zu setzen, das mich erfaßte, als ich die Treppe zur Halle hinunterging und mich in dem immer noch scheußlichen, aber nun vertrauten Raum umblickte. Ich wußte, daß ich auf einiges stolz sein konnte. Ich hatte viel über meine Familie erfahren, sämtliche Attacken von Archie und Paula überlebt, sogar den Verlust von Dring durchgestanden. Ich hatte es gelernt, Adams Zuwendung anzunehmen und zu erwidern, ich hatte alles getan, was in meinen Kräften stand.

Aber es reichte nicht aus. Ich verließ Chatton Heights, obwohl viele Fragen noch offen waren und Archie sich auch weiterhin in seinem Lügengespinst in Sicherheit wähnen konnte.

Die Suche nach Dora hatte an verschiedenen Stellen ins Nichts geführt. Ich beschloß, noch einmal in jenen Teil des Gartens zu gehen, in dem meine geheime Stimme am stärksten gewesen war – zum Sommerhaus und der Lichtung im Gesträuch, wo einst die Schaukel an der alten Steineiche gehangen hatte.

Der Schnee fiel seltsam zerstreut und ließ sich nicht nieder,

sondern löste sich auf, sobald er den Boden berührte. Ich überquerte den Kiesplatz und die großen Rasenflächen und schlug den Weg durchs Gebüsch ein.
Verwunschen wie das Dornröschenschloß, bedrängt von Ranken, starrte mich das Sommerhaus aus spinnwebblinden Augen an. Und doch kann es vor Jahren, als mein Vater noch ein kleiner Junge war und die Bäume und Sträucher es noch als Sprößlinge umgaben, kaum ein schöneres Plätzchen gegeben haben, um einen Sommernachmittag zu verträumen.
Ich drehte den Türknauf und versuchte die Tür zu öffnen, aber entweder war sie abgeschlossen oder durch Feuchtigkeit so verzogen, daß sie klemmte. Ich zögerte nur einen Moment, dann warf ich mich mit meinem ganzen Gewicht dagegen.
Und das Sommerhaus bewegte sich.
Ich sprang zurück, so verblüfft, als hätte das Haus plötzlich zu mir gesprochen. Hatte ich mir das eingebildet? Einen Moment wurde mir flau. Forderten Schock und Niederlage jetzt doch ihren Preis, und ich hatte Halluzinationen? Vorsichtig lehnte ich mich erneut mit meinem ganzen Gewicht gegen die Ecke des Hauses und drückte.
Ächzend drehte es sich ein paar Grad auf seiner Achse.
Ich war so erleichtert, als ich feststellte, daß meine Sinne mich nicht trogen, als ich das Geheimnis des Hauses entdeckte, daß ich lachen mußte. Unter jeder Ecke befand sich ein Rad, und diese Räder liefen auf einer kreisförmigen Schiene. Bevor Baumwurzeln und Efeu das Metall überwuchert hatten, war es möglich gewesen, das Sommerhaus entsprechend dem Verlauf der Sonne einmal im Kreis zu drehen.
Doch die Tür wollte noch immer nicht aufgehen. Ich beschloß, daß es nicht wichtig war. Bestimmt blickte man

durch die staubigen Fenster nur auf ein Gewirr aus Unterholz und Blättern. Wenn ich wissen wollte, was mein Vater damals von hier aus sehen konnte, mußte ich aufs Dach steigen.
Warum war ich darauf nicht früher gekommen? Aufgeregt schaute ich mich nach etwas zum Hochklettern um. Seitlich des Hauses befanden sich zwei dicke Äste, und als ich hinaufkletterte und mich von dort aus aufs Dach schwang, fiel mir auf, daß es sich um die untersten Äste der Steineiche handelte.
Dann war ich auf dem Dach, und ich vergaß alles andere über dem Freudentaumel, in den ich geriet. Von hier aus hatte man eine großartige Aussicht. Da war der kamelförmige Hügel und ein Teil des Kirchturms sowie ein beachtlicher Teil von der Kastanie am Dorfteich. Wenn ich noch ein wenig höher kletterte, konnte ich vielleicht den Teich selbst sehen.
Ich kroch sehr vorsichtig auf den höchsten Punkt des Daches und wünschte, ich hätte Handschuhe angezogen, denn meine Finger waren schon klamm vor Kälte. Doch auch hier war ich nicht hoch genug. Vielleicht, wenn ich …
Ein Ast zog sich fast über das ganze Dach des Sommerhauses, und ich packte ihn und richtete mich behutsam auf. Von hier aus konnte man bestimmt …
Eine Bewegung im Gebüsch unter mir lenkte mich für einen Moment ab; im nächsten spürte ich, wie mir der Ast aus den Händen rutschte, als zöge der Baum sich zurück, meine Füße verloren den Halt, der Himmel kippte, und ich stürzte zwischen den Ästen hindurch zu Boden. Ich hörte, wie mein erschrockener Schrei die Stille zerriß, und eine aufgescheuchte Amsel antwortete, ein Echo meines Schreckens.
Ich erinnere mich, daß ich versuchte, mich an allem festzu-

halten, was meinen Fall bremsen konnte – dem Dach, Zweigen, Ästen, Blättern … dann war da nur noch Luft, und der Boden erhob sich und prallte auf mich.
Ich war außer Atem vor Schreck. Vielleicht war ich kurz ohnmächtig, aber ich glaube eher nicht. Der schneenasse Boden war sehr kalt an meiner Wange und meinen zerschundenen, blutenden Fingern.
Ich setzte mich langsam auf. Dem Himmel sei Dank, dachte ich, als ich mich umschaute und feststellte, daß Bäume, das Sommerhaus und alles andere sich wieder an ihren angestammten Plätzen befanden. So ein Glück, nichts war passiert. Plötzlich, vielleicht infolge des Schocks, bemerkte ich, daß ich fror. Ich stand auf – und klappte mit einem Schmerzensschrei zusammen. Es fühlte sich an, als schnitte jemand mit einem glühenden Messer in meinen Knöchel.
Sei nicht albern, sagte ich mir, das kann bloß verstaucht sein. Aber beim zweiten Aufrichten versuchte ich nur den linken Fuß zu belasten. Dennoch war der Schmerz so stark, als ich den Weg aus dem Gebüsch entlanghumpelte, daß ich die Kälte ganz vergaß, und als ich die Rasenfläche erreichte, schwitzte ich vor Anstrengung.
»Hilfe!« schrie ich, aber das Echo meiner Stimme in dem riesigen leeren Garten war wenig ermutigend.
Nachdem ich ein paar Schritte auf dem Rasen getan hatte, erschien Hilfe, unerwarteterweise in Form meines Cousins und seiner beiden Hunde.
»Himmel, Fern, wie hast du dich denn jetzt zugerichtet?«
Ich erklärte es, so gut ich konnte, während Gerald mich um die Taille packte. Ich hüpfte neben ihm her, bis er mit einem Grinsen sagte: »Du bist so dürr, daß wir schneller vorwärtskommen, wenn ich dich trage. Sag Bescheid, wenn es weh tut.«
In dem Moment, als Gerald mich auf die Arme nahm, sah

ich, wie Archies Rover zwischen den schneegesprenkelten Lorbeerbüschen verschwand.
Gerald setzte mich auf einem der großen Ledersofas im Salon ab, schürte das Feuer, daß es aufloderte, wies Mrs. Viney an, mir eine Kanne Tee zu machen, und ging dann hinaus, um den Arzt anzurufen. Ich fragte mich, ob er eine Schwäche für weibliche Wesen mit lädierten Knöcheln hatte oder ob seine gute Laune vom Vortag wahrhaftig noch anhielt.
Als er zurückkam, sagte er munter: »Der Arzt macht Hausbesuche, aber wenn ich dich in einer Stunde zu seiner Praxis fahre, schaut er dort nach dir.«
»Dr. Collings?«
»Nein. Der hat heute offenbar Dienst im Krankenhaus. Sein Partner, Dr. Fletcher.«
»Wo ist Archie?«
Gerald kaute an seinem Daumen. »Der kommt erst morgen früh wieder. Macht mit einer neuen Frau rum, die sich ihm an den Hals geworfen hat. Alter Perverser – ich hoffe, er holt sich AIDS.«
Mrs. Viney brachte mir Tee und herrliche Sandwiches und schüttelte sorgenvoll den Kopf wegen des Knöchels. Sie legte mir Kissen unter die Schultern und holte Aspirin gegen den Schmerz. Nachdem sie und Gerald das Zimmer verlassen hatten, legte ich mich zurück, starrte ins Feuer und versuchte mich zu sammeln – wortwörtlich, denn ich fühlte mich, als wäre ich durch die aufwühlenden Ereignisse der letzten Tage völlig durcheinander. Erschöpfung – es war so ermüdend, klar zu denken. Eine Reihe von Bildern trieb mir durch den Kopf, wie wenn ein Bilderbuch an bestimmten Stellen aufklappt: Archies Wagen, der zwischen den Lorbeerbüschen verschwand; seine sorgfältig manikürte Hand, die Paulas lodernden Haarschopf koste;

das Katerlächeln, wenn er wohlwollend amüsiert die Mundwinkel hochzog; der Moment, als ich vom Dach des Sommerhauses glitt und die Amsel aufflog und Gefahr verkündete ... Archies Wagen, der zwischen den Lorbeerbüschen verschwand.

Es war nun so offensichtlich, daß ich trotz allem lächelte. Er mußte mir ins Gebüsch gefolgt sein und seine Chance erkannt haben. Er hatte sich gegen das Sommerhaus geworfen, damit es sich drehte, und war dann so unbemerkt verschwunden, wie er erschienen war ... und nach Bristol gefahren.

Ich konnte von Glück sagen, daß ich mit einem verstauchten oder gebrochenen Knöchel davongekommen war. Bei einem Sturz aus solcher Höhe hätte ich ... aber mein Hirn weigerte sich, sich die Folgen auszumalen.

Ein bitterer Geschmack von Versagen blieb in meinem Mund zurück. Archie hatte mich nicht umgebracht, aber er hatte gesiegt. Ich verließ Chatton Heights, ohne Doras Geheimnis und ihr verborgenes Zimmer entdeckt zu haben.

Kaum etwas ist so ermüdend wie eine Niederlage.

Die Flammen züngelten um die Holzscheite im Kamin, mein Knöchel pochte vor Schmerz, die mysteriöse Stimme schwirrte mir im Kopf herum, flüsterte mir Botschaften zu, die so wortlos und tröstlich waren wie der Wind ... Wenn ich nur schlafen könnte, den Schmerz vergessen, die Niederlage vergessen.

Gerald weckte mich, als wir losfahren mußten. Er legte mir den Arm um die Taille, und ich hüpfte halbwegs geschickt zur Hintertür, wo uns der cremefarbene Daimler erwartete, an dem er so lange gebastelt hatte.

»Ist das nicht ein Traum?« Gerald klang beinahe ehrfürchtig, als er das Resultat seiner Arbeit begutachtete. »Und er läuft so ruhig, daß man kaum merkt, daß du fährst.«

Ich verstand nicht viel von Autos, aber sogar ich merkte, daß dieser Wagen etwas Besonderes war. Sowie ich mich hineinsetzte, fühlte ich mich von Luxus umgeben: Nußbaumholz am Armaturenbrett, beige Ledersitze, Raum und Komfort. Dieses Auto erinnerte an eine Zeit, als ein »Automobil« Privileg weniger Reicher war. Ich war so beeindruckt von dem Wagen, daß ich Gerald für einige Momente ganz vergaß. Wenn man mich vorher gefragt hätte, hätte ich wohl geantwortet, daß ich ihn für einen aggressiven Fahrer halte, der an seinen Nägeln kaue und den anderen Verkehrsteilnehmern Verwünschungen hinterherschreie. Doch nichts dergleichen traf ein. Er fuhr so achtsam, als hätte er eine Ladung seltener Vogeleier im Fond. Er war eins mit seinem Auto, so wie erstklassige Reiter eins mit ihren Pferden sind. Zum erstenmal, seit ich ihm begegnet war, wirkte er beinahe heiter auf mich.

Ich dachte immer noch über diese verblüffende Seite von Gerald nach, während der Arzt meinen Knöchel abtastete und verkündete, er sei nur verstaucht, nicht gebrochen. Er verband ihn und riet mir, leichte Schmerzmittel zu nehmen. Er wirkte forsch und tüchtig, und ich nahm an, daß er die Notizen seines Kollegen über meinen »Selbstmordversuch« nicht gelesen hatte.

Als ich in das Schneetreiben hinaustrat, lehnte Gerald wie ein geduldiger Chauffeur mit überkreuzten Beinen an seinem Wagen. Ich wartete fast darauf, daß er seine Mütze lüftete (aber er trug keine), als er mir beim Einsteigen half.

»Wie lautet das Urteil?« fragte er.

»Zum Glück nur verstaucht.«

Wir fuhren in einer Art einvernehmlichem Schweigen nach Chatton Heights zurück. Ich spürte, daß er gerne noch weitergefahren wäre, und als wir in der alten Re-

mise anhielten, sagte ich: »Danke, Gerald, das hat wirklich Spaß gemacht.«
Er strich zärtlich über das Lenkrad. »Autos sind wunderbare Geräte«, murmelte er, »sie lassen einen nie im Stich.«
Im Gegensatz zu Menschen ...
Einen Moment lang empfand ich beinahe Mitleid mit ihm.
»Du fährst sehr gut.«
»Ja, ich weiß.« Und dann lächelte er, und mir fiel auf, daß ich ihn nie zuvor hatte lächeln sehen. »Das ist Talent ...«
Das zögernde, fast ängstliche Lächeln lag noch immer auf seinem Gesicht. »Millers Oldtimer«, sagte er, »das besondere Auto für die besondere Gelegenheit. Man könnte sich allmählich einen Wagenpark aufbauen, etwas daraus machen. Einen Morgan, einen Bentley. Nur handverlesene Fahrer. Im Sommer weiße Uniformen.«
»Das ist eine tolle Idee«, sagte ich. »Sobald das Geld unseres Großvaters gerecht verteilt ist, steht dem nichts mehr im Wege.«
Er zuckte mit den Schultern. »Ein bißchen armselig, oder? ›Mein Sohn, der Taxifahrer.‹ Jeder dumme Bauer kann Auto fahren, da gehört nicht viel dazu, was? Bißchen mager für den Sohn eines Genies, was meinst du?«
»Wenn du deinen Teil des Geldes bekommst, mußt du entscheiden, wie du es nutzen willst, und zwar ohne dich um Archie oder sonst jemanden zu kümmern. Es gehört dann dir.«
Er blickte mich aufmerksam an, und er sah weniger ängstlich und mißtrauisch, sondern beinahe freundlich aus. »Und du willst das Testament wirklich ändern lassen, wie? Zuerst habe ich es nicht geglaubt, aber ... du bist anders als der Rest der Familie. Da muß man sich erst dran gewöhnen.« Und dann lachte er. »Du mußt verrückt sein.«
Und vielleicht zum erstenmal in meinem Leben blieb ich von einer solchen Bemerkung gänzlich unberührt.

Ein leichter Wind hatte eingesetzt, und er jagte Schneeflocken in Wirbeln und Kreisen durch die Dämmerung, die wegen des verhangenen Himmels früh hereinbrach.
Ich erwog meine nächsten Schritte. Ich konnte nicht fahren (über meinen dick bandagierten Knöchel paßte kein Schuh mehr). Archie war weg und wurde heute nacht nicht zurückerwartet. Tillie brachte mir Tee und frischgebackene Hörnchen und bestätigte mir auf meine Frage hin, daß man das Schlafzimmer meines Großvaters von innen zuschließen könne.
Trotz allem, was vorgefallen war, war es ratsam, noch eine Nacht in Chatton Heights zu bleiben.
Mehrere Versuche, Adam zu erreichen, schlugen fehl. Sein amerikanischer Autor schien mehr Zeit in Anspruch zu nehmen, als vorgesehen; vielleicht hatten sie beschlossen, zusammen zu Abend zu essen.
Ich nahm das Abendessen mit Tillie ein, was hieß, quasi alleine. Sie antwortete nicht auf meine Fragen, und wenn sie etwas sagte, schienen ihre Worte aus einem unterirdischen Gedankenfluß aufzutauchen, der in keinerlei Verbindung mit der Realität stand. Ich fragte mich, welch absonderlicher Logik es zu verdanken war, daß man meine Mutter eingesperrt hatte, Tillie dagegen nach Belieben in diesem traurigen alten Haus umherhuschen konnte, das sie schon kannte, als sie noch jünger und schöner war.
Wir aßen in der Küche und rückten unsere Stühle näher an den Herd, um uns zu wärmen. Vor dem Fenster wirbelten in wilden Böen und rätselhaften Spiralen die Schneeflocken durch die Luft. Bei dem Gedanken, daß ich wegen eines Schneesturms in Chatton Heights festsitzen könnte, wurde ich kurz von Panik erfaßt (einer ähnlichen Panik, wie ich sie anläßlich meines ersten Besuchs hier erlebt hatte), doch mein Verstand versicherte mir, daß ich, falls es notwendig

sein sollte, am nächsten Morgen zu Fuß ins Dorf gehen konnte. Und außerdem war schon ein gewaltigerer Schneesturm vonnöten, um die Straßen unbefahrbar zu machen.
Am nächsten Morgen ... da war wieder die Stimme, ungreifbar wie die Schneeflocken, die sich auf dem Efeu vor dem Fenster niederließen, das vertraute Summen gespannter Erwartung. Irgendwo tief in mir gab es einen Teil, der nicht von hier weggehen wollte. Noch nicht ... nicht ohne Dora.
Gegen zehn rief Adam an. Erst schimpfte er ein wenig, dann wandelte sich sein Drängen in Besorgnis, als ich ihm erzählte, ich sei gestürzt und habe mir den Knöchel verstaucht. »Aber ich verspreche dir, daß ich morgen früh abfahre«, sagte ich, und ich sah fast sein Grinsen vor mir, als er erwiderte: »Worauf du wetten kannst, Fern Miller, und damit das auch ganz sicher ist, beabsichtige ich, dich morgen früh dort abzuholen. Halte dich bereit.«
Seine Stimme war so beruhigend, daß die Gewißheit unseres Wiedersehens wie ein Schutzmantel auf mich wirkte, als ich die breite Treppe zum Zimmer meines Großvaters hinaufging. Durch den Wind und den Schnee war das Haus völlig ausgekühlt, und auch in diesem Zimmer war es bitter kalt. Tillie brachte mir einen Elektroofen und eine Wärmflasche und zog sich dann in ihr gemütliches Zimmer zu ihrem Fernseher zurück.
Ich würde eine Nacht im Schlafzimmer meines Großvaters zubringen, und der Gedanke machte mir nichts mehr aus. Ich setzte mich auf die große gewölbte Truhe am Fußende des Bettes und schaute mich um. Es war nur noch ein scheußliches Zimmer für mich, in dem ein alter Mann gestorben war. Und seine Macht, dessen war ich gewiß, war mit ihm gestorben.

Ich hatte mich ausgezogen und wollte gerade zu Bett gehen, als ich hörte, wie draußen ein Wagen vorfuhr. Durch den dichten Schnee konnte ich nicht erkennen, um was für ein Auto es sich handelte. War es Gerald, der vom Pub zurückkam? Oder Archie ...? Plötzlich schlug mein Herz heftig, als ich den Schlüssel im Schloß umdrehte.

Der Wagen wurde hinter dem Haus gewendet, und der Motor verstummte. Ich hörte nur noch das Heulen des Windes in den Ästen. Die Stille des Hauses war bedrohlicher als jedes Geräusch.

Dann ertönten Schritte auf der Treppe. Ich stieg in das riesige Bett und wünschte, ich schliefe schon. Mach kein Theater, sagte ich mir, wer es auch ist, er wird vorbeigehen.

Schwere Schritte, die Schritte eines Mannes, und sie hielten vor meiner Tür an.

»Fern?« Archies Stimme.

»Was gibt es?« Mein Hals war wie zugeschnürt.

»Kann ich hereinkommen?«

»Nein. Ich war kurz vorm Einschlafen.«

Ich hörte, wie sich der Türknauf drehte, wie er an der Tür rüttelte.

»Du hast abgeschlossen.«

»Überrascht dich das?«

Stille, dann war ein seltsames Geräusch zu hören. Es dauerte einen Moment, bis ich begriffen hatte, daß dieser unheimliche Laut Archies Gelächter war.

»So, du glaubt also wirklich, dein mörderischer Onkel ist hinter dir her. Womit bin ich wohl diesmal bewaffnet? Mit einem Messer oder einem Gewehr? Einer Machete? Oder vielleicht mit einem dieser Spieße aus der Halle?« Wieder das Lachen. »Der Spieß wäre wohl am dramatischsten. Ich sollte dich zu deiner blühenden Phantasie beglückwünschen. Zu deinen kranken Wahnvorstellungen.«

»Geh weg!« Mein Befehl klang hoffnungslos kindisch und unsinnig. Einen kurzen lächerlichen Moment lang erinnerte ich mich an ein Bilderbuch aus meiner Kindheit. Da sitzt ein ängstliches Ferkel in roten Breeches in seinem kleinen Häuschen, und draußen streift, geifernd vor Hunger, der große böse Wolf herum. Aber waren die Wände des Schlafzimmers aus Ziegeln oder aus Stroh?
Ich hörte, wie er sich einen der verzierten Stühle heranzog, die im Flur standen, und es sich direkt vor meiner Tür bequem machte. »Tillie hat mir gerade die unterhaltsame Geschichte erzählt, wie du versucht hast, vom Dach des Sommerhauses aus das Fliegen zu lernen. Ich wage zu behaupten, daß du in deinem irren Köpfchen für dieses Unheil – wie für alle anderen – den bösen Onkel Archie verantwortlich machst.« Er hielt inne, wie um eine Reaktion abzuwarten, und sprach dann in diesem unterschwellig drohenden Ton weiter, der beängstigender war, als wenn er geschrien oder vor Wut getobt hätte. »Ich kann mir denken, was du dort zu suchen hattest ... Du willst es mir nicht sagen? Doras Zimmer, nicht wahr? Armes, minderbemitteltes Wesen, das du bist, glaubst du wirklich, daß ich mir von allen Zimmern des Hauses ausgerechnet das blöde Sommerhaus ausgesucht hätte, um mir dort auf dem Dach die Eier abzufrieren?« Wieder Gelächter, und diesmal klang seine Belustigung erschreckend echt. »O Fern, arme Fern, was sollen wir nur mit dir tun? Du bist vielleicht noch keine ausgewachsene Irre wie Louise, aber du machst schnell Fortschritte. Ich bin sicher, du wirst es schaffen. Du solltest mich wirklich reinlassen, damit wir das wie zwei vernünftige Menschen besprechen können.«
»Es gibt nichts zu besprechen.«
»Borderline-Psychose nennt es deine liebe Freundin Paula.«

Paula?

»Sie glaubt, daß du mit einer vernünftigen Behandlung eines Tages wieder in Ordnung kommen könntest, aber ich bin mir da nicht so sicher. Ich habe das schon mal miterlebt, weißt du. Das gute Kind war äußerst gesprächsbereit heute abend. Wußtest du, daß sie Psychologie studiert hat?«

»Was hat sie dir gesagt?«

»Alles, liebe Fern, absolut alles. Deine ganzen schlimmen Anklagen gegenüber deinem armen Onkel. Ich glaube wirklich, für deine Freundin Paula hat heute die Erde gebebt, jedenfalls war ihre Zunge bemerkenswert gelöst. Sehr unterhaltsam, die ganze Angelegenheit.«

Ich sagte nichts, saß nur starr da und wünschte, er würde mich in Ruhe lassen.

Nach einem kurzen Schweigen sagte er: »Dr. Collins wird morgen früh vorbeikommen, um sich deinen Knöchel anzusehen. Er ist ein alter Freund von mir, und ich habe die Absicht, ihm deine Wahnvorstellungen in vollem Ausmaß zu schildern. Oder möchtest du das vielleicht selbst tun? Ich bin sicher, er wird die Angelegenheit faszinierend finden. Ich kann mich noch erinnern, daß ihn das wirre Gerede deiner Mutter auch beeindruckt hat.«

»Wie kannst du es wagen, so über meine Mutter zu sprechen, nach allem, was du ihr angetan hast!« Ich stieg aus dem Bett und tappte zur Tür.

Seine Stimme kam näher, als preßte er sein Gesicht an die Tür, die uns trennte. »Laß mich rein, Fern.«

»Geh weg!«

»Ich kann dir immer noch helfen, Fern. Ich wollte mich um deine Mutter kümmern, ich habe es versucht, aber die dumme Kuh hat ihre Chance verpatzt. Die arme Louise war frigide, wußtest du das? So ähnlich wie du. Jetzt sei ein braves Mädchen, und mach auf …«

»Du kannst dir alles Weitere sparen!« Meine Stimme bebte vor Ekel. »Geh weg, und laß mich in Frieden.«
»Nun wirst du wohl hysterisch, wie?« In seiner Stimme trat die Grausamkeit jetzt offen zutage. »Was machst du nun, einen Anfall kriegen? Mit Schaum vorm Mund? In Ordnung, ich gehe, vorerst. Aber vergiß nicht, du armes, irres, überhebliches Biest, du kriegst von mir gerade so viel Leine, daß du dich damit erhängen kannst, mehr nicht.«
Und danach hörte ich das Scharren des Stuhls und seine Schritte, die sich in der endlosen Stille des Hauses verloren.

Ich zog die Daunendecke vom Bett, wickelte sie mir um die Schultern und bereitete mich darauf vor, den Morgen abzuwarten. An Schlaf war nicht mehr zu denken. Und während ich, in meine Decke gehüllt, am Fenster saß, spielte sich draußen ein Drama ab, das so heftig und rasend war wie der Aufruhr in mir.
Der Wind nahm stetig zu, und die Bäume am Rande des Gartens bogen sich im Sturm. Der Schneefall hatte nachgelassen, die dichte Wolkendecke brach auf – und enthüllte den Mond, der voll und rein und unberührt am Himmel stand, und ich blickte staunend und fast angstvoll zu ihm auf.
Der Mond war seit langem ein Symbol für Weisheit wie auch für Wahnsinn. Aber was hatte mich in diesen verschlossenen, einsamen Raum gebracht – Weisheit oder Wahnsinn? Oder war die Grenze dazwischen vielleicht fließender, als ich ahnte? Vom Fenster des Zimmers meines Großvaters aus war der Blick auf den silbrigen, von Schnee glänzenden Garten beinahe schmerzhaft schön. Die Schatten des Mondes tanzten auf dem schneebedeckten Kies und Rasen; dann trieb der Wind die Wolken wieder vor den Mond und erstickte seinen Schein.

Und ich dachte nicht an Archie oder meine Mutter, nicht einmal an den kommenden Tag und meine Abreise mit Adam, sondern an meinen Großvater. Wenn es wahr ist, daß die Bewohner eines Hauses auch nach ihrem Tode noch die Stimmung der Räume prägen, dann mußte ich mich angesichts der trostlosen Pracht dieses Zimmers fragen, was sich hinter der Tyrannei des alten Everett verborgen hatte. Ich würde es niemals erfahren, aber in jener Nacht, als ich dort alleine war und der Wind und der Schnee und das Mondlicht draußen eine seltsame Magie erzeugten, fühlte ich mich seinem Geheimnis nah.

Irgendwann muß ich eingenickt sein. Ich träumte, ich wäre ganz in Weiß gekleidet und befände mich in einer riesigen Menschenmenge. Die Gesichter kannte ich alle, und man brandmarkte meinen Knöchel mit einem glühenden Brandeisen, prägte mir ein Symbol für Wahnsinn ein.

Ich erwachte durch einen Lärm, der so ohrenbetäubend war, daß ich glaubte, das Dach sei eingestürzt oder Archie hätte die Tür eingeschlagen und würde in mein Zimmer stürmen ... Ich zog mir die Decke fester um die Schultern und wollte gerade zum Lichtschalter humpeln, als mein Blick durchs Fenster fiel. Ich erstarrte.

Der Nachthimmel war weiter geworden.

Das war's, dachte ich. Archie hat recht, ich bin verrückt. Wie kann der Himmel weiter werden?

Die Wolken gaben den Mond frei, und es war so klar und hell draußen wie am Tag. Dann sah ich etwas Rechteckiges, Weißes im Gebüsch. Wie ein im Sturm gestrandetes Schiff ragte zwischen den Bäumen das Sommerhaus auf.

Und die Steineiche war verschwunden.

14

Als die Sonne über dem kamelförmigen Hügel am Horizont aufging, enthüllte sie eine in zweierlei Hinsicht veränderte Landschaft. Die Aussicht vom Schlafzimmer meines Großvaters schien sich geweitet zu haben, während die Welt im Schlummer lag. Durch den Fall der Steineiche war der Himmel weiter geworden, und die Dimensionen waren geschrumpft. Das umgekippte Sommerhaus sah aus, als hätte ein gelangweiltes Riesenkind es beiseite geschleudert. Die Lorbeerbüsche und Rasenflächen, die Felder und Wiesen in der Ferne und die eckigen Dächer von Long Chatton waren mit einer blendend weißen Schneeschicht bedeckt.

Ich verlor keine Zeit, schloß die Tür auf und ging leise die Treppe hinunter. Erleichtert stellte ich fest, daß mein Knöchel zwar noch weh tat, mich aber nicht am Laufen hinderte, so daß ich auch Auto fahren konnte. Der Fuß paßte noch immer in keinen Schuh, aber Gummistiefel taten es auch.

Ich humpelte in den Garten hinaus.

Eine vom Sturm verwüstete Landschaft hat, fand ich, stets etwas Aufregendes, trotz der angerichteten Zerstörung. Die Steineiche war wie ein gefällter Goliath durch das Gestrüpp gestürzt und hatte das auf ihren Wurzeln erbaute Sommerhaus mitgerissen. Über dem Lorbeer ragten die riesigen Wurzeln des Baumes empor, die sich noch an die Metallschienen klammerten, auf denen das Sommerhaus geruht hatte.

Ich ging langsam, nicht nur wegen meines schmerzenden

Knöchels, sondern auch, weil mich die Tatsache, daß ein einziger Sturm in einer Nacht solche gewaltigen Veränderungen hervorrufen konnte, mit einer gewissen Ehrfurcht erfüllte. Im Näherkommen hielt ich inne. Ich hatte nicht erwartet, daß so früh schon jemand unterwegs sein würde, aber Gemurmel aus dem Gebüsch belehrte mich eines Besseren.

Doch mein Ärger darüber, daß schon vor mir jemand hier war, verflog, als ich sah, daß es sich um Tom Page handelte. Wie immer war der alte Mann völlig unzulänglich gekleidet, wirkte in seiner dünnen, weißen Jacke wie eine Vogelscheuche, und seine Nase und seine Ohren liefen in der Kälte rosa an. Er nahm mein Eintreffen mit einem kurzen Nicken zur Kenntnis und fuhr fort, ärgerlich vor sich hin zu murmeln: »Ich hab ihnen gesagt, daß das passieren würde, aber es wollte ja keiner hören. Der Schnee war zu schwer, keine Chance bei dem Sturm ...«

Ich fragte dazwischen: »War die Steineiche nicht der älteste Baum im Garten?«

Er stocherte mit einem Spazierstock in den Blättern und Ästen herum und schien meine Frage nicht gehört zu haben. »Wie wenn einer stirbt«, murmelte er, »genau wie wenn ein alter Freund stirbt. Als Junge bin ich da hochgeklettert, bis ganz oben. Und jetzt ist sie einfach weg.« Und ich fragte mich, ob das Glitzern in seinen alten blauen Augen vielleicht von Tränen herrührte.

Er stocherte weiter am Boden herum. Fast, dachte ich neugierig, als halte er nach etwas Ausschau.

Ich strich mit den Fingern über die rauhe Rinde eines Astes und blickte zum Himmel hinauf, auf die endlose Weite, die früher von der Steineiche verdeckt gewesen war. »Es verändert sich alles, nicht wahr, seit der Baum umgestürzt ist.«

Er beachtete mich nicht. Sein Stock war auf etwas Hartes

gestoßen. »Ha!« rief er zufrieden. »Dachte ich's mir doch.«
Ich blickte auf das Stück Erde, das er so interessant zu finden schien, aber ich sah nur einige Holzplanken, ohne mir die Frage zu stellen, wie die hierherkamen.
»Ja«, sagte ich, »die Schaukel war hier.«
Und ich spürte eine Unruhe, eine Art Vorahnung. Etwas würde geschehen.
Sein Stock traf auf Metall, und er stieß ein lebhaftes Grunzen aus, griff zwischen die verhedderten Äste und zog ein rostiges Kästchen heraus, das früher einmal leuchtend rot gewesen sein mochte.
»Lieber Himmel, Tom, das sieht aus wie eine alte Keksdose.«
»Und das ist es auch.« Er grinste wie ein Schuljunge, als er mir das Kästchen hinhielt wie einen Schatz. »Und ich meine, es steht jetzt Ihnen zu. War Rahm drin und in einigen auch Marmelade. Haben wir mal von der Schwester meiner Frau zu Weihnachten bekommen. Wohnt in Evesham.«
Ich trat einen Schritt zurück und befürchtete plötzlich, daß sein Verstand in dieser Nacht ebenso Schaden genommen hatte wie die Steineiche. »Werfen Sie das lieber weg, Tom. Ich möchte es nicht.«
Aber er grinste ermutigend. »Machen Sie's nur auf. Sie werden schon sehen.«
Um ihm einen Gefallen zu tun, nahm ich die Dose. Sie war so kalt, daß meine Hände brannten; das Bild auf dem Deckel war zerkratzt und verrostet. Ich dachte allmählich sehnsüchtig an die warme Küche, aber ich hielt die Dose fest und öffnete sie mit steifen Fingern.
Bedauernd lächelnd hielt ich Tom die Dose hin. »Hier, Tom, sehen Sie selbst: keine Schätze.«
Und doch war ich verblüfft, daß ich so enttäuscht war

(was hatte ich erwartet?). Tom regte sich ganz offensichtlich umsonst auf. In der Dose befanden sich nur ein paar alte Schulhefte, ein billiges Taschenmesser, eine dieser Drehscheiben mit dem Sternenhimmel zu verschiedenen Jahreszeiten und ein großes, merkwürdig geformtes Stück Holz.

Tom, der von einem Fuß auf den anderen hüpfte wie ein Schuljunge, der eine wichtige Nachricht loswerden mußte, ließ sich nicht beirren. »Nein, schauen Sie nur. Ich hab mich immer gefragt, wo ... sein altes Schatzkästchen. Er hat es von mir bekommen.« Und mit diesen Worten nahm er das seltsame Holzstück heraus. Als ich ihn so sah, wie er zärtlich mit einem alten Stück Holz sprach, war ich ziemlich sicher, daß sein Verstand entweder eingefroren oder vom Sturm davongeblasen worden war. Doch dann strich er mit den Fingern über das Holz, und dabei erkannte ich meinen Irrtum. Dies war kein nutzloses Stück Holz, sondern eine etwa fünfundzwanzig Zentimeter große, kunstvoll geschnitzte Eule.

»Hier.« Der alte Mann lächelte glücklich. Die Eule lag auf seiner Handfläche und blickte ihn mit großen verächtlichen Augen an. »Meine Schöne.« Lächelnd wandte er sich zu mir. »Aus dem Holz vom Goldregen. Wunderbar hartes Holz, ideal zum Schnitzen. Ich kann mich noch an den Sommer erinnern, als ich die gemacht hab. Wir hatten herrliche heiße Sommer damals.«

»*Sie* haben die geschnitzt? Dann gehört sie Ihnen, Tom, und Sie sollten sie Ihren Enkeln schenken.«

»Blödsinn, Mädchen.« Plötzlich unwirsch, drückte er mir die Holzeule in die Hand. »Es wäre nicht recht. Sie hat Ihrem Vater gehört, als er klein war, und er hat sie mächtig gern gehabt. Ich hab sie gemacht, um ihn aufzumuntern. Jetzt gehört Sie Ihnen und kann Sie aufmuntern. Sie fragen

doch immer nach Ihrem Vater. Nun gehört Ihnen seine Eule.«
»Sie ist wunderschön.«
»Na klar, ich hab sie schließlich gemacht, nicht?« Sein Unmut war verflogen, und er kicherte. »Ich wollt ihn davon ablenken, daß die Marionetten weg waren. Ich habe Ihnen doch erzählt, daß man sie ihm weggenommen hat, nachdem seine Mutter gestorben ist. Der arme kleine Kerl, das hat er schwer genommen. Also hab ich zu ihm gesagt: ›Kopf hoch, Clancy. Wir machen dir eine prima Eule, die noch viel schöner ist als die Marionetten.‹ Und das war sie auch.«
»Warum eine Eule?«
»Es war nicht irgendeine Eule, o nein. Es mußte ein Waldkauz sein. Hinten an der Remise war in diesem Sommer ein Nest mit jungen Käuzen. Wir haben sie gut versteckt, bis sie fliegen konnten. Mr. Archie hätte sie getötet, wenn er davon gewußt hätte. Danach haben wir sie immer im Wald gesucht. Ihr Vater liebte all die Nachttiere; sogar als ganz kleiner Junge, mit vier oder fünf, hatte er schon so viel übrig für die Nacht.«
»Aber warum hat er sie in einer Keksdose aufbewahrt? Und warum hier?«
»Um sie vor seinem Vater und vor Archie zu verstecken. Sie hätten sie ihm weggenommen, wie die Marionetten. Das hier war sein Versteck, sein Schlupfwinkel, wo ihn keiner finden konnte.«
»Sein Versteck? Aber wo war das?«
Er beantwortete die Frage, indem er mit seinem Stock die Bretter anhob, die ich zuvor bemerkt hatte.
»Hier, das gehörte dazu. Sein Baumhaus. Hab ich an meinen freien Nachmittagen für ihn gebaut. Meine Frau war wütend, sagte, das sei Zeitvergeudung, aber es war all die Mühe wert. Keiner wußte was davon, nur er und ich. Ge-

nau in der Mitte der Steineiche war's, man sah nichts, wenn man nicht eingeweiht war. Stundenlang saß er da oben, las, träumte, was weiß ich. Sagte, er könne meilenweit sehen. Fühlte sich wie ein König. Sagte ...«

Plötzlich wurden meine Knie weich, und ich ließ mich auf einen abgebrochenen Ast sinken.

Etwas schien mir den Hals zuzuschnüren.

»O Tom! Tom! Ich hab sie gefunden! Ich hab gesucht und gesucht, und dabei waren sie die ganze Zeit hier!«

Und ich lachte auf einmal, lachte und lachte, und Tom lachte mit mir, obwohl er nicht so genau wußte, weshalb ich mich derart freute.

Und so fand ich Doras Zimmer an dem Morgen, als es für immer zerstört wurde. Der heimliche Schlupfwinkel meines Vaters, seine verborgene Laube, das Zimmer, von dem aus er alles sehen konnte. Das ganze Panorama der Landschaft muß ihm zu Füßen gelegen haben: der solide Turm der Dorfkirche, die mächtige Roßkastanie, der Teich mit den Enten und den spielenden Kindern und in der Ferne der Hügel mit dem Kamelbuckel und das grimmige festungsähnliche Haus mit den schmalen Fensterschlitzen, dem er so oft wie möglich zu entkommen suchte. Und über ihm das endlose Himmelsdach und das wechselnde Tageslicht. Ja, und die von Blättern umrankten Fenster und der Duft des alten Holzes.

Warum, warum nur war ich darauf nicht früher gekommen? In der Steineiche, dem Baum, den ich sofort erkannte an diesem ersten Morgen, noch bevor ich das Haus sah, dort war sein verstecktes Zimmer gewesen. Und nun war es zu spät – das Zimmer war für immer zerstört. Niemand konnte mehr von dort in die Welt hinausschauen, wie er es mit seinem klaren Kinderblick getan hatte. Die ganze Zeit war ich der Wahrheit so nah gewesen. Als ich am Tag zuvor auf dem Dach des Sommerhauses gestanden hatte, war es direkt über mir gewesen, und ich hatte es nicht geahnt … Ich hätte höher hinaufklettern können …

Aber ich hatte noch die Eule.

Ich blickte auf das wunderbar geschnitzte Stück Holz in meiner Hand.

»Tom, hatte mein Vater ihr einen Namen gegeben?«

Er dachte einen Moment nach, dann sagte er: »Nicht daß ich wüßte.«

»Wie war es mit Dora? Hat er sie jemals Dora genannt?«

Die Erinnerung kehrte zurück, und er strahlte mich an. »Ja, genau! Dora, woher wissen Sie das? Komischer Name für 'ne Eule, fand ich, aber er sagte: ›Ich nenne sie Dora, weil ich sie so adorabel finde.‹ Das Wort hatte er irgendwo aufgeschnappt. Aber warten Sie mal, hat das nicht was mit Mr. Archies Buch zu tun?«

Später, dachte ich, du kannst alles später erklären. »Ja, nun – es ist nicht ganz so einfach.«

»Ich nehme an, Mr. Archie hat sich an den Namen erinnert, und er hat ihm gefallen.«

»War mein Onkel jemals in dem Baumhaus?«

»Der nicht. Der hätte es scheußlich gefunden.« Tom kicherte bei dem Gedanken. »Höhenangst, wissen Sie, aber zu stolz, um's zuzugeben. Ich schätze, das war einer der Gründe, warum Mr. Clancy so verrückt danach war. Da konnte er seinem großen Bruder entkommen. Er war gern allein, Ihr Vater, nicht wie andere Kinder.«

»Wann ist er zum letztenmal oben gewesen?«

»Keine Ahnung. Ich glaube nicht, daß es jemals einer gefunden hat, weder Gerald noch einer seiner Freunde. Ich hab selber bis heute morgen nicht mehr daran gedacht.«

All die Jahre in Vergessenheit geraten. Doras Zimmer.

Ich sah mir die anderen Dinge in der Dose an. In den Heften war die Schrift zum Teil unlesbar und verwittert, aber auf ein, zwei Seiten konnte man noch etwas erkennen – eine Kinderzeichnung von einer Eule, einer großen Eule, zwischen deren ausgebreiteten Flügeln ein Kind saß; darüber schwebten Wolken, und ein Halbmond stand am Himmel; zu ihren Füßen lag eine unbeholfen gezeichnete Landschaft mit Bäumen und Hügeln. Und darunter standen, auf dem zerknitterten Papier kaum zu entziffern, die Worte: »Dora und ich fliegen. Viertes Abenteuer.«
Die Schrift war zwar kindlich und unausgeprägt, doch sie war eindeutig identisch mit der Schrift auf den Postkarten meines Vaters aus Indien, die noch in meinem Besitz waren.
Beweisstücke im Überfluß.
»Danke, Tom«, sagte ich, »das ist ein großer Schatz für mich. Sie wissen gar nicht, wieviel mir das bedeutet.«
Verlegen, aber erfreut blickte Tom zur Seite und stocherte mit seinem Stock am Boden herum. »Nicht der Rede wert. Ich bin sicher, Ihr Vater hätte gewollt, daß Sie seine Schätze bekommen.«

Ich lachte vor mich hin, als ich, die kostbare Dose fest an mich gedrückt, zum Haus zurückhumpelte. Dora, sagte ich immer wieder, ich habe Dora gefunden. Ich war so aufgeregt, daß ich den brennenden Schmerz in meinem Knöchel kaum bemerkte. Ich glaube wirklich, es hätte mich auch nicht sonderlich interessiert, wenn mein Fuß Feuer gefangen hätte.
Dann, als ich aus dem Buschwerk heraustrat, sah ich etwas, das mich zögern ließ. Vor dem Haus stand ein fremder Wagen, und ein Mann, den ich kannte, stieg aus: Dr. Collins. Ich schnitt eine Grimasse. Zweifellos kam der pflichtbe-

wußte Arzt, um seine haltlose Patientin zu untersuchen, die unglückselige Nichte seines Freundes, die unter paranoiden Wahnvorstellungen litt. Nein, sagte ich zu mir selbst, geh nicht zurück. Nicht Doras kostbare Sicherheit riskieren.

Mir fiel ein, daß ich Tom hätte bitten sollen, mit niemandem über unser Geheimnis zu sprechen. Aber als ich zur umgestürzten Eiche zurückkam, war er nicht mehr dort. Ich setzte mich auf einen abgebrochenen Ast und dachte nach.

Die kleine Eule, die auf meinem Knie lag, starrte sinnend zu mir hoch.

»Also gut, kleine Dora«, sagte ich, »da wir dich jetzt gefunden haben, wo können wir dich sicher unterbringen, hm? Archie darf dich nie in die Hände bekommen, niemals.«

Die Eule schien mich leicht beunruhigt anzusehen, und ich lachte. Sie blickte so erhaben und vornehm, doch dieser Eindruck entsteht manchmal schlicht durch Kurzsichtigkeit. Ein bißchen altjüngferlich und geziert – aber weise natürlich, denn alle wahren Eulen sind weise.

»Hat mein Vater so mit dir geredet? Ich frage mich ... könnten Holzeulen doch bloß sprechen, aber das geht nun mal nicht. Ich habe dich gefunden, das ist die Hauptsache. Vielleicht sollte ich dich im Sommerhaus verstecken? Was? Du runzelst die Stirn? Du hast recht, das ist bestimmt keine gute Idee, da früher oder später Leute vom Haus herüberkommen, um sich den Schaden anzusehen. Aber wem können wir dich anvertrauen, bis Adam da ist?«

Ich hätte schwören können, daß Dora leicht die Augenbrauen hochzog, als wollte sie sagen: Wie kannst du nur so begriffsstutzig sein?

»Ted Bury, ja, auf den hätte ich auch selbst kommen können.«

Ich strich liebevoll mit den Fingern über das glatte Holz.

Die kleine Eule schmiegte sich in meine Hand, als wäre sie schon immer dort gewesen. So mußte sie sich auch all die Jahre in die Hand meines Vaters geschmiegt haben.

Die Struktur, die Geschichte, die ich so lange zu ergründen gesucht hatte, lag in aller Schlichtheit vor mir. Es war nun so einfach, sich meinen Vater vorzustellen, diesen sensiblen und schrecklich einsamen Jungen, der immer noch um seine Mutter trauerte; ein Junge, der im herzlosen Haus seines Vaters keinen Trost fand und statt dessen in sein eigenes Zimmer hoch oben in der alten Steineiche floh – ein Zimmer, zu dem nur die kleine Eule Zutritt hatte, die ihn über den Verlust seiner geliebten Marionetten hinwegtröstete.

Ich war sicher, daß er mit ihr gesprochen hatte, so wie ich nun. Ihr pikiertes kleines Gesicht forderte dazu heraus; das glatte Holz kündete von vielen geflüsterten Vertraulichkeiten. Er hatte sie an seinen Sorgen und Träumen, seinen Ängsten und heimlichen Hoffnungen teilhaben lassen. Und dann entfloh er dem Kummer auf den Schwingen der Phantasie und dachte sich magische Abenteuer aus, die er mit dem einzigen Wesen erlebte, dem er wirklich trauen konnte – Dora.

Wie alt war mein Vater gewesen, als er zum letztenmal aus dem Baumhaus gestiegen war und seine Dora mit den anderen Schätzen seiner Kindheit in der Keksdose gelassen hatte? Als er nach Südamerika ging, konnte er sich nicht mehr erinnern, wo Dora hingekommen war. »Ich frage mich, was aus Dora geworden ist.« Aber Archie konnte sich nicht einmal erinnern, wer sie war (oder hatte er es nicht gewußt?).

Dennoch hatte mein Vater diese verzauberten Phantasien seiner Kindheit und frühen Jugend nie vergessen. Vielleicht besann er sich auf sie, als seine ohnehin unglückliche Ehe unerträglich wurde, vielleicht floh er dann erneut in die Tagträume, die ihn als Junge gerettet hatten. Nur daß sie in den Händen des Erwachsenen zum Kunstwerk gerieten – zu *Doras Zimmer.*

Vielleicht wandte er sich den Erinnerungen an Dora auch erst zu, als er die Schmerzen seiner unmöglichen Liebe zur Frau seines Bruders erlebte. Da half ihm Dora, die Erfordernisse des Erwachsenseins zu begreifen, und diente ihm zugleich, wie früher, als Fluchtmittel. Vielleicht war mein Vater, der in vielerlei Hinsicht so unreif war, erst durch dieses Buch erwachsen geworden. Die Beschreibung jener Entwicklung des Heranwachsens machte den großen Reiz von *Doras Zimmer* aus.

Ich muß völlig idiotisch ausgesehen haben, wie ich da mitten im Unterholz auf einem Ast hockte, eine kleine Holzeule angrinste, sie streichelte und zu ihr sprach ... Die Freude über meine Entdeckung war so groß, ich schwebte wie auf Wolken.

Dann hörte ich Stimmen vor dem Gebüsch, Männerstimmen, die näher kamen. Ich fuhr hoch. Um keinen Preis durfte Archie mich hier finden, wie ich mit der kostbaren Dora sprach. (Würde er sie erkennen? Vielleicht, vielleicht auch nicht. Aber das wollte ich nicht wissen, jetzt noch nicht.)

Um zum Haus zurückzugehen, war es zu spät.

Es gab einen Pfad, der parallel zur Auffahrt verlief und kurz vor dem Tor mit den Adlern endete. Ich lief so schnell, wie es mein verstauchter Knöchel zuließ, und nach fünf Minuten war ich auf der Straße und blickte auf Long Chatton hinunter, das still, jungfräulich und unwirklich unter seiner weißen Schneedecke vor mir lag.

Nachdem ich eine Weile gegangen war, konnte ich den Schmerz im Knöchel nicht länger ignorieren und mußte ausruhen. Ich setzte mich auf einen Felsen am Rand, stellte die Dose neben mich und legte Dora obendrauf. »Ruh dich aus, kleine Eule«, sagte ich, »du warst lange genug in der Dunkelheit eingesperrt.« Dann zog ich den Stiefel aus, rollte den Strumpf runter und rieb mir Schnee auf den Knöchel, der nun auf das Doppelte der normalen Größe angeschwollen war. Auf einem Ast in der Hecke neben mir saß ein Rotkehlchen und schmetterte sein klares, helles Lied in die Morgenluft.

Meinen eisigen Händen bekam der Schnee nicht besonders gut, aber er linderte den Schmerz im Knöchel, und nach ein paar Minuten fühlte ich mich imstande, meinen Weg fortzusetzen.

Ich hatte den Stiefel gerade vorsichtig wieder angezogen, als ich den Wagen hörte.

Das Geräusch eines sich nähernden Autos ist eigentlich nichts Ungewöhnliches, wenn man an einer abgelegenen Landstraße auf einem Felsen hockt. Ich weiß also nicht, weshalb mir das Geräusch dieses Wagens ein solches Unbehagen einflößte. Der Motor war ungewöhnlich leise, fast verstohlen, so schien es mir, und das Auto kam von Chatton Heights her.

Ich war eben aufgestanden und hatte getestet, ob ich mit dem schmerzenden Knöchel weitergehen konnte, als der Daimler um die Kurve kam. Instinkt oder eine Vorahnung sagten mir, daß etwas nicht stimmte. Der Wagen blieb nicht auf der Straße.

Ich trat ein paar Schritte zurück in den Tiefschnee des Randstreifens, doch das Auto ging noch immer nicht in die Kurve, sondern fuhr in meine Richtung, und schlagartig wurde mir bewußt, was nicht stimmte – der Wagen hielt direkt auf mich zu.

In diesem Moment, als ich die Gefahr erkannte, erschien

mir der geschwungene Kühler des Daimler wie eine böse knurrende Schnauze, und ich rannte auf die Hecke zu, stapfte durch den tiefen Schnee im Graben, lief um mein Leben. Aber an der Hecke kam ich nicht weiter. Ich saß in der Falle, und der Wagen fuhr noch immer auf mich zu. Ich bedeckte mein Gesicht mit den Händen, was völlig idiotisch war, als wäre die Gefahr verschwunden, wenn ich sie nicht mehr sah. Und dann hörte ich ein Knallen und Splittern und die Schaltung krachen, als ein Gang eingelegt wurde, und ich roch Auspuffgase und ließ die Hände sinken und sah den cremefarbenen Wagen um die Kurve in Richtung Long Chatton verschwinden.

Am ganzen Körper zitternd, stolperte ich aus dem Graben und auf die Straße zurück.

Obwohl der Schnee auf der Straße schon ziemlich weggefahren war, ließ sich die Spur des Wagens dennoch leicht verfolgen. Hier hatte er die Straße verlassen, hier war er auf den Felsen aufgefahren, was mir vielleicht das Leben gerettet hatte, und hier ...

»O nein!« Meine Stimme klang hilflos und kläglich in der kalten stillen Luft. »O nein! Nicht Dora!«

Die Keksdose hatte keinen Schaden genommen, höchstens ein paar Dellen abbekommen, aber das war unwichtig. Zwischen den Glassplittern der Scheinwerfer lagen Holzsplitter. Holz vom Goldregen.

Dora.

»Nein!«

Ich fiel auf die Knie und suchte wie besessen nach den kostbaren Splittern. Dieses Stück mochte eine Flügelspitze gewesen sein, dies hier ein Ohr, und das da ... Ich konnte plötzlich nichts mehr genau erkennen. Der schneebedeckte Boden, der Schotter, die Glassplitter und die hölzernen Bruchstücke verschwammen mir vor den Augen. Tränen

liefen mir übers Gesicht, riesige warme Tränen, die kein Ende nehmen wollten.
»Nein!« schrie ich wieder. »O nein, nicht auch noch Dora!«
Und dann erstickte heftiges, ungehemmtes Schluchzen meine Worte.
Nach fast sechzehn Jahren zum erstenmal wieder zu weinen, ist ein qualvolles und scheußliches Erlebnis. Dieser Schmerz in meinem Hals, den ich oft gespürt hatte, war erneut da, doch jetzt war er zehnmal schlimmer als früher. Der Druck in meiner Brust war so stark, als wollte der angestaute Kummer sie sprengen.
Ich hörte seltsame, animalische Laute und wußte, daß es mein eigenes Weinen war, aber ich konnte mich nicht mehr zügeln. Dora zu verlieren, nachdem ich sie so lange gesucht hatte – der Glücksbringer und die Freundin meines Vaters, und sie wäre auch meine Freundin, mein Talisman geworden. Und nun war sie zerstört, man hatte sie mir entrissen, und mein Herz blutete und war untröstlich.
Alles war weg, alles. Nicht mal eine kleine Holzeule konnten sie mir lassen, eine harmlose Eule, mit der niemand etwas anzufangen vermochte, die mir aber so viel bedeutete. Und jetzt hatte Dora mich verlassen, genauso wie Dring, und Paula hatte mich verraten. Wieso hatte ich etwas anderes erwartet? Hatte ich nicht genau das gelernt – es macht einen verletzlich und reißt einen in Stücke, bricht einem das Herz, zerrt an einem, bis man fast verrückt wird vor Schmerz?
Hatte mein Vater mich nicht einst auf den Schoß genommen und mir gesagt, ich solle nicht weinen, er sei bald wieder da, er komme noch im Sommer zurück? Und er kam nie wieder. Lügen, alles Lügen. Und dann wurde meine Mutter so anders und entglitt mir, und ich konnte sie nicht festhalten. Sie reiste an einen fremden Ort, von dem es auch kein Zurück mehr gab.

Ich hatte nicht geweint. Ich war brav gewesen, wie sie es gewollt hatten, aber obwohl ich ewig gewartet hatte, hatte man mir alles genommen, jetzt sogar die harmlose kleine Dora. Und ich würde nie wieder lieben können.
Ich nehme an, ich muß hysterisch geworden sein. Kamen Autos vorbei, als ich da am Straßenrand hockte und schluchzte? Falls es so war, müssen die Fahrer sich beeilt haben, den Kummer einer Fremden schnell hinter sich zu lassen. Ich kann mich nicht erinnern, jemanden gesehen zu haben, doch wahrscheinlich hätte ich nicht einmal eine Lasterkolonne bemerkt. Ich hatte noch nie im Leben so geweint, und ich hoffe bei Gott, daß ich es nie wieder tun muß.
Rauhe, schmerzhafte Schluchzer. Ich glaubte, sie würden mich in Stücke reißen.
Ich weinte wegen all der schrecklichen Einsamkeit meiner Kindheit, der heimlichen Furcht, daß meine Eltern mich verlassen hatten, weil ich nicht gut genug war, um sie bei mir zu behalten, wegen der Angst, nie wieder geliebt zu werden. Und ich schluchzte all die zerstörten Hoffnungen meiner Kindheit aus mir heraus, einer Kindheit, die vorüber war, die nie eingeholt und verändert werden konnte.
Ganz allmählich verwandelte sich mein Weinen. Es war nicht mehr das gräßliche, schmerzhafte Schluchzen, das mir das Herz aus dem Leib zu reißen schien, sondern ein sanfteres Trauern. Um alles und jeden. Es war tröstlich, es linderte den Schmerz.
Und als der Kummer zu weichen begann, erwachte eine andere Kraft, brannte weiß und kalt und hart. Eine heftige Flamme des Zorns, des Zorns, den ich so lange unterdrückt hatte. Ich schlug mit den Fäusten auf die Erde und schrie die Wut gen Himmel. »Wie können sie es wagen!« tobte ich. »Wie können sie es wagen, mir so etwas anzutun!«

Und in diesem Moment haßte ich meinen Vater. Kein Wunder, daß meine Mutter ihn als Teufel gesehen hatte. Es war die reine Wahrheit. Er hätte es voraussehen müssen, er hätte an seine Familie denken müssen, an seine Tochter, an mich, die ich ihn brauchte, und er hätte niemals in dieses Flugzeug steigen dürfen. Wie konnte er mich nur verlassen, mich, die ich doch so an ihm hing, die ich doch zu klein war, um zu verstehen? Warum ging er nach Südamerika? Wieso stieg er in dieses Flugzeug? Wußte er nicht, daß wir ihn brauchten? Hatte er mich nicht lieb genug, um bei mir zu bleiben?
Und meine Mutter war genauso schlimm. Sie flüchtete in die Krankheit, ließ mich im Stich. Es war noch schlimmer, als wenn sie gestorben wäre, denn so haftete das Stigma an mir, eine wahnsinnige Mutter zu haben. Du solltest dich um mich kümmern, und statt dessen hast du mein Leben mit Angst vergiftet, Angst vor dem Abgrund, diesem endlosen schwarzen Schlund des Irrsinns.
Doch damit war nun Schluß.
Nie wieder. Ich war fertig mit all diesen Ängsten. Niemand würde mich mehr erschüttern. Ich kannte die Wahrheit, hatte sie entdeckt. Ich war heil, und ich war stark – nein, nicht nur stark, ich war unbesiegbar. Jetzt würde ich es ihnen allen zeigen, sie würden zu hören bekommen, wovor sie sich immer gefürchtet hatten.
Ich weiß nicht, wann das Weinen endlich nachließ. Die Tränen hatten mir alle Kraft geraubt. Ich war erschöpft.
Langsam stand ich auf, suchte die Bruchstücke dessen zusammen, was einstmals Dora gewesen war, rieb mir Schnee auf die Augen und die Wangen, die von den Tränen rot und geschwollen waren, und betrachtete die verschneite Umgebung.
Alles war wie vorher. Braune Fahrspuren auf der Straße, Schneeverwehungen im Straßengraben. Dasselbe Rotkehl-

chen saß auf der Hecke und zwitscherte fröhlich ins Tal hinein, irgendwo im Dorf bellte ein Hund.
Doch ich war nicht mehr dieselbe. Es war etwas geschehen, etwas war erstanden oder eingestürzt – ich wußte es noch nicht genau –, und ich hatte mich für immer verändert.
In meinem tiefsten Innern war eine Flamme entfacht worden, ein Feuer des Zorns, und ich wußte, daß es lange Zeit dort lodern würde.

15

Als ich endlich das alte Pfarrhaus erreichte, war ich so erschöpft, daß ich mich kaum mehr auf den Beinen halten konnte. Die schlaflose Nacht, der Schock durch das Auto und mein Zusammenbruch an der einsamen Landstraße hatten dazu geführt, daß ich kaum mehr etwas empfand. Ich spürte, daß mein Knöchel pochte und weh tat, daß meine Beine schwach waren und mein Kopf schmerzte, und ich war mir sehr deutlich bewußt, daß ich die kostbare Keksdose an mich drückte; aber darüber hinaus fühlte ich so gut wie nichts.

Ted Bury empfing mich mit der Ruhe eines Menschen, der es ein Leben lang gewohnt ist, Leute nach Katastrophen wieder aufzurichten. Als er die Tür öffnete, sah er angesichts meines aufgelösten Zustands einen Moment überrascht aus, doch er war viel zu klug, sich dazu zu äußern, und fragte statt dessen nur, ob ich schon gefrühstückt habe.

Der Gedanke an so etwas Gewöhnliches an diesem höchst abnormen Tag war so seltsam, daß ich fast gelacht hätte, aber er schien es für einen guten Einfall zu halten. »Tee oder Kaffee?« fragte er beiläufig. »Und während das Wasser kocht, vielleicht möchten Sie sich etwas ... hm ... frisch machen?«

Nach einem Blick in den Badezimmerspiegel wurde mir klar, weshalb er mir das vorgeschlagen hatte. In meinem ganzen Leben hatte ich noch nie so sehr einer der drei Hexen aus *Macbeth* geglichen wie an diesem Morgen. Zweige und Blätter hatten sich bei meinem Versuch, Zuflucht in der Hecke zu finden, in meinem Haar verfangen, meine Hände waren zerschrammt und mit Erde verschmiert, und mein Gesicht war fast entstellt, so rot und verquollen war es vom Weinen. Mein erbärmliches Spiegelbild, das mich über Teds altmodischem Rasierzeug anstarrte, hätte mich fast veranlaßt, wieder davonzulaufen, aber ich spritzte mir so lange kaltes Wasser ins Gesicht, bis der gefährliche Moment vorbei war, und begann dann, mich einigermaßen menschlich herzurichten.

Ted hatte mir eine Kanne Tee und Toast gemacht, und wir ließen uns in seiner geräumigen Küche nieder. Er widmete sich ausgiebig der Morgenzeitung, während ich zunächst nur an dem Toast knabberte, dann aber feststellte, daß ich doch hungrig war, und zwei Scheiben aß.

Nach einer Weile sah er auf. »Möchten Sie noch etwas?«

Ich schüttelte den Kopf, zögerte kurz und schob ihm dann die verbeulte, rostige Keksdose über den Tisch.

»Ich möchte, daß Sie das für mich aufbewahren«, sagte ich, und dann: »Ich habe heute morgen Doras Zimmer gefunden – in dieser Dose ist der Beweis dafür, daß Archie gelogen hat.«

Seine weißen Augenbrauen gingen in die Höhe, aber er fragte nur: »Möchten Sie darüber sprechen?«

Und er klang so behutsam, daß ich es tat. Ich erzählte ihm von der Steineiche und Tom Page und Doras Zimmer, von den Marionetten und den Postkarten, den vergilbten Schulheften und der kleinen Holzeule namens Dora, dem Gas im Zimmer und dem Sommerhaus und dem Daimler, dessen Fahrer versuchte, mich auf der verschneiten Straße außer Gefecht zu setzen. Diesmal hatte ich keine Hemmungen mehr, die Geschichte zu erzählen, fürchtete nicht mehr den mitleidigen Blick, der so eindeutig besagte: Armes Kind, die Anspannung war zuviel für sie. Diesmal, mit der Steineiche und der Keksdose im Hintergrund, erwartete ich, daß man mir glaubte – und Teds ruhiger, aufmerksamer Gesichtsausdruck und sein gelegentliches Murren, das von Verständnis und Amüsement zeugte, bestätigten mir, daß es so war. Und während ich alle Teile des Puzzles zusammensetzte, das mich so lange beschäftigt hatte, erwachten meine Gefühle wieder, und ich konstatierte grimmig und ergeben, daß mein Werk in Chatton Heights noch nicht vollendet war.

Ich stellte meinen Becher auf den blitzblanken Küchentisch. »Und jetzt möchte ich Sie um einen weiteren Gefallen bitten«, sagte ich. »Könnten Sie mich nach Chatton Heights fahren? Adam will mich dort abholen, und ...«

»Und?«

»Und ich möchte mit Archie sprechen.«

»Unter den gegebenen Umständen«, erwiderte er, »scheint mir das eine merkwürdige Idee zu sein. Halten Sie das wirklich für schlau?«

Ich grinste. »Ich weiß nicht, ob Schlauheit da eine Rolle spielt.«

»Warum wollen Sie's dann tun?«

Ich dachte einen Moment nach. »Ich bin mir nicht ganz sicher. Ich schätze, ich will ihm beweisen, daß ich mich nicht mehr vor ihm fürchte. Oder ich will es *mir* beweisen. Er soll wissen, daß sein Geheimnis aufgedeckt ist und daß er, was er mir auch antun möchte, sich nie mehr hinter seinen Lügen verstecken kann. Und ich will sein Gesicht sehen, wenn er die Wahrheit über Dora erfährt.«

»Alles sehr einleuchtende Gründe«, sagte Ted mit einem Lächeln, was man nur selten an ihm sah. »Nun gut, dann werden wir hier ein sicheres Plätzchen für Clancys alte Schatztruhe suchen, und wenn Sie tatsächlich entschlossen sind, es zu tun, fahre ich Sie selbstverständlich gern nach Chatton Heights.« Ich stand auf und wollte mich gerade für seine Güte bedanken, als er streng sagte: »Aber nur unter der Bedingung, daß ich so lange dableibe, bis Adam eintrifft. Ich möchte meinem Sohn nicht unter die Augen treten müssen, wenn Ihnen irgend etwas zugestoßen ist.«

Adam erwartete uns schon, als wir in Chatton Heights ankamen. Sein Wagen stand vor dem Haus, und er marschierte beunruhigt auf das Gebüsch zu. Ted hupte, sagte aber zugleich: »Eine äußerst vulgäre Angewohnheit, von der ich normalerweise absehe.« Adam wandte sich um und rannte, als ich aus dem Wagen seines Vaters stieg, über den Rasen und umarmte mich so heftig, daß Ted Bury keinen Zweifel mehr haben konnte, wie es inzwischen um uns stand.

»Wo, zum Teufel, warst du?« murmelte er wütend über meinem Kopf. »Ich war halbtot vor Angst, als ich hörte, daß dich heute morgen noch niemand gesehen hat und dein Wagen in der Garage steht.«

In der Sicherheit seiner Arme spürte ich plötzlich, wie meine Entschlossenheit, Archie gegenüberzutreten, zu weichen begann. Ich küßte ihn zärtlich und löste mich dann von ihm. »O Adam, ich hab dir so viel zu erzählen. Ich hab Dora gefunden und ihr geheimes Zimmer.«

Er starrte mich verwundert an. »Aber Fern«, sagte er, »du weinst ja.«

Wütend wischte ich mir die Tränen aus dem Gesicht. »Es hat sich alles geändert. Es ist ... aber ich erzähl dir das später. Ich muß ... mich vorher noch von Archie verabschieden.«

Adam wollte protestieren, doch sein Vater sah ihn warnend an und runzelte die Stirn. »Du bringst Ferns Sachen zum

Auto«, sagte er fest zu seinem Sohn, »und ich gehe mit ins Haus und habe ein Auge auf alles.« Adam war unübersehbar empört, daß man ihm einfach Befehle erteilte, doch Ted fügte barsch hinzu: »Mach jetzt kein Theater, Adam. Laß sie tun, was sie tun muß, wir können später alles erklären.«

Kurz bevor wir das Haus betraten, wandte ich mich um und bestaunte aufs neue die veränderte Aussicht, die Bäume, die nun so nackt ausschauten, da sie der schützenden Krone der Steineiche beraubt waren. In diesem Augenblick wurde mir bewußt, daß ich eine innere Begleiterin hatte, meine heimliche Stimme, die wie ein Seidenfaden meine müden Gedanken durchwirkte. Ich glaube, sie war den ganzen Morgen über dagewesen, doch ich hatte mich in den letzten Tagen so an sie gewöhnt, daß es mir eher auffiel, wenn sie schwieg.

Mein Knöchel tat weh, und ich mußte den Weg durch den Wintergarten und den Korridor zur Halle humpelnd zurücklegen. Schmerzwellen zogen mein Bein hinauf, doch ich biß die Zähne zusammen; Zorn und Wahrheit sollten mich stärken.

In der Halle blieb Ted stehen, griff nach einem Stuhl mit Gobelinbezug und schob ihn zum Fuße der Treppe. »Ich schlage vor, daß ich an der zentralen Stelle des Hauses Position beziehe«, sagte er und berührte mich kurz an der Schulter. »Also, meine Liebe, tun Sie, was Sie tun müssen.«

Adam betrachtete seinen Vater indigniert. »Du genießt das alles, nicht wahr?«

Ted winkte ungerührt ab. »Hol die Koffer, Adam. Es könnte nicht schaden, wenn du mal was Nützliches machst.«

Adam murrte etwas vor sich hin und stapfte die Treppe hinauf.

Ich ging durch die Halle und wollte gerade den Korridor betreten, der zu Archies Studierzimmer führte, als Gerald

mit solchem Tempo angerast kam, offenbar aus der Küche, daß wir fast zusammenstießen.
»Die elende Hexe!« schrie er, und einen Moment lang dachte ich, er benehme sich wieder wie früher und meine mich, doch dann rief er: »Weißt du, was sie jetzt gemacht hat?«
»Wer?«
»Tillie. Sie ...« Aber ich hörte nicht mehr zu. Ich packte ihn am Arm und zog ihn Richtung Rauchzimmer. »Reg dich nicht über die arme Tillie auf, das ist Zeitvergeudung«, sagte ich. »Was sie auch anstellt, es ist nicht wichtig. Ich reise in fünf Minuten ab, und ich nehme nicht an, daß ich so bald wiederkomme, aber ich möchte dir noch etwas sagen. Es werden in Kürze alle wissen, doch ich finde, du solltest es zuerst erfahren.«
Kaum waren wir im Rauchzimmer, schüttelte er meine Hand ab. »Ich wußte es«, sagte er düster, »du hast es dir anders überlegt und willst das Testament doch nicht ändern. Ich wette, du hast es nicht mal wirklich ...«
»Ach, Gerald, sei still. Natürlich ändere ich das blöde Testament. Ich habe es doch versprochen, oder, und daran halte ich mich auch. Jetzt setz dich hin, und hör mir zu.«
Er war so verblüfft über meine ungewohnte Entschiedenheit, daß er tatsächlich tat, wie ihm geheißen. Es war so einfach, daß ich mich fragte, wieso ich mich anfänglich mit seiner Rüpelhaftigkeit abgefunden hatte. Und dann dachte ich: Aber natürlich, darauf haben meine Verwandten die ganze Zeit gewartet. Der Tod meines Großvaters hinterließ eine Lücke, die nur ich füllen konnte, und im Laufe der Woche hatte ich mich, ohne es zu wissen, darauf vorbereitet. Nun war ich der Puppenspieler im Hause, und ich brauchte bloß sachte an den richtigen Fäden zu zupfen ...
Ich verdrängte diesen Gedanken und sagte: »Du hast dir

nie gestattet, etwas zu tun, worauf du Lust hattest, Gerald, weil du immer in Archies Schatten standest und geglaubt hast, aufgrund von *Doras Zimmer* nie so groß werden zu können wie er.«

Er wollte protestieren, doch ich ließ ihn nicht zu Wort kommen. »Das ist vielleicht etwas vereinfacht, aber du weißt, was ich meine. Das Entscheidende ist jedoch, Gerald – ich kann dir jetzt keine Einzelheiten erläutern, aber du wirst sie mitkriegen und merken, daß ich die Wahrheit sage –, daß Archie *Doras Zimmer* nicht geschrieben hat. Nein, unterbrich mich nicht, du wirst dich früher oder später an den Gedanken gewöhnen müssen, also kannst du genauso gut jetzt schon damit anfangen. Er hat weder *Doras Zimmer* noch irgend etwas anderes geschrieben. Sein ganzes Leben war eine einzige Lüge. Wenn das Geld also gerecht aufgeteilt ist und du deinen Anteil bekommen hast, bist du frei und kannst damit tun, was immer dir beliebt, und dein Leben gestalten, wie es dir gefällt.«

Er starrte mich mit offenem Mund an. Dann schluckte er, unternahm einen Versuch, sein Gesicht wieder unter Kontrolle zu bekommen, und sagte: »O Dreck, wenn die Anwälte merken, daß du nicht ganz bei Trost bist, lassen sie dich nie das Testament ändern.«

»Keine Sorge«, beruhigte ich ihn, »ich bin so normal wie jeder hier im Haus.« Dann dachte ich an Tillie und fügte hinzu: »Oder sogar wesentlich normaler als gewisse Personen. Weißt du, Gerald, ich glaube, ich habe dich jahrelang beneidet, weil du hier mit deiner Familie leben konntest. Aber in den letzten Wochen ist mir klargeworden, daß es dir viel schlechter gegangen ist. Was ich sagen will, ist: Was von jetzt an passiert, das hängt von uns ab. Von dir und mir. Unsere Eltern haben uns jeweils ein scheußliches Schlamassel hinterlassen, aber wir müssen das nicht wiederholen.

Das ist alles. Jetzt werd ich mich von Archie verabschieden.«

Gerald erwiderte daraufhin in einer überraschenden Beschützeranwandlung: »Reg meinen Pa nicht so auf.«

Ich hätte fast gelacht. »Ich sage ihm nur, was er schon weiß oder zu wissen vorgab.«

Als ich hinausging, fiel mein Blick auf die beiden Doppelporträts, die starr auf mich heruntersahen – Archie und Frances, Clancy und Louise. Ich empfand es als seltsam befriedigend, daß dieses Gespräch unter ihren zeitlosen Augen stattgefunden hatte. Ich war sicher, daß meine Mutter mich zu meinen Worten beglückwünschte. Aber wie stand es mit Tante Frances? Und meinem Vater?

Ich hoffte, daß auch sie mir zustimmten.

Als ich in die Halle trat, kam Adam gerade mit meinem Koffer die Treppe herunter. Ted thronte auf seinem Gobelinstuhl und nickte wohlwollend.

»Hast du sonst noch Sachen?« fragte Adam. Am Fuße der Treppe stellte er den Koffer ab, strich mir übers Haar und küßte mich auf die Stirn. »Arme Fern. Ich hab dich noch nie so erschöpft gesehen. Wir sollten sofort fahren.«

»Aber ich war noch nicht bei Archie.«

»Ich finde, das hat Zeit. Du kannst ihm alles schreiben oder erzählen, wenn du das nächstemal hier bist.«

Es war eine köstliche Versuchung, nicht mehr zu kämpfen, mir den Luxus zu erlauben, in Adams Ratterkiste zu steigen, mich in die Decke zu hüllen und ihm alles zu erzählen, während wir dieses verhaßte Haus weit hinter uns ließen. Aber ich sagte: »Ich muß jetzt mit ihm sprechen. Es wird nicht lange dauern, und wenn ich es hinter mir habe, können wir fahren.«

Ich humpelte den Korridor zu Archies Studierzimmer entlang, klopfte kurz an, drehte dann den Knauf und ging einfach rein. Dieses Zimmer hatte ich zuvor nur ein einziges Mal betreten, in jener Nacht, als ich mich wie eine Diebin ängstlich dort eingeschlichen hatte. Nun war ich erschöpft, zu ausgepumpt, um Angst zu haben.

Mein Onkel saß, die Morgenzeitung auf dem Schoß, in einem bequemen Sessel. Angesichts der Tatsache, daß er vor knapp einer Stunde versucht hatte, mich zu überfahren, wirkte er erstaunlich gelassen.

Er schaute auf und sagte: »Was platzt du hier so herein? Ich habe dir doch klar und deutlich mitgeteilt, daß du nicht ...«

»Du hast mir viel mitgeteilt«, sagte ich müde, »und vorwiegend Lügen.«

»Du bist entnervend, Fern. Und was, um Himmels willen, hast du getrieben? Du siehst schauderhaft aus.«

»Das weißt du so gut wie ich.«

»Wahrhaftig?« Er ordnete die Zeitung, legte sie neben sich auf den Boden und faltete langsam die Hände über dem Bauch. »Wir sprechen wohl wieder in Rätseln, wie? Dr. Collins müßte jeden Moment zurück sein. In der Zwischenzeit kann ich mich ja mit deinen Phantastereien ein bißchen amüsieren. Damit der arme Trottel schön lächelt, bis der Medikus eintrifft. Nun, beste Fern, so sag mir doch: Was soll ich denn wissen?«

Seine Blasiertheit machte mich wütend. »Erst einmal kannst du Dr. Collins getrost vergessen. Ich bin nicht verrückt, ich war es nie, und ich werde es auch nie werden. Ich bin so normal wie alle hier im Haus – und sogar wesentlich normaler als gewisse Personen.«

»Tragen wir da nicht ein bißchen dick auf? Das kann in deiner Lage recht gefährlich werden.«

»Du magst mich reizen, wie du willst, Archie, du wirst mich nie zerstören, wie du es mit meiner Mutter getan hast.«

»Ach nein? Nun, macht nichts. Das schaffst du schon alleine. Ich enttäusche dich ungern, meine Liebe, da du dir das nun mal in den Kopf gesetzt hast, aber ich habe auch deine verstorbene Mutter nicht zerstört. Schande über mich, daß ich dir deine erbärmlichen Illusionen nehme, aber ich lehne jede Verantwortung am Tod dieser unglückseligen Person ab. Sie war geisteskrank.«

Meine Erschöpfung war vergessen, lodernder Zorn hatte sie verdrängt. »Alle sind sich einig, daß sie mit dem Tod meines Vaters gut fertig wurde, bis zu dem Tag, als du am Alderly Drive warst und ihr von meinem Vater und Tante Frances erzählt hast.«

»Frances? Was zum Teufel, hat meine Frau damit zu tun?«

»Keine Lügen mehr, Archie, keine Leichen mehr im Keller. Wir wissen beide, daß der Tod von Tante Frances kein Unfall war.«

Sein selbstzufriedenes Lächeln wich allmählich einer haßerfüllten Fratze. »Verfluchtes neugieriges Biest. Mit wem hast du gesprochen?«

»Die Leute sagen, du wolltest, daß man ihren Tod als Unfall ansah, damit niemand erfuhr, daß sie Selbstmord beging, vor allem Gerald nicht. Aber es war noch viel schlimmer, nicht wahr? Du hast ihren Tod zu verantworten.«

Er stierte mich heftig atmend an, und seine Augen wirkten wie glühende Steine. Er stand auf und trat einen Schritt auf mich zu, doch ich wich nicht zurück.

»Du hast sie umgebracht, nicht wahr, Archie? Genau wie du mich umbringen und es dann als Selbstmord oder einen Unfall ausgeben wolltest.«

Langsam entspannte sich sein Gesicht, entkrampften sich seine Hände. »Sei nicht albern, Fern. Du glaubst doch nicht ernsthaft, daß ich versucht hätte, dich umzubringen,

oder?« Und er lächelte sein spöttisches Katerlächeln, mit dem er mich umzustimmen versuchte.
»Du weißt es ganz genau«, sagte ich ruhig. »Du hast das Gas in meinem Zimmer angestellt, das Sommerhaus bewegt und vorhin versucht, mich zu überfahren.«
Archies Lächeln geriet immer breiter. »Und wann soll ich dieses Wunder der körperlichen Spaltung vollbracht haben?«
»Es wird dir nicht gelingen, das zu leugnen, Archie.«
»Meine arme verwirrte Nichte, ich habe den ganzen Morgen in diesem Zimmer gehockt, und die meiste Zeit hat die werte Elsa mit ihrem Staubsauger und ihren Lappen meine Nerven strapaziert. Dergleichen bezeichnet man gemeinhin als Alibi. Und wenn ich dich richtig verstanden habe, bist du auf die Straße hinausgelaufen und hast dann ein großes Gezeter angestimmt, als irgendein armer Autofahrer dich beinahe erwischt hätte. Es wird wirklich Zeit, daß du in gute Behandlung kommst, bevor du eine Bedrohung für die anderen wirst.«
»Du warst es, Archie.«
»Sicher. Ich gelte ja auch als der Serienkiller von Chatton Heights. Darf ich fragen, welches Motiv du mir für meine Mordlust unterstellst?«
»Dir muß klar gewesen sein, Archie, daß es ein Frage der Zeit war, bis jemand hinter deinen Betrug kam. Nun, jetzt ist es soweit. *Ich* bin dahintergekommen.«
Bis jetzt war er die Glattheit in Person gewesen. Huschte nun bei der Erwähnung des Wortes »Betrug« ein Hauch von Ängstlichkeit über sein Gesicht? Doch es war sofort verschwunden, und das selbstgefällige Lächeln klebte wieder auf seinen Zügen.
»Das Buch von Daddy, wie? Du siehst zuviel fern, Mädchen. Doch da du offenkundig sehr angegriffen bist, will

ich meinen Zorn angesichts dieser Anschuldigungen zurückhalten. Aber geh jetzt, Fern. Du beginnst mich zu langweilen. Geh und schluck Valium oder was immer euch heutzutage lustig stimmt, und laß mich zufrieden.«
»Lügen, Archie, du hast alle in deine Lügen versponnen.«
Er gähnte. »Du wiederholst dich. Doch kümmer dich nicht um mich, fasel ruhig weiter; ich bedauere es nur, daß Dr. Collins nicht Zeuge dieses Theaters ist.«
»Das ist kein Theater.« Ich hielt inne, dann atmete ich tief durch und sagte ruhig: »Du mußt wissen, ich habe Dora gefunden.«
Plötzlich war es sehr still. Er wurde bleich.
Dann sprach er, mit einer Stimme, die ich noch nie zuvor gehört hatte. »Es gibt keine Person namens Dora. Es hat sie nie gegeben. Sie war von Anfang an erfunden.«
»Eine Person war sie nicht, aber dennoch sehr real.«
Er zuckte mit den Schultern, wollte sich abwenden und mich stehenlassen, doch er konnte seinen Blick nicht von meinem Gesicht lösen. »Du verfluchte Irre. Mögest du in der Hölle schmoren mitsamt deinen idiotischen Phantastereien.«
Meine Stimme war ruhig, fest. »Ich habe auch Doras Zimmer gefunden. Du hast es nie entdeckt, nicht wahr? Mein Vater wußte, wo es war, aber er wußte auch, wer Dora war. Natürlich. Es war schließlich *sein* Buch. *Sein* Buch, Archie, nicht deines. Du bist ein Betrüger. Du hast Dora zerstört, als du versucht hast, mich zu überfahren, aber die Wahrheit kannst du nicht zerstören.«
»Herr im Himmel, ich wünschte, ich hätte dich wirklich überfahren. Mir wärst du nicht durch die Lappen gegangen, wie dem armen Idioten, der versucht hat, dich loszuwerden. Und wahrhaftig, es wäre besser, du wärst tot. Wo

glaubst du denn, daß sich dieses sagenhafte Zimmer von Dora befindet?«

»Erinnerst du dich an das Baumhaus, das Tom Page für meinen Vater gebaut hat, in dem Sommer, als eure Mutter starb? Du bist nie dort hinaufgeklettert, weil du Höhenangst hast, und das Baumhaus in der Steineiche war sehr hoch oben. Mein Vater saß oft stundenlang dort, die Aussicht war phantastisch. Man sah die Roßkastanie, den Teich, alles.«

Archie befeuchtete seine Lippen. »Und Dora?«

»Tom Page kann dir auch von ihr erzählen. Dora war eine Eule aus Holz, die er meinem Vater zur gleichen Zeit geschnitzt hatte. Ich glaube, Clancy vertraute auf sie. Du weißt, wie sensibel Kinder sind, phantasievolle Kinder, nicht solche Rüpel, die eine Eule sofort töten würden, wenn sie sie zu Gesicht kriegen. Aber von Phantasie verstehst du nicht viel, wie, Archie? Nur davon, wie man anderen die Träume stiehlt. Dein Problem war, daß du nichts davon kapierst hast.«

»Du spinnst dir da was zusammen.«

»Es ist die Wahrheit. Die kalte, harte Wahrheit. Das ganze Gerede von wegen, daß Dora eine Animalfigur, eine mythische Gestalt, ein Anagramm ist – alles Blödsinn. Nur eine Eule, eine kleine Holzeule. Es war so einfach, immer schon. Aber du konntest das nicht verstehen.«

Er machte einen Versuch zu lächeln. »Ich denke schon seit geraumer Zeit, daß das Geheimnis um Dora sich überlebt haben könnte. Hat Paul Sobey dir beim Mittagessen erzählt, daß ich beabsichtige, der neuen Ausgabe eine ausführliche Erläuterung des Dora-Rätsels beizufügen? Das Baumhaus, die Eule, ich nehme an, du weißt das von Paul.«

»Hör auf mit dem Zirkus, Archie. Du hast das Buch nicht geschrieben.«

»Ich fürchte, ich muß dich enttäuschen, Fern. Du bist das zwar geschickt angegangen, doch ich kann mir nicht vorstellen, daß jemand deinen Ausführungen Glauben schenken wird, und da ich als dein Onkel an deinem Wohlergehen interessiert bin, muß ich dir raten …«
»Du gibst nie auf, was? Aber nun hör gut zu: Nicht nur ich kenne dein Geheimnis. Als die Steineiche letzte Nacht umstürzte, zerbrach auch das Baumhaus. Dort habe ich Dora gefunden. Und auch Beweisstücke, die dir und deinen Lügen endgültig das Handwerk legen.«
»Was für … Beweisstücke?«
»Notizbücher, Zeichnungen, frühe Texte. Du hast gedacht, du hättest sämtliche Unterlagen meines Vaters zerstört, als du nach seinem Tod am Alderly Drive warst. Aber du bist nie auf die Idee gekommen, in dem Baumhaus nachzusehen.«
»Was hast du damit getan? Zeig sie mir.«
Ich lachte bitter. »Du glaubst doch wohl nicht, daß ich denselben Fehler noch mal mache? Die Postkarten hast du an dich gerissen, aber die Beweisstücke über Dora sind in Sicherheit. Jemand, der mir glaubt und schon immer geahnt hat, daß du ein Betrüger bist, hat sie in Gewahrsam.«
»Wer?«
»Das wirst du noch früh genug erfahren. Wenn die ganze Welt dein Geheimnis kennt, weiß, daß du ein Betrüger und Halunke bist. Ich werde dich bloßstellen, Archie, werde dafür sorgen, daß keinem verborgen bleibt, was du getan hast.«
Schließlich, zu guter Letzt, sah ich, daß er mir glaubte. Keuchend stieß er aus: »Ich habe noch nie versucht, dich umzubringen, aber bei Gott, du wirst tot sein, bevor …«
Er brach ab. Ein seltsamer Ausdruck trat in seine Augen.
»Bevor was? Sprich weiter, Archie. Du kannst mich bedro-

hen, soviel zu willst, aber du kannst mir nichts mehr tun. Zu viele Leute kennen die Wahrheit.«

»Du Hexe«, stöhnte er, »du Hexe, siehst du denn nicht ...«

Doch er schien den Satz nicht beenden zu können. In kitschigen Büchern, die ich gelesen hatte, kam es oft vor, daß ältere Herren der Schlag traf, und genau das schien Archie nun zu widerfahren. Ich hätte ihm wohl helfen sollen, aber in diesem Moment empfand ich so ein triumphales Haßgefühl, daß ich wahrscheinlich nicht einmal einen Finger gerührt hätte, wenn man ihn auf den Spieß gesteckt und gebraten hätte.

Ich bereue das heute. Aber nicht sehr.

Auf dem Weg nach draußen drehte ich mich kurz um und sagte: »Wenn ich Dr. Collins treffe, teile ich ihm mit, daß du dich nicht wohl fühlst.«

Aber er starrte mich nur an, mit diesem seltsamen, unvergeßlichen Gesichtsausdruck.

Es war so einfach, dachte ich, als ich zur Halle zurückschwebte, so einfach. Warum hatte ich mich die ganze Zeit so mißbrauchen lassen? (In Wirklichkeit war mein Knöchel derart geschwollen, daß ich eher gehinkt als geschwebt bin, aber ich fühlte mich in diesem Moment tatsächlich wie der rächende Engel der Gerechtigkeit, der ein Schwert über dem Haupte schwang – deshalb kam Hinken gar nicht in Frage.) Die Stimme erfüllte mich, durchflutete mein Hirn wie Nebelschwaden.

Ted Bury machte Anstalten, sich zu erheben, als ich die Halle betrat. »Sind Sie fertig?« hörte ich ihn fragen.

»Ich schau nur mal nach, ob Adam nichts vergessen hat«, antwortete meine Stimme.

Als ich gerade die Treppe hinaufsteigen wollte, tauchte Tillie plötzlich neben dem Geländer auf. Sie sah mich eigenartig an, fast verängstigt, dachte ich. Wie konnte ich nur Tillie vergessen, das traurigste Opfer von allen?

Ich wandte mich ihr zu. »Tillie«, sagte ich, »ich werde jetzt abreisen, und ich weiß nicht, wann ich wiederkomme. Nein, sag nichts. Es wird in den nächsten Tagen hier einige Dramen geben, aber keine Sorge, ich mache mein Versprechen wegen des Testaments nicht rückgängig, ganz bestimmt nicht. Du bekommst deinen Anteil wie die anderen auch.«

Sie starrte mich nur an, und ihr winziger Mund bewegte sich heftig, aber es kamen keine Worte heraus. Armes Wesen, dachte ich, ein ordentliches Pflegeheim dürfte für sie jetzt die vielversprechendste Aussicht sein.

Als ich schon fast oben war, blieb ich stehen und drehte mich noch einmal um. »Übrigens, Tillie, wenn Dr. Collins kommt, könntest du ihn zu Archie bringen. Er scheint sich nicht wohl zu fühlen.«

Und nun, als alles getan war, durchströmte mich eine überwältigende Dumpfheit. Ich schleppte mich zu Gracies Zimmer und nahm das Foto an mich, das keinesfalls zurückbleiben durfte – mein Vater, wie er als kleiner Junge vor dem schmalen, von Rosen umrankten Fenster stand und liebevoll etwas in den Armen hielt, das ich nun kannte: die kleine Holzeule.

Als ich zum Zimmer meines Großvaters zurückging, um nachzusehen, ob ich etwas vergessen hatte, erhob sich plötzlich im Erdgeschoß ein höllischer Lärm. Aber es war schon zu viel geschehen an diesem Morgen, ich hatte nicht mehr die Kraft, mich zu fragen, was dort los war.

Ruhe – nur nach Ruhe sehnte ich mich.

Im Zimmer meines Großvaters ging ich zum Fenster, stützte mich mit dem Ellbogen aufs Fensterbrett und entlastete

meinen Knöchel. Ich wollte noch ein letztes Mal hinaussehen, mir die Aussicht einprägen, die sich durch den Fall der Steineiche so verändert hatte.
Auf dem Kiesvorplatz sah ich Adam, der schwungvoll den Kofferraumdeckel zuwarf, und sein Anblick riß mich aus meiner Lethargie. Wach auf, sagte ich mir, beweg dich.
In der Ecke des Zimmers war ein Waschbecken, und ich drehte den Hahn auf und spritzte mir eiskaltes Wasser ins Gesicht. Die Emailleschüssel des Beckens schloß sich um mich wie eine Narkosemaske. Die Geräusche im Haus schienen weit entfernt und unwirklich – Türknallen, aufgeregte Schreie einer Frau, Schritte auf der Treppe.
Was ist da los, fragte ich mich. Was geschieht da?
Ein schriller Schrei (von mir? Nein, er kam von draußen), und die Tür flog auf.
»Tillie! Was …«
»Er ist fort, er ist fort … du elende Hexe … du hast ihn getötet!«
»Aber Tillie …« Ich bekam plötzlich Angst, drehte mich zu hastig auf meinem verstauchten Knöchel und stürzte, wobei ich mir den Kopf am Waschbecken stieß.
Benommen rappelte ich mich auf und klammerte mich an das Becken, als könnte es mich beschützen.
»Tillie, warte …«
Sie war völlig verändert. Die himmelblauen Augen blickten nicht mehr starr ins Leere wie die Augen einer Wachspuppe. Sie fixierten mich mit einer Kälte und einem Haß, daß mir vor Angst die Luft wegblieb. Und ihre Stimme, diese atemlose, wispernde Stimme, von der ich noch nie einen vollständigen Satz vernommen hatte, stieß einen schrillen, mörderischen Strom von Verwünschungen aus.
»Du sollst schwitzen und zittern vor Angst du bist an allem schuld seit du hier bist ist alles kaputt du wirst mit deinem

Blut bezahlen was du mir angetan hast und jetzt ihm er könnte tot sein und alles nur wegen dir …«

»Archie?«

»Und wenn ich ihn geliebt habe und er mich auch bis du gekommen bist und mir alles weggenommen hast das Haus und das Geld und das hat nicht gereicht ihn mußtest du auch noch haben …«

»Aber, Tillie, du weißt, ich wollte nie …«

»Und ich hab es gesehen wie er dich angeschaut und angefaßt hat und alles wegen dir es ist nicht gerecht du hattest das Geld deshalb wollte er aber ich habe geliebt er hat mich rausgeworfen und wollte nicht und jetzt kann er nicht wegen dir du du …«

»Tillie, bitte hör zu …«

Ich versuchte einen Schritt auf sie zu zu machen, um ihre Haßtirade zu stoppen, etwas zu tun, aber der Boden war wie Treibsand und verschlang mich, und als ich stürzte, ragte Tillie über mir auf, riesig und eckig wie eine Skulptur aus Alteisen, nur Arme und Beine und Ellbogen und – ein langes, scharfes Messer.

Ihr winziger Mund inmitten der Spinnwebfältchen spie immer noch Gift. »Jetzt kannst du nicht du bist schwach ich hab es schon versucht du bist davongekommen jetzt nicht mehr nie wieder …«

Ich kriegte den Bettpfosten zu fassen und zog mich daran hoch, und währenddessen liefen Bilder durch meinen Kopf: Tillies knochige Finger, die das Foto zerfetzten, Tillie, wie sie das Gas anstellte, Tillie am Sommerhaus, am Steuer des Daimler. Immer Tillie … Und ich hatte geglaubt …

»O nein!« stöhnte ich. »Ich hätte es wissen müssen …«

Aber Tillie hörte nichts mehr, nahm nichts mehr wahr, war versponnen in ihre Bitterkeit und ihre seltsame, verworrene Liebe zu Archie und würde nie mehr freikommen.

Ihre Stimme schrillte über meinem Kopf wie der Schrei einer rachsüchtigen Möwe, wie das Kreischen von Metall, wie alle Rachegeister der Welt, und über dem Schrei hörte ich meine innere Stimme, die lauter und lauter wurde, aber noch immer unverständlich war, und ich dachte: Ja, jetzt bin ich verrückt, es muß so sein. Nichts von alledem geschieht wirklich. Es ist ein Alptraum, und mein reales Ich ist mit einer Zwangsjacke an ein Messingbett gefesselt, und die Welt ist verrückt und explodiert in meinem Kopf.

Das ist Wahnsinn, das ist Geisteskrankheit, dieser Kampf der Stimmen in meinem Kopf und über mir und der Schmerz in meinem Knöchel und meinem Kopf und …

Dann sah ich das Messer über mir. Es hatte eine dieser langen dünnen Klingen. Ein Filetiermesser. Sie wird Filet aus mir machen, dachte ich. Nein, bitte, ich will nicht …

»Tillie, du mußt mir zuhören, hör mir zu, um Gottes willen!«

Und dann schoß das Messer in einem schwungvollen Bogen herab, und Tillies Augen hinter der glitzernden Klinge waren sehr blau, und in ihnen lag eine Konzentriertheit, die schlimmer war als der Haß. Der Haß war wie weggeblasen. Jetzt kam in diesen blauen Puppenaugen nur noch der Wille zum Ausdruck, die schreckliche Aufgabe zu vollbringen. Doch als das Messer herunterschoß, rollte ich zur Seite, und ich hörte, wie sie wütend murrte und das Messer fester packte und zum zweiten Versuch ausholte.

»Nein, Tillie, nicht …«

Ich hob die Arme, um mein Gesicht zu schützen. Die Klinge blitzte wieder auf, und diesmal schoß ein heißer Feuerstrom durch meinen Arm, mein Handgelenk, meine Hand, und ich starrte auf meinen Arm, als gehörte er nicht zu mir, und sah, wie das Blut auf meine Hand lief, und dieses seltsame silbrige Ding schimmerte wie ein prachtvoller, glitzernder Fisch.

Mein Schrei konnte nicht von mir stammen, denn ich war jenseits der Angst.
Jenseits von Tillie und diesem Zimmer und dem warmen roten Blut, das über meinen Arm strömte, und dem klebrigen Messer, das sich ein weiteres Mal erhob. Ich war an einem anderen Ort.
An diesem Ort war die Luft warm wie eine Liebkosung, gab es keine Gefahr, keine Gewalt. In den Bäumen über mir zwitscherten die Vögel, und da war der Duft von Rosen, alten Rosen mit üppigem schwerem Bukett und Blütenblättern wie altem Samt, und Lavendel und Geißblatt und frisch gemähtes Gras und überall das träge satte Summen der Bienen und namenloser Insekten, die in der schläfrigen Sommerluft verharrten.
Und ich war geborgen. Ich war wieder klein, und die Arme eines starken Mannes schützten mich. Ich sah die gekräuselten schwarzen Haare auf seinem blassen Arm, und durch sein dünnes Hemd roch ich den sommerlichen, warmen Tierduft meines Vaters.
Mein Vater war der Mann, der mich in den Armen hielt. Seine Stimme war es, die mich sanft umschmeichelte, mich zärtlich neckte, mir so viel Liebe gab.
»Noch mal, Daddy, noch eine Geschichte bitte.«
Das Messer fuhr hernieder. Ich sah es ganz deutlich, wie in Zeitlupe, aber ich konnte mich nicht rühren.
Dann plötzlich ein heftiger Luftzug, ein Körper, der die Verrückte mit dem Messer zur Seite stieß, und eine vertraute Stimme, die schrie: »Laß sie sofort in Ruhe, du irre Hexe!«
Adam, dachte ich. Ganz friedlich. Er ist gekommen, um mich zu retten. Aber es ist zu spät. Ich sterbe, und das Komische daran ist, daß es mir gar nichts ausmacht. Dann muß das der Himmel sein, diese selige sommerliche Zufriedenheit, diese Friedlichkeit und diese Pracht. Hier bleibe

ich gerne für immer. Hier kann ich auf der Schaukel sitzen und mich geborgen fühlen und die Arme meines Vaters um mich spüren, und nie wird er weggehen, mich nie verlassen, nie der Leere aussetzen. Diesmal wird das Glück nicht vergehen.

Jetzt, wo ich die Worte verstehe.

»Erzähl mir noch eine Geschichte, Daddy.«

Seine Stimme ist so sanft wie die Brise, die durch die Bäume streicht. »Welche Geschichte möchtest du hören?«

»Eine von den Dora-Geschichten. Die mag ich am liebsten.«

»Also gut.«

Und wir sitzen zusammen auf der Schaukel, und die Sonne wirft glitzernde Strahlen durch die Blätter der Steineiche über uns, und die Vögel verstummen und kommen näher, damit auch sie die magischen Worte hören können. Ich schaue auf und blicke in die Augen meines Vaters, die braun sind wie meine eigenen, Augen, die nur mich anschauen und mich anlächeln, als er mit seiner melodischen Stimme zu erzählen beginnt:

»Vor langer Zeit, als ich klein war, kaum älter als du jetzt, hatte ich eine Freundin, eine wunderbare Freundin. Niemand außer mir kannte sie, das sind oft die besten Freunde. Und nachts, wenn die Großen schliefen und der Mond über Long Chatton aufging und mit dem Wind der Zauber erwachte, schlichen wir uns zusammen fort und betraten unser geheimes Zimmer in den Bäumen.«

»Erzähl mir von dem Zimmer, Daddy. Erzähl mir davon.«

»Es war ein ganz besonderer Ort, ein verzauberter Ort. Und wenn du größer bist, Fern, nehme ich dich dorthin mit. Aber du mußt ein Geheimnis bewahren können und darfst keine Angst vor großen Höhen haben, und du darfst nie

aufhören, an das Zauberhafte zu glauben, wenn du in Doras Zimmer mitkommen möchtest.«
»Das werd ich! Das werd ich!«
»Dann werden wir bald dorthin gehen, Fern, wir werden zusammen Doras Zimmer betreten, das verspreche ich dir.«
Die Arme meines Vaters halten mich fest, beschützen mich vor allem. Und mein Vertrauen zu ihm und die Sommertage sind ohne Ende, und meine Glückseligkeit wird ewig währen.

Epilog

Adam ließ das Dorf mit seinen fröhlichen roten und blauen Blumen und gepflegten Rasenflächen hinter sich und ging den Weg zum Obstgarten von Chatton Heights entlang. An der Hecke wuchsen Hundsrosen und Lichtnelken; er war diesen Weg seit jenem Tag im Januar, als er Fern zum erstenmal hierher geführt hatte, nicht mehr gegangen. Vor sechs Monaten war das gewesen, und so viel hatte sich in diesen Monaten verändert, während in den Cotswolds der rauhe Winter dem strahlenden Sommer Platz gemacht hatte.

Am Eingang zum Obstgarten blieb Adam stehen. Seit über einer Woche schien die Sonne, schenkte dem Land träge Sommertage, die so sehr an all jene anderen Sommer erinnerten, zeitlose Erinnerungen wachriefen. Sein Blick schweifte über den Obstgarten – Apfelbäume bis zum Ende des Hangs, und ihre Blätter regten sich nicht in der Nachmittagshitze. Sie waren alt und faulig und würden nicht mehr stark tragen. Aber man würde sie erhalten, weil sie schön waren.

Adam hatte seinen Vater besucht, während Fern sich wieder einmal mit dem übervorsichtigen Mr. Markham traf. Ihr Wunsch, das Testament von Everett ändern zu lassen, lief Gefahr, in einem Berg von juristischen Wenns und Abers steckenzubleiben, doch sie verfolgte ihr Ziel mit der ihr eigenen Entschlossenheit, diesem eisernen Willen, von dem diejenigen, die sich von ihrer zurückhaltenden Art täuschen ließen, stets aufs neue überrascht waren.

Er lächelte, als er durch das hohe Gras zwischen den Apfelbäumen schritt; wenn er an Fern dachte, trat meist ein liebevolles Lächeln auf sein Gesicht. Er hatte vielleicht von jenem Tag an, als er bei Jane die Tür öffnete und in Ferns dunkle Augen blickte, die zu ihm aufsahen und eine verborgene Angst in sich trugen, die er damals nur erahnen konnte, gewußt, daß ihre Beziehung etwas ganz Besonderes sein würde. In den darauffolgenden Wochen hatte er gedacht, daß er sich von der Herausforderung angezogen fühlte – ein Mädchen, das so anders war als alle, denen er bislang begegnet war, ein Mädchen, das so verzweifelt nach Nähe suchte und doch fernblieb, ein Opfer seiner inneren Schrecken. Er hatte sich nicht wohl gefühlt in der Rolle des Helden aus den Märchen, der sich durchs Dornengestrüpp kämpfen muß, um das Herz der schlafenden Prinzessin zu gewinnen. Und da er nicht zu solch sonderlichen Erwägungen neigte, nahm er an, daß er sich schon damals in sie verliebt hatte, obwohl er sich dessen erst ganz gewiß war, als er in das Zimmer ihres Großvaters stürmte, wo Tillie mit einem gewaltigem Schwung ausholte, um Fern das Küchenmesser in den Hals zu stoßen.
Er hatte Tillie zu Boden gerissen. Ihr erster Stich hatte eine tiefe Wunde in Ferns Arm hinterlassen, die zu einer langen häßlichen Narbe verwachsen war – doch Fern fand sie gar nicht häßlich. Sie nannte sie ihre »Erinnerungsnarbe«. Dieser Moment des Schreckens hatte die letzte verschlossene Tür in ihr aufgestoßen, und sie wußte nun, daß jene goldene Stimme die ihres Vaters war. Adam fand es noch immer schwierig, nachzuvollziehen, daß Fern diese Entdeckung so viel bedeutete; er wußte nur, daß die Ereignisse jenes verschneiten Morgens ein wichtiger Schritt auf dem Weg gewesen waren, der aus der verschlossenen Fern einen Menschen voller Selbstvertrauen und Zuversicht gemacht hatte. Wie

jemand, der lange in einem düsteren Verlies eingesperrt war, genoß sie nun ihre Freiheit, und selbst die einfachsten Vergnügungen waren eine Offenbarung für sie.
Fern hatte den Schritt in die Freiheit geschafft, aber für einige ihrer Verwandten kam diese Chance zu spät.
Archie mußte wegen seines Herzanfalls fünf Wochen im Krankenhaus verbringen. Von einer partiellen Lähmung abgesehen, war sein Körper wiederhergestellt, sein Zustand allerdings überforderte die Ärzte. Die Organe waren samt und sonders in Ordnung, doch seit jenem letzten Wortgefecht mit Fern hatte er nicht mehr gesprochen. Man erwog, daß er sich in »selbstgewählte Stummheit« zurückgezogen habe – und Adam fand diese Entwicklung nur gerecht. Da der Mann unfähig war, die Wahrheit zu sagen, da er Worte benutzt hatte, um sich mit Lügen einzuspinnen, konnte er nun, da die Wahrheit ans Licht gekommen war, auch stumm bleiben.
Adam hatte einen Freund bei einer Sonntagszeitung auf die Geschichte von Clancy als Autor angesetzt. Er hatte einen hervorragenden Essay verfaßt, der die ganze Sache treffend darstellte – und dennoch gibt es immer Überraschungen, und vor allem Fern war über die Reaktion verblüfft gewesen. Viele akzeptierten die Geschichte, doch einige, darunter der Verleger und Archies treue weibliche Fans, hatten sich zu lange auf den Mythos seines Genius eingelassen, um zuzugeben, daß man sie getäuscht hatte. Die meisten Beobachter lehnten sich einfach zurück und amüsierten sich über das Geschehen. Zu ihrem eigenen Erstaunen wurde Fern im Nu eine tragende Figur in einem weitgreifenden literarischen Spiel, ein Spiel, das Archie, der sich in sein Schweigen vergraben hatte, nicht einmal wahrhaben wollte.
Bei ihren Recherchen für den ersten Artikel fanden Adam und sein Kollege heraus, daß Archie trotz allem vor Mord

zurückgeschreckt war (obwohl seine Grausamkeit Louise gegenüber schlimm genug gewesen war). Sie hatten die Umstände untersucht und festgestellt, daß Archie an jenem Nachmittag, an dem Frances umkam, mit seinen Freunden im Jachtclub trank; es war starker Seegang vorhergesagt worden, und Archie und seine Freunde hatten ihr geraten, nicht hinauszufahren. Aber sie hatte den Brief an ihre Schwester, in dem sie ihr Verhalten erklärte, schon abgeschickt und hörte nicht auf die Männer.
Tillie wohnte jetzt in ihrem kleinen Bungalow am Meer; auch für sie war die Freiheit zu spät gekommen. Zumindest hatte man ihr einen Gefängnisaufenthalt erspart. Dr. Collins hatte ihr eiligst Beruhigungsmittel gegeben, und sie war wieder schrullig und flattrig wie zuvor. Der Arzt hatte der Polizei versichert, daß ihr Mordversuch der Einnahme falscher Medikamente zuzuschreiben sei, und Fern hatte zu Adams Bestürzung keine Anklage erhoben. Sie sprach mindestens einmal pro Woche mit dem Pfleger, der Tillie in ihrem Häuschen beaufsichtigte, und beim letzten Gespräch hatte er berichtet, daß Tillie vergnügt Kästchen aus Muscheln bastelte. Die leeren Hülsen von Lebewesen zu künstlichen Formen zusammenzukleben, empfand Adam als passende Beschäftigung für diese Frau.
Und Gerald? Es schien, als würde Gerald zur Freiheit finden. Zunächst hatte er mit einer Loyalität, die Adam erstaunt hatte, gegen Fern gewütet und ihr den, wie er meinte, verleumderischen Angriff auf seinen Vater vorgeworfen. Aber Fern hatte sich wie immer nicht beirren lassen und gewartet, bis sich sein erster Zorn gelegt hatte. Anschließend vermittelte sie ihm, wie er nach und nach die Ketten der Selbstzweifel und des Neides sprengen konnte, die ihn immer beengt hatten. Sie hatte ihn ermutigt und sein Selbstvertrauen gestärkt und hatte Adam dazu ange-

halten, dasselbe zu tun. Neuerdings mußte Adam zugeben, daß Gerald sehr verträglich geworden war, und der Traum von Miller's Oldtimer-Verleih schien kurz vor der Verwirklichung zu stehen.

Als er am höchsten Punkt des Obstgartens angekommen war, hielt Adam inne und blickte über das Dorf. Die Steinhäuser leuchteten in der Nachmittagssonne, und weiter hinten erstreckten sich Kornfelder und Weideland bis zu Clancys kamelförmigem Lieblingshügel. Es war verblüffend, daß Menschen an einem solch wunderschönen Ort leben und sich dennoch seiner Wirkung verschließen konnten.

Er hatte mit Fern nicht darüber gesprochen, aber Adam fragte sich, ob es nicht vielleicht noch ein weiteres Opfer der Miller-Herrschaft gab, dessen Leiden sich im stillen vollzogen hatte, deshalb aber nicht minder schmerzlich gewesen war. Mehrfach in den letzten Tagen hatte er an einen Nachmittag vor langer Zeit gedacht, einen Nachmittag, der so sonnig gewesen war wie dieser. Er war etwa neun Jahre alt gewesen, ein Junge, der gerne umherstreifte und Geheimnisse erkundete. Er war durch die Lorbeerbüsche bis zu der Lichtung unter der Steineiche gekrochen, wo er zu seinem Erstaunen einen Mann auf einer Schaukel erblickte. Ihn sofort erkennend, wollte er zuerst wegrennen, aber er war zu neugierig gewesen. Er hatte an seinem Platz verharrt und den Mann nicht aus den Augen gelassen.

Everett Miller war im ganzen Dorf bekannt. Als Schulbeirat war er von den Lehrern beinahe so gefürchtet wie von den Schülern. Er war hartherzig und unwirsch mit seinen Pächtern und zog die Händler über den Leisten, er hatte geschäftliche Verbindungen in alle Welt, fand aber immer noch die Zeit, jede Kleinigkeit zu beaufsichtigen, auch bei seiner Familie, seinen Angestellten und den Nachbarn, und er war ein Tyrann mit steinerner Miene, der jeden unmißverständlich seine Ablehnung moderner Lebensformen spüren ließ.

Sein Anblick war für Adam beinahe so schockierend, als wäre er nackt gewesen, und tatsächlich wirkte er auf eine Art nackt: Er ließ geknickt die Schultern hängen, seine Hände waren nicht mehr tätig, sondern ruhten müßig in seinem Schoß, und das Gesicht war so müde, daß es nicht einmal mehr Verzweiflung zum Ausdruck bringen konnte. Der Tag war heiß, und der alte Mann schwitzte offenbar ... oder mochten das wahrhaftig Tränen auf seinen Wangen sein? Abgestoßen und doch fasziniert, beobachtete Adam ihn lange Zeit. Dann erhob sich die Gestalt von der Schaukel, seufzte und machte sich auf den Weg zum Haus, ohne einmal um sich zu blicken.

Adam bemühte sich seit einiger Zeit darum, mehr über Everett Miller in Erfahrung zu bringen. Er hatte festgestellt, daß der Mann, den man im Dorf mit so viel Ehrfurcht betrachtete, in Wirklichkeit ein zweitklassiger Geschäftsmann war. Er hatte keine gute Menschenkenntnis besessen, hatte Leuten vertraut, die er hätte durchschauen müssen, war risikofreudig gewesen, wo Vorsicht geboten war, und hatte verheerend lange gezögert, wo eine schnelle Entscheidung vonnöten gewesen wäre. Hätte er nicht so schlecht gewirtschaftet, wäre Ferns Vermögen wesentlich größer gewesen. Adam fragte sich, wie hoch der Preis war, den Everett bezahlt hatte, um vor allen, auch sich selbst, das Bild vom unfehlbaren Geschäftsmann aufrechtzuerhalten. Wie so viele Männer dieses Alters und dieser Herkunft hatte er sich nicht vom Althergebrachten lösen, diesen blinden Respekt gegenüber traditionellen Werten wie Skrupellosigkeit und Emotionslosigkeit, die keinen Raum für Poesie oder Vergnügen ließen, nicht einmal hinterfragen können.

Nichts von alledem hatte Adam Fern gegenüber erwähnt. Es waren letztlich nur Vermutungen, und das konnte nicht anders sein, nachdem so viel Zeit vergangen war und die Betreffenden entweder gestorben oder verstummt waren.
Er sah Fern, als er aus dem Gebüsch heraustrat und über die Rasenfläche auf das Haus zuging. Sie verabschiedete sich von Mr. Markham. Als sie Adam erblickte, winkte sie und eilte auf ihn zu. Er drückte einen Kuß auf ihr wildes dunkles Haar, und sie rief aus: »Gott, wie ich dieses ganze juristische Geschwätz hasse! Machen sie das mit Absicht so kompliziert, damit Leute wie ich aufgeben und mit ihren kleinen beschränkten Wünschen zufrieden sind?«
»Ich denke schon«, erwiderte Adam lachend, »aber ich glaube kaum, daß du auch nur einen Millimeter nachgeben wirst.«
»Natürlich nicht. Und dem armen Mr. Markham ist auch klar, daß er alles tun muß, was ich sage, wenn ich einundzwanzig werde. Es sei denn, er will mich für verrückt erklären lassen, damit er die Treuhandschaft behalten kann.«
»Da stehen seine Chancen schlecht.«
»Ich weiß«, entgegnete Fern mit der glücklichen Gewißheit eines Menschen, der über alte Ängste lachen kann. Sie nahm ihn an der Hand. »Ich will dir was zeigen. Die Jungs von Tom und Elsa haben den ganzen Nachmittag daran gearbeitet.«
Sie führte ihn den Weg entlang, den er gerade zurückgelegt hatte, und bog dann zu der Stelle ab, wo erst vor kurzem die Überreste der Steineiche entfernt worden waren.
»Schau«, sagte sie, »sie haben eine neue gepflanzt.«
Der kleine Sprößling ragte zart und zuversichtlich aus der Erde auf. Aber Adam warf nur einen kurzen Blick auf den

Baum; seine ganze Aufmerksamkeit galt Fern. Sie trug ein ärmelloses kakaofarbenes Baumwollkleid, ihr dunkles Haar war aus dem Gesicht gekämmt, und ihre Haut schimmerte leicht in einem goldenen Braunton. Es schien fast unglaublich, daß es sich um dieselbe Person handelte, wenn er an das bedrückte und kraftlose Mädchen dachte, dem er an jenem Nachmittag, als sie die Fotos durchgesehen hatten, zum erstenmal begegnet war.

»Na«, fragte sie, »was meinst du?«

»Ich meine, daß du wunderschön bist.«

»Aber der *Baum*, Adam.«

»Es wird ewig dauern, bis er groß ist, und das wird er auch nur, wenn ihn die neuen Besitzer nicht vernachlässigen.«

»Tom hat mir versprochen, ein Auge auf ihn zu haben.«

»Wenn das so ist, wird er gedeihen.« Er legte ihr den Arm um die Schultern und küßte sie zärtlich. »Wir werden hierher zurückkehren, wenn er ein schöner großer Baum geworden ist und wir beide alt und weise sind und ein langes glückliches Leben zusammen verbracht haben. Und wir werden uns an die Zeit erinnern, in der er gepflanzt wurde.«

»Glaubst du das wirklich, Adam?« Sie blickte ihn plötzlich ernst an, und Schatten der alten Zweifel zeigten sich in ihren Augen.

»Ja. Und du mußt darauf vertrauen.«

Sie küßte ihn. Dann gingen sie schweigend zum Haus zurück. Manchmal hatte Adam den Eindruck, daß Ferns neu gewonnene Zuversicht so zart war wie dieser Sprößling. Es war nicht leicht für sie gewesen, von den alten Lasten zu lassen. Dring hatte sich nur langsam erholt, und Adam wußte, daß Fern sich die Schuld an Drings langer Krankheit gab. Fern hatte gezittert, als sie darüber gesprochen hatte. »Ich konnte den Gedanken nicht ertragen, sie zu verlieren,

also habe ich die Augen verschlossen«, sagte sie. Und umsorgte Dring um so aufmerksamer.
Ein paar Tage zuvor war es Fern endlich gelungen, einen der Ärzte zu sprechen, die ihre Mutter betreut hatten. Er erklärte, ihre Krankheit könne durchaus organischen Ursprungs gewesen sein, äußere Einflüsse könnten den endgültigen Zerfall beschleunigt oder verlangsamt haben, der Verlauf der Krankheit vermochte jedoch durch nichts maßgeblich verändert zu werden. Er teilte Fern mit, daß die Gefahr der Erblichkeit der Erkrankung ihrer Mutter äußerst gering sei.
Als sie sich dem Haus näherten, hörten sie, wie die Maler ihre Sachen verstauten, Aluleitern zusammenklappten, sich fröhlich »bis morgen« zuriefen und die Treppen im rückwärtigen Teil des Hauses herunterpolterten.
Langsam gingen Adam und Fern von Zimmer zu Zimmer und begutachteten die Fortschritte. Das Rauchzimmer, in dem die beiden Doppelporträts gehangen hatten, war seine düstere Tapete losgeworden und bekam einen heiteren blaugrünen Anstrich.
»Eau de nil«, erläuterte Fern. »Die Maler sind der Überzeugung, daß die Farbe der Inbegriff der Kultiviertheit ist.«
Die Porträts standen, in Decken gehüllt, bei den Möbeln in der Mitte des Zimmers. Adam hob den karierten Stoff an einer Ecke, und vier Gesichter starrten ihnen reglos entgegen.
»Ich frage mich, ob sie deine Neuerungen gutheißen?«
Fern dachte darüber nach. »Weiß der Himmel, das sollten sie wohl«, sagte sie, »aber man kann nie sicher sein.« Sie schwieg einen Moment und fügte dann gedehnt hinzu: »Und ich glaube ganz ehrlich, daß es mir egal wäre, was sie denken. Ich finde, das geht sie nichts mehr an.«
Sie blieb noch eine Weile stehen und sah nachdenklich auf

die Bilder, dann lächelte sie kurz und wandte sich zu Adam um. »Komm«, sagte sie und nahm ihn an der Hand, »schauen wir uns die Schlafzimmer an.«
Im Schlafzimmer ihres Großvaters kamen die Veränderungen am stärksten zur Geltung. Es war, als sähe man jemanden, der lange Trauerkleidung getragen hatte, plötzlich in lebhaften, frischen Farben.
Fern blickte sich um und runzelte die Stirn. »Ich glaube«, sagte sie, »daß sie es mit dem Gelb übertrieben haben. Man fühlt sich wie in einem Butterfaß.«
»Die Farbe wird sich anpassen, wenn erst die Möbel eingeräumt sind. Du hast ihnen doch gesagt, es soll fröhlich aussehen.«
»Hm.« Sie kicherte plötzlich. »O Adam, mein Großvater würde es *abscheulich* finden!«
Doch Adam blieb ernst. »Da bin ich nicht so sicher. Manchmal glaube ich, daß er solche Veränderungen irgendwie herbeiführen wollte, obwohl er zu sehr in sich gefangen war, um sie selbst anzuregen. Aber insgeheim mag ein Teil von ihm auf so etwas gehofft haben, als er dir alles vererbte.«
Fern hielt das offenbar für Blödsinn. »Diese ganze Anstrengung, nur um das Schlafzimmer anders zu streichen?« fragte sie spöttisch.
Adam setzte zu einer Erklärung an, als Fern plötzlich ans Fenster trat. Ein weißer Schmetterling flatterte hilflos gegen die Scheibe.
»Armes Ding. Flieg!«
Sie öffnete das Fenster.
Adam sagte warnend: »Er wird Toms Kohlbeete mit Larven übersäen.«
»Hast du gehört? An die Arbeit!« rief sie dem Schmetterling fröhlich hinterher, als er losflatterte.

Die Geräusche des Gartens und des Dorfes drangen zu ihnen herauf, das entfernte Surren von Rasenmähern, Kinderstimmen, Vogelgezwitscher und das Summen von Insekten. Sonnenstrahlen fielen auf den kahlen Holzboden, und Adam trat zu Fern, nahm sie in die Arme und küßte sie.

»Die Arbeiter sind weg. Wir könnten heute nacht hierbleiben.«

Fern dachte kurz darüber nach, dann sagte sie leise: »Nein, Adam. Es sind keine Geister mehr hier, aber … dieser Ort gehört der Vergangenheit. Wir wollen ihn lieber in Frieden lassen, bis ihn die neuen Besitzer übernehmen.«

Und Adam war zu klug, um zu widersprechen.

Die Zufahrt lag schon im Schatten, als sie langsam durch die Schlaglöcher zum Tor holperten. Fern wandte sich um und blickte zurück auf das Haus. In den Fenstern spiegelte sich golden die Abendsonne, und es hatte bereits jenen leeren, einsamen Ausdruck angenommen, der unbewohnten Häusern eigen ist, hatte sich eingehüllt in heimliches Schweigen.

Knaur

Daphne DuMaurier

(60242)

(60060)

(60059)

(60246)